ANNIE MAE GOLD

TAINTLESS
Blindes Vertrauen

Roman

Stand-Up Publishing

1. Auflage 2017
© 2016 Stand-Up Publishing S.à r.l., 73,
Duchscherstrooss, L-6868 Wecker
Alle Rechte vorbehalten

Lektorat: Tanja Lottes und Diana Steinbrede
Satz: DTP – Verlag – Service Apel, Wietze
Umschlaggestaltung und Motiv: Hauptmann & Kompanie
Werbeagentur, Zürich
Druck und Bindung: CPI books GmbH, Leck
Gedruckt auf säurefreiem, chlorfrei gebleichtem Papier
Printed in Germany
ISBN: 978-99959-996-0-5

www.anniemaegold.com

Für Marion

ohne deren Zuspruch
das Manuskript auf dem Dachboden verstauben würde

INHALT

PROLOG

Wie tausend kleine Spinnenbeine krabbelte der Schauer meinen Rücken hinab. Ich schüttelte mich, begann am ganzen Körper zu zittern. Eine Welle von Übelkeit überrollte mich und meine Finger pressten sich gegen meine Lippen. Ich blinzelte mehrfach, um ganz sicherzugehen, beobachtete unablässig ihren kraftlosen, leeren Gang und den prasselnden Regen, der sich mit ihrem Blut vermischte – ja, es war real. Ungeschickt stieß ich mit meiner Stirn an die Fensterscheibe. Ich wandte mich hastig zu meinem großen Bruder, denn ich wusste, dass er gleich eine unglaubliche Dummheit begehen würde.

»Nein, Brian! Nicht!«, stieß ich aus und packte ihn am Unterarm. Mühelos entriss er sich meinem Griff und hatte die breite Treppe ins Erdgeschoss erreicht, noch bevor ich reagieren konnte. Ich rannte hinter ihm her, stolperte, fast wäre ich hingefallen, doch erwischte noch im letzten Moment die kalte marmorne Balustrade. Noch nie war mir die Treppe so lang vorgekommen. Mein weißes Nachthemd konnte meinen Schritten nicht so schnell folgen und flatterte hinter mir her.

Brian stand jetzt an der Haustür, bereit, sie zu öffnen. Ich hatte ihn fast erreicht, als sie von draußen wild gegen das schwere Holz zu hämmern begann. Ich stockte in der Bewegung und wich zurück.

Sie ist hier … Sie ist hier, dachte ich, und im selben Augenblick begann sie zu schreien: »Brian! Brian!« Heiser drang ihre Stimme durch die Eichentür und begleitete das hämmernde Klopfen. Sie schrie, nein, sie verlangte nach ihm. Ich stand stocksteif da. Schweißperlen liefen mir über das Gesicht – oder waren es Tränen?

Brian drehte sich zu mir um. Langsam schüttelte ich den Kopf. »Tu das nicht. Sie ist infiziert. Sie wird uns töten«, flehte ich.

Unerwartet ruhig erwiderte er: »Geh. Rette dich. Du wirst es schaffen.«
Dann lächelte er.

Er lächelt!? Wie absurd.

Ich schüttelte den Kopf nur noch heftiger.

Ungerührt fuhr er fort: »Ich werde die Tür jetzt öffnen – das weißt
du«, sein Lächeln wurde breiter. »Du hast die Wahl: geh oder bleib. Mein
Entschluss steht fest. Entscheide dich!«

Reglos und mit weit aufgerissenen Augen starrte ich ihn an. Er erwiderte
meinen Blick. Ich war wie das Reh, das seinem Jäger noch einmal tief in die
Augen schaut – in der Millisekunde, in der sich der Schuss bereits gelöst
hat, aber noch nicht angekommen ist.

Ich wusste es, da hatte er recht. Ich wusste, er würde die Tür öffnen.
Er war verloren. Und wenn ich nicht ginge, würde ich es auch sein. Bei
diesem Gedanken begann mein Herz zu rasen und mir liefen nass und
salzig Tränen über die Wangen. Ja – ich sollte rennen. So schnell ich konnte, sollte ich mich in Sicherheit bringen. Mein Kopf gab meinem Körper
den Befehl – doch mein Körper gehorchte nicht. Ich war unfähig mich zu
bewegen.

Er nickte und deutete mein Verharren: »Also bleiben.«

Kopfschüttelnd drehte er sich zur schweren Eichentür und hielt inne.

Kurz keimte die Hoffnung in mir auf, dass er seine Entscheidung noch
einmal überdenken würde, dass er doch noch zur Besinnung käme. Aber
dann zuckte er mit den Schultern und steckte den Schlüssel in das Schlüsselloch. Sie schrie weiter nach ihm, hämmerte mit aller Kraft gegen das
schwere Holz. Es klang fordernd – und tödlich. Brian drehte den Schlüssel.
Einmal. Zweimal. Dann legte er die Hand auf den Türgriff. Er blickte sich
nicht mehr zu mir um, drückte die Klinke hinunter … und ließ den roten
Regen ein.

KAPITEL 1

Wie ein Fisch im Goldfischglas

Bläulich schimmerte die Vene durch meine leicht gebräunte Haut. Die spitze Nadel näherte sich langsam meiner Armbeuge. Als das kühle Metall aus meiner Vene zu trinken begann und sich die zähe rote Flüssigkeit den Weg durch den Schlauch bis in das Röhrchen bahnte, presste ich die Lippen aufeinander.

»Du kannst deine Faust jetzt öffnen«, sagte mein Dad, ohne aufzusehen. Er saß vor mir auf dem Arzthocker und tauschte routiniert das Proberöhrchen gegen einen Plastikbeutel aus. Meinem Blut war das egal. Folgsam lief es jetzt in den durchsichtigen Entnahmebeutel mit der Aufschrift »500 ml«.

»Atme ruhig«, sagte mein Dad, als er den Beutel in die Vorrichtung neben mir hängte.

Er rollte mit seinem Stuhl und dem vollen Proberöhrchen in der Hand zu seinem Schreibtisch und beschriftete es.

»Nase ein, Mund aus«, murmelte er, während er eine Notiz in eine Akte machte – vermutlich meine.

Ich folgte seiner Aufforderung und nahm tiefe Atemzüge.

Mein Blick wanderte durch den sterilen hellen Raum – über die weißen Schränke, den massiven Kühlschrank, auf dessen Display die Temperatur »23 °F« blinkte, das Arztbesteck auf dem Beistelltisch vor mir, ordentlich nebeneinander aufgereiht ... Aber all das brachte nicht die gewünschte Ablenkung. Als jetzt auch noch der beißende Geruch des Desinfektionsmittels in meine Nase stieg, schloss ich die Augen und lehnte den Kopf nach hinten gegen die Wand.

»Ich werde mich niemals daran gewöhnen«, murmelte ich kaum hörbar und meinte deutlich zu spüren, wie mein Blut meinen Körper verließ. Ich registrierte, dass Dad sich mit dem Stuhl wieder in Bewegung setzte. Hart rollte er über die Fliesen und kam kurz vor mir zum Stehen. Meine Augen hielt ich weiterhin geschlossen.

»Du machst das gut, Summer, atme ganz ruhig weiter.« Seine Stimme klang nah und beruhigend. »In zwei Wochen ist es so weit. Bist du schon aufgeregt?«, fragte er unvermittelt, und ich wusste genau, wovon er sprach. Halb öffnete ich meine Lider und wir schauten uns an.

»Noch nicht.« Ich schüttelte den Kopf, meine Haare rieben an der Wand entlang. »Ich denke, ich werde erst kurz vor der Auswahl nervös.«

»Ja, bei mir war es damals genauso«, erklärte er versonnen. Er drückte seinen Rücken durch und rieb die Handflächen nervös gegeneinander. »Summer ... Ich denke, wir beide müssen uns unterhalten.«

»Okay ...«, seufzte ich. Ich wusste, was die nächsten – ich warf einen verstohlenen Blick auf den kaum gefüllten Beutel – 480 ml auf mich zukam.

Alle drei Monate, wenn ich wieder mal auf diesem Stuhl saß und nicht wie sonst durch fadenscheinige Ausreden wie Hausaufgaben, Haus- oder Gartenarbeit entkommen konnte, hielt mir Dad den gleichen Vortrag. Dabei sprach er aber niemals über die Auswahl in die Elite – für ihn ging es nur um die Auswahl in eine der Gilden und darum, welche für mich infrage kommen könnte; geradeso, als hätte ich tatsächlich eine Wahl.

Er reduzierte sie auf zwei, manchmal auch auf drei, wobei eine bestimmte Gilde immer fester Bestandteil seiner Endauswahl für mich blieb – unsere jetzige: die Gilde der Ärzte.

Sein sehnlichster Wunsch war es, dass ich ihn beerbte, das war nicht sonderlich schwer zu erraten. Er hätte es auch gleich in roter Farbe an die Mauer schreiben können, die unsere Kolonie umgab: »*Summer, tritt in meine Fußstapfen, werde Ärztin!*«

Aber ebendieser Wunsch machte unsere Gespräche so schwierig.

Zum einen kannte ich meine Talente nicht und nahm tatsächlich an, dass ich wohl der einzige Mensch in dieser Kolonie war, der in keiner Sache wirklich brillieren konnte. Weder besondere Fertigkeiten noch Fähigkeiten konnte ich an mir finden – und genau das würde es mir in jeder Gilde schwer machen. Zum anderen machte es keinen Sinn, dass ich mich mit diesem Thema überhaupt beschäftigte – da war ich realistisch, denn ich hatte keine Wahl. Wenn ich für eine Gilde ausgewählt wurde, musste ich annehmen, was immer für mich vorgesehen war. Und schließlich der womöglich wichtigste Punkt: Ich hoffte, dass ich keiner Gilde zugeteilt werden, sondern es in die Elite schaffen würde. Die Elite – das war schon immer mein Traum gewesen, denn war man erst einmal in der Elite, ging man in die Neue Welt. Dann würde mir ein ganzer Kontinent zur Verfügung stehen, nicht bloß eine winzige Kolonie.

Aber nicht nur aus diesen drei Gründen waren die Gespräche mit Dad jedes Mal schwierig für mich. Nach jedem Gespräch blieb immer auch eine Mischung aus Selbstzweifel und gekränkter Eitelkeit zurück.

Ich wusste, er sah keine Chancen für mich, in die Elite gewählt zu werden – nicht die geringsten …

In meine Gedanken vertieft, merkte ich erst jetzt, dass Dad mit seinem Drehstuhl ein kleines Stück von mir weggerollt war. Er hatte seinen Oberkörper aufgerichtet und seine Hände auf die Knie gestützt.

»Du wirst in knapp zwei Wochen bei der Auswahl dabei sein … und ich will mit dir über alles sprechen, was auf dich zukommt: über die Abläufe, die Tests, über die Auswahl in die Gilden und über die Auswahl in die Elite.«

Ich hielt meinen Atem an – er wollte mit mir über die Tests und die Auswahl in die Elite sprechen? Das war neu.

Dad hielt ebenfalls inne, geradeso, als müsste er seine Gedanken noch einmal sortieren.

»Na schön … beginnen wir am Anfang. Der Ablauf ist dir klar?«

»Ja, ich denke schon«, gab ich zurück und dachte an die letzte Schulstunde, in der wir über die Auswahl gesprochen hatten, um mir die Abläufe noch einmal ins Gedächtnis zu rufen.

Dad wedelte ungeduldig mit den Händen, als wollte er das Gelernte abfragen, also begann ich mit meiner Erklärung: »Am Tag der Auswahl werden alle Jugendlichen der Abschlussklassen mit Bussen von ihren jeweiligen Schulen zum Zentrum gebracht.« Er nickte, und ich sprach weiter: »Im Zentrum werden die Tests vorgenommen. Über die Tests selbst haben wir natürlich niemals gesprochen, weil es ja verboten ist. Darum kann ich dir dazu auch nichts sagen – nur dass sie stattfinden, ist klar.«

Er nickte wieder.

»Und sieben Tage später gibt es dann die Show: die feierliche Bekannt-gabe der Ergebnisse. Die Show kennen wir ja, weil wir sie jedes Jahr im Fernsehen verfolgen.«

»Dennoch ...«, unterbrach Dad, stockte und deutete mir dann, weiter-zusprechen.

»Okay«, sagte ich ein wenig genervt, weil ich jetzt lieber zu dem für mich wichtigen Teil kommen wollte. »Also ...«, seufzte ich. »Die Show findet im Zentrum statt. Der Moderator ruft nacheinander die Namen der Schülerinnen und Schüler auf, die auf den Briefumschlägen stehen. Er öffnet den jeweiligen Umschlag und liest vor, ob die Person für eine Gilde ausgewählt wird oder für die Elite. Wird man für die Gilden ausgewählt, bleibt man entweder in der Gilde, in die man hineingeboren wurde, oder wird – je nach Fähigkeit – einer neuen zugewiesen. Wird man für die Elite ausgewählt, verlässt man am nächsten Tag unseren Teil der Kolonie und wird auf die andere Seite gebracht. Entweder geht man als Bediensteter in die Elite, dann muss man diesen Teil der Kolonie ohne seine Familie verlassen, oder man wird für die Elite selbst ausgewählt, dann darf man mitsamt der Familie gehen, weil die Eltern ihre Elite-Kinder begleiten. Und das ist so ziemlich alles ...«

»Und vergiss die Anstecknadel nicht, die man für die Gilde überreicht bekommt«, ergänzte Dad meine kurze Zusammenfassung.

»Oder für die Elite«, fügte ich hinzu.

»Oder für die Elite«, wiederholte er. Dann fragte er mit einem unver-kennbaren Seufzen in der Stimme: »Du weißt, wie viele Schüler es letztes Jahr geschafft haben? ... In die Elite, meine ich?«

Ich nickte, während er die Ellenbogen auf seinen Knien abstützte und seine Hände faltete.

»Und? Wie viele?«, bohrte er.

»Zwei.«

»Genau! Zwei!«, wiederholte er mit einem langsamen Kopfnicken. »Von wie vielen?«

»Fünfhundert.«

»524«, verbesserte er mich und nickte weiter bedächtig. »Zwei von 524 – und diese zwei wurden nicht einmal für die Elite selbst ausgewählt, sondern als Bedienstete. Fast niemand wird aus unserem Teil der Kolonie in die Elite aufgenommen. Du wirst da drüben geboren oder hast keine Chance – ob nun als Bediensteter oder für die Elite selbst. Ich habe nachgesehen – aus unserem Teil der Kolonie wurden in den letzten 147 Jahren lediglich achtundvierzig Personen in die Elite gewählt und auf die andere Seite gebracht. Seit dem Bestehen dieser Kolonie waren es erst achtundvierzig!«

Ungerührt zuckte ich mit den Schultern.

Er nahm einen tiefen Atemzug.

»Was reizt dich so sehr an der Elite, Summer?«, fragte er jetzt geradeheraus.

Da musste ich nicht lange überlegen. »Die Freiheit.«

»Aber du bist doch frei.« Dad sah mich verständnislos an.

»Ja, so frei wie ein Goldfisch im Glas.«

»So siehst du deine Welt?«

»Ja.«

»Das ist schade.«

»Wir sind eingesperrt, Dad. Ich habe in meinem Leben noch nichts gesehen außer diesem Teil der Kolonie – noch nichts außer diesem winzig kleinen Stück Erde. Ich war noch nie woanders. Ich könnte keine fünf Tage wandern, ohne gegen die Mauer zu laufen.«

»Würdest du das denn tun?« Dad zog eine Augenbraue nach oben.

»Das weiß ich nicht, aber ich könnte es eben auch gar nicht.«

»Nein, das könntest du nicht … aber dafür bist du hier sicher.«

»Genau wie der Fisch im Glas«, wiederholte ich spöttisch.

»Es gibt Goldfische, die finden sich mit ihrem Leben im Glas ab. Sie werden gefüttert und haben es warm. Sie sind in Sicherheit, finden andere Goldfischfreunde und leben mit ihnen glücklich und zufrieden bis an ihr Ende. Aber du schwimmst ständig am Rand des Aquariums und schaust nach draußen. Versuch doch mal, in der Mitte zu schwimmen – du wirst sehen, wie viel Platz du eigentlich hast.«

Ich warf Dad einen vielsagenden Blick zu. »Ich bin keine sieben … und ich bin auch kein Fisch.«

»*Du* hast das Beispiel angeführt«, gab Dad sich unschuldig. Dann wurde sein Ausdruck wieder ernst: »Aber, nein, du bist nicht mehr sieben, du bist gerade siebzehn geworden«, stellte er klar. »Du weißt, dass viele Anwärter nach den Tests in der Gilde ihrer Familie verbleiben.«

»Ich weiß.« Ich dachte an meine Klassenkameraden – Metzger, Schuhmacher, Stadtrat, Bäcker, Winzer, Lehrer, Marshall, Zimmermann. Ich konnte mir schon denken, wer in welcher Gilde landen würde. Nur meinen eigenen Platz kannte ich nicht, und ich war mir nicht sicher, ob die Leute im Zentrum ihn mir nur aufgrund von Tests würden sagen können.

»Reden wir doch einmal über die Tests«, lenkte Dad das Gespräch wieder in die von ihm gewünschte Richtung und blickte mir direkt in die Augen.

»Über die Tests?« Ich klang so verunsichert, wie ich es war. Natürlich wusste ich, dass es per Gesetz verboten war, über die Tests zu sprechen – und das mit gutem Grund. Niemand sollte beeinflusst werden, jeder sollte seine Entscheidungen spontan treffen, damit bei den Tests ein unverfälschtes Ergebnis herauskam und die passende Gilde einwandfrei zugeordnet werden konnte.

»Stell mir deine Fragen«, forderte Dad mich auf und in meinem Kopf begann es zu rattern. Ich war hin- und hergerissen zwischen dem, was man uns seit Anbeginn eingetrichtert hatte – nämlich niemals über die Tests zu sprechen –, und meiner Neugier.

»Was meinst du genau?«, fragte ich vorsichtig, weil ich mir noch nicht ganz sicher war, ob er das Gleiche im Sinn hatte wie ich.

»Wenn du Fragen hast ... also zu den Tests, werde ich sie dir beantworten.« Dabei nickte er mir ruhig und aufmunternd zu.

Ich blickte ihn unverhohlen an. »Nicht nur eine«, gab ich zögerlich zu.

»Na dann – bitte ...«

Ich dachte noch einmal kurz nach, aber meine Neugier siegte wie so oft, und eine Frage nach der anderen purzelte über meine Lippen: »Was passiert bei den Tests? Welche Fragen werden sie stellen? Kann ich mich vorbereiten? Was genau ...«

»Du weißt, dass ich darauf nicht eingehen darf«, unterbrach er mich, und ich verzog sauertöpfisch das Gesicht. Doch bevor ich mich empören konnte, erklärte er mit gedämpfter Stimme: »Nur so viel«, er beugte sich auf seinem Stuhl nach vorn, »es hat einen bestimmten Grund, warum ich wegen der Auswahl in eine Gilde immer so stark dränge, denn du sollst die Antworten kennen, bevor dir die Fragen gestellt werden.«

Er nickte verschwörerisch, doch ich konnte mit seinen Worten nichts anfangen und schüttelte nur verständnislos den Kopf.

»Also, was ich sagen will, ist, dass du die Tests in deinem Sinne beeinflussen kannst, wenn du weißt, was du willst.« Wieder dieser verschwörerische Gesichtsausdruck – wieder ein verständnisloses Kopfschütteln.

»Na schön«, sagte er, »dann eben deutlicher: Wenn du dir die Gilden und deren Banner und Fahnen ansiehst, die wir hier zur Verfügung haben, kannst du sie charakterisieren. Nehmen wir Brian – er wollte schon immer Teil der Marshalls sein. Schauen wir also auf das Gildenzeichen: die Mauer, gekreuzte Waffen und ein Wolf. Das heißt, diese Gilde will für Sicherheit sorgen – an der Mauer, aber auch in der Kolonie. Sie setzen dafür Waffen ein und schützen diejenigen, die zu ihnen gehören, also uns. Für eine solche Gilde benötigt man Eigenschaften wie ein starkes Rechtsempfinden, körperliche Stärke, man wird mit Waffen zu tun haben und muss daher zurechnungsfähig sein und mit Stress umgehen können. Du verstehst?«

Ich nickte.

»Und um beim Beispiel deines Bruders zu bleiben: Wenn er also diese Eigenschaften, die benötigt werden, deutlich herausstellt, kann er durch seine Antworten den Test für sich nutzen, um zu werden, was er gerne möchte. Und das könntest du auch, Summer.«

»Und die Elite? Kann man das auch beeinflussen?«, fragte ich neugierig.

Dad verzog sein Gesicht.

»Es gibt einen Arzt – Dr. Huxley. Er ist der Oberarzt des Zentrums, du kennst ihn von der jährlichen Show im Fernsehen. Er entscheidet«, sagte Dad betont beiläufig. »Es wird ein persönliches Gespräch mit ihm geben, und das ist ausschlaggebend.« Er machte eine kurze Pause. »Außerdem solltest du dir vor Augen halten, worum es bei den Tests geht.« Dad zählte an den Fingern seiner rechten Hand ab: »Es gibt einen allgemeinen Test, der einem Intelligenztest nahekommt, einen Test zu den Gilden, einen sportlichen Test, eine eingehende Untersuchung, die der jährlichen Untersuchung im Zentrum gleichkommt – und zu guter Letzt: das Gespräch mit Dr. Huxley. Er wird dich zu sich rufen, mit dir sprechen … und er wird die Entscheidung treffen.«

Ich brachte nur ein »Aha« heraus, als ich auf die fünf Finger blickte, die Dad vor meine Augen hielt.

Für einen Moment schwiegen wir und ich überlegte, dass das doch ziemlich viele Tests waren, die mir bevorstanden.

»Einen Sporttest? Ehrlich?« Missmutig blickte ich Dad an.

Er schmunzelte. »Der ist kein Hexenwerk, Summer. Ich will nicht zu viel verraten, aber der ist wirklich kein Problem.«

»Also in die Elite zu kommen, kann man nicht beeinflussen? Gar nicht?«, hakte ich noch einmal nach, um wirklich ganz sicherzugehen.

»Nein. Es geht um Perfektion ... wenn du die erreicht hast, wirst du ausgewählt. Du weißt doch, Summer: ›Kein Fehler im Charakter oder Aussehen. Vollkommen von innen und außen‹«, zitierte er aus dem Buch der Neuen Welt und ich nickte nachdenklich.

»Du sagst, dass ich die Auswahl in eine Gilde sehr wohl beeinflussen kann. Ich überlege mir also, welche Gilde für mich die passende wäre, charakterisiere sie und stelle diese Eigenschaften bei den Tests heraus«, fasste ich zusammen.

Dad nickte.

»Ist das denn nicht ... schummeln?«

»Nein, so würde ich das nicht nennen.«

»Na schön. Aber da gibt es ein Problem: Ich ... ich weiß nicht, was ich will«, gab ich zögerlich zu.

»Ja, das ist mir bewusst.« Er klang ruhig. »Das ist der Grund, warum ich es dir erzählt habe, denn du solltest es wissen. Darum ist mir das Thema so wichtig.«

»Aber auch, wenn ich es nicht weiß – wird mir der Test nicht trotzdem sagen, was ich kann und was ich will?«, fragte ich hoffnungsvoll.

»Der Test wird dir sicherlich sagen, was du kannst – aber das kann ich auch. Du kannst nämlich eine ganze Menge.« Er lächelte mir zu. »Er wird dir allerdings nicht sagen, was du wirklich willst. Das ist ein Irrglaube. Die Einzige, die dir das sagen kann, bist du selbst.«

Ich nickte versonnen, denn das leuchtete mir ein. Noch bevor ich etwas erwidern konnte, sagte Dad mit sanfter Stimme: »Ich weiß, was du willst. Jeder macht sich insgeheim Hoffnungen, in die Elite gewählt zu werden. Aber bei dir ist es etwas anderes – du bist ... anders ...«

Er betonte das Wort »anders« so eigenartig, dass ich den Kopf hob und er innehielt.

»Okay, ›anders‹ ist vielleicht nicht das richtige Wort – eher uneinsichtiger«, verbesserte er sich. »Für jeden hier ist die Elite der Plan B – aber für dich ist es umgekehrt. Du musst dir klarmachen, dass selbst, wenn du nicht für die Elite infrage kommst, du dennoch ein lebenswertes und lohnenswertes Leben vor dir hast. Leider habe ich manchmal den Eindruck, dass du hier nicht so glücklich bist, wie du es sein könntest, wenn du es … mehr wollen würdest.«

Wieder machte er eine Pause.

»Wenn ich es mehr wollen würde …«, sinnierte ich.

Mein Vater schürzte die Lippen. »Werd hier glücklich. Verschließ dich nicht vor Menschen, die deine Freunde sein könnten. Ich weiß, du bist das Gegenteil von deinem Bruder – du bist eine Einzelgängerin. Aber versuch dich doch deinen Mitschülern anzuschließen. Geh aus und hab Spaß – und zwar hier: in der Mitte deines Goldfischglases.«

Sein forschender Blick verriet mir, dass er eine Antwort erwartete.

»Natürlich werde ich hier weiterleben. Was soll ich denn sonst tun? Über die Mauer hüpfen und sterben? Wenn sie mich nicht wollen, mache ich eben irgendetwas anderes.«

»Nur ist es für ›irgendetwas anderes‹ dann schon zu spät, Summer. Dann ist die Entscheidung getroffen und du musst den Rest deines Lebens mit ihr verbringen.«

Ich stockte, denn mir wurde plötzlich die Bedeutung seiner Worte klar. Und wenn ich tatsächlich Einfluss auf die Entscheidung nehmen konnte, dann hatte er recht – dann sollte ich schleunigst darüber nachdenken.

Er hatte mit noch etwas anderem recht: Es war fast unmöglich, es in die Elite zu schaffen.

Fast unmöglich, dachte ich. Unvermittelt trat die gekränkte Eitelkeit an die Stelle der gewonnenen Einsicht.

Ich konnte es einfach nicht ausstehen, wenn mir jemand meine Hoffnung zu nehmen versuchte – und das tat er. Ich war jung, hatte Träume und wollte mehr, als ich womöglich erreichen konnte. Was war daran verwerflich?

»Hast du schon mal darüber nachgedacht, dass ich auch Chancen hätte, in die Elite gewählt zu werden?«, motzte ich.

»Aber ja«, gab er so bitter zurück, dass ich still wurde. »Die hast du.«

Seine Selbstsicherheit verunsicherte mich, und die Ernsthaftigkeit, die seine Züge umspielte, verschlug mir die Sprache. Glaubte er das tatsächlich?

»Gut«, unterbrach er meinen Gedankengang mit Blick auf den Beutel Blut neben mir. »Vielleicht lassen wir es für heute so stehen. Ich … ich bitte dich nur um einen Gefallen: Denk darüber nach.«

Ich nickte und sah, wie Dads zufriedener Blick abermals auf den Blutfluss und den Beutel fiel.

»Geschafft«, sagte er, und ich war mir nicht sicher, ob er damit nur die Blutentnahme meinte.

Er erhob sich, nahm ein flaches Wattepad und besprühte es mit Desinfektionsmittel. Der beißende Geruch ließ mich abermals zurückweichen.

Langsam und vorsichtig zog er die Nadel aus meiner Armbeuge. Ich schaute weg, spürte aber, wie sich das Metall aus meiner Vene zurückzog. Dann presste er das feuchte Wattepad auf meine Haut.

»Fest drücken«, forderte Dad, als ich meinen Zeigefinger auf die Watte legte. »Wir wollen doch nicht, dass sich verräterische blaue Flecken bilden.« Er zwinkerte mir zu, und ich nickte müde, denn das war mir auch selbst klar. Mit flüchtigem Blick schaute er auf meinen Arm und mahnte: »Fester, Summer!« Ich drückte das Wattepad noch fester in mein weiches Fleisch. »Bleib noch ein wenig sitzen.« Er strich mir liebevoll mit der Hand über den Kopf. Mein Blick folgte ihm durch den Raum, als er zu seinem Schreibtisch ging, ein breites Etikett auf den Beutel mit meinen fünfhundert Millilitern Blut klebte und ihn dann in den Kühlschrank legte. Anschließend setzte er sich wieder an seinen Schreibtisch und nahm die erste Blutprobe zur Hand. Aus dem Röhrchen träufelte er einige rote Tropfen auf eine schmale Glasscheibe, legte sie unter das Mikroskop und blickte hinein: »Alles sieht gut aus.«

»Gut genug, um die Auswahl für die Elite zu schaffen?«, platzte es aus mir heraus.

»Gut genug«, gab er zurück. Und auch wenn er mir seinen Hinterkopf zugewandt hatte, hörte ich einen tiefen Seufzer und war mir sicher, dass er genervt die Augen verdrehte. Er entnahm dem Mikroskop die hauchdünne Scheibe und reinigte sie gewissenhaft, genau wie das Röhrchen. Ich hatte schon vor langer Zeit aufgehört, Fragen über die Blutentnahmen zu stellen, denn Antworten hatte ich niemals erhalten. Natürlich hatte ich meine eigenen Theorien – die schlüssigste war der Verlust, den wir alle damals erlitten hatten. Ich stellte mir vor, dass Dad den letzten Rest Kontrolle behalten wollte, um Brian und mich nicht auch noch zu verlieren. Er trat an mich heran und schaute unter das Wattepad. Dann nickte er zufrieden und klebte ein Pflaster auf die irritierte Haut.

Ich sah auf und wir blickten uns in die Augen. Dad lächelte und musterte mich. Aber plötzlich verschwand sein Lächeln und eine kummervolle Miene überzog seine eben noch erhellten Gesichtszüge.

»Hattest du den Albtraum wieder, Summer?«

Zu meiner Erleichterung hatte mich der wiederkehrende Albtraum so lange wie noch niemals zuvor verschont. Vielleicht hatte ich ihn überwunden? Vielleicht hatte er sich jemand anderen gesucht, den er nachts quälen konnte?

Beim Gedanken an sein endgültiges Verschwinden strahlte ich hoffnungsvoll. »Schon seit ganzen zwei Wochen nicht mehr.« Die Befreiung, die meine Worte in mir auslösten, war deutlich zu hören.

»Schon seit zwei Wochen nicht mehr …«, wiederholte Dad – und zumindest ein halbes Lächeln kehrte in sein Gesicht zurück. »Gut … Das ist gut …«, fügte er gedankenversunken hinzu. »Ich helfe Brian mit dem Abendessen. Komm rüber, sobald du aufstehen kannst. Ich hab dich lieb, Summer. Ich will nur dein Bestes.«

»Ich weiß, Dad.«

Er strich mir noch einmal liebevoll über die Wange und verließ den Raum. Jetzt war ich allein mit meinen Gedanken an den bösen Traum, aber ich wollte gar nicht länger über ihn nachgrübeln, denn das hatte ich schon viel zu oft getan – und durch das ständige Sinnieren, ob dieser Traum nun eine Bedeutung haben könnte, öffnete ich ihm die Tür zu meiner Realität. Darum schüttelte ich leicht den Kopf, geradeso, als könnte ich ihn damit vertreiben.

Ich zwang mich, meine Aufmerksamkeit auf unser Gespräch zu lenken, und dachte darüber nach, was Dad eben angedeutet hatte. Ich hatte Chancen auf die Elite? Ernsthaft? Ich wusste, dass ihm das nicht sonderlich gefiel, denn Dad sah die Sache mit der Elite und der Neuen Welt skeptisch. Es gab keinen offensichtlichen Grund, denn keiner von uns hatte die Elite, geschweige denn die Neue Welt, jemals gesehen. Er hatte seine Skepsis auch niemals laut ausgesprochen, aber ich bemerkte sie. Vermutlich war ihm klar, dass es schwer sein würde, es zu schaffen. Vielleicht wollte er mich einfach nur vor Enttäuschungen bewahren. Er war eben mein Dad, ich war seine einzige Tochter – eine andere gab es nicht mehr. Mein Blick geisterte durch den Raum und blieb an dem Arztbesteck hängen. Zu welcher Gilde wollte ich gehören, wenn ich wählen könnte? Ich war einfach zu müde, um jetzt darüber nachzudenken, und außerdem machte sich mein Magen durch lautes Knurren bemerkbar. Langsam stand ich auf und schlurfte zur Tür. Ich legte den Lichtschalter um und zog die Tür hinter mir zu.

KAPITEL 2

Bilder im Nebel

Unser Haus war größer als die anderen Häuser des Dorfes Blackyard. Das lag daran, dass die Arztpraxis meines Dads an unsere Hauswand grenzte. Zwar gab es einen separaten Eingang an der Vorderseite, aber die Praxis war auch durch eine Tür, die vom Flur in unsere Küche führte, direkt mit unserem Haus verbunden. Sie verfügte über ein Wartezimmer, ein Büro und drei Behandlungsräume. Ich half Dad von Zeit zu Zeit, hatte es aber nie erlebt, dass alle drei Behandlungsräume zur gleichen Zeit besetzt waren. In der Regel konnte man die großen und kleinen Wehwehchen mit wenig Aufwand wie Hausmitteln oder Kräutern in den Griff bekommen. Das Schlimmste, was ich bisher gesehen hatte, war die Schnittwunde eines Jungen aus der Gilde der Zimmerleute gewesen. Der arme Teufel hatte gejault, als mein Dad die Wunde gründlich gesäubert hatte und mit der Nadel in die weiche Haut gedrungen war, um das zerschnittene Fleisch wieder zusammenzuflicken. Die Schreie des Jungen waren mir durch Mark und Bein gegangen, doch ich hatte mich gezwungen, zuzusehen und zu lernen, sosehr es mir auch davor graute.

So, wie es war, passte das Haus in die Weingegend: Es hatte einen blassen, weißen Anstrich und weiße Sprossenfenster, die von rotem Sandstein umrandet wurden. Die grünen Klappläden rundeten das schlichte Erscheinungsbild ab – und auch wenn wir sie niemals zum Verdunkeln der Räume nutzten, unterstrichen die aufgeklappten Fensterläden als dekoratives Element den Charme des Hauses. An der Seitenwand bahnte sich Efeu seinen Weg bis hinauf zum Giebel. Mom hatte ihn damals gepflanzt, und keiner von uns hätte jemals daran gedacht, ihn zu entfernen oder zu schneiden. Ein etwa meterhoher Gartenzaun umgab den kleinen Vorgarten, das weiße Tor stand immer offen. Wir hatten auch noch einen etwas größeren Garten hinter dem Haus, was mir besonders entgegenkam, da ich mich als Gärtnerin versuchte. Ich war sicherlich nicht die beste Gärtnerin, die die Welt jemals hervorgebracht hatte, aber dafür ambitioniert. Einen Schönheitswettbewerb würden weder meine Tomaten noch mein Salat oder die Erdbeeren gewinnen – aber essen konnte man alles. Hinzu kamen die beiden Rosensträucher, bei denen ich bessere Ergebnisse erzielte. Die weißen Rosen blühten stets in voller Pracht und bis weit in den Herbst hinein. Und unser Haus hatte noch eine Besonderheit: Es war das letzte Haus des Dorfes, und das gefiel mir besonders gut. Denn dahinter erstreckten sich weite Wiesen, auf denen im Sommer Kühe grasten und Schafe zu wollenen Fellknäueln heranwuchsen. Die hügelige Landschaft und die schrägen Hänge waren in Wälder gebettet. Die Natur war allgegenwärtig, und das machte die Kolonie durchaus attraktiv – nur eben nicht für mich. Denn nach den Wäldern und dem nächsten Dorf ... und dem nächsten und dem übernächsten – es waren insgesamt sechzehn an der Zahl – kam irgendwann die Mauer. Übermächtig, unbezwingbar hoch und lebensnotwendig. Lebensnotwendig, weil sie das Einzige war, was zwischen uns und den Monstern stand. Und obwohl ich wusste, dass sie außerhalb der Mauern lauerten, gab es Tage, an denen ich nichts sehnlicher wollte, als diese Kolonie zu verlassen. Ich hatte keine Todessehnsucht, aber ich verbrachte schon mein ganzes Leben hier an diesem Ort, an dem niemals etwas Neues passierte, abgeschirmt von der Welt, abgeschirmt von allem. Die sechzehn Dörfer teilten sich eine Kleinstadt mit dem Namen Richmond, in der nicht gerade wenige Menschen lebten – aber Abwechslung bot diese auch nicht. In Richmond konnte man einkaufen, ins Kino gehen, es gab eine Bibliothek und Restaurants, aber es gab nie neue Gesichter oder neue Dinge. Jeder Tag war genau wie der Tag zuvor. Ein Leben in einer Kolonie, so sicher es auch sein mochte, hatte also auch Nachteile. Ich verstand früh, dass alles seinen Preis hat – gerade die Sicherheit, denn die geht immer auf Kosten der Freiheit.

Mit meinen flachen Schuhen schlich ich über den gefliesten Boden der Arztpraxis und öffnete die Tür, die in unsere Küche führte. Ich blieb im Türrahmen stehen und sah Dad und Brian eine Weile zu. Sie waren meine Familie – die Einzigen, die mir auf dieser Welt noch geblieben waren. Brian stand am Spülbecken und goss die Kartoffeln ab, Dad war gerade dabei, das Besteck zu verteilen.

»Du kommst genau richtig«, bemerkte mein Bruder und stellte die Kartoffeln auf den Tisch.

Ich löste mich aus dem Türrahmen. »Braucht ihr Hilfe?«

»Jup, du kannst gleich abwaschen.« Brian grinste mich an.

»Als würde ich das nicht sowieso immer«, entgegnete ich mit schmalen Augen und setzte mich an den Tisch, weil Brian und Dad wohl alles im Griff hatten.

Wie bei jeder Mahlzeit zündete Dad die beiden Kerzen an, die auf dem alten Holztisch standen – ein Ritual, das morgens, mittags und abends stattfand. Eine Kerze stand für meine Mutter, die andere für meine kleine Babyschwester Elisa – zumindest wäre das ihr Name gewesen. So würden wir sie niemals vergessen.

»Wie war es heute in der Schule?«, fragte Dad und goss gereinigtes Zentrumswasser in unsere Gläser – aufgrund der möglichen Verunreinigungen und Infektionsgefahren tranken wir niemals Leitungswasser.

»Wie immer.«

»Bei mir auch«, antwortete Brian. »Am Samstagabend gibt Claire eine Party. Ich will hin. Ist es okay, wenn ich das Auto nehme?«

»Ich brauch es nicht«, antwortete ich. Dann schob ich mir eine Gabel mit Fisch in den Mund und überlegte, was für ein Glück wir hatten. Brian und ich konnten uns tatsächlich ein Auto teilen. Noch ein Nachteil in einer Kolonie: Autos waren rar. Jeder Familie wurde ein einziges Fahrzeug zugeteilt, und es gab nur wenige Gilden, die von dieser Regel ausgenommen wurden und sich über ein zweites Auto freuen durften. Wir waren eine davon. Als Arzt musste Dad sein mit Sirene und Defibrillator ausgestattetes Auto ständig in Reichweite haben, und so konnten Brian und ich uns das zweite teilen. Im Augenwinkel sah ich, wie Dad seine Gabel auf dem Tellerrand ablegte.

»Summer«, murmelte er mehr zu sich selbst. »Ist Claire nicht in deinem Pflanzen- und Heilkundekurs?«

Mir war klar, was nach dem Gespräch von vorhin auf mich zukommen würde. Ich funkelte Brian wütend an. Mein überaus beliebter Bruder war nur knapp ein Jahr älter als ich, und darum gingen wir in die gleiche Stufe. Die Schule und auch Dad hatten aber großen Wert darauf gelegt, uns nicht in die gleichen Kurse zu stecken. Brian war mit Claire befreundet, denn

25

sie hatten ein oder zwei Kurse zusammen. Ich dagegen kannte sie nicht wirklich gut – aber das, was ich bisher von ihr mitbekommen hatte, reichte mir zu Genüge. Ich fand ihr aktuelles Gildensymbol durchaus passend und bezeichnend für sie. Ihre Eltern hatten eine Metzgerei hier im Dorf, daher zeigte ihr Gildenwappen ein Fleischermesser, eine Kuh, ein Schwein – und eine Pute … so viel dazu.

»Bist du auch eingeladen, Summer?«, wollte Dad wissen.

»Claire ist nicht gerade meine … sagen wir … beste Freundin«, antwortete ich zögernd. »Und daher – nein!«

»Wann soll ich wieder zurück sein?«, grätschte Brian dazwischen, ganz klar, um Dads Aufmerksamkeit von mir wegzulenken.

»Ähm … Ist Mitternacht okay?«

Brian nickte.

»Summer, wäre es nicht schön, wenn dein Bruder dich mitnehmen würde? Geht doch zusammen hin«, schlug er vor und richtete seinen Blick hilfesuchend auf Brian.

»Ich denke nicht, Dad«, beteuerte ich hastig, noch bevor Brian etwas erwidern konnte. »Und? Wie war dein Tag so, Dad?«, schob ich rasch hinterher.

»Es war nicht sonderlich anstrengend heute. Ein ruhiger Tag, würde ich sagen.«

»Mhm«, machte ich nur und schob mir die nächste beladene Gabel in den Mund.

»Und was war sonst los, meine lieben Kinderlein?«, säuselte Dad. »Ich meine, außer der Party von Claire?«, fügte er zwinkernd hinzu. Ich war erleichtert, dass er mich zumindest heute, wie es schien, mit diesem Thema nicht mehr belästigen würde.

Den Rest des Essens verbrachten wir mit belanglosen Gesprächen über Lehrer und Hausaufgaben, und als wir fertig waren, machte ich mich an den Abwasch. Weil Brian gekocht hatte, war das mein Job – und ich tat es gerne. Ich empfand den Abwasch als durchaus meditativ: Es war eine monotone Arbeit, die meine Finger auch ohne meinen Kopf verrichten konnten. Ich drehte also den Wasserhahn auf und ließ das Spülbecken mit lauwarmem Wasser und einigen Spritzern Spülmittel volllaufen. Als ich den ersten Teller in das warme Wasser tauchte, stand plötzlich Dad neben mir.

Ich hatte ihn nicht kommen gehört. Er hielt ein Trockentuch in seiner Hand. Ohne Worte reichte ich ihm den ersten nassen Teller und machte mich an den nächsten. Wir schwiegen, weil es eben gerade nichts zu sagen gab. Als ich meinen Blick hob, huschte ihm ein zaghaftes Lächeln übers Gesicht. Ganz schwach zeichneten sich die Lachfältchen um seine Augen ab, und ich erinnerte mich, dass er früher viel gelacht hatte. Unwillkürlich wanderte mein Blick von den kleinen, feinen Fältchen um seine Augen zu den tiefen Furchen auf seiner Stirn. Beides hatte ihm das Leben gegeben – die schönen Tage hatten sich um seine Augen eingeprägt, die Tragödien auf seiner Stirn. Es war mittlerweile elf Jahre her. Ich war sechs und musste schmerzlich lernen, dass es Tage gibt, die alles verändern und nach denen nichts jemals wieder so sein wird, wie es einmal war. Im Gedächtnis blieben nur Momentaufnahmen – Bilder im Nebel …

So, wie man geheime Schätze in einem Schuhkarton in der hintersten Ecke eines Schrankes aufbewahrt, hatte auch ich die Bilder der Vergangenheit weit hinten in meinem Kopf versteckt. Ich musste nach den Erinnerungen kramen, um sie hervorzuholen, und manchmal tat ich das. Manchmal griff ich nach dem Schuhkarton und öffnete ihn, nur um sicherzugehen, dass alles noch genau so war, wie ich es verstaut hatte …

Auf dem ersten Bild sitzen wir am Frühstückstisch. Es gibt uns noch alle: Mom, Dad, Brian und mich. Ich schmecke die süßen Erdbeeren aus dem Garten und spüre die warme, goldene Sonne durch das Fenster meine Nase kitzeln. Ich lege meine kleinen Hände und mein rechtes Ohr auf den Bauch meiner Mom. Ich vermute, dass man das Baby hören kann. Ich bin konzentriert und atme ihren vertrauten Geruch ein. Sie riecht nach Erdbeeren und Spaziergängen, nach frischer Luft und frischer Erde, nach Kuchen und nach Lavendel.

Dann sitzen wir alle im Auto. Während der gesamten Fahrt ins Zentrum wirft Dad meiner Mom besorgte Blicke zu – immer wieder. Ich sehe, wie sie ihn mild anlächelt. »Alles wird gut«, sagt sie mit ihrer sanften Stimme. Sie legt ihre Hände behutsam auf den runden Bauch und streichelt ihn.

Meine Mom sitzt jetzt in einem Rollstuhl. Sie wird von einer Krankenschwester zu der Tür des Kreißsaals geschoben. Sie dreht sich noch einmal um, lächelt mit ihren dunkelgrünen Augen und winkt. Sie wirft mir eine Kusshand zu, und ich werfe ihr mit beiden Händen ganz viele Küsse zurück. Ich sehe, wie Mom sich eine blonde, kurze Haarsträhne hinter das Ohr schiebt. Die Tür des Kreißsaals wird geöffnet, dann ist sie weg – für immer.

Die Bilder, die dann folgen, sind nicht mehr hell, bunt oder freundlich. Sie werden düster, fast schwarz, und ein trauriger Schleier aus Nebel legt sich darüber.

Der Arzt kommt kopfschüttelnd auf uns zu. Er zieht langsam seinen Mundschutz aus und über seine Lippen kommen Worte wie: »Komplikationen«, »alles Menschenmögliche«, »weder Mutter noch Baby«.

Dann Dads Zusammenbruch. Er will Mom noch einmal sehen – will in den Kreißsaal, will zu ihr. Seine Wehrhaftigkeit – das Geschrei – der Kampf – sein unbedingter Wille, sie zu erreichen – doch sie lassen ihn nicht. Stattdessen fangen sie ihn ein, ringen ihn zu Boden, drücken ihn nach unten und jagen ihm wie einem wilden Tier eine lange Nadel in den Oberarm. Dann ist es still. Sie bringen Dad weg. Habe ich jetzt beide verloren? Bin ich jetzt eine Waise?

Nein, zum Glück nicht. Sie lassen Brian und mich nach einigen Stunden wieder zu ihm. Wir bleiben ein paar Tage im Zentrum. Brian, Dad und ich teilen uns ein Zimmer und ich krieche jeden Abend zu meinem Dad ins Bett. Und dann dürfen wir das Zentrum verlassen. Seitdem ist Dad verändert – und er bleibt es.

Wir haben niemals darüber gesprochen. Sind es Selbstvorwürfe, die ihn quälen? Denkt er, er hätte es besser gemacht als die Ärzte im Zentrum? Vielleicht ... doch ein Baby wird immer im Zentrum geboren – wegen der Gesundheitschecks, die folgen. Auch für meinen Dad, den Arzt von Blackyard, wird da keine Ausnahme gemacht.

Aber war es nur Dad, der verändert war?

Nein – denn nach der Rückkehr vom Zentrum begann der Albtraum Teil meiner Nächte zu werden. Wieder und wieder suchte er mich heim, wie ein Geist, der noch etwas zu erledigen hatte.

Und Brian? Brian war lange Zeit sehr still gewesen. Das war wohl seine Art zu trauern. Aber er wurde wieder zu dem, der er war – nur mein Albtraum ließ nicht von mir ab, und auch Dads Seele heilte niemals ganz.

Wenn ich diese Bilder in meinem Kopf ansah, empfand ich nichts – rein gar nichts –, denn ich ermahnte mich immer wieder: *Es sind nur die Bilder irgendeiner glücklichen Familie, nur die Bilder irgendeiner Tragödie.*

Aber wenn mein Kopf für einen winzigen Moment die Kontrolle verlor und die Bilder an mein Herz drängten, dann wusste ich es besser. Berührten die Erinnerungen mein Herz, dann zog es sich gequält zusammen, als würde jemand es mit der Hand zerdrücken. Mein Herz ließ sich nicht belügen. Es waren *meine* Erinnerungen an *meine* Tragödie! Mutig holte ich das nächste Bild hervor ... Es war die Erinnerungsfeier für meine Mom und meine Babyschwester Elisa. Sie fand in unserem Haus statt. Beerdigungen oder Gräber, wie sie die Menschen früher kannten, gab es hier nicht. Der Boden durfte nicht verseucht werden, deshalb wurden alle Verstorbenen im Zentrum verbrannt.

Moms Parfüm liegt in der Luft. Steht sie hinter mir? Ich drehe mich um. Leere. Ich schließe die Augen und atme den letzten Rest Erinnerung an sie ein. Und dann die Rede meines Dads, die er an diesem Tag unter Tränen gehalten hat. Niemals vergesse ich den einen Satz. Er wird für immer in meinem Kopf bleiben, wie eine Schnitzerei in einem Baumstamm: »An diesem Tag verlor ich nicht nur meine Ehefrau, ich verlor meine beste Freundin, ich verlor die einzig wahre Liebe meines Lebens ...«

»Alles in Ordnung?« Dad riss mich aus meinen Erinnerungen.

»Ja, klar«, sagte ich so unbefangen wie möglich und setzte ein falsches Lächeln auf. Mit einem Blick auf das Geschirr bemerkte ich, dass ich bereits beim letzten Löffel angekommen war.

Danach wünschte ich Dad eine gute Nacht und ging die Treppe nach oben. Die alten Holzbohlen knarzten an den vertrauten Stellen, denn ich achtete heute Abend nicht auf meine Schritte. Ich war zu müde und nahm jede Stufe so, wie sie kam.

Mein Zimmer war klein, aber es war praktisch geschnitten. Auf der oberen Etage hatten wir zwei Bäder. Brian und Dad teilten sich das eine und überließen mir bereitwillig das andere. Das war schön, denn so bekam ich das Zimmer mit direktem Zugang zum Bad. Gewissermaßen »en suite« – alles andere als selbstverständlich. Ich ließ mich auf mein Bett fallen, das unter einem der beiden Fenster in der Dachschräge stand, zog die Strümpfe aus und stellte meine Füße auf den Holzboden – ein alter Dielenboden. Er hatte schon bessere Tage gesehen, aber ich fand, dass er viel Charme besaß. Unter der Bettdecke fingerte ich nach meinem Nachthemd und zog mich um. Noch immer barfuß ging ich ins Badezimmer.

Habe ich eine Chance?, fragte ich mich unwillkürlich, als mein Blick in den Spiegel fiel. Ich musterte mein Spiegelbild. Ich war schlank, aber nicht dürr, meine Haare blond und schulterlang, die Gesichtszüge ebenmäßig, die Augen dunkelgrün, genau wie die meiner Mom. Sie hatte immer gesagt, dass das Grün meiner Augen ganz besonders strahle, wenn die Sonne darauf treffe. Wenn meine Augen die Sonnenstrahlen einfingen, wurden sie zu zwei leuchtenden Smaragden.

Keine Narbe zeichnete meinen Körper – auch deshalb machte ich mir Hoffnungen auf ein Leben in der Elite: Perfektion in jeglicher Hinsicht. Der Grundstein, auf dem die Elite aufbaute. Ich hatte nicht einmal eine einzige kleine Narbe von den Windpocken, als ich vier war – darauf hatte Mom geachtet. Nächtelang wachte sie damals neben meinem Bett und passte auf, dass ich mich nicht kratzte. Meine Mom … ich vermisste sie jeden Tag. Ihr Bild noch vor Augen, lächelte ich und löschte geistesabwesend das Licht im Bad. Ich schlüpfte unter meine Bettdecke und schlief sofort ein.

KAPITEL 3

Symptome

Ich weiß, dass ich träume. Ich stehe auf einem Korridor. Er ist düster und kalt. Ich bin nicht allein. Ein Schatten steht an einer Tür. Er hat mich noch nicht bemerkt. Die Tür ist nur angelehnt, und doch zwängt sich ein gleißender Lichtstrahl hindurch, fällt auf den dunklen Korridor und die gegenüberliegende gekachelte Wand. Ich stehe reglos. Blutig rote Finger greifen aus dem Schatten heraus, umfassen den Griff und reißen die Tür mit einem Ruck auf. Der Schatten steht mitten im silbernen Licht und erst jetzt erkenne ich ihn: Es ist mein Dad! Von seinen Fingern tropft Blut in langen Fäden zu Boden. Mein Atem geht schneller. Ist er verletzt?

Da höre ich eine düster flüsternde Stimme an meinem Ohr: »Fürchte dich vor dem Licht!« Ich drehe mich um. Niemand. Aber ich glaube der Stimme. Mein Bauchgefühl sagt mir, dass ich ihr trauen kann. Verängstigt kreische ich los: »Nein, Dad! Nicht! Geh nicht ins Licht!« Er hört mich nicht. Meine Schreie sind stumm. Aus meiner Kehle kommt kein Laut. Also laufe ich los. Ich laufe, um ihn aufzuhalten – doch ich trete nur auf der Stelle. Hilflos muss ich mitansehen, wie mein Dad von der bedrohlichen Helligkeit verschluckt wird.

Aber ich gebe nicht auf! Ich rudere mit den Armen, renne und keuche – ich komme nicht vorwärts. Und dann, ganz plötzlich und ohne mein Zutun, stehe ich vor der Tür. Das Licht brennt in meinen Augen. Ich kneife sie zusammen, schirme sie mit der Hand ab.

»Kehr um!«, warnt mich die Stimme abermals – eindringlicher diesmal. Aber meine Neugier ist stärker. Ich will zu meinem Dad! Die Helligkeit lockt mich – und ich trete hindurch. Augenblicklich schlägt mir ein fieser Geruch entgegen! Steril … und metallisch … nach kaltem Fleisch … und nach Tod. Obwohl ich den Tod noch niemals gerochen habe, erkenne ich ihn. Ein Urinstinkt? Mir wird übel.

»Schließ die Augen!«, höre ich die Stimme wieder. Ich ignoriere sie und blicke mich um. Ich stehe in einer Halle. Schauer laufen meinen Rücken hinab. Als ich die Wände sehe, fahre ich zusammen ... sie bluten! Die Wände bluten! Aus jeder Fuge der gekachelten Wände rinnt Blut! Es sieht ölig aus und quillt schwallartig heraus. Ich halte den Atem an – und will aufwachen ... Ich will sofort aufwachen! – Doch der Albtraum lässt mich nicht. Dad hat mir seinen Rücken zugewandt. Mit den blutigen Fingern umfasst er das Geländer und blickt in die Halle hinunter. Ich mache einen Schritt auf ihn zu, sehe im Augenwinkel noch immer die pulsierenden Wände. Der Untergrund fühlt sich merkwürdig unter meinen nackten Füßen an. Ich blicke hinab und sehe Gitterroste. Wie eine große Galerie führen sie einmal um die Halle herum – in der Mitte das bodenlose Nichts. Durch die Gitter erblicke ich unter mir weitere Stockwerke und weitere Plattformen. Den Boden der Halle sehe ich nicht. Dafür müsste ich neben Dad an das Geländer treten. Also gehe ich los. Die Gitter bohren sich in meine nackten Füße. Nur wenige Schritte und ich habe Dad erreicht. Gerade als ich hinunterblicken will, blitzt es grell auf und ein Rasseln dringt an mein Ohr. Alarmiert hebe ich den Kopf. Das Rasseln wird zum Scheppern. In kurzen, unregelmäßigen Abständen tönt es durch die Halle. Ich blicke hoch. Erst jetzt sehe ich, dass Ketten von der Decke herabhängen. Sie rasseln hier und da aneinander.

Ein neues Geräusch dringt an mein Ohr: Es klingt wie Wasser, das schwallartig irgendwo herausschießt – wieder und wieder ... Das Plätschern kommt von unten, das weiß ich sofort. Aber bevor ich hinunterblicken kann, blitzt es abermals auf, und im nächsten Moment dreht sich Dad zu mir um. Fassungslosigkeit liegt in seinem Blick, als er mich anstiert. Seine Augen sind so weit geöffnet, dass ich glaube, sie könnten ihm jeden Moment aus den Augenhöhlen ploppen. Sein Gesicht ist leichenblass, wirkt eingefallen, und seine Miene ist wie versteinert. Er sieht aus, als wäre er soeben um Jahrzehnte gealtert. Mit leerem Blick starrt er in mich hinein – oder durch mich durch? Was hat er gesehen? Bevor ich das herausfinden kann, eilt er auf mich zu und presst dabei den Zeigefinger seiner rechten Hand gegen seine Lippen.

»Schhhhh ...«, macht er, und als er den Finger wieder sinken lässt, bleibt ein blutiger Abdruck auf seinen Lippen zurück. Mein Blick huscht zum Geländer. Ich will sehen, was er gesehen hat – doch wieder hält mich der grelle, beißende Blitz davon ab.

»Schhhh ...«, macht mein Dad wieder – aber ich will nicht still sein! Ich will schreien! Ich öffne meinen Mund – doch wieder kommt kein Laut über meine Lippen. Die stummen Schreie trocknen meine Kehle aus, mein Gesicht ist zu einer angsterfüllten Grimasse verzerrt. Jede Sehne, jeder Muskel und jeder Knochen meines Körpers ist mit nackter Angst durchtränkt, vollgesogen wie ein Schwamm. Und dann dringt der metallische Geruch des Todes wieder in meine Nase – und ich falle ... Alles um mich herum verschwimmt – alles, bis auf das Rasseln und das Scheppern ... und das Plätschern ...

Ich falle weiter und weiter und weiter – in das bodenlose Nichts ...

Schrill drang das Kreischen des Weckers an mein Ohr.

Ich schnellte schweißnass hoch und saß kerzengerade in meinem Bett.

Es war nur wieder der Traum ... nur wieder der Albtraum ..., versuchte ich mich zu beruhigen. Meine Finger glitten zuerst über meine feuchte Stirn, dann tasteten sie flatterig nach der Quelle des grellen Klingelns, bis sich endlich eine wohltuende Stille im Raum ausbreitete. Enttäuscht darüber, dass dieser als Albtraum getarnte Geist noch immer nicht vertrieben war, sank ich in mein Kissen zurück. Vor lauter Erschöpfung schlief ich wieder ein.

Ich hatte keine Ahnung, wie viel Zeit vergangen war, als mein Bewusstsein langsam in die Wirklichkeit zurückglitt. Hatte der Wecker schon geklingelt? War heute Samstag? Konnte ich ausschlafen? Welcher Tag war heute?

Dienstag!, fuhr es mir durch den Kopf, und als jagte ein Stromschlag durch meinen Körper, riss ich die Augen auf. Die Uhr zeigte kurz nach sieben.

»Mist«, murmelte ich, hastete ins Bad und sprang unter die Dusche, um mich gleich darauf einzushampoonieren, obwohl das Wasser noch kalt war. Frierend föhnte ich mir nach dem Auswaschen die Haare halb trocken und drehte sie zu einem Dutt zusammen. Ich hatte das Bad in Bestzeit verlassen und riss die Tür meines Kleiderschrankes auf. An einem Tag wie heute war ich dankbar über die vorgeschriebene Schulkleidung – blaue Jeans und ein weißes Oberteil. Keine Extravaganzen, kein langes Nachdenken. Während ich die Holztreppe hinunterstolperte, wurde mir wieder mal klar, wie glücklich wir uns schätzen konnten, dass wir nicht auf den Bus angewiesen waren, denn der wäre heute mal wieder ohne mich zur Schule gefahren. Aber selbst mit dem Auto konnte man nicht jede Verspätung wieder rausholen.

In der Küche angekommen sah ich Brian und Dad gemütlich am Frühstückstisch sitzen. Ich ließ mich auf meinen Stuhl fallen und stellte die braune Schultasche neben mir auf dem Boden ab. Ohne Hetze und als hätte er alle Zeit der Welt, tauchte Brian seinen Löffel in die Müslischale und Dad blätterte wie in Zeitlupe eine Seite seiner Zeitung um.

»Ich wollte gerade nach oben gehen und fragen, wo du bleibst.« Dad sah von der Zeitung auf.

Mit einem hastigen Blick auf die Küchenuhr stellte ich fest, dass ich noch ganze zehn Minuten Zeit zum Frühstücken hatte – so schnell hatte ich mich noch nie fertig gemacht.

»Das Pflaster, Summer«, erinnerte mich Dad und blickte auf das daumengroße Pflaster in meiner Armbeuge. Mit einem Ruck zog ich es ab und sah um die kleine rötliche Einstichstelle einen verräterischen blauen Schimmer. Wir alle wechselten vielsagende Blicke.

»So ein Mist!«, rief ich aus. »Ich geh mich umziehen.«

Brian und Dad nickten.

»Und denk an deine Anstecknadeln!«, rief Dad mir nach.

Erst jetzt bemerkte ich, dass ich sie im Stress vergessen hatte – ein Fauxpas, der nicht passieren durfte. Jeder Schüler, der noch keiner Gilde zugeteilt war, musste zwei kleine Broschen tragen: eine weiße, die für die noch ausstehende Entscheidung stand, und eine Brosche der Gilde, aus der der Vater kam. Meine Gildenbrosche zierte ein von einer Schlange umwundener Stab, und dahinter war das Blatt der Brennnessel zu sehen, was die Kräuterheilkünste unserer Ärztegilde darstellen sollte.

Aus meinem Kleiderschrank holte ich einen dünnen weißen Langarmpulli und streifte ihn über. Hektisch befestigte ich die filigranen Broschen links auf Höhe meines Herzens und öffnete noch schnell meine feuchten Haare. Ich lief die knarzende Treppe wieder hinunter und ließ mich stöhnend auf meinen Stuhl am Küchentisch fallen. Dad und Brian nickten zufrieden.

»Hast du diese Woche noch Sport?«, wollte Dad wissen.

»Heute in der letzten Stunde … und übermorgen auch«, antwortete ich mit einem Blick auf meine jetzt verdeckte Armbeuge. Dad stand auf, nahm einen Block aus der oberen linken Küchenschublade und begann zu schreiben – und so hatte das Leiden gestern doch noch etwas Gutes: Es bewahrte mich für den Rest dieser Woche vor den Qualen des Sportunterrichts.

Ich nahm die handschriftliche Entschuldigung meines Dads an mich und konnte mir ein glückliches Grinsen nicht verkneifen. Kurz überflog ich das Schreiben, las etwas von Frauenbeschwerden und dass es nach seiner ärztlichen Einschätzung nicht zuträglich sei, in meinem Zustand Sport zu treiben.

Brian war bereits aufgestanden und griff nach den Autoschlüsseln.

»Wir müssen los.« Er rasselte mit dem Schlüsselbund.

»Aber ich hab noch nicht mal gefrühstückt«, protestierte ich mit einem Blick auf den leeren Teller vor mir.

»Dann musst du eben einfach mal früher aufstehen«, gab er altklug zurück und deutete auf die Obstschale. Seufzend griff ich nach einem grünen Apfel und einer Banane, verstaute beides in meiner Schultasche und hängte sie mir um.

»Ich fahre«, bestimmte Brian, und ich nickte, weil ich weder gerne noch gut Auto fuhr. Vermutlich war das eine das Resultat des anderen … Wir verabschiedeten uns von Dad, stiegen in das alte, weiße Auto und fuhren los zur Schule.

Der Parkplatz war wie gewohnt fast leer, denn die meisten Schüler kamen mit dem Bus. Brian übergab mir den Autoschlüssel, damit ich die letzte Stunde im Wagen auf ihn warten konnte. Wir verabschiedeten uns, und ich sah, dass seine Freunde am Haupteingang bereits auf ihn warteten. Nur die Tatsache, dass Dad der Arzt von Blackyard war und Brian mein cooler, starker, gut aussehender älterer Bruder, machte mich quasi unangreifbar – da machte ich mir nichts vor. Lediglich ein paar kleine verstohlene Lacher musste ich mir hier und da gefallen lassen … vor allem beim Sport. Aber das war auf jeden Fall erträglich und galt zudem nicht für heute. Also machte ich mich auf ins Sekretariat, um die Entschuldigung abzugeben, damit die Lehrer Bescheid wussten. Als ich das Büro betrat, saß die ältere, kleine Dame wie jeden Tag hinter ihrem Schreibtisch und lächelte mir freundlich entgegen.

»Guten Morgen«, sagte ich. Sie erhob sich und trat an den Tresen heran.

»Guten Morgen«, entgegnete sie mit rauchiger Stimme, und ich übergab ihr das Schreiben. Sie nahm es, faltete es auf und rückte ihre schmale Brille gerade. Vom Büro des Rektors, das hinter dem Tresen und ihrem Schreibtisch lag, drangen Bruchstücke einer Unterhaltung an mein Ohr. Die Tür stand halb offen.

»Heute schon? Das ist zu knapp – ich hatte keine Gelegenheit, mich vorzubereiten. Warum wurde ich denn nicht früher informiert?« Ich konnte die Stimme eindeutig meinem Pflanzen- und Heilkundelehrer Mr Ebsteen zuordnen.

Die Antwort des Rektors klang unsicher: »Ich weiß, Mr Ebsteen, aber ich habe es auch erst gestern am späten Nachmittag erfahren. Nehmen Sie einfach den Stoff durch, den Sie für heute geplant hatten. Es ist doch eine große Ehre für uns.«

»Ja ... aber ... Ich habe noch niemals einen von ihnen unterrichtet ... So etwas muss geplant werden!«

Jetzt fiel eine andere Stimme, die ich nicht so leicht zuordnen konnte, Mr Ebsteen ins Wort: »Ein Glück, dass es nicht mein Unterricht ist.«

»Sehr lustig, Mr Pauel, sehr lustig«, entgegnete Mr Ebsteen gereizt. *Ah, Mr Pauel – Brians Sportlehrer.*

Der Rektor ergriff abermals das Wort: »Sie machen das schon, Mr Ebsteen. Sie haben noch vier Stunden, um sich vorzubereiten. Es tut mir leid, aber das muss einfach reichen.«

»Guten Morgen«, hörte ich jetzt eine gehetzte Stimme hinter mir.

Es war Mrs Rosenberg, meine Geschichtslehrerin. Eiligen Schrittes und ohne eine Erwiderung ihrer Begrüßung abzuwarten, hastete sie in das Büro des Rektors.

»Morgen«, murmelte ich ihr noch hinterher, obwohl sie es sicher nicht mehr hören konnte.

»Es tut mir leid, ich bin zu spät. Warum die Versammlung?« Sie schloss die Tür hinter sich und es war wieder still.

Irritiert stand ich da. So ungerührt, als hätte sie von dem Gespräch gerade nichts mitbekommen, blickte mich die Sekretärin mit einem verschwörerischen Gesichtsausdruck über ihre schmale Brille hinweg an: »Ich verstehe.« Sie winkte mit meiner Entschuldigung. »Ich werde es an deine Lehrer weitergeben.«

»Danke.«

»Und keine Sorge, Schätzchen, das geht vorbei – wenn du erst einmal so alt bist wie ich, wirst du ja auch gar keinen roten Besuch mehr bekommen ...«

Mit aufgerissenen Augen und entgleisten Gesichtszügen nickte ich und verließ das Sekretariat, so schnell ich konnte. *So genau wollte ich das gar nicht wissen ...*

Auf dem Weg zur ersten Stunde rief ich mir noch einmal das Gespräch der Lehrer ins Gedächtnis. Was hatte es zu bedeuten? *Elite,* war mein erster Gedanke. Aber konnte das sein? Konnten sie tatsächlich von der Elite sprechen? Einer von ihnen sollte hierherkommen und am Unterricht teilnehmen? Nein, das konnte ich mir beim besten Willen nicht vorstellen. Sicherlich hatte ich etwas falsch verstanden. Vielleicht jemand aus einem anderen Dorf? Oder aus Richmond?

Der Tag zog zäh an mir vorbei: Mathe, Biologie, Kunst und jetzt Geschichte.

Die Sonne war herausgekommen und schien hell auf unsere Kolonie herab. Ich saß am Fenster und beobachtete, wie der Wind durch die Blätter der Bäume strich. Die Gesprächsfetzen von heute Morgen geisterten in meinem Kopf herum. Nur noch diese Stunde, dann hätte ich Pflanzen- und Heilkunde und es würde sich hoffentlich klären.

»Summer. Summer! ... Summer!«

Beim Klang meines Namens schrak ich auf. Ich drehte meinen Kopf vom Fenster weg, fokussierte meinen verschwommenen Blick und sah direkt in das Gesicht meiner Geschichtslehrerin. Mrs Rosenberg musste wohl schon eine ganze Weile vor mir Stellung bezogen haben. Mit geschürzten Lippen und einer hochgezogenen Augenbraue stand sie da, die Arme verschränkt.

»Langweile ich dich, Summer?«, fragte sie mit hoher Stimme.

»Nein, natürlich nicht«, antwortete ich so unbefangen wie möglich und sah im Augenwinkel meine Mitschüler hinter vorgehaltener Hand tuscheln. Ich errötete leicht und ließ unauffällig mein blondes Haar in mein Gesicht fallen. Unsicher fingerte ich an meinem Stift. Die Lehrerin drehte sich mit einem theatralischen Ausatmen zur Tafel, berührte dabei mit den Fingerspitzen ihre Schläfe und sagte: »Nun gut ...«, dann eine gewichtige Pause, »ich will großzügig über deine Träumerei hinwegsehen, liebe Summer. Sicher hast du gerade über die Entstehungsgeschichte unserer großartigen Kolonie nachgedacht, nicht wahr?«

Mahnend drehte sie sich wieder zu mir um. Ich nickte. Sie wandte sich an den Rest der Klasse und sagte mit einer kreisenden Handbewegung: »Also, wo waren wir stehen geblieben?«

Mrs Rosenbergs Lippen verzogen sich zu einem schmalen Lächeln, und sie ließ von mir ab. Ich war dankbar, denn ich stand nicht gern im Mittelpunkt. Für den Rest der Stunde passte ich angestrengt auf, da ich kein zweites Mal unangenehm auffallen wollte … oder überhaupt auffallen.

»Die Welt, meine lieben Schülerinnen und Schüler …«, sagte Mrs Rosenberg hochtrabend, »die Welt ist ein gefährlicher Ort und wir können uns so unglaublich glücklich schätzen, dass wir hier hinter diesen Mauern leben dürfen. Wir denken bereits jeden Morgen mit einer Schweigeminute an die tapferen Frauen und Männer, die nach dem Ausbruch der Seuche den Mut aufbrachten, in dieser unwirklichen Welt des Chaos für einen sicheren Hafen zu kämpfen. Auf einer winzigen Fläche Land in den ehemaligen Vereinigten Staaten von Amerika schufen sie am 6. August des Jahres 2024 die einzige Zuflucht, die es auf der Welt gibt. Sie erbauten die Kolonie hinter einer für die Infizierten unbezwingbaren Mauer – und das war gar nicht leicht. Ihr erinnert euch noch an die letzte Stunde, in der wir über die technischen Errungenschaften der früheren Gesellschaft gesprochen haben?« Sie blickte auffordernd in die Klasse. Ein kollektiv gemurmeltes »Ja«, ließ ihre Mundwinkel nach oben schnellen.

»Sehr gut! Dann erinnert ihr euch also noch an deren mediale Welt?«

Wieder ein gedämpftes »Ja« – wieder ein zufriedenes Lächeln.

»Und jetzt stellt euch vor, wie alles, worauf sie sich verlassen hatten, all das, was sie weltweit miteinander vernetzte, mit einem Schlag zusammenbrach. Und wenn ihr euch vorstellt, wie sie vollkommen auf sich allein gestellt diese Kolonie erbauten, dann ist die Leistung unserer tapferen Frauen und Männer noch viel eindrucksvoller, findet ihr nicht? Sie erschufen unsere Mauer – eine Mauer, die uns vor den Infizierten schützt, die draußen auf uns lauern. Die Infizierten sind wie Tiere: aggressiv und nur auf ihre niedersten Instinkte beschränkt. Sie sind wahnsinnig, unberechenbar und gefährlich! Aber es gibt einen funkelnden Hoffnungsschimmer: die Neue Welt. Dort wird eine perfekte neue Gesellschaft aufgebaut, und hier, in dieser Kolonie, werden die potenziellen Mitglieder geboren – und das alles nur, weil diese heroischen Männer und Frauen unsere Kolonie errichtet haben. Dank ihnen leben wir hier sicher und gut versorgt. Doch das funktioniert lediglich aus einem einzigen Grund. Wer kann ihn mir nennen?«

Sie deutete auf Claire, die hinter mir saß.

»Weil jeder von uns seinen zugewiesenen Platz einnimmt.«

»Ganz genau.« Mrs Rosenberg lächelte zufrieden. »Wir nehmen den Platz ein, der uns zugewiesen wird – und zwar ohne Murren und Jammern. Wir nehmen an, was wir bekommen, denn so ist es richtig. Nicht jeder kann ein Anführer sein.«

Den letzten Satz sang sie regelrecht, machte dann eine kurze Pause und sprach weiter: »Einige werden Teil der perfekten Neuen Welt sein, andere werden Angestellte, Handwerker, Metzger, Lehrer oder irgendetwas anderes sein. Fest steht: Jeder findet seinen Platz in einer unserer vielen Gilden – und die Auswahl zeigt euch euren Platz in dieser – unserer – perfekten Gesellschaftsform. Selbst wenn ihr nicht perfekt seid, wenn ihr nicht in die Elite gewählt und so kein Teil der Bevölkerung der Neuen Welt werden könnt, ist das in Ordnung. Denn wir sind dafür etwas anderes: Wir sind der Motor dieser Zivilisation.« Euphorisch schlug sie mit der geballten Faust in ihre Handfläche.

»Die perfekte Elite und ihre Dienerschaft können die Neue Welt nur bevölkern, weil wir sie antreiben und weil wir sie zusammen mit dem Zentrum mit allen dafür notwendigen Ressourcen versorgen. Die Neue Welt, das müssen wir einsehen, kann nur von makellosen Menschen bevölkert werden, denn nur so erschaffen wir eine perfekte Gesellschaft – und Perfektion ist es, wonach wir streben. Perfektion ist das Wichtigste von allem. Die Menschen in früheren Zeiten hatten das noch nicht verstanden, aber: Perfektion ist der Schlüssel!«

Sie drehte sich zur Tafel und begann zu schreiben. Mrs Rosenberg konnte Reden schwingen, das stand außer Frage. Manchmal hatte ich den Eindruck, dass sie Ideologien an uns verkaufte, anstatt zu unterrichten. Ich fragte mich unwillkürlich, ob sie es auch schaffen könnte, mich bei der Auswahl in die Elite so anzupreisen?

»§ 3« stand in großen Lettern an der Tafel.

»Wer zitiert mir Paragraf 3 aus dem Buch der Neuen Welt?«, fragte sie streng und drehte sich wieder zur Klasse. »Niemand …?« Sie ging durch die Reihe und sagte: »Tim, bitte.«

Tim, ein kleiner, hellhäutiger Junge mit weißen Haaren, hatte schon die ganze Zeit gerade gesessen. Seine Brosche zeigte vier Symbole: Hammer, Spachtel, Zirkel und ein Dreieck – er gehörte zur Gilde der Maurer. Er würde aber spätestens bei der Auswahl einer intellektuellen Gilde zugewiesen werden, da war ich mir sicher. Wie gewohnt fehlerlos, sagte er: »Die Zielführung und Definition der menschlichen Existenz muss immer die Perfektion sein. Nur ein gesunder, starker, vollkommener, schöner und makelloser Mensch ist es wert, in die Neue Welt zu gehen. Kein Fehler im Charakter oder Aussehen. Vollkommen von innen und außen. Nur ein solcher Mensch darf sich erhoffen, die Zukunft der Menschheit zu sein.«

»Sehr richtig, Tim«, kommentierte sie. »Dies ist eines der mächtigen Zitate aus dem Buch der Neuen Welt. Nach diesen einfachen Grundsätzen lebt sie heute. Und in zwei Wochen wird sich entscheiden, ob Summer zu dieser Elite gehören darf, ob sie vollkommen von innen und von außen ist und ob sie eine Zukunft in der Elite und der Neuen Welt hat.«

Ich? Wieso denn ich? Sie hatte also doch noch nicht von mir abgelassen, und ich rutschte auf meinem Stuhl ein Stück tiefer. Ich hätte auch nichts dagegengehabt, wenn der Erdboden sich aufgetan und mich verschlungen hätte. Musste sie so was sagen?

Ich hörte das unterdrückte Lachen von Claire und Amber hinter mir.

Das Läuten der Glocke erlöste mich.

»Moment, Moment!«, rief Mrs Rosenberg noch einmal, und jeder, der beim Läuten aufgesprungen war, setzte sich wieder.

»Die Hausaufgabe für nächste Woche lautet«, sagte sie und die ganze Klasse stöhnte auf, »ihr werdet einen Aufsatz über die Elite verfassen und warum ihre Mitglieder uns überlegen sind. Ich möchte wenigstens zwei Seiten. Jede Seite extra gibt Sonderpunkte beim Ermitteln eurer Endnote.« Den letzten Teil des Satzes sang sie wieder. Damit drehte sie sich zur Tafel und wischte sie sauber.

Ich verließ den Raum, froh darüber, dass ich jetzt die letzte Stunde vor mir hatte: Pflanzen- und Heilkunde.

Mr Ebsteen, der zuständige Lehrer, war ein kleiner, schmaler Mann um die vierzig. Er sah aus wie ein Gnom, hatte schütteres rotes Haar und einen ebenso roten, buschigen Vollbart. Er war besessen vom Wald und allem, was uns die Natur von selbst zur Verfügung stellte. Nach dem Wochenende kam er häufig mit seiner sonnenverbrannten Knollennase zurück, die er auch so schon unablässig kratzte. Dann erzählte er von seinen Wanderungen und teilte mit uns seine Ausbeute, wie Haselnüsse oder wilde Heidelbeeren, die er im Wald gesammelt hatte, oder er gab uns Rezepte für zu Hause mit. Aktuell stand die alljährliche Exkursion in die Wälder kurz bevor. Darauf hätte ich gerne verzichtet, denn das hieß: einen ganzen Tag mit einem Mitschüler durch die Wälder zu wandern, Blätter zu bestimmen, Heilkräuter zu sammeln, Pilze und andere essbare Pflanzen zu erkennen … Das war nichts, was mich reizte, und ich überlegte, seit der Termin feststand, wie ich mich davor drücken konnte. Eigentlich sollte ich in diesem Fach brillieren – mit einem Arzt als Vater. Aber leider hatte ich auch hier, zum Leidwesen meines Dads, keine Leidenschaft entwickeln können. Ich war eine sehr gute Schülerin, musste aber hart dafür arbeiten. Es gab einfach nichts, worin ich von Natur aus besonders begabt war – und gerade Begabungen wurden in der Kolonie besonders geschätzt. Ich war davon überzeugt, dass jeder Mensch ein Talent hat, etwas, worin er besonders gut ist. Aber leider versteckte sich meine Fähigkeit unheimlich gut und gab mir keinerlei Hinweise – egal ob kalt, warm oder gar heiß. Stattdessen ließ sie mich mit verbundenen Augen ziellos auf dem Boden herumklopfen und gab mir dafür nicht einmal einen Löffel.

Mit einem Seufzer betrat ich den Klassenraum, gerade rechtzeitig zum Klingeln, und stellte verwundert fest, dass Mr Ebsteen noch nicht da war. Das war ungewöhnlich. Er war immer überpünktlich und legte Wert darauf, von der ersten bis zur letzten Sekunde unterrichten zu können. Sofort fiel mir das Gespräch von heute Morgen wieder ein, und meine Aufregung war mit einem Schlag zurück. Vielleicht hatte ich keine falsche Schlussfolgerung gezogen – vielleicht würde gleich jemand von der Elite vor uns stehen. Aber warum sollte sich jemand von ihnen hierher verirren?

Ich setzte mich auf meinen Platz – wie immer am Fenster – und bemerkte, dass Andrea Adams, meine Banknachbarin in Pflanzen- und Heilkunde, mal wieder nicht erschienen war. Das passierte recht häufig. Sie gehörte zu den Schülern, die immer wieder mal im elterlichen Betrieb helfen mussten, und weil das nicht ungewöhnlich war, wurde es von der Schule stillschweigend toleriert, sofern ein Anruf der Eltern vor Unterrichtsbeginn einging. Mein Dad legte großen Wert darauf, dass wir jeden Tag zur Schule gingen.

Er hätte uns niemals zu Hause gelassen, nur weil er bei der Arbeit viel um die Ohren hatte. Eine richtige Schulpflicht bestand nur ein einziges Mal: am Tag der Auswahl. Außer dass wir hier nebeneinandersaßen, gab es zwischen Andrea und mir nicht viele Berührungspunkte. Andreas Gildenbrosche zeigte eine Weinrebe mit Trauben – sie gehörte den Winzern an, und ich war mir sicher, dass sie in dieser Gilde verbleiben würde – einfach, weil sie von nichts anderem als den elterlichen Weinbergen und von Wein im Allgemeinen sprach, wenn wir uns unterhielten.

Unruhig rutschte ich auf meinem Stuhl von rechts nach links und schaute zur offenen Tür – noch immer kein Mr Ebsteen. Mein Blick ging zum Fenster. Die Sonne schien weiter und erwärmte die Oberfläche meines Tisches. Ich fuhr mit der flachen Hand über das warme Holz, stellte mir dann meine Tasche mit den Schulbüchern auf den Schoß, griff nach den Notizen der letzten Woche und begann, sie noch einmal durchzublättern. Mit einem Ruck wurde plötzlich mein Nachbarstuhl weggezogen und mit der Lehne in meine Richtung gedreht. Ich blickte von meinen Notizen auf. Lässig fläzte sich Will auf den Stuhl und stützte sich auf der Lehne ab.

Ich musterte ihn aufmerksam und musste einmal mehr zugeben, dass er wirklich gut aussah. Er hatte einen durchtrainierten Körper und seine dunklen Haare hingen ihm widerspenstig ins Gesicht. Seine blauen Augen und sein Teint waren makellos. Außerdem war er gut in Sport und bei Mädchen und Jungs gleichermaßen beliebt – ich dachte oft, dass er ein geeigneter Anwärter für die Elite wäre. Sein Vater war der Bürgermeister von Blackyard, seine Mutter eine Vorzeigehausfrau. Sie waren einfach *die* perfekte Familie. Hinzu kam, dass Will wirklich nett zu sein schien, und aus unerfindlichen Gründen hatte ich den Eindruck, dass ihm schon seit Langem etwas an mir lag. Ich hatte Will niemals Hoffnungen gemacht, ganz im Gegenteil, aber er schien sich an meinem Desinteresse nicht zu stören – seit einigen Monaten suchte er immer häufiger meine Nähe. Ich konnte nicht begreifen, wie man so aufdringlich sein konnte, um die höflichen Abfuhren einfach zu übergehen, die ich ihm tagein, tagaus erteilte. Aber das ist wohl die Natur der Menschen – sie hoffen auf das Beste und warten, bis es eintrifft. Hoffen und warten ... hoffen und warten ...

Will war sicher keine schlechte Partie, dennoch empfand ich keines der Gefühle, die in Liebesromanen beschrieben wurden. Ich sah ihn an und fand ihn wirklich attraktiv – aber zu mehr würde es niemals kommen. Neben der eingeschränkten Bewegungsfreiheit, den mangelnden Autos und einem Minimum an moderner Technik, das unsere postapokalyptische Welt mit sich brachte, konnte man auch diesen Nachteil hinzuzählen: Die Auswahl der potenziellen Partner war stark begrenzt … und niemand hier kam tatsächlich für mich infrage.

»Hey«, sagte Will und strich sich eine Haarsträhne zurück. »Kommst du mit zum Ausflug?«

»Wenn mir bis dahin keine gute Ausrede eingefallen ist, werde ich das wohl müssen«, erklärte ich und widmete mich wieder meinen Notizen.

Er rümpfte die Nase. »Ich werte das mal als ein ›Ja‹. Und? … Hast du schon Pläne fürs Wochenende?«

Wie oft will er mich das denn noch fragen? Er gab einfach nicht auf – hoffen und warten, hoffen und warten.

Ich seufzte und entgegnete kurz: »Ja, ich habe schon Pläne.«

Mein Blick huschte zur offenen Klassenzimmertür und ich hoffte, Mr Ebsteen würde endlich den Raum betreten – hoffen und warten, hoffen und warten.

»Was hast du vor? Kommst du zur Party von Claire?«

»Nein«, sagte ich kurz, aber bestimmt und fand mich selbst so unhöflich und unausstehlich, dass ich lächelnd hinzufügte: »Ich fahre in die Stadt.«

»Allein?«

Ich nickte.

»Du bist oft allein.«

Ich runzelte die Stirn und nickte wieder. Dem war wohl nichts mehr hinzuzufügen. Und als ich schon dachte, dass ich das Gespräch hinter mir hätte, sprach er weiter: »Aber abends … ich meine, wenn du da noch nichts vorhast … komm doch zur Party. Oder noch besser: Ich hol dich zu Hause ab und bring dich auch wieder zurück. Wir würden uns freuen, wenn du kommst.«

Er meinte wohl eher: *Ich* würde mich freuen, wenn du kommst, denn bei den anderen war ich mir da nicht so sicher.

»Ein Date?«, fragte ich trocken und blickte ihn herausfordernd an.

»Nein, nein … ich hol dich nur ab und bring dich wieder zurück. Kein echtes Date, eher ein … ein … ein Fahrservice.« Er verhaspelte sich.

»Eher nicht.«

Will lächelte gequält und sah enttäuscht aus. Einen Moment lang war es still und keiner von uns sagte etwas.

»Bereitest du dich eigentlich irgendwie vor? Auf die Auswahl, meine ich?«

»Ich wüsste nicht, wie«, log ich, klappte meine Notizen zu und drehte mich zu ihm. Da er mir ein Gespräch aufdrücken würde, bis Mr Ebsteen den Raum betrat, konnte ich mich ebenso gut an der Unterhaltung beteiligen.

»Weißt du, Summer, ich denke mir, wenn es jemand schaffen kann, dann du.«

»Danke.« Unsere Blicke trafen sich – zum Wegschauen war es zu spät. Ich musterte ihn, und er sah aus, als würde er das, was er gerade gesagt hatte, tatsächlich ernst meinen. Ich legte meinen Kopf etwas schief, als ich sagte: »Das denke ich auch von dir. Ich bin mir sogar sicher, dass du gute Chancen hast. Du bist wirklich …« Der Satz blieb mir im Hals stecken. Ich konnte doch um Himmels willen nicht sagen, dass er gut aussehend war … er würde sich nur Hoffnungen machen.

»Wirklich … wirklich geeignet«, rettete ich mich nach einer kurzen Pause, doch er hatte wohl verstanden und lachte laut auf.

Und dann passierte es zum ersten Mal.

Etwas stimmt nicht, hallte es in meinem Kopf, als sich mein Hals innerhalb von Sekunden zuzog und meine Hände feucht wurden. Die feinen Härchen an meinen Armen und im Nacken stellten sich auf, und die Kälte fuhr durch meinen ganzen Körper. Fröstelnd schlang ich die Arme um meine Schultern. Mein Herz schlug unkontrolliert in meiner Brust, als wolle es aus dem Gefängnis meiner Rippen herausspringen. Wie ein wildes Ungetüm raste es von vorne nach hinten und rüttelte an den Stangen seines Käfigs. Kalter Schweiß trat auf meine Stirn, und dann wurde es richtig schlimm …

Es war fast unmöglich, der plötzlichen Reaktion meines Körpers zu widerstehen. Ich musste meine ganze Kraft dazu aufbringen. Ich wollte, nein, *musste* hier weg. Weg aus diesem Klassenraum, weg aus dieser Schule. Ich wollte aufspringen, losrennen und niemals wieder anhalten. War ich krank? Waren es irgendwelche Symptome? Welche Krankheit tritt so plötzlich auf? Eine Grippe? Oder schlimmer …? Ich versuchte mich zu beruhigen, dachte daran, dass Dad mein Blut erst gestern kontrolliert hatte. Ich konnte nicht infiziert sein … oder etwa doch? Ich wollte diesen Gedanken nicht zu Ende führen, sondern griff schwer atmend zur Wasserflasche, die vor mir auf dem Tisch stand, drehte den Verschluss auf und nahm einen Schluck.

»Hey, alles okay? Was ist los?« Will klang besorgt.

»Geht schon«, log ich.

»Du siehst gar nicht gut aus.«

»Na, vielen Dank«, motzte ich ihn an und lehnte mich mit geschlossenen Augen zurück.

»So war das ja nicht gemeint …«

Ich nahm seine Stimme und alles um mich herum nur noch wie aus weiter Ferne wahr.

»Mir ist heiß«, hörte ich mich sagen, denn mit einem Mal brannten die gerade noch kalten Schweißperlen auf meiner Stirn, und ich nahm einen weiteren Schluck aus meiner Flasche.

»Kein Wunder, du sitzt ja auch direkt am Fenster.« Er stand auf, drehte den Stuhl gerade, griff über mich hinweg und ließ die Jalousie ein Stück herunter. »Besser?«

Ich war weiterhin damit beschäftigt, das Verlangen zu unterdrücken, aus dem Klassenraum zu stürmen, und nickte nur kurz in seine Richtung.

»Sollen wir vielleicht rausgehen? Brauchst du frische Luft? Ist echt warm hier drin.«

Noch bevor ich antworten konnte, betrat Mr Ebsteen den Raum.

Ich war so erleichtert, den kleinen rotbärtigen Mann zu sehen.

»Jeder auf seinen Platz!«, ermahnte Mr Ebsteen.

»Schon okay«, versicherte ich Will.

»Ich habe ein Auge auf dich, Summer«, raunte er. Dann ging er zu seinem Platz in der letzten Reihe.

Ich musste mich dringend beruhigen. Wenn ich auf diese Weise auffiel und jemand auch nur den kleinsten Verdacht hegte, ich könnte infiziert sein, wäre das mein Untergang. Dann würde ich ganz sicher zur Beobachtung ins Zentrum gebracht werden, und die Auswahl in die Elite könnte ich mir abschminken.

Ich versuchte, langsam zu atmen – das musste doch helfen. Meinen Kopf hielt ich gesenkt, schloss die Augen. Es gab keine Erklärung für diese Symptome, absolut keinen ersichtlichen Grund. Einatmen durch die Nase, ausatmen durch den Mund. Ein und aus ... ein und aus. Unauffällig wischte ich mir den Schweiß von der Stirn und rieb die Hände an meiner Hose ab. Sonst schwitzte ich niemals – nicht mal beim Sport. Okay, das war keine große Kunst, denn ich bewegte mich auch nicht wirklich – aber das hier? Was war das? Rastlos wippte mein rechtes Bein auf und ab. Es kostete mich einige Mühe, aber ganz langsam wurde es besser. Der Impuls wegzurennen ließ nach und das Schwitzen hörte auf. Erst jetzt fiel mir die ungewöhnliche Stille im Raum auf. Man hätte eine Stecknadel fallen hören können. Bedächtig, um mich nicht zu überfordern und das Gefühl der Panik nicht wieder hervorzurufen, hob ich meinen Blick. Mr Ebsteen war nicht allein. Neben ihm standen zwei Jungen. Der eine war klein, aber nicht klein im Sinne von Mr-Ebsteen-klein, sondern kleinwüchsig – ein Zwerg. Sein Kopf und sein Oberkörper waren normal groß, seine Arme und Beine aber deutlich zu kurz. Ich schätzte, dass er ungefähr so alt war wie ich – seinen Gesichtszügen nach konnte er zumindest nicht wesentlich älter sein. Er war gut gekleidet und hatte eine gesunde Gesichtsfarbe. Seine Haare waren schwarz und seine Augen leuchteten in einem hellen Grün – ganz ohne die Sonne. Wäre er kein Zwerg, wäre er bei den Mädchen sicherlich beliebt gewesen.

Meine Aufmerksamkeit verharrte einen Augenblick auf ihm und wanderte dann weiter zu dem anderen Jungen. Er hatte keine weiße Haut, wie alle hier in der Kolonie. Der Junge, der da vorne stand, hatte einen dunkleren Hautton, dessen Farbe mich an Karamell erinnerte. Wir hatten das schon einmal in Geschichte angesprochen, aber gesehen hatte ich einen farbigen Menschen noch nie. Wo auch? Für einen Jungen hatte er eine normale Größe, und ich schätzte, dass er nur wenig älter war als der Winzling neben ihm. Seine Haltung war selbstbewusst, seine Kleidung cool und seine Haare waren kurz rasiert und dunkel. Die Augen des Jungen waren fast schwarz. Breitbeinig stand er vor der Klasse, wirkte regelrecht bedrohlich. War er von der Elite? Er sah perfekt aus – so viel konnte ich sagen.

Nachdem er jeden Einzelnen von uns mit einem wirklich langen, forschenden Blick gemustert hatte, setzte er sich mit federndem Gang in Bewegung. Seine leisen, konzentrierten Schritte führten ihn einmal um jeden Tisch herum. Jetzt stand er hinter mir. Ich spürte seinen Blick in meinem Nacken. Ich wagte nicht, mich zu bewegen, wagte nicht, mich umzudrehen, und ich hatte das Gefühl, dass es den anderen auch so ging.

Mit einem weiten Schritt trat er in mein Sichtfeld, öffnete mit Zeigefinger und Daumen mein Schreibmäppchen und schaute hinein – als hätte ich einen Sprengsatz darin versteckt … Empört und mit weit aufgerissenen Augen sah ich zu ihm auf. Auch er sah mir jetzt direkt in die Augen. Sein Blick war durchdringend. Ich wandte mich nicht ab, wollte mich von seiner bedrohlichen Aura nicht abschrecken lassen. Dann kniff er seine Augen leicht zusammen und drehte sich zu Emily, die vor mir saß.

Was sollte das?

Mr Ebsteen sagte kein Wort, stand einfach nur vor der Tafel und schwieg. Er sah verunsichert aus und rieb verlegen seine Handflächen aneinander. Als der bedrohliche Junge wieder vor der Tafel angekommen war, stellte er sich neben die Tür des Klassenzimmers und klopfte dreimal dagegen. Ein schlanker, drahtiger Junge mit kurzen blonden Haaren öffnete die Tür einen Spalt und steckte seinen Kopf durch den Schlitz herein. *Noch einer von der Elite?* Sie nickten sich zu. Der blonde Junge betrat den Klassenraum und hielt die Tür nun ganz auf. Mit einer Handbewegung gewährte er jemandem Eintritt.

Und dann betrat *er* den Klassenraum.

Mein Herz setzte einen Schlag aus, nur um anschließend schneller zu pochen als jemals zuvor. Dieser Junge, der soeben das Klassenzimmer betreten hatte, war der schönste und vollkommenste, den ich je gesehen hatte. Sofort wurde mir klar, dass die anderen beiden wahrscheinlich zu den Bediensteten der Elite gehörten, aber nicht zur Elite selbst. Dieser Junge hingegen … Seine braunen Haare standen verwuschelt in alle Richtungen ab. Seine Haut war rein und ohne Makel. Wenn man schon Williams Aussehen als makellos bezeichnen konnte, hob dieser Junge da vorne das Wort »makellos« auf eine ganz neue Ebene. Jetzt war alles klar: Er war ein Mitglied der Elite. Aber was machte er hier? In Blackyard, in dieser Schule, in meiner Klasse? Mein Herz schlug schnell – zu schnell. Ich konnte es schlagen hören, spürte es deutlich bis hinauf in meinen Hals.

»Klasse, das hier ist Clay«, unterbrach Mr Ebsteen die Stille und kratzte sich die Nase. Er klang förmlicher als sonst. »Clay ist in der Elite und wird auf eigenen Wunsch einige Unterrichtseinheiten hier bei uns besuchen.

Man überlegt, Pflanzen- und Heilkunde auf den Lehrplan der Elite zu setzen – das kann ich nur begrüßen.«

Ich sah wieder zu dem Jungen. Sein Blick schweifte durch den Raum, als suchte er etwas – und als könnte er das laute Hämmern meines Herzens hören, blieb sein neugieriger Blick an mir hängen. Gezielt sah er mir direkt in die Augen – und ich blickte in seine. Er schaute mich an, als wäre ich die einzige Person in diesem Raum, als wären hier nur er und ich. Ich hatte das Gefühl, ihn schon lange zu kennen – wie jemanden, den ich irgendwann aus den Augen verloren und jetzt wiedergefunden hatte. Mein Herz wollte sich einfach nicht beruhigen. Ich war mir sicher, es würde gleich meine Rippen brechen. Mein Brustkorb hob und senkte sich schneller. Seine Augen begannen mich zu erkunden, musterten mein Gesicht und verengten sich dann kaum wahrnehmbar. Ich hielt seinem Blick stand, war nicht in der Lage mich abzuwenden – und ich wollte es auch nicht. Ob es schon jemandem aufgefallen war, dass er mich so lange ansah? Dass ich ihn ansah? Dass keiner von uns fähig war, den Blick abzuwenden?

»Zusammen mit Clay sind auch seine Leibwächter eingetroffen.« Aus dem Augenwinkel meinte ich wahrzunehmen, dass Mr Ebsteen auf den bedrohlichen Jungen deutete.

»Sein Name ist ... ähm ... Red? Und dieser Junge hier heißt Blue.« Mr Ebsteen zeigte auf den Jungen mit den kurzen blonden Haaren.

»Und dann ist da noch ... äh ... ja ... ähm ...«, Mr Ebsteen deutete auf den Zwerg.

»Sein Name ist Tristan«, sagte Clay – während er mich weiter mit Blicken fixierte. Seine Stimme war so rau und süß wie wilder Honig. Und doch jagte der Klang seiner Stimme einen Impuls durch meinen Körper, der erneut meinen Fluchtinstinkt weckte. Verkrampft umklammerten meine Finger die Tischplatte. Es kostete mich ungeheure Kraft, auf meinem Stuhl sitzen zu bleiben. Ich spürte jedes einzelne aufgestellte Haar an meinem Körper – überall Gänsehaut.

»Ja ... richtig, Tristan ...«

Jetzt veränderte sich Mr Ebsteens Stimme und wurde noch schmeichelnder und ehrerbietiger, als sie es ohnehin schon war: »Clay, ich würde mich ganz besonders freuen, wenn Sie bereit wären, an unserer Exkursion übernächste Woche teilzunehmen.«

»Das wird sich bestimmt machen lassen«, erwiderte Clay – weiterhin, ohne den Blick von mir zu nehmen.

Urplötzlich traf mich etwas am Hinterkopf. So viel zu meiner Frage, ob es jemand bemerkt hatte. Ich rieb mir die getroffene Stelle und sah zu Boden. Ein Radiergummi hatte mich erwischt. Ich drehte mich um, doch alle starrten nur auf die vier Jungen neben Mr Ebsteen. Mein Blick blieb bei Will in der letzten Reihe hängen – und tatsächlich: Er starrte mich finster an. Leise seufzend verdrehte ich die Augen. Ich wandte mich wieder nach vorne und merkte, wie sich mein Körper allmählich beruhigte. Mein Herz schlug langsamer und ich konnte wieder frei atmen. Die Kälte, die mich eben noch erfasst hatte, war nun nicht mehr zu spüren. Clay hatte seinen Blick von mir abgewandt, und endlich schaltete sich mein Kopf wieder ein. Ich sollte mich nicht in den Augen eines Elite-Jungen verlieren. Vermutlich würde ich ihn niemals wiedersehen. Er war die Frucht des verbotenen Baumes, und ich würde sicher nicht so dumm sein, von ihr kosten zu wollen – ganz abgesehen davon, dass ich laut Gesetz auch gar nicht würdig war, einem solchen Menschen näherzukommen. Ganz sachlich und auf den Unterricht konzentriert schlug ich meine Notizen auf. Ich war entschlossen, den Rest der Stunde meine Aufmerksamkeit völlig auf die Pflanzen- und Heilkunde zu richten.

»Clay, darf ich Ihnen einen Platz in der ersten Reihe anbieten?«, fragte Mr Ebsteen ehrfurchtsvoll. Ich schaute nicht von meinen Notizen auf, fand es aber nicht besonders gut, dass er zwei Reihen vor mir sitzen sollte, weil ich vermutete, dass mein Blick unwillkürlich in seine Richtung schweifen könnte. Ich schüttelte leicht den Kopf, um den Gedanken loszuwerden. Dann musste ich eben einfach standhafter werden … wäre doch gelacht. Standhaftigkeit musste zu meinem neuen Mantra werden. Höflich, ruhig und mit fester Stimme entgegnete Clay: »Ich will keine Umstände machen. Ich setze mich einfach auf den freien Platz da drüben.«

Versunken in meine Gedanken zur Standhaftigkeit und ruhig atmend hörte ich seine Worte, und es dauerte einen Moment, ehe ich erschrocken den Kopf hob – denn der einzige freie Platz in diesem Klassenraum war der neben mir.

Clay hatte meinen Tisch bereits erreicht, hob den Radiergummi auf und legte ihn auf die Tischplatte. Er nahm Platz.

»Ja, natürlich. Wenn es Ihnen so lieber ist. Das ist Summer«, stellte mich Mr Ebsteen vor. »Sie ist eine sehr gute Schülerin – Sie können viel von ihr lernen.«

Für einen Moment war ich wie eingefroren. Verlegen und steif blickte ich nach vorne. Mr Ebsteen hatte sich zur Tafel gedreht und begann, sie mit weißer Kreide zu beschriften.

»Hi«, flüsterte Clay behutsam und löste meine Starre so auf.

»Hi«, entgegnete ich höflich, ohne ihn anzusehen.

»Clay«, stellte er sich noch mal vor.

»Summer.«

»Teilst du deine Notizen mit mir, Summer?«

Mir gefiel der Klang meines Namens aus seinem Mund …

Standhaft, dachte ich. *Standhaft.*

Ich schob ihm meinen Schnellhefter und das Pflanzen- und Heilkundebuch zu.

Red, der dunkelhäutige Junge, blieb vorne stehen, Blue, der Blonde, stellte sich hinten in den Klassenraum. Tristan, der kleinwüchsige Junge, verharrte neben Red und verschränkte seine Hände vor der Brust, was mit den kurzen Armen gerade so ging.

Clay rückte währenddessen etwas näher an mich heran, und mein Herzschlag beschleunigte sich wieder. Er war so nah, dass ich ihn riechen konnte. Ich fand, er roch ein wenig zu gut. Er roch nach … ja, nach was eigentlich? Es war schwer zu beschreiben und etwas, was ich so noch nie wahrgenommen hatte. Und dann konnte ich nicht länger widerstehen – ich *musste* ihn ansehen. Langsam drehte ich meinen Kopf. Auch aus der Nähe verlor seine gesamte Erscheinung nichts von ihrem Glanz. Er war sogar noch schöner. Sein Gesicht war so perfekt, als wäre es in Marmor gehauen, seine leicht geschwungenen Lippen muteten verführerisch an, seine Haut war makellos, und er schien von innen heraus zu strahlen … In diesem Moment wurde mir klar, wie sehr sie sich von uns gewöhnlichen Menschen unterschieden: Sie waren einfach perfekt – es stimmte. Die Elite würde die Neue Welt bevölkern, und es würde eine vollkommene Welt sein. Diese Welt würde besser sein als alles, was wir in der Geschichte der Menschheit jemals hervorgebracht hatten. Ob er bemerkte, dass ich ihn anstarrte? Denn als Ansehen konnte man das schon nicht mehr bezeichnen. Ich wollte meinen Blick senken, wollte mich abwenden – ich wollte es wirklich! –, aber konnte es einfach nicht. Ich musste seinen Glanz einfangen, damit ich dieses perfekte Gesicht niemals wieder vergessen würde.

»Bist du fertig?«, flüsterte er gelassen, ohne von den Notizen aufzublicken.

»Wie bitte?« Ich verstand nicht.

»Bist du fertig?«, wiederholte er.

»Fertig? Mit was?«

»Anstarren.«

Ertappt wandte ich mich ab, schloss meine Augen, atmete tief ein und merkte, dass mir die Röte ins Gesicht stieg. Ohne eine Erwiderung stierte ich auf die Tischplatte und sah ihn aus dem Augenwinkel schmunzeln. Das machte mich wütend – wer mag es schon, ausgelacht zu werden ...

Mr Ebsteen legte die Kreide zur Seite und klappte nun die linke Seite der grünen Tafel auf. Auf die Innenseite hatte er zehn Blätter geklebt, auf denen Illustrationen von Pflanzen zu sehen waren. Sechs hatte er links untereinander aufgehängt, die anderen vier hingen mit einigem Abstand rechts daneben. Ich erkannte die Pflanzen und verstand sofort, worin gleich die Aufgabe bestehen würde.

»Dies ist eine Übung, die euch einmal das Leben retten kann.« Er kratzte sich kurz an der Nase und fuhr fort: »Wer kann mir sagen, warum ich diese Pflanzen in zwei Spalten aufgeteilt habe?«

Mr Ebsteens Blick schweifte durch die Klasse, während er sich – diesmal wohl aus Nervosität – abermals an der Nase kratzte. Zu seinem Leidwesen jedoch hob niemand die Hand. Wahrscheinlich wollte sich keiner vor dem neuen Jungen blamieren. Lieber nicht auffallen, war hier die Devise.

Ich jedoch lächelte in mich hinein und meine Hand schnellte nach oben, denn diese Übung würde mir positiv in die Karten spielen – außerdem hatte ich mich ja bereits blamiert, also konnte es nicht mehr viel schlimmer kommen.

»Summer, bitte.« Mr Ebsteen nickte mir erleichtert zu.

Aus dem Augenwinkel bemerkte ich, dass Clay mich musterte. Im Gegensatz zu ihm verkniff ich mir aber einen Spruch, denn sein Urteil wollte ich gar nicht erst zur Sprache bringen. Eigentlich konnte ich mit dem Los, das mir das Leben in Sachen Aussehen zugeteilt hatte, zufrieden sein, aber von der Perfektion, wie sie in seiner Welt augenscheinlich vorherrschte, war ich dann doch weit entfernt, das musste ich zugeben.

Ich räusperte mich und sagte dann: »Sie haben die Pflanzen in giftig und ungiftig aufgeteilt. Die vier Pflanzen rechts sind die ungiftigen, die sechs Pflanzen links sind giftig.«

Mr Ebsteen strahlte und nickte mir zu, damit ich mit meiner Erläuterung fortfuhr.

»Die sechs giftigen Pflanzen sind Seidelbast, Wasserschierling, Fingerhut, Oleander, Eisenhut und Maiglöckchen«, zählte ich auf. Und nicht ganz ohne fiese Genugtuung holte ich zu meiner Pointe aus: »All diese Pflanzen sind wunderschön – aber sie sind so giftig, dass sie uns gefährlich werden und je nach Dosierung sogar töten können. Darum lehrt uns die Natur: nur anstarren …«, ich betonte das Wort »anstarren« deutlich und blickte Clay kurz an, ehe ich meinen Blick wieder auf Mr Ebsteen richtete, »ist okay. Aber wenn man damit fertig ist, macht man lieber einen ganz, ganz großen Bogen um das so offensichtlich Schöne.« Ich war hochzufrieden mit mir und konnte mir ein schiefes Grinsen nicht verkneifen.

»Das war deutlich …«, flüsterte er so leise, dass nur ich es hören konnte. Ich blickte ihn an. Er schmunzelte. Dann lehnte er sich lässig zurück.

»Ja … ähm … also das war schon fast ein bisschen … philosophisch, Summer. Aber ganz richtig – um diese Pflanzen machen wir alle einen großen Bogen, auch bei unserer Exkursion! Wir wollen ja nicht, dass jemand zu Schaden kommt.« Mit diesen Worten drehte sich Mr Ebsteen wieder zur Tafel und begann, die Namen der giftigen Pflanzen, die ich gerade genannt hatte, anzuschreiben.

»Brauchst du vielleicht ein Blatt Papier?«, fragte ich Clay höflich. Erst jetzt merkte ich, dass ich ihn automatisch geduzt hatte. Aber warum auch nicht, er war schließlich genauso alt wie ich – oder zumindest nicht wesentlich älter. Und er hatte mich zuvor ja auch geduzt. Wenn es ihn störte, konnte er sich ja beklagen. Ich wartete einige Sekunden – er beklagte sich nicht. »Und einen Stift?«, fügte ich dann noch hinzu.

»Wozu?«

»Zum Mitschreiben.«

»Ich merke mir alles.«

»Klar«, murmelte ich und schüttelte den Kopf.

Mr Ebsteen drehte sich wieder zur Klasse und fuhr mit dem Unterricht fort.

»So, und jetzt schlagt bitte eure Bücher auf Seite 35 auf.«

Clay und ich griffen im selben Augenblick zu dem Pflanzen- und Heilkundebuch vor uns. Unsere Hände berührten sich – und es war, als wäre keines der Symptome jemals weg gewesen. Mit einem Schlag waren sie alle zurück, sogar noch gewaltiger als vorhin. Atemnot, Schweißausbruch, Kälte, Herzrasen, Fluchtgefühl …

»Geht es dir nicht gut, Summer?«, fragte Clay.

»Alles okay«, stöhnte ich und fasste mir an den Brustkorb. Und weil ich keine andere Möglichkeit sah, fragte ich laut in den Raum hinein: »Mr Ebsteen … darf ich kurz den Raum verlassen?«

»Oh, Summer, ist alles in Ordnung?« Hektisch eilte er zu mir und fing an, mir mit seinen Händen Luft zuzufächeln.

»Nein. Alles gut … wirklich, Mr Ebsteen. Ich muss nur kurz … raus.« Das Sprechen fiel mir schwer.

Der bärtige Mann wog ab – und glaubte mir, denn er sagte: »Gut. Geh nur. Wer begleitet Summer?«

»Ich mach das«, hörte ich Wills Stimme hinter mir.

»Danke, William«, sagte Mr Ebsteen.

Unbeholfen stand ich von meinem Stuhl auf und taumelte nach vorne. Will folgte mir. Der kleinwüchsige Junge öffnete mir die Tür, und ich sah seine mitleidvollen hellgrünen Augen und einen wahrhaft besorgten Gesichtsausdruck. Ich trat aus dem Raum, doch als die Tür zufiel, konnte ich noch Mr Ebsteens Worte hören, die eindeutig an Clay gerichtet waren: »Sie ist gesund. Sie müssen sich keine Sorgen machen. Ich habe heute Morgen eine Notiz von ihrem Vater erhalten – Frauenbeschwerden …« Leise hörte ich die Klasse noch kichern, dann klickte das Schloss und ich wäre gerne im Boden versunken. Wollten mich heute alle Lehrer zum Gespött der Schule machen? Wie peinlich war das denn? Aber mir ging es zu schlecht, um mich weiter darüber zu ärgern. Hastig eilte ich in Richtung der Mädchentoiletten – Will war direkt zur Stelle und hielt mir die Tür auf.

»Du siehst echt übel aus, Summer … Ich bin hier, ruf mich, wenn du mich brauchst.«

Endlich war ich allein. Ich musste das Licht nicht anknipsen, denn die hellen Sonnenstrahlen fielen durch die schmalen langen Fenster neben den Waschbecken. Ich stellte mich vor eines der Becken und umfasste das kalte Porzellan für einen kurzen Moment mit beiden Händen. Dann drehte ich den Wasserhahn auf und spritzte mir das kalte klare Wasser in mein überhitztes Gesicht. Die Kälte belebte mich. Als die Symptome abebbten und ich meine Wangen mit den kratzigen Papiertüchern trocken tupfte, fiel mein Blick auf mein Spiegelbild. Will hatte nicht übertrieben. Ich sah wirklich übel aus. Die Haare klebten an meiner Stirn und mein knallroter Kopf glühte noch immer. *Ein … und aus … und ein … und aus.* Mit den Fingern fuhr ich mir durch die blonden Strähnen und drehte sie zusammen. Ich zog das weiße Haargummi von meinem Handgelenk und band den gedrehten Dutt am Oberkopf fest. Die Röte verschwand nach und nach – bis ich schließlich kalkweiß war. Kannte mein Körper denn überhaupt kein Mittelmaß? Ich kniff mir einige Male leicht in die Wangen, um einen etwas gesünderen Ausdruck zu bekommen, und verließ die Mädchentoilette. Will erwartete mich bereits. Er stand lässig an die Wand gelehnt.

»Alles wieder gut?«

»Ja, geht schon. Ich musste einfach raus.«

»Willst du noch mal vor dem Eingang frische Luft schnappen?«

»Nein, schon okay … es geht wirklich wieder.«

Will nickte. Er geleitete mich mit seiner Hand im Rücken zurück durch die langen, leeren Flure.

»Und? Wie ist dein neuer Banknachbar?«, wollte er wie beiläufig wissen.

»Frag lieber nicht.«

»Er ist ziemlich gut aussehend«, bohrte Will weiter.

»Er ist doppelt so arrogant wie gut aussehend.«

Will schien diese Aussage zu gefallen, denn ein zufriedenes Lächeln breitete sich auf seinem Gesicht aus.

Zurück im Klassenraum setzte ich mich auf meinen Platz neben Clay und es war, als wäre nichts gewesen. Mr Ebsteen war so versunken in die Erklärung von Rizin, dass er mich nicht ansprach. Er nickte mir nur kurz zu und redete einfach weiter.

»Alles wieder gut?«, flüsterte Clay.

»Mhm«, machte ich leise, den Blick stur zur Tafel gerichtet.

Den Rest der Stunde schwiegen wir. Konzentriert schrieb ich alles mit, was Mr Ebsteen von sich gab, und war einfach nur erleichtert, als mich das Läuten der Klingel endlich erlöste.

Ich ließ mir beim Einräumen meiner Tasche Zeit, nahm zunächst nur den Schreibblock in die Hand und verstaute ihn sorgsam. Auch wenn das hier meine letzte Stunde war, musste ich noch weitere fünfzig Minuten auf Brian warten. Wie aus dem Nichts stand plötzlich Will an meinem Tisch.

»Geht es dir wieder besser, Summer?«, fragte er mit besorgtem Gesichtsausdruck.

»Alles okay, Will.«

»Lass mich wissen, wann ich dich abholen soll.«

Als ich ihn verwirrt ansah, fügte Will mit einem Blick auf Clay hinzu: »Ich meine Samstag…abend.«

Ich schüttelte den Kopf, mein Mund klappte auf, doch noch bevor ich etwas entgegnen konnte, hatte er sich zum Gehen gewandt.

Clay war abrupt von seinem Platz aufgestanden und rief: »William!« Verdutzt drehte Will sich zu ihm um. »Ich glaube, der gehört dir.« Gekonnt warf er ihm den Radiergummi zu, der zuvor an meinem Kopf gelandet war. Will fing ihn auf, als würde er den ganzen Tag nichts anderes tun, lächelte gelassen, kam auf mich zu und legte den Radiergummi behutsam in mein Mäppchen.

»Ich lass ihn lieber hier – ich denke, den wird sie noch brauchen.« Er lächelte Clay zu, aber das Lächeln erreichte seine Augen nicht. Kurz darauf war Will verschwunden.

»Okay … wie auch immer.« Ich ließ meine Wimpern mehrmals flattern, stand auf und begann, das Buch und das Mäppchen in meine Tasche zu stopfen.

Clay zog die Augenbrauen hoch und sagte: »Na, da hast du ja einen richtigen Wachhund an deiner Seite.«

Ich zuckte nur müde mit den Schultern, weil mir sonst nichts Besseres einfiel.

»Bis morgen«, sagte Clay mit einem breiten Grinsen und einer Stimme, die meine Beine zu Pudding werden ließ. Und gerade als er sich zum Gehen wandte, fiel mir doch noch etwas ein: »Das sagt gerade der Richtige …«

Verdutzt drehte er sich noch einmal zu mir und blickte mich mit seinen strahlenden, schönen Augen fragend an: »Wie bitte? Bis morgen?«

»Nein, ich meine, du hast doch selbst zwei Wachhunde – Red und Blue.«
Ich wies auf die beiden Jungen.

»Wow«, sagte er lachend. »Deine Reaktionszeit ist wirklich unglaublich …«

»War ein anstrengender Tag.«

Er nickte, als wüsste er, wovon ich sprach, und drehte sich schmunzelnd zu seiner Entourage und Mr Ebsteen um.

Alle fünf hatten das Klassenzimmer längst verlassen, als ich mich schließlich gedankenverloren auf den Weg durch die verwaisten Flure zum Parkplatz machte. Neben unserem Wagen parkte ein Fahrzeug, das heute Morgen noch nicht da gewesen war und das nicht ganz unauffällig auf seinen Besitzer schließen ließ. Es war ein schwarzer Geländewagen, und natürlich war es nicht *irgendein* Geländewagen: Es war ein Porsche. »Herrje«, entfuhr es mir, und für einen kurzen Moment überlegte ich, ob ich mein Auto umparken sollte, verwarf diese Idee aber wieder, weil das hier mein Teil der Kolonie war und ich mich nicht vertreiben ließ.

Ich öffnete die Beifahrertür des Autos, setzte mich und warf meine Tasche auf den Rücksitz. Dann öffnete ich das Fenster einen Spalt, drehte die Musik an und nestelte das Haargummi aus meiner blonden Mähne. Ich lehnte meinen Kopf zurück und schloss die Augen. Die warmen Sonnenstrahlen berührten mein Gesicht.

Nach einer Weile blinzelte ich auf die Uhr. Noch fünfunddreißig Minuten, bis Brians Unterricht zu Ende sein würde. Heimzufahren hätte sich zu keinem Zeitpunkt gelohnt, denn wir wohnten zwanzig Minuten von der Schule entfernt. Nach weiteren zehn Minuten stieg plötzlich wieder dieses seltsame Gefühl der Unruhe und des Unwohlseins in mir auf. Auch diesmal konnte ich nicht erfassen, warum, doch ich spürte, dass sich die blinde Panik langsam, aber sicher erneut anschlich und mir einen Schauer über den Rücken jagte.

»Oh Gott, nicht schon wieder«, murmelte ich und dachte an die Symptome von vorhin. Unsicher blickte ich mich um, schaltete die Musik aus. Eine dicke Wolke schob sich vor die Sonne, und ganz plötzlich wurde es kühl. Die feinen Härchen an meinen Armen und im Nacken richteten sich auf. War das wirklich die Kälte? Mir stockte der Atem. Mein Hals hatte sich schlagartig zugezogen.

Alles ist gut, versuchte ich mich zu beruhigen. Aber die Bekundungen an mich selbst halfen nicht – mein Atem ging nun stoßweise, und ich hörte das Trommeln meines Herzens so deutlich, als würde es direkt neben meinen Ohren schlagen. Mein Blick huschte zum Autoschlüssel und ich war versucht, einfach loszufahren.

Aber mein Kopf versuchte, die Situation wieder unter Kontrolle zu bringen: *Wegfahren wäre wirklich mies. Der arme Brian. Wie soll er nach Hause kommen? Außerdem ist Fahren in diesem Zustand undenkbar!*

Ich strich mir über die Stirn.

Frische Luft, dachte ich und tastete nach dem Türgriff. Ich stolperte aus dem Wagen, lehnte mich mit dem Rücken dagegen und hielt beim Atmen meine Augen geschlossen. Der Wind wehte mir das Haar ins Gesicht. Einige Strähnen kitzelten mich an der Wange. Dem Wind war es wohl auch zu verdanken, dass die Wolken weitergezogen waren und die Sonne wieder freie Sicht auf die Kolonie hatte. Ich fasste mir erneut an die Stirn und wischte die Schweißperlen weg.

»Hey, Summer«, hörte ich eine Stimme direkt neben mir. Ich erschrak. Von der Sonne geblendet, hielt ich die Hand vor meine Augen – doch ich hatte seine Stimme bereits erkannt.

»Hallo, Clay«, sagte ich so normal, wie es mir gerade möglich war. Ich wollte mir nichts anmerken lassen, allerdings war es dafür wohl schon zu spät.

»Alles in Ordnung?«, fragte er besorgt.

»Alles in Ordnung«, log ich und merkte im selben Moment, wie meine Beine nachgaben und einknickten. Mit schnellem Griff fing er mich auf, bevor ich zu Boden stürzen konnte, aber seine Berührung machte es nicht besser – stattdessen trommelte das Ungetüm nur noch heftiger in meiner Brust.

»Hey …«, klang seine Stimme dumpf in mein Ohr. »Ist okay, ich tu dir nichts. Ich werde dich nicht verletzen. Du musst keine Angst haben.«

Und so unglaublich sinnlos seine Worte auch waren – es wurde besser. Zwar nicht sofort, aber es wurde besser. Mein Herz schlug wieder normal, ich schwitzte nicht mehr und mein Hals war wieder frei. Auch die Kälte in meinem Nacken ebbte langsam ab. Sobald ich meine gesamte Aufmerksamkeit nicht mehr in das Abklingen der Symptome stecken musste, spürte ich, dass er mir mit seiner rechten Hand zärtlich über den Rücken strich, während er mit seiner linken Hand behutsam meinen Kopf gegen seine feste Brust drückte. Erst jetzt realisierte ich, dass er einen Kopf größer war als ich und dass er noch immer so unglaublich gut roch. Ich schloss meine Augen und sog den betörenden Duft tief ein, damit ich ihn in mir einschließen konnte. Wonach roch er? Vielleicht nach einem Sommertag und Holz? … Ja, an diesen Geruch würde ich mich für den Rest meines Lebens erinnern. Und so standen wir da, bis sich mein Verstand zu Wort meldete und ich wieder zur Besinnung kam. Ich musste das hier beenden, bevor ich begann, es zu sehr zu mögen. Das durfte nicht passieren.

Standhaft, sagte ich mir. *Bleib standhaft.*

Mit einer Mischung aus Widerwillen und gesundem Menschenverstand löste ich mich aus seinem Griff und bemerkte, dass er die schwarze Jacke von vorhin nicht mehr trug. Durch den luftigen grauen Pulli konnte ich seine muskulösen Arme sehen.

Standhaft, ermahnte ich mich.

Ich blickte mich nach dem Winzling und den Leibwächtern um – sie standen in einigem Abstand und sahen dem Treiben mit einem, wie ich fand, mürrischen Gesichtsausdruck zu.

»Danke«, sagte ich und richtete meinen Blick wieder auf Clay.

»Hast du das öfter?«, wollte er wissen.

»Nein … eigentlich nicht … ähm … nein«, antwortete ich gedankenverloren und fügte hinzu: »Aber ich bin nicht krank!«

»Mhmm.«

»Wirklich nicht! Ich bin gesund … du musst niemandem hiervon erzählen. Ich bin topfit, könnte man sagen.« Der Satz war etwas wirr und meine Stimme klang zu schrill.

»Ich verstehe. Von mir wird niemand etwas erfahren«, erwiderte er ruhig.

»Es gibt auch nichts zu erfahren!«, unterbrach ich ihn hektisch. »Ich habe nur … nur …«

»Eine Frauensache«, vervollständigte er meinen Satz. Ich sah zu ihm auf und merkte, wie meine Wangen zu glühen begannen. Ich konnte nicht einmal genau sagen, warum – vor Scham? Oder weil er so perfekt und schön war? Oder weil die Situation hier gerade wirklich absurd war? Oder schlicht wegen der Sonne, die in meine Richtung schien? … Auch er sah mich unverwandt an, und keiner von uns senkte den Blick – im Gegenteil: Unsere Blicke verschmolzen, genau so wie vorhin im Klassenraum. Nur diesmal würde mich kein Radiergummi am Hinterkopf treffen. Ich ließ mir Zeit, seine Augen zu erkunden. Sie waren braun, und ich erkannte goldene Sprenkel in ihnen. Und wieder überkam mich dieser Gedanke: *Sie werden eine perfekte Menschheit erschaffen: gesund, stark, wunderschön – vollkommen.* Die Röte ebbte nicht ab, und jetzt wusste ich, warum – ich schämte mich ... für mein Aussehen, für mein Auto, für meine Schule, für einfach alles, was ich war, tat und hatte.

Unvermittelt spürte ich meine Hände. Sie lagen in seinen. Entsetzt entzog ich mich sowohl seinem Blick als auch seiner Berührung.

»Entschuldige«, sagte ich schnell.

»Wofür entschuldigst du dich?«, fragte er ruhig.

»Ich halte dich sicher auf.«

»Ganz im Gegenteil – ich bin froh, wenn ich helfen kann.« Sein Tonfall war noch immer bedacht, seine Stimme noch immer rau und süß – wie flüssiger Honig. Ich lächelte verlegen.

»Danke«, sagte ich aufrichtig.

»Geht es wirklich wieder?«

»Ja.« Mein Blick streifte abermals seine wunderschönen Augen.

Er lächelte und strich mir zärtlich eine Haarsträhne hinters Ohr. Ich ließ es zu. Die Berührung ließ mich erschaudern, aber jetzt war es ein wohliger Schauder, der meinen Körper durchfuhr.

»Clay«, zerstörte eine Stimme den Moment ... Diesmal war es kein Radiergummi – sondern ein Zwerg. Mit angespanntem Gesichtsausdruck schoss der Blick des kleinen Jungen nervös von Clay zu mir und wieder zurück.

Clay nickte wissend. »Ich muss jetzt los, Summer ...« Er stockte. »Wie heißt du eigentlich weiter?«

»Snow.«

»Ehrlich? Snow?« Das klang sarkastisch.

»Ja«, gab ich trocken zurück und verschränkte meine Arme vor der Brust.

»Also, du bist Summer Snow?«

»Tja, was soll ich sagen ...« Ich hob meine Schultern.

Ein Lächeln umspielte Clays Lippen: »Ich muss jetzt los, Summer Snow.«
Und er fügte hinzu: »Ich hoffe, wir sehen uns morgen wieder.«

Schüchtern nickte ich ihm zu, als er in seinen Porsche stieg. Er fuhr selbst. Der Zwerg saß auf dem Beifahrersitz, die beiden Leibwächter saßen hinten.

»Das hoffe ich auch ...«, flüsterte ich, obwohl es niemand mehr hören konnte. Clay hob seine Hand noch einmal zum Abschied und brauste davon.

KAPITEL 4

Lügen

Ein Klopfen auf mein Autodach ließ mich aufschrecken.

Brian öffnete die Fahrertür und stieg ein.

»Hey, Schwesterherz.« Aufgeregt wandte er sich zu mir und fiel sofort mit der Tür ins Haus: »Ich habe gehört, dass du jemanden von der Elite im Pflanzen- und Heilkundekurs hattest? Ist ja krass! Wie war sie ... oder er?«

»Woher weißt du das denn schon wieder?«

»Ich hab da so meine Quellen. Und jetzt sag schon: eine Sie oder ein Er?«

»Ach, das konnte dir deine Quelle nicht sagen?«, fragte ich sarkastisch.

»Summer, jetzt erzähl schon ...«

Ich seufzte. Er würde keine Ruhe geben, das war klar. Und ich konnte es nachvollziehen, denn hätte er jemanden von der Elite in der Klasse gehabt, würde ich auch jedes einzelne Detail wissen wollen.

»Es war ein Er«, gab ich zurück und entschied mich, nur so viele Informationen wie nötig preiszugeben. Von dem Wiedersehen auf dem Parkplatz musste Brian ja nichts erfahren – und wie schlecht es mir heute ging, auch nicht.

»Wie war er?«, drängte Brian, als ich schwieg.

»Er war ... Na ja, er war so, wie man sich jemanden aus der Elite vorstellt.« Das war eine sehr diplomatische Antwort.

»Aha ... Und weiter?«

»Nichts weiter. Er war ein ganz normaler Junge in besseren Klamotten, mit Luxusauto und drei Leibeigenen.«

»Was für ein Auto?« Sofort sprang Brian auf sein Lieblingsthema an. Wenn er mal freiwillig las, dann über Autos und darüber, welche Modelle es früher gegeben hatte, welche es heute noch gab, wie man Autos selbst reparieren konnte und so weiter ...

»Porsche«, entgegnete ich nicht ohne Stolz, denn das war eines der wenigen Autowappen, die ich tatsächlich erkannte.

»Wow ... nicht schlecht. Welches Modell?«

»Woher soll ich das wissen!?« Ich hob theatralisch die Hände. »Wenn mich jemand fragt, was für ein Auto ich habe, ist meine Antwort: ein weißes ...«

»Ja, das stimmt – von Autos hast du wirklich keine Ahnung«, stimmte mir Brian nachdenklich zu, mit leisem, aber unüberhörbar sarkastischem Unterton.

»Wer waren die Leibeigenen? Hat er sie so genannt?«

»Natürlich nicht. Ich habe mir das so gedacht. Mr Ebsteen hat sie vorgestellt, zwei von ihnen waren Leibwächter.«

»Ihre Namen?«

»Wozu willst du das denn jetzt bitte wissen? Fahr lieber mal los, ich hab Hunger«, forderte ich ihn auf. Brian steckte endlich den Schlüssel in das Zündschloss. Er ließ das Auto an und legte den Rückwärtsgang ein. Doch statt auf das Gaspedal zu treten, quengelte er wie ein kleiner Junge weiter: »Summer ...«

Ich seufzte: »Ich glaube, sie heißen wie Farben ... Black ... nein ... Red und Blue. Und der andere heißt wie ein Held aus einem Buch, das ich vor Jahren mal gelesen habe ... hmm ... Tristan.«

Brian nickte zufrieden und fuhr endlich los.

»Und wie hieß der Junge aus der Elite?«, wollte er wissen, als wir vom Schulparkplatz auf die Straße einbogen. Ich hatte so gehofft, dass Brian mich das nicht fragen würde. Ich hatte Angst, dass er irgendwie meinen beschleunigten Herzschlag bemerken könnte.

»Clay«, sagte ich so unbefangen wie möglich und fügte noch schnell hinzu: »Glaub ich jedenfalls.«

»Kleidung?«, hakte Brian jetzt nach, geradeso, als ob er eine Checkliste abarbeitete.

»Cool, lässig – teuer.«

Er nickte, als wüsste er, wovon ich sprach.

»Und hat er auch was zum Unterricht beigetragen?«

»Nein, nicht wirklich. Er hat nur meine Notizen gelesen ... also Interesse schien er schon zu haben. Aber er war auch unglaublich arrogant ...«, kam ich ins Plaudern.

»Wieso deine Notizen? Warum hast du ihm deine Notizen gegeben?«

Ertappt schloss ich die Augen. Ich ließ meine Schultern sacken und gab zu: »Er saß neben mir.«

»Ernsthaft? Und das sagst du erst jetzt?«

»Ja ... Andrea war heute nicht da und neben mir war der einzige freie Platz.«

Mit gespieltem Desinteresse drehte ich mich zum Fenster, als wäre es das Normalste der Welt für mich, dass heute ein Junge aus der Elite in Pflanzen- und Heilkunde neben mir gesessen hatte. Gleichzeitig bemühte ich mich, ruhig zu atmen, damit mein Herz mir nicht aus der Brust hüpfte. Dieses Hüpfen allerdings war anders als das hämmernde Pochen von vorhin ... als ich diese merkwürdigen Symptome gehabt hatte. Diesmal pochte es vor ... na ja ... vor was eigentlich?

»War er denn perfekt und vollkommen?«, unterbrach Brian meine Gedanken.

Ich antwortete nicht direkt, entschied mich aber für die Wahrheit: »Ja, das war er. Perfekt und vollkommen.« *Ups ... das kam verträumter als beabsichtigt.*

»Aha«, gab Brian nachdenklich zurück. Er sah mich an, richtete seinen Blick dann aber wieder auf die Straße.

»Sitzt er denn jetzt immer neben dir?«

»Keine Ahnung«, antwortete ich nachdenklich. Das war wirklich eine gute Frage. Ein seltsames Gefühl der Enttäuschung stieg in mir auf. Was, wenn Andrea morgen wieder zur Schule käme? Was, wenn Clay neben jemand anderem sitzen würde? Was, wenn er neben Claire oder Amber sitzen und *sie* ihn »anstarren« würden? Was wäre, wenn er sich verlieben würde? In eine andere ... als mich?

Ach du meine Güte, dachte ich. *Bin ich verliebt? Geht das etwa so schnell?*

Ich kannte dieses Gefühl nicht, aber das musste es sein – genau so musste es sich anfühlen. Es war ein Anflug von Verliebtsein. Aber das durfte ich nicht. Ich durfte mich nicht in ihn verlieben! Unter gar keinen Umständen. *Standhaft,* wiederholte ich in Gedanken mein neues Mantra. *Standhaft.*

»So ruhig, Summer? Ich hab doch wohl nicht etwa einen Nerv getroffen?« Brian stieß mit seinem Ellenbogen gegen meinen Arm. »Wärst du etwa traurig, wenn Clay nicht mehr neben dir sitzen würde?«, neckte er mich.

»Aber du hast den Teil mit der Arroganz schon verstanden, ja?«, wiegelte ich mit gespielter Entrüstung ab.

»Ja, klar … und ich hab auch den Teil verstanden, in dem du sagtest, er sei perfekt und vollkommen – und körperliche Schönheit verzeiht viele Fehler im Charakter …«, flötete er grinsend.

»Woher hast du das denn?«

»Hab ich mir gerade ausgedacht. Clever, nicht wahr?«

Ich verdrehte die Augen.

»Summer ist verlie-hiebt, Summer ist verlie-hiebt«, sang er provozierend.

»Brian, ich bitte dich. Du machst dich lächerlich. Er ist von der Elite – und ich bin es, wie wir alle wissen, nicht. Ich bin doch nicht blöd – ich kenne die Gesetze! Es ist nicht gestattet und hätte daher auch keine Zukunft.«

»Stimmt«, sagte er ernst, »aber das Herz will eben, was das Herz will.«

Dann schaute er mit einem fetten Grinsen im Gesicht zu mir rüber und wir blickten uns kurz in die Augen. Ich zog meine Mundwinkel nach unten und schwieg.

»Hey, Summer«, sagte Brian nach einer Weile, »war doch nur Spaß.« Anscheinend hatte er bemerkt, dass er weit übers Ziel hinausgeschossen war.

Ich sagte nichts. Zum Glück bogen wir bereits in unsere Straße ein. Während Brian das Auto am Straßenrand parkte, kramte ich in meiner Tasche nach dem Haustürschlüssel.

Als ich unser Haus betrat, konnte ich das Mittagessen bereits riechen. Der verheißungsvolle Duft ließ meinen Magen knurren.

»Hi, Dad. Ich sterbe vor Hunger!« Ich ließ meine Tasche auf den Boden fallen.

»Hi, Dad.« Brian hob den Topfdeckel hoch. »Linsensuppe. Lecker«, murmelte er mehr zu sich selbst und wusch sich die Hände über dem Spülbecken.

Als wir uns gesetzt hatten, wurden die beiden Kerzen angezündet, und als jeder einen Teller dampfender Linsensuppe vor sich hatte, sagte Brian unvermittelt: »Summer hatte heute Besuch in der Schule.«

»Besuch?«, fragte Dad interessiert.

»Jemand von der Elite war da«, erklärte ich genervt und schob mir einen Löffel Linseneintopf in den Mund. Dad verschluckte sich. Wild hustend brauchte er einige Sekunden und einen kräftigen Schluck Wasser, bevor er sich wieder beruhigt hatte. Mit hochrotem Kopf stützte er seine Ellenbogen auf dem Tisch ab und faltete die Hände.

»Alles okay?«, fragte ich, denn ich war schon im Begriff aufzuspringen, um den Heimlich-Handgriff anzuwenden.

»Wer war da?«, wollte er wissen, ohne mir zu antworten.

»Ein Junge.«

»Ein Junge? Könntest du bitte etwas genauer werden, Summer?«

»Es war wirklich nicht spektakulär. Die Elite überlegt anscheinend, ob sie Pflanzen- und Heilkunde in den Stundenplan aufnehmen soll, und er war da, um sich das Fach mal genauer anzusehen.« Ich nahm einen weiteren Löffel, schluckte und fuhr fort: »Er wird ein paar Tage am Unterricht teilnehmen.«

»Wie heißt er?«

»Ähm, Clay ... glaube ich jedenfalls.« Während ich seinen Namen aussprach, pochte mein Herz schon wieder bis zum Hals.

»Clay – und weiter?«

»Keine Ahnung. Ich weiß nicht, wie er mit Nachnamen heißt, Dad«, gab ich zurück.

Notiz an mich: Clays Nachnamen in Erfahrung bringen, vermerkte ich in meinem Kopf.

»Hat er mit dir gesprochen?«, fragte Dad so kalt, dass ich endgültig aufhorchte. Ich sah von meinem Teller hoch. Seine Aufmerksamkeit galt mir allein. Er saß noch immer unverändert da, ohne seine Suppe auch nur anzurühren. Auch ich hörte auf zu essen und antwortete mit zusammengekniffenen Augen: »Ja. Ich meine, warum sollte er nicht mit mir sprechen?«

»Worum ging es?«, fragte Dad, und ich hatte plötzlich den Eindruck, in einem Verhör zu sitzen. Fehlte nur noch eine auf mich gerichtete Lampe. Intuitiv wusste ich, dass es klüger wäre, jetzt zu lügen. Brian und ich tauschten verstohlene Blicke und ich hoffte, er würde nicht verraten, dass Clay neben mir gesessen hatte.

»Ähm …«, begann ich, »also … er sprach nur kurz mit mir. Er hielt mir die Tür auf und sagte: ›*Ladies first*‹.«

»Ladies first?«, wiederholte Dad mit zusammengekniffenen Augen. »Sonst habt ihr nicht gesprochen?«

»Nein, worüber auch?« Das Lügen fiel mir erstaunlich leicht. Ob das vielleicht mein verborgenes Talent war …?

»Na schön. Wenn das alles war …«

»Ja. Er hat sich nicht weiter für mich interessiert.« Ich war wirklich gut, sogar *ich* hätte mir geglaubt. Dad schien die Antwort zu gefallen, denn er wirkte beruhigt, als er nach seinem Löffel griff und ihn wieder in die Suppe tauchte.

»Dann ist ja gut …«, murmelte er vor sich hin.

Brian und ich tauschten verwirrte Blicke und widmeten uns ebenfalls wieder dem Mittagessen.

Ich überlegte kurz, ob ich Dad von den seltsamen Symptomen erzählen sollte, doch ich verwarf den Gedanken wieder. Irgendetwas sagte mir, dass ich das vorläufig besser für mich behielt.

Nach dem Essen spülten Brian und ich gemeinsam ab. Dad musste noch Papierkram in der Praxis erledigen. Als er die Tür zur Küche geschlossen hatte und Brian und ich mit dem Abwasch begonnen hatten, fragte ich im Flüsterton: »Was war das denn? Das war auf jeden Fall echt merkwürdig. Hast du gemerkt, wie gereizt er war?«

»Ja, und ich weiß auch, warum.«

»Warum denn?«

»Er ist dein Dad – ich denke, das war sein Schutzinstinkt. Vermutlich würde er bei jedem Jungen in deinem Leben so reagieren. Bisher war da ja keiner, aber heute hast du einen Vorgeschmack auf das bekommen, was dich erwartet, solltest du mal ein Date mit nach Hause bringen. Ich für meinen Teil bin heilfroh, ein Junge zu sein.« Zufrieden kratzte er mit seinem Fingernagel einen winzig kleinen schwarzen Punkt von dem Teller, den er gerade abgetrocknet hatte.

»Das glaube ich nicht – er will doch immer, dass ich ausgehe und Spaß habe. Gerade ging es um etwas anderes.«

»Was man sich wünscht und wie es sich in der Wirklichkeit anfühlt, sind zwei unterschiedliche Dinge.«

Das leuchtete ein, oder? … Nein! Tat es nicht. Irgendwie hatte ich das Gefühl, dass das nicht der wahre Grund sein konnte.

»Ich hätte auch gelogen.« Brian zwinkerte mir zu.

Unschuldig legte ich den Kopf schief, dann zog ich eine Gabel aus dem warmen Spülwasser und wusch sie sauber.

»Du wirst doch nichts sagen?«

»Dass du den Jungen süß findest?«

Bei diesem Satz schoss mir die Röte ins Gesicht.

»Was? Nein! Jetzt hör doch auf mit dem Thema! Das hatten wir doch abgehakt«, verteidigte ich mich. »Er ist arrogant und unsympathisch. Hör auf, so etwas zu sagen, Brian.«

»Summer, ich kenne dich dein ganzes Leben und ich bin nicht blöd – oder blind. Erzähl mir, was du willst, aber ich habe zwei Augen im Kopf.«

Jetzt wurde ich knallrot.

»Du musst nicht rot werden«, sagte er versöhnlich und stieß mir leicht gegen die Schulter.

»Werde ich nicht!«, motzte ich.

»Wie du meinst …« Brian grinste schelmisch und flüsterte verschwörerisch: »Dein Geheimnis ist bei mir sicher.«

Ich sah ihn wütend an und hielt ihm den letzten Löffel hin. »Ich mache jetzt Hausaufgaben, und das würde ich dir auch raten.«

»Später …«

Seufzend schüttelte ich den Kopf, nahm meine Schultasche und ging nach oben in mein Zimmer. Nachdem ich die Hausaufgaben fertig hatte, setzte ich mich auf mein Bett, ans Fenster. Die Sonne war hinter einem Wolkenband verschwunden, und es begann zu nieseln. Ich schaute hinaus auf das Feld und sah zu, wie die Bäume sich im Wind wiegten. Was Clay jetzt wohl gerade tat? Ich hatte keinen blassen Schimmer, was man in der Elite so trieb – nur hier und da hörte man ein wenig Klatsch und Tratsch, auf den ich allerdings nicht viel gab. Was er wohl den ganzen Tag gemacht hatte? Ob er auch so nervige Geschwister hatte wie ich? Ob er Hobbys hatte? Vielleicht hatte er eine Freundin … Ein so gut aussehender Junge würde wohl nicht lange allein sein. Diesen Gedanken verwarf ich allerdings schnell wieder, weil er mir einfach nicht gefiel. Stattdessen malte ich mir lieber aus, wie er jetzt an einem reich gedeckten Tisch saß, seine Dienstboten neben sich, und ich vermutete, dass sie ihm jeden Wunsch von den wunderschönen braunen Augen ablasen.

Standhaft, sagte ich mein neues Mantra auf und nahm mir zur Ablenkung ein Buch aus dem Regal. Ich begann zu lesen, doch mich zu konzentrieren fiel mir schwer. Meine Gedanken kreisten nur um Clay, und als es Zeit fürs Abendessen war, bemerkte ich, dass ich die erste Seite des Buches noch nicht mal umgeblättert hatte. Seufzend legte ich es zur Seite und ging hinunter, um den Tisch zu decken. Brian und Dad kamen kurz darauf hinzu, die beiden Kerzen wurden angezündet und die Mahlzeit verlief ohne schwierige Gespräche. Dad erzählte ein wenig von seinem Tag und von einem Notfall, dem er mit Kräuterumschlägen Linderung verschaffen konnte. Brian beschwerte sich über die Menge der Hausaufgaben und ich sagte kaum etwas. Nur ab und zu kam ein »Aha«, oder »So, so«, über meine Lippen, aber die beiden waren so in ihre Unterhaltungen vertieft, dass sie meine geistige Abwesenheit gar nicht bemerkten.

Nach dem Essen ging ich wieder nach oben. Ich war wirklich müde und legte mich sofort ins Bett.

Vor dem Einschlafen kreisten meine Gedanken noch immer um Clay und die Elite und darum, wie sehr ich mir wünschte, dazuzugehören.

Ich werde hoffen und warten. Und eins wusste ich jetzt: Der Plan, den Dad für mich hatte, war heute undenkbar geworden. Ob ich es nun beeinflussen konnte oder nicht – ich wollte in die Elite. *Plan A muss klappen und Versagen ist keine Option!* Mit diesem Gedanken im Kopf schlief ich ein.

KAPITEL 5

Funkstille

Schon beim ersten Weckerklingeln war ich hellwach.

Doppelstunde Pflanzen- und Heilkunde, schoss es mir durch den Kopf.
Und auch wenn er mir die ganze Nacht im Traum erschienen war, so war
mir der reale Clay doch viel lieber.

Hoffentlich ist Andrea heute nicht da, dachte ich und drückte mir selbst
die Daumen. Beschwingt berührten meine Füße den kernigen Holzboden
vor meinem Bett. Weil ich früh dran war, nahm ich mir die Zeit für eine
ausgiebige Dusche. Als meine Haare trocken geföhnt und gekämmt waren,
suchte ich meine schönste Jeans und den besten weißen Pulli heraus und
steckte mir die beiden kleinen Anstecknadeln an. Ich fädelte den Gürtel ein
und war »ready to go«. Eilig griff ich nach meiner alten braunen Tasche
und hüpfte gut gelaunt die Treppe hinunter.

Wie jeden Morgen saßen Brian und Dad bereits am gedeckten Frühstückstisch.

»Guten Morgen«, sagte Dad.

»Morgen«, gab ich zurück und ließ die Schultasche neben meinem Stuhl
auf den Fliesenboden fallen. Ich setzte mich und goss Milch in meine Tasse.
Dann ließ ich drei große Löffel Kakao hineinrieseln. Genüsslich schlürfte
ich die noch nicht aufgelösten Pulverbläschen von meinem Löffel.

Dad reichte mir den Korb mit dem bereits aufgeschnittenen Brot.

»Nein«, lehnte ich ab. »Ich bin nicht hungrig.« Natürlich wollte ich gerade *ihm* nicht auf die Nase binden, dass mein Bauch bereits voll war – und
zwar mit flatternden Schmetterlingen. Ich wartete auf eine Bemerkung von
Brian, doch da kam nichts. Verwundert schaute ich zu ihm rüber und sah,
dass er in ein Buch vertieft war. Einen Block hatte er sich zwischen Bein
und Ellbogen geklemmt, in der rechten Hand hielt er den Stift.

»Was ist los?«, fragte ich provozierend. »Hausaufgaben nicht gemacht?«

Er schien mich nicht zu hören, vielleicht absichtlich, und ich erinnerte mich an die Zeiten, als wir zum Autofahren noch zu jung waren und Brian die Hausaufgaben immer im Bus erledigt hatte. Innerlich stellte ich mich bereits darauf ein, dass ich heute würde fahren müssen ...

Dads Stimme durchdrang meine Gedanken.

»Bitte?«, fragte ich geistesabwesend.

»Hast du heute Pflanzen- und Heilkunde?«, wiederholte er.

»Ja«, sagte ich und zog das Wort dabei merklich in die Länge. »Warum fragst du?«

»Es geht um den Jungen der Elite – Clay.« Seine Stimme klang schneidend.

»Was ist mit ihm?«, fragte ich unschuldig und war froh, dass Dad nicht über einen Röntgenblick verfügte, denn er hätte mein wild tanzendes Herz gesehen.

»Ich bin dein Vater, und ich kann das nicht gutheißen, dass ihr jemanden aus der Elite vor die Nase gesetzt bekommt. Es weckt falsche Hoffnungen. Ich will nicht, dass du mit ihm sprichst. Ist das klar?«

War das tatsächlich sein Ernst? Hatte er das gerade laut gesagt? Ich blickte zu Brian, der war aber so sehr in seine Aufgaben vertieft, dass er unserem Gespräch nicht folgte.

»Du möchtest nicht, dass ich mit ihm *spreche?*«, wiederholte ich ungläubig. Dad nickte knapp.

»Gut ...«, seufzte ich und überlegte kurz. Eine Lüge mehr oder weniger würde in dieser Situation sicher niemandem schaden.

»Wenn es dir so viel bedeutet, werde ich keinen Kontakt zu ihm haben. Ich werde nicht einmal Danke sagen, falls er mir noch mal die Tür aufhalten sollte.«

»Na, das hört sich doch gut an.« Dad nickte nachdrücklich und blickte wieder in seine Zeitung. Ein angespanntes Lächeln umspielte sein Gesicht. Das war tatsächlich sein Ernst. Ich konnte es nicht fassen. Kopfschüttelnd blickte ich auf die Uhr und drehte mich zu meinem Bruder. »Brian, wir müssen los.«

»Mhmm«, machte er, aber ich vermutete, er hatte nur seinen Namen gehört.

»Brian, wir müssen los!« Ich sprach überdeutlich und stupste ihn mit dem Zeigefinger an.

»Mhmm«, machte er wieder, blickte dann aber doch auf.

»Wir müssen lo-hoos«, sang ich ungeduldig und griff nach meiner Tasche auf dem Boden.

»Kannst du fahren, Summer?«

»Ich bin von nichts anderem ausgegangen.«

»Viel Spaß, ihr zwei«, sagte Dad, und ich drückte ihm einen Kuss auf die Wange. »Dad, du solltest Brian mal sagen, dass man Hausaufgaben am Nachmittag macht – oder zumindest abends.« Ich zwinkerte.

»Stimmt.« Dad sah Brian vorwurfsvoll an. »Aber er erhält ja jetzt seine gerechte Strafe«, erklärte er, mit einem Blick auf die Autoschlüssel in meiner Hand.

»Darauf gehe ich jetzt nicht ein …«, maulte ich naserümpfend und ging nach draußen.

Brian war direkt hinter mir. »Ja, Strafe muss wohl sein …«, brummte er beim Verlassen des Hauses.

Ich fuhr schnell, das bemerkte auch Brian sofort.

»Herrje!«, rief er aus, als ich eine Kurve etwas zu scharf genommen hatte. »Du fährst heute ja noch schlechter als sonst – und ich dachte immer, das geht gar nicht.«

Da selbst ich in der Kurve ein wenig Angst bekam, nahm ich meinen Fuß vom Gas und versuchte, mich besser zu konzentrieren. Die Autofahrt verlief schweigsam, denn Brian kritzelte während der gesamten Fahrt, ohne aufzusehen, auf seinen Block und sagte nur ab und an mal: »Schalten«, »Kupplung«, »Langsamer.«

Als ich auf den Parkplatz bog, konnte ich den matten Porsche schon sehen.

Sofort setzten die Schmetterlinge in meinem Bauch zu Sturzflügen an und mein Puls beschleunigte sich. Mein Fuß am Gaspedal begann zu zittern und das Auto sprang ruckartig nach vorne.

»Summer, ich bitte dich …« Brian blickte von seinen Aufgaben hoch. »Oh, schon da?«, fragte er verwundert. »Und ich lebe noch …« Er riss in gespielter Verwunderung Mund und Augen auf.

71

»Hausaufgaben fertig?«, fragte ich, während ich einparkte.

»Ja … na ja … fast … Zumindest mit Mathe bin ich durch, und wenn ich während der Mathestunde noch Geschichte fertig schreibe und während Geschichte die restlichen Hausaufgaben für Bio mache, ist alles paletti.« Glücklich klappte er seine Notizen zu und rieb sich zufrieden die Hände.

Ich schüttelte augenrollend den Kopf: »Ja, klingt echt nach einem super Plan …«

Jetzt fiel auch sein Blick auf den Porsche.

»Wow … der ist ja der Hammer!«, rief Brian ehrfurchtsvoll und wir stiegen beide aus.

Brian hängte sich seine Schultasche über die Schulter und ließ den Blick bewundernd über die Kurven des Fahrzeugs streifen.

»Nicht schlecht. Frag ihn mal, ob ich eine Runde drehen darf.«

»Das ist jetzt nicht dein Ernst, Brian.«

»Absolut!« Er blickte so verträumt auf den Porsche, dass ich vermutete, auch mein Bruder war gerade im Begriff, sich unsterblich zu verlieben.

»Fragst du ihn?«, hakte er noch einmal mit flehendem Gesichtsausdruck nach.

»Natürlich nicht.«

Mit dieser Antwort gab er sich zufrieden – vermutlich war ihm selbst klar, wie unrealistisch seine Bitte war.

»Viel Spaß heute«, sagte er noch und winkte einer Gruppe von Freunden zu, die vor dem Eingang auf ihn warteten.

»Dir auch«, rief ich ihm noch nach, aber durch das Gewusel der Schüler hörte er mich vermutlich gar nicht mehr. Beim ersten Klingeln der Schulglocke kam ich im Klassenzimmer an. Die Tür stand noch offen und ich huschte in den Raum. Sofort fiel mein Blick auf meinen Nachbarplatz und zu meiner Freude stellte ich fest, dass Andrea heute wieder fehlte. Aber wie konnte sie sich das entgehen lassen? Es ließ nur einen Schluss zu: Sie war offensichtlich nicht so gut vernetzt wie mein Bruder. Ich setzte mich und packte meine Unterlagen auf den Tisch. Gedankenverloren begann ich, mit einem Kuli auf meinen Block zu kritzeln.

Nach einer Weile bemerkte ich, dass ich Herzen malte …

Unglaublich, dachte ich spöttisch und klappte meinen Block wieder zu. In diesem Moment spürte ich ein Augenpaar auf mir ruhen und blickte mich um. Mein Gefühl hatte mich nicht getäuscht: Ich schaute direkt in die blauen Augen von Will. Er stand gegen die Wand am anderen Ende des Klassenraums gelehnt, seine Hände hatte er vor der Brust verschränkt, und der dünne weiße Pulli, den er trug, umspielte seine muskulösen Oberarme. Um ihn herum standen drei Klassenkameradinnen, darunter auch Claire. Sie kicherten kokett und Claire spielte mit ihren langen schwarzen Haaren. Amber warf ihm einen devoten Blick zu, doch er schaute nur auf mich und lächelte. Scheu lächelte ich zurück, bis ein völlig abgehetzter Mr Ebsteen uns unterbrach.

»Entschuldigt bitte meine Verspätung, aber keine Sorge, das hängen wir hinten wieder dran«, sagte er keuchend, während er seine Tasche auf dem Lehrerpult abstellte. Die Klasse stöhnte einstimmig auf.

Mr Ebsteen überging das Gejammer und redete weiter: »Aber bevor wir beginnen … Amber, setz dich doch bitte neben Summer, solange Clay am Unterricht teilnimmt. Er ist gerade noch beim Rektor, wird aber gleich hier sein. Er hat heute Morgen den Wunsch geäußert, nicht mehr neben Summer sitzen zu wollen. Vermutlich hat er Angst, weil es dir gestern nicht gut ging, Summer.«

Wie bitte? Habe ich Mr Ebsteen gerade richtig verstanden? Nein! Das kann nicht sein … Oder doch? Meine Kinnlade klappte nach unten und mein Kopf spulte die Worte noch einmal ab: *Clay hatte den Wunsch geäußert, nicht mehr neben Summer sitzen zu wollen? Also nicht mehr neben* mir?

Ich hielt den Atem an. Eine Flut von Gefühlen strömte auf mich ein – hauptsächlich war es Demütigung – knapp gefolgt von ihren beiden Schwestern Scham und Wut. Das konnte doch nicht wirklich sein Ernst sein!? Ich hatte in seinen Armen gelegen. Er war so nett gewesen, hatte mir versichert, dass er sich keine Sorgen machte. Er hatte mir eine Haarsträhne aus dem Gesicht gestreichelt, mir gesagt, dass er hoffte, mich heute wiederzusehen. Da war etwas zwischen uns – ganz bestimmt! Und jetzt wollte er nicht mehr neben mir sitzen und hatte nicht einmal den Schneid, seine unverschämte Forderung persönlich vorzutragen? Ich fühlte mich, als hätte Clay mir gerade in den Magen gegriffen, einen Schmetterling nach dem anderen mit bloßen Händen gefangen, jedem von ihnen die zarten Flügel einzeln abgerissen und sie zu Boden geworfen – nur, um noch einmal darauf herumzutrampeln. Meine Schultern sackten nach unten und ich strich mir verlegen die Haare hinter die Ohren. Nun würde die blöde Amber neben mir sitzen, die beste Freundin von Claire. Und neben Claire würde Clay sitzen. Mein schlimmster Albtraum wurde wahr …

Ich war so naiv gewesen. Das, was gestern zwischen uns gewesen war, hätte ich sogar Magie genannt – ja, ganz sicher. Es war etwas Magisches zwischen ihm und mir. Oder etwa nicht? Konnte ich mich so irren?

Claire drehte sich zu mir um und gackerte gehässig – und auch von anderen Seiten drang hämisches Gekicher an mein Ohr.

Als Amber laut seufzend neben mir Platz nahm, rückte sie ihren Stuhl absichtlich etwas weiter von mir weg, geradeso, als wäre ich tatsächlich infiziert. Aber es half nichts, ich musste Haltung bewahren. Das war alles, woran ich denken konnte. Später konnte ich immer noch weinen oder schreien oder beides, aber jetzt musste ich Haltung bewahren. Ich nahm einen tiefen Atemzug, richtete mich auf, blickte stur zur Tafel und erwartete das Eintreffen von Clay und seiner Entourage. Kurz darauf betrat Red den Raum, gefolgt von Tristan. Alles lief wie gestern ab: Red drehte seine Runde, klopfte gegen die Tür. Blue hielt Clay die Tür auf und Clay trat ein.

Die einzigen drei Unterschiede zu gestern waren: Erstens, ich spürte diesmal keine Symptome, zweitens, ich schmolz bei Clays Anblick nicht dahin, und dass er drittens nicht mehr neben mir, sondern neben Claire saß. Es war vorauszusehen, dass ich mich während der gesamten Stunde nicht auf den Unterricht konzentrieren konnte. Die Demütigung saß tief und ließ mich nicht los. Ein, zwei Male glitt mein Blick verstohlen zu Clay hinüber. Ich saß am Fenster – er auf der anderen Seite des Klassenraums in zweiter Reihe, nahe der Tür.

Ich konnte nur sein Profil betrachten und fand, dass er verändert aussah. Seine Züge waren strenger, ernster. Er sprach mit niemandem, die ganze Stunde nicht. Und kurz bevor das Läuten der Glocke den Unterricht beendete, sprang Clay auf und Red sowie Blue folgten ihm gehorsam. Nur Tristan drehte sich zu Mr Ebsteen um und sagte höflich: »Vielen Dank und einen schönen Tag. Der Unterricht war sehr interessant. Bis morgen.« Dann war auch er verschwunden.

Ungläubig starrte ich auf die zufallende Tür und fragte mich, ob dieser emotionslose, beherrschte, versteinerte Junge der gleiche war wie der spontane, zärtliche Junge von gestern?

74

Die nächsten Tage ließen sich ganz gut mit einem Wort zusammenfassen: Funkstille.

Clay war zwar anwesend, sprach aber kein Wort – zu niemandem. Meine einzige Freude: auch nicht zu Claire.

Als Andrea Wind davon bekam, dass ein Junge aus der Elite in unserem Pflanzen- und Heilkundekurs saß, kam sie wie erwartet zur Schule. Das war klasse, denn so saß Amber wieder neben Claire und Clay bekam ein einzelnes Pult in der ersten Reihe.

Ich stellte fest, dass meine Blicke nach fast eineinhalb Wochen nicht mehr auf ihn fielen.

Die merkwürdigen Symptome waren auch verschwunden – daraus schloss ich, dass sie in direktem Zusammenhang mit Clay gestanden hatten. Ich war mir sicher, dass es nur Nervosität gewesen war, die mich so heftig hatte reagieren lassen. Das war eine Erklärung, mit der ich leben konnte. Clay war für mich unsichtbar geworden. Wenn wir uns zufällig auf dem Flur begegneten, konnten wir beide nur noch peinlich berührt zu Boden schauen. Als wir einmal gleichzeitig verspätet vor dem Klassenraum ankamen, hatte es bereits geläutet. Red hielt mir die Tür auf. Ich murmelte nur »Danke«, beachtete Clay aber nicht. Ich tat so, als wäre er nicht existent – er tat das Gleiche mit mir. Und obwohl wir uns nicht kannten, war es doch merkwürdig, ihn zu ignorieren. Es fühlte sich falsch an ... zumindest für mich.

Ich beschloss allerdings, die Worte meines Dads ernster zu nehmen und mich mehr mit den Gilden zu beschäftigen, um herauszufinden, welche für mich am geeignetsten wäre. Wenn alle in der Elite so merkwürdig waren wie Clay, konnte ich auch genauso gut bleiben, wo ich war.

Mehr und mehr bekam ich ihn aus dem Kopf. Das gelang mir mithilfe von Will, der einfach nicht lockerlassen wollte. Er hatte seine Taktik geändert und sich mit Brian angefreundet. Sie kannten sich zwar schon länger und hatten den gleichen Freundeskreis, aber in der letzten Woche hingen sie auffallend häufig miteinander herum.

Heute war endlich Freitag. Ich war so froh, dass ich Clay zwei Tage nicht sehen musste, und irgendwie traurig, dass ich Will nicht sehen konnte.

»Hey, Summer«, rief Will, bevor ich in unser weißes Auto stieg, das mich ins wohlverdiente Wochenende fahren würde. Er blieb ein Stück vor mir stehen, eine Hand an seiner braunen Schultasche, die andere in der Hosentasche vergraben.

»Nächste Woche Dienstag ist die Auswahl.«

»Ich weiß.«

»Und da dachte ich, dass es doch schön wäre, wenn … also wenn wir uns noch einmal vorher sehen könnten.«

»Aber wir sehen uns doch vorher – am Montag … die Pflanzen- und Heilkundeexkursion.«

»Ja schon … aber ich dachte, vielleicht könnten wir uns auch morgen Abend sehen? Wir gehen alle nach Richmond ins Kino. Vielleicht kommst du mit?«

Mit einem Blick in seine blauen Augen hielt ich inne und überlegte tatsächlich, mitzugehen. Nach einer kurzen Weile winkte ich aber doch ab.

»Nein, Will, morgen lieber nicht«, sagte ich zögernd, ohne den Blick von ihm zu wenden, und wusste nicht einmal, warum ich ihm gerade schon wieder eine Abfuhr erteilt hatte. Vielleicht aus Gewohnheit.

»Du hast gezögert.« Er schmunzelte triumphierend. »Zögern ist ein Anfang.« Will zwinkerte mir zu, während er zärtlich eine blonde Haarsträhne aus meinem Gesicht hinter mein Ohr strich – genau wie Clay es gemacht hatte. Dabei streiften Wills Finger leicht über meine Wange. Seine Hände waren rauer als die von Clay. Er trat einen Schritt zurück und ging um das Auto herum zur Fahrerseite, wo Brian bereits Platz genommen hatte.

»Wir sehen uns morgen, Brian.«

»Jup«, gab Brian kurz zurück und ließ den Motor an, nachdem ich eingestiegen war.

Als die Schule außer Sichtweite war, fragte Brian: »Magst du Will nicht?«

»Wie bitte?«, stieß ich entsetzt aus, weil ich nicht vorhatte, das mit meinem Bruder auszudiskutieren.

»Ich weiß, ich bin dein Bruder und du hast sicher keine Lust, das mit mir auszudiskutieren …«, sagte Brian, »aber er mag dich wirklich, Summer. Wenn du ihm die Chance geben würdest, ihn kennenzulernen, würdest du merken, dass er ein toller Kerl ist.«

»Das sagst du doch nur, weil ihr gerade befreundet seid.«

»Na hör mal«, empörte er sich. »Du bist meine kleine Schwester! Meinst du, ich lass dich mit einem Blödmann ausgehen?«

Punkt für Brian – das würde er nicht tun, dafür hatte er mich zu lieb.

»Nein«, seufzte ich, und er sprach ernst weiter: »Er ist echt in Ordnung. Er ist nett und lieb, lustig, und man kann sich auf ihn verlassen. Und wenn er nicht unbedingt mit dir zusammen sein wollte und dich nicht so sehr mögen würde, könnte er an jedem Finger ein Mädchen haben.«

»Ich weiß …«, sagte ich kleinlaut.

»Aber er will dich, und zwar *nur* dich. Darum schaut er die anderen nicht mal an. Er hat nur Augen für Summer Snow, das kannst du mir glauben. Ich habe es gesehen.«

Vielsagend blickte er in meine Richtung und dann wieder auf die Straße.

»Warum gibst du ihm nicht einfach eine Chance? Wäre es so schlimm, wenn du morgen mitkommen würdest? Ich bin auch da und passe auf dich auf. Ich werde dir nicht von der Seite weichen, und wenn du nicht mehr magst, fahren wir ohne Diskussionen sofort nach Hause«, schlug er vor und stupste mir mit seinem Ellenbogen gegen den Oberarm.

Schweigend dachte ich nach, und Brian ließ mir Zeit. Selbst nach langem Grübeln konnte ich keinen einzigen Grund finden, der dagegensprach. Schließlich gab ich mir einen Ruck. »Na schön. Ich komme mit.«

KAPITEL 6

Verrat

Ich riss meine Augen auf. Das helle Licht des Mondes warf die Sprossen der Fenster als düstere Schatten auf mein Bett – doch ich lag nicht mehr darauf. Ich kauerte daneben. Meine Beine waren angewinkelt, die Füße angespannt wie zum Sprung. Den Oberkörper hielt ich gebückt und meine Handflächen berührten den kernigen Holzboden.

Er ist hier, er ist hier, er ist hier, hallte es in meinem Kopf nach, als ich vom Traum in die Wirklichkeit glitt. Langsam ließ ich meinen Hintern auf den Boden sinken und versuchte, mich zu erinnern.

Warum kauerte ich hier? Hatte ich wieder den Albtraum gehabt?

Mit aller Macht durchsuchte ich mein Gedächtnis – aber in meinem Kopf herrschte nur eine schwarze Leere. Ich legte meinen Arm aufs Bett, ließ den Kopf daraufsinken und berührte mit der Stirn die nackte Haut. Mein Arm war feucht. Ich hob den Kopf, wischte mir mit den Fingern über die schweißnasse Stirn und machte eine kurze Bestandsaufnahme meines Körpers, indem ich an mir hinabtastete. Das Pochen meines Herzens ebbte gerade ab. Jetzt war alles klar: der Schweiß, das Herzrasen, die Panik … Ich musste die Symptome mitten in der Nacht bekommen haben. Leise stöhnend und mit einem leichten Ziehen im Rücken hievte ich mich zurück aufs Bett. Der Mond schien so hell ins Zimmer, dass ich für den Blick auf den Wecker nicht einmal die Nachttischlampe bemühen musste. Es war ein Uhr nachts und ich war hellwach. Ich ließ mich zurück auf die Matratze fallen und lag eine Weile einfach nur da, den Blick an die Zimmerdecke gerichtet.

Als meine Zunge meine Lippen benetzte, überkam mich ein brennender Durst. Ich setzte mich auf und tastete nach der Wasserflasche auf meinem Nachttisch – sie war leer.

Ich warf einen kurzen Blick auf die Badezimmertür, seufzte und schlurfte dann lustlos zur Zimmertür. Wie gerne hätte ich das kühle Wasser aus dem Wasserhahn getrunken, doch Dad hatte uns eingeimpft, nur steriles Wasser aus dem Zentrum zu uns zu nehmen, denn nur das war garantiert keimfrei. Und gerade jetzt, so kurz vor der Auswahl, wollte ich mein Glück nicht auf die Probe stellen.

Geräuschlos öffnete ich die Tür, um Brian und Dad nicht zu wecken. Ich schlich die Holztreppe hinunter, nahm nur die Stufen, die ich ohne Knarzgeräusch betreten konnte. Dann berührten meine nackten Füße die kalten Fliesen der Küche. Ich konnte schleichen wie eine Katze. Und plötzlich, ohne jegliche Vorwarnung, überkamen mich die Symptome abermals. Die Atemnot setzte ein, bevor mein Brustkorb zu zerspringen drohte. In der Kälte stellten sich meine feinen Härchen auf, kurz darauf wurde mir heiß, Panik schoss mir in die Füße und ich wollte wegrennen. Ich stieß ein leises Stöhnen aus und ging auf dem kalten Boden in die Hocke, machte mich so klein wie möglich, sagte mir immer wieder, dass alles in Ordnung sei – und irgendwann beruhigte sich mein Körper wieder. Es wurde besser … dann war es vorbei.

Als ich mich vom Boden erhob und auf den Kühlschrank zuging, nahm ich mir fest vor, Dad morgen früh von den Attacken zu berichten. Ich *musste* es ihm erzählen, denn normal konnte das nicht sein. Ich hatte den Plastikgriff des Kühlschrankes bereits in der Hand, als plötzlich Stimmen an mein Ohr drangen. Augenblicklich ließ ich den Griff los und drehte mich um. Die Tür, die zu Dads Praxis führte, war nur angelehnt. Erst jetzt bemerkte ich den schmalen Lichtstrahl, der in unsere Küche fiel, und lief darauf zu. Sollte Dad zu dieser Uhrzeit noch Patienten haben? Vorsichtig öffnete ich die Tür noch einen klitzekleinen Spalt weiter und lauschte. Stimmen hallten zu mir herüber. Dad war offensichtlich im Behandlungsraum – und er war tatsächlich nicht allein.

»Moment, Moment! Was soll das jetzt genau heißen?« Dads Stimme zitterte.

»Ich will es Ihnen ja gerade erklären, Dr. Snow …«

Das war eine Männerstimme. Hatte ich sie schon einmal gehört? In meinem Kopf ratterte es, meine Gedanken überschlugen sich – aber ich konnte diese Stimme beim besten Willen keinem Gesicht zuordnen.

»Dr. Huxley! Das ist eine Katastrophe! Sie scherzen doch!«, fuhr Dad ihm harsch ins Wort. »Ich halte mich an unsere Vereinbarung – schon immer! Und das erwarte ich auch von Ihnen! Das ist, als würden Sie während eines Spiels einfach die Regeln ändern – das können Sie nicht tun!«

Das Rattern hörte auf: *Dr. Huxley! ... Dr. Huxley?* Ich verstand nicht. Dr. Huxley war der Mann, der in der jährlichen Show im Fernsehen auf der Bühne stand. Dad hatte mir noch vor einigen Tagen von ihm berichtet – laut seiner Aussage entschied er letztendlich die Auswahl. Aber was machte er hier bei uns, bei Dad in der Praxis?

»Ich scherze nicht, und natürlich können die Regeln während eines Spiels geändert werden, das sehen Sie doch gerade. Und Sie, Dr. Snow, sind nicht in der Position, etwas dagegen zu tun.«

»Teil unserer Übereinkunft war, dass Sie bei der Auswahl zu meinen Gunsten entscheiden, dafür haben Sie schon viel bekommen, Dr. Huxley!«

Dad klang unwirsch, und ich erstarrte, als mir die Bedeutung seiner Worte klar wurde.

Bestechung, durchfuhr es mich. Aber das konnte doch nicht sein – nicht mein Dad, dem es vor allem immer um Fairness und Gerechtigkeit ging. Dieser Dad sollte nun tatsächlich eine Straftat begehen? Hatte ich das gerade richtig verstanden? Nein! Das war unmöglich! Mit weit aufgerissenen Augen lauschte ich noch konzentrierter durch den Türspalt, als Dr. Huxley weitersprach.

»Und ich *werde* zu Ihren Gunsten bei der Auswahl entscheiden! Aber auch ich bin den Veränderungen unterworfen – das sind wir alle. Sie haben die Regeln geändert. Wir werden die Entscheidung erstmalig zu dritt treffen – und glauben Sie mir: Ich mache deswegen auch keine Luftsprünge.«

Abermals eine Pause.

»Sie wollen eine komplette Überarbeitung des aktuellen Systems und es nicht mehr nur einer Person überlassen, über den Eintritt in die Elite zu entscheiden. So wollen sie ein unverfälschtes und demokratisches Ergebnis erzielen.«

»Demokratisch ...«, wiederholte Dad abschätzig. Dann knurrte er: »Wenn es zwei zusätzliche Juroren gibt, werden Summer und Brian ausgewählt, das weiß ich. Sie sind perfekt – beide sind es. Sie haben keine Narben, keine Fehler ... Das kann ich nicht zulassen!«

Stille … Für einen kurzen Moment war mein Kopf vollkommen leer. Mein Dad hatte bestochen! Diese Wahrheit traf mich wie ein Schlag ins Gesicht. Meine Gedanken wurden von Dr. Huxleys Stimme unterbrochen.

»Tja«, machte er. »Was soll ich dazu sagen, Dr. Snow? Vielleicht hätten Sie anders vorsorgen sollen, dann hätten Sie dieses Problem nun nicht.«

»Das war ja nicht notwendig! Wir beide hatten uns doch auf die perfekte Lösung geeinigt!« Dads Stimme klang schneidend – wie ein Messer, das in der Luft ein Haar zerteilt.

»Und diese Lösung ist noch immer durchaus elegant. Denn wenn Sie meine angepassten Bedingungen akzeptieren, wird alles gut.« Dr. Huxley klang selbstsicher. »Wenn nur einer der beiden anderen so entscheidet wie ich, wird weder Brian noch Summer in die Elite aufgenommen. Ich gehe davon aus, dass sich die beiden Neuen an meinen Entscheidungen orientieren werden. Sie werden meinem langjährigen Urteil vertrauen. Alles wird gut ausgehen – stimmen Sie einfach zu und machen Sie sich keine Sorgen, Dr. Snow.«

»Keine Sorgen? Dass ich nicht lache! Und wenn es Ihre Kinder wären? Würden Sie das für sie wollen?«

Dr. Huxley überging die Frage. »Also, akzeptieren Sie?«

»Nein!«

»Nein!?«

»Selbst wenn ich wollte, Dr. Huxley … Ich habe nur das Blut hier, das Sie alle drei Monate abholen. Ich kann Summer, Brian oder mir nicht noch mehr Blut abnehmen – das ist einfach nicht machbar.«

Stille.

Unser Blut? Das ist also der Grund für die Blutabnahmen! Aber warum? Was will er damit?

»Dann ist es jetzt wohl an der Zeit, die Karten auf den Tisch zu legen, Dr. Snow«, knurrte Dr. Huxley. »Ich weiß, dass Sie mehr Blut haben, als Sie zugeben. Ich weiß, dass Sie etwas zurückhalten. Und ich weiß auch, dass Sie am Abend unserer kleinen Übereinkunft etwas entwendet haben. Sie wussten von dem Serum, das Blut über Jahre konserviert und haltbar macht. Interessant ist, dass während Ihres Aufenthalts zwei Liter entwendet wurden. Meinen Sie denn, das wäre nicht aufgefallen – ganze zwei Liter?« Ein abschätziges Lachen schwang in seiner Frage mit. »Ich habe also einfach eins und eins zusammengezählt.« Wieder ein Lachen. »Dr. Snow, kommen Sie schon … Zwei Liter reichen aus, um das Blut von mehreren hundert Leuten über Jahrzehnte zu konservieren. Leugnen ist zwecklos. Ich will alles, was Sie haben!«

Stille.

»Ich kann es Ihnen nicht geben, Dr. Huxley«, erwiderte Dad kleinlaut und entmutigt zugleich.

»Sie *wollen* nicht!«

»Wofür brauchen Sie es? Sie haben doch schon so viel bekommen.« Dad klang fast schon flehentlich.

»Das liegt wohl auf der Hand: Sie werden mich absägen. Dann ist meine Quelle versiegt, weil ich nicht mehr herkommen kann. Ich will alles, und Sie werden es mir geben – oder Ihre lieben Kleinen werden in die Elite gehen … und noch viel weiter.«

»Ich gebe Ihnen meins! Ich gebe Ihnen alles, was ich habe, alles! Von mir!«

»Nein, das reicht mir nicht.«

Stille.

»Na schön, Dr. Huxley.«

»Also sind wir uns einig?« Ich konnte die Freude in seiner Stimme hören.

»Nein.«

»Aber Sie sagten doch gerade …«

»Ich meinte aber nicht, dass Sie das Blut bekommen! Sie können mich verraten. Erzählen Sie, dass ich es gesehen habe! Erzählen Sie, dass ich alles weiß!«

»Das ist Wahnsinn – und Ihr Todesurteil.«

»Genauso wie Ihres, Dr. Huxley.«

»Meins …?«

Dad lachte hart auf und klang dabei fast ein bisschen wahnsinnig: »Ich werde Sie mit in den Abgrund reißen. Es wird bestimmt jeden brennend interessieren, dass Sie bestechlich sind.«

»Dr. Snow!«, rief er schockiert aus.

Schweigen.

Für einen sehr langen Moment war es still, und ich dachte schon, dass ich mir das alles nur eingebildet hätte, dass es einfach nur noch Teil meines

Albtraums war – da wurde die Stille durch Dr. Huxleys Stimme zerschnitten.

»Na schön«, lenkte er zähneknirschend ein. »Ich stimme zu. Ihr Blut der letzten Jahren – ohne das Ihrer Kinder.«

Stille.

»Aber eines würde mich schon interessieren: Wofür halten Sie es zurück?«

Stille.

Jetzt begann Dr. Huxley zu spekulieren: »Wenn ich richtig vermute – und ich gehe davon aus, dass ich das tue –, dann möchte ich Ihnen an dieser Stelle einen Rat geben: Schlagen Sie es sich aus dem Kopf, Dr. Snow! Das wird niemals funktionieren!«

Stille.

»Sie sollten jetzt gehen, Dr. Huxley.«

»Ich gehe selbstverständlich erst, wenn Sie mir Ihr Blut gegeben haben! Ich will *jetzt* bezahlt werden – im Voraus.«

Dad seufzte: »Na schön … Warten Sie hier.«

Ich vernahm seine Schritte, erstarrte und überlegte einen Augenblick, nach oben zu verschwinden, doch die Schritte kamen nicht auf mich zu – sie entfernten sich.

Nach einiger Zeit kam Dad zurück.

»Hier. Eine Hälfte davor, die andere Hälfte, wenn alles nach meinen Wünschen verlaufen ist.«

»Oh nein, Dr. Snow!«, konterte Dr. Huxley mit bedrohlicher Stimme. »Sie kaufen meine Stimme, und wenn ich mit Nein stimme, gehört mir alles, wie vereinbart. Für den Ausgang kann ich nicht zur Rechenschaft gezogen werden!«

»Na schön, Dr. Huxley.« Dad sprach jetzt mit hörbar zusammengebissenen Zähnen und ich konnte regelrecht vor mir sehen, wie er die Fäuste ballte. »Gibt es eine Möglichkeit, die anderen beiden zu sprechen?«

Dr. Huxley lachte schallend auf. »Davon kann ich Ihnen nur abraten.« Er machte eine kurze Pause und fuhr dann fort: »Und über unsere kleine Übereinkunft werden Sie Stillschweigen bewahren! Ich muss Sie nicht an die Folgen erinnern …«

»Nein, ich muss nicht erinnert werden. Selbstverständlich werde ich schweigen, so wie all die Jahre zuvor.« Dad sagte das in so empörtem Ton, als sei ihm – dem vertrauenswürdigsten aller Menschen – soeben eine unsagbare Ungeheuerlichkeit unterstellt worden.

»Gut. Das ist gut. Schön, dass wir uns einig werden konnten, Dr. Snow.« Sie hatten sich vermutlich noch die Hände geschüttelt, denn kurz darauf hörte ich, dass die Tür ins Schloss fiel und Dad zweimal den Schlüssel drehte.

Dr. Huxley war weg – und ich fassungslos. Erstarrt bemerkte ich meinen verlangsamten Herzschlag, als hätte ich Eis in den Adern. Vielleicht wollte das Herz meinem erkalteten Körper unnötige Anstrengung ersparen … vielleicht wäre es auch zersprungen, hätte es sein Tempo angezogen.

Die Worte, die ich gerade gehört hatte, rieselten langsam wie frischer Schnee in mein Bewusstsein und tausend Fragen folgten den gefallenen Flocken. Ja, mein Dad hatte Dr. Huxley bestochen. Er tat es, um uns hier festzuhalten – kalkuliert und ohne Reue.

Und womit? Mit unserem Blut! Warum? Wofür braucht er es eigentlich? Transfusionen, Experimente, Medikamententests?, ging mir spontan durch den Kopf. *Und warum kann er Huxley nicht alles geben? Er hält Blut zurück – von Brian und mir? Was hat er damit vor?* Meine Gedanken drehten Runde um Runde. Und dann musste ich mehrfach blinzeln, um die Tränen zu vertreiben, die im Anmarsch waren. Für eine Weile stand ich einfach nur da, traute mich nicht, mich zu regen. Wie ein verstecktes Tier blieb ich starr im Schutz der Dunkelheit stehen – zumindest, bis ich hörte, wie ein Stuhl über den Boden gezogen wurde. Dad hatte sich vermutlich gesetzt. Ich zwang mich zum Rückzug, denn ich wollte kein Risiko eingehen. Ich wusste nicht, wie ich reagiert hätte – ich wusste ja nicht einmal, was ich denken sollte. *Ein Bein vor das andere, Summer …* Ich verschwand so leise und vorsichtig, wie ich gekommen war. In meinem Zimmer angekommen, legte ich mich aufs Bett und vergrub mein vor Traurigkeit, Wut und Frustration verzerrtes Gesicht im Kissen. Ein Schluchzen schüttelte meinen Körper. Meine Hände ballten sich zu Fäusten.

Als ich mir nach einer Weile mit dem tausendsten Taschentuch die Tränen aus dem Gesicht tupfte, fragte ich mich, ob es vielleicht nur ein Traum gewesen war. Vielleicht ein neuer Albtraum? Aber ich wusste es besser. Dieses Gespräch hatte stattgefunden. Es war die Wirklichkeit gewesen, und es bedeutete, dass Dad uns sabotierte. Wir hatten keine Chance, selbst wenn wir zuvor eine gehabt hätten. Mit einer mutlosen Traurigkeit, die ich bis dahin noch nicht gekannt hatte, füllten sich meine Augen wieder und wieder mit salzigen Tränen. Ich weinte bitterlich, bis zum Anbruch des neuen Tages.

KAPITEL 7

Begegnung

Mit geschwollenen und geröteten Augen richtete ich mich am frühen Morgen langsam im Bett auf. Ich spürte ein durchnässtes Taschentuch zwischen den Fingern und tauschte es gegen eins der wenigen noch trockenen Taschentücher aus, um mir die Nase zu schnäuzen. Die Bettdecke rutschte nach unten und entblößte meine nackten Arme. Ein kalter Windhauch streifte meine Haut. Fröstelnd schlang ich meine Arme um die Schultern, dabei fiel mein Blick auf das offene Fenster. Die Natur hatte sich heute entschlossen, solidarisch mit mir zu leiden und wählte aus ihrem breiten Sortiment der Naturgewalten strömenden Regen und Sturmböen.

Und während ich so dahockte – durchfroren, verraten und allein –, hatte ich nur einen einzigen Gedanken: *Ich muss hier raus!*

Mit einem Ruck schlug ich die Bettdecke zur Seite. Unbarmherzig prickelte die Kälte auf meiner Haut, sodass ich bibbernd aufsprang und in mein kleines Badezimmer hastete. Das Licht knipste ich nicht an – ich ließ mich vom Halbdunkel des düsteren Morgens umhüllen wie von einem dichten Nebel. Um keinen unnötigen Lärm zu machen, drehte ich die Dusche nicht auf, sondern wusch mich nur mit Waschlappen und Seife. Anschließend spritzte ich mir noch kaltes Wasser auf die wunden Augen. Dann band ich mir eilig die Haare am Hinterkopf zusammen. Wieder in meinem Zimmer, zog ich eine beliebige Hose und irgendeinen Pullover aus dem Schrank, vermutlich passten die Kleidungsstücke nicht mal zusammen, aber das spielte keine Rolle. Als ich fertig war, öffnete ich meine Zimmertür einen kleinen Spalt und lauschte in die Stille.

Alles ruhig. Nur der Wind war zu hören – garstig pfiff er um unser Haus.

Wie ein Schatten huschte ich die Treppe hinunter in die Küche. Geschickt griff ich nach den Autoschlüsseln in dem kleinen Kästchen auf der

Anrichte, öffnete die Haustür, schlüpfte hinaus und zog sie sachte hinter mir zu.

Dann jagte ich durch den strömenden Regen zum Wagen, riss die Tür auf und ließ mich auf den Fahrersitz fallen. Rasch ließ ich den Motor an, drehte mich noch einmal zu unserem Haus um – dann brauste ich davon und wurde von der morgendlichen Dunkelheit verschluckt. Die Wischblätter quietschten auf der nassen Scheibe und die Scheinwerfer spiegelten sich auf der regennassen Fahrbahn. Mit jedem Meter, den das Auto zwischen mich und mein Zuhause brachte, fühlte ich mich befreiter. Als ich vor mir endlich die Lichter von Richmond erblickte, trat ich das Gaspedal noch weiter durch.

Ich parkte in einer Seitenstraße, der Gardenstreet. Na ja, Parken konnte man das wahrscheinlich nicht nennen, denn mein Auto beanspruchte zwei ganze Parklücken für sich. Als ich ausstieg, regnete es noch heftiger als vorher. Die Tropfen prasselten auf mich nieder und ich knallte die Autotür mit aller Wut zu – geradeso, als müsste ich diese Tür für all das zur Rechenschaft ziehen, womit ich mich gerade konfrontiert sah.

Ich hatte weder einen Schirm noch eine Jacke – und es war mir egal. Jeden einzelnen der kalten, prickelnden Regentropfen spürte ich auf meiner Haut. Der strömende Regen war mit einer Armee düsterer Wolken in unsere Kolonie eingefallen und hatte die Sonne zumindest für heute in die Flucht geschlagen.

Auf dem Bürgersteig blieb ich stehen und schloss die Augen, als die kühle, feuchte Luft meine Lungen durchströmte. Ich genoss die Kälte, den Regen, die Nässe und die Dunkelheit.

Die Straßenbeleuchtung malte helle Kreise auf den Gehweg. Die Straßen waren wie leer gefegt. Nur hier und da hastete eine unter einem Regenschirm versteckte Person vorbei. Ich bog von der Nebenstraße in die Hauptstraße ein und musste kurz die Augen zusammenkneifen, denn die matt leuchtenden Straßenlaternen wurden hier durch die hell ausgeleuchteten Schaufenster ersetzt. Bei jedem Schritt spürte ich mittlerweile das Regenwasser zwischen meinen Zehen und ich lief mit schmatzenden Schritten auf die Schaufensterfront zu.

Glitzernd und funkelnd wetteiferten die vielen Gegenstände um meine Aufmerksamkeit.

Die fein drapierten Stoffe, die Kleidung und die Taschen waren in jedem Schaufenster zu einer kleinen Geschichte dekoriert worden. Prachtvolle Halsketten, Broschen, Armreifen und handbestickte Schals waren verführerisch zurechtgelegt. Alles war hell und bunt. An einem besonders schönen Schaufenster blieb mein Blick haften. Vorsichtig trat ich näher. Die Schaufensterpuppe trug einen geöffneten roten Mantel und darunter ein hübsches Kleid. In der erhobenen behandschuhten Hand hielt sie ein weißes Taschentuch, und mit der anderen Hand umfasste sie ihren Mantelkragen aus schwarzem Fellimitat. In einem Zugabteil aus Pappmaschee winkte eine männliche Schaufensterpuppe zum Abschied. Von der Decke hingen glitzernde Diamanten, Granate und Smaragde, schätzungsweise aus Glas, da wir uns immer noch im Gildenteil der Kolonie befanden. Aber ob echt oder nicht, der Schönheit tat dies keinen Abbruch. Und obwohl hier nichts echt war, weder die Felle noch die Steine oder der Zug, so war es dennoch einer der teuersten Läden der Stadt. Ich konnte es mir nicht leisten, hier einzukaufen, dafür reichte mein Taschengeld nicht aus. Aber Anschauen kostete ja nichts. Mein Blick fiel auf den unteren Rand der Szene. Hier waren Koffer gestapelt – und genau diese Koffer versetzten mir einen Stich. Sie ließen jeden Mut und jede Hoffnung in mir sterben, denn ich würde niemals hier wegkommen. Niemals! Wütend ballte ich meine Fäuste und versuchte das lautlose Schluchzen zu ersticken. Und ganz plötzlich waren sie zurück, unbarmherzig und ohne Ankündigung: die Atemnot, das pochende Monster in meiner Brust, die Gänsehaut.

»Oh …«, stöhnte ich und fasste mir an den Kopf. Ich begann zu schwanken und suchte mit meiner rechten Hand an der Scheibe des Schaufensters Halt.

»Alles in Ordnung?«, fragte eine verführerische Stimme direkt neben mir.

Unwillkürlich hielt ich den Atem an. Meine Augen suchten das Gesicht zu der verlockenden, festen Stimme und ein Schauder durchfuhr mich. Sein Blick hatte nichts von seiner Intensität eingebüßt. Ebenmäßige Züge und ein verführerisch geschwungener Mund – als würde ich einem Engel gegenüberstehen.

»Immer wenn wir zwei uns begegnen, hast du einen Schwächeanfall. Ich bin geneigt, zu glauben, dass es an mir liegt.« Ein Lächeln umspielte Clays Lippen.

»Und ich bin geneigt, mich zu fragen, was es dich kümmert!?«

»Wo-hou!«, stieß er aus. »Na, du bist aber nicht besonders gut gelaunt.«

»Stimmt.«

Erst jetzt bemerkte ich, dass der Regen nicht mehr auf mich einprasselte. Ein Blick nach oben verriet mir den Grund: ein großer, grauer Regenschirm direkt über mir. Lässig überging Clay meinen patzigen Ton, blickte an mir hinab und fragte: »Was hast du denn vor? ... So klitschnass und fast ohne Kleidung? Willst du dir eine Lungenentzündung holen?«

Ein Regentropfen perlte von meiner Lippe und ich blieb stumm. Denn natürlich schoss mir die Erinnerung an die Demütigung in den Kopf: Er hatte sich umsetzen lassen und ignorierte mich nach unserer ersten Begegnung völlig. Doch bevor ich mich weiter in meine Wut hineinsteigern konnte, sagte er: »Das geht so nicht!« Echte Besorgnis lag in seiner Stimme. »Du frierst!«

»Nein, geht schon.« Doch selbst ich glaubte mir das nicht. Noch bevor ich den Satz zu Ende gesprochen hatte, jagte eine starke Windbö eine Gänsehaut über meinen gesamten Körper. Ich konnte jedes einzelne Haar darauf spüren, schauderte und begann zu zittern.

»Klar ...« Er zog ungläubig eine Augenbraue hoch. »Halt mal.« Clay drückte mir den Schirm in die Hand und zog galant seinen schwarzen Mantel aus. Mit den Worten: »Darf ich?«, trat er näher an mich heran und legte mir seinen warmen Mantel sanft um die Schultern. Er schien darauf zu achten, mich nicht zu berühren, und hatte keine Eile, als er den Kragen des Mantels umfasste und behutsam aufstellte, damit der Wind mir nicht mehr in den Nacken fuhr.

»Und was ist mit dir?«, fragte ich schlotternd.

»Ich friere nicht.«

Er stand jetzt ganz nah und unsere Blicke trafen sich. Intensiv und forschend. Ich bemerkte, wie sein Mundwinkel zuckte und sich zu einem halbherzigen Lächeln verzog, dann wandte er den Blick von mir ab und nahm den Regenschirm wieder entgegen. Der Wind blies weiterhin so heftig, dass ich den geliehenen Mantel enger um mich schlang. Er war warm und roch nach ihm: Sommertag und Holz.

»Los, komm. Mein Auto steht hier ganz in der Nähe. Ich bringe dich nach Hause.«

»Nicht nach Hause!«, erklärte ich vehement und trat einen Schritt zurück in den Regen.

»Na schön …« Er tat einen Schritt auf mich zu und hielt den Regenschirm wieder über mich.

»Na schön …«, wiederholte er, und ich sah, dass er überlegte. Er blickte noch einmal an mir hinab und beschloss: »Komm mit.« Kaum merklich berührte er meinen Rücken mit seiner flachen Hand. Verdattert ließ ich es zu. Nach wenigen Schritten standen wir vor dem Eingang des Geschäfts, dessen Schaufenster ich eben noch bewundert hatte.

»Oh nein!«, protestierte ich, weil ich ahnte, was er vorhatte. Ich wandte mich zum Gehen. »Das kann ich mir nicht leisten.«

»Du bist jetzt in meiner Obhut, und ich sehe nur zwei Möglichkeiten. Möglichkeit eins: Ich fahre dich nach Hause. Möglichkeit zwei: Ich kaufe dir was zum Anziehen, damit du keine Lungenentzündung bekommst. Eine weitere Option steht nicht zur Diskussion!«

»Warum lässt du mich nicht einfach in Ruhe!?«, fauchte ich.

Als Antwort erhielt ich nur ein kurzes Schulterzucken.

Ich protestierte noch immer, als wir das hell erleuchtete Geschäft betraten. Das Klackern von Absätzen näherte sich. Die Verkäuferin musste an diesem regnerischen Tag förmlich auf Kunden gelauert haben, denn sie war zur Stelle, noch ehe das Läuten der Türglocke verstummte. Sie war eine Frau mittleren Alters, trug ein kurzes rotes Kleid, gelocktes blondes Haar und für meinen Geschmack viel zu viel Make-up. Mit unverhohlener Verwunderung schaute sie auf das ungleiche Paar, das ihr nun gegenüberstand. Erst auf mich, den begossenen Pudel, dann auf den vollkommenen Clay. Trotzdem war sie vermutlich nicht halb so verdutzt wie ich.

»Wie darf ich Ihnen behilflich sein?«, fragte sie höflich und sprach eindeutig nur Clay an.

»Sie benötigt trockene Kleidung … und haben Sie vielleicht einen Föhn, den sie benutzen kann?«

»Gerne«, sagte sie schmeichelnd und wandte sich dann an mich. »Darf ich dir ein paar unserer Kleider zeigen? Dann kümmere ich mich um einen Föhn – auch wenn das für gewöhnlich nicht zu unserem Angebot gehört.« Ihre Lippen wurden spitz, als sie zu Ende gesprochen hatte. Aber dann fügte sie mit einem Blick auf Clay hinzu: »Doch bei uns ist der Kunde immer König.«

Sie sauste los und ich folgte ihr schüchtern. Wir standen jetzt vor einer Kleiderstange mit bunten Kleidern. Sie nahm eines davon und schwenkte es vor meinen Augen am Bügel. Es war rot und kurz – genau wie ihres. Ich verneinte lachend, doch ihr Blick blieb ernst. Sie griff ein rosafarbenes Kleid und zeigte mir die Schleppe am Ende. Auch hier winkte ich ab und fragte mich, wer hier eigentlich einkaufte. Ich hatte noch nie jemanden aus meinem Dorf mit solchen Kleidern gesehen. Vielleicht kauften hier die Frauen aus den umliegenden Dörfern oder eben die Frauen aus Richmond? Unsicher schaute ich zu Clay hinüber. Er hatte in einem Sessel Platz genommen und nickte mir aufmunternd zu.

Ich wandte mich wieder der Verkäuferin zu: »Haben Sie vielleicht auch etwas Schlichteres?«

»Etwas Schlichteres?«, wiederholte sie verdattert. »Ja, aber warum denn etwas Schlichteres? Ein knalliges Rot oder Rosa passt perfekt zu deinen blonden Haaren. Sieh mich an.« Die Dame deutete auf ihr rotes Kleid, dann auf ihre blonden Locken.

»Ja …« Ich zog das Wort in die Länge, um noch etwas Zeit für eine diplomatische Antwort herauszuschinden. »Etwas … na ja … weniger Auffälliges wäre mir persönlich lieber, und Sie sagten ja bereits, der Kunde sei bei Ihnen immer König.« Aus dem Augenwinkel sah ich Clay schmunzeln. Ich schüttelte den Kopf und schloss kurz verunsichert meine Augen.

»Na, also fein, dann eben etwas Schlichteres«, lenkte sie ein. »Ich werde mal im Lager nachsehen.« Mit diesen Worten und einem Naserümpfen verschwand sie durch die Tür hinter dem Kassentresen.

Ich durchforstete weiter die Kleiderauswahl, und zu meiner Verwunderung fand ich sogar einen gedeckten Farbton. Es war ein helles Beige – ein schöner, warmer Pulli. Dazu griff ich nach einem Paar beiger Fellstiefel, die mir direkt ins Auge stachen, und einer bequem aussehenden hellblauen Jeans. Unterwäsche und ein Paar Socken verstaute ich auch noch zwischen meinen Fundstücken.

Als die Verkäuferin zurückkam, hatte sie ein grasgrünes und ein gelbes Kleid in der Hand. Ich konnte es mir gerade noch verkneifen, die Augen zu verdrehen.

»Ich habe schon etwas gefunden«, winkte ich ab.

Verdattert schaute sie erst auf meine Ausbeute, dann auf ihre Kleiderwahl.

»Wie du meinst«, sagte sie und fügte achselzuckend hinzu: »Geh doch schon mal in die Umkleidekabine. Ich reiche dir alles Weitere hinein.«

Vor den drei Kabinen entschied ich mich für die goldene Mitte. Als ich den schweren Samtstoff zur Seite schob, musste ich feststellen, dass diese Umkleidekabine überraschend geräumig war und zudem mit einem quietschrosa Sitzpuff ausgestattet. Der Spiegel ging bis unter die Decke und es gab eine Ablage, auf der sich Kosmetikproben von verschiedenen Parfüms, Cremes, Lippenstiften, Puder, Haarklammern und außerdem eine Haarbürste zum Mitnehmen befanden. Der Boden war mit rosafarbenem Teppich ausgelegt.

Echt gemütlich hier, dachte ich und begann, meine nasse Kleidung vom Körper zu ziehen. Alles klebte. *Schade, dass hier drin nicht auch noch eine Dusche ist.* Als hätte sie meine Gedanken gelesen, reichte mir die manikürte Hand der Verkäuferin einen Föhn, Feuchttücher und ein Handtuch in die Umkleidekabine.

»Danke«, rief ich hinaus, erhielt aber keine Antwort. Ich benutzte die parfümierten Tücher und trocknete mich mit dem Handtuch ab. Als Nächstes zog ich die trockene Unterwäsche an, föhnte mir die Haare und streifte mir den Pulli über. Die Farbe stand mir, und er war so warm und weich. Automatisch streichelte ich mir über den Arm. Dann schlüpfte ich in die Jeans. Sie saß wie angegossen. Die Stiefel waren innen gefüttert, warm und flauschig. Ich fühlte mich, als würde ich auf Wolken laufen. Meine Haare band ich zu einem hohen Pferdeschwanz zusammen, für eine gesunde Gesichtsfarbe noch ein wenig Lippenstift auf den Wangen verwischt – und natürlich auf die Lippen aufgetragen –, und ich sah wieder erfrischt und vorzeigbar aus. Als ich aus der Umkleidekabine trat, klatschte die Verkäuferin begeistert: »Du bist ja richtig ansehnlich.«

Clay schaute auf und legte die Zeitung aus der Hand, in der er gerade noch gelesen hatte.

»Du bist wunderschön«, sagte er, als er auf mich zukam, und das klang so ehrlich, dass ich leicht errötete. Jetzt ging er noch einmal durch den Laden und zog einen beigefarbenen Mantel von einem der Ständer.

»Den nehmen wir auch noch.«

»Oh nein, Clay, es ist jetzt genug! Ehrlich! Wenn ich das hier annehme, zahle ich an dich ab, bis ich achtzig bin.«

»Das sind Geschenke. Du musst gar nichts abbezahlen.« Er sagte es wie beiläufig, aber mit einer Ernsthaftigkeit in der Stimme, die jedes Widerwort im Keim erstickte. Zielstrebig ging er zur Kasse, ich blieb etwas abseits stehen und zupfte am Ärmel meines neuen Pullis. Ich sah, wie die Verkäuferin meine nassen Sachen in einer eleganten Einkaufstüte verstaute, die vermutlich den Wert meiner alten Kleidung überstieg, und sie Clay in die Hand drückte.

»Den solltest du dir warmhalten«, flüsterte sie mir zu, als sie uns zum Ausgang begleitete und die Tür aufhielt. Erschrocken fuhr ich zusammen.

Als wir aus dem Geschäft traten, hatte sich das Wetter nicht geändert, aber der Wind konnte mich nicht mehr beeindrucken. Ich musste zugeben, dass die neue Kleidung eine gute Idee gewesen war.

»Was hattest du heute noch vor, Summer Snow?«

»Ich … ich habe keine Pläne. Ich wollte einfach nur … na ja … raus.«

»Einfach nur raus«, wiederholte er nachdenklich.

Ich schwieg und sah zu Boden. *Habe ich schon zu viel verraten? Nein, sicher nicht.* Obwohl ich wütend auf Dad war, machte ich mir Sorgen. Sollte irgendjemand von der Sache, die ich belauscht hatte, erfahren, würde man Dad und Dr. Huxley aus dieser Kolonie verbannen, was ihren Tod bedeutete – und das wiederum war eine zu drastische Strafe, auch wenn er Brian und mich verraten hatte.

»Denkst du, dass du mir vertrauen könntest?«, fragte er leise.

»Was meinst du?«

»Na ja, hättest du Angst, wenn ich dich mitnehme?«

»Was ist das denn für eine komische Frage?«, wollte ich wissen, allerdings nur um ein bisschen Zeit zu schinden. Eigentlich war es klar: Ich wollte nicht mit ihm gehen! Auf gar keinen Fall! Denn obwohl er gerade wirklich süß und fürsorglich gewesen war, hatte er mich immer noch vor der ganzen Klasse herabgewürdigt. Also öffnete ich meinen Mund. Doch heraus kam: »Ich habe keine Angst.«

Mist! Aber er war so süß! Nein, ich musste standhaft sein und ihm sofort eine Absage erteilen! Doch noch bevor ich meine Meinung wieder ändern konnte, sagte er: »Gut. Und? Willst du es auch?«

»Klar«, sprudelte es aus mir heraus. Ich hatte keine Chance. Nur ein Blick in seine Augen und ich wäre ihm bis ans Ende der Welt gefolgt.

Er lächelte schief. »Wann musst du zu Hause sein?«

»Gegen fünf Uhr abends … vermute ich.«

»Dann habe ich dich bis fünf also ganz für mich allein …«

Ganz für mich allein. Diese Worte hielt ich in meinem Kopf fest.

»Also gut, dann komm mit, wenn du dich traust.« Er lächelte und deutete mir, ihm zu folgen. Ich blieb noch einen kurzen Moment stehen – und folgte ihm schließlich. Wir gingen Seite an Seite die Straße hinunter. Die ausstaffierten Schaufenster interessierten mich jetzt nicht mehr, ich hatte nur noch Augen für Clay.

Unter einer Straßenlaterne erblickte ich seinen Porsche. Clay drückte einen Knopf auf seinem Autoschlüssel und die Lichter des Wagens leuchteten auf. Er öffnete mir die Beifahrertür und ließ mich einsteigen, ohne den Schirm von mir zu nehmen.

»Warte kurz. Ich bin sofort zurück.« Er schloss vorsichtig die Tür. Im Rückspiegel sah ich ihn schnellen Schrittes in einer Nebenstraße verschwinden.

Die Innenbeleuchtung des Wagens dimmte sich langsam ab, bis sie schließlich ganz erlosch. *Was mache ich hier? Ich sollte hier nicht sitzen. Es ist das Auto von Clay – dem Jungen aus der Elite!* Und auch wenn mein Kopf mir sagte, dass ich aussteigen, zu meinem Auto gehen und nach Hause fahren sollte, konnte ich es doch nicht tun. Ich blieb sitzen und wartete ungeduldig auf seine Rückkehr.

Nach ein paar Minuten öffnete sich der Kofferraum, schloss sich gleich wieder und Clay nahm auf der Fahrerseite Platz.

»Ich dachte, du möchtest nachher vielleicht was essen. In meiner Obhut sollst du auf keinen Fall verhungern.« Er zwinkerte mir zu. »Also habe ich einen Picknickkorb besorgt«, erklärte er dann und ließ den Motor an.

»Bereit?«

Ich nickte. Der Wagen setzte sich in Bewegung. Durch den Regen fuhren wir aus der Stadt, hinein in den düsteren Vormittag.

»Wohin fahren wir?«, wollte ich wissen.

»Wenn du nichts dagegen hast: an einen einsamen Ort außerhalb der Stadt.«

»Etwas dagegen haben?« Ich lachte auf. »Ich bin nirgends lieber als an Orten, die weit weg von alldem hier sind.«

Ich drehte meinen Kopf zur Fensterscheibe und folgte mit meinem rechten Zeigefinger einem besonders dicken Regentropfen, den der Fahrtwind am Glas entlangtrieb.

»Magst du Musik?« Clay drückte mit einer schnellen Handbewegung einen Knopf an seinem Lenkrad, ohne meine Antwort abzuwarten. Orchestermusik durchströmte das Auto und ich erkannte Mozart.

»Die Zauberflöte.«

»Du kennst es?«

»Ja, ich liebe klassische Musik, ganz besonders die Zauberflöte. Pamina und Tamino trotzen der Königin der Nacht und halten an ihrer Liebe fest.«

»Ja, das ist wahre Liebe«, murmelte er.

Kurz darauf setzte er den Blinker und bog in eine Seitenstraße.

Die Worte verließen meinen Mund, noch bevor ich nachdenken konnte: »Hast du sie schon getroffen?«

»Wen? Pamina und Tamino?«, fragte er und schaute schmunzelnd zu mir herüber.

»Nein, ich meine … deine wahre Liebe.«

Clay lächelte schief und setzte abermals den Blinker. Schweigend bog er von der Seitenstraße auf einen unbeleuchteten Waldweg ein, und mir wurde klar, dass er nicht vorhatte, mir zu antworten.

Der Weg war holprig, schmal und übersät mit tiefen Pfützen. Der Matsch spritzte gegen das Auto – mein Wagen hätte hier keine Chance gehabt und nach dem ersten Schlagloch vermutlich für immer den Geist aufgegeben.

Ich sollte Angst haben, überlegte ich. Ich kannte diesen Jungen nicht, fuhr mit ihm in den tiefen, dunklen Wald, und kein Mensch wusste, wo ich war. Normalerweise waren dies Umstände, die zu keinem guten Ende führten. Konnte ich so dumm sein? So tollkühn hatte Dad mich eigentlich nicht erzogen. *Dad* … Jetzt war die Erinnerung wieder da – und meine Wut. Hatte mich diese Wut zu sorglos werden lassen? Verstohlen richtete ich meinen Blick auf Clay. Er war konzentriert, folgte dem engen Weg und wich gekonnt den besonders tiefen Schlaglöchern aus. Er drehte seinen Kopf halb zu mir und lächelte, bevor er seinen Blick wieder auf den Waldweg lenkte. Es war ein kurzer Moment, aber ich wusste, dass ich ihm vertrauen konnte. Ich konnte ihm vertrauen, weil ich das tief in mir spürte.

»Alles okay?«, fragte er besorgt und fügte hinzu: »Keine Angst, wir sind gleich da. Es wird dir gefallen. Ich werde dich nicht fressen.«

»Davon bin ich nicht ausgegangen«, sagte ich mit einem unsicheren Lachen in der Stimme, weil er das doch ein bisschen zu häufig betonte.

Jetzt kamen wir an eine Lichtung und er hielt den Wagen abrupt an.

»Sind wir da?«

»Noch nicht, aber schau mal.«

Ich blickte in die Richtung, in die er deutete, und meine Augen wurden groß.

»Wow …«, murmelte ich.

Ein Sprung von gut fünfundzwanzig oder dreißig Rehen stand nur wenige Meter von uns entfernt. Weder das Auto noch der Regen schienen sie zu stören. Sie ästen in aller Ruhe weiter. Es waren kleine Kitze unter ihnen, und eines davon blickte auf und sah mich mit seinen großen braunen Augen direkt an. Und plötzlich wurde ich ganz ruhig. Ich kann es nicht mit Worten erklären, aber ich wurde so völlig eins mit mir selbst und hatte irgendwie das Gefühl, dass alles gut werden würde, dass mich das Schicksal nicht vergessen hatte. Allein für diesen Augenblick hatte es sich gelohnt, mit Clay zu kommen. Keine Ahnung, wie lange ich die Rehe beobachtet hatte. Aber als ich mich wieder zu ihm drehte, hatte er sich in seinem Ledersitz zurückgelehnt und betrachtete mich.

»Was ist?«, fragte ich.

»Nichts. Sollen wir weiter?«

Ich nickte, und er ließ den Motor wieder an. Clay fuhr am Rand der Lichtung entlang, bis wir auf den nächsten unbefestigten Weg kamen. Es ging nun eine ganze Weile bergauf, und der Wald lichtete sich allmählich. Als wir um die nächste Kurve bogen, verließen wir das Gehölz endgültig und vor uns waren nur noch Wiesen und Felder zu sehen. Wir wurden langsamer und steuerten einen einzelnen Baum an. Er war alt, das konnte ich an seinem mächtigen Stamm und an den Ästen erkennen, die an einigen Stellen beinahe den Boden berührten.

»Was ist hier?« Ich blickte mich fragend um. Es regnete noch immer in Strömen, und alles, was ich sah, war dieser einsame Baum, mitten im Nirgendwo. Clay hielt an und öffnete seine Tür.

»Wirst du gleich sehen. Warte kurz …«, sagte er und stieg aus.

Er holte etwas aus dem Kofferraum, kam an meine Tür, öffnete sie und hielt mir die Hand hin. Ich wollte sie ergreifen, doch ich zögerte. Zu groß war meine Angst vor dem, was passieren würde, wenn ich ihn abermals berührte. Wie das Kitz im Wald blickte ich ihm direkt in die braunen Augen. Er verharrte in seiner Bewegung, und es war klar, dass er mich nicht verschrecken wollte.

»Wie gesagt, Summer, du kannst mir vertrauen.« Sein Lächeln und seine Stimme waren so umwerfend, dass ich nicht weiter zögern wollte. Ich ergriff seine Hand und es geschah – nichts.

Erleichtert atmete ich aus. Alles war gut. Ein leichtes Flattern ging durch meinen Körper und endete in meinem Bauch. Ich war dabei, mich in diesen Jungen zu verlieben.

Durfte ich das? Konnte das gut enden? Natürlich kannte ich die Antworten, doch ich verdrängte sie in die hinterste Ecke meines Kopfes. Jetzt und hier wollte ich nur in diesem Augenblick leben. Behütet unter dem grauen Schirm führte Clay mich zu dem einsamen Baum, der zu meiner Verwunderung tatsächlich Schutz vor dem Regen bot. Clay schloss den Schirm und hängte ihn mit dem Holzgriff an einen der dünneren Äste über uns. Erst jetzt sah ich, dass etwas über seinem Arm hing: zwei perfekt gefaltete weiße Decken. Sie sahen neu aus. Er schüttelte eine davon auf und ich half ihm, sie auszubreiten.

»Nach dir«, sagte er.

Ich setzte mich, und erst jetzt, als die Äste und Blätter des Baumes nicht mehr in meinem Sichtfeld hingen, konnte ich sehen, warum wir hier waren. Mein Atem stockte, und ich krabbelte bis zum Rand der Decke.

»Wow …«, war alles, was ich herausbrachte.

Vor mir – nein, zu meinen Füßen – lag die Stadt. Durch den dämmrigen Tag wurde sie zu einem funkelnden Lichtermeer. Als spiegelten sich die Sterne des Himmels da unten. Alles sah von hier oben so klein und zerbrechlich aus. Ich ließ meinen Blick schweifen. Der Fluss war zwar unbeleuchtet, aber die hellen Lichter der Stadt und der umliegenden Dörfer, durch die er seine Schleife zog, spiegelten sich auf dem stillen Wasser. Meine Augen folgten seinem Verlauf durch das weite Tal.

»Ich war niemals zuvor hier.«

»Es ist schön, nicht wahr?«

»Wunderschön.«

»Manchmal muss man einfach nur eine andere Perspektive einnehmen, um zu sehen, wie schön die Dinge sind, die wir schon kennen. Hier, wo du lebst, ist es unvergleichlich. Du hast wirklich Glück, Summer.«

»Du hörst dich an wie mein Dad«, sagte ich ernst und drehte mich zu ihm.

»Wie bitte?«

»Mein Dad. Er sagt die gleichen Dinge. Dass ich mich glücklich schätzen darf, hier zu leben, und dass es hier so unglaublich schön sei. Er hat einen Plan für mich, weißt du? Er möchte, dass ich hier glücklich bin, dass ich Ärztin werde, am besten einen Mann finde, heirate, Kinder bekomme und ein ganz normales Leben führe.«

Kurz schwiegen wir.

»Und das willst du nicht?«

»Nein.«

»Aber das klingt doch nach etwas, was sich alle Eltern für ihre Kinder wünschen: eben ein ganz normales, glückliches Leben. Mit einem Ehemann, Kindern, einem Haus und ...«

»Einem weißen Gartenzaun?«, unterbrach ich ihn. »Nicht für mich! Ich will ein Abenteuer!«

Er schmunzelte.

»Und du meinst, das findest du in der Elite?«

»Na ja ... hier, in diesem Teil der Kolonie, habe ich kein Abenteuer finden können. Also bleiben mir ja nur die Elite und die Neue Welt.«

Er sah mich unverhohlen an und verengte leicht die Augen.

»Denkst du, dass du automatisch in die Neue Welt gehst, wenn du in die Elite gewählt wirst?«

Ich überlegte kurz, denn ich wusste es eigentlich gar nicht. Ich hatte es immer angenommen, jedoch wurden alle Informationen sehr vage gehalten.

»Ist es denn nicht so?«

»Nein.«

Ein kurzes: »Oh ...«, kam über meine Lippen. Wieder überlegte ich und fragte: »Und wie ist es dann? Wie ist es in der Elite?«

Ich suchte seinen Blick, aber er wich mir aus.

»Es ist kalt ... darf ich?« Clay nahm die zweite Decke, rückte etwas näher an mich heran und legte mir den weichen weißen Stoff behutsam um die Schultern.

»Hast du Hunger? Ich hole das Essen.« Ohne meine Antwort abzuwarten, erhob er sich, spannte den Schirm auf, den er sich aus dem Geäst schnappte, und ging zum Auto. Erst jetzt fiel mir auf, dass schon Mittagszeit war. Ich zog die Decke fester um meine Schultern, rückte an den Baumstamm heran, um mich mit dem Rücken gegen die Rinde zu lehnen. Nachdenklich schaute ich auf die leuchtende Stadt unter mir und ließ meinen Gedanken freien Lauf: *Das war gerade schon das zweite Mal, dass er meine Fragen nicht beantwortet hat. Warum tut er das? Okay, meine erste Frage zur wahren Liebe – das war vielleicht wirklich ein bisschen forsch ... Aber wie es in der Elite ist, muss er doch sagen können. Oder darf er vielleicht nicht? Vielleicht war es unhöflich von mir, überhaupt zu fragen, und es ist mir einfach nicht klar, weil ich es nicht besser weiß ... In die Neue Welt geht man anscheinend auch nicht automatisch. Ich habe keinen blassen Schimmer von der anderen Seite der Kolonie, so viel steht fest.*

Ich hörte, wie sich der Kofferraum schloss. Clay kam zurück. Er setzte sich und lehnte seinen Rücken dann ebenfalls gegen den Stamm. Den Picknickkorb stellte er zwischen uns.

Er öffnete ihn und ich lugte hinein. Der Korb enthielt eine kleine Auswahl an Kuchen, Käse, Wurst und Brot.

»Du hast doch Hunger?«

»Nein, im Moment nicht. Danke«, sagte ich und wünschte, der Korb würde nicht zwischen uns stehen. Radiergummi, Tristan, Korb ... Diese Liste ließ sich wohl bei jedem unserer Treffen beliebig erweitern.

Ich zog meine Knie an die Brust und umschlang die Beine mit meinen Armen. Der Regen wurde lauter und eine ganze Weile sagte keiner von uns etwas. Aber das Schweigen war nicht unangenehm. Es war, als würde man neben jemandem schweigen, der es ertragen konnte, weil man sich schon viele Jahre kannte – ein vertrautes Schweigen.

»Ich schulde dir noch eine Antwort auf deine Fragen.«

Erstaunt richtete ich mich auf. Um ihn nicht zu verschrecken, sagte ich kein Wort und ließ ihn einfach reden.

»Fangen wir doch bei der Elite an«, sagte er nachdenklich. »Bei der Elite ist alles perfekt. Die Menschen, die Häuser, die Diener, die Autos, das Essen, die Getränke, die Unterhaltung, einfach alles. Man lebt für das Vergnügen und man wird dort süchtig danach.«

»Klingt toll«, schwärmte ich.

»Nicht wirklich.«

»Warum nicht?«

»Warum nicht?«, wiederholte er. »Perfektion wird überbewertet und immer nur Vergnügen hat man auch schnell satt.«

»Warum bist du nur so negativ?« Noch während ich die Frage stellte, merkte ich, dass auch diese Worte völlig unbedacht meinen Mund verlassen hatten.

Er schwieg.

»Wo hast du eigentlich deine Entourage gelassen?«, fragte ich schnell, um das Thema zu wechseln. »Ich meine Red, Blue und Tristan?«

»Zu Hause.«

»Darfst du das? Sie zu Hause lassen?«

»Warum denn nicht?« Er lachte auf.

»Na ja, zwei davon sind deine Leibwächter.«

Abermals ein lautes Lachen. »Ich kann ganz gut auf mich selbst aufpassen, das kannst du mir glauben. Und wir sind hier umgeben von Mauern, abgeschirmt von der Welt da draußen. Wenn du keinen Leibwächter brauchst, Summer Snow, brauche ich schon dreimal keinen.« Er schmunzelte in meine Richtung.

Ich liebte es, meinen Namen aus seinem Mund zu hören …

»Und Tristan? Wer ist er eigentlich?«, fragte ich, wohl wissend, dass dies ein schwieriges Thema sein könnte. »Er scheint wirklich sehr nett zu sein«, fügte ich noch hinzu und dachte an die Situation an der Tür vom Klassenzimmer, als er mich mit ehrlicher Sorge angesehen hatte.

Clay nickte. »Er ist wie ein Bruder für mich.«

»Er ist *wie* dein Bruder? Aber er *ist* nicht dein Bruder?«, tastete ich mich vorsichtig heran.

»Genau. Ich habe ihn …« Er stockte mitten im Satz. »Ich lernte ihn früh kennen, und seitdem lebt er bei mir.«

Seine Stimme klang verändert, härter. Ich kannte ihn zwar nicht gut, aber es war klar, dass er zum jetzigen Zeitpunkt nichts mehr zum Thema Tristan würde sagen wollen. Darum entschloss ich mich, dass der Zeitpunkt gekommen war, eine Sache zu klären, die mir schon lange auf der Seele brannte.

»Clay?«, begann ich vorsichtig. Der Klang seines Namens ließ ihn aufhorchen.

»Summer?«, gab er zurück und schaute mich gespannt an.

»Warum warst du nach unserem ersten Kennenlernen in der Schule so distanziert? Warum hast du mich gemieden? Warum wolltest du nicht mehr neben mir sitzen? Und das Schlimmste ...«, ich funkelte ihn wütend an, »du konntest es mir nicht einmal selbst sagen, sondern hast Mr Ebsteen vorgeschickt.«

Dann schwieg ich. Froh einerseits, dass es endlich heraus war, andererseits in banger Erwartung seiner Reaktion.

»Das sind gute Fragen.«

»Natürlich«, nickte ich ihm scherzhaft zu. »*Ich* habe sie ja auch gestellt.«

Er schmunzelte, wurde aber gleich wieder ernst und sagte vorsichtig: »Ich versuche, so ehrlich wie möglich zu sein: Ich war nach unserem Treffen so distanziert, weil ich dich nett fand.«

»Das ist aber ein komischer Grund.«

Clay setzte ein halbherziges Lächeln auf. »Ja, vielleicht. Aber stell dir vor, wir beide würden uns mögen.« Er zupfte beinahe unsicher an seinen Fingern. Er schien es ernst zu meinen. »Ich wollte nicht mehr neben dir sitzen, weil ich den Eindruck hatte, dass wir beide uns ... na ja ... anfreunden könnten. Wir könnten Freunde werden.«

Ganz deutlich konnte ich die Enttäuschung spüren, die bei seinen Worten in meinem Herzen brannte. *Freunde sein ...* Ich verzog missmutig mein Gesicht. *War ja klar, dass er sich mich nicht als seine Freundin vorstellen kann.*

Clay sprach weiter: »Würden wir uns anfreunden, würde es früher oder später in einer Tragödie enden. Das ist einfach so, und das wollte ich vermeiden. Ich habe Mr Ebsteen vorgeschickt, weil ich es nicht übers Herz bringen konnte, dir das selbst zu sagen.«

»Aber was soll denn Schlimmes passieren?«, flüsterte ich, völlig überrascht über seine Offenheit. Natürlich kannte ich die Antwort darauf längst – und doch machte ich eine lange Pause, damit er die Lücke füllen konnte ... Doch er tat es nicht.

Also sagte ich: »Du meinst die Gesetze? Wenn ich es nicht in die Elite schaffe, könnten wir uns niemals wiedersehen ... als Freunde.«

Clay schaute mich eine Weile an. »Als Freunde«, bestätigte er nickend.

Ich schwieg enttäuscht und schaute hinaus auf die Lichter der Stadt.

KAPITEL 8

Und so fängt es an

Während wir dasaßen, wurde der Wind stärker. Der Baum wurde von einer Bö erfasst und wiegte seine Äste im Takt des Windes.

»Und da war noch eine Frage …«, sagte Clay etwas schüchtern.

Auch dieses Mal schwieg ich und ließ ihn reden.

»Ich kann noch nicht sagen, ob ich meine wahre Liebe gefunden habe, aber ich glaube, ich bin so nah dran wie noch nie in meinem Leben … und wie ist es bei dir?«

Ich schmunzelte in mich hinein und überließ mich für den Hauch einer Sekunde dem Traum, dass er mich meinte und in seiner zweiten Frage ernsthafte Neugier mitschwang. *Unrealistisch und dumm*, ermahnte ich mich aber dann. *So etwas auch nur zu denken, nachdem er mich gerade an die Gesetze erinnert hat.* Diese Gesetze erlaubten es den Menschen aus den Gilden und der Elite nicht, Kontakt zu haben. Und sie gingen sogar noch einen Schritt weiter und formulierten klar, dass Ausgehen, Liebschaften oder gar eine Heirat zwischen den beiden Bereichen unter Strafe stand.

»Ich bin mir auch noch nicht sicher, ob ich meine wahre Liebe gefunden habe.« Einmal mehr musste ich feststellen, wie gut ich lügen konnte – wenn es doch nur eine Gilde dafür gäbe.

»William?«, mutmaßte er ins Blaue hinein.

»Nein!«, platzte es entsetzt aus mir heraus und ich blickte ihn an. Erst jetzt bemerkte ich, dass er mich schon eine ganze Weile angesehen haben musste. »Es ist nicht Will«, sagte ich ruhiger und drehte mich wieder zum Lichtermeer. »Und wie ist es bei dir? Wie heißt sie?«, fragte ich, weil ich fand, dass mir das gleiche Recht zustand.

Er schwieg einen sehr langen Moment. Schließlich sagte er: »Für mich ist sie perfekt.«

Das war der zweite Schlag in die Magengegend. Erst nur Freunde sein und jetzt war sie perfekt für ihn? Damit war alles klar: Er konnte auf keinen Fall mich meinen.

»Das habe ich nicht gefragt«, sagte ich und konnte einen enttäuschten Unterton nicht ganz verbergen.

»Was wolltest du dann wissen?« Anscheinend hatte er mir wirklich nicht richtig zugehört.

»Wie sie heißt«, sagte ich kurz und etwas mürrisch.

»Summer Snow«, erwiderte er, ohne jedes Zögern, und mein Herz setzte einen Schlag lang aus. Ich zwang mich, ihn anzusehen, wollte sichergehen, dass er sich nicht über mich lustig machte. Nein, das machte er nicht. Seine Stimme war fest und sein Blick ernst. Er musterte mich neugierig.

»Wie bitte?«, fragte ich verwirrt. Ich musste mich verhört haben.

»Der Name … von dem Mädchen, in das ich mich gerade verliebe. Sie heißt Summer Snow.«

Es klang aufrichtig, aber konnte das sein?

»So wie ich?«, fragte ich ungläubig, mit großen Augen, und legte meine rechte Hand auf meinen Brustkorb.

Er grinste und entblößte eine Reihe schneeweißer, perfekter Zähne.

»Ja, genau wie du.« Er zwinkerte mir zu.

»Und wie heißt *er*, wenn es nicht William ist?«, wollte er wissen und stellte den Korb zur Seite, um näher an mich heranzurücken. Der Regen wurde lauter. Ein, zwei Tropfen schafften es durch das dichte Blätterdach und landeten in meinem Nacken.

»Clay«, flüsterte ich zaghaft und konnte sehen, wie seine Mundwinkel zuckten. Ich blickte in seine Augen – es war magisch – und er erwiderte meinen Blick. Seine Iris hatte die Farbe von dunklen Kastanien, und er war jetzt so nah, dass ich trotz der Dunkelheit das goldene Funkeln darin erkennen konnte. Der Moment war endlos. Nur wir. Der Regen war plötzlich kaum noch zu hören. Ich konnte Clay riechen: Sommertag und Holz – dieser betörende Duft. Wir waren uns so nah, dass ich seinen Atem auf meinen Lippen spüren konnte. Ich schluckte kaum wahrnehmbar, öffnete meinen Mund leicht und schloss meine Augen, bereit für den ersten Kuss in meinem Leben – von diesem unglaublichen Jungen, bei strömendem Regen.

Doch als ich nach wenigen Sekunden meine Augen öffnete, hatte er seinen Blick von mir abgewandt, in die Dunkelheit. Ich schämte mich plötzlich, ihm so lange zugewandt gewesen zu sein – und das auch noch mit geschlossenen Augen. Hastig drehte ich mich von ihm weg und fuhr mir verlegen durch die Haare. Jetzt spürte ich seine Wärme nicht mehr. Sein Atem, seine Nähe ... alles war wieder ganz sein.

»Sie kommen, um dich zu holen«, sagte er unvermittelt.

»Was? Aber ... Wer?« Ich war verwirrt.

»Dein Bruder ... und ... dein Wachhund«, sagte Clay abschätzig.

»Wie bitte?«, fragte ich stirnrunzelnd, weil ich überhaupt nichts hören oder sehen konnte.

Clay erklärte es nicht, drehte sich aber nochmals zu mir und sah mich so eindringlich an, als wollte er sich mein Gesicht ganz genau einprägen. Er war jetzt wieder nah an mich herangerückt.

»Ich entschuldige mich schon mal.« Seine Stimme war ein verführerisches Flüstern.

»Wofür?«, fragte ich tonlos zurück.

Ohne zu antworten, legte er die Finger seiner rechten Hand behutsam an meinen Nacken, blickte mir noch einmal tief in die Augen und zog mich sachte an sich. Clays Hand war warm – seine Lippen auch. Der Kuss war erst zärtlich und behutsam, dann wurde er leidenschaftlicher. Und obwohl mir das Herz bis zum Hals hinauf schlug, erwiderte ich seinen Kuss nur zu gerne. Clay schmeckte gut – noch besser, als er roch. Seine Lippen schmeckten nach mehr, und ich spürte ein wohliges Prickeln unter meiner Haut.

Das war also mein erster Kuss – zu gut, um es zu glauben, zu gut, um anzunehmen, dass *er* das zum ersten Mal machte. Dann wich er zurück, nur wenige Zentimeter, und blickte mich prüfend an. Vorsichtig löste er seine Finger von meinem Nacken und fuhr mit seinem Zeigefinger zärtlich über meine Wange.

»Alles okay?«, fragte er entschuldigend. Er war noch immer ganz nah, so nah, dass ich seine Wärme spüren konnte. Statt zu antworten, schmiegte ich mich an ihn und wir küssten uns abermals leidenschaftlich.

»Ich sage es nur ungern«, begann er, als er seine Lippen widerwillig von meinen löste, »aber sie sind gleich hier.« Er küsste mich noch einmal zärtlich auf die Stirn, als wir wie selbstverständlich unsere Finger verschränkten.

Clay half mir auf, und jetzt hörte auch ich plötzlich Motorengeräusche. Scheinwerferlicht näherte sich, aus der Richtung, aus der auch wir vorhin gekommen waren. Das Auto kam neben dem Porsche von Clay zum Stehen. Die Scheinwerfer blieben auf uns gerichtet, darum konnte ich außer einem hellen Lichtkegel nichts erkennen. Ich hörte nur das Knallen von zwei Türen. Es klang irgendwie wütend.

»Summer!«, rief eine verärgerte Stimme, die ich eindeutig Brian zuordnen konnte. »Steig in den Wagen!«

Jetzt konnte ich ihn erkennen. Brian kam mit schnellen Schritten auf mich zu und packte mich hart am Arm.

»Was soll das hier?«, schrie er mich an.

»Au! Du tust mir weh!«, rief ich noch, bevor Clay Brians Griff mühelos von meinem Arm löste.

»Kein Grund, gleich grob zu werden!«, zischte Clay und schob mich beschützend mit seiner freien Hand hinter sich.

»Was hattest du hier mit ihr vor!?«, drang jetzt eine weitere Stimme an mein Ohr und zwei Hände stießen Clay gegen die Brust, doch er zuckte nicht einmal.

»Was willst du damit sagen, William?«

Jetzt standen Clay und Will sich Auge in Auge gegenüber.

»Das weißt du genau!«, knurrte Will, und ich konnte sehen, wie sich seine Muskeln spannten. Ich versuchte, mich zwischen ihn und Clay zu drängen und die Situation zu entschärfen, aber es war aussichtslos.

»Brian!«, wandte ich mich hilfesuchend an meinen Bruder.

Brian nickte und sagte: »Geh ins Auto, Summer. Wir erledigen das hier.«

»Was!?« Meine Stimme schnappte vor Entsetzen fast über. »Das werde ich sicher nicht tun!«

»Er hat recht. Geh ins Auto, Summer. Es ist alles unter Kontrolle.« Clays Stimme klang so weich und ruhig, während er mit mir sprach.

»Alles unter Kontrolle? Das denkst aber auch nur du, Reed!«, fauchte Will.

Reed? Warum Reed?, schoss es mir durch den Kopf. Doch mir blieb keine Zeit, den Gedanken weiterzuverfolgen. »Brian«, flehte ich nochmals.

Diesmal verstand er. »Hört jetzt auf, es ist doch nichts passiert.« Er schob sich zwischen die beiden.

»*Noch* ist nichts passiert, *noch* nicht! Und ich höre erst auf, wenn er aufhört, unschuldige Mädchen in den Wald zu locken.«

»Ich habe niemanden *gelockt*. Du solltest nicht von dir auf andere schließen, Price. Summer ist ganz freiwillig mitgegangen, und nur, weil sie das nicht mit dir macht ...«

»Du bist doch ...«, stieß Will zwischen zusammengebissenen Zähnen hervor, noch bevor Clay zu Ende sprechen konnte, und holte zum Schlag aus.

»Hey!« Abermals ging Brian dazwischen und fing Wills geballte Faust mit der Handfläche auf, bevor sie Clays Nase treffen konnte. Clay zuckte nicht einmal mit der Wimper – zumindest hatte es den Anschein.

»Geht's noch?« Brian ließ Wills Faust los. »Der ist aus der Elite! Weißt du, was du dir damit für einen Ärger einhandelst?« Dann funkelte er Clay an: »Sorry, aber das mit meiner kleinen Schwester war echt scheiße. Sie sollte nicht allein mit einem Jungen rumhängen, den keiner von uns kennt. Ich weiß, du bist aus der Elite und so ... aber das kannst du echt nicht bringen.«

Clay entgegnete nichts.

»Brian!«, protestierte ich lautstark und schämte mich in Grund und Boden.

»Los, Summer, ins Auto!«, bellte Brian, und ich wusste, dass mir nichts anderes übrig blieb. Ich blickte noch einmal zu Clay und er nickte mir lächelnd zu. Ich machte auf dem Absatz kehrt, ging zum Auto und ließ mich auf die Rückbank sinken. Brian und Will blieben direkt hinter mir und stiegen vorne dazu.

»Alles okay?«, fragte Will, der auf dem Fahrersitz Platz genommen und sich zu mir umgedreht hatte.

»Bis ihr kamt, schon.«

»Hat er dich ... angerührt?« Will schloss seine Augen, als hätte er Angst vor der Antwort.

»Nein!«, sagte ich bestimmt und entsetzt zugleich. »Was macht ihr überhaupt hier?«

Will atmete erleichtert aus, legte den Rückwärtsgang ein, wendete das Auto gekonnt und lenkte den Wagen den holprigen Feldweg hinunter.

»Du warst einfach weg – ohne Nachricht, ohne ein Wort. Ich habe mir echt Sorgen gemacht. Das kannst du nicht machen. Ich musste Dad was vorlügen und habe Will angerufen, weil er auch ein eigenes Auto hat. Dad konnte ich ja schlecht nach seinem Notfallwagen fragen«, erklärte Brian. »Will und ich haben alle möglichen Plätze abgesucht, bis wir dich hier fanden.«

»Woher kanntet ihr den Platz hier?«

»Kein Kommentar.« Brian und Will sahen sich mit verschwörerischem Grinsen an. Ich konnte es mir schon denken und wollte lieber keine Details zu ihren Liebschaften.

»Wo steht dein Auto, Summer?«, wollte Will wissen.

»Gardenstreet.«

Will nickte kurz und sagte leise: »Da liegt eine Decke neben dir. Falls dir kalt ist, meine ich.«

Ich bemerkte, wie er mich immer wieder im Rückspiegel musterte. Hatte er tatsächlich geglaubt, dass ich in Gefahr schwebte? So ein Quatsch. Es war alles so verwirrend und die Müdigkeit überkam mich. Meine Augen wurden schwer vom eintönigen Brummen des Motors und von der einsetzenden Dämmerung.

Ich griff nach der Decke und legte sie über meine Knie, dann neigte ich den Kopf zur Seite und schlief ein.

Ich erwachte erst, als das Auto plötzlich zum Stehen kam.

»Wir sind da«, sagte Brian. »Kannst du fahren?«

»Klar«, gähnte ich.

»Oder bist du zu müde?« Will klang besorgt.

»Geht schon.«

»Du fährst vor, ich komme nach. Dad muss weiterhin denken, dass du in der Stadt warst, das habe ich ihm nämlich erzählt. Wenn wir im gleichen Auto ankämen, würde er nur Fragen stellen.«

»Okay«, gab ich seufzend zurück und öffnete die Autotür.

»Und Summer …«, sagte Brian in seinem Schulmeistertonfall, noch bevor ich aussteigen konnte.

»Mhm?«

»Ich mag es nicht, Dad anzulügen.«

Ein bitteres Gefühl stieg in mir auf und ich musste an die letzte Nacht zurückdenken. »Ich verlange das nicht von dir. Erzähl ihm doch, was du gesehen hast«, erwiderte ich schnippisch.

»Er würde dich nie wieder aus dem Haus lassen«, entgegnete Brian. »Nicht einmal mehr in die Schule.«

Er klang gekränkt, und sofort schoss ein Gefühl der Reue in meine Brust. Brian hatte sich wirklich Sorgen gemacht und er hatte vermutlich schon seit Stunden nach mir gesucht. Und das Schlimmste: Er hatte recht.

»Tut mir leid«, sagte ich betreten. »Es war wirklich harmlos. Mir ging es nicht gut und er hat mir seinen Lieblingsplatz zeigen wollen. Ich war noch nie dort und fand es echt schön.«

»Klar, sein Lieblingsplatz, das kann ich mir vorstellen«, brummte Will verächtlich vor sich hin.

»Auf jeden Fall ...«, ich sprach etwas lauter und überging seinen Tonfall, »ist nichts passiert, und wir wollten sowieso gerade fahren, als ihr kamt.« Ich klopfte Brian auf die Schulter. »Ich bin ja froh, dass ich so einen fürsorglichen Bruder habe. Und wenn es dich beruhigt, verspreche ich dir, dass ich niemals wieder mit irgendeinem Jungen alleine sein werde, egal ob ich ihn kenne oder nicht. Niemals wieder.« Ich blickte provokativ in das Augenpaar im Rückspiegel.

Ertappt richtete Will seine blauen Augen nach vorne.

»Aber danke. Du hast wahrscheinlich recht. Lügen ist das Beste, was wir jetzt tun können«, sagte ich noch zu Brian, stieg aus und ging zu meinem Wagen. Der Regen hatte aufgehört, und ich hoffte, dass ihnen meine neuen Klamotten nicht auffielen. Aber es waren Jungs, daher war das sehr unwahrscheinlich. Ich öffnete die Tür meines alten Wagens, stieg ein und ließ den Motor an. Will und Brian verfolgten mich noch eine Weile, aber kurz bevor ich die Stadt verließ, bogen sie in eine Seitenstraße ein und waren nicht mehr zu sehen. Während der Fahrt schwirrten nur zwei Dinge durch meinen Kopf: Ich war verliebt, und ich war heute zum ersten Mal geküsst worden. Tief seufzend trat ich das Gaspedal durch, denn ich wollte einfach nur noch nach Hause, eine heiße Dusche nehmen und ins Bett.

Doch als ich in unsere Straße einbog, sah ich Clays Porsche etwas abseits von unserem Haus stehen. Sobald er mich kommen sah, stieg er aus. Gerade als ich den Motor ausmachen und aussteigen wollte, öffnete er die Beifahrertür meines Wagens und stieg ein.

»Was machst du denn hier?« Ich blickte in seine wunderschönen Augen.

»Sichergehen, dass du gut nach Hause kommst – und dir das bringen.«
Er deutete auf den Korb mit Essen und die elegante Einkaufstüte mit meiner alten Kleidung, die er in den Fußraum stellte.

»Oh … danke.«

»Und … Geht es dir gut?«, fragte er schuldbewusst.

»Ja. Warum auch nicht?«

»Es tut mir wirklich leid, wie das eben gelaufen ist. Wäre ich nicht so abgelenkt gewesen, hätte ich die beiden früher bemerkt und wir hätten noch abhauen können.«

»Abgelenkt?«, neckte ich.

»Na ja …« Zärtlich nahm er meine Hand und legte sie in seine. Mit seinem Zeigefinger fuhr er die Linien in meiner Handfläche nach. Es war nur eine kleine Geste, aber sie ließ mir einen wohligen Schauer über den Rücken laufen.

»Schon okay. Dad weiß von nichts, und das ist die Hauptsache.«

Clay nickte wissend. »Eigentlich ist es ganz gut so.«

Ich runzelte die Stirn.

»Na ja, jetzt ist auch William klar, dass er sich keine Hoffnungen mehr machen sollte.«

»Er hätte sich sowieso keine Hoffnungen machen sollen. Ich war niemals …«

»Ist mir klar.« Clay schaute mich wieder an. Abermals begann mein Herz ein klitzekleines bisschen schneller zu schlagen. Clay erkundete mich – ich folgte dem Blick seiner forschenden Augen. Er biss sich auf die Unterlippe, während sein Blick auf meinen Lippen ruhte.

»Und so fängt es an …«, hauchte er fast bedauernd, während er mich noch einmal an sich zog und seine warmen, weichen Lippen meine suchten. Als wir uns nach einer Weile wieder voneinander lösten, flüsterte er: »Ich muss jetzt los … leider!«

Ich nickte matt.

Clay öffnete die Autotür, wandte sich aber doch noch einmal zu mir um. »Hey … du weißt: Am Montag ist die Exkursion. Darf ich dich morgens abholen? Ich meine … nur wenn du möchtest.«

Ich musste mich zusammenreißen, um ihm nicht vor Freude um den Hals zu fallen.

»Klar, warum nicht?«, sagte ich so locker und cool, wie ich konnte, obwohl ich lieber laut losgekreischt hätte. »Aber … die Gesetze«, wandte ich dann kleinlaut ein.

»Ich hole dich von zu Hause ab und wir fahren gemeinsam zur Schule. Das ist wohl noch erlaubt. Wir müssen uns ja nicht in aller Öffentlichkeit küssen.«

Unwillkürlich schob sich meine Unterlippe nach vorne.

»Was wirklich schade ist«, fügte er kess hinzu, zog mich an sich und küsste mich. »Also am Montag um sieben?«, fragte er, als wir uns voneinander lösten.

»So früh?«

»Der frühe Vogel …«, sagte er grinsend, und ich lächelte auch.

Die Küche war leer, und ich war froh, dass ich mich jetzt nicht mit meinem Dad auseinandersetzen musste. Obwohl mir einleuchtete, dass eine Konfrontation unausweichlich war, nahm ich die Gnadenfrist doch dankbar an. Zu meinem Glück hatte ich den Korb mit Essen, so musste ich, wenn ich Hunger bekam, nicht einmal nach unten gehen. Lautlos huschte ich die Treppe hinauf und verschloss die Tür meines Zimmers von innen. Als ich endlich allein war, atmete ich tief aus. Ich stellte den Korb auf dem Schreibtisch ab und schüttete meine klamme Kleidung aus der Papiertüte in den Wäschekorb im Bad. Wieder zurück in meinem Zimmer, öffnete ich das Fenster neben dem Bett. Die kalte Abendluft einatmend, zog ich mir die teuren Sachen aus. Mit viel Sorgfalt legte ich sie auf mein Bett, ging anschließend ins Bad und stellte die Dusche an. Das heiße Wasser taute meinen durchfrorenen Körper wieder auf. Trotz der warmen Kleidung war mir die Kälte in die Knochen gekrochen. Als ich die Dusche ausstellte, war das Bad voller Wasserdampf. Den Spiegel musste ich mit meiner Handfläche freireiben. Ich föhnte meine Haare trocken und wickelte mir ein Handtuch um den Körper. Dann griff ich nach dem tiefroten Nagellack und ging ins Schlafzimmer zurück, um mir die Fußnägel zu lackieren.

»Summer? Bist du da?«, hörte ich Dad von unten rufen.

»Ja, ich bin in meinem Zimmer. Ich komme gleich runter«, rief ich so unbefangen wie möglich.

Missmutig schlüpfte ich in meinen Jogginganzug und stapfte nach unten.

»Wie war dein Tag, Summer?«, fragte Dad so gut gelaunt, dass augenblicklich die Wut in mir hochkochte.

»Gut«, erwiderte ich knapp. In Wahrheit wollte ich ihm alles an den Kopf werfen, wollte ihm sagen, dass ich es wusste, und ihn zur Rede stellen. Aber ich war zu müde, um zu streiten.

»Hast du noch Hunger? Dann mach ich dir schnell etwas.«

»Nein, ich habe schon gegessen«, log ich und dachte an den Picknickkorb, der oben auf mich wartete. »Ich bin nur gekommen, um dir gute Nacht zu sagen. Ich bin müde und wollte mir noch die Nägel lackieren, bevor ich ins Bett gehe.«

»Ja, mach das«, sagte Dad.

Als ich die erste Stufe nehmen wollte, sagte er noch: »Ich hab dich lieb, Summer. Du bist eine gute Tochter.«

Ich hielt inne, drehte mich aber nicht zu ihm um.

Guter Dad würde ich auch gerne von dir sagen, dachte ich und nahm auf dem Weg nach oben alle Stufen, wie sie kamen.

Als ich an diesem Abend im Bett lag, hing mir nur ein Gedanke nach: *Irgendetwas stimmt nicht!*

An Einschlafen war nicht zu denken. Ich lag wach und stierte an die dunkle Zimmerdecke. Unruhig versuchte ich, meine Gedanken zu ordnen.

Reed, schoss es mir durch den Kopf. *War das sein Nachname? Clay Reed?*

Ich erinnerte mich, dass er Will »Price« genannt hatte, was tatsächlich Wills Nachname war – William Kingston Price. Also lag es auf der Hand: Reed musste Clays Nachname sein. Aber woher kannten sie sich? Hatte Mr Ebsteen ihn mit vollem Namen vorgestellt? Nein, ich war mir sicher, das hatte er nicht.

Und was hatte Clay damit gemeint, als er sagte, dass er Will und Brian früher bemerkt hätte, wäre er nicht abgelenkt gewesen? Ich hatte nur an die Ablenkung gedacht, aber tatsächlich sollte ich mir Gedanken darüber machen, warum – und vor allem wie – er sie hätte früher bemerken sollen.

Etwas stimmt nicht …

Was wusste ich eigentlich von Clay? Ich meine, abgesehen davon, dass er unglaublich süß, gut aussehend und zuvorkommend war, und abgesehen von seinem zauberhaften Lächeln … und seinen weichen Lippen … Und er roch so gut … Aber abgesehen davon wusste ich gar nichts. Okay, gar nichts war auch nicht ganz richtig. Ich wusste, dass er zwei Leibwächter hatte und einen Zwerg, der wie ein Bruder für ihn war. Er mochte klassische Musik, und er gehörte zur Elite. Und dann wusste ich noch, dass ich verliebt sein musste, denn die Schmetterlinge in meinem Bauch vollführten bei dem kleinsten Gedanken an ihn Sturzflüge. Und dann kreisten meine Gedanken wieder um diesen Kuss … Clay kümmerte sich um mich, kaufte mir trockene Kleidung, außerdem beschützte er mich und ließ mich nicht allein, als Brian und Will kamen.

Will, schoss es mir durch den Kopf. *Er war so wahnsinnig wütend* … Es tat mir leid, dass ich nicht dasselbe für ihn empfand wie für Clay, aber so war es eben. Jetzt wusste ich, wie es sich anfühlte, verliebt zu sein. Aber hatte diese Liebe eine Chance? Was, wenn sie mich nicht auswählten? Würde ich ihn dann jemals wiedersehen? Unwillkürlich dachte ich an Dad. Wie konnte er uns das antun? Seinen eigenen Kindern! Ich hatte keine Erklärung und es war mir schleierhaft, warum er sich so verhielt. Warum würde ein liebender Vater nicht wollen, dass seine Kinder in die Elite gingen? Ich sollte Brian davon erzählen … oder lieber doch nicht? Und dann dachte ich wieder an Clay. Mein letzter Gedanke, bevor ich in einen tiefen Schlaf fiel, gehörte ihm.

KAPITEL 9

Der frühe Vogel

Die Gitter bohren sich in meine nackten Füße. Nur wenige Schritte und ich habe Dad erreicht. Gerade als ich hinunterblicken will, blitzt es grell auf und ein Rasseln dringt an mein Ohr. Alarmiert hebe ich den Kopf. Das Rasseln wird zum Scheppern. In kurzen, unregelmäßigen Abständen tönt es durch die Halle. Ich blicke hoch. Erst jetzt sehe ich, dass Ketten von der Decke herabhängen. Sie rasseln hier und da aneinander.

Ein neues Geräusch dringt an mein Ohr: Es klingt wie Wasser, das schwallartig irgendwo herausschießt – wieder und wieder … Das Plätschern kommt von unten, das weiß ich sofort. Aber bevor ich hinunterblicken kann, blitzt es abermals auf, und im nächsten Moment dreht sich Dad zu mir um. Fassungslosigkeit liegt in seinem Blick, als er mich anstiert. Seine Augen sind so weit geöffnet, dass ich glaube, sie könnten ihm jeden Moment aus den Augenhöhlen ploppen. Sein Gesicht ist leichenblass, wirkt eingefallen, und seine Miene ist wie versteinert. Er sieht aus, als wäre er soeben um Jahrzehnte gealtert. Mit leerem Blick starrt er in mich hinein – oder durch mich durch? Was hat er gesehen? Bevor ich das herausfinden kann, eilt er auf mich zu und presst dabei den Zeigefinger seiner rechten Hand gegen seine Lippen.

»Schhhhhh …«, macht er, und als er den Finger wieder sinken lässt, bleibt ein blutiger Abdruck auf seinen Lippen zurück. Mein Blick huscht zum Geländer. Ich will sehen, was er gesehen hat – doch wieder hält mich der grelle, beißende Blitz davon ab.

»Schhhh …«, macht mein Dad wieder – aber ich will nicht still sein! Ich will schreien! Ich öffne meinen Mund – doch wieder kommt kein Laut über meine Lippen. Die stummen Schreie trocknen meine Kehle aus, mein Gesicht ist zu einer angsterfüllten Grimasse verzerrt. Jede Sehne, jeder Muskel und jeder Knochen meines Körpers ist mit nackter Angst durchtränkt, vollgesogen wie

ein Schwamm. Und dann dringt der metallische Geruch des Todes wieder in meine Nase – und ich falle ... Alles um mich herum verschwimmt – alles, bis auf das Rasseln und das Scheppern ... und das Plätschern ...
Ich falle weiter und weiter und weiter – in das bodenlose Nichts ...

Ich schlug meine Augen auf, atmete einmal tief aus – es klang wie ein Seufzer. Benommen richtete ich mich auf. Ich spürte den üblen Gedanken nach, dem flauen Gefühl, das der Traum jedes Mal in mir hinterließ, und sah aus dem Fenster. Die Morgendämmerung setzte gerade ein. Der Tag versprach sonnig und freundlich zu werden. Mein Wecker zeigte mir an, dass ich über eine Stunde zu früh wach war. Doch an Schlaf war nicht mehr zu denken, denn heute war endlich Montag und Clay würde mich gleich abholen. An den Albtraum wollte ich jetzt auch nicht mehr denken, darum verdrängte ich ihn und die negativen Gefühle in die hinterste Ecke meines Kopfes. Darin war ich gut, schließlich hatte ich jahrelange Übung.

Rasch schlug ich die Decke zur Seite und sprang aufgeregt aus dem Bett. Ich ging ... nein, ich tanzte ins Bad und konnte mich nicht erinnern, wann ich jemals so gut gelaunt und voller Vorfreude auf die Schule gewesen war. Nachdem ich mir gründlich die Zähne geputzt hatte, stellte ich mich unter die Dusche. Das warme Wasser floss mir über Kopf und Körper. Anschließend föhnte ich meine Haare trocken und bürstete mich ausgiebig. Aus meinem Kleiderschrank griff ich mir eine hellblaue Jeans und ein weißes T-Shirt. Ich befestigte die beiden Anstecknadeln ordnungsgemäß. Meine Haare ließ ich heute offen. Wohlwollend betrachtete ich mein Spiegelbild.

Das Rauschen von Wasser war zu hören, als ich meine Zimmertür öffnete. Einer der beiden war gerade im Bad. Ich huschte die Treppe hinunter in die Küche. Genau wie gestern, als ich mich den ganzen Sonntag in meinem Zimmer verschanzt hatte, wollte ich Dad auch heute so oft wie nur möglich aus dem Weg gehen. Ich hatte mir selbst auferlegt, ihn in den nächsten Tagen zur Rede zu stellen, doch heute ging es nur um Clay und mich. Ich öffnete den Kühlschrank und warf einen kurzen Blick hinein, schloss ihn dann aber gleich wieder. Hunger hatte ich keinen – nur Bauchkribbeln. Ich nahm einen Zettel und einen Stift zur Hand, denn ich wollte Brian nicht schon wieder verärgern.

»Bin heute früher zur Schule. Auto steht draußen«, schrieb ich. Ich überlegte, ob ich erwähnen sollte, mit wem ich zur Schule fahren würde, und entschied mich für: »Wurde abgeholt. Komme heute später nach Hause, wegen Exkursion in Pflanzen- und Heilkunde.« Den Zettel legte ich auf den Esstisch. Pünktlich um 7:00 Uhr öffnete ich die Haustür und erblickte den schwarzen Geländewagen, der vor dem Haus parkte. Clay war pünktlich. Erst als ich auf das Auto zuging, wurde mir klar, dass ich keine Ahnung hatte, wie wir uns begrüßen sollten. Küssen? Umarmen? Ein kurzes Lächeln? Nicken? Waren wir zusammen? Ein Paar? Ich wusste es einfach nicht. Als er mich rauskommen sah, stieg er aus.

»Guten Morgen«, sagte er lächelnd. Er nahm mich in den Arm und küsste mich zärtlich auf die linke Wange.

»Guten Morgen«, erwiderte ich – froh, dass er die Initiative ergriffen hatte.

»Hast du gut geschlafen?«

»Ja«, antwortete ich. Er hielt mir die Autotür auf und ging dann um das Auto herum. Ich sah ihm nach und stellte fest, dass er wie immer gut gekleidet war. Dunkle Jeans und ein leichter grauer Pulli. Offensichtlich mochte er grau und schwarz. Seine Haare waren verwuschelt – wie immer. Sie hingen ihm auf der rechten Seite ins Gesicht. Mit einer coolen Handbewegung strich er sie nach dem Einsteigen nach hinten.

»Weiß dein Bruder, dass ich dich mitnehme?«, fragte er, als er den Schlüssel ins Zündschloss steckte und losfuhr.

»Sozusagen.«

»Sozusagen?« Seine Stimme war bedacht, so wie ich sie kannte.

»Ich habe eine Notiz hinterlassen.«

»Mhm … Hast du mich in dieser Notiz erwähnt?«

»Nicht direkt. Aber das ist schon okay«, fügte ich schnell hinzu, weil ich mir nicht sicher war, ob er das jetzt gut oder schlecht finden würde.

»Wirklich?«

Ich nickte.

»Und was ist mit deinem Dad?«

»Was soll mit ihm sein?«

»Na ja, ich möchte nicht, dass er sich Sorgen macht.«

»Wird er nicht. Außerdem darf ich Geheimnisse haben. Dad hat seine Geheimnisse und ich habe meine …«

Er sah mich fragend an.

»Wir streiten viel in letzter Zeit ...«

»Warum das?«

»Er hat etwas Schlimmes getan.«

Einen Moment war es still.

»Was hat er getan?«

Wieder Stille.

»Freust du dich auf die Exkursion?«, fragte ich unvermittelt, um das Thema zu wechseln.

»Ich freue mich darauf, einen ganzen Tag mit dir verbringen zu können«, erklärte er, ohne weiterzubohren. Stattdessen blickte er mich mit diesem unverschämt süßen Lächeln an. Mein Herz schlug schneller und die Schmetterlinge begannen wild zu flattern. Die Bäume flogen währenddessen nur so an mir vorbei. Er fuhr schnell – viel schneller als gestern. Zu schnell.

»Ist alles gut?«

Ich antwortete nicht, krallte nur meine Fingernägel in die Armlehne. Mein Blick huschte zur Tachoanzeige. Er musste es gesehen haben, denn er fragte: »Fahre ich dir zu schnell?«

»Etwas.« Ich sog hörbar die Luft ein und er drosselte die Geschwindigkeit.

»Besser?«, wollte er wissen und blickte nervös in meine Richtung. Ich entspannte mich und nickte.

»Du fährst nicht gerne schnell?«

»Offensichtlich nicht«, sagte ich, weil ich diese Erfahrung zum ersten Mal machte.

»Macht *dir* das Spaß?«, wollte ich wissen.

»Ja.«

»Fährst du immer so schnell?«

»Ja.«

»Dann war das gestern nur eine Ausnahme?« Ich erinnerte mich an seinen vergleichsweise vorsichtigen Fahrstil.

»Ja.«

»Fahren alle so schnell in der Elite?«

»Nein.«

»Gibt es Fragen, auf die du mit mehr als nur einer Silbe antwortest?«

»Ja.«

»Na dann … Heißt du Reed mit Nachnamen?«

Sein Mund klappte argwöhnisch auf. »Woher weißt du …« Er brach ab.

»Samstagabend. Will sagte es. Da dachte ich …«

»William … natürlich.«

»Ist doch nicht schlimm, wenn ich deinen Nachnamen kenne. Oder?«

»Nein, nicht schlimm.«

»Du kennst ja auch meinen«, fügte ich noch hinzu.

Er schmunzelte. »Snow«, sagte er leise, und sein Lächeln wurde immer breiter.

»Hey!«, gab ich zurück und schlug ihm unbefangen gegen die Schulter. Wir lachten.

»Woher kennst du Will?«, wollte ich jetzt wissen. Augenblicklich verschwand das Lachen aus Clays Gesicht und er umschloss das Lenkrad fester. Seine Fingerknöchel traten weiß hervor.

»Ich kenne ihn eben.«

Verdutzt schaute ich ihn an.

»Und woher?«

»Ich kenne ihn eben«, wiederholte er und starrte stur auf die Straße.

Noch während ich überlegte, ob ich es wagen könnte, weiter nachzuhaken, fragte Clay: »Wie ist eigentlich der Ablauf der Exkursion?«

Er wollte das Thema wechseln, das war klar. Doch die Frage, woher sie sich kannten, ließ mir keine Ruhe. Mir fiel beim besten Willen nichts ein, wo sie sich hätten über den Weg laufen können. Clay, soviel stand fest, würde mir keine Antwort geben, zumindest nicht jetzt. Aber irgendwann würde ich es schon herausbekommen. Ich hatte Zeit und konnte warten, denn die Geschichte würde die gleiche bleiben.

»Summer?«

»Mhm?«

»Die Exkursion? Wie läuft das ab?«

Seine Hände lagen jetzt wieder locker auf dem Lenkrad.

»Oh … ja, also wir bekommen Aufgaben, die wir lösen müssen. Die Antworten finden wir im Wald. Also, Pflanzen und so was pflücken und mitbringen. In den letzten Jahren haben wir immer Zweierteams gebildet.

Mr Ebsteen meint, dass wir in Zweierteams mehr lernen als in einer großen Gruppe, in der wir uns gewissermaßen verstecken können.«

»Na, das kommt mir ja gelegen.« Er fuhr sich mit der Zunge über die Lippen. Meine Schmetterlinge vermehrten sich zusehends.

»Auf jeden Fall«, fuhr ich fort, »ist es so, dass wir zu zweit durch die Wälder wandern. Allein und einsam ...« Ich sah ihn an und grinste. »Ich sage dir das nur, damit du nachher keine Angst hast: allein mit mir, im finsteren Wald ... ganz schutzlos ... ohne deine Leibwächter.«

Sofort wurde er wieder ernst. »Ich habe keine Angst vor dir. Mir ist nur wichtig, dass du auch keine Angst vor mir hast.«

»Clay«, seufzte ich. »Das habe ich nicht. Warum sagst du das immer wieder?«

»Ich will einfach, dass du dich niemals vor mir fürchtest.«

»Fürchten? Ich verstehe nicht«, sagte ich verwirrt. »Ich weiß nicht, was du tun könntest, damit ich mich jemals vor dir fürchte, Clay.«

Er presste seine Lippen hart aufeinander und zog beiläufig die Ärmel seines Pullis leicht nach oben. Ich erhaschte einen kurzen Blick auf die Innenseite seines rechten Handgelenks.

»Was ist das?«, fragte ich neugierig und deutete darauf.

Er drehte es in meine Richtung und sagte: »Das ist das Zeichen der Elite.«

Ich betrachtete es genauer. Es war ein Kreis, in dessen Innerem drei geschwungene Linien zu sehen waren, die miteinander verbunden schienen.

»Hat das jeder, der zur Elite gehört?«

Er nickte matt und setzte den Blinker.

Mein Blick fiel nach draußen. Wir bogen bereits auf das Schulgelände ein. Unter den bekannten Autos stach mir plötzlich ein neues ins Auge: ein gelber Lamborghini. Kein Geländewagen, wie der von Clay, sondern ein kleiner Sportflitzer.

»Einer von euch?«, fragte ich überrascht.

Clay parkte mit quietschenden Reifen und mir fiel auf, dass er seine Lippen erneut aufeinanderpresste und mit den Kiefern mahlte. Seine Fingerknöchel traten wieder weiß hervor.

»Alles okay?«, fragte ich. Er öffnete halb die Tür und drehte sich zu mir: »Würdest du im Wagen bleiben, wenn ich dich darum bitte?«

»Was?«, fragte ich verwirrt.

»Vertrau mir, okay?« Seine Stimme klang nervös, beinahe ängstlich.

»Aber ...«, begann ich zu protestieren, doch Clay war bereits ausgestiegen und sah noch einmal mahnend durch die Scheibe. Verdutzt blieb ich zurück und schaute ihm hinterher. Mit schnellen Schritten verschwand er in der Schule.

KAPITEL 10

Frischfleisch

Nach und nach trudelten immer mehr Schüler ein, und kurze Zeit später hielt der Schulbus und spuckte die restlichen aus.

Jetzt sah ich Will in seinem Wagen vorfahren. Ich hoffte, dass er mich nicht in Clays Auto entdeckte – gerade nach Samstag musste das nicht sein.

Ein Blick auf die Uhr machte es mir aber unmöglich, noch länger zu warten. Die Exkursion würde gleich beginnen, und ich hatte nicht vor, zu spät zu kommen und mir einen Tadel einzuhandeln. Hinzu kam das merkwürdige Gefühl, das sich in mir regte. Ich wusste zunächst nicht, warum.

Doch bald schon dämmerte es mir: Ich fühlte mich schlecht, weil Clay sich schämte – und zwar für mich.

Das musste es sein! Jemand aus der Elite war hier, und sie oder er sollte mich nicht kennenlernen. Er wollte mich weder vorstellen noch sich erklären müssen, weil er einfach nur ein dummes Spiel mit mir trieb. Je länger ich darüber nachdachte, umso überzeugter war ich davon. Er meinte es nicht ernst und schämte sich, mit mir gesehen zu werden. Wütend öffnete ich die Autotür, knallte sie hinter mir zu und stapfte in Richtung Schule.

»Summer? Bist du das?«, hörte ich eine wohlbekannte Stimme.

»Ja, Will«, motzte ich und ging an ihm vorbei.

»Wo kommst du denn her?«

»Clay hat mich heute abgeholt.«

»Summer!« Er klang tadelnd oder entsetzt oder beides – ich konnte es nicht genau sagen. »Weiß Brian davon?«

»Ich muss zum Unterricht«, erklärte ich noch immer mürrisch, ohne auf seine Frage einzugehen.

»Summer«, beharrte er und griff nach meinem Oberarm. »Ist alles in Ordnung? Hat er dich verletzt?«

»Was? Nein!«, erwiderte ich empört und riss mich von ihm los. Seine Worte waren wie ein Funke in einem dürren, trockenen Wald. Wie ein Lauffeuer breitete sich die Wut bis in meine Fingerspitzen aus. Aufgebracht fuhr ich herum. »Was denkst du denn ständig!? Warum sollte er mich verletzten!? Ihr seid alle unmöglich!«, fauchte ich und dachte dabei an Dad, Clay und ihn. »Lasst mich doch einfach alle in Ruhe!« Ich ballte meine Fäuste, drehte mich um und ließ ihn stehen.

»Summer, warte!«, rief er mir noch nach, doch ich war bereits in der Schülermenge verschwunden, die ins Schulgebäude strömte.

Als ich in den nächsten Flur einbog, konnte ich Clay vor der Klassenzimmertür erkennen. Er diskutierte mit einem Jungen, den ich noch nie gesehen hatte. Meine Schritte verlangsamten sich. Das musste der Besitzer des Autos sein. Er war etwa so groß wie Clay, hatte pechschwarzes Haar, trug eine schwarze Hose und eine schwarze Lederjacke. Es war unbestreitbar: Auch dieser Junge war in der Elite. Meine Wut war noch nicht verflogen. Ich wollte am liebsten auf ihn zustürzen und ihn anschreien, eine Szene machen und ihn …

»Oh nein …«, stieß ich aus und meine Finger tasteten nach der Wand, als mein Atem flacher wurde und sich die feinen Härchen in meinem Nacken aufstellten. Eine Kältewelle überrollte mich. Als mich der Schwindel überkam und mein Herz laut zu pochen begann, drehte ich mich schwer atmend um und lief zur Damentoilette, ehe jemand Verdacht schöpfen konnte.

Gerade als ich den Wasserhahn aufdrehen wollte, wurde die Tür aufgestoßen. Sofort verschwand ich in einer der Kabinen, noch bevor die Mädchen, die eintraten, mich entdecken konnten.

»Das ist doch wirklich unglaublich«, quietschte eine von ihnen. »Jetzt sind es schon zwei. Und beide sind *so* süß.«

»Ich habe den Neuen noch gar nicht gesehen. Wie sieht er aus?«, rief eine andere dazwischen.

»Genauso süß wie Clay«, gab die Piepsstimme zurück.

Ich schnaubte leise.

»Claire, du hast doch neben ihm gesessen. Hat er mit dir geflirtet?«

»Ja klar«, hörte ich die Stimme von Claire, und ich musste mich sehr zurückhalten, um nicht hinauszustürmen und sie anzuschreien. »Er war so süß. Einmal, im Vorbeigehen, hat er mich sogar berührt – und ich glaube, mit Absicht«, kicherte sie, und ich hielt vor Wut meinen Atem an. »Andrea hat mir alles verdorben. Wäre sie weiter zu Hause geblieben, hätte ich ihn sicher zu einer Party einladen können. Stellt euch mal vor, wie cool das wäre: Er und ich, zusammen!«

»Hätte sicher geklappt«, erwiderte die piepsige Stimme. »Immerhin ist er neben dir sitzen geblieben und hat nicht um Platzverlegung gebeten, wie bei einer gewissen anderen Person ...«, spottete sie.

Jetzt kicherten alle.

»Tja, aber mal ganz ehrlich: Schaut mich an und seht euch sie an. Ich meine, da muss man sich doch wirklich nicht wundern.«

Wieder kicherten alle, und meine Wut begann sich in Verletztheit zu wandeln. Betreten knibbelte ich an meinen Fingernägeln. Claire war gut einen Kopf größer als ich. Sie hatte langes schwarzes Haar, weiße Haut und sah damit aus wie Schneewittchen. Und dann war sie auch noch ... sagen wir mal so: weiter entwickelt, als ich es vermutlich je sein würde. Also ja, sie war schön, das musste ich zugeben. Aber Clay hatte *mich* geküsst. Am liebsten wäre ich aus der Kabine getreten und hätte ihr brühwarm von diesem Kuss erzählt, aber das würde ich natürlich nicht tun. Das war eine Sache zwischen Clay und mir und ging allein uns etwas an.

»Der andere ist auch supersüß«, schmachtete eines der Mädchen. »Er sieht aus wie ein Bad Boy.«

Bevor sie weitersprechen konnten, schrillte die Schulklingel. Die Toilettentür fiel zu und die Schritte der Mädchen entfernten sich. Ich verharrte noch einige Sekunden hinter der dünnen Sperrholztür und verließ meine Zuflucht. Erst jetzt, bei einem Blick in den Spiegel, fiel mir auf, dass die Symptome verschwunden waren. Es ging mir wieder gut. Vorsichtshalber ließ ich kaltes Wasser über meine Handgelenke laufen, trocknete sie dann ab und kämmte meine Haare mit den Fingern durch.

Als ich auf den Schulflur trat, war dieser wie leer gefegt. Nur Mr Ebsteen wackelte mir aufgeregt entgegen.

»Ah, Summer, der Ausflug wird sich um zehn bis fünfzehn Minuten verzögern, ich muss zum Direktor, weil wir heute spontan einen neuen Gast dazubekommen haben. Ich bin sofort zurück. Wie gesagt, zehn bis fünfzehn Minuten ...«, rief er noch, während er bereits hektisch um die nächste Ecke verschwand.

Als ich in den Flur zu unserem Klassenraum einbog, sah ich Clay und den Jungen noch immer vor der Tür stehen. Wieder zögerte ich, denn etwas in mir wollte mich aufhalten. Fast hörte ich die Stimme in meinem Kopf: *Geh nicht weiter! Dreh dich um und geh nach Hause! Lauf!*

Doch ich ignorierte sie, ging stattdessen entschlossen auf die beiden zu. Meine Augen fixierten Clay. Er schaute auf und wir blickten uns an. Seine Augen weiteten sich und er schüttelte kaum wahrnehmbar den Kopf. Unbeirrt und erhobenen Hauptes drängte ich mich an ihm und dem Unbekannten vorbei. Bevor ich aber den Klassenraum betrat, drehte ich mich noch einmal um und sagte so arrogant und provokativ wie möglich: »Clay ...«, ohne meinen Blick von ihm zu lösen.

Mit zusammengekniffenen Augen funkelte er mich an. Seine angespannte Haltung ließ keinen Zweifel daran, dass er über mein Erscheinen alles andere als erfreut war. Stur schritt ich durch die Tür und hörte den Jungen neben Clay noch sagen: »Clay, Clay, Clay.« Es klang beinahe ehrfurchtsvoll, und ich spürte seinen Blick in meinem Rücken. Augenblicklich verzogen sich meine Lippen zu einem triumphierenden Grinsen.

Meine Klassenkameraden standen in Grüppchen zusammen und unterhielten sich laut. Als ich den Raum betrat, wurde es kurz still. Alle sahen mich an: Andrea, Will, Claire, Amber und die übrigen. Vermutlich hatten sie Clay und den anderen Jungen erwartet, denn wenig später nahmen sie ihre Gespräche wieder auf.

Vor dem Fenster blieb ich stehen und schaute mit verschränkten Armen hinaus. Die Sonne schien, aber es war nicht heiß. Das perfekte Wetter für einen Ausflug. Eben noch hätte dies der beste Schultag aller Zeiten werden sollen, aber jetzt, nicht mal eine Stunde später, wünschte ich mir, ich wäre gar nicht erst aufgestanden.

Ich hoffte, dass Mr Ebsteen bald erscheinen würde, damit wir den schrecklichen Ausflug beginnen und endlich hinter uns bringen konnten.

»Hey«, hörte ich eine Stimme neben mir. Aber es war weder Clay noch Will. Als ich meinen Kopf drehte, funkelten mir dunkle Augen entgegen, die so schwarz waren, dass Iris und Pupille zu verschmelzen schienen. Es war der Bad Boy, mit dem Clay sich unterhalten hatte.

»Hey«, gab ich zurück und zeigte ihm ein Lächeln, das meine Augen nicht erreichte. Ich konnte nicht genau ausmachen, warum, aber ich fühlte mich mit einem Mal wahnsinnig unwohl.

»Ich wollte mal sehen, was Clay den ganzen Tag so treibt, während er hier ist. Und jetzt, wo ich dich sehe, verstehe ich.« Das sollte wohl schmeichelnd klingen, aber es hörte sich eher nach einer Drohung an.

»Ich bin Gordon Wilder«, sagte er, zog lässig seine Lederjacke aus und legte sie auf die Fensterbank. Darunter trug er ein dunkelgrau meliertes Longsleeve. Er schob die Ärmel leicht nach oben und setzte sich mit einem Bein auf meinen Tisch. Unwillkürlich trat ich einen Schritt zurück und stieß gegen das Pult hinter mir. Seine schwarzen Augen musterten mich eindringlich und seine Lippen verzogen sich zu einem süffisanten Grinsen.

»Und wer bist du?«

Ich wurde unruhig, wich seinem Blick aus. Automatisch suchten meine Augen den Raum nach Clay ab. Er hatte sich an den Türrahmen gelehnt und blickte mich unzufrieden an. Seine Miene war ernst, die Mundwinkel nach unten gezogen. Er beobachtete Gordon und mich unablässig, und dann sah ich Will, der an Clay herantrat. Sie tuschelten, und ich fragte mich erneut, wie lange sie sich schon kannten – und woher. Fast schien es so, als würden Clay und Will eine Gefahr in dem neuen Jungen sehen. Und ich? Tat ich das nicht auch?

Vielleicht sind sie eifersüchtig, versuchte ich eine naheliegende Erklärung zu finden. Aber nein … es ging um etwas anderes. Nur was?

Gordon grinste noch immer. »Willst du mir denn gar nicht deinen Namen verraten?«

»Summer«, antwortete ich scheu.

»Summer, und weiter?«

»Snow.«

»Summer Snow«, wiederholte er und es klang, als probierte er meinen Namen in seinem Mund aus. »Dann sollten wir beide uns jetzt noch einmal ganz offiziell vorstellen.« Er streckte mir seine Hand entgegen. Ich schaute sie verunsichert an, dabei fiel mein Blick auf die Innenseite seines rechten Handgelenks. Dort prangte das gleiche Zeichen wie bei Clay. Allerdings konnte ich nur die Ränder davon erkennen, denn Gordon trug noch ein mehrreihiges Armband aus Lederriemen. Ich betrachtete die Lederbänder eine Weile, dann sah ich auf und unsere Blicke trafen sich. Wegschauen konnte ich jetzt nicht mehr, also griff ich nach seiner Hand – und da überkam es mich. Diesmal war es schlimmer: Herzrasen, Atemnot und das unbändige Gefühl, flüchten zu wollen … ja, zu *müssen*. Aber wovor?

Lauf! Lauf!, hörte ich die innere Stimme. *Clay und Will stehen gleich da drüben! Lauf!*

Aber ich rannte nicht. Ich blieb stehen und merkte, wie meine Beine weich wurden und wegsackten. Doch bevor ich zu Boden stürzen konnte, spürte ich starke Hände, die meine Taille umfingen.

»Und ich bin Will«, sagte dieser neben mir und hielt Gordon seine Hand hin. »William Kingston Price, um genau zu sein.«

Gordon ergriff Wills Hand und sagte kurz und genervt: »Gordon.«

»Gut, jetzt, wo wir uns alle kennen, können wir uns ja auf die Exkursion konzentrieren«, erklärte Will in angespanntem Tonfall. Er lächelte ein falsches Lächeln und führte mich ohne ein weiteres Wort zu seinem Tisch in der letzten Reihe. Dann drückte er mich auf seinen Stuhl, den er von den neugieren Blicken unserer Mitschüler weggedreht hatte. Er kniete sich vor mich und blickte mich eindringlich aus seinen blauen Augen an. Behutsam umschloss er meine Rechte mit seinen Händen.

»Alles okay?«, raunte er, und wir schauten uns in die Augen – und ich wusste nicht, wo es plötzlich herkam, aber er gab mir ein Gefühl von Sicherheit. Ich wurde ruhiger. Sobald ich wieder freier atmen konnte, legte ich meine andere Hand auf seine und flüsterte: »Es tut mir leid, dass ich dich eben so blöd angemacht habe.«

»Schon okay.«

»Na, ihr zwei?«, sagte plötzlich eine Stimme neben uns.

Will blickte auf.

»Hey, Claire«, seufzte er gelangweilt und reichte mir eine Flasche Wasser, während er aufstand und sich mit verschränkten Armen schützend vor mich stellte.

»Was ist los mit ihr? Ist sie schon wieder krank?« Ihre Stimme klang fies und bohrend.

»Nein, alles in Ordnung. Danke der Nachfrage, Claire«, sagte Will übertrieben freundlich.

»So sieht es aber nicht aus«, stichelte sie weiter.

Jetzt trat Will näher an sie heran und sagte leise, aber knallhart: »Ich schlage dir jetzt etwas vor, Claire, beherzige es: Kümmere dich um deine eigenen Angelegenheiten, damit hast du die nächsten Jahre genug zu tun.« Claire wusste nichts zu erwidern – oder traute sich einfach nicht. Sie brachte kein Wort mehr heraus und wurde tatsächlich rot. Ich konnte mir ein Schmunzeln nicht verkneifen. Sie funkelte mich wütend an und rümpfte provokativ die Nase. Wütend stapfte sie davon und ließ sich auf ihren Platz in der zweiten Reihe plumpsen. Gordon und Clay standen wieder zusammen, dann gingen sie auf Claire zu. Ich blinzelte ungläubig – aber nein, ich täuschte mich nicht. Clay stellte tatsächlich Gordon und Claire einander vor. Für Schneewittchen, so viel stand fest, schämte er sich nicht. Ich ballte meine Hände zu Fäusten und biss die Zähne aufeinander. Dann kroch mir rote Wut den Nacken hinauf. Weil ich das nicht länger mitansehen wollte, wandte ich mich ab und versuchte aufzustehen.

»Bleib noch sitzen.« Will drückte mich an der Schulter leicht nach unten und kniete sich wieder vor mich. »Bevor du hier warst, war Mr Ebsteen da und meinte, dass wir heute wieder Zweiergruppen bilden. Und da dachte ich … na ja … Sollen wir heute zusammen gehen?«

Ich schaute zu Clay hinüber, dann huschte meine Aufmerksamkeit wieder zu Will.

»Ich weiß, dass ich nicht … *er* bin«, sagte er wissend und nahm meine Hände zwischen seine, »aber komm heute mit mir. Es ist nur ein einziger Tag, den du mit mir verbringen würdest – wäre das denn so schrecklich, Summer?« In seiner Stimme schwang Traurigkeit mit.

Noch einmal fiel mein Blick auf Clay, und ich erinnerte mich an seine geheuchelten Worte im Auto: *»Ich freue mich, einen ganzen Tag mit dir verbringen zu können«* … *von wegen.* Clay schaute mich nicht an.

»Klar, ich würde mich freuen.« Ich lächelte Will zu, so gut es eben ging.

Er strahlte bis über beide Ohren und ließ meine Hände los.

»Trink noch was«, sagte er und erhob sich. Endlich betrat Mr Ebsteen den Raum.

»So, Klasse. Ruhe bitte! Ruhe!« Er klatschte in die Hände.

»Also, wie ihr alle wisst, machen wir heute die Exkursion. Und wie ihr sehen könnt, hat sich heute Morgen spontan ein zweiter junger Mann der Elite zu uns gesellt, um mehr über die Flora zu lernen. Er wird ebenfalls an der Exkursion teilnehmen. Sein Name ist Gordon.« Er nickte Gordon zu. »Wie gesagt werden wir Zweierteams bilden, denn meiner Erfahrung nach lernt man so am schnellsten und effektivsten. Gordon, trauen Sie sich zu, mit jemandem ein Team zu bilden?«

Clay unterbrach Mr Ebsteen, noch bevor Gordon antworten konnte.

»Mr Ebsteen, dürfte ich einen Vorschlag machen?«

Mr Ebsteen horchte auf.

»Ich denke, dass Gordon und ich zusammen in eine Gruppe gehen sollten.«

»Finde ich auch«, feixte Gordon.

»Na gut, wenn es Ihnen lieber ist … Dann würde ich aber vorschlagen, dass Sie zusammen mit Amber und Claire ein Viererteam bilden, damit Sie nicht völlig ohne hiesige Schüler unterwegs sind. Wäre das annehmbar?«

»Klar«, hörte ich Claire und Amber wie aus einem Mund rufen, und ein neues Gefühl keimte in mir auf: Eifersucht.

»So. Und nun bitte alle nach vorne kommen. Nehmt euch die Fragebögen und vergesst nicht: Das Gewinnerteam erhält einen attraktiven Preis.«

Ich stand auf, und Will stieß mir leicht gegen den Arm. Als ich ihn ansah, zwinkerte er mir zu.

»Na los, Summer. Lass uns gewinnen.«

Ich nickte müde und schlurfte nach vorne. Aber noch bevor ich ein Blatt vom Stapel nehmen konnte, hielt mir jemand einen Fragebogen hin. Ich nahm ihn mit herunterhängenden Schultern entgegen, murmelte: »Danke«, und blickte auf.

Seine Augen versetzten mir einen kurzen Stich. Diese wunderschönen braunen Augen. Nur die goldgefleckten Splitter konnte ich nicht mehr entdecken. Clay sah traurig aus, fast enttäuscht. Seine Lippen formten ein entschuldigendes Lächeln.

Unwillkürlich fragte ich mich, ob sie in der Elite auch Schauspielunterricht erhielten – und natürlich lächelte ich nicht zurück. Das kam gar nicht infrage. Ich drückte das Papier wie einen Schutzschild gegen meine Brust und verließ den Klassenraum mit hocherhobenem Kopf.

KAPITEL 11

Exkursion

Will wartete vor dem Klassenzimmer auf mich. Ich hatte den Zettel mit den Fragen bereits durchgesehen. Auch er überflog jetzt schnell die Seite und schmunzelte ohne ersichtlichen Grund.

Als wir aus der Schule traten und ich die wärmenden Sonnenstrahlen auf meiner Haut spürte, ging es mir schon ein wenig besser. Die Enttäuschung war zwar nicht verschwunden – aber es ging.

»Folge mir«, sagte Will. Er ging hinüber zum Parkplatz, zu seinem Auto, und öffnete mir die Tür. »Ist kein Porsche, aber ...« Er vervollständigte seinen Satz nicht.

Ich schüttelte nur den Kopf. »Schon okay, Will. Wie du weißt, habe ich selbst auch keinen. Wohin fahren wir? Sollen wir nicht wie alle anderen von hier aus in den Wald gehen?« Fragend drehte ich mich um. Unsere Mitschüler liefen über die Straße, um die Exkursion von dort aus zu starten.

»Ja, aber wir zwei machen das anders. Wir rollen das Feld von hinten auf.«

»Okay.« Schulterzuckend stieg ich in sein Auto.

Er ließ den Motor an. Als wir an den anderen Schülern vorbeifuhren, sah ich die Gruppe von Clay und Gordon. Claire stieß Clay gerade lachend in die Seite. Clay lachte nicht, sondern drehte sich zu unserem Auto um. Ich sah im Rückspiegel, dass er stehen blieb und uns nachsah, bis wir hinter der nächsten Abbiegung verschwunden waren.

»Alles in Ordnung?«, riss Will mich aus meinen Gedanken.

»Ja, klar. Ich frage mich nur, wohin wir fahren.«

»Das wirst du schon sehen.«

Irgendwann setzte er den Blinker und bog von der Straße auf einen befestigten Feldweg ein.

»Will?«

»Ja?«

»Ich habe mich gefragt …« Unsicher spielte ich mit einer Haarsträhne.

»Was hast du dich gefragt?«, erwiderte er auffordernd.

Ich traute mich: »Ich habe mich gefragt, woher du Clay kennst.« Ich blickte ihn an. Sein Gesicht erstarrte.

»Woher weißt du …?«

»Am Samstagabend hast du seinen Nachnamen gesagt, obwohl du ihn eigentlich nicht kennen kannst.«

»Oh …«

»Und?«, bohrte ich. »Woher kennst du ihn?«

»Ich kenne ihn eben«, sagte er kurz.

Ich verschränkte die Arme vor der Brust.

»Clay hat genau das Gleiche gesagt, als ich ihn fragte. Ganz genau das Gleiche. Habt ihr euch abgesprochen?«

»Nein.«

Ich schnaubte genervt.

»Also?«

»Also was?«

»Woher kennst du ihn?«

»Hat er dir eine Antwort gegeben?«, fragte Will vorsichtig.

»Hätte er mir eine Antwort gegeben, würde ich dich dann fragen?«

Will schien zu überlegen und sagte: »Wir haben uns … kennengelernt.«

»Aha … Und wann und wo?«

Kurz legte Will den Kopf schräg, schmunzelte und schüttelte ihn dann. »Nein, Summer. Das war's. Ich sage nichts, wenn er nichts sagt.«

Ein spontaner Gedanke verließ meine Lippen: »Aber ihr zwei wart … kein … Paar oder so?«

Jetzt lachte Will schallend auf. »Ist das dein Ernst, Summer?«, fragte er immer noch prustend und zog eine Augenbraue nach oben.

»Nein«, gab ich ehrlich, aber schmollend zurück. »Aber ich will doch nur wissen, woher …« Unvermittelt stoppte Will den Wagen und drehte sich zu mir.

»Summer«, seine Stimme war ernst, seine Miene auch. »Ich kann es dir jetzt nicht erklären, und ich will es auch nicht. Irgendwann, das verspreche ich dir, wirst du es wissen. Für heute finde dich damit ab, dass Clay und ich uns kennen. Punkt. Und wir beide«, Wills Stimme wurde wieder weicher, als er mit seinem Zeigefinger von mir auf sich deutete, »haben jetzt einen tollen Tag vor uns. Die Sonne scheint und die Vöglein zwitschern.« Er zwinkerte mir zu, wurde aber augenblicklich wieder ernst: »Und ich möchte den Tag mit dir allein verbringen, nicht zu dritt ... *vor allem* nicht zu dritt!« Ermahnend blickte er mir in die Augen. Ich presste meine Lippen aufeinander und nickte schwach. Irgendwann würde ich es erfahren. Ich hatte Zeit, und die Geschichte würde die gleiche bleiben.

»Sind wir uns einig?«

»Ja«, murmelte ich kleinlaut, als Will wieder Gas gab.

Wir kurvten noch eine ganze Weile über Stock und Stein, und ich machte mir zusehends Sorgen um den alten Wagen.

Endlich hielt Will vor einem bemoosten alten Baumstamm an, der quer über dem Weg lag. Er war gigantisch und hatte einen Durchmesser von mindestens vier Metern. Als der Baum noch mit der Erde verwurzelt gewesen war, musste er einen majestätischen Anblick abgegeben haben. Das hier sah mir doch sehr nach Endstation aus. Eine Endstation in der Endstation ...

Will stellte den Motor ab.

»Wir sind da.«

»Okay?« Verwundert stieg ich aus dem Auto und schaute mich vorsichtig um. Der kühle, düstere Wald umgab uns. Feine Sonnenstrahlen fielen hier und da durch die dichten Tannen. Das helle Grün des Mooses lag wie ein weicher Teppich auf dem Waldboden. Die Luft war klar und roch nach Tannen.

»Was ist hier?«, fragte ich schließlich.

»Du warst niemals zuvor hier?«

»Klar war ich schon mal im Wald ...« Ich funkelte ihn an. »Aber nicht hier.«

»Na dann, komm mit«, sagte er und stellte sich vor den majestätischen Baumstamm. »Wir müssen da rüber.« Er deutete nach oben.

»Da rüber? Wie denn?« Langsam dämmerte mir, was er vorhatte.

»Wir klettern.«

»Auf keinen Fall!« Ich machte demonstrativ einen Schritt zurück.

»Na komm, Summer. Du bist doch kein Feigling.«

»Doch, ich fürchte, das bin ich. Zumindest bin ich nicht lebensmüde.«
Ich warf einen verstohlenen Blick hinauf, während ich die Arme vor der
Brust verschränkte.

Doch er ließ meinen Einwand nicht gelten. »Na komm schon.« Dabei
reichte er mir seine Hand.

Ich ignorierte die Geste. »Wenn du unbedingt auf die andere Seite des
Baumstammes willst, warum laufen wir dann nicht einfach drumherum?«

»Geht nicht. Links und rechts ist das Dickicht undurchdringlich. Wir
würden uns verletzen.«

»Ach ja …« Ich rieb mir mit dem Zeigefinger das Kinn. »Und wenn wir
drüberklettern, verletzen wir uns nicht?«

»Nein.«

Tief seufzend trat ich einen Schritt näher an den Baum heran und legte
den Kopf zur Seite, auf dass er mir erklären möge, wie ich dieses vier Meter
hohe Ungetüm überwinden sollte.

»Pass genau auf.« Im Handumdrehen hatte er gekonnt den kratzigen
Stamm erklommen.

Na, das war ja doch nicht so schwer, dachte ich, und mich packte die Lust,
den Baumstamm ebenso galant zu überwinden wie er.

»Warte, ich komme wieder runter und helfe dir«, rief Will von oben
herab.

»Nein. Ich schaffe das alleine.« Ich winkte selbstbewusst ab.

Tatsächlich hatte es aber wesentlich leichter ausgesehen, als es war, denn
der Stamm war tückisch. Es war nicht nur die Höhe. Die Rinde war über
die Jahre so porös geworden, dass beim Auftreten Stücke von ihr heraus-
brachen. An anderen Stellen rann Wasser hinab und es hatte sich glitschiges
Moos gebildet. Immer wieder rutschten meine Finger ab und meine Füße
fanden keinen Halt. Wie hatte er das geschafft?

»Mist!«, rief ich, als auch mein fünfter Versuch fehlgeschlagen war.

Will saß mit baumelnden Beinen auf dem Stamm und konnte sich ein
schelmisches Lächeln nicht verkneifen.

»Brauchst du vielleicht doch Hilfe?«, wollte er wissen und verschränkte
seine Arme gönnerhaft vor der Brust.

Ich würde diesen blöden Baumstamm ohne seine Hilfe nicht überwinden können – das wusste er, das wusste ich –, und es machte mich wütend.

»Ich werde da nicht hochklettern, weil ich es gar nicht mehr will und sowieso nie wollte«, erklärte ich und stampfte mit dem Fuß auf. »Und wenn du denkst, dass ich mich hier verletze oder mir Kratzer oder Splitter hole, damit ich morgen bei der Auswahl nicht genommen werde, hast du dich getäuscht! Du kannst allein auf deinem Baum herumklettern. Ich mache mich jetzt an die Aufgaben.« Ich griff mir an die Hosentasche. Erst vorne, dann hinten – nichts.

»Suchst du das hier?«

Er zog ein Blatt aus seiner Hosentasche hervor und hielt es hoch.

Ich schoss einen wütenden Blick in seine Richtung, machte auf dem Absatz kehrt und lehnte mich mit verschränkten Armen gegen den schwarzen Wagen. Geschickt kletterte er vom Stamm, kam auf mich zu und stellte sich neben mich, ebenfalls mit verschränkten Armen gegen das Auto gelehnt.

Dann nahm er wie selbstverständlich meine Hand und zog mich zu sich herum.

»Na komm, Summer, wage es. Ich garantiere dir, dass nichts passiert. Und ich sage dir, es wird sich lohnen.«

Ich atmete tief ein. »Versprochen?« Mein Blick huschte zu der morschen, glitschigen Wand aus Rinde und Moos.

»Versprochen«, sagte er so wahrhaftig, dass ich schließlich nachgab. Ich nickte widerstrebend. »Darf ich bitten?« Er setzte sein verführerischstes Lächeln auf und deutete mir, vorzugehen.

Als wir vor dem mächtigen Stamm zum Stehen kamen, sagte er: »Das Geheimnis liegt darin, wohin du trittst.«

»Aha. Wie bei mir zu Hause«, erklärte ich nüchtern und dachte an die alte Treppe.

»Ich wusste nicht, dass ihr auch einen Baumstamm im Wohnzimmer habt. Vielleicht lädst du mich bei Gelegenheit mal ein, dann kann ich ihn mir ansehen.« Er zwinkerte und ich verdrehte die Augen.

»Ich zeige es dir«, sagte er, wieder ernst: »Hier, hier, hier und hier – siehst du das?« Er deutete auf kaum erkennbare Einkerbungen im Stamm.

»Mit einem Fuß trittst du hier rein und drückst dich hoch. Dann steigst du hier mit dem zweiten Fuß ein, hältst dich mit den Händen in den darüberliegenden Einkerbungen fest und ziehst dich nach oben. Klar?«

»Klar.«

»Ich gehe zuerst und helfe dir von oben.«

»Okay.«

Abermals huschte er den Stamm hinauf. »Jetzt du!«, rief er hinunter.

Ich setzte meinen linken Fuß, wie Will es mir gezeigt hatte.

»Gut, und jetzt greif mit deiner Hand nach oben.«

Ich streckte mein Bein durch und schob meine rechte Hand nach oben, sodass ich die Vertiefung zu fassen bekam. Den rechten Fuß stellte ich in die nächste Vertiefung, drückte mich wieder hoch, meine linke Hand tastete nach der nächsten Einkerbung ... tatsächlich, es klappte!

»Okay, das machst du gut«, rief er von oben, als ich einige Züge getan hatte. »Jetzt kannst du gleich meine Hand greifen. Nur nicht nach unten sehen.«

Automatisch hielt ich in der Bewegung inne und sah nach unten.

»*Nicht* nach unten sehen!«, rief er noch mal.

Aber da war der Schaden schon angerichtet. Ich wurde starr und begann zu denken: Auch wenn es nicht lebensgefährlich war – würde ich fallen, wäre ich verletzt. Panik stieg in mir auf. Warum hatte ich mich darauf eingelassen? Warum hatte ich ihm vertraut? Wenn ich jetzt fiele, würde ich mit gebrochenem Hals zur Auswahl geschoben werden. Unsicher wägte ich ab: *hinunter oder hinauf? Hinunter oder hinauf?*

»Nimm meine Hand!«, rief Will.

Hinauf, entschied ich und streckte Will meine Finger entgegen. Doch es reichte nicht. Es fehlten nur wenige Zentimeter. Ich streckte mein Bein weiter durch, bis ich auf Zehenspitzen stand, doch auch das genügte nicht. Plötzlich rutschte mein Fuß ab. Reflexartig krallte ich mich mit den Händen ins Holz, und auch mein zweiter Fuß rutschte weg. Panisch strampelte ich mit den Beinen, versuchte, wieder Halt zu finden – doch es gelang mir nicht.

»Will!«, stieß ich aus.

Kurz bevor ich fiel, packte Will mein Handgelenk und zog mich mit einem kräftigen Ruck nach oben. Keuchend saß ich einige Sekunden einfach nur da.

Als ich mich vom ersten Schreck erholt hatte, spürte ich seine Nähe.

»Alles in Ordnung?«, fragte er.

»Ich denke schon.«

Er hielt mein rechtes Handgelenk noch immer fest umklammert. Ich spürte, wie mein hämmernder Puls gegen Wills Finger pochte. Sein linker Arm umfasste meine Taille. Meine freie Hand ruhte auf seiner festen Brust. Ich schlug meine Augen auf und unsere Blicke trafen sich.

»Wenn dir jemand sagt, du sollst nicht nach unten sehen, dann sieh nicht runter«, flüsterte er fast verführerisch. Ein Lächeln umspielte seine Lippen.

»Wenn jemand sagt, schau nicht runter, ist das Erste, was man macht, nach unten sehen … Schweigen wäre hier Gold gewesen«, rechtfertigte ich mich in dem gleichen Flüsterton.

Er schmunzelte, und unsere Blicke hielten weiter aneinander fest, bis ich mich vorsichtig seinem Griff entwand.

»Entschuldigung«, murmelte ich, ohne genau zu wissen, wofür, und rückte ein Stück von ihm weg.

»Schon okay«, gab er zurück und machte keine Anstalten, meine Hand oder mich festzuhalten.

»Also, Will, ich bin ganz ehrlich. Ich habe mir die Exkursion nicht so vorgestellt. Ich wollte die Aufgaben lösen, statt Baumstämme hochzuklettern und mir Knochenbrüche zuzuziehen.«

»Aber es lohnt sich«, sagte Will und drehte sich geschickt auf dem Baumstamm um. »Sieh nur.«

Unbeholfen drehte auch ich mich in die andere Richtung – und hielt den Atem an.

»Wow …«, stieß ich aus.

Die Sonne schien hell auf eine von hohen Tannen umsäumte Wiese, sodass das Meer aus blühenden roten Blumen noch strahlender vor uns lag.

»Lass uns hingehen«, flüsterte ich ehrfürchtig, um das Bild nicht durch lautes Sprechen zu zerstören. Er entgegnete nichts, hatte den Blick versonnen auf das Blütenmeer gerichtet. Ich spähte den Stamm hinunter. Der Weg nach unten schien leichter zu sein.

Wie im echten Leben, dachte ich und begann, mich an den Ästen des Baumes hinunterzuhangeln, die an der Rückseite des Stammes glücklicherweise wie Stufen gereiht waren.

»Pass auf, dass du dich nicht verletzt«, rief er mir noch nach, aber da war ich schon unten angekommen. »Nicht, dass ich noch eine Abenteurerin aus dir mache.«

»Könnte passieren«, rief ich übermütig und watete bereits durch das rote Blütenmeer. Die Blumen waren so hoch, dass sie meine Fingerspitzen kitzelten, wenn ich die Arme hängen ließ. Ich reckte meinen Kopf der Sonne entgegen, und der leichte Wind blies mir die offenen Haare vom Nacken ins Gesicht. Und in diesem Moment fühlte ich mich nicht mehr wie der Fisch im Goldfischglas – in diesem Moment fühlte ich mich wie ein Vogel, der für einen Augenblick den bittersüßen Geschmack der Freiheit kosten durfte.

Als ich mich zu Will umdrehte, erspähte ich ihn am Rand der Lichtung. Er hatte auf einem kleineren Baumstamm, der vor dem großen Mammutbaum lag, Platz genommen und beobachtete mich.

»Es ist so schön hier, Will.«

Will lächelte, als ich langsam auf ihn zuspazierte.

»Also?«, fragte ich und setzte mich neben ihn.

»Also was?«

»Woher kennst du diesen Ort? Bist du irgendwann mal durch den Wald gelaufen, hast den Baumstamm gesehen und bist hochgeklettert? Zufällig genau in der Zeit, in der diese Blumen blühen?«

»Nein«, sagte er in einem so bissig kalten Ton, dass ich leicht zusammenfuhr.

»Okay, okay«, winkte ich ab. »Du musst es mir ja nicht sagen.«

Will merkte sofort, dass er sich im Ton vergriffen hatte. »Also … ich … ich wollte nicht …«

»Na los, lass uns die Fragen anschauen«, unterbrach ich sein Gestammel. Will griff wortlos in die Tasche seiner Jeans und zog den Fragebogen heraus.

»Aufgabe 14.«

Ich nahm das Aufgabenblatt und las die Aufgabe mit der Nummer 14.

»Eine sommergrüne, krautige Pflanze. Die zumeist roten Blüten stehen einzeln auf dem dünnen Stängel. Die roten Blüten können als essbare Dekoration genutzt werden, beispielsweise im Salat. Sie haben einen nussigen Geschmack.« Ich lachte auf und rief: »Klatschmohn! Klug von dir, uns hierherzuführen.«

Er lächelte zaghaft: »Tja, da kann ich wohl kaum widersprechen.«

Er stand auf, ging zu der Mohnblumenwiese und pflückte eine der roten

Blumen. Dann setzte er sich wieder neben mich, so nah, dass sich unsere Arme berührten. Will drehte die Blume zwischen seinen Fingern und reichte sie mir.

»Für dich.«

»Danke. Weißt du eigentlich, dass das meine Lieblingsblumen sind?«

»Mohnblumen?«

»Na ja ... nicht direkt Mohnblumen, aber Wildblumen.«

»Wirklich?«

»Ja. Sie wachsen ungezähmt, frei und wo immer sie wollen.« Ich blickte auf die Blume und drehte ihren filigranen Stängel zwischen meinen Fingern hin und her. »Und man kann sie nicht kaufen. Man muss sich die Mühe machen, sie zu suchen.«

KAPITEL 12

Schmutzige Wäsche

»Sollen wir los?«, fragte er mit einem Blick auf die Uhr. »Es sind noch dreizehn Fragen, und wir haben nur noch vier Stunden.«

Widerwillig stand ich auf.

»Wir müssen da rüber.« Will zeigte auf den Wald gegenüber der Blumenwiese.

»Na, dann los«, seufzte ich.

»Hey, wer zuerst auf der anderen Seite ist!« Will versetzte mir einen leichten Stoß und rannte los, noch bevor er den Satz beendet hatte.

»Dich krieg ich!«, rief ich kichernd, obwohl ich wusste, dass ich ihn niemals einholen würde.

Die Blumen kitzelten meine Arme und die Sonne schien warm auf mich herab. Als ich den Wald auf der anderen Seite erreichte, stand Will mit verschränkten Armen lässig gegen einen Baum gelehnt.

»Wie lange soll ich denn noch warten?«, fragte er mit gelangweiltem Gesichtsausdruck. Dann grinste er. Meine Lungen brannten, doch ich lachte keuchend auf. Ich war schon lange nicht mehr gerannt – und ich hatte mich schon lange nicht mehr so frei gefühlt.

»Wasser?«, fragte er und reichte mir eine Wasserflasche aus seiner Tasche.

»Danke.« Ich nahm sie an mich.

Will lächelte. Eigentlich kannte ich ihn gar nicht – und zu meiner Verwunderung regte sich ein Gefühl des Bedauerns in mir.

»Also, womit fangen wir an?«, riss er mich aus meinen Gedanken. Er hatte den Fragebogen wieder aufgefaltet.

»Vielleicht mit Bärlauch, den werden wir hier überall finden. Versuchen wir es in dieser Richtung.«

Dann spazierten wir los.

138

Lediglich zwei Stunden brauchten wir, um alle Kräuter und Blumen zu finden.

Der Spaziergang durch den Wald hatte sogar Spaß gemacht, vermutlich weil es mit Will so einfach und unkompliziert war. Sogar Clay und Claire spukten nicht mehr in meinem Kopf herum – oder zumindest nur noch alle zehn Minuten.

»Das haben wir gut gemacht«, lobte ich uns, als wir die letzte Pflanze auf der Liste abgehakt hatten. »Und was machen wir jetzt die letzten zwei Stunden? Wir müssen natürlich bedenken, dass ich von dem Baumstamm auch wieder runter zu deinem Auto klettern muss. Vielleicht kalkulieren wir dafür mehr Zeit ein.« Ich zwinkerte ihm zu.

»Wir können in die Richtung gehen, aber ich möchte eigentlich noch nicht zurück zur Schule fahren. Ich bin ehrlich gesagt froh, mal mit dir allein zu sein«, sagte er ernst, als wir uns auf den Rückweg machten.

»Wirklich?«, fragte ich gedehnt, denn das überraschte mich nicht.

Als wir wieder vor dem roten Mohnblumenmeer standen und sich der hohe Baumstamm auf der anderen Seite der Wiese in unser Blickfeld drängte, sagte Will: »Du hast mich vorhin etwas gefragt, und ich habe noch nicht geantwortet.«

»Was meinst du?«

Er sah sich um und deutete auf einige graue, glatte Felsen, die aus dem Boden ragten und zum Sitzen einluden. Wir nahmen Platz.

»Du hast mich gefragt, woher ich diesen Ort hier kenne.«

»Ich vermute, eine deiner Eroberungen hat dich mal mit hierherge-bracht – genau wie zu dem einsamen Baum auf dem Feld«, scherzte ich mit einem ungewohnten Anflug von Eifersucht.

»Ganz bestimmt nicht«, wehrte er sich und alberte: »Wenn, dann bringe *ich* meine Eroberungen hierher, nicht umgekehrt.«

Ich rollte mit den Augen.

»Nein, ernsthaft, hierher habe ich bisher nur dich mitgenommen.«

»Dann ist ja gut«, gab ich neckisch zurück.

Jetzt war er still. Er musterte mich aus leicht zusammengekniffenen Augen. »Ich will dir etwas erzählen, weil ich dir vertraue und weil ich möchte, dass du mich kennenlernst. Ich meine, *wirklich* kennenlernst. Und weil du es sowieso erfahren wirst. Denke ich zumindest.«

»Okay«, flüsterte ich neugierig und wartete.

»Ich, na ja … ich rede eigentlich nicht darüber, das kann nämlich … ich meine … wenn das jemand erfährt, dann … na ja, du weißt schon.« Ich wusste es nicht, schwieg aber und hörte einfach nur zu, denn das Gespräch fiel ihm offensichtlich schwer. Will kratzte sich am Kopf und schaute zu Boden. Er stützte seine Ellbogen auf die Knie und faltete seine Hände.

»Dieser Ort hier weckt Erinnerungen«, begann er.

»Gute oder schlechte?«, fragte ich vorsichtig.

»Sowohl als auch. Meine Mom … Sie war früher immer mit mir hier, bevor sie … ich meine, als sie noch ›klar‹ war.« Er betonte das Wort »klar«, und ich war mir nicht sicher, ob ich verstand, worauf er anspielte. Jetzt suchte er meinen Blick und sah mich abwartend an.

»Ich werde es niemals irgendwem erzählen. Niemals«, versprach ich.

»Davon bin ich auch nicht ausgegangen.«

Wir blickten uns an und seine Lippen formten ein schwaches Lächeln. Er atmete tief ein.

»Sie ist krank. Und es wird immer schlimmer.« Wieder machte er eine kurze Pause und schloss für einen Moment seine blauen Augen. »Sie trinkt. Aber … nicht nur bei besonderen Anlässen, sondern … jeden Tag. Und das in rauen Mengen. Früher war es noch schlimmer, weil ich es erdulden musste. Wo sollte ich auch hin? Und heute … na ja, heute kann ich gehen.« Er rieb sich über die Stirn und atmete hörbar aus. »Es ist schlimm, Summer.« Jetzt drehte er sich von mir weg. »Es ist wirklich schlimm«, sagte er und fuhr sich mit Zeigefinger und Daumen durch die Augen. Wieder stützte er die Hände auf seine Knie.

Wie zum Trost suchten meine Finger seine. Seine Hand war schwitzig. Dieses Geständnis verlangte ihm viel ab. Was für eine Last hatte er jahrelang mit sich herumgetragen?

»Das tut mir wirklich leid, Will«, hauchte ich und legte meine freie Hand auf seinen Rücken. Er zuckte unter meiner Berührung zusammen und stand auf.

»Habe ich etwas falsch gemacht?«, fragte ich fast scheu.

»Nein«, sagte er und drehte sich wieder zu mir. »Du nicht.«

Er betrachtete mich eingehend. Ich wich seinem Blick nicht aus. Will setzte sich wieder, allerdings mit etwas mehr Abstand als vorhin. Wir schwiegen, bis ich die Stille durchbrach. »Wie lange schon?«

»Sie hat angefangen, da war ich ... sechs. Ach, egal!«, stieß er plötzlich aus und machte eine wegwerfende Handbewegung. »Ich belaste niemals jemanden mit meinen Problemen und ich wasche auch sonst niemals schmutzige Wäsche vor anderen. Ich wollte ... keine Ahnung. Ich wollte einfach, dass du es weißt.« Er stand abrupt auf. »Lass uns zurückfahren.«

»Was?« Verwirrt runzelte ich die Stirn. »Ich meine, nein! Belaste mich, Will. Wasch deine schmutzige Wäsche mit mir. Vielleicht hilft es dir. Vielleicht bekommen wir die Wäsche ein bisschen sauberer – zusammen«, forderte ich ihn ruhig auf und klopfte mit der Hand neben mich auf den flachen grauen Stein. Zögernd setzte er sich wieder.

»Ich glaube, du hast das zu lange mit dir herumgetragen ... viel zu lange.«

Er schaute mit seinen blauen Augen direkt in meine.

»Wenn sie trinkt, ist sie ...« Er atmete noch einmal tief ein, schloss kurz seine Augen und dann sprudelte es wie ein Wasserfall aus ihm heraus: »Wenn sie trinkt, ist sie eine andere. Sie wird erst leise und melancholisch, und dann schreit sie und tickt völlig aus – außer natürlich, mein Vater ist zu Hause. Wenn er da ist, sitzt sie einfach nur da, nimmt Schluck um Schluck und starrt ins Leere. Früher dachte ich, die Monster vor den Toren wären genau wie meine Mom, wenn sie trinkt. Und manchmal dachte ich sogar, sie wäre eines der Monster. Das dachte ich wirklich.« Er lachte spöttisch auf. »Dann habe ich mich immer im Wandschrank versteckt.« Mit geschlossenen Augen sprach er weiter: »Es war immer schwer. Sie hat sich in der Öffentlichkeit ganz gut im Griff, aber auch da muss man darauf achten, dass die öffentlichen Auftritte zeitlich begrenzt sind und ein gewisser Pegel nicht überschritten wird.« Das Wort »Pegel« zischte er regelrecht. »Ihr Tagesablauf ist immer gleich: Sie bereitet morgens ganz früh das Abendessen vor, macht die Hausarbeit – perfekt und ohne das kleinste Staubkorn zu hinterlassen –, und dann beginnt sie mit dem Trinken. Jeden Tag immer der gleiche Ablauf.« Er biss sich auf die Lippe und schwieg.

»Sie ... ähm ... sie bereitet das Abendessen vor? Ganz früh morgens?«, hakte ich leise nach.

»Für meinen Vater«, sagte er kurz, ohne weiter darauf einzugehen.

»Es ist schwer, nicht aufzufliegen. Bei jeder Schulveranstaltung habe ich Angst, bei jedem Einkaufsbummel. Bei allem, wo andere Menschen anwesend sind. Denn wenn das rauskäme, wäre sie geliefert. Ich verstecke ihre leeren Weinflaschen, nehme sie mit und entsorge sie heimlich. Ich wische ihr Erbrochenes auf, bevor mein Vater nach Hause kommt.« Will hielt kurz inne und kratzte sich am Kinn. »Es ist nicht so, dass er es nicht wüsste. Aber es kümmert ihn nicht und er duldet es, solange sie sich still verhält und solange er und unser Umfeld nichts von ihren Ausschweifungen mitbekommen.« Er schüttelte gequält den Kopf. »Ich musste einfach früh erwachsen werden.«

Jetzt machte er eine Pause und auch ich schwieg mit halb geöffnetem Mund und großen Augen.

»Mein Dad könnte helfen – er ist verschwiegen und weiß vielleicht, was man dagegen tun kann«, sagte ich tonlos.

»Er weiß es.«

»Er weiß es?«

Will nickte.

»Und die jährliche Kontrolluntersuchung im Zentrum?«, wollte ich wissen. »Der Alkohol ist doch im Blut nachzuweisen.«

»Ja ... also ... Es gibt da jemanden im Zentrum ...«

»Dr. Huxley?«, fragte ich sofort, und das Puzzle begann sich zusammenzusetzen.

Er nickte. »Woher weißt du ...?«

»War geraten«, log ich und fühlte mich augenblicklich schlecht. Er öffnete sich mir, vertraute mir seine dunkelsten Familiengeheimnisse an, und ich log einfach.

»Also bestochen?«, mutmaßte ich leise, um an das Thema wieder anzuknüpfen.

Er nickte und schwieg für einige lange Sekunden.

»Aber ganz früher, als ich noch jung war und sie nicht trank, war es wirklich schön. Wir waren viel draußen im Wald. Meine Mom kannte den Ort hier. Sie hat ihn mir gezeigt. Meine schönsten Kindheitserinnerungen stammen von hier. Ich komme oft her, wenn ich allein sein will.«

»Und hierher nimmst du mich mit? An deinen persönlichen Rückzugsort?«, flüsterte ich. Er nickte.

Ich musterte ihn. Seine ebenmäßigen Züge, seine braunen Haare und seine ernsthaften Augen.

»Danke«, sagte er. Und noch bevor ich den Blick von ihm wenden konnte, schaute er auf. Seine Mundwinkel zogen sich leicht nach oben, als er bemerkte, dass ich ihn fixierte.

»Wofür bedankst du dich?«

»Fürs Zuhören.«

»Immer doch«, lächelte ich und fragte: »Warum meinst du, dass ich es sowieso erfahren hätte? Das glaube ich nicht, denn mein Dad hätte niemals etwas gesagt. Da kannst du ihm vertrauen.«

»Nein«, lachte er. »Das weiß ich. Ich meine, dass du es erfahren wirst, wenn du bei deinem Dad in die Praxis einsteigst. Dann wird er es dir wohl sagen müssen.«

»Das weiß ich aber noch nicht. Ich weiß nicht, ob ich dafür ausgewählt werde.«

»Wir werden sehen. Aber solltest du in die Gilde deiner Familie gewählt und eine Ärztin in Blackyard werden, werde ich ziemlich oft krank sein«, witzelte er und legte seinen Kopf schief.

»Aber mal im Ernst, wenn ich das sagen darf ...«

»Nur zu«, ermunterte ich ihn.

»Ich denke, dass du glücklicher sein könntest ...«

»Wenn ich es mehr wollen würde«, vervollständigte ich den Satz mit den Worten meines Vaters. »Du bist genau wie ...« Ich brach ab und stand auf, weil ich irgendwie unruhig wurde.

»Wie wer, Summer?« Er war ebenfalls aufgestanden, hielt mich am Handgelenk und zog mich zu sich heran.

Ich ließ es zu.

»Wie wer?«, fragte er ruhig.

»Ist doch egal«, murmelte ich, wieder gefasst.

»Mir ist es nicht egal. *Du* bist mir nicht egal.« Er strich mir durchs Haar, kam noch näher. Jetzt stand er ganz dicht vor mir. Er war einen Kopf größer als ich – genau wie Clay.

»Was ist los?«

»Ich ... ich kann nicht darüber sprechen, Will«, stammelte ich verlegen.

»Du vertraust mir nicht?«

Ich hob meinen Blick und schaute ihn an. Ich hatte Will schon oft angesehen, aber ich glaube, in diesem Augenblick sah ich ihn zum ersten Mal wirklich. Die Farbe seiner Augen war nicht nur einfach Blau. Es war ein helles Blau – so stellte ich mir das Meer vor … genauso unergründlich. Man konnte sich darin verlieren und doch lag so viel Ernsthaftigkeit in seinem Blick. Seine Haare, sein Gesicht, seine Lippen … seine geschwungenen Lippen. Ich zwang mich, wegzusehen.

»Doch, schon, Will. Ich vertraue dir. Es ist nur so, dass es Dinge gibt, über die ich besser nicht spreche.«

»So wie die Alkoholsucht eines Familienmitglieds inmitten einer postapokalyptischen Welt, in der jede Krankheit, jeder Fehler oder Makel als negativ gewertet wird und zur sofortigen Ausweisung führen kann?«, führte er sarkastisch an.

Er hatte recht, aber ich konnte es ihm nicht sagen. Ich würde es niemals jemandem sagen können.

»Ich bin noch nicht bereit, darüber zu sprechen, Will … das bin ich wirklich nicht. Aber ich werde morgen wohl nicht in die Elite aufgenommen werden«, sagte ich mit gesenktem Kopf.

»Das trifft sich gut. Ich nämlich auch nicht.«

Ich lachte spöttisch auf. »Will, ich bitte dich …« Wahrscheinlich wollte er nur Lob und Beifall heischen. »Gehst du jetzt auf die Jagd nach Komplimenten? Sieh dich doch an!« Ich musterte ihn von oben bis unten.

»Ich werte das mal als Kompliment«, grinste er. »Aber es ist alles anders, als du vielleicht denkst.«

»Keine Ahnung, was du meinst. Aber wenn *du* keine Chancen hast, dann hat sie keiner.«

»Ich habe keine. Aber ich will auch keine Chancen haben. Es ist in Ordnung, wenn man nicht dazugehört. Ich finde dieses Gesellschaftsmodell krank und ich möchte nicht Teil einer kranken Weltordnung sein, vor allem nicht einer perfekten.«

Entsetzt riss ich meine Augen auf. Noch nie zuvor hatte ich jemanden so etwas sagen hören. Dieses Leben hinter den Mauern durfte nicht kritisiert werden, so lernten wir es zu Hause, bei Bekannten, bei den Arztterminen und in der Schule. Und weil es nicht gestattet war, tat ich es auch nicht.

»Bist du jetzt geschockt?«

»Ein wenig.«

»Denkst du nicht genauso?«

»Nein. Ehrlich gesagt will ich unbedingt ein Teil der Elite sein – schon immer.«

»Warum?«

»Ich will ein Abenteuer, will die Welt sehen, frei sein.«

Er verzog sein Gesicht.

»Aber jetzt nicht vom Thema ablenken«, knüpfte ich an seine Aussage von vorhin an. »Warum sagst du, dass du nicht ausgewählt wirst?«

Er atmete tief ein, und ich konnte sehen, dass ihm tausend Gedanken durch den Kopf schossen. Aber statt zu antworten, trat er näher an mich heran – so nah, dass ich fast das Heben und Senken seines Brustkorbs spüren konnte. Was dann folgte, kam so unerwartet, als würde mich ein Blitz an einem Sonnentag treffen. Zärtlich umschloss er mit Daumen und Zeigefinger mein Kinn und zog mein Gesicht zu sich hinauf – doch gerade, als er seine Lippen auf meine pressen wollte, kam ich zu Sinnen und wehrte ihn heftig ab. »Gott, nein!«, stieß ich aus. Er ließ mich los, räusperte sich kurz und kratzte sich im Nacken. Entsetzt sah ich ihn an und schnappte nach Luft. Er hingegen blickte mir spitzbübisch in die Augen, seine Lippen hatten sich zu einem schiefen Lächeln verzogen. Keiner von uns sagte etwas, bis sich seine Miene urplötzlich verfinsterte und er die peinliche Stille zwischen uns durchbrach. »Ich musste es versuchen, ehe ich nur noch dein Mitleid haben kann«, sagte er kryptisch, aber ernst.

»Was?«, fragte ich noch immer geschockt.

Wieder sah ich die Gedanken durch seinen Kopf zucken. Doch diesmal sagte er entschlossen: »Ich werde dir zeigen, warum ich keine Chancen habe.«

Ich warf ihm einen irritierten Blick zu, denn ich hatte keine Ahnung, was er meinte. Will entfernte sich einige Schritte von mir und begann, an seinem Hemd herumzufingern. Knopf um Knopf öffnete er es, Knopf um Knopf entblößte er seinen Oberkörper. Ungläubig riss ich meine Augen auf.

»William Kingston Price!«, sagte ich entrüstet und trat einen Schritt zurück.

»Du kennst meinen vollen Namen – das ist doch schon mal was«, schmunzelte er. »Und keine Angst! Nicht, was du denkst.«

Jetzt war sein Hemd offen. Ich konnte seinen muskulösen Oberkörper bis zum Bauchnabel sehen. Langsam streifte er das Hemd über seine definierten Oberarme nach unten. Ich war still und hatte den Eindruck, dass auch der Wald den Atem anhielt.

Er stand mit nacktem Oberkörper vor mir, das Hemd hatte er neben sich fallen lassen. Mein Herz schlug schneller. Doch diesmal waren es nicht die Symptome. Diesmal war es Will. Zögerlich drehte er mir seinen Rücken zu – und dann setzte mein Herz einen Schlag aus.

»Aber was …«, stieß ich entsetzt aus. Die Worte blieben mir im Hals stecken und ich hielt mir die Hand vor den Mund. »Will, wie ist das passiert?«, hauchte ich beinahe tonlos, obwohl ich es bereits zu wissen glaubte. Verstört blickte ich auf seinen vernarbten Rücken. Rote Striemen zogen sich kreuz und quer über die ganze Haut.

»War das deine Mutter?« Mir wurde flau und ich musste mich setzen.

Er drehte sich kopfschüttelnd zu mir um und zog sein Hemd wieder an, knöpfte es aber nicht zu.

»Das war mein Vater.« Er setzte sich neben mich. »Und das ist auch der Grund, warum sie trinkt. Das nennt man wohl einen Teufelskreis.« Er lachte spöttisch auf.

»Der … Bürgermeister?«, wisperte ich, um sicherzugehen.

Er nickte schwach. »Als ich noch jung war, hatte ich keine Chance, aber ich wurde älter und stärker und …« Er sprach nicht weiter.

»Wann hat es begonnen?«, fragte ich vorsichtig.

»Es fing an, als ich sechs war«, antwortete er, ohne lange zu überlegen, und fügte hinzu: »Mein Vater ist ein grausamer und gewalttätiger Mensch.«

»Aber in der Schule – im Sport. Ich meine, weiß es jemand? Die Lehrer?«

»Nein. Niemand. Man wird gut im Hüten von Geheimnissen, wenn man welche hat.«

Ich verstand, wusste aber nicht, was ich sagen sollte, denn nichts hätte es besser gemacht. Nichts würde die Schmerzen lindern, die er gehabt haben musste – oder noch immer hatte. Nichts würde diese sichtbaren Spuren verschwinden lassen. Der Schaden war angerichtet – und nie wieder gutzumachen.

»Ich weiß nicht, was ich sagen soll, Will. Das ist grauenvoll. Es tut mir so leid«, hauchte ich und legte ihm behutsam meine Hand auf den Unterarm. Er entwand sich barsch meinem Griff.

»Nicht«, sagte er kurz und knapp.

»Was ist?« Ich blickte ihn entgeistert an.

»Genau das«, zischte er zwischen aufeinandergepressten Zähnen hervor und stand auf. »Genau das wollte ich nicht.«

»Was meinst du?«

»Mitleid!«, sagte er streng und knöpfte sein Hemd zu.

»Aber ich bemitleide dich nicht«, wehrte ich mich. »Es tut mir eben einfach leid, was du erdulden musstest.«

»Sollen wir los?«, fragte er noch immer kurz angebunden. Er deutete in die Richtung, aus der wir gekommen waren. Und ich fühlte mich schlecht, richtig schlecht. Als hätte man mir gerade mit der Faust in den Magen geschlagen. Das Letzte, was ich wollte, war, dass er sein Vertrauen in mich bereute.

»Du musstest schon viel erleiden. Keiner sollte jemals so viel Leid ertragen müssen – *das* tut mir leid«, sagte ich, als wir durch das rote Blumenmeer wateten.

»Okay«, sagte er nur und lief weiter. Meine Zähne knabberten an meiner Lippe und ich folgte ihm mit etwas Abstand.

Als wir an dem hohen Baumstamm angekommen waren, sagte Will versöhnlicher: »Summer, der Tag mit dir war wunderschön.«

»Wirklich?« Ich war froh, dass er das Thema wechselte. »Ich bin überrascht, aber ich fand es mit dir auch richtig schön«, antwortete ich schüchtern.

»Du bist überrascht?«

»Ja. Ich denke, dass ich dich falsch eingeschätzt habe.«

»So?«, fragte er neugierig, und ich wusste, er wartete auf eine Erklärung.

»Ich dachte, du wärst oberflächlich, nur auf dein Äußeres bedacht und durchschnittlich langweilig.«

»Durchschnittlich langweilig?« Er lachte laut.

»Ja, du weißt schon …«, versuchte ich mich zu rechtfertigen. »Ich dachte, du wärst der Schulstar ohne Charakter – und aalglatt.«

Jetzt prustete er laut los. »Dann hätte ich einen solchen Ausflug schon viel früher mit dir unternehmen sollen.«

»Ja«, erwiderte ich ernst.

Er hörte auf zu lachen und blickte mir fest in die Augen.

»Dann ist es schade, dass wir das nicht schon viel früher gemacht haben«, sagte er mit einer Traurigkeit, die ich als tiefe Verbundenheit spürte. Wo auch immer dieses Gefühl herkam, etwas veränderte sich: Sein Leben und seine Zukunft waren mir nicht mehr egal – *er* war mir nicht mehr egal.

»Darf ich dir helfen?«, fragte er höflich und streckte mir galant seine Hand entgegen. Ich ergriff sie – dieses Mal, ohne zu zögern, und er half mir über den Baum. Es war plötzlich alles so einfach.

»Danke«, sagte ich, als wir beide heil unten angekommen waren. »Der Rückweg war gar nicht so schlimm.«

»Weil du zulässt, dass ich dir helfe. Das solltest du öfter versuchen.«

Auf der Rückfahrt alberten wir herum und lachten. Wir kamen nicht mehr auf das Thema mit seinem Vater zurück – auch nicht auf seine Mutter. Er erzählte mir witzige Tratsch- und Klatschgeschichten aus der Schule. Ich bekam das alles sonst gar nicht so mit, aber es amüsierte mich ungemein. Ich hatte Bauchschmerzen vor Lachen und wir kamen mit Tränen in den Augen auf dem Schulparkplatz an. Als wir aus dem Auto stiegen, schlang Will seinen Arm freundschaftlich um meine Schulter, und es musste von außen wirken, als wäre es niemals anders zwischen uns gewesen. Nur wenige Stunden hatten gereicht, um etwas Neues zu erschaffen. Ich ließ seine Umarmung zu, weil mir seine Berührung nicht unangenehm war. Es fühlte sich vertraut an, und ich war froh, dass er heute für mich da gewesen war.

Da erst bemerkte ich Clay. Er stand etwas abseits gegen sein Auto gelehnt und musste uns schon eine Weile missmutig beobachtet haben, denn als mein Blick ihn streifte, machte er ein grimmiges Gesicht. Er hatte die Augen zu schmalen Schlitzen verengt.

»War euer Ausflug so lustig?«, fragte er provozierend, als er langsam wie ein Raubtier auf uns zukam.

»Nein«, sagten Will und ich gleichzeitig und prusteten wieder los. Das schien Clay nur noch mehr auf die Palme zu bringen.

»Wirklich witzig«, sagte er trocken und fuhr wütend fort: »Warum umarmst du sie?«

»Wir müssen rein und unsere Ergebnisse abgeben.« Ich beachtete Clay gar nicht richtig.

»Und den Gewinn abstauben, nicht zu vergessen«, ergänzte Will. Er ließ seinen Arm weiter auf meinen Schultern ruhen.

»Warum, wenn ich fragen darf, werde ich ignoriert?«, fragte Clay.

»Warum, wenn ich fragen darf, bin ich dir peinlich vor deinen Freunden?«, fragte ich bissig zurück und warf ihm einen giftigen Blick zu.

»Du bist mir nicht … Was!?« Er klang ernsthaft überrascht.

Kämpferisch funkelte ich ihn an, bis ich das Klicken in seinem Kopf wahrnahm. Seine Augen wurden groß.

»Du bist mir doch nicht peinlich. Und wenn du Gordon meinst – er ist nicht mein Freund«, insistierte er.

»Was war es dann?«, fragte ich und verschränkte meine Arme vor der Brust.

»Ja, was war es dann, Reed?«, fragte Will provokant.

»William, könntest du uns bitte allein lassen?«

»Nein«, erklärte Will trocken. »Wir müssen rein, Summer.«

»Ich glaub es einfach nicht. Was ist eigentlich dein Problem, Price? Denkst du, dass du innerhalb von fünf Stunden ihr Freund geworden bist? Du bist ja noch arroganter, als ich dachte.«

»Eifersüchtig, Reed?«, fragte Will mit süffisantem Schmunzeln. Er ließ meine Schulter los, ging einen Schritt auf Clay zu und wiegte nachdenklich den Kopf.

»Ja, tatsächlich. Der große Clay Reed ist eifersüchtig.« Urplötzlich wurde Wills Tonfall härter: »Du bist nicht der Richtige für sie, das wissen wir beide. Und früher oder später wird sie es auch merken. Außerdem solltest gerade du die Gesetze kennen, Reed!«

Weil mir das jetzt zu dumm war und ich mir das nicht länger anhören wollte, ging ich ohne ein Wort in die Schule und ließ die beiden Streithähne auf dem Schulhof stehen.

Ich fragte mich, wann Will und Clay bemerkt hatten, dass ich nicht mehr da stand, denn es dauerte eine ganze Weile, ehe sie sich in den Klassenraum stahlen. Natürlich gab es kein böses Wort von Mr Ebsteen, schließlich war Clay in der Elite.

»So, ich habe nun alle Fragebögen ausgewertet. Ach, und Gordon konnte leider nicht mehr bleiben«, erklärte Mr Ebsteen der Klasse, als wir alle vollzählig waren.

»Also, dann kommen wir nun zum spannungsgeladenen Höhepunkt: der Preisverleihung.« Mr Ebsteen lachte freudig auf und klatschte dabei aufgeregt in die Hände. Ich sah einen Mitschüler gähnen.

»Den dritten Platz belegen Erica und Laila.«

Niemand klatschte.

»Ihr zwei könnt euch über eine Laubbaumlektüre freuen.«

Wieder keine Reaktion der Klasse, als Mr Ebsteen den beiden das kleine Buch überreichte. Er sah enttäuscht aus, als auch Erica und Laila sich nicht in gleichem Maße freuten wie er selbst.

»Kommen wir nun zum zweiten Platz. Der zweite Platz geht an: Maika und Seth. Euch hat nur eine einzige Antwort zum Hauptgewinn gefehlt … so dicht dran.« Er nahm ein gebundenes Heft und überreichte mit einem feierlichen Strahlen den Lesestoff über die Waldbeeren unserer Kolonie. Diese Lektüre stufte Mr Ebsteen also als gewinnträchtiger ein als die Broschüre über die Blätter der Laubbäume. Interessant.

Will zwinkerte mir zu. Ich lachte zurück, denn jetzt würden unsere Namen fallen, da war ich mir sicher.

»Und den ersten Platz, mit wirklich allen beantworteten Fragen, belegen: Summer und William.«

Mr Ebsteen überreichte uns stolz einen dicken Wälzer über die Pflanzen- und Heilkunde, und jeder von uns durfte sich über eine Eins in dem Fach freuen.

»Ich überlasse dir das Buch. Wenn ich es lesen will, komme ich einfach bei dir vorbei, um darin zu blättern«, erklärte Will grinsend und blickte provokativ zu Clay hinüber. Der hatte die Arme vor der Brust verschränkt, stand gegen den Türrahmen gelehnt und verdrehte die Augen.

Natürlich wollte Mr Ebsteen wissen, wo wir die Mohnblume gefunden hatten – und dann auch noch so eine schöne. Ich erklärte, dass es einfach nur Glück gewesen sei. Wo genau, könnten wir aber beim besten Willen nicht mehr sagen. Mr Ebsteen glaubte uns. Da ich das Lügen übernommen hatte, bezweifelte ich das keine Sekunde. Der rotbärtige Mann entließ uns mit den Worten: »Viel Glück für die morgige Auswahl.«

Dann folgte ich dem Strom der Schüler nach draußen auf den Parkplatz. Erst dort fiel mir wieder ein, wie ich heute Morgen hergekommen war und dass Brian natürlich längst Schluss hatte.

Na toll, ging es mir durch den Kopf. Dann bemerkte ich Clay direkt hinter mir.

»Wir fahren doch zusammen?«, fragte er so unsicher, dass ich es nicht übers Herz brachte, Nein zu sagen.

»Klar«, gab ich zurück. »Wie soll ich sonst nach Hause kommen?«

Ich sah ihn an und seine hochgezogenen Schultern entspannten sich augenblicklich.

»So habe ich dich wenigstens noch ein paar Minuten für mich«, flüsterte er mir zu. Er sah geknickt aus. Ich wollte gerade einsteigen, als Will unvermittelt neben mir auftauchte.

»Du kannst auch mit mir fahren.«

»Schon okay, Will. Wir sehen uns morgen«, sagte ich, um meine Entscheidung noch einmal zu bekräftigen.

Als wir davonbrausten, erhaschte ich noch einen letzten Blick auf Will, der mit verschränkten Armen dastand und uns hinterhersah.

Während der gesamten Autofahrt sprachen wir nicht. Clays Auto kam schließlich auf einem Feldweg zum Stehen, der etwas von unserem Haus entfernt war.

»Dein Dad ist sicher zu Hause und würde mein Auto sehen. Ich lass dich lieber hier raus.«

»Ist vermutlich besser«, gab ich kurz zurück und öffnete die Tür.

»Summer.«

»Mhm?« Ich drehte mich wieder zu Clay.

»Ich schäme mich nicht.«

»Ja, klar …«, murmelte ich sarkastisch und hüpfte aus dem Auto.

»Wirklich nicht! Es hat andere Gründe, warum du im Auto warten solltest.«

»Und die wären?«

»Gordon ist gefährlich.«

»Gefährlich?« Mir fiel wieder ein, wie Will und Clay zusammen geflüstert hatten. Sie schienen nicht erfreut, dass Gordon mit mir sprach. Außerdem erinnerte ich mich an die Symptome, die unvermittelt aufgetreten waren, als er mich berührt hatte. *Vielleicht waren es Warnsignale … Aber wofür? Als Clay mich zum ersten Mal berührte, war es schließlich genauso. Irgendetwas stimmt nicht mit mir – oder mit ihm? Oder Gordon? Mit der Elite? Hat Dad deswegen bestochen?* Verwirrt schaute ich Clay an und setzte mich wieder auf den Beifahrersitz. »Warum gefährlich?«

Er verzog sein Gesicht. »In diesem Punkt musst du mir vertrauen, Summer.«

Jetzt verzog ich das Gesicht. Ich war geneigt, auf ihn einzureden, war geneigt zu versuchen, ihn zum Reden zu bringen. Doch das hätte keinen Sinn gehabt.

»Also noch ein Geheimnis«, seufzte ich. »Wann wirst du es mir erklären?«

»Wenn der richtige Zeitpunkt gekommen ist.«

»Na toll.« Ich ließ meine Wimpern flattern. »Weißt du, Clay … den richtigen Zeitpunkt gibt es nicht – für nichts. Wenn man auf den richtigen Zeitpunkt wartet, wartet man für immer.«

Wieder wollte ich aus dem Auto steigen, doch Clay haschte nach meinem Handgelenk und hielt es fest. Ich blickte auf seine Hand, dann sah ich ihm in die Augen.

»Bleib noch«, flüsterte er. Und weil ich es ja eigentlich auch wollte, blieb ich.

»Ich konnte dich noch gar nicht fragen, wie dein Tag war.«

»Gut«, sagte ich, als ich die Autotür wieder zuzog.

»Nur gut?«

»Will ist echt nett, und wir haben uns gut amüsiert.«

»Amüsiert?« Seine Mundwinkel zogen sich nach unten.

»Ja, amüsiert, so wie du mit Claire und Amber.«

»Eifersüchtig, Summer?«

Ich zuckte mit den Schultern und seine Lippen formten das süße Lächeln, das ich so an ihm liebte.

»Eifersüchtig, Clay?« Ich genoss es, seinen Namen laut auszusprechen.

»Ja«, sagte er und lächelte so verführerisch wie noch nie.

Ich musste ungewollt schmunzeln.

»Magst du ihn?«, fragte er und schaute mich forschend an.

»Ja. Ich denke schon. Aber … nicht so, wie ich dich mag, Clay.« Mein Blick fiel auf seine verführerisch geschwungenen, weichen, perfekten Lippen, und ich dachte daran, wie schön es war, sie zu küssen.

152

Doch bevor dies noch einmal passieren konnte, wurde er schlagartig ernst: »Bist du aufgeregt wegen morgen?«

»Du meinst die Auswahl? Nein, eigenartigerweise noch nicht.«

Er nickte mit zusammengepressten Lippen.

»Ich … muss dir etwas sagen«, begann er zögerlich und machte eine kurze Pause. Ich hatte ihn bis dahin noch nie so angespannt erlebt, und das machte mich unsicher.

»So, wie du es sagst, klingt das gar nicht gut«, murmelte ich.

»Ist es auch nicht«, erklärte er und seine Augen spiegelten die gleiche Traurigkeit, die auch in seiner Stimme lag.

»Ich werde morgen nicht in der Schule sein.«

»Natürlich nicht, morgen ist ja auch die Auswahl.« Ich lächelte, aber er blieb ernst.

Stille.

Ich wandte meinen Kopf zur Windschutzscheibe und blickte auf die Bäume und Sträucher, deren Blätter von einem zarten Windhauch gestreift wurden. Schlagartig wurde mir klar: Das hier sollte ein Abschied werden.

»Ich werde gar nicht mehr kommen«, bestätigte er meine Vermutung.

Als ich die Worte aus seinem Mund hörte, brannten sie sich augenblicklich in mein Herz. Mehr als ein »Oh …« brachte ich nicht heraus. In meinem Nacken begann es vor Verzweiflung zu kribbeln.

»Ich werde alles tun, damit wir uns wiedersehen können.«

»Aber wie?«, fragte ich tonlos.

»Ich weiß es noch nicht.«

Ich war wie erstarrt, denn insgeheim hatte ich auf einen Lösungsvorschlag gehofft. Doch natürlich war mir klar, dass es hierfür nur eine Lösung gab – oder gar keine. Entweder würde ich es in die Elite schaffen, oder ich würde mein durchschnittliches Leben weiterführen. Ohne ihn. Clay nahm behutsam meine Hand.

»Werden wir uns jetzt niemals wiedersehen?«

»Doch, das werden wir, Summer Snow«, sagte er sanft, rückte auf mich zu und zog mich so nah an sich, wie es in einem Auto eben möglich war. »Wir werden uns wiedersehen. Ich verspreche es«, flüsterte er, als er mir tief in die Augen sah. Sein betörender Geruch stieg mir noch einmal in die

Nase. Und schließlich schloss ich meine Augen und seine Lippen legten sich zärtlich auf meine.

»Ich muss jetzt los«, sagte Clay, als er mich aus seinem Griff entließ. »Viel Glück morgen.«

»Danke«, sagte ich noch, stieg aus dem Auto und lief nach Hause.

»Summer, bist du das?«, war das Erste, was ich hörte, als ich die Tür aufschloss. »Wenn ich gewusst hätte, wann du kommst, hätte ich mit dem Essen gewartet.« Mit einem Blick auf die Uhr fügte er jedoch hinzu: »Obwohl ... es wäre knapp geworden. Ich habe in zehn Minuten den nächsten Patienten.«

Ich schwieg, weil es mir egal war. Es war mir sogar nur recht, dass ich nicht mit einem Verräter essen musste.

»Und, wie war es heute?«

»Gut, Dad«, motzte ich.

»Mit wem bist du gefahren?«

»Einer Mitschülerin.«

»Wie heißt sie?«

Meine Augen wurden zu Schlitzen. »Weißt du, Dad, ich schreibe dir am besten ein Protokoll über jeden meiner Schritte an diesem Tag. Oh ... und ich füge dem Ganzen noch eine Liste mit Namen und Adressen von allen Leuten bei, denen ich heute begegnet bin. Reichen dir neun Seiten bis morgen früh?«

»Summer«, sagte er tadelnd.

»Dad«, gab ich im gleichen Ton zurück.

»Was ist nur los mit dir?« Er war ehrlich verwundert.

»Was ist nur los mit *dir*?«, keifte ich. Dann lief ich die alte Holztreppe hinauf.

»Summer! Summer ...«, rief er mir hinterher.

»Lass mich einfach in Ruhe!«, schrie ich, knallte meine Zimmertür zu und schloss ab. Einen Moment stand ich reglos da und lauschte. Doch ich hörte nichts mehr von ihm, entspannte mich und ging ins Bad. Da ich morgen besonders hübsch aussehen wollte, nahm ich mir die Zeit, meine glatten blonden Haare zu Locken zu drehen. Während ich den letzten Lockenwickler in die Haare fummelte, klopfte es an meine Zimmertür.

»Ja?«

»Hey, Summer«, rief Brian. »Kann ich rein?«

»Einen Moment.« Ich lief zur Tür und schloss sie auf. Brian trat ein, schlenderte kurz durch den Raum und nahm auf dem Stuhl vor meinem Schreibtisch Platz.

»Schöne Frisur. Lass die Lockenwickler morgen drin. Damit fällst du in jedem Fall auf.« Er grinste.

Ich entgegnete nichts.

»Bist du aufgeregt, Summer?«

»Noch nicht.«

»Ich auch nicht. Komisch, oder?«

»Mhm ... Hast du einen Wunschausgang?«, wollte ich wissen, obwohl ich die Antwort kannte.

Er grinste. »Ich will Marshall sein.«

»Willst du denn gar nicht zur Elite gehören?«

»Nein. Wir wissen nicht, was die Elite tatsächlich ist. Lieber den Spatz in der Hand als die Taube auf dem Dach.«

»*Das* denkst du?«

»Ja. Oder warst du schon mal da?«

»Klar, schon x-mal.« Ich schmunzelte.

Brian grinste ebenfalls. »Aber mal ehrlich, warum sollte ich das wollen? Irgendwohin gehen, wo ich noch nie war? Zu Menschen, die ich nicht kenne? Ich mag es hier. Ich bleib gern.«

»Aber willst du denn nichts Neues erleben? Neue Welten entdecken und neue Menschen kennenlernen?«

»Nicht unbedingt.«

Ich überlegte, ob Brian der Grund für Dads Bestechung sein könnte. Er hatte zwei Kinder. Eines wollte gehen, das andere bleiben. Hatte er sich für Brian entschieden? Nein, das konnte ich mir nicht vorstellen ...

»Und wie ist es mit dir, Summer?«

»Ich weiß es nicht. Es kommt, wie es kommt.«

»Ja.« Er erhob sich vom Stuhl. »Es kommt, wie es kommt. Ich geh runter zu Dad. Kommst du mit?«

»Nein.«

»Sag mal, Summer, ist alles okay zwischen euch?«

»Ja.«

»Wirklich? Ich glaube nämlich, dass ihr ein Problem miteinander habt.«

»Nein. Kein Problem«, erwiderte ich und drehte einen Lockenwickler zwischen den Fingern.

»Du lügst doch. Du gehst ihm seit Tagen aus dem Weg. Sag mir, wenn ich mich irre.«

»Du irrst dich nicht«, lenkte ich seufzend ein, damit er Ruhe gab.

»Und worum geht es?«

Ich zog meine Schultern bis zu den Ohren hoch.

»Was soll das denn heißen, Summer? Sag wenigstens, wenn du nicht darüber reden willst.«

»Na schön: Ich will nicht darüber reden.« Dabei ließ ich meine Schultern wieder hinuntersacken.

»Worüber genau willst du nicht reden?«

Ich funkelte ihn an.

»Okay, okay.« Er hob abwehrend die Hände und ging zur Tür. »Ich wollte es wenigstens mal versucht haben. Du weißt, wo du mich findest, wenn du es dir anders überlegst.«

»Das weiß ich«, sagte ich, als Brian zur Tür ging und mein Zimmer verließ.

In dieser Nacht tat ich kein Auge zu. Meine Gedanken kreisten nur um Clay. Unruhig wälzte ich mich hin und her. Fragen schwebten wie Geistererscheinungen vor meinem inneren Auge. War der Kuss vorhin im Auto unser letzter Kuss gewesen? Würde unsere Liebesgeschichte hier enden? Ich würde ihn niemals wiedersehen, wenn ich es nicht in die Elite schaffte. Dann würden mir nur Erinnerungen von ihm bleiben. Bei diesem Gedanken spürte ich mein schmerzendes Herz und meinen unbändigen Willen, morgen bei der Auswahl zu glänzen.

KAPITEL 13

Auswahl

Ich war schon lange vor dem Weckerklingeln auf. Die Kleiderordnung für den heutigen Tag verlangte eine schwarze Hose und ein schwarzes Oberteil. Ich hatte nur eine einzige schwarze Hose, und das war eine enge Jeans. Als Oberteil wählte ich einen langärmeligen Pullover, der meine schlanke Figur betonte. Meine Füße schlüpften in schwarze Ballerinas, während meine Finger einen Lockenwickler nach dem anderen aus meinen Haaren drehten. Strähne um Strähne fielen mir die blonden Wellen über meine Schultern. Schminken war heute verboten, da ich aber sowieso selten geschminkt aus dem Haus ging, war es mir gleich. Für Schneewittchen-Claire hingegen würde das schwierig werden.

Ich öffnete meine Zimmertür und lauschte in die Stille. Das leise Rauschen von Wasser war zu hören. Ich lief die Treppe hinunter in die Küche. Hunger hatte ich nicht, dafür war ich viel zu aufgeregt. Da ich aber nicht wollte, dass mein Magen während der Auswahl zu knurren anfing, zwang ich mich, wenigstens eine Kleinigkeit zu essen. Die Schale mit den Cornflakes war schnell gefüllt und ebenso schnell leer gelöffelt. Anschließend goss ich mir einen heißen Tee auf. Meine Hände umfassten die warme Tasse und ich blickte in den aufsteigenden Wasserdampf. Beim Knarzen der Treppen schreckte ich auf.

»Dad.« Ernst und ohne die Miene zu verziehen, nickte ich ihm zu. Ich hatte mich noch immer nicht dazu durchringen können, mit ihm zu sprechen.

»Guten Morgen, Summer. Du bist ja mal richtig früh dran. Deine Locken sehen sehr schön aus. Und? Schon aufgeregt?«, überspielte er meine gereizte Stimmung.

»Nein«, log ich, nur um ihn zu ärgern.

»Nicht?«, fragte er verwundert.

»Nein, warum auch«, antwortete ich leichthin.

Ich weiß ja bereits, wie es ausgehen soll – zumindest, wenn es nach dir geht, dachte ich. *Aber diesmal sind es drei Juroren – damit steht es wirklich erst fest, wenn alles vorbei ist.*

Jetzt polterte Brian die Treppe herunter.

»Wow, Summer, so früh auf«, war auch sein erster Kommentar.

Nachdem die beiden gefrühstückt hatten, erklärte Dad freudig: »Ich werde euch heute in die Schule fahren und auch wieder abholen.«

Mein unfreundliches »Nein, danke« und das »Ja, super« von Brian kamen gleichzeitig über unsere Lippen.

»Ist alles in Ordnung, Summer?«

»Natürlich, Dad, was sollte ich wohl haben?«, fragte ich bissig und funkelte ihn herausfordernd an.

»Tja … Sollen wir dann los?« Brian trommelte mit den Fingern auf den Tisch.

Ich nickte, stand auf und verließ das Haus ohne ein weiteres Wort.

Draußen angekommen, setzte ich mich auf den Beifahrersitz des Autos. Brian stieg hinten ein und Dad setzte sich ans Steuer. Er ließ den Motor an – nicht, ohne mir noch einmal einen besorgten Blick zuzuwerfen.

»Keine Sorge. Es wird schon alles gut gehen«, sagte er, während er den Wagen aus der Einfahrt lenkte. Vermutlich dachte er, ich sei einfach nur nervös.

»Und denkt daran, ihr zwei: Egal, wie es ausgeht, es wird das Richtige sein. Bleibt einfach, wie ihr seid.«

Dem Fenster zugewandt, schnaubte ich kurz und schüttelte den Kopf.

»Ich wünsche euch beiden alles Glück der Erde.«

Alles Lüge!, dachte ich und murmelte sarkastisch: »Na klar …«

»Was sagst du, Summer?« Dad strich mir übers Haar, als wäre ich ein Kleinkind. Die Wut in mir wuchs.

»Nichts!«, zischte ich.

Er überging die schneidende Bemerkung und sagte scheinheilig: »Oh, ich weiß noch, als ich in eurem Alter war. Meine Güte, war ich aufgeregt. Ich wünsche euch beiden nur das Beste – auch für die Auswahl in die Elite. Ihr zwei seid tolle Kinder. Warum solltet ausgerechnet ihr keine Chance haben?«

Weil du den Chefjuror bestochen hast, darum nicht, dachte ich und wurde mit jedem seiner Sätze wütender. Wann hatte er gelernt, so zu heucheln? Kurz darauf bog der Wagen schon auf den Schulparkplatz ein.

»Na, dann mal los«, sagte Brian und stieg beschwingt aus dem Auto. Er schloss die Wagentür. Dad und ich waren allein.

»Und los geht's, Summer«, sagte Dad und lächelte.

Plötzlich kamen mir meine eigenen Worte über den richtigen Zeitpunkt in den Sinn: Es gibt ihn schlichtweg nicht. Ich beugte mich zu ihm, blickte ihm tief in die Augen und sagte mit finsterem Ton, den ich so gar nicht von mir kannte: »Ich weiß, was du getan hast. Ich weiß es! Also hör auf zu schauspielern und zu lügen!« Meine Augen verengten sich zu schmalen Schlitzen. Er schüttelte verwirrt den Kopf. »Du ruinierst unsere Zukunft. Die von Brian und von mir. Du hast Dr. Huxley mit unserem Blut bestochen, und ich weiß es.«

Ich machte eine kurze Pause und ließ die Worte sacken. Das Entsetzen stand ihm ins Gesicht geschrieben: Seine Augen wurden tellergroß und sein Mund klappte auf. Doch sein Schweigen ließ meine Wut nur noch weiter hochkochen. Ich wusste, dass ich jetzt etwas sagen würde, was ich später bereuen könnte, aber mein Zorn hatte die Kontrolle übernommen. »Ach, jetzt schweigst du?«, fragte ich provokativ. »Das ist so armselig! Du redest ständig davon, wie sehr du willst, dass ich glücklich bin, und dann sorgst du dafür, dass mein sehnlichster Wunsch *nicht* in Erfüllung geht und dass ich hier versaure – so wie du! Du bist der schlechteste Vater aller Zeiten, und ich wünschte, du wärst damals anstelle von Mom gestorben!«

Alles Blut schien seinem Kopf zu entweichen. Kreidebleich saß er da. Ich hielt meinen Zeigefinger hoch und knurrte: »Aber dieses Mal sind es drei! Ich kann es schaffen, auch wenn du mir Steine in den Weg rollst! Und ich *werde* es schaffen! Ich muss lediglich die anderen beiden überzeugen! Heute werde ich glänzen!«

Ich funkelte ihn noch einmal an, stieg aus dem Auto und knallte die Tür mit einer solchen Wucht zu, dass der kleine Wagen erzitterte.

»Summer!«, rief Brian, der auf mich gewartet hatte. Doch ich dachte gar nicht daran, stehen zu bleiben, und steuerte schnurstracks die Aula an. Wie jedes Jahr versammelten sich alle Schüler zunächst dort. Achtlos passierte ich die aufgeregten Jungen und Mädchen, die die Flure säumten.

In der Aula angekommen, ging ich den langen Gang hinunter. Die Anwärter saßen wie jedes Jahr in den ersten Reihen. Ich setzte mich auf einen beliebigen Stuhl in der dritten Reihe. Vor mir hatten bereits einige Schüler Platz genommen. Die Aula war mäßig geschmückt. Von der Decke hingen die üblichen weißen Girlanden und zierten die sonst spärlichen Wände.

»Hey, Summer.«

Ich blickte auf, obwohl ich bereits wusste, wer neben mir stand.

»Hey, Will.«

»Darf ich, oder hältst du den Platz frei?« Er deutete auf den Stuhl neben mir.

»Ist noch frei.«

Will setzte sich.

»Na, bist du schon aufgeregt?«

»Ja. Und du?« Ich musste unwillkürlich an seinen geschundenen Rücken denken.

»Bin ich, aber nicht wegen mir. Mein Ergebnis kennen wir beide … Ich bin wegen dir so aufgeregt.« Er machte eine Pause und sagte in gedämpftem Ton: »Ich will nicht, dass du gehst. Es tut mir leid, da bin ich egoistisch, und ich …« Dann brach er seinen Satz ab, weil sich ein Mitschüler zu uns gesellte und eine Unterhaltung mit ihm begann.

Ich blickte zur Bühne.

»Hey, Summer.«

»Brian.«

Er nahm links von mir Platz.

»Was war das denn eben!?«

»Was meinst du?« Ich hoffte, der Rektor würde bald die Bühne betreten, denn sonst musste ich Brian eine undurchsichtige Erklärung liefern, mit der er sich sicherlich nicht zufriedengeben würde.

»Du weißt genau, was ich meine.«

»Nein, Brian, weiß ich wirklich nicht«, versuchte ich ihn hinzuhalten.

»So kommen wir nicht weiter, Summer.«

»Stimmt«, antwortete ich trocken.

»Was ist mit dir und Dad?«, bohrte er weiter. Als ich nicht antwortete, sagte er: »Irgendwas stimmt nicht. Ich bin doch nicht blöd. Was ist los mit euch?«

»Ich kann nicht darüber sprechen.« Wann kam denn endlich der Rektor?

»Das lasse ich nicht mehr gelten. Was ist los?«

»Na schön, dann formuliere ich neu: Ich *will* nicht darüber sprechen.« Ich sah ihn an und hoffte vergeblich, dass er es damit auf sich beruhen lassen würde.

»Das lasse ich auch nicht gelten. Ich wohne mit euch zusammen und habe ein Recht zu erfahren, was das Problem ist.« Brian wurde lauter.

»Hey, Brian«, unterbrach uns da die Stimme von Will. »Mike will sein Auto umlackieren. Hast du das nicht mit eurem Auto auch schon gemacht? War es nicht vorher blau?«

Ich sah, wie Will mir zuzwinkerte. *»Danke«*, formten meine Lippen tonlos in seine Richtung. Er nickte kaum merklich und wandte sich wieder an Brian, der widerstrebend von mir abließ und zu erklären begann. Ich hörte nur mit einem Ohr hin, bis nach einer Weile schließlich das Licht im Saal gedimmt wurde. Das Stimmengewirr wurde erst zu einem Raunen und ebbte schließlich ganz ab. Der Rektor betrat die Bühne. Verhaltener Applaus ging durch die Menge. Er stellte sich vor das Mikrofon. »Liebe Schülerinnen und Schüler.« Ein Quietschen dröhnte aus den Boxen, der Rektor klopfte mehrmals mit seinen Fingern gegen das Mikrofon und begann erneut: »Liebe Schülerinnen und Schüler.«

Als das Geräusch nicht noch einmal zu hören war, fuhr er fort: »Zuallererst wünsche ich der diesjährigen Abschlussklasse des Jahres 2171 viel Glück bei der heutigen Auswahl. Wir haben in den letzten 147 Jahren eine intakte und sichere Zuflucht geschaffen.« Ein kurzes Räuspern.

»Hier, hinter den hohen Mauern, haben wir das Privileg, ein normales, sicheres und glückliches Leben zu führen. Dafür sind wir jeden Tag dankbar. Unsere Gesellschaftsform beruht auf dem Grundsatz, dass wir alle wichtig sind, dass wir alle unseren Platz und unsere Berechtigung haben – und dass wir diese annehmen und zufrieden sind. Wir hinterfragen unsere Stellung in der Gesellschaft nicht. Wir sind genügsam und dankbar. Uns wird eine maßgeschneiderte Zukunft zugewiesen, ganz individuell nach unseren persönlichen Eigenschaften und Bedürfnissen. Wir müssen nicht entscheiden, wer wir einmal sein werden, denn durch präzise Analysen wird für uns entschieden. Es lebe unser Gildensystem!«, rief er und es wurde frenetisch applaudiert.

Als das Klatschen abebbte, sprach er weiter: »Ihr kennt euren Platz noch nicht, aber ihr wisst, dass ihr euer Schicksal annehmen werdet. Ihr seid bescheiden und akzeptiert, dass nicht jeder herrschen kann. Einige von euch werden auf dem Land arbeiten und dort ihre Bestimmung finden, andere werden Handwerker oder Händler sein. Wieder andere werden zu Lehrern ausgebildet. Aber auch unter euch könnten sich Menschen befinden, die perfekt sind und der Elite angehören sollen – und genau auf diese trifft der so prägende Satz zu …«

Ich bemerkte, dass Will seinen Kopf zu mir gedreht hatte. Als ich ihn ansah, lächelte er flüchtig und schaute wieder auf die Bühne.

Der Rektor räusperte sich und sagte feierlich: »Ich zitiere nun aus dem Buch der Neuen Welt: ›Die Zielführung und Definition der menschlichen Existenz muss immer die Perfektion sein. Nur ein gesunder, starker, vollkommener, schöner und makelloser Mensch ist es wert, in die Neue Welt zu gehen. Kein Fehler im Charakter oder Aussehen. Vollkommen von innen und außen. Nur ein solcher Mensch darf sich erhoffen, die Zukunft der Menschheit zu sein.‹«

Er machte eine kurze Pause.

»Wie es auch ausgeht, welcher Gilde ihr auch immer zugeteilt werdet, ob ihr es in die Elite schafft oder nicht: Die Tests lügen nicht, weil ihr euch selbst nicht belügen könnt. Also macht es wie die Generationen vor euch und wie es die Gründer vorgesehen haben: Nehmt euer Schicksal stolz an.«

Wieder ein kurzes Räuspern, dann fuhr er nüchterner fort: »Kommen wir nun zum organisatorischen Teil. Ihr werdet euch jetzt gleich auf dem Parkplatz versammeln, wo bereits Busse warten, die euch zum Zentrum bringen. Im Zentrum werdet ihr getestet. In sieben Tagen findet dann die Show statt, in der euch euer Platz zugewiesen wird. Solltet ihr für eine Gilde ausgewählt werden, werdet ihr das Schuljahr beenden, es sind ja dann nur noch zwei Wochen. Danach werdet ihr mit eurer Ausbildung in der entsprechenden Gilde beginnen. Solltet ihr für die Elite ausgewählt werden, werdet ihr diesen Teil der Kolonie verlassen und auf die andere Seite gebracht. Und jetzt bleibt mir nur noch zu sagen: Geht eurem Schicksal entgegen und nehmt es an – was auch immer für euch vorgesehen ist.«

Der Rektor nickte nach rechts hinter die Bühne, als donnernder Applaus ertönte. Das Licht ging wieder an und die Türen der Aula wurden geöffnet.

»Na, dann wird es jetzt wohl ernst«, sagte Will.

Wir standen auf, und als Will den Gang erreicht hatte, stellte er sich neben die Stuhlreihe. »Ladies first.«

Ich trat vor ihn und folgte der Schülermenge durch die Aula über die Schulflure. Links und rechts standen die jüngeren Jahrgänge in ihren blauen Hosen und weißen T-Shirts und applaudierten uns lautstark. Viele schwenkten kleine Fahnen mit ihren Gildensymbolen.

Als wir den Parkplatz erreichten, überkam mich ein mulmiges Gefühl. Die Busse standen bereit. Die Lehrer, die uns auf dem Parkplatz erwarteten, wiesen uns an, uns in Zweierreihen vor den Bussen aufzustellen. Als ich mich nach Will umblickte, stand zu meiner Verwunderung ein pickeliger, schlaksiger Junge an meiner Seite. Ich hatte gar nicht bemerkt, dass ich Will in der Menge verloren hatte. Den pickeligen Jungen hatte ich schon mal in einer der Parallelklassen gesehen, jedoch hatte ich keine Ahnung, wie er hieß.

»Hey«, sagte er und bemühte sich um einen lässigen Tonfall. »Ich bin John Travis. Bist du nicht die Schwester von Brian?«

Irgendwie war mir bereits klar, dass er die Antwort kannte. Ich nickte. Nervös schaute ich mich nach Will um.

»Brian und ich haben ein paar Kurse zusammen. Wir kennen uns«, prahlte er. Doch ich hörte nur mit halbem Ohr hin. Irgendwie war er mir unangenehm.

»Suchst du jemanden? Suchst du Brian?«, fragte John Travis schließlich. Als mein Blick ihn streifte, erwischte ich ihn dabei, wie er sich gerade einen Pickel auf der Wange aufkratzte – unbewusst, wie ich hoffte.

Mit gerümpfter Nase drehte ich mich abermals nach hinten. Vielleicht war Will bereits woanders eingestiegen? Fest entschlossen, nicht mit John Travis in diesen Bus zu steigen, suchten meine Augen fieberhaft nach Wills vertrautem Gesicht. Ich wollte irgendjemanden an meiner Seite haben, der mir Sicherheit gab ... Nein. Ich musste mir eingestehen, dass ich eben nicht *irgendjemanden* an meiner Seite wollte ...

Endlich erblickte ich Will. Er stand weiter hinten und sprach gerade mit Bill, der auch in unseren Pflanzen- und Heilkundekurs ging und mit dem er befreundet war.

»Entschuldige mich bitte«, sagte ich zu John Travis und ließ ihn ohne weitere Erklärung in der Schlange stehen. Hastig rannte ich gegen den

Strom der Schüler auf Will zu. Er stand mit dem Rücken zu mir. Als ich ihn erreicht hatte, griff ich nach seinem Oberarm. Er spannte seine Muskeln an, entwand sich reflexartig meinem Griff und drehte sich um.

»Summer«, stieß er überrascht aus.

»Ich habe dich verloren«, erklärte ich schüchtern. »Gehen wir zusammen?« Unauffällig blickte ich zu Bill und mir kam urplötzlich der Gedanke, dass Will vielleicht viel lieber mit Bill in den Bus steigen würde als mit mir. Zu meiner Erleichterung sah ich, wie sich Wills Miene erhellte.

»Sorry, Bill«, lächelte er entschuldigend. Dieser nickte verständnisvoll und mit einem anerkennenden Kopfnicken.

»Sollen wir?« Will hielt mir seinen linken Arm hin, damit ich mich unterhaken konnte. Ich ergriff ihn, ohne auch nur einen Augenblick zu zögern. Gemeinsam reihten wir uns in die Schlange ein.

Im Bus setzte ich mich auf einen der freien Fensterplätze, lehnte den Kopf gegen die Kopfstütze und warf Will ein Lächeln zu, als er sich neben mir niederließ. Er lächelte zurück, als wollte er sagen: »Wird schon.« Nach einer Weile wurde der Motor angelassen und meine Aufregung wuchs. Nervös rieb ich meine Handflächen gegeneinander. Während der Fahrt wurde nicht gesprochen. Nicht, weil wir nicht sprechen durften, sondern weil jeder zu sehr mit seinen eigenen Gedanken beschäftigt war.

Als der Bus erneut eine Biegung nahm, konnte ich das hohe, einschüchternde Gebäude sehen: das Zentrum. Es war ein breites, hochmodernes Gebäude mit etlichen Etagen und einer Fensterfront – das höchste Gebäude in der Kolonie. Es war nicht nur der Ort, an dem die jährlichen Untersuchungen stattfanden und an dem all das mit alten Maschinen aus früheren Zeiten produziert wurde, was wir nicht selbst herstellen konnten – es war auch das Gebäude, welches beide Koloniebereiche, die Elite und die Gilden, miteinander verband.

Vom Zentrum ging ebenfalls eine Mauer nach links und rechts ab, die die Trennung der Bereiche gewährleistete. Sie war zwar nicht ganz so hoch wie die Außenmauer, aber doch hoch genug, um es nicht drüberzuschaffen.

Verstohlen blickte ich zu Will, als mich plötzlich ein Gedanke durchzuckte: *Clay oder Will?* Einen der beiden würde ich in sieben Tagen niemals wiedersehen. Als ich mir die Konsequenzen klarmachte, begann ich nervös auf meinem Sitz hin- und herzurutschen.

»Wie auch immer es heute ausgeht: Ich bin für dich da«, raunte Will.

»Und ich für dich«, entgegnete ich flüsternd.

Will oder Clay – Clay oder Will ...

Ein Bus nach dem anderen hielt vor dem Eingang des Zentrums und ließ die Schüler aussteigen. Unser Bus war der letzte – genauer gesagt: der allerletzte, denn auch die Busse der anderen Schulen waren bereits vor uns angekommen.

Wir gingen über den weißen Steinboden die breite Treppe hinauf und betraten das Gebäude. Von innen wirkte es ebenso klinisch wie von außen. Der weiße Boden glänzte wie eine frisch polierte Eislaufbahn. Das Licht, das durch die Fensterfront strömte, verstärkte diesen Effekt. Möbliert war hier nichts und auch Teppiche, Bilder, Pflanzen und eine andere Farbe als *Weiß* suchte man vergebens. Bei all den Aufzügen, Treppen, Türen und Gängen, die von der weitläufigen Eingangshalle abgingen, konnte man sich leicht verlaufen. Die vier Frauen in den bekannten blau-weißen Uniformen, die uns bereits erwarteten, wirkten wie Fremdkörper in dem sterilen Ambiente. Als wir uns alle wie Soldaten in langen Reihen aufgestellt hatten – Will und ich standen ganz hinten –, begann mein Herz abermals hemmungslos zu pochen.

Nein, nicht jetzt, bitte, nicht jetzt!, flehte ich meinen Körper an. Es half nichts. Die Kälte ließ mich schlotternd die Arme vor der Brust verschränken. Ich rieb meine eisigen und doch schwitzenden Hände aneinander und lugte hinter mich. Die Tür war nur wenige Schritte entfernt. Es wäre ein Klacks gewesen, zu entwischen. Für einen kurzen Moment wog ich ab, so sehr drängte es mich hinaus. Doch mein Kopf wies mich an, zu bleiben. Die Tür war angelehnt und ein leichter Windzug strömte herein. Ich trat einen kleinen Schritt zurück, um etwas Frischluft einzuatmen. Vielleicht würde das helfen. Gerade als ich glaubte, die Symptome unbemerkt überwinden zu können, drehte Will sich zu mir um – und verstand sofort. Mit geweiteten Augen sah ich ihn an. Ohne ein Wort tat er ebenfalls einen kleinen Schritt zurück. Er umschlang meine Taille mit seinem rechten Arm und reichte mir seinen linken, damit ich mich abstützen konnte. Verstohlen blickte er erst nach links und dann nach rechts. Glücklicherweise schien niemand etwas bemerkt zu haben. Dann krallten sich meine Finger in seinen Unterarm. Ich schloss die Augen und lehnte meinen Kopf gegen seine Schulter. Irgendwann vernahm ich das Klingen eines Aufzuges. Meine Augen öffneten sich. Zwischen den Schultern der anderen Schüler hindurch erspähte ich den groß gewachsenen Mann: Dr. Huxley. Er trat an ein bereitgestelltes Mikrofon.

»Herzlich willkommen zu eurer Auswahl. Mein Name ist Dr. Huxley«, sprach er lächelnd. Er sah gut aus.

Perfekte Menschen wählen perfekte Menschen, dachte ich.

»Heute ist ein besonderer Tag. Sicher seid ihr alle gespannt, was euch hier im Zentrum erwartet. Darum will ich euch nicht länger auf die Folter spannen und euch erklären, wie es in den letzten Jahren abgelaufen ist: Ihr werdet alphabetisch in vier Gruppen aufgeteilt und dann nach oben geführt. Dort werdet ihr die Tests machen und danach wieder zur Schule gefahren – und das war's schon für heute. Ganz einfach! In sieben Tagen, das kennt ihr alle aus dem Fernsehen, findet die feierliche Bekanntmachung statt, in der ihr erfahren werdet, was bei der heutigen Auswahl für euch herausgekommen ist. An dieser Stelle möchte ich auf die Tests eingehen: Es wird vier davon geben und ein Abschlussgespräch – demnach werdet ihr also fünf Stationen durchlaufen.«

Ein Raunen ging durch die Schülerschaft.

»Nur keine Sorge. Es hört sich angsteinflößend an, aber das ist es nicht. Es gibt einen Test zur Überprüfung eurer kognitiven Fähigkeiten, der am Schreibtisch absolviert wird, ebenso der Interessentest. Es gibt einen Sporttest, den ihr gemeinsam durchlaufen werdet, und dann noch die Gesundheitsprüfung – und am Ende kommt das abschließende Gespräch, das ich in den letzten Jahren allein führte, aber …«, seine Stimme wurde lauter, »es wird dieses Jahr eine Neuerung geben. Dieses Jahr werden erstmalig zwei weitere Juroren bei der Auswahl mitentscheiden. Sie haben ein gutes Auge und wurden geschult.« Jetzt machte er eine Pause und sein Blick schweifte über die Menge.

»Doch bevor ich euch die beiden vorstelle, ist es mir noch wichtig, euch zu sagen: Es kann nicht nur die Elite geben! Die Elite könnte alleine nicht existieren! Egal wie es heute für jeden von euch persönlich ausgeht, euch wird zugewiesen, was am besten zu euch passt. Also – viel Glück euch allen.« Er machte erneut eine Pause und sagte dann: »Aber nun möchte ich euch die beiden neuen Juroren vorstellen: Gordon Wilder und Clay Reed.«

Ich sog die Luft ein. Dumpf hallte sein Name in meinem Kopf. Nein, das konnte nicht möglich sein. Ich hatte mich verhört. Mein Blick folgte dem von Dr. Huxley – nur um festzustellen, dass ich mich keineswegs verhört hatte: Clay und Gordon schritten erhaben die breite Treppe hinab, die sich neben den Aufzügen befand. Während sie sich, schön wie Engel, Schritt für Schritt der Erde näherten – so zumindest hatte es den Anschein –, biss ich mir auf die Unterlippe, um mir selbst zu glauben, dass ich nicht träumte. Das da vorne war tatsächlich Clay. *Clay wird Juror sein.*

Und er hatte es nicht für nötig gehalten, mir diese absolut unbedeutende Kleinigkeit zu erzählen?

Mit weit aufgerissenen Augen fixierte ich ihn. Clay und Gordon hatten sich jetzt links und rechts neben Dr. Huxley positioniert.

»Geht es wieder?«, riss mich Will aus meinen Gedanken. Es ging mir in der Tat wieder besser.

»Ja«, flüsterte ich und wollte mich aus seinem Griff winden. Doch er schien dem Frieden nicht recht zu trauen, ließ zwar meine Taille los, aber seinen linken Arm wollte er noch nicht zurückhaben.

Dr. Huxley fuhr unterdessen fort: »Aus organisatorischen Gründen wird jede Gruppe mit einem anderen Test beginnen. Das wird die jeweils vor euch stehende Dame aber gleich ganz genau erklären. Kommen wir also nun zur Aufteilung: In Gruppe eins sind alle mit den Nachnamen von A bis F – ihr werdet in das erste Obergeschoss geführt. In Gruppe zwei sind alle mit den Nachnamen von G bis L – ihr werdet in das zweite Obergeschoss geführt. In Gruppe drei sind alle mit den Nachnamen von M bis R – bitte folgt der hübschen Dame ins dritte Obergeschoss. Und in der letzten Gruppe sind die Nachnamen von S bis Z – ihr werdet in das vierte Obergeschoss gehen.«

Erschrocken blickte ich zu Will, denn unser Weg würde sich hier trennen. Abermals überkamen mich die Symptome. Warum hörte das nicht auf? War es Angst? Ich krallte meine Finger fester in seinen Unterarm. Er sah mich besorgt an, als er Zeige- und Mittelfinger auf die Pulsschlagader an meinem Handgelenk presste. Mein Herz raste.

»Du musst jetzt ruhig werden. Das ist wirklich wichtig, Summer,« flehte er.

»Ich bin ruhig. Alles okay, wirklich.«

»Du bist keine gute Lügnerin, Summer Snow.«

»Eigentlich schon«, keuchte ich und fasste mir an den Hals.

Er wollte es nicht, aber wir mussten uns jetzt trennen. Will deutete auf die vierte Gruppe, die sich gerade zusammenfand: »Geh jetzt da rüber und stell dich weit nach hinten«, ermahnte er mich.

»Will ...« Ich blickte ihn an. »Was ist mit mir? Was stimmt nicht?«

»Ich weiß es nicht.« Will schüttelte hilflos den Kopf und seine blauen Augen blickten kummervoll in meine. Ich versuchte ruhig zu werden, versuchte zu atmen, versuchte in den Normalzustand zurückzukommen, aber dieses Mal wollte es mir nicht gelingen. Will stellte sich zur dritten Gruppe und warf mir immer wieder verstohlene Blicke zu. Ich hingegen suchte nach Brian. In dem Gewirr von Schülern konnte ich ihn nicht ausmachen. Wie lange würden die Symptome anhalten? Es dauerte jetzt schon viel länger an als gewöhnlich. Wenn ich das nicht in den Griff bekam, würde ich gleich hier im Zentrum auf der Krankenstation bleiben können. Im Augenwinkel sah ich Gordon und Dr. Huxley vor der ersten Gruppe stehen. Sie schüttelten vereinzelt Hände und wechselten ein paar Worte mit den Kandidaten. Aber wo war Clay? Meine Augen suchten – und fanden ihn. Clay war den beiden um Längen voraus. Er hastete von Gruppe zu Gruppe und hatte meine erreicht, als Gordon und Dr. Huxley sich gerade erst der zweiten zuwandten.

»Herzlich willkommen«, sagte Clay mit einem Grinsen, das seine Augen nicht erreichte. Er widmete sich unhöflich kurz den anderen Anwärtern, machte mich am Ende der Gruppe aus und kam auf mich zu. Dann ergriff er meine Hand, schüttelte sie und sagte laut: »Die Toiletten sind da drüben.« Er versetzte mir einen sanften Stoß und flüsterte: »Summer, du musst dich beruhigen. Ich werde dich beschützen, aber du musst dich beruhigen. Los – geh!«

Was sollte das? Konnte er das riechen? Hören? Oder sah man mir mein Problem tatsächlich so deutlich an? Im Hintergrund tuschelten und lachten die übrigen Schüler. Ich nahm sie jedoch kaum wahr. Mein Puls rauschte mir in den Ohren, die ganze Welt schien sich um mich zu drehen. Er warf mir noch einmal einen eindringlichen Blick zu und ich verschwand ohne Widerworte hinter der Tür, auf die er gedeutet hatte. Dann stand ich allein auf einem düsteren Korridor mit grau gekachelten Wänden, und es dauerte nur den Bruchteil einer Sekunde, ehe mich die Erkenntnis eiskalt durchfuhr: Ich stand inmitten meines Albtraums. Mein rechter Zeigefinger und Daumen zwickten in den Handrücken meiner linken Hand, dann wieder, und wieder. Aber es war kein Traum. Dieser Ort war real. War ich schon einmal hier gewesen? ... Mein Herz pumpte mit jeder rhythmischen Kontraktion ein Gemisch aus Blut und Angst durch meinen Körper. Mein Atem ging unregelmäßig. Mein Brustkorb hob und senkte sich schwerfällig. Meine aufgerissenen Augen streiften ziellos durch den Korridor: die Düsterheit, der glatte Boden, die gekachelten grauen Wände, dasselbe bedrückende Gefühl, das sich in mir regte – alles haargenau wie in meinem Albtraum. Und dann sah ich die Tür. Ebenjene Tür, durch die Dad in meinem Albtraum immer verschwunden war.

Ich tat den ersten Schritt in ihre Richtung, erkannte die Beschilderung der Toilette, doch das interessierte mich nicht mehr. Angst und Neugier waren jetzt an die Stelle der Symptome getreten. Ich wurde von dieser Tür aus meinem Albtraum angezogen wie die Motte vom Licht. Wie hypnotisiert streckte ich meinen Arm aus. Meine Finger streiften an der gefliesten Wand entlang. Ich spürte abwechselnd die rauen Fugen und die spiegelglatten Kacheln unter meinen Fingerkuppen. Und in diesem Moment, als ich gebannt auf diese Tür zulief, hatte ich alles um mich herum vergessen: die Auswahl, Clay, die Folgen, die es haben könnte, wenn man mich beim Spionieren erwischte, die Elite – einfach alles! Ich war nur noch von dem Verlangen getrieben, zu erfahren, was hinter dieser Tür lag. Wenn ich es jetzt nicht wagte, hätte ich vermutlich niemals wieder die Gelegenheit dazu.

Schließlich hatte ich die Tür erreicht. Meine Finger umschlossen den Türgriff, doch ich hielt kurz inne. Ein beunruhigendes Gefühl griff nach mir, bekam mich zu fassen. Ich dachte an das helle Licht hinter der Tür. Es war nicht immer die Dunkelheit, vor der man sich fürchten sollte. Man weiß nie, welche schonungslose Wahrheit das Licht entblößen kann. *Bin ich bereit dafür? Bin ich bereit, meinem Albtraum in die Augen zu sehen?* Der kalte Griff wurde in meinen schwitzigen Fingern langsam warm.

Ja! Ich muss bereit sein! So eine Chance bekomme ich kein zweites Mal!

Ehe ich den Griff hinunterdrückte, huschte mein Blick noch einmal durch den Korridor. Niemand da. Vorsichtig schob ich die Tür einen Spalt auf und kniff meine Augen zusammen – doch kein Licht fiel durch den Türspalt. Mit einem Ruck stieß ich die Tür ganz auf, schlüpfte hindurch – und stand reglos in der kühlen Dunkelheit.

Wo ist das Licht? Ich stand im Halbdunkel, nur die Notbeleuchtung war an. Meine Augen erfassten die neue Umgebung, und eine Gänsehaut jagte meinen Rücken hinab. Hastig vergewisserte ich mich, dass die Wände nicht bluteten. *Natürlich nicht! Es ist eben einfach nur ein dummer Traum! ... Oder?* Denn abgesehen davon war alles wie in meinem Albtraum: die Halle, die verzinkten Gitterroste, das Geländer, der freie Raum in der Mitte, die gekachelte Wand, die Ketten, die von der Decke hingen ...

Trotz des beklemmenden Gefühls, das von mir Besitz ergriffen hatte, setzte ich mich in Bewegung und trat auf das Geländer zu. Aber diesmal hielt mich niemand auf. Diesmal war kein Dad da und auch kein Blitz, der mich am Hinabsehen hindern konnte. Mein Atem ging stoßweise, als meine Hände das kalte Geländer umfassten. Ich beugte meinen Oberkörper vor und blickte hinab. Es ging weit nach unten. Der Boden war nicht zu sehen, aber etwas erkannte ich doch: ein Aufblinken ... rotes Licht!

Langsam und ohne das Blinken aus den Augen zu lassen, lief ich mit stockendem Atem auf der Plattform einmal um die Halle, bis ich abrupt vor einer Treppe zum Stehen kam. Sie führte hinab und war ebenfalls aus Gittern gefertigt. Wie in Trance nahm ich Stufe um Stufe. Ich erreichte die darunterliegende Plattform. Auf dieser Etage zogen sich keine gekachelten Wände um die Halle, hier waren es Glasscheiben. Ich trat auf die gebogenen Scheiben zu, die sich der Rundung der Halle anpassten, und spähte hindurch. Hinter dem Glas brannte kein Licht, ich musste dicht herantreten, bis die Scheibe von meinem Atem beschlug. Dahinter nur ein Schreibtisch, ein Stuhl und ein Schrank. Ein Büro. Hinter der nächsten Scheibe das gleiche Bild: Schreibtisch, Stuhl, Schrank ... und ein Whiteboard in einer Ecke. Etwas war daraufgekritzelt, als hätte jemand ein Strichmännchen gemalt und die Körperteile beschriftet. *Vielleicht war ihnen langweilig und sie haben Hangman gespielt?* Unbeirrt lief ich zurück zur Treppe und nahm weitere Stufen ins Ungewisse. Auch auf der nächsten Plattform waren es Glasscheiben, die sich um die Plattformen zogen – und wieder lagen dahinter Büros. So ging es weiter. Doch das blinkende Etwas verlor ich niemals aus den Augen.

Irgendwann, ich musste die Hälfte geschafft haben, hielt ich inne und dachte nach. *Es ist verboten, was ich hier mache … Ich sollte zurückgehen … Oder mir schon mal eine plausible Erklärung einfallen lassen, warum ich hier bin und nicht bei den anderen. Wenn sie mich erwischen, bekomme ich vermutlich richtig Ärger.*

Mein nervöser Blick huschte nach oben. *Dann lass dich lieber nicht erwischen.* Ich passierte das nächste Stockwerk auf meinem Weg zum Boden. Alles war ganz still, nur meine Schritte wurden von den kahlen Glaswänden als verzerrter Nachhall zurückgeworfen.

Und irgendwann berührte mein Fuß endlich den gefliesten weißen Boden. Ich sah mich um. Auch hier war eine Notbeleuchtung in Betrieb, die an den jetzt wieder gekachelten Wänden angebracht war. Hier unten war die Halle nicht auf die runde Form und Größe beschränkt, die sie einem von oben vorgaukelte. Waren schon die Plattformen gigantisch groß gewesen, so öffnete sich die Halle hier unten zu einem schier überdimensionalen Raum, von dem in die unterschiedlichsten Richtungen ein Labyrinth aus Tunneln abging. In der trüben Notbeleuchtung konnte ich nur Umrisse erkennen. Als ich mich weiter umsah, entdeckte ich endlich die Quelle des Blinkens: Es waren … Tröge. Aus Metall. An den Seiten der meterlangen offenen Behälter, die sich durch die gesamte Halle zogen, waren kleine Lichtleisten angebracht, die in einem kalten Rot pulsierten.

Wahrscheinlich, damit man nicht dagegenläuft, mutmaßte ich, weil sie teilweise mitten im Raum platziert waren. Dann fiel mein Blick auf die Ketten, die über den Trögen baumelten. Sie waren lang, sehr lang, und reichten von der Decke über die Stockwerke hinweg bis hier runter. Am unteren Ende waren sie jeweils mit einem Haken bestückt. Die unendliche Anzahl der Ketten fiel mir erst jetzt auf, da ich mitten unter ihnen stand. Von oben waren sie mir gar nicht so zahlreich vorgekommen.

Was soll das hier sein? Wofür wird das gebraucht?, fragte ich mich und streifte mit den Fingern die Kettenzüge entlang. Sie begannen leicht zu schaukeln und schwirrten gegeneinander. Und dann war sie da: die Erinnerung. Ausgelöst durch das Scheppern. Augenblicklich nahm ich den Geruch des Todes wahr … Als dann auch noch urplötzlich die Symptome auf mich niedergingen, rollte ich mich zusammen und kauerte mich auf die unterste Treppenstufe. Schwer atmend blickte ich mich um.

»Red!«, stieß ich erschrocken aus, als ich in sein karamellfarbenes Gesicht sah, das bei der schlechten Beleuchtung noch dunkler wirkte.

»Summer Snow! Was hast du hier zu suchen?« Bis zu diesem Moment hatte ich seine Stimme noch nie gehört. Sie klang streng und vorwurfsvoll, fast drohend – genau so, wie ich sie mir vorgestellt hatte.

Ich regte mich nicht sofort, gab mir ein paar Sekunden, bis ich meine Symptome wieder einigermaßen unter Kontrolle hatte.

»Was ist das hier?«, wollte ich dann wissen und erhob mich. Er presste seine Lippen hart aufeinander und deutete mir nur mit einer Handbewegung, die Stufen hinaufzugehen.

»Was ist das hier?«, beharrte ich und blieb mit vor der Brust verschränkten Armen stehen. Doch weil er wirklich angsteinflößend wirkte und mit unerbittlichem Gesichtsausdruck weiterhin auf die Treppe wies, trat ich schließlich den Weg nach oben an.

»Was ist das hier, Red?«, versuchte ich es noch einmal, als ich die ersten Stufen erklommen hatte.

»Geht dich nichts an. Hoch jetzt!«, kommandierte er.

Um meinen Widerwillen zum Ausdruck zu bringen, atmete ich betont geräuschvoll aus und stiefelte die Stufen weiter nach oben. Den gesamten Weg über lief er schweigend hinter mir. Jeder meiner Versuche, ein Gespräch zu beginnen, scheiterte kläglich.

So unhöflich … Vielleicht ist sein spärlicher Vorrat an Worten für heute aufgebraucht, überlegte ich sarkastisch. *Aber gut … Was habe ich erwartet? Ich schleiche hier rum und betrete Räume, in denen ich nichts zu suchen habe …*

Ich beschloss, ruhig zu sein, und hoffte inständig, dass mein kleiner Ausflug keine Konsequenzen für mich und meine Auswahl haben würde.

Als wir nach einer gefühlten Ewigkeit endlich da angekommen waren, von wo aus ich meine Entdeckungsreise gestartet hatte, nahm ich beherzt den Türgriff in die Hand, doch Red war schneller und drückte seine Hand gegen die Tür, noch ehe ich sie aufziehen konnte. Entgeistert starrte ich ihn an und ließ los. Red legte selbst die Hand auf den Griff und bedeutete mir mit einer Kopfbewegung, hinter ihn zu treten. Er streckte seinen Kopf durch die Tür und vergewisserte sich, dass die Luft rein war. Dem war wohl so, denn er winkte mir, ihm zu folgen. Dann standen wir wieder auf dem düsteren Korridor und gingen auf die Tür der Eingangshalle zu, durch die ich gekommen war. Gerade als ich noch einmal einen letzten Blick auf die Tür zu meinem Albtraum werfen wollte, passierten zwei Dinge gleichzeitig: Die Symptome setzten wieder ein und eine Männerstimme erklang.

»Halt! Weisen Sie sich aus!«, hallte die Stimme durch den Korridor. Kalter Schweiß brach mir aus und mein Blick huschte zu Red – auch er sah mich an. Noch während er sich umdrehte, legte er ein falsches Lächeln auf. Ich verbarg meine zitternden Hände hinter dem Rücken, drehte mich ebenfalls um und sah einen hochgewachsenen Mann mit grauer Uniform.

»Sie ist schreckhaft ...« Dabei deutete Red auf mich.

Warum sagt er das? Sofort kam mir ein neuer Gedanke: *Kann auch er es hören? Meint er mein schlagendes Herz? Unmöglich! ... Oder?*

»Mister ...«

»Duncan«, sagte der grau gekleidete Mann.

»Mister Duncan«, sagte Red und lächelte freundlich. »Mein Name ist Red. Sie ist eine Anwärterin.« Wieder deutete er auf mich und noch immer war seine Stimme ungeheuer höflich. »Sie wollte vor den Tests noch einmal schnell zur Toilette. Ich habe sie begleitet. Wir wollen ja nicht, dass sich hier jemand verläuft. Allerdings kenne ich mich auch nicht so besonders gut aus und bin mit ihr einmal bis zum Ende des Korridors gelaufen – und jetzt eben wieder zurück. Mein Fehler«, beteuerte er.

Na so was?, dachte ich, als meine Symptome abklangen. *Er kann also auch nett sein, wenn er will.* Unwillkürlich rümpfte ich die Nase. Bei mir hatte er das nicht einmal versucht.

Und er kann lügen, ebenso gut wie ich ... Warum? Was war so schlimm an dem, was ich gesehen habe?

»Dann sind Sie an den Toiletten vorbeigelaufen.« Der Mann deutete auf die Toilettentür, die sich genau neben dem Zugang zur Eingangshalle befand.

»Oh ... tatsächlich! Sie haben recht, jetzt sehe ich es auch«, sagte Red in gespielter Unwissenheit, als er dem Blick des Mannes folgte. »Dann – bitte«, wandte er sich an mich und sah mich auffordernd an ... Und gerade als ich mich zur Toilettentür drehen wollte, bemerkte ich, wie sich die Augen des Mannes verengten. Misstrauisch huschte sein Blick von Red zu mir und wieder zurück.

Red beeilte sich zu sagen: »Ich bin mit Clay Reed hier. Ich bin sicher, er

173

wird mich bereits vermissen. Und diese junge Dame sollte jetzt auch zurück, um an den Tests teilzunehmen.« Ein ungeduldiger Unterton schwang in seiner Stimme mit.

Als der Mann Clays Namen hörte, nahm er augenblicklich Haltung an. »Ja! Jetzt erkenne ich Sie. Oh ... Es tut mir leid. Natürlich! Ich will Sie unter keinen Umständen länger aufhalten. Ich mache nur meinen Job.« Entschuldigend hielt er seine Hände vor die Brust.

Red nickte ihm noch einmal zu, und ich verschwand hinter der Toilettentür. Zum Schein drückte ich die Spülung und wusch mir die Hände. Als ich wieder heraustrat, erwartete ich eigentlich, dass Red bereits verschwunden wäre, doch er wartete noch immer vor der Tür – wohl um sicherzugehen, dass ich nicht abermals umherschwirrte wie ein Irrlicht. Er begleitete mich aus dem Korridor hinaus, zurück in die Eingangshalle.

»Deine Gruppe«, sagte Red kurz angebunden und deutete mit dem Kopf auf die Menschenmenge, zu der ich mich stellen sollte. Dann entfernte er sich.

Gordon und Dr. Huxley hatten unsere Gruppe natürlich bereits passiert, als ich mich wieder unter die Schüler mischte. Die drei Juroren standen mittlerweile wieder vor der Schülerschaft, und Dr. Huxley redete über irgendetwas, aber ich hörte ihm gar nicht zu. Ich sah Red hinterher, der gerade jemandem zunickte. Ich folgte seinem Blick – es war Clay, dessen Gesichtszüge sich mit einem Mal entspannten.

Noch immer vollkommen verwirrt versuchte ich, mich auf Dr. Huxleys Worte zu konzentrieren.

»Und nun folgt ihr der jeweiligen hübschen Dame, und wir sehen uns gleich wieder.« Dr. Huxley, Gordon und Clay verabschiedeten sich und fuhren mit dem Aufzug nach oben.

»Mein Name ist Estrelle«, stellte sich die blau-weiß gekleidete Frau unserer Gruppe vor. Sie hatte einen kurzen rabenschwarzen Bob und trug knallroten Lippenstift auf den schmalen Lippen. Sie war jung, vielleicht nur wenige Jahre älter als ich selbst.

»Unsere Gruppe wird die vierte sein, und wir werden dann geschlossen nach oben gehen. Wir warten noch kurz, bis die ersten drei Gruppen weg sind.« Ihr Lächeln war professionell. Sicher hatte sie das vor dem Spiegel geübt.

Noch immer in Gedanken versunken, wollte ich gerade nach Brian suchen, da traten ein paar von den anderen an mich heran.

»Du bist ja krass«, sagte ein Mädchen, das ich noch nie zuvor gesehen hatte. Vermutlich kam sie von einer der anderen Schulen.

»Wie bitte?«, fragte ich verwirrt. Hatte sie mich etwa gesehen? Wusste sie von meinem Ausflug? Noch während ich mich fragte, wie sie es wohl herausbekommen hatte, fuhr sie fort: »Du fragst einen Juror nach den Toiletten? Du willst wohl auf gar keinen Fall in die Elite!« Das klang abschätzig.

»Aber Chancen scheinst du ja eh keine zu haben«, meldete sich besonders selbstbewusst ein großes, hageres Mädchen mit ungesunden Zügen und fixierte mich von oben bis unten.

Ungläubig starrte ich sie an. Was sollte das?

»Er war nicht gerade erfreut. Hast du seinen Tonfall gehört?«, warf ein blasser rothaariger Junge ein, dessen Gesicht mit tiefschwarzen Muttermalen überzogen war – vermutlich froh, dieses Mal nicht selbst die Zielscheibe des Spottes zu sein.

»Ja, der klang ein wenig erzürnt. So etwas überhaupt zu fragen … kein Anstand«, stimmte John Travis, der pickelige Junge von vorhin, munter ein. Obwohl das vermutlich ein Seitenhieb zu meinem plötzlichen Verschwinden am Bus war.

»Hey«, sagte jetzt eine verärgerte Stimme direkt hinter mir, noch bevor ich mich selbst verteidigen konnte. »Gibt es hier ein Problem?«, wollte Brian mit finsterer Miene wissen. Er schaute erst in die Runde, dann auf mich. Ich schwieg, genau wie die anderen.

»Ich mache es jetzt mal ganz deutlich«, sagte er mit verschränkten Armen. »Wer ein Problem mit meiner Schwester hat, der hat auch ein Problem mit mir, klar?«

Betretenes Gemurmel machte sich breit. John Travis trat einen Schritt zurück. Auch auf die Fremden musste mein großer Bruder Eindruck gemacht haben, denn sie schwiegen und lächelten entschuldigend in meine Richtung. Brian regte sich nicht, verharrte in seiner bedrohlichen Haltung vor ihnen, als warte er auf etwas.

Der rothaarige Junge kam zuerst darauf und sagte kleinlaut: »Tut mir leid.«

Als Brian seine Lippen zu einem schiefen Lächeln verzog, stimmten die anderen ein.

»Tut mir leid«, murmelte jeder von ihnen bedröppelt.

»Na, dann ist es ja gut«, sagte Brian und deutete mir, ihm zu folgen.

Als wir außer Hörweite waren, flüsterte er: »Also wirklich, Summer ...« Mehr sagte er nicht, und ich schwieg lieber. Was hätte ich auch sagen sollen?

Wir gesellten uns zu einer größeren Gruppe. Einige Gesichter kannte ich, andere waren mir fremd. Brian hatte bereits Zugang zu den Fremden gefunden. Er war kompatibel mit allen Charakteren, es war unglaublich, wie schnell er sich einfügen konnte und wie rasch er gemocht wurde.

Bevor ich mir weiter Gedanken machen konnte, sagte unsere schwarzhaarige Begleiterin: »So, meine Lieben, wir gehen jetzt geschlossen hinauf in den vierten Stock.«

Estrelle ging voran und unsere Gruppe folgte ihr die lange, geschwungene Treppe hinauf. Oben angekommen, öffnete sich ein großer, weiter Raum, in dem unzählige Sofas mit floralem Muster standen. An einer Seite war ein langer Tisch mit Getränken und Häppchen aufgebaut, der mit wunderschönen Blumensträußen in Kristallvasen dekoriert war. Estrelle blieb davor stehen.

»Hier sind wir nun. Das ist der Warteraum für unsere Gruppe. Ihr könnt euch gerne am Buffet bedienen. Und«, sie suchte in der Menge mein Gesicht, »die Toiletten sind da drüben.«

Leises Kichern war zu hören, doch ein einziger Blick von Brian genügte, um für absolutes Schweigen zu sorgen. Betreten blickte ich zu Boden. Brian klopfte mir aufmunternd auf die Schulter. Er war für mich da, auch wenn alle anderen über mich lachten – mein großer Bruder stand zu mir.

»Ihr habt jetzt noch fünfzehn Minuten, bis die Tests starten«, rief Estrelle mit einem Blick auf ihre goldene Armbanduhr. Die meisten stürzten sich sofort auf das Buffet, der andere Teil der Schüler lief zu den Toiletten. Brian und ich jedoch gingen zu den Samtsofas direkt vor der Fensterfront, die in Richtung unserer Kolonie ausgerichtet war. Ich schaute nach draußen, sah das grüne Tannenmeer und blickte in den Himmel. Ein Falke zog bewegungslos seine Kreise.

So viele Dinge geisterten durch meinen Kopf: *Was habe ich da eben gesehen – und warum war diese Halle aus meinem Albtraum real? Bedeutet das, dass Dad und ich tatsächlich schon einmal dort waren? Warum sollte die Halle sonst in meinem Albtraum auftauchen? Und warum habe ich diese Symptome immer, wenn jemand von der Elite in der Nähe ist? Was hat das zu bedeuten?* … Und natürlich hoffte ich, dass ich es schaffen würde – trotz des Verrats. Außerdem hatte ich jetzt wahnsinnige Angst, mich zu blamieren – vor Clay. Aber dann schoss mir durch den Kopf, dass seine Anwesenheit in der Jury – genau wie die von Gordon – meine Chancen soeben erhöht hatte.

»So, meine Lieben«, rief Estrelle nach einer Weile. Die fünfzehn Minuten mussten um sein, und ich hatte immer noch keine einzige Antwort auf meine Fragen gefunden.

»Wir machen uns nun auf zum ersten Test«, erklärte sie lächelnd. Alle Schüler scharten sich in einem Halbkreis, aber mit gebührendem Abstand, um Estrelle. Sie stand vor einer Tür, die mir vorher nicht aufgefallen war, weil sie mit dem gleichen Wandpaneel verkleidet war wie der Rest des Raums. Ich betrachtete die Wandvertäfelung jetzt genauer und zählte drei Türen, die vom Wartesaal abgingen.

»Wenn wir hineingehen, wird sich jeder einen Platz suchen und sich setzen. Sonst werdet ihr erst einmal nichts tun. Verstanden?«

Alle nickten schweigend und Estrelle öffnete die Tür. Wir traten nacheinander ein. Der Raum war riesig und hell, die Tische waren wie in der Schule aufgereiht. Es waren Einzelpulte und sie standen weit auseinander. Nachdem ich mich gesetzt hatte, erblickte ich einen Stapel weißer Blätter, die mit der beschrifteten Seite nach unten lagen. Auf diesem Blätterberg, es mussten gut vierzig Seiten sein, lag ein roter, angespitzter Bleistift.

»Die Blätter vor euch werden noch nicht umgedreht!«, ermahnte Estrelle, als jeder einen Platz gefunden hatte. Ich blickte mich um. Brian hatte das Pult neben mir gewählt. Er lächelte mir aufmunternd zu, ich lächelte zurück. Estrelle stand an der Tür, schloss sie aber nicht. Sie schien zu warten. Nach wenigen Sekunden betraten breitschultrige, grau gekleidete Männer den Raum. Sie sahen aus wie der Mann, der Red und mich ertappt hatte: groß, strenger Blick, die Haare kurz rasiert. Die Männer positionierten sich strategisch im Raum.

»Diese Männer werden dafür sorgen, dass ihr nicht schummelt. Solltet ihr nämlich auf die Idee kommen, nach links oder rechts zu spicken oder sonst irgendwie zu betrügen, ist der Test für euch vorbei. Habt ihr das verstanden?«

»Ja«, antwortete die Schülerschaft diesmal laut und deutlich.

»Ihr könnt die Blätter jetzt umdrehen und mit dem Test eurer kognitiven Fähigkeiten beginnen. Er ist selbsterklärend. Beantwortet alle Fragen. Ihr habt zwei Stunden Zeit. Die Zeit läuft ab jetzt.«

Ich traute mich nicht aufzusehen, konnte aber hören, wie die Bleistifte hektisch zur Hand genommen wurden und ein Stapel nach dem anderen umgedreht wurde. Dann hörte ich das Kratzen der Stifte auf dem Papier. Auch ich drehte meinen Stapel um. Ich blätterte den Test einmal ganz durch, um zu sehen, was auf mich zukam: logisches Denken, ein Matrizentest, bei dem man eine Abfolge von Darstellungen betrachten und die letzte fehlende Darstellung korrekt ergänzen musste. Dann gab es noch Zahlenreihen zu komplettieren, Analogien zu finden, Bilder zu ergänzen, einen Wortschatztest, Fragen zum allgemeinen Verständnis, Bilderreihen, die richtig sortiert werden mussten, Buchstaben-Zahlen-Folgen, Rechenaufgaben und so weiter.

Ich fing nicht mit dem Teil an, der mit Zahlen zu tun hatte – das Schwierigste wollte ich mir für den Schluss aufheben. Stattdessen begann ich mit dem Wortschatztest. Hier musste ich als Erstes ein Bild von einem Maler aus der früheren Zeit beschreiben und interpretieren. Anschließend machte ich mit den Analogien weiter: »Fische schwimmen; Vögel?« – *fliegen* …

Immer wieder rief Estrelle uns die verbleibende Zeit zu. Als sie die Ansage machte, wir hätten nur noch dreißig Minuten, begann ich schneller zu schreiben. Allerdings wäre das nicht nötig gewesen, denn ich war zehn Minuten vor der Zeit mit allen Fragen fertig. Estrelle, die durch die Reihen wanderte, blieb vor mir stehen.

»Bist du fertig?«, wollte sie wissen, weil ich den Stift abgelegt hatte. Ich nickte.

»Dann vergewissere dich, dass auf jedem Blatt dein Name steht, dreh die Blätter wieder um und verlasse den Raum.«

Ich tat wie geheißen, stand auf und ging in den großen Wartesaal zurück. Noch immer ließ mich meine kleine Entdeckungsreise von vorhin nicht los. Aber dann unterbrachen eintrudelnde Schüler meine Gedanken, und schließlich strömte der komplette Rest auf einmal heraus. Brian war unter den Letzten.

»Du warst aber schon früh fertig«, sagte er und setzte sich neben mich.

»Mhm ... war nicht so schlimm, wie ich dachte. Und bei dir?«

»War gut machbar«, entgegnete Brian.

Zufrieden blickten wir uns an.

Estrelle erschien wieder und erklärte: »Ihr habt dreißig Minuten Pause.« Brian und ich gingen zum Buffet und nahmen uns etwas zu essen. Hunger hatten wir allerdings kaum. Die dreißig Minuten verflogen wie Sekunden.

»So, meine Lieben. Alle wieder zusammenkommen. Hierher ...« Estrelle klatschte in die manikürten Hände. Sie hatte sich vor der zweiten Tür aufgestellt.

»Ich bitte euch, wieder einen Platz zu suchen. Im Anschluss erkläre ich euch den Persönlichkeits- und Interessentest.«

Wieder strömten wir in den Raum und nahmen Platz, wieder traten die grau gekleideten Männer ein und wieder lag ein Stapel Blätter vor uns – aber dieses Mal lag zusätzlich eine kleine Schalttafel daneben. »Ja« und »Nein« stand auf den beiden Knöpfen, die darauf angebracht waren. Brian und ich schauten uns fragend an. Vorne im Raum stand ein Projektor.

»So, meine Lieben. Der zweite Test beginnt. Für die Fragebögen habt ihr wieder zwei Stunden Zeit. Es darf immer nur ein Kreuz pro Frage gesetzt werden. Im Anschluss erkläre ich euch, was es mit den Schalttafeln auf sich hat. Die Zeit läuft ab jetzt«, rief sie.

Was ich dann las, ließ mich schmunzeln, denn ich musste an die Unterhaltung mit Dad denken. Wenigstens hierbei hatte er nicht gelogen. Es waren tatsächlich Fragen, bei denen es besser war, die Antworten bereits zu kennen. Aber zum Glück hatte ich mir Gedanken gemacht.

Die erste Frage lautete: Womit beschäftigst du dich am liebsten? Mit A: Menschen, B: Kleidung, C: Natur, D: Werkstoffen, E: Tieren.

Die zweite Frage war: Was trifft am meisten auf dich zu? A: kreativ, B: realistisch, C: handwerklich und praktisch, D: mitfühlend, E: beschützend ...

In Diskussionen versuchst du: A: deinen Standpunkt zu vertreten, B: alle Positionen zu verstehen ...

Interessierst du dich für Medizin? Ja, nein.

Könntest du dir vorstellen, Kinder zu unterrichten? Ja, nein.

Könntest du dir vorstellen, Häuser zu bauen? Ja, nein.

Bist du handwerklich begabt? Ja, nein.

Interessierst du dich für Geschichte? Ja, nein.

Und so weiter ...

»Noch zehn Minuten«, dröhnte Estrelles Stimme an mein Ohr.

Hastig beantwortete ich eine Frage nach der anderen und setzte Kreuz um Kreuz. Dieses Mal war ich pünktlich fertig.

»So, nun prüft ihr bitte noch einmal, dass auf jedem Blatt euer Name steht. Dann dreht die Blätter um und nehmt die Schalttafel in die Hand. Der Projektor wird jetzt einige Bilder an die Wand projizieren und ihr müsst schnell antworten. Die Frage lautet jedes Mal: Spricht euch dieses Bild an – ja oder nein?«, erklärte sie. »Ein Beispiel.« Sie dimmte das Licht und auf der weißen Wand vor uns erschien die Abbildung einer Frau, die mit einer Nähmaschine einen Pelz zusammennähte.

»Ja oder nein? Gefällt euch, was ihr hier seht? Wenn es euch gefällt, drückt ihr auf den rechten Knopf der Schalttafel, wenn es euch nicht gefällt, auf den linken Knopf. Die Knöpfe sind beleuchtet. Hat noch jemand eine Frage?«, wollte Estrelle wissen.

»Ja ... du da ...« Sie deutete auf ein Mädchen, das die Hand in die Luft reckte.

»Also die Frage ist für jedes Bild gleich?«

»Das ist richtig. Die Frage ist immer, ob euch gefällt, was ihr seht.«

»Noch jemand?«, wollte sie wissen, aber diesmal meldete sich niemand mehr. »Dann geht es jetzt los. Es sind viele Bilder. Bitte bleibt dennoch konzentriert«, ermahnte sie uns.

Mit jedem projizierten Bild wurde deutlicher, dass Dad recht hatte. Man konnte das Ergebnis beeinflussen und in eine bestimmte Richtung lenken. In den letzten Tagen hatte ich mir natürlich Gedanken gemacht, und ich hatte eine Entscheidung getroffen: Sollte ich hierbleiben, wollte ich Ärztin werden. Von den anderen Gilden hatte ich keine Ahnung und keine gefiel mir wirklich. Warum also nicht Ärztin werden? Da wusste ich, was auf mich zukam, und ein bisschen Ahnung hatte ich bereits. Meine Antworten würden mein »Interesse« deutlich herausstellen.

Als auch dieser Prüfungsteil hinter uns lag, hatten wir noch einmal dreißig Minuten Pause. Der Test, der dann folgte, war mein ganz persönlicher Albtraum. Angeführt von Estrelle liefen wir die lange Treppe zum Eingangsbereich zurück und wurden in eines der unteren Stockwerke gebracht. In den getrennten Umkleidekabinen lag Sportkleidung bereit. Ich zog sie an – zu groß. Ich sah lächerlich aus. Missmutig schlurfte ich hinter den anderen her, bis wir den großen Sportsaal erreicht hatten. Die grellen Neonröhren und das Quietschen der Sohlen auf dem Boden riefen mir schlechte Erinnerungen an den Sportunterricht ins Gedächtnis.

Wir mussten kurze Strecken sprinten, unsere Ausdauer wurde bei einem Drei-Kilometer-Lauf getestet, Kugelstoßen und Weitsprung kamen im Anschluss und schließlich gab es einen Hindernisparcours, der es in sich hatte. Und als ob das alles noch nicht Quälerei genug gewesen sei, ging es zum Schluss noch in das angrenzende Schwimmbad zum 1000-Meter-Schwimmen. Es war grausam – und ich war fast überall eine der Schlechtesten, ganz im Gegensatz zu Brian. Er war super in Form und überall unter den Besten, den Schnellsten, den Ersten.

Der Anfang und das Ende, dachte ich, als die Tortur endlich vorbei war. Auf dem Weg zurück in die Umkleidekabinen schmerzte jeder einzelne Knochen in meinem Körper und meine mühsam eingedrehten Locken waren dahin …

Es gab kleine Duschkabinen, die ich nutzte. Als ich fertig war, zwängte ich mich wieder in die schwarze Kleidung. Ich trat aus der Mädchenumkleide – schon wieder als Letzte, selbst beim Duschen und Umziehen. Ohne Pause ging es nun in einen anderen Gebäudeteil, in dessen schmalem Gang ich zehn Türen zählte. Hier wurden die Gesundheitschecks vorgenommen. Als ich an der Reihe war, stellte ich fest, dass sie einfach nur ein Abklatsch von den Checks waren, die wir ohnehin jedes Jahr durchliefen: Blut wurde abgenommen, der Blutdruck gemessen, Haut, Haare und Kopfhaut kontrolliert, es wurde ein Ultraschall von allen möglichen Weichteilen im Körper gemacht. Anschließend mussten wir zum CT, um die Gehirnaktivitäten zu messen, und danach musste man noch eine Urinprobe abgeben. Die Zähne wurden von einem Zahnarzt begutachtet. Zu guter Letzt musste ich noch eine gynäkologische Untersuchung über mich ergehen lassen, und dann war ich endlich erlöst. Angenehm war das nicht. Als alle Schüler fertig waren, führte uns Estrelle wieder hinauf in den großen Saal. Brian und ich nahmen wieder auf einem der Sofas Platz.

»Meine Lieben«, rief Estrelle, »jetzt folgt der wichtigste Teil: das Gespräch mit den Juroren. Ihr werdet einzeln zu ihnen geführt, es kann also einige Zeit dauern, bis ihr dran seid. Nach den Gesprächen bringen wir euch zurück in die große Eingangshalle im Erdgeschoss, wo ihr auf eure Mitschüler warten werdet. Wenn ihr alle fertig seid, bringen euch die Busse wieder zu eurer jeweiligen Schule zurück. Wir werden die Auswertungen vornehmen, und in sieben Tagen, bei der großen Show, werdet ihr erfahren, was eure Bestimmung ist.«

Erschöpft saß ich da und mobilisierte noch einmal all meine Kräfte. Die Wartezeit war zermürbend. Als sich die Reihen lichteten, wurde die Unruhe in mir immer stärker. Ich begann mir sogar zu wünschen, endlich an die Reihe zu kommen, damit es wenigstens vorbei war.

»Brian Snow«, rief Estrelle und fuhr mit ihrem manikürten Finger über die Liste. Brian erhob sich und lächelte mir zu.

»Viel Glück«, sagte ich aufmunternd.

»Danke.« Selbstbewusst ging er auf Estrelle zu. Sie lächelte ihn an, musterte ihn von oben bis unten.

»Hallo, Brian Snow. Na, dann wollen wir mal«, sagte sie fast flirtend und ich verdrehte meine Augen.

Brian und die Frauen … und doch hatte er mir noch nie eine Freundin vorgestellt. Vielleicht wartete er auf die große Liebe. Estrelle führte ihn durch die dritte Tür. Genau dort musste Clay sitzen …

Als Estrelle endlich wieder erschien, wusste ich, dass ich an der Reihe war.

»Summer Snow«, rief sie und ich ging ihr entgegen. Estrelle empfing mich mit einem vordergründig netten Lächeln und winkte mir, ihr zu folgen. Sie öffnete die Tür und ich hielt meinen Atem an, weil ich dachte, ich würde direkt auf Clay, Dr. Huxley und Gordon treffen, aber weit gefehlt. Vor uns lag ein langer Korridor mit steinernen Wänden. Als die Tür zufiel, hallten nur noch unsere Schritte in dem kühlen Gang. Am Ende befand sich eine Aufzugtür. Estrelle hielt ihren Zeigefinger auf eine Vorrichtung, bis sie grün blinkte. Der Aufzug öffnete sich wie von Geisterhand. Wir stiegen ein und Estrelle drückte auf das Feld mit der Zahl 31 – ganz nach oben. Während der Fahrt schwiegen wir. Ich war aufgeregt und so nervös, dass auch das leise Gedudel der Musik mich nicht beruhigen konnte. Als das schrille *Bling* ertönte und sich die Tür des Aufzugs öffnete, drang grelles

Tageslicht in meine Augen. Ein lichtdurchfluteter Korridor erstreckte sich vor uns. Alles aus Glas, wohin ich auch sah, links, rechts, oben.

Ich machte einen Schritt aus dem Aufzug und hielt in der Bewegung inne. Unter mir war nichts – gar nichts! Sofort machte ich einen panischen Satz zurück in den Aufzug. Estrelle hatte bereits einen Schritt in dieses Nichts getan und lächelte milde – vermutlich passierte das jedes Mal.

»Das ist Glas. Es wird dich halten. Wir können drüberlaufen«, erklärte sie amüsiert.

Ich blinzelte mehrfach. »Okay ...«, flüsterte ich. Ich befand mich im 31. Stock und lief über Glas. Meine Schritte waren vorsichtig. Ich konnte Baumkronen unter mir sehen – und Vögel. Meine Knie schlotterten. Plötzlich bemerkte ich, dass ich mich mit jedem Schritt vom Zentrum entfernte, denn dieser schwebende Ausläufer des 31. Stocks, das wurde mir erst jetzt klar, überragte den Teil der Kolonie, in dem die Elite lebte. Er war an der Rückseite des Zentrums angebracht, deshalb hatte ich diesen Gebäudeteil von meiner Perspektive der Kolonie aus noch nie gesehen. Ich schaute hinaus, aber außer dem bewaldeten Berg, der auch von meinem Teil der Kolonie aus zu sehen war, konnte ich nichts erkennen. Als ich wieder nach vorne sah, erblickte ich eine Wand aus Ebenholz am Ende des Gangs. Erst als wir näher kamen, erkannte ich den Türgriff und das rot aufblinkende Dreieck, das nach einem Fingerabdruck verlangte.

»Jetzt wird es ernst«, erklärte Estrelle und zückte abermals ihren manikürten Zeigefinger.

»Ja«, flüsterte ich kaum hörbar. Die Tür öffnete sich.

»Bitte.« Mit einer Geste ließ sie mich vor.

Der Raum, den ich jetzt betrat, war das krasse Gegenteil des lichtdurchfluteten Korridors. Er war groß, aber dunkel. Schwere Samtvorhänge hingen vor den hohen Fenstern und ließen nur wenige Lichtstrahlen hereinfallen. Auf den dunklen, fast schwarzen Holzdielen lag ein roter Teppich. Die Möbel, die den Raum schmückten, schienen antik zu sein. An dem hölzernen Schreibtisch saß eine junge Frau. Sie war älter als ich, vielleicht Mitte zwanzig, und sie war wirklich wunderschön. Ihre blonden Haare waren zu einem strengen Dutt nach hinten gebunden und ihre wachen blauen Augen strahlten mich freundlich an. Als sie uns eintreten sah, stand sie auf und kam mir entgegen.

»Hallo, Summer Snow. Schön, dass du hier bist.« Ihre Stimme klang hell. Estrelle und die blonde Frau nickten sich freundlich zu. Dann wandte sich die Blonde wieder zu mir und neigte ihren Kopf zur Seite.

»Setz dich doch bitte für einen Moment. Ich rufe dich auf, sobald du an der Reihe bist.« Sie deutete auf einen Stuhl in der Ecke des Raums.

»Viel Glück«, sagte Estrelle, als sie sich noch einmal zu mir drehte. Dann war sie durch die Tür verschwunden. Gerade als ich auf dem Stuhl Platz nehmen wollte, kam es, wie es kommen musste: Die Symptome meldeten sich zurück. Aber diesmal merkte ich es schnell und reagierte sofort. Wenigstens lernte ich dazu.

»Ich müsste einmal kurz ... Wo sind bitte die Toiletten?«

»Diese Tür«, wies sie mir. Ich zwang mich, ohne Eile durch die Tür zu gehen, verschloss sie und war allein. So gut es ging, versuchte ich die Symptome in den Griff zu bekommen. Nach wenigen Minuten war alles vorbei. Das Herzrasen ließ nach, die Kälte und Hitze zogen sich aus meinem Körper zurück und das Gefühl, hier wegzumüssen, unterdrückte ich auf ein Minimum. Als ich mich im Spiegel betrachtete, atmete ich erleichtert aus. Ich sah wieder normal aus. Noch ein letztes Mal nahm ich zwei tiefe Atemzüge und verließ die Toilette.

Die Blonde lächelte mir zu, als ich auf dem Stuhl Platz nahm. Kerzengerade saß ich da, und das war gar nicht so leicht, denn ich sank mit meinem Hintern tief in das Polster ein, und die harte Stuhlkante schnitt in meine Beine. Diese Haltung war so unbequem, dass ich kurz mit dem Gedanken spielte, mich umzusetzen, aber ich traute mich irgendwie nicht aufzustehen.

Ist ja nicht für lange, redete ich mir ein. Nervös nestelte ich an meinen Fingern.

Das schrille Klingeln des Telefons ließ mich aufschrecken.

»Ja, bitte?«, meldete sich die blonde Frau. »Natürlich, Dr. Huxley, ich schicke sie hinein.«

Sie legte den Hörer auf, erhob sich elegant und kam mit schwingenden Hüften auf mich zu.

»Du wirst jetzt erwartet, Summer Snow.«

Ich erhob mich unbeholfen, aber so elegant wie möglich vom Stuhl. Dabei merkte ich, dass meine Beine eingeschlafen waren. Sie prickelten heftig und ich versuchte, so selbstsicher wie möglich aufzutreten.

»Viel Glück«, sagte die Blonde, als sie mir die Tür öffnete.

»Danke«, entgegnete ich geistesabwesend und trat hindurch. Auch in diesem Raum lagen schwarze Dielen auf dem Boden. Allerdings waren die gigantischen Fensterfronten nicht mit Vorhängen verdunkelt. Das Licht flutete jede Ritze des Zimmers. Mein Blick fiel auf den langen Tisch, der vor der Fensterfront stand, und dann blickte ich in die drei Augenpaare.

»Summer Snow!« Dr. Huxley lachte auf. Ich kaute unsicher auf meiner Unterlippe, denn ich hatte damit gerechnet, dass ich ihn vielleicht würde anbrüllen wollen, aber tatsächlich schüchterte mich sein Anblick ein.

»Hallo«, sagte ich freundlich, ging auf den Stuhl zu, der vor dem Jurorentisch stand, stolperte – und fiel der Länge nach hin. Blöde prickelnde Beine … Im Augenwinkel sah ich, wie Clay von seinem Stuhl aufsprang, doch ich war schneller. So eilig, dass ich nicht einmal erröten konnte, rappelte ich mich auf und kam wieder auf die Füße. Und ganz spontan machte ich eine Verbeugung, gefolgt von einem eleganten Hofknicks. Geradeso, als ob ich soeben eine besondere Leistung vollbracht hätte. Ich setzte mein breitestes Lächeln auf und blieb kerzengerade stehen. Clay stand jetzt vor mir und hatte Dr. Huxley und Gordon den Rücken zugedreht. Er zwinkerte mir zu und schmunzelte – und ich schloss vor Scham meine Augen.

»Alles in Ordnung?«, wollte er wissen.

»Ja. Geht schon.« Ich nickte.

Kurz bevor sich Clay von mir wegdrehte, wurde seine Miene wieder ernst.

»Das war lustig.« Gordon lachte. »Wir werden dich auf jeden Fall in Erinnerung behalten – nicht nur wegen deines Namens, Summer Snow«, sagte er fast genüsslich. »Aber bitte, nimm Platz.«

Ich strich über den Ärmel meines Pullis und setzte mich auf den Stuhl. Zu meiner Erleichterung versank ich diesmal nicht im Polster.

»Wir haben gerade schon deinen Bruder Brian kennengelernt«, sagte Dr. Huxley.

Ich nickte.

»Dann erzähl uns doch mal von dir. Wir wollen gerne mehr über dich erfahren.«

»Wir kennen uns bereits«, ergriff Clay das Wort.

»So?«, fragte Dr. Huxley verwirrt.

»Aus der Schule«, erklärte Clay. »Du weißt ja, wir haben überlegt, Pflanzen- und Heilkunde in der Elite zu unterrichten, darum war ich zwei Wochen im gleichen Unterricht wie Summer.«

»Ich verstehe«, murmelte Dr. Huxley. »Du kennst sie auch?«, wandte sich Dr. Huxley fragend an Gordon.

»Ich hatte leider nur recht kurz das Vergnügen.« Gordon schmunzelte. Unwillkürlich fiel mein Blick auf Clays rechte Hand, die er plötzlich zur Faust ballte. Er begann kaum merklich auf den Tisch zu klopfen, lautlos, unruhig.

»Wir beide kennen uns aber noch nicht. Darum würde ich dich bitten, trotzdem einmal kurz von deiner Familie zu erzählen. Wie lebt ihr und wie wohl fühlst du dich in deiner jetzigen Gilde?«, fragte Dr. Huxley.

»Also, ich lebe in Blackyard, und zwar mit meinem Dad und meinem Bruder Brian, den Sie ja eben schon kennengelernt haben. Mein Dad ist der Arzt von Blackyard und wir gehören daher zur Gilde der Ärzte.«

Jetzt sah ich, wie Clay nach den Dokumenten griff, die ausgebreitet vor Dr. Huxley lagen. Vermutlich waren es Unterlagen zu meiner Person. Hastig überflog er die einzelnen Seiten. Was suchte er?

»Ich, ähm … also ich helfe meinem Dad ab und an in der Praxis und konnte schon einige Erfahrung sammeln, außerdem habe ich …«

»Was ist mit deiner Mutter?«, unterbrach mich Clay, während er noch immer unablässig eine Seite nach der anderen umblätterte.

»Oh … hat Brian es nicht gesagt?«, fragte ich, weil ich hoffte, es nicht laut aussprechen zu müssen.

»Nein«, murmelte er und schlug die nächsten Seiten der Mappe um.

Ich nickte schwach und sagte ohne Umschweife: »Sie ist tot.«

Er hörte auf zu suchen und blickte mir entsetzt in die Augen.

»Tot?«, fragte er und schien das tatsächlich nicht gewusst zu haben. »Wie?« Er kniff seine Augen betroffen zusammen.

»Sie war schwanger mit meiner kleinen Schwester, und während der Geburt ist sie gestorben. Weder meine Mom noch meine Schwester haben es geschafft.«

Clay schloss für einen kurzen Moment die Augen und verzog das Gesicht – fast beschämt. »Das tut mir leid«, flüsterte er dann.

»Danke«, murmelte ich und blickte zu Boden, weil die Erinnerung mich traurig machte.

»Wir sollten das Thema wechseln«, warf Dr. Huxley ein.

»Was machst du sonst so? Was sind deine Hobbys?«, grätschte Gordon dazwischen.

»Oh … ähm … Ich lese gerne und ich bin eine gute Gärtnerin«, erklärte ich.

»Aha«, machte Gordon. »Und normale Sachen? Machst du die auch?«

»Normale Sachen?«, hakte ich verständnislos nach. Hielt er Lesen und Gartenarbeit für unnormal?

»Ich meine Shoppen, mit Freunden abhängen, Partys«, zählte er auf und lehnte sich lässig in seinem Stuhl zurück.

»Oh … ähm … ich … also, ich gehe selten auf Partys, und Shoppen gehört auch nicht zu meinen Lieblingsfreizeitbeschäftigungen«, erklärte ich ehrlich.

»Mhm … ungewöhnlich«, murmelte Gordon.

»Deine Tests sind ganz gut gelaufen, sehe ich«, warf Dr. Huxley ein.

»Ach ja?«, fragte ich, verwundert darüber, dass ihnen die Ergebnisse schon vorlagen.

»Ja«, schmunzelte Clay, der eine Seite in der Akte überflog.

»Selbst der Sporttest?«, fragte ich ungläubig.

»Nein, der eher nicht«, gab er zu und schüttelte den Kopf.

»Aber deine Schulnoten sind ausgezeichnet«, warf jetzt Dr. Huxley ein und ließ meine Zensuren nicht unerwähnt.

Oh, er ist gut, dachte ich. *Immer in der Rolle bleiben, Dr. Huxley.*

»Das stimmt«, sagte ich.

»Gut. Habt ihr noch eine Frage?«

»Nein«, erklärten Clay und Gordon.

»Du wirst unsere Entscheidung bei der großen Show erfahren – in sieben Tagen.«

»Wir danken dir für deine Zeit, Summer Snow«, sagte Clay, und ich konnte in seiner Stimme ein leises Glucksen hören.

»Ich danke Ihnen«, erwiderte ich lächelnd.

»Und versuch, auf dem Rückweg nicht zu fallen«, scherzte Gordon süffisant.

Ich nickte, drehte mich um und ging.

KAPITEL 14

Erstes Date

Drei Tage waren seit der Auswahl vergangen. Clay hatte ich seitdem nicht wiedergesehen und somit einen Vorgeschmack auf das bekommen, was mir blühte, wenn ich nicht in die Elite gewählt wurde. Ein Gefühl der Einsamkeit und Frustration verfolgte mich, und ich wollte mir nicht einmal ausmalen, wie schlimm es sein würde, wenn ich Clay tatsächlich niemals wiedersehen durfte. Als ich an diesem Freitag nach Schulschluss lustlos aus dem Schulgebäude schlurfte, erblickte ich einen schwarzen Porsche, der neben unserem Auto parkte. Und dann sah ich ihn – Clay. Er stand da, lässig an sein Auto gelehnt. Ich blieb stehen. War das die Wirklichkeit oder ein Traum? Ich kniff mir in den Handrücken: Nein, ich träumte nicht! Ungläubig ging ich auf ihn zu. Meine Lippen verzogen sich zu einem Schmunzeln, dann lachte ich auf. Wie gut es tat, ihn wiederzusehen und wieder zu lachen – *ehrlich* zu lachen. Auch er lächelte, bis in seine Augen hinauf. Den letzten Schritt kam Clay mir entgegen und wir umarmten uns so heftig, dass ich Angst bekam, wir würden uns gegenseitig erdrücken. Ihm war es egal, ob man uns sah – und mir auch.

»Geht's noch?«

Will, der plötzlich von der Seite an uns herangetreten war, riss uns auseinander und blickte sich um. »Was wird das?«, wollte er wissen und sah mir wütend in die Augen.

»Ich ... ähm ...« Mein Gestammel brach ab.

»Und was machst *du* hier?« Will warf Clay einen vorwurfsvollen Blick zu.

Clay antwortete nicht, sondern sagte nur: »Na komm, Summer. Steig ein.«

»Summer!«, stieß Will entsetzt aus und packte mich am Handgelenk, als ich gerade in das schwarze Auto steigen wollte. »Ich erlaube es nicht!«

»Lass mich los!« Ich versuchte, mich aus seinem festen Griff zu winden, doch es gelang nicht.

»Komm!« Will zog mich vom Porsche weg.

»Will, lass mich los!«

»Loslassen, Price!« Clay stand urplötzlich vor Will und funkelte ihn an. Will wägte ab und gab mein Handgelenk schnaubend frei. Er bebte vor Wut.

»Summer!«, ermahnte er mich.

Doch ich murmelte nur: »Tut mir leid, Will«, und stieg in den Porsche.

»Denk an die Gesetze, Summer!«, rief er noch, aber da hatte Clay die Tür bereits hinter mir geschlossen und ging um das Auto herum. Ich konnte Will noch im Außenspiegel sehen. Er stand einfach nur da. Als wir vom Parkplatz fuhren, wurde er immer kleiner.

Erst jetzt realisierte ich, dass ich mit Clay allein in seinem Auto saß. Ich starrte ihn an, genauso, wie ich es bei unserem ersten Kennenlernen getan hatte. Seine glänzenden braunen Haare und seine geschwungenen, verführerischen Lippen ... Sein vertrauter Geruch stieg mir in die Nase.

»Du bist hier«, hauchte ich.

»Ich habe doch gesagt, dass ich mir etwas einfallen lasse.«

Ich sah während der Fahrt kein einziges Mal nach draußen und wusste daher auch nicht, wo wir uns befanden. Es war mir vollkommen gleich. Ich hatte nur Augen für Clay. Irgendwann hielt er den Wagen an und zog den Schlüssel ab. Behutsam legte er seine Hand an meine Wange und zog mich an sich heran. Mein Körper bebte, als ich seinen Kuss zu erwidern begann. Schmetterlinge flatterten in meinem Magen.

»Ich bin so froh, dich wiederzusehen«, flüsterte er nur ein paar Zentimeter von meinem Gesicht entfernt und blickte mir in die Augen. Ich ließ meine Wimpern kurz flattern und lehnte mich wieder in meinen Sitz zurück.

»Und jetzt?«, wollte ich wissen.

»Und jetzt würde ich gerne wissen, ob ich dich ganz offiziell zu unserem ersten Date einladen darf?«

»Hättest du mich das nicht fragen sollen, *bevor* ich in dein Auto gestiegen bin?«, neckte ich ihn.

»Tja«, sagte er, »so bin ich wenigstens sicher, dass du nicht Nein sagst.«

Ich lächelte. »Ich hätte nicht Nein gesagt«, beteuerte ich.

»Gut zu wissen.«

Erst jetzt blickte ich mich um. Der Fluss, der sich durch unsere Kolonie schlängelte, war zu sehen.

»Was machen wir hier?«, fragte ich, als ich ausgestiegen war.

»Lass dich überraschen«, feixte er.

Clay hielt mir seine ausgestreckte Hand hin. Ich ergriff sie, ohne lange zu überlegen. Händchen haltend spazierten wir einige Zeit über einen steinigen Weg.

»Clay, warum hast du mir nicht gesagt, dass du einer der Juroren bist?«

Er zuckte unschuldig mit den Schultern. »Keine Ahnung. Ich wollte einfach nicht, dass du noch nervöser bist, als du es vermutlich ohnehin schon warst.«

»Tatsächlich?«, fragte ich ungläubig und musterte ihn aufmerksam aus zusammengekniffenen Augen. Die Frage aller Fragen schoss mir durch den Kopf: »Und ... also ... weißt du schon, ob ich ...« Dann brach ich den Satz vorsichtshalber doch ab, weil ich mir mit einem Mal nicht mehr sicher war, ob ich es wirklich wissen wollte.

Aber er hatte bereits verstanden. »Über die Schüler mit dem Buchstaben S wird erst am Montag abgestimmt.«

Ich nickte enttäuscht. Und während ich noch überlegte, ihn zu fragen, ob meine Antworten gut waren oder ob er es als problematisch ansah, dass ich vor aller Augen gefallen war, fragte er unvermittelt: »Was hattest du in der Halle zu suchen?«

Er maß mich mit einem plötzlich strengen Blick – vielleicht auch ein bisschen gequält. Offensichtlich hatte Red seine paar Worte, die er am Tag sprach, dafür genutzt, mich bei Clay zu verpetzen. Was sollte ich darauf antworten? Die Wahrheit? Nein, da müsste ich viel zu viel weglassen. Eine Lüge? Das wollte ich eigentlich auch nicht. Was sollte ich also sagen?

»Was hattest du da unten zu suchen?« Clays Stimme klang jetzt ungeduldig.

»Keine Ahnung ... Ich ... also ... ich ... Keine Ahnung ...«, stotterte ich.

Bevor er noch einmal nachhaken konnte, schlenderten wir um die nächste Biegung und ich sah ein großes Boot, das auf dem breiten Fluss ruhig auf und ab schwappte.

»Wow!«, stieß ich überrascht aus.

Er folgte meinem Blick. »Gefällt sie dir?«

»Ja! Unglaublich ... Ist das deins?«

»Ja.«

»Ich bin beeindruckt. Ich war noch nie auf einem Boot.«

»Segeljacht.«

»Wie bitte?«

»Das ist eine Segeljacht, kein Boot«, verbesserte er mich schmunzelnd, und ich war mir ganz sicher, dass er jetzt erst mal ausreichend abgelenkt war.

»Na schön, auf einer Segeljacht war ich auch noch nie. Wie hast du sie hierher bekommen?«, wollte ich wissen – denn ich wusste, dass der breite Fluss nicht durch den Elite-Teil der Kolonie führte.

»Ich habe für unser erstes Date weder Kosten noch Mühen gescheut.« Und mit einem süffisanten Grinsen fügte er hinzu: »Schauen wir mal, wie seetüchtig du bist.«

Wir liefen über einen Steg und gingen an Bord. Versöhnlich wiegte sie sich im Takt der leichten Wellen. Und urplötzlich überkam mich ein ungekanntes Freiheitsgefühl. Der Wind in meinen Haaren, das Auf und Ab der Jacht, Clay an meiner Seite – so könnte es für immer sein.

»Es ist so schön hier«, sagte ich fast ehrfürchtig.

Er lachte auf.

»Was machen wir als Erstes?« Ich klatschte vor Aufregung in die Hände. Doch da traf es mich mit voller Wucht.

Noch immer schmunzelnd drehte er sich zu mir. »Wir werden zunächst ... hey, Summer, alles okay?«

»Nein. Ich ...« Keuchend suchte ich nach Halt, doch meine schweißnassen Hände rutschten an der Reling ab und ich sackte auf die Knie.

Ein und aus – ein und aus – ganz langsam ein- ... und ausatmen, zwang ich mich. Clay war sofort an meiner Seite, kniete sich ebenfalls hin und befühlte meine Stirn. »Du bist ganz heiß.«

»Ich ... ich ... Mir ist kalt«, flüsterte ich schwer atmend und schlang die Arme um meinen fröstelnden Körper. Mein Herz pochte unregelmäßig.

Clay nahm mich in den Arm. »Alles gut.« Seine starke Hand strich mir zärtlich über den Rücken. Dabei sah er sich beunruhigt um. Ich tat es ihm gleich, aber niemand war zu sehen.

»Ich bin bei dir. Dir passiert nichts«, raunte er mir ins Ohr.

Als die Symptome allmählich abklangen, hielt ich mir beschämt die Hände vors Gesicht.

»Ich weiß nicht … was das ist, Clay. Ich … weiß es einfach nicht.«

»Schon gut. Alles ist gut«, sagte er und half mir auf.

»Ts, ts, ts, ts …«, zischte es wie das Züngeln einer Schlange.

Clay und ich drehten uns gleichzeitig zur Kajüte um und erblickten Gordon, der wie ein Raubtier auf uns zuschlich.

»Was willst du hier?« Clay schob mich beschützend hinter sich, wie er es schon damals getan hatte, als Brian und Will uns bei dem einsamen Baum überrascht hatten. Ich hielt seinen Oberarm fest umschlossen.

»Was ich hier will? Die Frage ist: Was wollt ihr hier? Zu zweit? Ich kann mir nicht vorstellen, dass das erlaubt ist – oder, Mister Reed? Klären Sie mich auf.« Gordon klang abschätzig.

»Bist du mir gefolgt?«, wich Clay ihm aus.

»Gefolgt … mhm, sozusagen. Es war nicht besonders schwierig. Ich habe mitbekommen, dass gestern deine geliebte Segeljacht aufgeladen und abtransportiert wurde. Ich war verwundert und da habe ich jemanden darauf angesetzt, um der Sache auf den Grund zu gehen. Und siehe da … jetzt sind wir hier.«

»Sie ist nur eine Freundin. Sie wollte schon immer mal segeln. Mehr gibt es nicht zu wissen«, wiegelte Clay ab.

»So, so … nur eine Freundin, die immer schon mal segeln wollte«, wiederholte Gordon und nahm mich ganz genau in Augenschein. Sein Blick klebte an mir wie die Froschzunge an der Fliege. Es schüttelte mich, denn ich hatte den Eindruck, dass er mich in Gedanken auszog. Ich machte einen kleinen Schritt nach links und war fast hinter Clay verschwunden. Gordon lächelte amüsiert.

»Ich mach dir einen Vorschlag, Clay.«

Endlich wandte er seinen Blick von mir ab und schaute Clay an. »Wir amüsieren uns zu dritt. Was meinst du? Lass uns das blonde Püppchen teilen und gemeinsam spielen!«

Fassungslos riss ich meine Augen auf und sog scharf meinen Atem ein. *Ist das sein Ernst? Meint er das, was ich gerade denke?*

Und zum allerersten Mal, seit ich Clay kannte, sah er extrem beunruhigt und wirklich, wirklich wütend aus. Und weil das in diesem Moment so glasklar zu erkennen war, wuchs auch mein Unbehagen.

»Gordon, geh!«, forderte Clay.

Gordon meckerte entgeistert. »Wirklich? Du willst nicht teilen? Und du wirfst mich von deiner Jacht?«

Clay verzog keine Miene, stand wie bereit zum Kampf, seine Muskeln waren angespannt, das konnte ich deutlich an seinem Oberarm spüren.

»Bist du sicher, dass das eine gute Idee ist? Denk noch mal ganz genau nach.« Beim Klang von Gordons Stimme stellten sich meine Nackenhaare auf. Ich sah Wut in seinen Augen aufblitzen.

»Wenn ich jetzt gehe, wird das Konsequenzen haben!«, drohte er und neigte seinen Kopf zur Seite.

»Ich werde es darauf ankommen lassen!«, knurrte Clay zurück.

Gordon fixierte Clay, und es war unverkennbar: Er wog ab. Nach wenigen Sekunden trat er schnaubend einen Schritt zurück, aber nicht, ohne noch eine Drohung zu platzieren: »Niemand wirft einen Wilder raus – nicht ohne Nachspiel. Nicht einmal ein Reed!«

Und als Gordon sich schon zum Gehen gewandt hatte, drehte er sich noch einmal zu mir um: »Ach, und Summer Snow!« Gespielte Belustigung lag in Gordons Stimme, als er meinen Namen aussprach, an den er sich offensichtlich noch hervorragend erinnern konnte. »Nur ein kleiner Tipp: So ein leckeres Püppchen wie du sollte aufpassen, mit wem es sich rumtreibt. Es gibt viele böse Menschen auf dieser Welt ... Wir beide werden uns wiedersehen! Das verspreche ich dir! Spätestens bei ...«

»Ich werde dich nicht noch einmal bitten, Wilder!«, unterbrach ihn Clay. Er streifte meine Finger von seinem Arm, deutete mir mit einer raschen Geste, stehen zu bleiben, ohne den Blick von Gordon zu nehmen, und ging auf ihn zu. Gordon hielt abwehrend seine Hände vor die Brust. Seine Lippen verzogen sich zu einem überheblichen Lächeln und er verließ das Boot. Clay verzog keine Miene, und auch ich sagte kein Wort. Meine Symptome waren jetzt wieder verschwunden. Als Gordon nicht mehr zu sehen war, drehte Clay sich zu mir: »Wir müssen zurück.«

»Was? Warum?«

Aber er antwortete mir nicht, sondern führte mich ohne weitere Erklärungen von der Jacht zu seinem Auto.

Während der gesamten Autofahrt hatten wir nicht gesprochen. Clay hielt diesmal direkt vor unserem Haus an. Weder Dads noch Brians Auto stand vor der Tür.

»Dein Dad und Brian sind nicht zu Hause. Ich komme mit dir nach oben.«

In der Küche bot ich ihm etwas zu essen und zu trinken an, doch er lehnte ab. Wir liefen hinauf in mein Zimmer. Dort angekommen, nahm er sich die Zeit, erst einmal durch den Raum zu schlendern. Er sah sich alles ganz genau an. Vermutlich hätte ich es genauso gemacht.

Ein Glück, dass ich aufgeräumt habe, war alles, was ich in diesem Moment mit Erleichterung denken konnte.

»Schön hast du es hier«, sagte er.

Gut, dass du nicht vor zwei Tagen hier warst ... Ich erinnerte mich an die Unordnung, deren Beseitigung mich vier Stunden gekostet hatte. Gut investierte vier Stunden, wie sich jetzt herausstellte. Während er noch umherstreifte, setzte ich mich auf mein Bett, zog die Beine an und sah ihm zu. Irgendwann hatte er genug gesehen und setzte sich neben mich.

»Clay, was war das eben?«

Er seufzte und zog seine Mundwinkel nach unten. »Gordon Wilder.«

»Was soll das heißen?«

Jetzt stand Clay wieder auf, ging zum Fenster und schaute hinaus. Er atmete hörbar aus.

»Gordon ist gefährlich«, sagte er, den Blick in die Ferne gerichtet.

»Das sagtest du bereits.«

»Und glaubst du mir jetzt?«

»Ja. Ich glaube dir.«

»Gut«, sagte er ruhig.

»Warum ist Gordon gefährlich, Clay?«

Er schwieg.

»Clay? Warum ist Gordon gefährlich?«, beharrte ich.

»Gordon hat einen miesen Charakter ... und leider ist er in einer Machtposition, in der er anderen echt Probleme bereiten kann.«

»Was für eine Machtposition?«

»Das ist jetzt wirklich nicht wichtig«, wiegelte er ab.

»Werden wir Ärger bekommen?«

194

»Wir werden sehen«, antwortete er gedankenversunken.

»Kannst du mir denn sagen, was mit mir nicht stimmt, Clay?«

»Vielleicht bist du allergisch gegen die Leute von der Elite«, witzelte er, doch sein Lachen verriet Nervosität. Dann setzte er sich wieder neben mich, legte meine Hand in seine und sagte: »Ich ... ich meinte das eben nicht ernst, als ich sagte, wir wären nur Freunde.«

»Ich weiß. Was meinte Gordon damit, dass es ein Nachspiel haben wird?«

»Genau das werde ich jetzt herausfinden.«

Wir standen auf und gingen die schmale Treppe nach unten. An der Haustür angekommen, strich er noch einmal über meine Arme. Ich ließ es zu und blickte ihm in die braunen Augen. Zärtlich zog er mich an sich. Seine Finger lagen auf meiner Taille. Er beugte sich ganz langsam zu mir. Meine Hände wanderten seine Arme entlang, hinauf zu seinem Nacken. Ich stellte mich auf die Zehenspitzen und wir küssten uns leidenschaftlich. Irgendwann lösten wir uns voneinander und ich konnte ihm nur nachsehen, wie er zum Auto lief und davonfuhr.

Ich überlegte gerade vor dem geöffneten Kühlschrank, was ich mir zu essen machen könnte, als Dad durch die Haustür trat und mein Hunger schlagartig verflog. Seit meinem Wutausbruch hatten wir nur das Nötigste miteinander gesprochen. Aufgeklärt hatte er nichts – aber ich vermutete, dass es auch nichts aufzuklären gab. Er hatte bestochen! Welche Erklärung sollte das besser machen? Ich ließ die Kühlschranktür geräuschvoll zufallen und wandte mich zum Gehen.

»Summer«, grüßte er mich kurz angebunden.

Und gerade, als ich die alte Treppe hinaufpoltern wollte, entschied ich mich spontan, aus einer Laune heraus, dass jetzt ein geeigneter Zeitpunkt war, um ihn auf das anzusprechen, was ich bei der Auswahl gesehen hatte. Warum nicht? Brian war nicht da, wir waren allein.

»Weißt du, was ich bei der Auswahl gesehen habe?«, fragte ich geradeheraus.

Er schwieg.

»Gut ... wenn du es nicht wissen willst ...«

Ich nahm die erste Stufe, aber schon fragte er hastig: »Was hast du gesehen?«

»Meinen Albtraum«, blaffte ich und fuhr herum.

»Deinen Albtraum?« Er nestelte an seinem Kragen herum.

Ich nickte. Meine grünen Augen hatte ich zu schmalen Schlitzen verengt. »Wie kann es sein, dass es die Halle aus meinen Albträumen in Wirklichkeit gibt?«

Dad war wie versteinert. Seine Augen waren geweitet und jetzt sah er aus wie der Dad aus meinem Albtraum – denn auch meinem realen Dad schienen die Augen jeden Moment aus den Höhlen zu springen.

»Wieder nur Schweigen?«, vergewisserte ich mich.

Er schwieg nicht. Stattdessen fragte er: »Was hast du gesehen?«

»Alles, was auch in meinem Traum war – außer dem gleißenden Licht und dem Blut … Aber ich weiß jetzt, was am Boden ist.«

»Was war es?«

»Tröge, an denen Lichter angebracht waren … und da waren … Haken an den Ketten.«

»Hat dich jemand dabei gesehen?«, fragte er mit absoluter Panik in der Stimme.

»Nein«, log ich. »Warum? Und überhaupt – wie kann es sein, dass das real ist? Und warum bist *du* immer in dem Traum? Warst du schon einmal da? War *ich* schon einmal da?«

»Mach dich nicht lächerlich!«, fuhr er mich hart an. »Das, was du sagst, ist vollkommen albern! Reiß dich mal zusammen, Summer!« Seine Stimme war so abwertend und beißend, dass es mir unwillkürlich die Tränen in die Augen trieb. Meine Hände ballten sich zu Fäusten.

»Du … du bist … du …« Ich brach den Satz ab, weil Brian in diesem Augenblick die Haustür öffnete und in die Küche trat. Dad und ich blickten ihn entgeistert an. Er verstand sofort. Seine Mundwinkel zogen sich missmutig nach unten. Eilig wandte ich mich ab und rannte mit kullernden Tränen nach oben in mein Zimmer. Den restlichen Tag ließ ich mich nicht mehr unten blicken und schlief irgendwann ängstlich ein, denn ich wusste, dass mich der spukende Geist in Gestalt meiner Albträume auch diese Nacht wieder heimsuchen würde. Er tat es täglich, seit ich die Szenerie in der Realität betreten hatte … Was wollte mir mein Unterbewusstsein damit sagen?

KAPITEL 15

Die Show

Als ich an diesem Vormittag erwachte, reckte ich gähnend meine steifen Arme in die Luft. Heute war der Tag der Show. Wir mussten erst um 19 Uhr am Zentrum sein – ich hatte also alle Zeit der Welt, um mich herauszuputzen. Eine Mischung aus Erleichterung und Aufregung durchfuhr mich, als ich noch mal an die Tests der letzten Woche dachte. Am Ergebnis konnte ich nun nichts mehr ändern, so oder so. Was auch immer kam, ich musste es akzeptieren. Dennoch konnte ich nicht leugnen, dass ich mir große Hoffnungen machte. Nein, es war mehr als das. Ich war mir sicher, dass ich heute in die Elite gewählt werden würde, denn Clay und Gordon hatten mitentschieden, und so komisch und angsteinflößend Gordon auch war, ich war mir sicher, er würde für mich stimmen. Außerdem waren meine Tests, wenn man von dem desaströsen Sporttest absah, gut gelaufen. Zumindest hatten sie mir das gesagt. Gedankenversunken wanderte mein Blick durch mein Zimmer und blieb an der weißen Leinenrobe hängen, die ich bereits gestern Abend herausgelegt hatte. Auch heute gab es eine Kleiderordnung. Die weiße Robe symbolisierte Reinheit und sollte die Geburt in eine Gilde darstellen, denn erst nach dem heutigen Tag würden wir unseren Platz in der Gesellschaft kennen. Im Anschluss an die Bekanntmachungen gab es eine große Feier mit Essen und Tanz. Aus diesem Grund trugen wir unter den Roben Abendgarderobe. Die Jungs Anzüge, die Mädchen Abendkleider. Speziell für diesen Anlass hatte ich mir ein knielanges nachtschwarzes Kleid und passende hohe Schuhe gekauft. Aber jetzt hatte ich erst einmal Zeit und konnte noch ein bisschen faulenzen. Ich nahm das oberste Buch vom Nachttisch und begann zu lesen. Irgendwann döste ich noch einmal ein, und als ich die Augen wieder aufschlug, war es Zeit. Ich schlenderte also ins Bad und machte mich zurecht. Das Ergebnis konnte sich, wie ich fand, sehen lassen. Ich hatte mein Haar nach oben gesteckt, das Make-up hob meine grünen Augen hervor, ohne aufdringlich zu wirken. Und als ich mich in Kleid und Schuhen vor den Spiegel stellte, fand ich, dass ich doch sehr erwachsen aussah.

Schade, dass Mom mich nicht so sehen kann, dachte ich wehmütig und blinzelte eine Träne weg. Tief atmend griff ich nach der Robe und warf sie mir über. Mein Blick fiel auf die Anstecknadeln in der kleinen Schale. Die beiden würde ich heute nicht brauchen.

Es war bereits nach fünf, als ich in die Küche hinunterging – Frühstück und Mittagessen hatte ich längst verpasst.

»Einen wunderschönen guten Abend«, sagte ich provokativ, als ich Dad am Tisch sitzen sah.

»Summer«, nickte Dad mir zu.

»Herrje … habt ihr euch immer noch nicht eingekriegt!?«, schimpfte Brian.

»Nein«, erklärte ich mit einem wütenden Blick in Dads Augen. Wir hatten seit der Sache in der Küche nicht weiter an die Unterhaltung angeknüpft – und das war mir nur recht.

»Suppe?«, fragte Dad kurz und deutete auf die Schüssel, die auf dem Tisch stand. Ich zuckte so arrogant wie möglich mit den Schultern, ohne ihn dabei anzusehen. Dann nahm ich die Suppenkelle und schöpfte mir die mittlerweile nur noch lauwarme Suppe auf den Teller.

»Ich werde euch heute fahren«, erklärte Dad.

»Dann lauf ich lieber«, schnauzte ich, ohne von meinem Teller aufzusehen.

»Jetzt reicht es mir mit euch beiden – endgültig! Ich warte im Auto.«

Brian stand auf und knallte die Haustür hinter sich zu. Ungerührt fuhr ich mit meinem verspäteten Mittagessen fort. Nur Dad war offensichtlich der Appetit vergangen, denn er schob seinen Teller von sich. Ich jedoch hatte keine Eile und stand erst auf, als auch der letzte Löffel verzehrt war. Den leeren Suppenteller stellte ich in die Spüle. Den Abwasch würde ich später erledigen – oder niemals …

Ohne ein Wort ging ich zur Tür und ließ sie ebenso fest ins Schloss fallen, wie Brian es zuvor getan hatte.

Als ich auf das weiße Auto zulief, erblickte ich meinen Bruder auf dem Rücksitz. Ich setzte mich neben ihn.

»Summer, ich bitte dich«, erklärte er genervt und deutete auf den Vordersitz.

»Setz du dich doch dahin, wenn es dir so wichtig ist.« Ich verschränkte meine Arme vor der Brust.

»Ich erkenne dich kaum wieder.« Seine Stimme klang verzerrt.

Ich entgegnete nichts. Brian öffnete seufzend die Tür, stieg aus und nahm vorne Platz. Kurz darauf stieg Dad dazu. Wir schwiegen während der gesamten Autofahrt. Irgendwann tauchte das Zentrum vor uns auf und Dad reihte sich in den Tross der wartenden Autos ein. Als wir an der Reihe waren, fuhr er vor und übergab den Autoschlüssel einem kurzhaarigen Jungen mit hellblauem Anzug, der das Einparken übernahm.

»Ihr Name, Sir?«, fragte der Junge.

»Snow.« Dad erhielt einen handgeschriebenen Zettel mit einer Nummer und nickte freundlich, während er den Zettel in der Tasche seines Jacketts verstaute. Der Junge setzte sich hinter das Steuer und ließ den Motor aufheulen. Wir drei gingen gemeinsam und doch irgendwie allein die Stufen hinauf zum Eingang des Zentrums. Die Treppe war mit rotem Teppich ausgelegt, der bei der Auswahl noch nicht da gewesen war. Wir folgten ihm durch die Eingangshalle, bis die hohe, weit geöffnete Flügeltür vor uns auftauchte. Ich erkannte den Theatersaal sofort. Es war der gleiche Saal wie aus der jährlichen Ausstrahlung im Fernsehen. Noch bevor wir ihn betreten konnten, huschte eine blau gekleidete Dame in unser Sichtfeld.

»Ihre Namen, bitte?« Sie hielt ein Klemmbrett in der Hand.

»Snow«, sagte Dad freundlich.

»Ah ja … Hier haben wir Sie. Bitte folgen Sie mir zu Ihren Plätzen«, sagte sie und hakte unsere Namen auf dem Klemmbrett ab. Wir folgten ihr bis in die vierzehnte Reihe.

»Die Plätze 19 bis 21, bitte.«

Wir bedankten uns, sie lächelte höflich und ging zurück zur Eingangstür. Ich lief durch die Reihe, an den roten hochgeklappten Sesseln vorbei, bis ich Platz Nummer 21 fand. Ich klappte die Sitzfläche hinunter, ließ mich darauffallen und blickte mich um. Die goldene Tapete an den Wänden ließ den Raum in festlichem Glanz erstrahlen, ebenso die goldenen Kronleuchter. Mir stieg der betörende Duft von Rosen in die Nase, noch bevor ich sie sehen konnte. Ich blickte mich um und bemerkte die herrlichen roten Blumenarrangements an den Seiten des Saals. Ein roter Vorhang verdeckte den Blick auf die Bühne.

Gleich wirst du dich heben – und mit dir meine Zukunft, dachte ich. Brian hatte sich rechts neben mich gesetzt. Er konnte sich einen missmutigen Seitenblick nicht verkneifen. Ich vermutete, dass er als Puffer zwischen Dad und mir fungieren wollte. Wahrscheinlich hatte er Angst, dass wir am Ende noch in der Öffentlichkeit stritten.

»Hey, Summer«, hörte ich plötzlich eine Stimme links neben mir.

»Hey, Andrea.« Ich drehte mich zu ihr um.

»Na, schon aufgeregt, Summer?«

»Ja. Und du?«

»Ja.«

»Guten Tag, Dr. Snow, hallo, Summer, hallo, Brian«, grüßten ihre Eltern. Höflich erwiderten wir den Gruß und Andrea wandte sich wieder ihrer Mutter zu, die sich neben sie gesetzt hatte und ihr etwas ins Ohr flüsterte.

War Will schon da? In den Reihen vor mir konnte ich ihn nicht ausmachen. Meine Augen scannten die Gesichter hinter mir, bis ich ihn erspähte. Will sah mich nicht an – vermutlich hatte er mich noch gar nicht bemerkt. Verstohlen betrachtete ich seine kleine, zarte Mutter mit den kinnlangen braunen Haaren. Immer wieder fielen ihr kaum merklich die Augen zu. Hätte ich es nicht gewusst, wäre es mir gar nicht aufgefallen. Und dann sah ich seinen Vater an. Er war kräftig, nicht dick – eher stark. Ich musterte ihn eine ganze Weile. Jetzt, wo ich die Wahrheit über ihn kannte, durchschaute ich seine brutalen Züge, seine hasserfüllten Augen und die gebieterische Aura, die ihn umgab. Erst jetzt nahm ich die zu stark ausgeprägte Zornesfalte zwischen seinen Augenbrauen wahr, und erst jetzt konnte ich die Angst in den müden Augen der Mutter lesen. Sie war eine so zerbrechliche Frau – noch viel zierlicher als ich. Wie hätte sie sich wehren können? Seine körperliche Überlegenheit war bis hierher zu spüren. Angewidert verzog ich mein Gesicht. Dann glitt mein Blick zu Will. Er beobachtete mich angespannt, sah fast so aus, als hätte er die Luft angehalten. Ertappt blinzelte ich kurz und lächelte ihm zu, doch das Lächeln erreichte meine Augen nicht. Er lächelte nicht zurück, saß einfach nur da und starrte mich an. Hastig drehte ich mich wieder nach vorne und strich mir verlegen über die Haare. Ich war froh, als kurz darauf das Licht gedimmt wurde. Das Gemurmel verebbte. Der in Anzug und Fliege gekleidete Moderator trat auf die Bühne. Applaus erfüllte den Saal. Der Moderator deutete eine Verbeugung an. Seine Schuhe glänzten bis hierher, in die vierzehnte Reihe. Er stellte sich vor – sein Name war Jerry. Dann ließ er sich ein bisschen über die Kolonie und die Welt aus, in der wir lebten, und erklärte alles über die heutige Entscheidung – über das Streben nach Perfektion. Ich war so aufgeregt, dass ich nur mit einem Ohr hinhörte.

»Kalt hier«, flüsterte ich Brian zu, als sich meine Nackenhaare und die Härchen an den Armen aufstellten. Ich rieb über die Ärmel meiner Robe. Er schüttelte irritiert den Kopf und blickte wieder nach vorne.

Oh nein, durchfuhr es mich, als mir klar wurde, was das zu bedeuten hatte. Als das zweite, dritte und schließlich das vierte Symptom meinen Körper durchschüttelte, rutschte ich tiefer in den weichen roten Sitz. Auf der Bühne hieß Jerry derweil Dr. Huxley, Clay und Gordon willkommen. Nervös kaute ich auf meiner Lippe, denn ich hoffte, dass in diesem Moment keine Kamera auf mich gerichtet wurde. Ich hielt schützend meine Hand vors Gesicht, tat so, als würde ich mich kratzen, während ich mir die Schweißperlen abwischte. Das war nicht besonders einfallsreich, aber es war das Einzige, was mir ad hoc in den Sinn kam. Ich schlug meine Augen nieder und blickte auf den Teppichboden, betrachtete die leichten Abdrücke, die die Schuhe auf ihm hinterlassen hatten, atmete durch die Nase ein und durch den Mund aus. Ich schlug die Augen wieder auf und fixierte Clay. Mein Herz begann nun noch schneller zu klopfen. Er trug einen eleganten Smoking und sah darin unverschämt gut aus. Ich hörte kaum hin, als Dr. Huxley noch ein paar letzte Worte an die Anwärter richtete. Die Kameras schwenkten durch den Saal, über das Publikum. Ich lächelte, klatschte, tat, was alle taten, um nur nicht aufzufallen. Einer der vier musste etwas Lustiges gesagt haben, denn Clay lachte auf. Seine Augen strahlten und seine blendend weißen Zähne blitzten – auch die anderen lachten, ebenso das Publikum. Nur ich nicht. Ich biss die Zähne zusammen und versuchte, mein Zittern zu unterdrücken. Clay schmunzelte noch immer und zog mit der rechten Hand wie beiläufig an einem seiner Manschettenknöpfe. Von dieser Geste, gepaart mit seinem Lächeln, konnte einem schon schwindelig werden. Ich stellte mir vor, wie ihm in diesem Moment jedes einzelne Frauenherz im Saal entgegenflog – inklusive meines. Die drei traten zurück und stellten sich schräg hinter dem Moderator auf. Kurz darauf öffnete Jerry den ersten Umschlag.

»Andrea Adams«, verlas er den Namen meiner Sitznachbarin. Sie war die Erste im Alphabet, und die Kameras schwenkten auf sie. *Natürlich – war ja klar,* dachte ich und hoffte inständig, dass niemand meinen derangierten und verschwitzten Zustand bemerken würde.

»Sie wird berufen in die Gilde der Winzer. Einen tosenden Applaus für Andrea Adams.«

Ich wusste es … eins zu null für mich, versuchte ich mich abzulenken. Ich beschloss, ein Spiel daraus zu machen und alle Schüler, die ich kannte, noch vor dem Moderator einer Gilde zuzuordnen. Wenn ich richtiglag, gab ich mir selbst einen Punkt. Irgendwie musste ich mich ja beschäftigen.

Alle applaudierten, und ich konnte sehen, dass Andrea ein riesengroßer Stein vom Herzen fiel. Sie war glücklich, fasste sich ans Herz und stand voller Stolz auf. Sie umarmte ihre Mutter und ihren Vater – auch ihren Eltern stand der Stolz ins Gesicht geschrieben. Sie schritt zur Bühne und nahm ihre neue alte Brosche voller Ehrfurcht entgegen. Dann schüttelte sie Dr. Huxley, Clay und Gordon die Hand und verschwand hinter der Bühne.

Mir ging es langsam besser. Ich konnte dem Spektakel wieder folgen. Schüler um Schüler wurde aufgerufen. Die meisten von ihnen kannte ich nicht. Es stand bisher elf zu null für mich.

Claire Campton war an der Reihe. Ich tippte darauf, dass das Metzgereibesitzertöchterlein in dieser Gilde verbleiben würde.

»Sie wird berufen in die Gilde der Kürschner«, rief Jerry und klatschte, als Claire die Bühne betrat.

Na dann eben so, dachte ich nicht wirklich überrascht. Ich hatte zumindest nicht total danebengelegen. Gönnerhaft ließ ich den Punkt für mich gelten, weil es eben einfach etwas mit toten Tieren war, denen sie das Fell über die Ohren ziehen konnte – zwölf zu null. Auch sie bedankte sich, nahm ihre neue Brosche entgegen, schüttelte drei Hände und war hinter der Bühne verschwunden. Und so ging es weiter, bis irgendwann …

»William Kingston Price.« Mit diesen Worten öffnete der Moderator Wills Umschlag. Ich schaute mich angespannt zu ihm um. So, wie er dasaß, war ich anscheinend nervöser als er selbst. Zurückgelehnt und ohne die Miene zu verziehen, blickte er zur Bühne.

»Er wird berufen in die Gilde der Stadtoberhäupter.« Tosender Applaus erfüllte den ganzen Saal. Vierunddreißig zu null.

Will würde irgendwann Bürgermeister werden, genau wie sein Vater. Er würde ein guter Bürgermeister sein, da war ich mir sicher. Will stand auf, umarmte seine Eltern aber nur flüchtig – geradeso, wie es der Anstand verlangte. Sein Dad klopfte ihm anerkennend auf den Rücken – den geschundenen Rücken. Jeder Schlag tat *mir* weh. Jeder Schlag ließ *mich* zusammenzucken. Will schritt nach vorne, nicht zu langsam, nicht zu schnell. Er nahm die Anstecknadel entgegen. Sein neues altes Gildensymbol zeigte ein Buch mit Siegel, das wusste ich. Er sah gut aus, wie er in seinem schwarzen Smoking auf der Bühne stand. Auch er schüttelte drei Hände und verschwand hinter der Bühne. Und irgendwann – es stand, glaube ich, schon vierundvierzig zu null – vernahm ich Brians Namen. Ich wagte nicht zu atmen.

Der Moderator öffnete Brians Umschlag so langsam, dass ich mich fragte, ob er das absichtlich tat oder ob in meinem Kopf einfach alles nur in Zeitlupe ablief.

»Er wird berufen ...«, er räusperte sich elendig lang, »in die Gilde der Marshalls.«

Wieder tosender Applaus, wieder ein strahlender Kandidat. Meine Augen weiteten sich. Brian war schon aufgesprungen, beugte sich zu mir hinunter, umarmte erst mich, dann Dad. Ich konnte nicht aufstehen, konnte seine Umarmung nicht erwidern.

»Summer, Summer ...«, hörte ich meinen Namen, als Dad mich hochzog. Sobald ich stand, gab Dad mir mit einer Geste zu verstehen, dass ich lächeln und klatschen sollte – und ich lächelte und klatschte. Dad setzte sich wieder. Ich blieb stehen. Dad zog mich runter. Lächeln und klatschen, lächeln und klatschen ... Brian musste die neue Gildenbrosche bereits entgegengenommen und die Bühne verlassen haben, denn nun dröhnte mein Name durch die Lautsprecher: »Summer Snow.«

Brians Ergebnis stand fest: Er würde Marshall sein! Und das ließ nur einen Umkehrschluss zu: Entweder ich würde als Bedienstete in die Elite gehen – oder gar nicht ... Unter meiner angespannten Oberfläche wütete ein Sturm. Würde ich es schaffen, nach vorne zu gehen und die Bühne zu erklimmen, ohne dabei in Tränen auszubrechen? Ich richtete meine Augen auf Dad, und nach seinem sorgenvollen Blick zu urteilen, hatte er da so seine Zweifel.

»Sie wird berufen in die Gilde der Ärzte. Herzlichen Glückwunsch.«

Das war's. Die Worte waren ausgesprochen. Mein persönlicher Albtraum wurde zur Realität. So würde es sein – und für immer bleiben. Geschockt blieb ich sitzen, riss meine Augen auf. Dad umarmte mich und zog mich wieder auf die Beine.

»Reiß dich zusammen, Summer«, raunte er eindringlich und kniff mir so fest in den Arm, dass ich ein überraschtes »Autsch!« ausstieß.

»Los, geh und halte den Kopf hoch!«, wies er mich an.

Den Applaus des Publikums nahm ich nicht wahr. Ich hörte nichts außer einem dumpfen Trommeln.

Schritt für Schritt kämpfte ich mich voran, versuchte den aufrechten Gang zu halten und nicht zusammenzubrechen. Ich spürte, wie sich ganz plötzlich mein Hals zusammenzog, wie meine Brust eng wurde, wie mich die Symptome eines nach dem anderen überrollten – es war mir egal. Ich ignorierte sie. Ging einfach immer weiter. Nur nicht stehen bleiben.

Als ich schließlich auf der Bühne neben dem Moderator stand und in das Publikum blickte, hatte ich keinen blassen Schimmer, wie ich hier hochgekommen war. Die grellen Scheinwerfer blendeten mich und brannten in meinen Augen. Ich schaute auf den Moderator, doch sein Gesicht war wie verpixelt. Waren die Scheinwerfer daran schuld? Oder würde ich jeden Augenblick vor den laufenden Kameras das Bewusstsein verlieren? Es war wohl nur die grelle Beleuchtung, denn ich nahm die neue alte Anstecknadel ohne Ohnmachtsanfall entgegen, bedankte mich artig, lächelte. Mechanisch schritt ich auf Dr. Huxley zu. Bevor ich ihn erreichte, schnürte sich mein Hals noch heftiger zu. Mein Herz raste. Ich begann zu schwitzen. *Mutig voran, mutig voran.* Mit erhobenem Kopf ergriff ich Dr. Huxleys Hand. Mein Herz hämmerte gegen meinen Brustkorb. Ich ergriff die Hand von Gordon und die von Clay. Nicht einem von ihnen blickte ich in die Augen – ich konnte es einfach nicht. Ich lächelte, das musste genügen. Ich verließ die Bühne, und mein aufgesetztes Lächeln fiel in sich zusammen. Erst jetzt hörte ich den donnernden Applaus. Dad erwartete mich bereits. Er sagte nichts, wollte mich umarmen, doch ich ließ es nicht zu. Ich entriss mich seinem Griff, funkelte ihn wütend an, entledigte mich meiner Robe und schleuderte sie ihm vor die Füße.

»Du ... du ... Du bist doch ... ein fieser Heuchler! Ich will dich niemals wiedersehen!«

Ich konnte eine Träne in seinem Augenwinkel aufblitzen sehen, er trat auf mich zu, wollte mich abermals umarmen, doch ich stieß ihn von mir.

»Lass – mich – in – Ruhe!«, zischte ich und lief wutentbrannt an ihm vorbei. »Und komm nicht auf die Idee, mir zu folgen!«, schrie ich, bevor ich in die kalte Nacht hinausrannte. Draußen traf ich auf ein paar Menschen, doch niemand schenkte mir Beachtung. Ich hechtete den roten Teppich hinunter, was mit den hohen Schuhen gar nicht so leicht war. Draußen blickte ich noch einmal hinter mich. Niemand folgte mir – auch nicht Dad.

Gut so, dachte ich und preschte über die beleuchteten Wege des Zentrumgeländes, bis ich die unbeleuchtete Straße erreichte. Die Dunkelheit verschluckte mich, als ich in die Richtung rannte, aus der wir gekommen waren. Und plötzlich verließ ein kümmerliches Schluchzen meine Lippen.

Eigentlich habe ich doch gar nichts verloren. Eigentlich bleibt alles, wie es schon immer war, versuchte ich mich zu beruhigen. *Aber warum fühle ich mich dann, als hätte man mich bestohlen? Warum fühle ich diese unerbittlichen Schmerzen in meinem Inneren? ... Hoffnung und Liebe,* schoss es mir durch den Kopf. Ja, das war es. Sie hatten mir meine Hoffnung und meine Liebe genommen. Und was war ein Mensch ohne Hoffnung ... oder Liebe? Von jetzt an würde ich die Schablone der letzten Jahre benutzen. *Nichts Neues oder Aufregendes wird mir jemals widerfahren. Ich werde Tag für Tag abpausen. Ich werde hier versauern! Dr. Huxley und Gordon haben mich nicht weitergelassen – und mein Schicksal ist besiegelt.*

Unwillkürlich drängte sich Brian in meine Gedanken. Er wusste nicht, was hier gespielt wurde. Ich hatte es noch nicht über mich gebracht, ihm von den Geschehnissen jener Nacht zu berichten – und ich war mir auch nicht sicher, ob ich es jemals tun würde. Das Ergebnis stand fest. Unumstößlich. Und es würde sich nicht wie von Zauberhand ändern, wenn Brian mein Geheimnis teilte. Die Wut und der stille Ruf nach Rache könnten vielleicht auch in ihm giftige Galle verspritzen – und das wollte ich ihm nicht antun. Natürlich hatte ich schon einmal darüber nachgedacht, ins Zentrum zu stapfen und Dad und Dr. Huxley anzuzeigen. Aber dann hätte man die beiden vor der Mauer ausgesetzt … und, na ja … so wütend und verzweifelt ich auch war, sosehr ich das Monster, das sich von Zeit zu Zeit in mir regte, füttern wollte – ich konnte es nicht. Nicht um diesen Preis. Unwillkürlich fragte ich mich, wie es wohl sein würde, wenn Brian für die Ausbildung von morgens bis spät abends aus dem Haus war. Ich würde ihn schrecklich vermissen, weil ich ihn lieb hatte, aber auch weil er als Puffer zwischen mir und Dad wegfiel. Wie würde es sein, mit Dad zu leben und zu arbeiten? Leicht auf keinen Fall, das war klar. Ein täglicher Kampf? Schon eher. Ich hetzte weiter durch die Finsternis, rannte und rannte und rannte, um die Gedanken an meine traurige Zukunft zu vertreiben. Meine Absätze klackerten auf dem Asphalt und mein Atem kam nur stoßweise. Es dauerte eine ganze Weile, bis ich mein Tempo drosselte und keuchend stehen blieb. Ich lauschte dem wispernden Wind in den Bäumen, spürte den kalten Windhauch auf meiner Haut. Fröstelnd schlang ich die Arme um meinen Körper – es war keine gute Idee gewesen, die Robe auszuziehen. Plötzlich drang ein leises Rascheln an mein Ohr. Und in diesem Moment beschlich mich ein ungutes Gefühl. Unsicher blickte ich mich um. Ich versuchte etwas zu erkennen, doch der Wald, der neben der Straße lag, war zu dunkel. Das Rascheln wurde lauter und ich machte ein paar Schritte zur Fahrbahnmitte. Ich hoffte, dass es nur ein Tier war, und erwog für einen winzigen Augenblick, wieder zurückzulaufen. *Nein! Diese Genugtuung werde ich Dad nicht geben! Soll er doch gucken, wie er mein Fehlen bei der Feier erklärt.* Plötzlich bemerkte ich die Scheinwerfer eines Autos hinter mir. Ich trat zur Seite, denn es näherte sich in rasantem Tempo, fuhr aber nicht vorbei, sondern hielt neben mir. Die Fensterscheibe surrte herunter.

»Steig ein, Summer«, hörte ich Clays Stimme.

Ich dachte aber gar nicht daran, drehte mich um und stakste stur geradeaus weiter.

»Steig ein«, wiederholte er und fuhr im Schritttempo neben mir her. Als er merkte, dass ich nicht reagierte, ließ er das Auto mitten auf der Straße stehen und stieg aus. Im hellen Lichtkegel des Scheinwerfers lief ich weiter. Er holte mich ein, griff nach meinem Handgelenk. Gezwungenermaßen blieb ich stehen. Behutsam umschloss er mich mit seinen Armen und zog mich an sich. Ich konnte mich seiner warmen Berührung nicht entziehen, denn das hier war vielleicht das letzte Mal, dass ich ihn spüren konnte.

Erschöpft legte ich meinen Kopf an Clays Brust, und dann standen wir im Licht des Scheinwerfers einfach nur da: er in seinem Smoking – ich in meinem schwarzen Kleid. Wir wären ein schönes Paar gewesen.

»Summer«, raunte er in mein Ohr. Ich antwortete nicht, blickte nicht auf. Stumme Tränen kullerten über meine Wange. »Summer«, sagte er wieder und hob mein Kinn mit seinem Daumen und Zeigefinger an. Seine Augen suchten meine. Liebevoll strich er mir eine Träne von der Wange. »Es tut mir so leid«, hauchte er und umarmte mich wieder. Ich presste meinen Kopf abermals gegen seine feste Brust.

»Wie … wie ist es ausgegangen?« Es war eine dumme Frage, denn die Antwort kannte ich. Und doch wollte ich es aus seinem Mund hören.

»Eins zu zwei.«

»Eins zu zwei«, wiederholte ich flüsternd und nickte. »Danke für deine Stimme, Clay.«

»Ich habe die richtige Entscheidung getroffen – kein Grund, mir zu danken.«

Eins zu zwei. Demnach fand Gordon meine unfreiwillige Stunteinlage wohl doch nicht so lustig. Bei dem Gedanken an die Konsequenzen, die Gordons Entscheidung für mich hatte, erfasste mich eine ungeahnte innere Verzweiflung. Ich hätte schreien können, toben, mir die Haare ausreißen, aber das würde ja auch nicht helfen. Also tat ich nichts, schaute wie hypnotisiert auf die Nebelschwaden, die sich vor den Scheinwerfern gebildet hatten. Irgendwann löste Clay unsere Umarmung und sah mich eindringlich an.

»Ich liebe dich, Summer.«

Meine Augen weiteten sich. »Wie bitte?« Ich blinzelte meine Tränen weg.

»Ich liebe dich, Summer Snow.« Er grinste so verführerisch, dass meine Beine zu schlottern begannen.

»Oh …«

»Wow. Ist das alles, was du dazu zu sagen hast?«, fragte er mit einem angestrengten Lachen.

Ich schaute ihn entgeistert an, und erst nach einer Weile, als ich meine Fassung wiedererlangt hatte, hauchte ich: »Ich liebe dich auch.«

Sofort verzogen sich seine wunderschönen Lippen zu einem Lächeln – und mir stiegen Tränen in die Augen.

»Aber«, begann ich und senkte mutlos meinen Blick, »was bedeutet das jetzt noch? Wir werden uns niemals wiedersehen. Und selbst wenn … Alles, was uns bleibt, sind gestohlene Stunden.«

»Wir werden uns wiedersehen.« Dann verschränkte er seine Finger mit meinen.

»Aber wie? Und wie kannst du mich überhaupt lieben? Ich bin nicht perfekt.«

»Doch, das bist du.«

»Offensichtlich nicht.«

»Summer«, sagte er seufzend. »Für mich bist du perfekt.« Ich wollte gerade widersprechen, als er mir seinen Zeigefinger auf die Lippen legte. »Du glaubst mir doch?«

Ein Blick in seine Augen zeigte mir, dass ich es konnte. Ich nickte. So standen wir eine ganze Weile da und blickten uns an, bis ein Gedanke meine Lippen verließ: »Meinst du, ihm hat nicht gefallen, dass ich nicht auf Partys gehe? Und dass ich Shoppen nicht mag? Oder war es mein Sporttest?«

»Ich weiß es nicht«, sagte Clay ruhig. »Denk nicht weiter darüber nach.«

»Es waren die Partys, da bin ich mir sicher. Hätte ich doch nur gelogen.«

»Nein. Es ist alles gut so, wie es ist. Du hättest nichts anders machen sollen.«

»Vielleicht, weil ich gefallen bin …«, murmelte ich mehr zu mir selbst und merkte, wie ich leicht errötete. Ein belustigter Zug spielte um Clays Lippen.

»Hey«, ermahnte ich ihn beleidigt.

Er wurde schlagartig wieder ernst. »Na komm, wir müssen wieder zurück.«

»Zurück?« Meine Stimme war kratzig.

»Du kannst nicht einfach verschwinden, Summer. Du wirst bleiben müssen, bis der offizielle Teil zu Ende ist. Vertrau mir! Du darfst nicht durch deine Abwesenheit auffallen!«

Er streichelte mir über den Oberarm, als er fragte: »Meinst du, dass du es schaffen kannst?«

Ich wischte mir eine Träne aus dem Augenwinkel und nickte tapfer.

»Dann komm.«

Ich gab keine Widerworte mehr, stieg in den Porsche und schnallte mich an.

Während der Fahrt sprachen wir nicht, und das war mir nur recht. Ich war traurig und verzweifelt und wütend – so schrecklich wütend. Nicht auf Clay, aber dann irgendwie doch. Er war perfekt und wunderschön, und ich war es nicht. Genau genommen war ich seiner nicht würdig, wenn man den Gesetzen glaubte. Er parkte das Auto und wir blieben noch einen Moment sitzen.

»Summer«, sagte er und senkte den Blick. »Wegen deiner Mom ... Das tut mir ehrlich leid.«

»Du kannst ja nichts dafür.«

»Ja«, seufzte er. »Aber ... ich hätte es wissen sollen. Ich habe dich niemals gefragt. Es tut mir leid.«

»Schon okay. Ich weiß auch nichts von deiner Familie.«

»Das stimmt.«

»Du hast doch eine, oder?«

Er lachte. »Natürlich habe ich eine Familie.«

»Tristan, okay, aber hast du auch einen echten Bruder?«

»Ich habe einen Bruder. Und zwei Schwestern, eine Mutter und einen Vater«, sagte er schmunzelnd. Das war eine ungewöhnlich offene und schnelle Antwort.

»Gut zu wissen. Irgendwie ... beruhigend.«

»Beruhigend?«

»Na ja, dass du auch normal bist.«

»Ja, genau, normal ...« Es klang fast ein bisschen spöttisch.

»Und was ist mit dir und deinem Dad?«

»Was soll sein?«

»Hat es sich wieder eingerenkt?«

»Nein.«

»Das ist schade. Weißt du, Summer, egal was er getan hat ... er ist dein Dad. Dein einziger Dad. Und wenn ich das sagen darf: Ich finde, dass er seinen Job hervorragend gemacht hat.« Er zwinkerte mir zu. »Ich rate mal ins Blaue hinein«, fuhr er fort und blickte mich prüfend an.

Ich schwieg.

»Hat er etwas getan, was dich verletzt hat?«

Ich nickte.

»Ich nehme an, dass du deinem Vater bisher immer vertraut hast?«

Wieder ein Nicken.

»Dann solltest du das jetzt auch tun, Summer. Vielleicht hat er nur dein Bestes im Sinn.«

»Natürlich hat er das …«, prustete ich.

Clay fuhr sich mit einer Hand durch die Haare und musterte mich.

»Was er auch immer getan hat, hast du ihn schon mal gefragt, warum?«

»Nein.«

»Mhm … Vielleicht hat er Gründe, die du beim ersten Hinsehen einfach nicht verstehst. Manchmal tun Menschen das … Etwas, was im ersten Moment unverständlich wirkt, aber auf den zweiten Blick ein Akt bedingungsloser Liebe ist. Gib ihm die Chance, sich zu erklären.«

»Aha«, sagte ich und blickte ihn aus schmalen Augen an. »Du rätst also ins Blaue hinein?«

Er nickte. Ich überlegte und musste zugeben, dass ich Dad so viel bisher noch nicht zugestanden hatte. Aber warum sollte ich? Dank ihm würde ich für immer in diesem Goldfischglas festsitzen. Alles war nur Dads Schuld!

Wirklich? Ist es nur seine Schuld?

Vielleicht hätte ich auch ohne die Bestechung keine Chance gehabt. Aber das würde ich jetzt niemals mit Gewissheit sagen können. Niemals.

Eine Träne entwischte mir und ich musste schniefen.

»Summer«, ermahnte er mich, vermutlich, weil er annahm, dass ich mich noch immer nicht beruhigen konnte.

»Geht schon«, log ich und sah auf. Wir blickten uns eine Weile an, bis Clay meine Hand nahm. Dann beugte er sich zu mir und küsste mich sanft auf den Mund. Ich ließ es zwar zu, erwiderte seinen Kuss aber nur flüchtig. *Diese Liebe hat keine Chance,* schoss es mir bei seiner zärtlichen Berührung durch den Kopf. *Warum soll ich mich noch weiter quälen? Je schneller er aus meinen Gedanken verschwindet, desto besser. Noch ein Kuss wird es nicht besser machen, ganz im Gegenteil. Es ist nur eine Floskel, wenn er sagt, er wird einen Weg finden, mich wiederzusehen. Es gibt keinen Weg! Das weiß er und das weiß ich!*

Ein tiefer Schmerz durchbohrte mein Herz. Er hatte mir gesagt, dass er mich liebt – und ich liebte ihn. Und jetzt sollte alles zu Ende sein? Einfach so?

Wieder eine Träne, noch ein Schniefen.

»Es geht«, sagte ich noch einmal, bevor er mich erneut ermahnen konnte. Wie zum Beweis wischte ich mir entschlossen die Tränen aus den Augen, richtete meinen verbitterten Blick auf das hell erleuchtete Gebäude vor mir und öffnete die Autotür. Der kalte Wind zerrte an meinem Kleid. Wir liefen gerade zum Eingang des Zentrums hinauf, als eine kreischende Stimme an mein Ohr drang.

»Summer!« Ich erblickte Andrea, die auf mich zurannte und mir um den Hals fiel, ehe ich wusste, wie mir geschah. »Wo warst du? Jetzt hast du es gar nicht mitbekommen.« Sie ließ mich los und strahlte mich an. »Herzlichen Glückwunsch, Summer!«

»Was hat sie nicht mitbekommen?«, mischte sich Clay ein. War seine Stimme zuvor noch ruhig und einfühlsam gewesen, so schwang nun Anspannung darin.

»Na, ganz am Schluss ist Gordon noch einmal auf die Bühne gegangen – und Summer und Brian sind doch noch für die Elite ausgewählt worden!« Andrea wandte sich zu mir. »Gordon hat erklärt, dass er in einer Position ist, eine Entscheidung ändern zu können, wenn ihm danach ist. Und er meinte, er habe sich dazu entschlossen, dass ihr zwei nun doch noch in die Elite gehen werdet!« Sie blickte mich an, als erwarte sie Freudentänze, doch ich war wie versteinert und konnte die Information nicht so recht verarbeiten. Auch Clay schien zur Salzsäule erstarrt – alles Blut war aus seinem Gesicht gewichen.

Warum freut er sich nicht? Gordons Machtposition!, fuhr es mir durch den Kopf. *Er hat seine Machtposition jetzt tatsächlich ausgespielt ... das scheint Clay Sorgen zu machen. Aber es hat sich doch zu meinen Gunsten ausgewirkt ... Warum also kein Jubel?* Noch bevor ich den Gedanken vertiefen konnte, sah ich zwei Gestalten auf uns zueilen. Es waren Dad und Will. Auch sie waren blass und in ihren Gesichtern spiegelte sich die nackte Angst.

Jetzt fiel mein Blick wieder auf Andrea. *Sagt sie die Wahrheit? Kann das tatsächlich sein?*

Clay fand vor mir die Fassung wieder und sprach Dad und Will an: »Was ist passiert?«

»Gordon Wilder ist passiert!«, fuhr Will ihn hart an.

»Er hat willkürlich vor laufenden Kameras die Entscheidung zu Summer und Brian revidiert«, erklärte Dad.

»Und wo warst du schon wieder!?«, fauchte Will und sein Blick streifte mich.

Ich hörte den Streithähnen nicht mehr zu, denn meine Gedanken begannen sich nun zu entwirren: *Gordon hat also seine Entscheidung revidiert? Und jetzt gehe ich doch in die Elite?* Langsam, aber sicher wurde mir heiß. Ich sprach die Worte in meinem Kopf aus: *Ich werde in die Elite gehen!* Ein breites, seliges Grinsen machte sich in meinem Gesicht breit. *Danke, Gordon! Danke!,* dachte ich glücklich. Und obwohl ich ihn nicht mochte – in diesem Moment verspürte ich nichts als unbändige Dankbarkeit. Jegliche Bedenken in Bezug auf Gordons Motivation schob ich beiseite, denn Clay würde ja an meiner Seite sein.

»Also ... das heißt dann jetzt ... dass wir ... in die Elite gehen werden?«, sprach ich es endlich aus und sah die drei an.

»Ja. Das heißt es, Miss Summer. Herzlichen Glückwunsch«, sagte eine hochgewachsene Frau und trat an uns heran. Sie war eine grazile, schlanke ältere Dame mit matten graublauen Augen und grau meliertem Haar. Trotz ihres fortgeschrittenen Alters war sie unglaublich schön und strahlte eine Erhabenheit aus, die ich so noch nie gesehen hatte.

»Ich bin Elisabeth und werde Sie in die Elite einweisen.«

Sie siezt mich und hat mich »Miss Summer« genannt. Ich musste grinsen und drehte mich noch einmal zu Clay. Er hatte seine Lippen zusammengepresst und seine Augen weit aufgerissen. Noch immer schien er besorgt und nicht wirklich erfreut. Als hätte er meine Gedanken gelesen, verzog er seine Lippen zu einem verzerrten Lächeln. Wahrscheinlich durfte er seine Freude einfach nicht deutlich zeigen, schließlich war er ein Juror und ich eine Auserwählte. Außerdem konnte ich es ja selbst noch nicht mal wirklich begreifen. Mein Blick huschte zu Dad und Will – ihre missmutigen Gesichter waren allerdings vorhersehbar. Dad hatte schließlich bestochen, damit wir *nicht* in die Elite kamen, und Will würde mich nun nicht wiedersehen. Ich stockte. Ich würde Will nicht wiedersehen!? Entsetzt schaute ich ihn an, und plötzlich war all die Freude verflogen. In seinen blauen Augen lag so viel Traurigkeit – und auch ich konnte mich einem schmerzenden Gefühl in meinem Herzen nicht entziehen.

»Cool, oder?«, hörte ich Brians Stimme neben mir. Er war wie aus dem Nichts aufgetaucht und stupste mich an, wie er es so gerne tat.

Ich entzog mich Wills Blick und schaute zu Brian auf.

»Du freust dich? Aber du wolltest doch Marshall werden!«, warf ich entgeistert ein.

»Ja, schon. Aber trotzdem ist es doch cool.«

Ich musste lächeln, denn Brian war einer der wenigen Menschen, die aus Zitronen grundsätzlich Limonade machten. Mein Blick schweifte durch die Menschentraube, die sich in der Zwischenzeit um uns gebildet hatte. Ich entdeckte Claire in der Menge. Ihr Mund stand sperrangelweit offen. Hätte ich versucht, meine alte Gildenbrosche von hier aus hineinzuwerfen, hätte ich vermutlich sogar getroffen. Und natürlich konnte, nein, *wollte* ich mir ein leichtes Kopfneigen und triumphierendes Lächeln in ihre Richtung nicht verkneifen.

»Darf ich Sie bitten, mir zu folgen?«, fragte Elisabeth höflich, aber bestimmt.

Der Abschied steht bevor, schoss es mir durch den Kopf. *Ich werde in die Elite gehen, aber Will wird hier zurückbleiben.* Hastig suchte ich nach ihm. Mit traurigen blauen Augen kam er auf mich zu. Dann umschlossen mich seine starken Arme. Ich erwiderte die Umarmung. Meine Finger ruhten auf seinem Rücken, den Kopf legte ich an seine feste Brust. Will roch gut, nicht wie Clay, aber trotzdem gut. Ich schloss meine Augen. So standen wir eine ganze Weile da, als wäre niemand hier außer uns beiden. Dann löste sich Will von mir, küsste mich noch einmal auf den Kopf und strich mir eine Haarsträhne hinters Ohr. Tränen schossen mir in die Augen.

»Ich will dich nicht verlassen«, schluchzte ich.

Er nickte und zog mich abermals an sich.

»Schon gut, Summer. Geh jetzt!«, sagte er, und ich konnte hören, dass auch er mit den Tränen kämpfte.

»Summer!« Dads Stimme erklang direkt neben meinem Ohr. Ich blickte auf und wischte mir mit dem Handrücken die Tränen von der Wange. Dad deutete mir mit einer Kopfbewegung, Elisabeth zu folgen. Ich nickte matt. Als ich die ersten Schritte gegangen war, drehte ich mich noch einmal um. Ich hatte Dad direkt hinter mir erwartet, doch er war mir nicht gefolgt. Stattdessen konnte ich sehen, wie er Will etwas ins Ohr flüsterte. Will nickte. Mein Blick suchte Clay, aber ich konnte ihn in der Menge nicht mehr ausmachen.

KAPITEL 16

Auf der anderen Seite

Brian, Dad und ich folgten Elisabeth in die Eingangshalle und sie dirigierte uns in einen bereits wartenden Aufzug. Nicht wenige Menschen hatten uns begleitet und winkten uns zu, als sich die Aufzugtür schloss. Elisabeth drückte auf den Knopf für die zwanzigste Etage. Wir fuhren nach oben, die Tür öffnete sich, und wir kamen durch einen Korridor. Elisabeth hielt vor einer Tür an und bat uns, einzutreten. Es war ein schneeweißer, steriler Raum mit Neonröhren an der Decke. In der Mitte thronte ein großer schwarzer Stuhl mit Kopf- und Fußstützen, daneben ein Beistelltisch mit diversen Utensilien, die ich noch nie zuvor gesehen hatte.

»Bitte.« Elisabeth machte eine einladende Geste und wir setzten uns auf die futuristischen Stühle vor dem Glastisch an der gegenüberliegenden Seite des Raums.

»Mister Wilder hat es auf der Bühne bereits erklärt«, begann sie. »Aber auch ich möchte diesen Moment noch einmal nutzen, Ihnen eine kurze Erläuterung zu dieser überraschenden Wende zu geben.«

Stille.

»Nun«, fuhr sie fort, »es ist schnell erklärt: Mr Wilder bekleidet eine hohe Position und hat spontan den Beschluss gefasst, Sie doch noch in die Elite aufzunehmen, weil er Potenzial in Ihnen sieht. Wir entschuldigen uns in aller Form für die Unannehmlichkeiten.« Ich folgte Ihrem Blick, der jetzt auf dem schwarzen Stuhl in der Mitte des Raums haftete.

»So ... da das nun geklärt ist, kommen wir nun zu dem unangenehmen Teil. Oder haben Sie noch Fragen?«

Dem unangenehmen Teil? Was meint sie?

»Nun gut! ... Das, was jetzt folgt, kann weder übersprungen noch angenehmer gestaltet werden.«

Ängstlich riss ich die Augen auf und blickte verstohlen zu Dad. Er verzog keine Miene.

»Aber ich kann Ihnen versprechen, dass dies hier der einzige unangenehme Teil Ihrer Aufnahme sein wird. Sie tragen Anstecknadeln in den Gilden, allerdings wird das in der Elite anders gehandhabt.« Brian und ich wechselten unschlüssige Blicke.

»In der Elite sind alle tätowiert.« Elisabeth drehte uns die Innenseite ihres rechten Handgelenks zu und schob den Ärmel ihrer Seidenbluse nach oben: Es war das gleiche Zeichen wie bei Clay und Gordon – drei geschwungene Linien in einem Kreis, ineinander verschlungen.

»Das ist unsere Anstecknadel, wenn Sie so wollen. Es ist das Symbol der Elite: Farbe, die mit einer Nadel unter die Haut gebracht wird.«

Mir rutschte ein entsetztes »Warum?« heraus.

»So tragen wir das Symbol der Elite immer bei uns. Eingraviert in die Haut – für immer.«

»Aber ... das tut doch sicher weh!?«

»Ich will Sie nicht anlügen, Miss Summer: Ja, das tut es.« Sie wandte sich an meinen Dad. »Dr. Snow, wollen Sie nicht der Erste sein?«

Dad erhob sich, ohne ein Wort zu sagen, und nahm auf dem schwarzen Stuhl in der Mitte des Raums Platz. Kurz darauf betrat ein schlanker, junger Mann das Zimmer. Mit geschickten Händen bereitete er eine kleine Maschine vor. Als das Gerät in der Hand des Mannes zu surren begann und sich die Farbe Millimeter für Millimeter unter Dads Haut fraß, überkam mich mit einem Mal ein ungutes Gefühl. Ich schob es auf die bevorstehenden Schmerzen, denn obwohl Dad keine Miene verzog, sagte mir mein gesunder Menschenverstand, dass es höllisch wehtun musste, da die Haut an dieser Stelle dünn wie Papier war. Es dauerte ungefähr zehn Minuten. Dann wurde eine Creme auf die wunde Haut aufgetragen und eine Art Klarsichtfolie darübergeklebt. Brian war der Nächste, der auf dem Stuhl Platz nahm und mit der Nadel Bekanntschaft machte. Auch er hielt mit zusammengebissenen Zähnen durch. Ich allerdings war nicht so tapfer.

»Autsch, autsch, autsch ... Ah ... Shhhh!«, machte ich unablässig, und der Schmerz trieb mir Tränen über die Wangen. Nadelstich um Nadelstich drängte sich die schwarze Tinte in meine Haut. Die Blutabnahmen und die feine Nadel, die mein Dad benutzte, waren Kinderkram im Gegensatz zu der Tätowiernadel, die mir wieder und wieder in die dünne, empfindliche Haut am Handgelenk biss. Der Schmerz wollte selbst dann nicht aufhören, als die Tätowierung eingecremt und verbunden war. So hatte ich mir die Ankunft in der Elite nicht vorgestellt.

»Das war der schlimme Teil«, sagte Elisabeth. »Ab jetzt wird es nur noch Spaß machen.«

Ungläubig blickte ich sie an und wischte mir mit den Fingern durch die Augen.

»Wirklich!«, bekräftigte sie. »Und jetzt noch kurz zum Ablauf: Heute Nacht werden Sie noch einmal in Ihrem alten Zuhause schlafen. Wir werden Sie morgen früh um Punkt sieben Uhr abholen und in Ihr neues Leben bringen.« Wir nickten, verließen den hellen Raum und gingen den Weg zurück, den wir gekommen waren.

Vor dem Zentrum erwartete uns bereits ein behandschuhter Mann mit gestärktem Hemd und schwarzem Anzug. Er hielt uns die Tür einer Limousine auf, und ich nahm auf den cognacfarbenen Ledersitzen Platz. Nach mir stiegen Brian und Dad hinzu. Eine dunkle Trennwand war zwischen uns und dem Fahrer hochgefahren, darum konnte ich nur vermuten, dass Elisabeth vorne Platz genommen hatte. Jetzt fuhr das Auto an – und zwar so vorsichtig, dass Brian mir einen Blick zuwarf, nach dem Motto: *Da kannst du noch was lernen.* Kurze Zeit später hielt der Wagen ebenso sachte wieder an. Der Fahrer öffnete uns die Tür und Elisabeth begleitete uns ins Haus. Wir setzten uns an den Küchentisch und sie blickte sich um.

»Gemütlich haben Sie es hier.«

»Danke«, sagten wir wie aus einem Mund.

»Wollen Sie etwas trinken?«, bot Dad an.

Elisabeth winkte ab.

»Also …«, begann sie. »Ihre Sachen werden morgen früh zusammengepackt und zu Ihrem neuen Zuhause geliefert – darum müssen Sie sich also keine Gedanken machen. Das passiert ab jetzt alles automatisch.« Sie lächelte breit. »Alles andere klären wir morgen. Es ist doch schon recht spät und ich möchte Sie keinesfalls überfordern. Oder haben Sie vorab noch Fragen oder Wünsche?«

Wir schüttelten die Köpfe. In diesem Moment waren wir viel zu erschöpft und überwältigt von den heutigen Ereignissen. Wenig später verabschiedete sich Elisabeth, jedoch nicht, ohne uns noch einmal an die Uhrzeit der Abfahrt am nächsten Tag zu erinnern. Nachdem sie gegangen war, verschwand auch ich recht schnell in mein Zimmer. Ich zog mich um und legte mich in mein Bett – zum letzten Mal. Ich war todmüde und doch konnte ich einfach nicht einschlafen. Wenn ich ehrlich zu mir selbst war, musste ich mir eingestehen, dass ich wartete und hoffte – aber nicht darauf, endlich auf die andere Seite gebracht zu werden, nein … Ich wartete und hoffte auf Will, wünschte mir nichts sehnlicher, als dass er noch einmal herkam, um sich von mir zu verabschieden. Aber das tat er nicht. Warum nicht? Wollte er mich nicht noch einmal sehen? Sollte dieser flüchtige Abschied vorhin alles gewesen sein? Plötzlich begann die Wunde an meinem Handgelenk heftig zu pochen. Unruhig strich ich mir über die schmerzende Tätowierung. Wie eine Warnung prangte sie auf meiner Haut. Unwillkürlich fragte ich mich, ob die Elite wirklich so perfekt und traumhaft war, wie man uns erzählt hatte … Ein Klopfen an meine Zimmertür riss mich aus meinen Gedanken. Ich richtete mich in meinem Bett auf.

»Ja!?«, rief ich aufgeregt, doch nur Dad trat ein. Gefrustet schnaubte ich.

»Wir müssen reden«, sagte Dad und zog den Stuhl von meinem Schreibtisch neben mein Bett. »Summer, ich will mich bei dir entschuldigen. Ich habe dich wirklich enttäuscht.«

»Ach wirklich?«, meckerte ich und verknotete meine Arme vor der Brust. Ihm entfuhr ein tiefer Seufzer.

»Es ist mir wichtig, dass wir uns vertragen, ehe wir morgen früh in die Elite aufbrechen. Und darum möchte ich dir die Gründe für mein Tun erklären.«

Meine Schultern zuckten.

»Ich habe es getan, weil ich wusste, dass Brian und du Chancen habt und ausgewählt werden könntet. Ich hatte einfach Angst.«

»Angst?«

»Ja. Ich sehe ein, dass ich einen Fehler gemacht habe. Ich habe meine Wünsche ganz egoistisch über deine gestellt.« Sein Blick wanderte verstohlen zu Boden, dann redete er so hastig weiter, dass er fast über seine eigenen Worte stolperte: »Ich wollte hier bleiben, weil ich hier alles kenne, weil hier alles vertraut für mich ist. Ich bin ein alleinerziehender Vater und ich weiß nicht immer, was ich tue – oder was richtig ist. Niemand hinterfragte mich. Es tut mir ehrlich leid.«

Ich legte meinen Kopf schief. »Und das ist alles?«

Er nickte – noch immer, ohne mich anzusehen.

»Warum hast du Dr. Huxley mit unserem Blut bezahlt? Was macht er damit?«

»Er macht damit Experimente«, sagte Dad wie aus der Pistole geschossen. Unruhig wippte sein Bein auf und ab.

»Aha …«, murmelte ich, und eine Weile war es still. Dann blickte Dad auf und ich erkannte, wie seine Augenpartie kaum wahrnehmbar zuckte. Seine Miene sah angestrengt aus, viel zu bemüht. Dad hatte mich gerade belogen – oder zumindest etwas verschwiegen. Plötzlich fielen mir die Worte von Clay wieder ein.

»Vielleicht hat er Gründe, die du beim ersten Hinsehen einfach nicht verstehst.«

Ich hakte nach: »Also Dr. Huxley macht geheime Experimente mit unserem Blut in seinem Kämmerlein, die er sonst nicht machen könnte. Und du hast bestochen und damit eine Straftat begannen, die mit dem Tode geahndet wird, weil du so schreckliche Angst vor etwas Neuem hast?«

Er zog seine Stirn kraus und druckste: »Da ist schon noch etwas.« Wieder senkte er seinen Blick, als er kleinlaut weitersprach. »Ich möchte hier nicht weg, weil ich dieses Haus nicht aufgeben will. Es hängen so viele Erinnerungen daran. Hier habe ich mit deiner Mutter gelebt, die ich mehr geliebt habe, als du dir vorstellen kannst. Ich habe Angst, die Erinnerungen zu verlieren.«

Seine Worte versetzten mir einen Stich. Daran hatte ich noch gar nicht gedacht. Dad hob seinen Kopf und wir sahen uns an.

Diese Begründung hörte sich schon eher nach der Wahrheit an, aber der fremde, furchtsame Ausdruck in seinem Gesicht, passte nicht dazu. Oder doch? Ich könnte mich diesmal auch täuschen … Vielleicht war es wirklich die Wahrheit … Aber konnte ich Dad verzeihen, wenn ich mir unsicher war?

Andererseits, wenn ich ihm jetzt nicht verzeihen würde, hätte keiner etwas davon – zumal ich am Ende bekommen hatte, was ich wollte. Und er eben nicht. Wenn da noch mehr war, würde es irgendwann ans Licht kommen. Ich konnte warten. Wir würden morgen früh in die Elite aufbrechen und da sollte ich eine faire Gewinnerin sein, schließlich war er auch ein fairer Verlierer. Außerdem war meine Freude einfach zu groß, um noch länger Wut und Traurigkeit zu empfinden. Ich tat einen tiefen Atemzug und sagte schließlich: »Na schön, Dad. Ich werde versuchen, dir zu verzeihen.«

Kurz darauf verließ ein glücklicher Dad mein Zimmer.

Ich dachte noch eine Weile nach, aber irgendwann übermannte mich das Nichts.

Das Klingeln des Weckers riss mich aus dem Schlaf. Es war sechs Uhr morgens. *Endlich ist es so weit! Heute ist der Tag, auf den ich mein ganzes Leben gewartet habe.* Ungeduldig riss ich die Decke zur Seite und hüpfte aus dem warmen Bett. Als ich mich fertig gemacht hatte, lief ich beschwingt in die Küche, um mir ein letztes Mal in diesem Haus einen Tee aufzugießen. Doch gerade, als ich nach der Tasse greifen wollte, klopfte es an der Haustür.

Jetzt geht es los. Jetzt werden wir auf die andere Seite der Kolonie gebracht, schoss es mir durch den Kopf. Aufgeregt öffnete ich die Haustür und blickte in das blaugraue Augenpaar.

»Guten Morgen, Miss Summer.« Die Stimme von Elisabeth war freundlich und genauso ruhig wie gestern. »Darf ich eintreten?«, fragte sie höflich.

»Natürlich.«

»Vielen Dank.« Ihre hohen Absätze klackten auf den Fliesen. In diesem Moment polterten Brian und Dad im Gleichschritt die Treppe herunter.

»Guten Morgen, Elisabeth«, sagten sie wie aus einem Mund.

»Guten Morgen«, erwiderte sie freundlich. »Sind Sie alle putzmunter?«, fragte sie in die Runde.

»Ja«, sagte ich und lächelte halbherzig.

»Sehr schön. Für Ihre Ankunft ist bereits alles vorbereitet.« Sie klatschte freudig in die Hände. »Lassen Sie uns aufbrechen.«

Dad, Brian und ich blickten uns an, denn jetzt war es Zeit, Abschied von unserem alten Zuhause zu nehmen.

Ich war die Letzte, die das Haus verließ, blieb kurz in der Tür stehen und drehte mich noch einmal um. Mein altes Leben lag jetzt hinter mir: die knarzende Treppe, mein Zimmer, die von Efeu umrankte Praxis, der weiße

Gartenzaun, meine Rosen. Nichts davon würde ich wiedersehen. Noch ein letzter Blick, dann zog ich die Tür langsam hinter mir zu.

Der gleiche Chauffeur wie gestern hielt uns die Tür der Limousine auf, und wir nahmen auf den Ledersitzen Platz. Elisabeth saß auch heute wieder auf dem Beifahrersitz. Die Trennwand zwischen uns und den beiden wurde surrend heruntergefahren. »Ich wünsche Ihnen eine angenehme Fahrt. In ungefähr einer Stunde werden wir unser Ziel erreichen – ein anstrengender und aufregender Tag liegt vor Ihnen.« Nach diesen Worten von Elisabeth surrte die Scheibe wieder nach oben und das Auto fuhr los. Es wurde langsamer, als wir das Zentrum erreichten. Wir fuhren um das Gebäude herum, passierten erst eine Schranke, dann ein schmiedeeisernes Tor. Kurz darauf fuhr die Limousine in einen unterirdischen Tunnel. Orangefarbene Lichter leuchteten den Tunnel gerade hell genug aus, um die Betonbögen an der Decke zu erkennen. Ich vermutete, dass wir geradewegs durch den Berg fuhren, den ich bei der Auswahl vom 31. Stock aus erblickt hatte. Der Wagen folgte der unterirdischen Straße, und die Fahrt zog sich eine Weile hin. Das monotone Brummen des Motors und die Dunkelheit ließen mich trotz der Aufregung müde werden. Dad hielt mir wortlos eine Decke entgegen, die gefaltet neben ihm gelegen hatte. Unsere Blicke trafen sich, und ich zögerte kurz. Er nickte mir versöhnlich zu. Ich stockte noch einen Augenblick länger, ermahnte mich, dass ich versuchen wollte, ihm zu verzeihen, nahm die Decke an mich und kuschelte mich hinein.

Ich war nur kurz weggedöst, denn als ich meine Augen wieder öffnete, fuhren wir noch immer durch den Tunnel – doch da, vor mir … Ich sah Licht! Aufgeregt richtete ich mich auf. Der Wagen näherte sich dem Freien. Noch ein paar Meter und der Tunnel lag hinter uns. Als wir hinausfuhren, konnte ich die einsetzende Morgenröte sehen – und dann erblickte ich all das, was ich bereits kannte: Wälder und Wiesen. Was hatte ich auch erwartet? Eine völlig andere Landschaft? Die Umgebung flog nur so an mir vorbei, und irgendwann kurvten wir über einen Hügel und ein riesiger See forderte unsere Aufmerksamkeit ein. Er war umsäumt von unzähligen Villen, die selbst aus dieser Entfernung gigantisch wirkten und von großzügigen Anwesen umschlossen waren. Sollte eines davon unser neues Zuhause sein? Keiner brachte einen Ton heraus. Selbst Dad hatte nur Augen für die ungewöhnliche Schönheit dieses Ortes. Wir fuhren über eine kleine Anhöhe, und mir wurde klar, dass wir uns tatsächlich der Villengegend näherten. Die Trennwand surrte wieder herunter und Elisabeths euphorische Stimme drang an mein Ohr: »Gleich erreichen wir Ihr neues Zuhause.« Automatisch schnellte meine linke Hand an mein rechtes Handgelenk, ehe ich den Blick wieder aus dem Fenster richtete. Elisabeth sprach weiter: »Ich möchte die Zeit nutzen, um Sie über die Elite und die Neue Welt aufzuklären. Die Elite besteht derzeit aus 1.394 Familien ... Nein! Entschuldigen Sie, wir zählen Sie selbstverständlich schon dazu. Also sind es 1.395 Familien. Deren Kinder und Kindeskinder gehören per Geburtsrecht automatisch der Elite an – für sie wird es niemals eine Auswahl geben. Für diejenigen, die in diesem Teil der Kolonie als Bedienstete geboren wurden, dazu zähle auch ich, findet allerdings schon eine Auswahl statt. Sie ähnelt dem Verfahren, das Sie kennen. Für die Bediensteten gibt es zwei Möglichkeiten: Entweder selbst in die Elite aufzusteigen oder einen Arbeitsbereich als Bediensteter zugewiesen zu bekommen.« Während Sie erklärte, zog Tor um Tor an uns vorbei. Von der breiten Straße aus konnte man die Villen dahinter jedoch nicht einsehen. Das dichte Grün der Pflanzen und die hohen Zäune waren zu wuchtig, und nur durch die geschmiedeten Tore war ersichtlich, dass hier Menschen leben mussten. Das Auto bog rechts in eine Straße ein und fuhr weiter, bis wir vor einer Einfahrt mit goldenem Tor zum Stehen kamen.

»Wir sind da«, frohlockte Elisabeth und blickte in drei neugierige Gesichter. »Ich hoffe sehr, dass es Ihnen gefallen wird.«

Wieder fasste meine Hand wie automatisch an die Tätowierung. Das goldene Tor stand offen, und der Wagen fuhr eine mit alten Bäumen bepflanzte Allee hinauf. Wir überquerten eine Brücke. Der weiße Stein, aus dem sie gehauen war, glänzte in der Sonne. Graue Schlieren waren darauf zu erkennen, als wäre sie aus Marmor gemeißelt – und vermutlich war sie es auch. Unter ihr floss ein Bach, der sich um das riesige Grundstück schlängelte. Vermutlich wurde er von dem gigantischen See gespeist, den wir vorhin gesehen hatten. Eine prachtvolle Villa rückte in unser Blickfeld. Sie war umgeben von satten, grünen Wiesen. Noch nie hatte ich ein so großes Haus gesehen. Das Haupthaus war an der Vorderseite mit weißen Säulen verziert, die vom Boden bis hoch zum Dach reichten. Links des Haupthauses waren weitere Gebäude im gleichen Stil errichtet. Allerdings waren sie kleiner und wurden nicht von Säulen geziert. Alles wirkte harmonisch und aufeinander abgestimmt. Als wir über den gepflasterten Eingangsbereich fuhren und vor der Haustür anhielten, erblickte ich die aufgereihten Menschen neben der Eingangstür. *Das müssen die Bediensteten sein,* folgerte ich, und das mulmige Gefühl kam zurück. Als Dad, Brian und ich endlich draußen neben Elisabeth standen, sagte sie: »Ich freue mich, Ihnen Ihre Bediensteten vorzustellen. Beginnen wir mit der Damenseite.« Elisabeth lächelte in meine Richtung. »Hier finden Sie Ihre wichtigsten Angestellten. Die wohl allerwichtigsten für Sie, Miss Summer, sind Ihre Schmetterlinge.«

»Meine ... Schmetterlinge?«

»Sie werden sich um all Ihre persönlichen Belange kümmern. Sie werden Sie ankleiden und Ihnen, wo sie nur können, zur Hand gehen.« Elisabeth zeigte auf drei schöne Mädchen in der ersten Reihe. Alle drei trugen schlichte roséfarbene Kleider, die sich kaum unterschieden, lediglich etwas in Länge und Schnitt.

»Das hier ist Ihr Hauptschmetterling: Genevieve.« Genevieve war eine Schönheit mit rotblondem Haar. Sie hatte gütige rehbraune Augen und auf ihrer Wange und rund um ihre zierliche Nase blitzten blasse Sommersprossen. Sie sah nett aus.

»Genevieve wurde gründlich ausgebildet und hat bereits als Unterschmetterling bei einem anderen Mädchen gedient. Die anderen beiden sind Ihre Unterschmetterlinge und Genevieve unterstellt. Mary«, Elisabeth deutete auf die rundliche, schwarzhaarige Mary, dann auf die kurzhaarige Brünette daneben, »und Abigail.«

»Miss Summer.« Genevieve knickste und die anderen taten es ihr nach. »Es ist uns eine Freude, Sie kennenzulernen.« Genevieve lächelte freundlich und ich lächelte zurück.

Nun drehte Elisabeth sich zu einem Jungen, dessen Job mir sofort klar war. Er war groß und hatte breite Schultern, stand breitbeinig da und fuhr sich mit der Hand durch sein kurzes schwarzes Haar.

»Max. Ihr Leibwächter. Allerdings wird Max nur für etwa vier bis sechs Wochen bei Ihnen bleiben. Ihr endgültiger Leibwächter befindet sich gerade noch in der Ausbildung und wird erst nach erfolgreichem Abschluss der Prüfung zugeteilt.«

»Ist mir eine Ehre, Miss Summer.«

Ich nickte ihm schüchtern zu.

Elisabeth wandte sich an Brian.

»Sie, Mister Brian, haben natürlich keine Schmetterlinge. Aber Ihnen wird Mason zur Seite stehen – er ist Ihnen bei all Ihren Belangen zu Diensten.«

Sie deutete auf einen lustig aussehenden, groß gewachsenen Jungen mit kurzem blondem Haar, weit abstehenden Segelohren und breitem Grinsen.

»Ich freue mich, Sie kennenzulernen, Mister Brian«, erklärte Mason.

»Und dann gibt es noch Stone, Ihren Leibwächter«, fuhr Elisabeth fort.

»Ist mir eine Freude, Sir«, erklärte Stone, der große Ähnlichkeit mit Max hatte – nur waren seine Züge etwas strenger. Nun deutete Elisabeth auf einen älteren Mann im schwarzen Frack. »Und das hier ist der Butler Ihrer Familie. Sein Name ist Barns.«

Ich versuchte, mir alle Namen zu merken, aber es ging so schnell und es waren zu viele neue Gesichter.

»Aber lassen Sie uns erst einmal hineingehen«, sagte Elisabeth und wir gingen an den Bediensteten vorbei. Nur Barns war vorausgeeilt, um uns die schwere Eichentür aufzuhalten. Wir betraten die Eingangshalle, und ich war sprachlos: So etwas Schönes hatte ich noch nie zuvor gesehen. Der Boden, die Wände, die Säulen, die die Halle umgaben, sogar die geschwungene Treppe war aus Marmor. Das Thema zog sich durch jeden Winkel – hier hatte sich jemand Gedanken gemacht. Die weite Treppe war mit wunderschönen Balustraden gefertigt und der Blickfang schlechthin. Mehrere große, gerahmte Ölgemälde hingen an den meterhohen Wänden. In jeder Ecke gab es etwas zu entdecken, und alles war so stimmig und wundervoll, dass ich mich fragte, ob ich träumte. Das hier war ein Schloss und ich die Prinzessin.

»Es ist wunderschön«, brachte ich deshalb als Erstes heraus.

»Mehr als das«, meinte Brian.

»Sollte Ihnen der Einrichtungsstil nicht gefallen, werden wir ihn selbstverständlich ändern. Das wäre gar kein Problem«, sagte Elisabeth zaghaft.

»Nur keine Umstände«, meldete sich Dad und fasste Brian und mich an den Schultern. »Alles ist gut so, wie es ist. Nicht wahr?«

»Ja«, sagten Brian und ich wie aus einem Mund.

»Ein Glück, ein Glück«, seufzte Elisabeth und legte sich die flache Hand an die Brust, geradeso, als ob ihr ein riesiger Stein vom Herzen gefallen wäre. Sie führte uns in das Wohnzimmer und bat uns, Platz zu nehmen. Ich setzte mich gemeinsam mit Brian auf die blaue Couch, Dad setzte sich auf das Pendant gegenüber und Elisabeth nahm auf einem Stuhl Platz.

»Tee? Croissants?«, fragte sie, und als wir nickten, klingelte sie mit einer silbernen Glocke, die neben silbernen Kerzenständern und einer Vase mit frischen Blumen auf dem Couchtisch stand. Barns eilte sofort herbei.

»Sie wünschen?«, fragte er, und Elisabeth bat um Tee und Croissants.

Als er wieder weg war, fuhr sie fort: »So, und nun noch die Regeln.«

Brian, Dad und ich schauten uns stirnrunzelnd an.

»Tja … natürlich gibt es Regeln«, lachte Elisabeth auf, als sie unsere verwirrten Gesichter bemerkte. »Nichts Gutes kann ohne Regeln existieren. Es gibt acht verschiedene, beginnen wir also mit der Regel Nummer eins, damit der unangenehmste Teil erledigt ist …«

Sie machte eine Pause, als Barns hereinkam, um den Tee und die Croissants zu servieren. Als er den Raum wieder verlassen hatte, nahm sie einen Schluck Tee. Dann schien ihr ein Gedanke gekommen zu sein, denn sie ergänzte: »Ach ja … Noch etwas, was Sie in jedem Fall beherzigen müssen.« Sie stellte die Teetasse wieder auf dem Unterteller ab. »Auch die Mitglieder der Elite dürfen diese Mauern nicht verlassen – niemals und unter gar keinen Umständen! Außerdem wird es eine Einführung in die Gesellschaft geben. Bei dieser Veranstaltung werden Sie die wichtigsten Persönlichkeiten der Neuen Welt kennenlernen, und erst dort wird die endgültige Entscheidung getroffen, ob Sie in die Neue Welt gehen oder für immer hier in der Elite verbleiben.«

Enttäuscht verzog ich das Gesicht und ließ meine Schultern hängen. *Ich darf die Kolonie nicht verlassen? Das kann doch einfach nicht wahr sein.* Jetzt war ich zwar einen Schritt weiter – und doch wieder nicht. Statt in einem Goldfischglas, saß ich jetzt in einem goldenen Käfig fest. Immer gab es eine neue Tür, die man öffnen musste. Clay hatte es bereits angedeutet … damals, vor unserem ersten Kuss unter dem Baum. Nachdenklich seufzend nahm ich einen weiteren Schluck Tee.

»Nun aber zu den Regeln. Erstens: Keine sexuellen Handlungen jeglicher Art!«

Ich verschluckte mich am Tee und hustete ihn fast wieder aus.

»Das kommt Ihnen doch sicher gelegen, Dr. Snow«, sagte Elisabeth versöhnlich und überging meine Hustenattacke.

»Natürlich. Aber ich kenne meine Kinder und vertraue ihnen. Da passiert nichts. Weiter!«, forderte Dad und wedelte mit der Hand.

»Gut ... also ... ja.« Elisabeth war so einen entspannten Umgang mit diesem Thema offensichtlich nicht gewohnt. Sie fing sich aber rasch wieder. »Hinzuzufügen ist ... ähm ... dass das Ausgehen mit einem potenziellen Partner erlaubt ist«, sie warf uns einen Seitenblick zu, »aber nur in Begleitung des Hauptschmetterlings und des Leibwächters. Wenn die Liebe in einem Heiratswunsch endet, muss ein Antrag im Zentrum gestellt werden. Genehmigt wird eine Hochzeit allerdings grundsätzlich erst nach Einführung in die Gesellschaft.«

Ich fragte mich, was genau sie unter sexuellen Handlungen verstand. *Zählen Küsse schon dazu? Soll ich fragen? Nein, lieber nicht – nicht, nachdem Dad so überzeugt von unserer Tugend gesprochen hat ... Oder soll ich doch? Nur, um sicherzugehen?*

»Regel Nummer zwei«, sagte Elisabeth, und der Moment für die Frage war vorüber. »Sie dürfen nichts Waghalsiges tun, nichts, was Ihnen Verletzungen einbringen könnte. Bei Regel Nummer drei geht es um die Zahlungsmodalitäten. Ich muss Ihnen sagen, dass Sie arbeiten müssen, Dr. Snow. Sie dürfen bei Ihren Kindern sein, weil diese nicht als Bedienstete, sondern direkt in die Elite gewählt wurden, und Sie dürfen in diesem Haus leben, müssen aber einen gesellschaftlichen Beitrag leisten.«

Dad nickte missbilligend. Er kam mir fast feindselig vor. War er doch ein schlechter Verlierer?

»Ihre Dienste als Arzt können wir sehr gut brauchen. Sie bekommen für Ihre Tätigkeit selbstverständlich eine großzügige Entlohnung.«

»Das ist wirklich außerordentlich generös von Ihnen.« Ich konnte die Ironie deutlich heraushören, die in seinen Worten mitschwang, doch Elisabeth schien weniger feine Antennen zu haben, denn sie sprach unbeirrt weiter: »Mister Brian, Miss Summer: Sie beide erhalten Taschengeld, und natürlich müssen Sie sich nicht mit so etwas Banalem wie Rechnungen auseinandersetzen. Ich werde jetzt Ihre Fingerabdrücke einlesen und speichern – anschließend können Sie in jedem Geschäft bezahlen, indem Sie einfach einen Finger auf den Scanner legen.« Sie öffnete eine Tasche, die mir bisher noch nicht aufgefallen war, und entnahm ihr ein kleines schwarzes Gerät.

»Fangen wir mit Ihnen an, Miss Summer.« Sie streckte mir das Gerät entgegen.

»Bitte legen Sie zunächst den Daumen Ihrer rechten Hand auf das Display.«

Ich tat, wie geheißen, und der schwarze Bildschirm wurde augenblicklich grün.

»Sehr gut. Jetzt den Zeigefinger der rechten Hand.«

So ging es weiter, bis jeder meiner Fingerabdrücke im Gerät gespeichert war. Anschließend war Brian an der Reihe, und als er fertig war, erklärte Elisabeth: »Ab sofort können Sie einkaufen, was immer Sie wollen. Ihnen wurden je 300.000 Elite-Dollar auf Ihrem Konto gutgeschrieben. Sicher wollen Sie am Anfang einige größere Anschaffungen tätigen. Dann kommt jeden Monat das Taschengeld in Höhe von 100.000 E-Dollar hinzu. Und glauben Sie mir, das ist genug Geld, um hier sehr gut leben zu können.«

Meint sie das ernst? Ich war sprachlos. So viel Geld konnte man in unserem Bereich der Kolonie gar nicht erwirtschaften – selbst wenn man zehn Leben hatte und jeden Tag nichts anderes tat, als zu arbeiten. Und hier bekam man es monatlich? Und musste nichts dafür tun!?

»Regel Nummer vier«, unterbrach Elisabeth meine Gedanken, »Wohlfühlpläne und Schule. Sie beide sind verpflichtet, sich einen persönlichen Wohlfühlplan zu erstellen, der täglich neu angepasst werden kann. Es ist wichtig, dass der Plan auf Ihre persönlichen Bedürfnisse und Wünsche zugeschnitten ist. Er kann Sport, Massagen und Entspannungsübungen beinhalten, um an dieser Stelle nur drei Beispiele zu nennen. Einfach Dinge, die Ihnen Spaß machen und Ihrem Wohlbefinden dienen. Das ist das Wichtigste hier in der Elite: Ihr Wohlbefinden. Unser Motto lautet: Bringt es Sie nicht zum Lächeln, dann lassen Sie es umgehend sein! Tun Sie also nichts, was Ihnen keinen Spaß macht und Stress oder Unbehagen bereitet. Natürlich müssen Sie aber auch zur Schule gehen. Das ist für Ihre Bildung unerlässlich. Auf Ihrem Stundenplan wird unter anderem aber auch die Talentförderung stehen. Denn wenn Sie später einen Beruf ergreifen, dann sollte das natürlich auch etwas sein, was Ihnen Spaß macht, Sie in Ihrer persönlichen Entwicklung fördert und womit Sie sich identifizieren können. Sie haben hier alle Möglichkeiten der freien Entfaltung.« Jetzt begann Elisabeth aufzuzählen: »Musiker, Dichter, Konditor, Schauspieler,

Mutter, Vater, Arzt, Goldschmied, Tänzer, Hausfrau, Hausmann, Künstler, Sportler – Sie können werden, was immer Sie wollen! Wir haben hier sogar jemanden, der die unglaublichsten Figuren in Hecken schneidet. Auch das ist ein Beruf.« Selbstzufrieden zupfte sie einen Fussel von ihrem Arm und wechselte das Thema. »Wir fahren gleich zur Schule, damit Sie Ihrer Patin und Ihrem Paten vorgestellt werden. Sollte er oder sie Ihnen nicht zusagen, werden sie umgehend ausgetauscht – dasselbe Recht haben natürlich auch Ihre Paten. Die beiden gehören der Elite schon seit ihrer Geburt an und haben sich freiwillig zur Verfügung gestellt, Sie einzuweisen.

Fahren wir fort mit Regel Nummer fünf: Das höchste Gut ist der Erhalt Ihrer Gesundheit, Hygiene und Fitness! Deshalb gibt es hier in der Elite Gesundheits- und Ernährungschecks, um ein optimales Körperbewusstsein zu entwickeln und aufrechtzuerhalten. Wir tolerieren es nicht, wenn Sie hungern oder – das andere Extrem – zu viel essen. Jeder ist, wie er ist. Und ob füllig oder normalgewichtig, klein oder groß: Jeder hat seine eigene Natur und diese soll unbedingt beibehalten werden.

Regel Nummer sechs: Das richtige Verhalten bei Notfällen. Sollte es unerwartet zu einem Notfall kommen, gibt es hier im Haus einen Panik-raum, den Sie zu Ihrer eigenen Sicherheit benutzen müssen. Sie schließen sich dort ein und rufen durch Betätigung des roten Knopfes neben den Bildschirmen Hilfe. Der Panikraum wird Ihnen später von Barns genau erklärt. Sie finden dort eine Toilette, Vorräte und Lektüre, damit Sie im Notfall einige Stunden darin ausharren könnten, sollte es doch einmal zu einer Invasion der Infizierten kommen ... Eigenmächtige Rettungsaktionen oder unnötiges Heldentum sind ausdrücklich *nicht* gestattet!

Regel Nummer sieben: Ich erwähnte es bereits, aber noch einmal: Die-sen Teil der Kolonie dürfen Sie niemals ohne Genehmigung verlassen. Dies dient Ihrer eigenen Sicherheit!

Regel Nummer acht: Gewalt in jeglicher Form ist hier nicht gestattet – niemals! Sie wird mit der sofortigen Ausweisung aus der Kolonie bestraft. Aber das wird mit Ihnen beiden nicht passieren, da bin ich mir sicher.« Sie nahm einen Schluck Tee und sprach weiter: »Das war es auch schon. Es ist nicht allzu schwer, diese acht Regeln einzuhalten. Sie liegen ausgedruckt auf Ihren Nachttischen bereit. Bitte lesen Sie sie später noch einmal auf-merksam durch.«

Wir nickten, völlig erschlagen von den vielen Informationen.

»So, nun muss ich Sie noch fragen, ob Sie ein Problem in einer der Regeln sehen?«

»Nein?« Meine Antwort klang eher nach einer Frage, weil ich mir noch immer über die sexuellen Handlungen Gedanken machte. Aber Elisabeth hatte sich schon Brian zugewandt.

»Nein«, sagte er brav.

»Schön«, rief Elisabeth aus. »Dr. Snow? Wie sehen Sie das?«

»Alles in Ordnung – kein Problem.«

Wir tranken den Tee aus, Dad, Brian und ich aßen jeder noch ein Croissant, und währenddessen redete Elisabeth weiter: »Der Plan sieht vor, dass ich Miss Summer und Mister Brian jetzt zur Schule begleite, damit Sie Ihre Paten kennenlernen.«

Brian und ich nickten.

»Wunderbar! Dr. Snow, Sie werden in unser Ärztehaus gebracht, wo Sie bereits heute eingearbeitet werden. Ist Ihnen das recht oder wollen Sie einen Tag ausruhen, bevor Sie die neue Herausforderung antreten?«

»Nein, ich möchte selbstverständlich umgehend für dieses vornehme und außerordentlich privilegierte Leben arbeiten.«

»Natürlich.« Elisabeth nickte zufrieden – und wieder hatte sie den deutlichen Sarkasmus nicht bemerkt. Brian und ich blickten uns verstohlen an und schüttelten kaum merklich den Kopf. Dann standen wir alle auf und verließen das Haus. Zwei Limousinen standen schon bereit. Brian und ich nahmen die erste, Dad stieg in die zweite.

Die Schule war ein hochherrschaftliches Gebäude mit steinernen Gargoyles auf den Zinnen und von Efeu umrankten Türmchen. Wir schritten die steinernen Stufen hinauf zum Eingang und folgten Elisabeth dann durch die Schulgänge. Die bunten Glasscheiben in den Fenstern leuchteten in der einfallenden Sonne. Elisabeth drosselte ihr Tempo vor einer mit prachtvollen Schnitzereien verzierten Holztür. Sie klopfte und wartete auf das »Herein«, welches umgehend folgte.

»Herr Rektor«, stieß Elisabeth herzlich aus und umarmte den älteren, graubärtigen Mann, der ihr schnellen Schrittes entgegenkam.

»Meine liebe Elisabeth«, wohlwollend erwiderte er die Umarmung. Als sie sich voneinander gelöst hatten, blickte uns der Rektor prüfend an.

»Summer und Brian Snow.« Freundlich verbeugte er sich vor uns. »Ich bin Rektor Huver, und es freut mich, Ihre Bekanntschaft zu machen. Gleich werde ich Sie Ihrer Patin und Ihrem Paten vorstellen. Aber zuallererst: Hatten Sie eine gute Anreise?«

»Ja, vielen Dank. Alles war sehr angenehm«, übernahm Brian das Antworten.

»Das freut mich zu hören. Unsere Schule wird Ihnen gefallen. Sie werden hier Spaß haben, dafür garantiere ich. Der Unterricht wird genau auf Ihre persönlichen Vorlieben abgestimmt – aber dazu morgen mehr. Heute ist es uns nur wichtig, dass Sie einmal hier waren, Ihre Paten kennenlernen und den Tag mit ihnen verbringen. Miss Morgan Taylor ist Miss Summers Patin, und Mister Gregory Fraser ist Mister Brians Hauptansprechpartner in allen Belangen.«

Ich nickte etwas eingeschüchtert.

»Kein Grund zur Sorge«, der Rektor las mein Gesicht, »die beiden werden gut zu Ihnen passen.«

Kaum hatte er zu Ende gesprochen, klopfte es an der Tür.

»Ah … treten Sie ein!« Aufgeregt winkte der Rektor mit beiden Händen.

»Hi«, sagte eine glockenklare Stimme hinter mir. Ich drehte mich um und blickte in ein strahlend schönes Gesicht. »Ich bin Morgan Taylor. Du musst Summer sein.«

»Ja, genau.« Ich lächelte und wollte ihr gerade meine Hand entgegenstrecken, als sie mich auch schon umarmte und mir links und rechts einen Kuss über die Schulter warf. Aus wachen blauen Augen blickte sie mich an und ich musterte sie. Sie war so alt wie ich, einen Kopf größer, hatte ebenmäßige Haut, feminine Züge und braunes langes Haar – kurz: Sie war wirklich unglaublich schön. Ihr knielanges lilafarbenes Kleid mit weißem Kragen umspielte ihre schlanke Figur, und die manikürten Finger sahen so gepflegt aus, dass ich meine Fingerkuppen unwillkürlich in meinen Handballen vergrub.

»Ich bin deine Patin – deine Hauptansprechpartnerin Nummer eins«, lachte sie und hob ihren Zeigefinger. Mit blendend weißen Zähnen strahlte sie mich an.

»Okay.« Ich nickte zurückhaltend.

Morgan schaute in die Runde. Ihr Blick flog über Elisabeth und den Rektor hinweg. Als er Brian erreichte, konnte ich erkennen, wie sie ihren Kopf zur Seite neigte und ihm einen verräterischen Moment zu lang in die Augen blickte.

»Hey«, sagte sie fast schüchtern in seine Richtung, und ein zaghaftes Lächeln umspielte ihre Lippen. Obwohl ich sie gerade erst kennengelernt hatte, rührte sich in mir der Gedanke, dass diese Zurückhaltung eher ungewöhnlich für sie war. Als sich jetzt auch noch mein sonst so cooler Bruder schüchtern auf die Lippe biss, musste ich mich sehr zusammenreißen, um nicht laut loszuprusten.

»Hi«, war alles, was er sagte … nein, hauchte. Dabei hob er seine Hand und winkte ihr zu, obwohl sie lediglich zwei Schritte von ihm entfernt stand. Als ihm seine unsinnige Geste bewusst wurde, schüttelte er verlegen den Kopf und presste die Hand gegen seinen Körper.

»Ich bin Greg«, beendete eine männliche Stimme hinter mir diese unfreiwillig komische Situation.

»Hey, Greg. Ich bin Brian.« Mein Bruder drehte sich zu dem großen, sportlichen Jungen mit blondem Haar um und hörte sich wieder wie er selbst an.

»Hi«, sagte ich, und Greg lächelte mir freundlich zu.

»Und?«, wollte Elisabeth mit einem Blick auf uns vier wissen »Denken Sie, dass Sie zurechtkommen werden?«

»Ich denke schon«, erklärte ich mit einem Blick auf die perfekte Morgan.

»Ich auch«, nickte Brian. Als auch noch unsere Paten nickten, stieß Elisabeth einen erleichterten Seufzer aus.

»Sollen wir los?«, fragte Greg.

»Okay. Wo geht's hin?«, wollte Brian wissen.

»Lass dich überraschen … Wird super«, meinte Greg grinsend.

Auch Morgan und ich verabschiedeten uns und verließen das Zimmer.

»Viel Spaß, ihr zwei«, rief Morgan Brian und Greg hinterher, als sie in ein kleines sportliches Auto stiegen und in die Richtung davonbrausten, aus der wir gekommen waren. »Ich habe schon Pläne mit dir.«

»Pläne?«, wiederholte ich skeptisch.

»Klar, ich bin vorbereitet – und zwar so was von. Zuerst kümmern wir uns um dein Äußeres.«

»Mein Äußeres?«.

»Ja, klar. Ich bin deine Patin – da fällt alles auf mich zurück. Nicht böse gemeint, aber so kann ich dich nicht rumlaufen lassen.« Morgan deutete auf meine Ballerinas, meine Jeans und meine Haare. »Rundumerneuerung. Das wird *so* viel Spaß machen.«

Ich schnitt eine Grimasse, als ich an mir hinabblickte. Ich sah doch ganz normal aus … aber wohl nicht in ihrer Welt.

Unbeirrt sprach Morgan weiter: »Fi und Gen warten schon. Ich habe Fi gebeten, Gen abzuholen.«

»Fi … und … Gen?« So langsam kam ich mir vor wie ein Papagei, der alles nachplapperte.

»Genevieve – dein Hauptschmetterling. Hat man sie dir noch nicht vorgestellt?«

»Doch, schon … Ich wusste nur nicht … ah, verstehe.«

Unbeirrt sprach Morgan weiter: »Fiona ist mein Hauptschmetterling. Ich wollte nicht, dass du dich zu sehr bedrängt fühlst – weil ich eben so unglaublich feinfühlig bin.« Jetzt nickte sie mir ernst zu. »Da habe ich zu ihnen gesagt, sie sollen warten, bis wir beide uns angefreundet haben, und das ging schneller als gedacht – ich mag dich, Summer.«

Ich schwieg wohl einen Moment zu lange, denn Morgan sagte mit verstellter Stimme: »Ich mag dich auch Morgan.«

»Ähm … klar mag ich dich auch.«

»Zeig mal dein Tattoo, Summer.«

Ich streckte ihr mein Handgelenk entgegen.

»Schön geworden«, sagte sie und zeigte mir ihres. Ich fuhr mit dem Finger darüber. Die Haut wölbte sich nicht wie bei meiner Tätowierung – sie war ganz glatt.

»Ich vermute mal, meines wird später genauso aussehen?«

»Ja. Ganz genauso. Warte einfach ein paar Tage, dann geht die Schwellung zurück.«

Sie grinste mich übermütig an und zog mich am Arm der Limousine entgegen. Gen und Fi warteten schon auf uns. Fi war kleiner als Gen, hatte kurzes braunes Haar, so kurz wie das eines Jungen, aber ihre Züge waren elfengleich. Ja, sie sah aus wie eine kleine Elfe.

Neben den beiden standen Max, mein Leibwächter, und ein anderer

Junge, der sich mir als CJ, Morgans Bodyguard, vorstellte. Wir stiegen alle in das lange Auto und fuhren zur »Einkaufsmeile«, wie Morgan es nannte.

Die beiden Leibwächter folgten uns unauffällig, als wir durch eine lange, breite Straße schlenderten, in der sich Geschäft an Geschäft reihte. Das Schaufenster, das ich bei uns in Richmond so bewundert hatte, würde hier untergehen wie eine graue Maus im Karneval. Ich wäre am liebsten vor jedem Schaufenster stehen geblieben, hätte am liebsten jeden der Läden betreten, doch Morgan drängte mich weiter. Sie hatte eine Mission, und da musste ich wohl oder übel durch. Zuerst brachte sie mich in ein Maniкür- und Pediкürstudio. Gen, Fi und die Leibwächter warteten draußen. Eine Frau begrüßte mich freundlich und führte mich zu einem großen Sessel. Hier wurden mir die Füße gewaschen, die Finger- und Fußnägel geschnitten und gefeilt – und dann wurden mir falsche rote Nägel auf die Finger geklebt. Das gefiel mir überhaupt nicht. Sie waren viel zu lang, und ich konnte kaum das Glas Wasser ergreifen, das vor mir stand.

»Aber mit solchen Fingernägeln kann ich nichts mehr anfassen.«

»Musst du doch auch nicht. Das machen andere für dich«, sagte Morgan leichthin.

»Nein, Morgan. Ich denke nicht, dass ich mich damit wohlfühle.«

»Nicht?« Morgan schaute mich entsetzt an.

»Nein.«

»Oh …«, machte sie geknickt.

»Darf ich vorschlagen, die falschen Nägel wieder abzunehmen und lediglich die Fingernägel zu lackieren?«, fragte die nette Frau, die meine Finger noch immer zwischen ihren zarten Händen hielt.

»Gerne«, sagte ich erleichtert.

»Meinetwegen.« Morgan klang enttäuscht.

Die freundliche Frau machte sich daran, die unechten Nägel wieder abzunehmen und meine echten mit einer Farbe namens »Wildrose« zu lackieren. Anschließend kam Klarlack auf die Farbe, und ich musste mir eingestehen, dass mir das Ergebnis gefiel.

»Perfekt.« Ich lachte freudig auf, und auch Morgan musste zugeben, dass es besser zu mir passte.

»Okay … vielleicht bist du eher der natürliche Typ«, sagte sie und warf ihre braune Mähne zurück.

»Vielleicht.« Ich zwinkerte ihr zu. Man brachte mir den Fingerprint-scanner und ich zahlte einfach mit dem Auflegen meines Zeigefingers – unglaublich.

»Wohin als Nächstes?«, fragte ich, während ich meine Fingernägel bewunderte.

»So gefällst du mir. Jetzt geht's zum Haarstylisten.«

Sein Studio lag direkt nebenan. Wieder blieben Max und CJ vor der Tür stehen, Gen und Fi kamen diesmal allerdings mit rein. Ich wurde bereits erwartet. Der Haarstylist, ein schlanker Mann mit schwarzem Hemd und einer engen schwarzen Hose, fuchtelte aufgeregt mit einem Kamm, als er uns begrüßte: »Miss Morgan Taylor! Und … Miss Summer Snow.« Seine Stimme klang etwas nasal, aber das war, glaube ich, Absicht. Küsschen links, Küsschen rechts, ohne mich dabei zu berühren.

»Summer – Paul, Paul – Summer«, stellte Morgan uns vor.

»Wunderschön, wunderschön«, sagte er und trat einen Schritt zurück, um mich in Augenschein zu nehmen.

»Er ist ein Magier«, erklärte Morgan mit verschwörerischem Blick. Paul lachte verlegen auf, machte dann aber eine Kopfbewegung, die mir sagen sollte, dass sie recht hatte.

»Miss Morgan.« Er blickte sie aus zusammengekniffenen Augen an. »Ich sage nur eins: Potenzial, Potenzial, Potenzial!« Dabei stemmte er seine Hände in die Hüften.

Morgan nickte wissend und zwinkerte ihm zu. Paul bat mich, auf einem der Stühle Platz zu nehmen.

»Der Stuhl hat eine Massagefunktion, meine Liebe, also bitte nicht erschrecken«, sagte Paul, als er diverse Knöpfe drückte und ich die ersten leichten Schwingungen an meinem verspannten Rücken spürte. »Du bist blond«, stellte er fest und griff mir in die langen Haare. Ich blieb stumm, denn das war wohl offensichtlich. »Und du bleibst auch blond.«

»Und sie mag es natürlich«, erklärte Morgan.

»Das ist kein Problem für mich«, stieß er aus, warf seine Hand leicht nach hinten und begann, meine Haare durchzukämmen.

»Ach, Summer. Du wirst wunderschön aussehen, wenn er fertig ist.« Morgan klatschte aufgeregt in die Hände, und Paul begann zu färben, zu schneiden und einzudrehen. Als er nach gefühlten fünf Stunden fertig war und ich mich im Spiegel erblickte, gefiel mir, was ich sah. So viele Haare hatte ich noch nie gehabt. Sie fielen in weichen Wellen auf meine Schultern. Ich war zwar noch immer blond, aber jetzt ging die Farbe etwas mehr in einen Honigton. Ich sah gut aus – *wirklich* gut. Begeistert strich Morgan mir über eine der Wellen. Ich drehte eine Strähne um meinen Zeigefinger.

»Ob ich das selbst wieder so hinbekomme?«

»Aber nein.« Morgan lachte auf. »Gen wird dir jeden Morgen die Haare machen. Sie weiß, wie das geht.«

Gen, die hinter mir stand, nickte selbstsicher.

»Und jetzt … das Make-up«, flüsterte Morgan.

Mit Schminken war ich schnell fertig – oder besser gesagt: die junge Frau, die mit allerlei Puderdosen, Farben und Pinseln vor mich trat.

»Nicht zu viel!«, ermahnte ich sie. Ein wenig Puder, ein bisschen Farbe auf Augen und Wangen und Mascara für die Wimpern. Das war alles, was es brauchte, damit ich mir gefiel. Ich wollte unter keinen Umständen nicht mehr wiederzuerkennen sein. Als ich fertig war, klatschten alle um mich herum und mir kroch die Röte den Hals hinauf. Wir bedankten uns und ich zahlte abermals mit meinem Fingerabdruck.

»Gehen wir jetzt also zu meinem Lieblingsteil über«, beschloss Morgan, als wir wieder auf dem breiten, gepflasterten Bürgersteig standen.

»Shopping?«, vermutete ich, und Morgan begann laut zu lachen.

»Ist das so offensichtlich?«

Ich nickte.

»Aber ich sage es direkt, Morgan: Shopping ist nicht meine liebste Beschäftigung.«

Sie machte eine wegwerfende Handbewegung. »Das liegt nur daran, dass du es noch niemals mit mir gemacht hast.« Sie sagte das ganz entschieden und ohne den Anflug eines Lächelns. »Also, Summer, bereit für das beste Shopping deines Lebens?«

»Ja?«, murmelte ich mehr aus Höflichkeit als aus Überzeugung.

»Dann lass uns Spaß haben.«

Sie blieb dabei so bitterernst, dass ich lachen musste, und dann lachte auch sie. Wir starteten einen wahren Shoppingmarathon, bis die Sonne am Horizont versank.

KAPITEL 17

Ein neues Leben

Kein Wecker klingelte mich nach meiner ersten Nacht unsanft aus dem Schlaf. Als ich meine Augen aufschlug, war ich richtig ausgeschlafen. Die Vorhänge waren nicht ganz zugezogen, und die Strahlen der Sonne fielen hell in mein Schlafzimmer. Ich setzte mich im Bett auf und ließ meinen Blick durch das Zimmer schweifen. Auch heute Morgen war es noch so unglaublich schön wie gestern Abend vor dem Einschlafen. Eine rosa Couchgarnitur stand in einer Ecke des Raums, daneben war der Frisier- und Schminktisch platziert. Der Stuck an den hohen Decken und die dicken Teppiche, die auf dem Marmorboden lagen, verliehen dem Raum Gemütlichkeit. Ich streckte mich ausgiebig, hüpfte aus dem Bett und zog die Vorhänge komplett auf. Die Sonne begrüßte mich, indem sie meine Nasenspitze kitzelte. Dann lief ich in das angrenzende Luxusbad. Als mein Blick während des Zähneputzens auf die Dampfsauna fiel, fragte ich mich, ob ich dieses Ding wohl jemals benutzen würde. Es gab so viele Knöpfe, und mir fielen unwillkürlich meine Schmetterlinge wieder ein. Vielleicht wussten sie, wie man dieses Teil bediente. Gedankenverloren stellte ich die Regendusche an und ließ das warme Wasser über meine Haut perlen. Anschließend durchsuchte ich die Badezimmerschubladen nach einem Föhn und wurde schnell fündig. Ich betrat das riesige Ankleidezimmer, welches sich an das Badezimmer anschloss. Der Boden war mit einem dicken hellbeigen Teppich ausgelegt. Meine Füße sanken wie in weiche Wolken ein, und ich musste kichern. Unschlüssig öffnete ich Tür um Tür, Schublade um Schublade. Schließlich entschied ich mich für das Kleid, das mir schon gestern am besten gefallen hatte. Es war weiß und fiel locker an mir herab. Dazu zog ich flache Ballerinas an und ließ meine Haare offen über die Schultern fallen.

Ich betrachtete mich noch einmal zufrieden im Spiegel, ehe ich die Tür meines Schlafzimmers öffnete. Zu meiner Verwunderung erblickte ich meinen Leibwächter und meine drei Schmetterlinge in dem großen Vorraum. Sie saßen an einem runden Tisch und spielten Karten.

»Oh weh!«, rief Mary, als sie mich erblickte.

»Wir dachten, Sie würden noch schlafen ...« Abigail klang zerknirscht.

»Haben Sie sich allein angekleidet?«, piepste Gen mit aufgerissenen Augen.

»Natürlich.«

Bestürzt blickten sie sich an.

»Das habe ich in den letzten siebzehn Jahren auch getan«, erklärte ich beschwichtigend. »Wo finde ich das Frühstück?« Gen bat mich, ihr zu folgen. Wir liefen die Marmortreppe hinunter, über den weiten Flur. Schon von Weitem hörte ich Morgans Lachen.

»Bitte, Miss Summer«, flüsterte Gen und stieß die Tür zum geräumigen Esszimmer auf. Ein großer, ovaler Tisch aus Kirschholz und etwa zehn Stühle schoben sich in mein Sichtfeld. Vier Plätze waren eingedeckt. Silbern glänzten die Teekannen und das Besteck. Frische Blumendekoration war auf dem Tisch verteilt, und ich musste nicht lange suchen, ehe ich die beiden Kerzen erblickte, die für meine Mom und meine Babyschwester angezündet waren. Diese Gewohnheit würden wir niemals aufgeben, egal, wo wir waren. Brian saß am Tisch und Morgan neben ihm. Sie lachte immer noch – vermutlich hatte Brian gerade etwas Lustiges erzählt.

»Guten Morgen«, sagte ich fröhlich und beide blickten auf.

»Hi, Summer«, rief Morgan erfreut.

»Hey, Summer«, gluckste Brian.

»Wir haben schon ohne dich angefangen«, erklärte Morgan und nahm einen Schluck Tee aus der weißen Porzellantasse.

»Schon okay. Ich habe heute zum ersten Mal seit Ewigkeiten richtig ausgeschlafen.« Fröhlich strahlend setzte ich mich neben sie.

»Wo ist Dad?«, fragte ich mit einem Blick auf das unbenutzte vierte Gedeck.

»Er wurde gebeten, für ein paar Tage die Nachtschicht zu übernehmen. Er müsste aber gleich nach Hause kommen.«

Barns trat mit vornehmem Gesichtsausdruck an mich heran. »Miss Summer, was darf ich Ihnen bringen?«

236

»Ein Tee wäre schön«, antwortete ich lächelnd.

»Darf ich Ihnen pochierte Eier empfehlen? Dazu Kaviar und Lachs?«
Ich nickte, ohne genau zu wissen, wovon er überhaupt sprach.

»Ich hatte das auch, und es war superlecker«, sagte Brian. Barns nickte
zufrieden und entfernte sich. Ich griff nach einem der Croissants, die in
einem Körbchen vor mir auf dem Tisch standen.

»Probier die Erdbeermarmelade, Summer.« Brian schob sie mir zu.

»Hattet ihr so etwas auf der anderen Seite nicht?«, fragte Morgan.

»Wir hatten nur sehr selten mal Croissants«, erklärte Brian. »Und die
Marmelade war lange nicht so gut.«

»Das liegt an den Erdbeeren«, verkündete Morgan, nahm eine dunkelro-
te Erdbeere aus der Obstschale und riss das Grün ab. »Unsere Marmelade
wird nur aus den besten gemacht«, sagte sie, bevor sie sich die Frucht ganz
in den Mund schob.

»Und das hier gibt es jeden Morgen?«, vergewisserte ich mich mit einem
Blick auf die unendlichen Köstlichkeiten.

»Klar, Summer.« Morgan lachte auf.

»Und gibt es dich auch jeden Morgen?«, wollte Brian wissen.

»Zumindest so lange, bis ihr mich satthabt«, flüsterte sie mit einem ko-
ketten Augenaufschlag.

»Ich denke nicht, dass das so schnell passieren wird«, gab er zurück.
Lächelnd schüttelte ich den Kopf und war froh, dass Barns in diesem Moment mit meinem Frühstückstablett hereinkam. Er goss den frischen Tee
auf.

»Danke«, sagte ich, als er mir auch noch das Ei, den Lachs und den
Kaviar servierte. Ich nahm einen Bissen.

»Und? Wie sieht dein Tag aus, Brian?«, wollte Morgan wissen.

»Greg stellt mir seine Freunde vor, dann geht's zur Schule und später
machen wir ein bisschen Sport. Es gibt wohl eine Basketballmannschaft
hier. Ich bin ganz gut, und vielleicht komme ich ja ins Team … und heute
Nachmittag werde ich ihm beibringen, was er noch alles aus seinen Autos
rausholen kann.«

»*Was* willst du Greg beibringen?«, fragte Morgan.

»Eine ganze Menge. Wir haben in Blackyard gelebt, und da musste man
mit dem zurechtkommen, was man hatte. Aber hier sind die Möglichkei-

ten endlos …« Seine Augen strahlten. »Man kann jedes Auto tunen. Den Sound, die Karosserie, den Motor …«, zählte er auf.

»Ach, wirklich?«, fragte Morgan belustigt. »Und das willst du Greg beibringen? Autos zu tunen?« Sie lachte schallend auf.

»Ja.« Brian nickte verunsichert. »Was ist daran so lustig?«

»Ich kann mir einfach nicht vorstellen, wie Greg unter einem Auto liegt und es repariert … Oder wie er überhaupt irgendetwas Handwerkliches tut.« Morgan grinste, als sie das sagte. Dann schoss ihr wohl eine Idee durch den Kopf, und sie schlug vor: »Hey, Brian, ich will dabei sein. Nicht heute – heute bin ich schon komplett verplant –, aber an einem anderen Tag. Ich will mir den Anblick von Greg mit schmutzigen Fingern auf keinen Fall entgehen lassen.« Sie kicherte und Brian verzog griesgrämig das Gesicht. War er etwa eifersüchtig? Morgan aber drehte sich unbeirrt zu mir. »Und wir beide gehen auch erst mal zur Schule. Da werde ich dich allen vorstellen. Und am Nachmittag machen wir Sport.«

»Sport?« Ich rümpfte die Nase.

»Das wird dir Spaß machen, glaub mir.«

Als wir fertig gefrühstückt hatten, standen Brian und ich auf. Äußerst missmutig stellten wir das Geschirr zusammen. Brian vermutlich wegen Morgans Bemerkung über Greg und ich wegen ihrer Bemerkung zum Sport.

Morgan sah uns kurz zu. »Ähm … Was macht ihr da?«

»Wir räumen ab.«

Morgan verdrehte die Augen und läutete die silberne Glocke, die auf dem Tisch stand. Sofort trat Barns ein und wurde aschfahl, als er uns das Geschirr stapeln sah.

»Miss Summer, Mister Brian! Aber nicht doch!«, stieß er entsetzt aus.

»Wir wollten nur helfen.«

»Das ist aber doch nicht Ihre Aufgabe. Niemals! Bitte, lassen Sie alles stehen und amüsieren Sie sich.« Er sagte es mit einer solchen Ernsthaftigkeit und Inbrunst, dass wir die Teller augenblicklich wieder auf dem Tisch abstellten.

Gen trat unvermittelt an mich heran: »Darf ich Sie noch zurechtmachen, Miss Summer?«

»Ja, los, Summer. Geh nach oben und lass dich mal so richtig aufbrezeln.« Morgan klatschte begeistert in die Hände. Ich sah an mir hinab, denn ich dachte, dass ich bereits aufgebrezelt wäre, gab aber keine Widerworte. Also folgte ich Gen in mein Zimmer und setzte mich vor das Tischchen mit dem großen Spiegel. Sie begann, meine Haare zu kämmen, nahm den Föhn und ließ ihn über die runde Bürste gleiten. Als meine Haare, genau wie gestern, in leichten Wellen über meine Schultern fielen, staunte ich nicht schlecht.

»Sehr hübsch, Gen«, lobte ich sie und sah, wie sie leicht errötete.

»Sie machen es mir sehr leicht, weil Sie so wunderschön sind.« Jetzt errötete ich.

Gen nahm den Schminkkasten zur Hand und begann, mich zu schminken. Auch das machte sie unglaublich gut. Sie hatte meinen Augen so viel Ausdruck verliehen, dass das Grün richtig strahlte. Dann verschwand sie im Ankleidezimmer und brachte mir ein leicht ausgestelltes Tüllkleid mit glitzernden Pailletten. Ich zog es an. Das Kleid reichte mir bis kurz über die Knie und der obere Teil lag schlicht und eng am Körper an. Die Rostfarbe passte ausgezeichnet zu meinen Haaren und dem Make-up.

»Wow ...«, sagte ich, als ich mich einmal um mich selbst drehte. »Total schön, Gen.« Ich strich mit den flachen Händen über den Tüll. »Ich erinnere mich gar nicht, dass ich dieses Kleid gestern gekauft habe.«

»Oh ... das haben Sie nicht.«

»Nicht?«

»Ich habe es genäht«, sagte sie kleinlaut.

»Du, Gen? Wirklich? Das ist ja unglaublich!«

»Als ich Sie gestern das erste Mal gesehen habe, ist es mir in den Sinn gekommen. Es unterstreicht Ihre Schönheit.«

»Gestern? Aber wann hast du es genäht?«

»Na, gestern Abend und heute Nacht ... und noch ein bisschen gerade eben.«

»Oh, Gen«, stieß ich aus und umarmte sie so herzlich, dass sie nichts weiter tun konnte, als meine Umarmung zu erwidern – auch wenn es sich vielleicht nicht gehörte.

»Das ist so nett! Aber ist es nicht zu schick für heute? Wir gehen doch nur zur Schule.«

»Oh nein«, sagte Gen ernst. »Sie werden nicht nur zur Schule gehen. Sie werden die anderen kennenlernen.«

»Die ... anderen?«

»Die Clique von Miss Morgan«, sagte sie wie beiläufig und kündigte gleich darauf ehrfürchtig an:»Und jetzt die Schuhe ...« Sie nahm eine große weiße Schachtel, öffnete sie und strich behutsam das schwarze Seidenpapier zur Seite. Ich erblickte das schönste Paar Schuhe, das ich bis dahin gesehen hatte. Die Schuhe waren rundherum mit kleinen smaragdgrünen Kristallen bestückt. Sie funkelten und strahlten so schön, dass ich meinen Blick kaum abwenden konnte.

»Setzen Sie sich.« Gen zog mir erst den rechten Schuh an, dann den linken. Ich stand auf und drehte vor dem großen Spiegel eine Pirouette. Ich sah aus wie die moderne Interpretation einer Ballerina: zart und elegant, mit einem Hauch Dramatik.

»Aber eine letzte Sache fehlt noch!«, erklärte Gen.

Ich sah sie fragend an.

»Schmuck!« Gen nahm ein Kästchen vom Schrank, öffnete es und legte mir filigranen Smaragdschmuck um den Hals. Die Juwelen griffen die Farbe meiner Augen auf und funkelten mit ihnen um die Wette.

»Das Collier ist traumhaft. Danke.«

Gen kicherte noch immer, als wir die Treppe ins Erdgeschoss hinuntergingen.

Während der Fahrt zur Schule teilte mir Morgan mit, dass sie meinen Stundenplan passend zu ihrem geplant hatte.

»Wenn dir etwas nicht gefällt, kannst du es ja wieder abwählen«, erklärte sie und drückte mir den Plan in die Hand. Während ich ihn studierte, fiel mir sofort auf, dass sich der Unterrichtsstoff hier gravierend von dem in Blackyard unterschied. Hier in der Elite standen Massagen auf dem Stundenplan. Allerdings lernte ich nicht, wie man sie gab, sondern erhielt sie selbst. Kosmetikbehandlung, Maniküre, die Kunst der Hochsteckfrisuren oder »Das gesunde Bräunen«. Außerdem gab es Zahnaufhellung, Haarentfernung und so weiter. Für Körper und Seele lernte man Pilates, Yoga, Entspannungsübungen – es erinnerte eher an eine Spa-Einrichtung als an täglichen Schulstress. Nur ein paar Stunden in der Woche wurde wirklich unterrichtet, dann standen Mathe, Biologie, künstlerisches Gestalten, Musik und Geschichte auf dem Lehrplan.

In der Schule angekommen, führte mich Morgan durch die Flure des

Schulgebäudes zu einem parkähnlichen Innenhof. Unsere Schmetterlinge und Bodyguards folgten uns.

»Hier werden wir die anderen treffen. Sie werden staunen ... Du siehst schon jetzt aus wie eine von uns«, quietschte sie und klatschte wieder einmal aufgeregt in die Hände. Ich nickte und sah mich um. Der Innenhof, in dem ich jetzt stand, bildete einen interessanten Kontrast zu dem steinernen Gemäuer. Hohe alte Bäume, bunte Blumen und eine große Wiese hauchten den kalten Steinen Leben ein.

»Morgan!«, rief eine Stimme hinter uns.

Als ich mich umdrehte, sah ich sie winken. Vier Mädchen stürzten gut gelaunt auf uns zu. Neben Morgan waren es wohl die schönsten Mädchen, die ich jemals zuvor gesehen hatte. Sie perfekt zu nennen, wäre eine Untertreibung gewesen.

»Hi, Morgan«, begrüßten sie ihre Freundin herzlich mit einer Umarmung.

»Hi«, gab Morgan zurück.

»Ich bin Penny-Rose. Du musst Summer sein.«

»Ja, genau«, sagte ich, als sie mir bereits um den Hals fiel.

»Du bist aber hübsch.«

»Danke ... du auch.« Ich nickte verwirrt, weil ich so etwas bei einem ersten Kennenlernen bisher auch noch nicht gehört hatte. Ich betrachtete Penny-Rose. Sie hatte blasse, makellose Haut und auffallend helle Wimpern, die, wenn sie sie niederschlug, wie Mondsicheln auf ihren hohen Wangenknochen lagen. Ihr langes blondes Haar fiel glatt über ihre Schultern und sie war größer als ich.

»Hi, Summer«, sagte eine andere Stimme und stellte sich mit dem Namen Sparkle-Diamond vor. Sparkle-Diamond – wirklich unglaublich! Und auch sie war wunderschön. Groß, schlank, mit einem blassrosa Kleid und dichtem braunem Haar, das ihr in Wellen über die schlanken Schultern fiel.

»Aber alle nennen mich Diamond«, sagte sie noch lächelnd, bevor sich Millie vorstellte. Millie war ein bisschen rundlicher als die anderen beiden, sofern man hier überhaupt von »rundlich« sprechen konnte. »Weiblicher« traf es wohl besser. Ihre Haare waren zu einem blonden Bob geschnitten, und sie war die Erste, die ich hier kennenlernte, die genauso klein war wie ich selbst. Und schließlich trat noch ein Mädchen hinter den drei anderen hervor, das sie in Sachen Schönheit vollkommen ausstach. Sie hatte leuchtend rotes Haar und trug einen Pony bis kurz über ihre stechend hellgrünen Augen.

»Hey, Summer. Schön, dass du es geschafft hast. Ich bin Reigna, mit einem ›g‹.« Sie lachte und ihre schneeweißen Zähne blitzten auf.

»Wir verzichten darauf, dir unsere Schmetterlinge und Leibwächter vorzustellen«, sie machte eine wegwerfende Handbewegung, »das wären doch ein bisschen zu viele Namen auf einmal.«

Alle nickten – inklusive meiner.

»Welche Kurse hast du?«, fragte die rothaarige Reigna, als sie sich wie selbstverständlich bei mir unterhakte. Die Leibwächter und Schmetterlinge ließen sich etwas zurückfallen, blieben aber in Hörweite. Ich erzählte von meinem Stundenplan, und es stellte sich heraus, dass die vier die gleichen Kurse besuchten wie Morgan – und jetzt auch ich. *So eine Überraschung.*

Kurz darauf betraten wir einen hellen und freundlichen Klassenraum. An den Wänden hingen Gemälde aus verschiedenen Epochen und unterschiedlichen Stilrichtungen. Ich nahm neben Morgan Platz. Der Lehrer war noch nicht da, und so kam, was kommen musste: Frage über Frage prasselte auf mich ein. Sie wollten wissen, wie mein früheres Leben gewesen war, wie ich es hier in der Elite fand, ob mein Bruder wirklich so süß war, wie sie gehört hatten, ob mein Vater tatsächlich Arzt war, was meine Lieblingsfächer in der Schule waren – und so weiter. Ich antwortete auf alle Fragen ehrlich … zumindest so weit es eben ging.

»Und weißt du, was in vier Wochen ist?«, flötete Reigna nach einer Weile.

Ich überlegte kurz, dann antwortete ich: »Ja, der 6. August. Der Tag, an dem unsere Kolonie gegründet wurde.«

»Ganz genau«, sang sie. »Und das bedeutet wie jedes Jahr: Wir gehen zum Vergnügungspark, weil es da das zweitschönste Feuerwerk der Elite gibt – das schönste ist im Palast, wenn die Auswahl in die Neue Welt stattfindet. Aber wir freuen uns das ganze Jahr auf den 6. August.«

»*Du* freust dich das ganze Jahr, Reigna«, sagte Millie und rümpfte ihre kleine Nase. »Das ist *ihr* Event. Sie liebt das.«

»Stimmt.« Reigna kicherte.

Nun betrat der Lehrer den Raum und bat höflich darum, dass jeder seinen Platz einnahm. Er sprach mit gedämpfter Stimme. In meiner alten Schule, auf der anderen Seite der Kolonie, wurde schon mal ... etwas lauter gesprochen. Der Kunstunterricht machte Spaß und auch die anderen beiden Stunden an diesem Vormittag – Musik und Modedesign – vergingen wie im Flug. In der Mittagspause gingen wir in die Cafeteria in der dritten Etage, wobei sie diesen Namen eigentlich wirklich nicht verdiente. Es war eher ein Restaurant und es gab Essen à la carte. *Warum wundere ich mich überhaupt noch?*

»Das ist unser Tisch«, erklärte Millie, als sie an einem Tisch am Fenster Platz nahm. »Hier sitzen wir immer.«

»Schön hier«, sagte ich ehrlich. Ich konnte von meinem Platz aus auf den Innenhof blicken, den ich am Morgen noch bewundert hatte. Als wir ausgewählt hatten, trat der Kellner unauffällig an uns heran. Jedes der Mädchen teilte ihm mit, wie es das Fleisch gerne mochte – so etwas war ich noch nie gefragt worden. Da sich bis auf Millie alle Mädchen für medium well entschieden, nahm ich das auch und hoffte, dass es mir schmecken würde – und das tat es. Während des Essens ging das Fragen-Bombardement weiter, und alles war in bester Ordnung – bis Penny-Rose wissen wollte: »Hast du schon einen Jungen der Elite kennengelernt?« Jetzt konnte es brenzlig werden.

»Nein«, sagte ich und verbesserte mich sofort: »Ah doch ... Greg.« Und so beiläufig wie möglich fügte ich hinzu: »Ach ja, und dann noch Gordon ... und Clay.«

Urplötzlich war es still am Tisch.

»Das«, verkündete Reigna und legte ihr Besteck auf dem Teller ab, »sind die süßesten Jungs überhaupt.« Ihr Blick huschte zu Penny-Rose, die augenblicklich errötete.

»So? Sind sie das?«, fragte ich scheinheilig.

»Ja. Und stell dir vor: Clay war mit Penny-Rose aus«, säuselte die kleine Millie – und meine Augen wurden groß. Dann fügte sie, nicht ohne Stolz, hinzu: »Und ich mit Gordon – ein Doppeldate.«

Meine Kinnlade klappte nach unten. Die Eifersucht kam wie aus dem Nichts, doch als sie da war, ließ sie mich nicht mehr los. Mein Blick fiel unverhohlen auf Penny-Rose. Ich betrachtete sie noch einmal genauer, diesmal unter anderen Gesichtspunkten. Leider war sie noch immer schön –

zu schön. Unschuldig strich sie sich eine hellblonde Haarsträhne hinters Ohr, und selbst das wirkte bezaubernd.

»Und wie war es?«, fragte ich so unbefangen, wie es mir gerade möglich war, legte mein Besteck ab und schob den Teller zur Seite, weil mir der Appetit vergangen war.

»Superschön«, gab Penny-Rose zu. Ihre glockengleiche Stimme war fein und süß. »Clay ist ein wahrer Gentleman.«

Ich nickte ganz langsam und mit zusammengepressten Lippen. Ich wollte fragen, ob sie sich geküsst hatten, wann das Date war, ob sie sich ein weiteres Mal getroffen hatten, wo er sie hingebracht hatte, ob sie ein Paar waren – doch etwas hielt mich zurück und ich blickte nur betreten zu Boden.

»Wir haben uns mal wieder verquatscht. Die nächste Stunde beginnt gleich«, fuhr Morgan dazwischen, stand auf und zog mich hoch. Ich konnte mich des Eindrucks nicht erwehren, dass sie eins und eins zusammengezählt hatte.

»Los!«, forderte sie. »Ich will keine Minute meiner Massage verpassen.« Dann zog sie mich mit sich.

»Wenn sie merken, dass du einen der beiden magst, werden sie nicht mehr aufhören, dich damit aufzuziehen«, flüsterte sie mir im Gehen zu. Ich verstand und nickte. Im obersten Stockwerk der Schule befand sich der Spa-Bereich, zu dem wir jetzt liefen. Eine Stunde lang massierte und drückte mir eine kleine stumme Frau mit winzigen Fingern meine Verhärtungen und Schmerzen weg. Und während ich so dalag, dachte ich nach: *Bekäme ich das Bild von Clay und Penny-Rose aus dem Kopf, wäre dies mit Sicherheit der schönste Schultag meines Lebens.* Aber das tat ich eben nicht. Und zu meinem Leidwesen musste ich zugeben, dass Penny-Rose nicht nur superschön, sondern auch supernett war. Hätte sie kein Date mit meinem Clay gehabt, hätte ich sie sogar richtig gernhaben können. So aber mochte ich – nach Gen, Morgan und Fi – Reigna ganz besonders. Nach der Massage zogen wir uns wieder um. Morgan teilte mir mit, dass wir einen kleinen Zwischenstopp bei ihr zu Hause einlegen würden, ehe am Nachmittag Sport auf dem Plan stand. Die Tür des Spa-Bereichs im obersten Stockwerk schloss sich ganz automatisch hinter uns, und wir schlenderten auf das gigantische Treppenhaus zu. Ich empfand es als Herzstück der hochherrschaftlichen Schule, da es alle umliegenden Gebäudeteile zusammenführte und das Dach eine gläserne Kuppel war. Die Treppen, hier und da durch Podeste verbunden, waren lang und breit, muteten fast majestätisch an. Dieser Eindruck wurde durch die in Stein gehauenen Balustraden verstärkt, die wie bauchige Vasen aussahen. Reigna und Penny-Rose waren die Ersten, die an der Treppe ankamen, gefolgt von Diamond und Millie. Morgan und ich bildeten das Schlusslicht. Reigna und Penny-Rose waren nicht zu überhören. Sie alberten herum, kicherten und schienen sich über irgendetwas köstlich zu amüsieren, als sie die ersten Stufen nach unten nahmen. Reigna drehte sich lachend zu uns um, wollte etwas sagen … und da passierte es: Ein kleiner Moment der Unachtsamkeit ließ sie die nächste Stufe verfehlen. Sie trat ins Leere, verlor das Gleichgewicht und fiel schreiend die Treppe hinunter, bis ihr zarter Körper hart auf den steinernen Boden knallte. Beim Krachen ihrer Knochen zog ich scharf die Luft ein. Sie rührte sich nicht mehr. Eisiges Schweigen. Kein Mucks war zu hören, alle standen stocksteif da. Ich war die Erste, die sich wieder fing und an den Salzsäulen vorbei hinunter zu Reigna stürmte. Ich kniete mich vor sie und untersuchte ihre Verletzungen. Mein Blick fiel zuerst auf den blutverschmierten Knochen ihres linken Arms. Er hatte die Haut durchstoßen und sich den Weg in die Außenwelt gebahnt. Blut trat aus der Wunde – es sah schlimm aus.

Ein offener Bruch, schoss es mir durch den Kopf. *Erinnere dich! Was hat Dad dir beigebracht?* Fieberhaft kramte ich in meinen Erinnerungen. »Einen Verbandskasten!«, rief ich in die Menge, die sich auf den Stufen angesammelt hatte. Es dauerte eine gefühlte Ewigkeit, bis mir jemand den roten Kasten reichte. Hektisch fingerte ich ihn auf, suchte nach einer keimfreien Wundauflage – und fand sie. Ich legte das weiße Verbandstuch über den Bruch. Augenblicklich färbte es sich rot, genauso wie meine Finger. Während das Tuch Reignas Blut aufsog, strich ich mir mit dem Handrücken gedankenlos über die Stirn, dann wischte ich mir die Finger am Kleid ab. Ich wusste, dass ich bei einem offenen Bruch keinen Druckverband anlegen durfte. Mehr als Blutstillung und Wundschutz konnte ich gerade nicht tun. Als der Blutfluss allmählich weniger wurde, tauschte ich das Tuch gegen ein zweites aus dem Verbandskasten aus. Es klebte bereits an der Wunde, als ich es abzog. Sorgenvoll betrachtete ich ihren Arm. Es bestand die Gefahr, dass trotz des Tuches Krankheitserreger in die Wunde kamen, die schwere Infektionen auslösen konnten – aber zunächst musste ich mich um ihren Kopf kümmern. Reigna war nicht bei Bewusstsein. *Die Vitalfunktionen kontrollieren!,* erinnerte ich mich an das, was Dad mir beigebracht hatte. Ich kontrollierte ihre Atmung – vorhanden – und ihren Puls, der schwach an ihrem zarten Handgelenk zu spüren war. Ich strich ihr eine Haarsträhne aus dem Gesicht. Sie hatte eine Platzwunde, die man trotz ihrer roten Haare deutlich erkennen konnte. Doch dann sah ich das Blut, das aus ihren Ohren rann, und weitete in Panik meine Augen. Das konnte auf einen Schädelbasisbruch hindeuten – womöglich schwebte Reigna gerade in Lebensgefahr! Im Augenwinkel sah ich, dass einige der Bodyguards und auch ein Lehrer angesprintet kamen. Ich blickte in das Gesicht von Reignas Bodyguard. Er war leichenblass.

»Ich habe das nicht kommen sehen«, wisperte er schuldbewusst.

»Hol einen Arzt! Schnell!«, forderte ich, schon allein, um ihm eine Aufgabe zu geben, und er spurtete los.

Hektisch wühlte ich wieder im Verbandskasten, konnte aber kein weiteres Verbandstuch finden.

»Schnell, ein T-Shirt!«, forderte ich und musste keine zehn Sekunden warten, ehe mir ein weißes Shirt in die Hand gedrückt wurde. Vorsichtig presste ich es gegen Reignas Kopf, mit der anderen Hand durchsuchte ich den Verbandskasten nach Mullbinden. Als ich sie gefunden hatte, legte ich ihr einen Druckverband an … oder zumindest versuchte ich es. Zweckmäßig wickelte ich die Mullbinden um den Kopf und war sorgsam darauf bedacht, dass nichts abrutschte. Als der Verband einigermaßen saß, musste ich nur noch dafür sorgen, dass Reigna nicht Gefahr lief, zu ersticken.

»Wir müssen sie in die stabile Seitenlage bringen«, sagte ich zu Max, der neben mir aufgetaucht war. »Aber wir müssen auf ihren Arm achten und sehr vorsichtig sein.«

Max nickte. Zusammen brachten wir sie ganz vorsichtig in die Seitenlage. Als auch das geschafft war, trat ein Lehrer an uns heran.

»Der Notarzt ist gleich hier«, sagte er mit gedämpfter Stimme, als würde Reigna schlafen. Ich hatte keine Ahnung, wie lange ich neben ihr gesessen und ihre Hand gehalten hatte, aber irgendwann traf der Notarzt ein. Es war nicht mein Dad, wie ich insgeheim gehofft hatte. Im Krankenwagen durfte Reigna nur von ihrem Leibwächter und ihrem Hauptschmetterling begleitet werden. Ich ging noch ein Stück neben der Trage, auf der sie lag. Dann brausten sie mit Blaulicht und Sirene davon. *Hoffentlich habe ich sie gut genug versorgt* … Ich atmete einmal tief durch und ging zurück in die Schule. Morgan stand noch immer an der gleichen Stelle, an der ich sie verlassen hatte.

Mein Blick wanderte von einem Gesicht zum anderen, über Millie, Diamond und blieb an Penny-Rose hängen. Sie war blass, viel blasser als sonst, und auf ihrer Stirn hatten sich Schweißperlen gebildet. Ich trat zu ihr, befühlte ihre Stirn und spürte den kalten Schweiß. Hastig griff ich nach ihrem Handgelenk und fühlte ihren Puls – er war schwach und sie zitterte heftig.

»Sie hat einen Schock und muss warmgehalten werden! Sie braucht eine Jacke!«, rief ich aus und ihr Bodyguard legte ihr seine sofort um die Schultern.

»Sie muss auch ins Krankenhaus«, sagte ich. Behände griff er unter ihre Beine und trug sie so schnell er konnte zu einer Limousine. Gen und Max folgten mir und jetzt auch die anderen Mädchen und deren Gefolge.

»Wir kommen mit«, hörte ich Morgans sorgenvolle Stimme, bevor sie zu uns in den Wagen stieg. Die anderen nahmen aus Platzgründen ihre eigenen Fahrzeuge. Während der Fahrt ins Krankenhaus sprach ich Penny-Rose gut zu und versuchte sie zu beruhigen. Unsere Limousinen erreichten das Krankenhaus fast zeitgleich. Eine schier unzählige Menge von Menschen stürmte durch den Eingang zu der Rezeption. Eilig ließ ich nach meinem Dad rufen.

»Dad!«, rief ich erleichtert aus, als ich ihn erblickte.

»Summer! Ich habe es schon gehört. Ist alles okay mit dir?« Er umarmte mich und strich mir über den Kopf. »Das hast du gut gemacht. Ich bin stolz auf dich.«

»Danke, Dad. Mit mir ist alles in Ordnung … aber Penny-Rose …« Ich deutete auf die blasse Schönheit neben mir. Ein Blick genügte, und er hatte verstanden. Er brachte sie in einen Behandlungsraum, die drei übrigen Mädchen nahmen in der Stuhlreihe davor Platz. Sie waren ungewohnt schweigsam und starrten ins Leere.

»Sie sollten sich die Hände waschen, Miss Summer.« Gen war an mich herangetreten, und erst in diesem Moment fiel mir auf, dass ich voller Blut war. Ich sah mich um und entdeckte die Toiletten schräg gegenüber. Dort angekommen, stellte ich mich vor eines der Waschbecken und drehte das Wasser auf. Erst jetzt merkte ich, dass ich zitterte. Ich wusch meine Hände und Unterarme und sah zu, wie der rote Strudel im Abfluss verschwand und wieder klar wurde. Als ich mir gerade Wasser ins Gesicht spritzen wollte, öffnete sich die Tür und Gen trat ein.

»Miss Summer, brauchen Sie Hilfe?«

»Nein, Gen. Danke«, antwortete ich und benetzte mein Gesicht. Meine Finger griffen nach den Tüchern und ich betrachtete mich im Spiegel. Mein Kleid war über und über mit Blut befleckt, und so wie es aussah, würde das auch nicht mehr rausgehen – weder aus dem feinen Tüll noch aus dem Oberteil des Kleides. Kurz: Das Kleidchen war hinüber. Es tat mir so leid um das Kunstwerk, das Gen in liebevoller Handarbeit gefertigt hatte.

»Tut mir leid … wegen dem schönen Kleid«, sagte ich bedauernd. »Du hast dir so viel Mühe gemacht.«

Sie winkte ab.

»Das ist doch kein Problem, Miss Summer. Sie können ohnehin nicht zweimal das gleiche Kleid tragen.«

Ich verkniff mir einen Kommentar, als sie auf mich zukam und meine Haare richtete. *Als wäre das jetzt noch wichtig,* dachte ich. Als Gen und ich zurück auf den Flur traten, fielen mir die beiden Bediensteten von Penny-Rose ins Auge. Unruhig liefen sie auf und ab. Dad musste noch immer mit ihr im Behandlungszimmer sein. Die übrigen drei Mädchen saßen auf ihren Stühlen wie ein Häufchen Elend. Nur Morgan sah auf und blickte mich an. Ich lächelte ihr zu. Da kam sie herüber, nahm meine Hand und drückte sie.

»Summer«, sagte sie schüchtern. »Das muss grauenvoll für dich gewesen sein. Du kannst mir glauben, so etwas passiert hier sonst nicht!« Sie schüttelte vehement den Kopf. »Das war das Schlimmste, was ich in meinem ganzen Leben gesehen habe! Es war schrecklich … Aber du warst *so* mutig.«

»Danke, Morgan.«

Sie drückte meine Hand fester.

»Oh … Hey. Was machst du denn hier?« Seine betörende Stimme drang an mein Ohr.

Ich warf den Kopf herum. »Clay!«, stieß ich aus, und er schien ebenso überrascht zu sein wie ich.

»Ich verstehe«, sagte er, als er an dem blutverschmierten Kleid hinuntersah. »Du bist also das Mädchen, das Erste Hilfe geleistet hat.«

Ich nickte.

»Das hast du gut gemacht, habe ich mir sagen lassen.«

»Was machst du hier, Clay?«

»Als ich hörte, was passiert ist, wollte ich nach den beiden sehen.«

Seine Worte trafen mich direkt ins Herz. Die Eifersucht kochte augenblicklich hoch, doch ehe ich fragen konnte, was ihn mit den beiden – und vor allem mit Penny-Rose – verband, trat Dad aus dem Behandlungszimmer.

»Mr Reed«, sagte er, als er Clay erblickte. Es klang fast ein bisschen abschätzig.

»Wie geht es ihr?«, wollte Clay wissen und überging Dads Tonfall.

»Sie ist jetzt ansprechbar.«

»Kann ich zu ihr?«

Die Eifersucht kribbelte in meinen Fingerspitzen.

Mein Dad nickte leicht, dann wandte er sich zu mir und den anderen: »Ihr solltet nicht alle auf einmal hineinstürmen. Wir dürfen sie jetzt nicht überfordern. Maximal vier auf einmal. Verstanden?« Alle nickten, dann fuhr er fort: »Ich werde mal sehen, ob ich etwas über Reignas Zustand in Erfahrung bringen kann.«

»Danke, Dad«, sagte ich, wahrhaftig dankbar, ihn an meiner Seite zu wissen.

Die beiden Bediensteten von Penny-Rose, Clay und ich betraten als Erste das Behandlungszimmer. Ich bildete den Schluss unserer kleinen Gruppe, denn irgendwie kam ich mir gerade total fehl am Platz vor.

Vielleicht waren Clay und sie ... Ich brachte den Gedanken nicht zu Ende, denn sonst wäre mir schlecht geworden. Penny-Rose saß aufrecht in dem Krankenbett. Sie war zwar noch immer blass, aber Clays Anblick zauberte ihr umgehend ein Lächeln ins Gesicht. Unwillkürlich verengten sich meine Augen und ich blieb in der Nähe der Tür stehen. Ihr Schmetterling machte seiner Bezeichnung alle Ehre und flatterte auf sie zu, um ihre Hand zu umfassen. Ihr Bodyguard blieb vor dem Bett stehen. Aber sie nahm weder ihre Bediensteten noch mich wirklich wahr – sie hatte nur Augen für Clay ... natürlich.

»Wie geht es dir?«, wollte der jetzt wissen. Er stand neben ihrem Bett und machte keine Anstalten, sich den Stuhl, der in einer Ecke des Zimmers stand, heranzuziehen.

»Besser. Danke«, antwortete sie und blickte ihn so schmachtend an, als wollte sie ihm an Ort und Stelle um den Hals fallen. Dann schlug sie ihre hellen Wimpern nieder.

Bezaubernd, dachte ich mit einem Anflug von Selbstzweifel und zupfte am blutigen Tüll meines Kleides.

»Ist wirklich alles okay, Penny-Rose?«, vergewisserte sich Clay mit honigsüßer Stimme, die meine Knie schlottern ließ, obwohl er mich gar nicht angesprochen hatte.

»Nein«, murmelte sie und ihre Unterlippe begann zu beben. »Es … es ist meine Schuld.«

»Deine Schuld?«

»Das mit Reigna … Sie ist … Ich hätte sie auffangen müssen … oder irgendwie festhalten.« Jetzt schlug sie die Wimpern wieder auf und erste Tränen kullerten aus ihren wunderschönen, großen Augen.

»Nein. Das war ein Unfall. Du hättest nichts dagegen tun können«, beruhigte er sie einfühlsam und tätschelte aufmunternd ihre Schulter. Ich legte meinen Kopf schief. *Das war jetzt aber nicht die Geste eines Verliebten,* frohlockte ich. *Oder … vielleicht will er seine Freundin einfach nur so lange wie möglich vor mir verbergen?,* machte ich meinen beruhigenden Gedanken sofort wieder zunichte.

»Summer hat dich hergebracht«, hörte ich Clay sagen. Er blickte sich nach mir um.

»Ja, ich erinnere mich. Danke, Summer«, wisperte Penny-Rose mit einem flüchtigen Blick in meine Richtung, dann wandte sie sich wieder Clay zu. Ich lächelte matt, mehr war nicht drin. *Warum stehe ich eigentlich noch hier? Sicherlich nicht, um Danksagungen zu erhalten und mich feiern zu lassen. Und ganz bestimmt nicht, um Penny-Rose mit Clay flirten zu sehen.* Also zog ich die Reißleine: »Ich wollte mich nur vergewissern, dass es dir wieder gut geht«, sagte ich. »Dann … lass ich euch zwei … jetzt mal … allein.«

Clays Augenbrauen zogen sich fragend zusammen und er schüttelte verständnislos den Kopf. Doch noch ehe er etwas erwidern konnte, war ich schon verschwunden. Als ich auf den Flur trat, erblickte ich Dad, der schnellen Schrittes auf mich zukam.

»Und? Wie geht es Reigna?«, fragte ich, noch ehe er mich erreicht hatte. Die anderen waren aufgestanden, traten neben mich. Besorgt schauten sie Dad an.

»Ihre Verletzungen und Brüche sind so kompliziert, dass wir sie ins Zentrum bringen müssen. In diesem Moment ist sie auf dem Weg dorthin.

»Vielleicht sollten wir auch ins Zentrum fahren?«, schlug Millie mit kratziger Stimme vor.

»Ihr könnt nichts für sie tun«, erklärte Dad behutsam. »Nehmt doch noch mal Platz und wartet, bis ihr zu Penny-Rose reinkönnt. Ihr könnt ihr sicher Trost spenden.«

Diamond, Millie und Morgan nickten und setzten sich wieder. Dad und ich gingen ein paar Schritte, bis wir außer Hörweite waren.

»Dad«, sagte ich eindringlich. »Vielleicht sollte ich sie allein im Zentrum besuchen?«

»Nein. Du bist nicht verantwortlich für das, was da heute passiert ist. Du hast dein Möglichstes getan – und das hast du gut gemacht. Aber ab jetzt kannst du ihr nicht mehr helfen. Und mal ehrlich: Wie lange kennst du sie jetzt? Einen Tag?«, fragte er skeptisch. Er hatte recht, also nickte ich resigniert.

»Du hattest einen wirklich langen Tag, Summer. Du solltest jetzt nach Hause fahren und dich ausschlafen.«

Auch hiergegen konnte ich nichts einwenden. Ohne auf Clays Rückkehr zu warten, verabschiedete ich mich von Morgan, Diamond und Millie. Morgan versprach, nach dem Besuch bei Penny-Rose noch einmal bei mir vorbeizuschauen.

In meinem Zimmer angekommen, lief ich zuallererst in das angrenzende Bad, duschte ausgiebig und zog mich um. Als ich fertig war, saß Morgan bereits auf meiner Couch. Sie trank Tee und lächelte mir entgegen. Ich lächelte zurück, setzte mich neben sie und nahm ebenfalls einen Schluck Tee, der bereits für mich eingegossen war.

»Ist so was in eurem Teil der Kolonie öfter passiert?«, wollte Morgan wissen. »Weil … na ja … es sah so aus, als hättest du das schon einmal gemacht. Hast du?«

»Nein. Hab ich nicht.«

»Aber … woher wusstest du dann, was zu tun ist?«

»Mein Dad ist Arzt, und ich hätte Ärztin werden sollen. Ich weiß einfach ein paar Dinge.«

»Du bist so beeindruckend«, sagte Morgan ehrfürchtig.

»Danke.« Ich musste lachen. Dann schwiegen wir eine Weile, bis Morgan begann, in Erinnerungen zu schwelgen und lustige Geschichten zu erzählen, die sie mit Reigna erlebt hatte. Es hörte sich fast so an, als glaubte sie nicht an ihre Rückkehr, und ich versicherte ihr deshalb nachdrücklich, dass alles getan wurde, um Reigna zu retten, und dass sie schon bald wieder putzmunter neben uns sitzen würde.

»Vermutlich hast du recht«, sagte Morgan, und es war eine Zeit lang still. Jede von uns war in ihre eigenen Gedanken vertieft.

»Wie … wie findest du die Mädchen eigentlich?«, fragte sie schließlich und stellte ihre Tasse auf den Unterteller zurück.

»Nett.«

»Ja, ich weiß, auf den ersten Blick ist es sicher viel für dich. So viele neue Gesichter. Aber sie werden dir ans Herz wachsen, du wirst sehen. Außerdem können nicht alle auf Anhieb so nett und sympathisch sein wie ich.« Jetzt klang Morgan wieder so, wie ich sie kennengelernt hatte, und ich konnte mir ein Schmunzeln nicht verkneifen.

»Und jetzt zu etwas ganz anderem.« Sie kicherte. »Gen! Fi! Wir brauchen euch hier!«, rief Morgan unvermittelt und die beiden kamen zu uns.

»Also, was ist mit dir, Clay und Gordon?« Sie kam ohne Umschweife auf den Punkt.

»Nichts«, sagte ich und schüttelte heftig den Kopf.

Morgan zog eine Augenbraue nach oben. »Und was bedeutet *nichts* in deiner Welt?«

Ich fühlte mich ertappt und wusste, dass ich mich jetzt nicht mehr herausreden konnte.

»Also, Summer. Ich denke nur an deine Reaktion in der Kantine, als du von dem Doppeldate gehört hast – dein erschrockener Blick. Das hat dich verraten!« Sie riss ihre Augen und den Mund auf – wohl, um meinen

Gesichtsausdruck zu imitieren. Dann fuhr sie ernst fort: »Weißt du, Gen, Fi und ich sind wirklich wahre Freunde, und wie es der Zufall will, war Gen ein Unterschmetterling von Penny-Rose, bevor sie dein Hauptschmetterling wurde – und ein Schmetterling weiß alles über das Mädchen, dem er zugeteilt ist. Alles! Du verstehst?«

Stumm blickte ich Gen in die Augen.

»Wirklich?«, fragte ich unsicher. »Weil ... ich hätte da schon ein paar Fragen ...«

Morgan lachte auf. »Ich wusste es!« Sie schlug sich auf den Oberschenkel. »Du hast einen guten Geschmack, Summer. Sie sind beide wirklich süß. Aber keine Angst«, fügte sie schnell hinzu, als sie meinen irritierten Blick bemerkte, »sind beide nicht mein Typ.« Dann fragte sie neugierig: »Und? Wer ist der Auserwählte?«

»Clay«, hauchte ich verlegen.

Sie nickte, als hätte ich soeben eine besonders exzellente Weinauswahl zu meinem Essen getroffen.

»Also, was wollen Sie wissen, Miss Summer?«

»Einiges«, gab ich zu und überlegte, was ich zuerst fragen sollte. »Wann hatten die beiden ihr Date?«

Gen holte etwas aus: »Clay Reed und Gordon Wilder kamen vor ungefähr drei Monaten hierher, und sie waren sofort die beliebtesten Jungs, was natürlich vorhersehbar war ...«

»Sie kamen vor drei Monaten hierher?«, unterbrach ich sie, weil ich schon den Anfang nicht verstand.

»Ja, aus der Neuen Welt«, erklärte Gen, als wäre es das Normalste der Welt.

»Du meinst, Clay und Gordon kommen aus der Neuen Welt? Nicht aus der Elite?« Ich zupfte mich nachdenklich am Ohrläppchen.

»Das wusste sie nicht.« Morgan nickte Gen und Fi belustigt zu.

»Ja, Miss Summer. Sie wurden frei geboren. Sie helfen, die Richtigen auszuwählen, die ihnen in die Neue Welt folgen dürfen – oder wie Sie, erst einmal in die Elite.«

Als Gen das sagte, zuckten mir unzählige undefinierbare Gefühle durch den Körper. Er kam aus der Neuen Welt? Er hatte es nicht erwähnt – niemals. Gen unterbrach meine wachsende Verunsicherung.

253

»Die beiden führen Gespräche mit den wichtigsten Leuten aus dem Zentrum, kommen aber auch zur Schule. Sie sind wichtig und hochgeboren.«

»Deshalb auch die Leibwächter«, murmelte ich.

Gen hatte verstanden: »Genau. Normalerweise hat man nur einen, doch die beiden haben jeweils zwei.«

»Und ... sie sind hochgeboren?«, hakte ich nach, und Gen antwortete: »Ja. Ich weiß nicht genau, was es mit Clays Stand auf sich hat, aber Gordon Wilder ist ein Prinz – er ist der Sohn des Königs der Neuen Welt.«

»Es gibt einen König in der Neuen Welt?«

»Hattet ihr das nie in der Schule?«, wollte Morgan wissen, und mir drängte sich die Frage auf, ob sie hier in den paar Stunden pro Woche vielleicht mehr lernten als wir an fünf ganzen Tagen. »Und um auf Penny-Rose zurückzukommen: Wir haben Clay und Gordon in der Schule kennengelernt. Sie waren bei uns in der Klasse.«

Wie bei mir, dachte ich enttäuscht.

»Clay war eher zurückhaltend und Gordon war der ... na ja ... sagen wir mal ›Gesprächigere‹ der beiden. Und die forsche kleine Millie, die in Gordon verschossen war, fragte frech, ob er ausgehen wolle. Gordon ist sofort darauf angesprungen, und er war es auch, der unbedingt wollte, dass Clay mitkommt. Penny-Rose bot sich sofort als Date für Clay an. Es war nicht so, dass er es wollte, das können Sie mir glauben. Ich habe mich so unglaublich geschämt, wie sie mit allen Mitteln versucht haben, ihn zu dem Date zu überreden. Das war Fremdschämen vom Feinsten. Er tat mir unendlich leid, als er schließlich nicht anders konnte, als einzulenken. Wir, die Unterschmetterlinge, mussten natürlich auch mit, weil Penny-Rose zeigen wollte, dass auch sie eine ansehnliche Entourage hat.«

Jetzt wurde ich etwas ruhiger, hörte aber weiter aufmerksam zu.

»Der Abend war meiner Meinung nach eine einzige Katastrophe.« Gen lachte etwas zu gehässig auf. Sie, das war mir jetzt klar, spielte eindeutig in meinem Team. »Sie versuchte mindestens dreimal, ihn zu küssen, aber keine Chance. Er wollte nicht. Gordon und Millie hingegen hatten eine ... sagen wir ... nette Zeit – wenn Sie verstehen, was ich meine.« Sie blickte mir bedeutungsvoll in die Augen.

»Millie ist ... na ja ... sie ist ... sehr überzeugend. Wenn sie sich an jemanden ranmacht, bekommt sie ihn auch.«

Morgan nickte grinsend. »Das stimmt.«

Gen erzählte weiter: »Na ja, am Ende des Abends haben sie die Mädchen wieder nach Hause gebracht, und das war's auch schon. Danach hat Clay Penny-Rose zwar gegrüßt, aber es war doch sehr deutlich, dass er kein Interesse hatte.«

Jetzt atmete ich hörbar aus – und Gen, Morgan und Fi kicherten. Aber natürlich wollte ich ihnen nicht von den Dingen erzählen, die wir erlebt hatten. Das war einfach zu knifflig, es gab zu viele Klippen, die umschifft werden mussten – also schwieg ich zu ihrer Enttäuschung. Doch sie bedrängten mich nicht.

Dann fiel mir doch noch etwas ein: »Aber warum war Clay bei ihr im Krankenhaus, wenn er sie gar nicht auf diese Art und Weise mag? Und warum so schnell?«

»Vielleicht war er gerade zufällig da?«, schlug Morgan achselzuckend vor.

»Mhm ...«, überlegte ich. »Und was hat er im Krankenhaus gemacht?«

»Keine Ahnung.«

Ich überlegte, in welcher Verbindung die beiden zueinander standen. Meine Eifersucht war verraucht, aber dafür hatte mich die Neugier gepackt.

Irgendetwas stimmt nicht, hörte ich eine Stimme in meinem Kopf, als Morgan und Fi sich kurz darauf verabschiedeten und Morgan versprach, am nächsten Tag wiederzukommen.

Als ich mit Gen allein war, fragte ich: »Kann ich Morgan vertrauen?«

Gen nickte ernst. »Das können Sie bestimmt. Miss Morgan ist wie Sie, Miss Summer. Aber wenn es mir gestattet ist, Ihnen einen Ratschlag zu erteilen ...«

»Natürlich.«

»Bleiben Sie, wie Sie sind, und verändern Sie sich nicht zu stark. Werden Sie nicht wie die.«

»Wie die?«

»Oberflächlich.«

»Keine Angst.« Ich lachte auf. »Das wird nicht passieren.«

Dann verließ Gen den Raum, und ich begann sie in mein Herz zu schließen.

KAPITEL 18

Drei Besucher

Aber ich gebe nicht auf! Ich rudere mit den Armen, renne und keuche – ich komme nicht vorwärts. Und dann, ganz plötzlich und ohne mein Zutun, stehe ich vor der Tür. Das Licht brennt in meinen Augen. Ich kneife sie zusammen, schirme sie mit der Hand ab.

»Kehr um!«, warnt mich die Stimme abermals – eindringlicher diesmal. Aber meine Neugier ist stärker. Ich will zu meinem Dad! Die Helligkeit lockt mich – und ich trete hindurch.

Und plötzlich ist alles anders. Der Traum hat sich verändert!

Ich kann mich nicht bewegen, meine Arme sind gefesselt – meine Beine auch. Ich baumle inmitten der Halle, mit dem Kopf nach unten. Meine Haare hängen offen hinab. Nur ein paar einzelne Strähnen kleben in meinem Nacken. Es ist heiß. Ich glühe! Mein Körper windet sich, pendelt. Ich versuche meine Fesseln zu lösen, doch es will mir nicht gelingen. Wie ein Fisch an Land zapple ich hin und her. Das vertraute klirrende Geräusch klingt in meinen Ohren und lässt mich zusammenfahren. Dann stößt etwas Warmes gegen mich. Ich drehe meinen Kopf zur Seite. Das schummrige Licht der Notbeleuchtung lässt mich wenige Sekunden im Unklaren, ehe ich ihn erkenne.

»Will!«, keuche ich. Er baumelt, genau wie ich, kopfüber an den Kettenzügen. Ich ziehe scharf die Luft ein. Blut läuft über sein Gesicht. Es quillt aus seinem Hals, rinnt über das Kinn, die Wangen, die Augen, die Stirn, windet sich durch seine braunen Haare und tropft geräuschvoll zu Boden. Ich reiße angstvoll meine Augen auf, als ich realisiere, dass er nicht mehr atmet. Er ist tot! Mein Herz zieht sich zusammen, klein wie eine Rosine. Und trotz seiner geringen Größe spüre ich den Schmerz so deutlich, dass sich mein Gesicht zu einer Fratze verzieht und sich all meine Muskeln qualvoll verkrampfen. Ich versuche das Engegefühl in meiner Brust und meiner Kehle wegzuschreien.

Schweiß und Tränen laufen mir über die Stirn und sickern in mein offenes Haar. Das Gefühl, dass ich mich gleich übergeben muss, regt sich in mir, und ich weiß, wenn das passiert, werde ich ersticken.

Das ist eine Panikattacke! Beruhige dich!, denke ich wieder und wieder, während mein Mund nicht anders kann, als zu schreien. Und schließlich gelingt es mir: Ich stoppe das Geschrei und zwinge mich, regelmäßig zu atmen. Nur die Tränen sind geblieben. Wie durch einen Schleier sehe ich Will. Seine geschlossenen Lider verwehren mir den Blick auf seine wunderschönen Augen. Die Erinnerung an das tiefe Blau ist alles, was mir bleibt. Ein, zwei Seufzer dringen noch einmal aus meiner Kehle und lassen meine Lippen erzittern. Ich muss hier weg! Ich beginne mich abermals so heftig zu winden, dass ich wieder und wieder gegen Wills entseelten Körper stoße. Seine Kette gerät in Bewegung und Wills starre Hülle dreht sich einmal um sich selbst. Sein Blut tropft weiter. Der Anblick lässt mich strampeln, immer heftiger – bis ich merke, dass das Kopfüberhängen seinen Tribut fordert: Mein Blut staut sich in meinem Kopf – er fühlt sich heiß an und schwer, und drückend voll, viel zu voll. Nicht mehr lange, und ich werde bewusstlos sein! Ehe mich die Dunkelheit umfängt, sehe ich noch einmal Will an. Die Kette, an der er hängt, pendelt sich gerade wieder ein, und genau in dem Moment, urplötzlich, ohne jegliche Vorwarnung – reißt er die Augen auf! Ich erschrecke bis ins Mark! Er starrt mich mit blutüberströmtem Gesicht an: zwei blaue Punkte in dunkelroter Farbe ... Sein leerer, kalter Blick durchbohrt mich, als seine Stimme an mein Ohr dringt:»Mach die Augen auf!« Mein Herz setzt aus – dann prescht es los und rast tollwütig hin und her. Ich ringe nach Atem – und dann ...

... schlug ich die Augen auf.

Keuchend schnappte ich nach Luft und setzte mich im Bett auf. *So kann es nicht weitergehen!*, sagte ich mir. Seit der Sache mit Reigna war eine Woche vergangen – und leider hatte niemand Neuigkeiten zu ihrem Gesundheitszustand, selbst Dad nicht. Seit diesen Geschehnissen hatte ich jede einzelne Nacht diesen veränderten Albtraum gehabt. Er war zusammengewürfelt aus wirren Gedanken und Wills Abwesenheit. Ich vermisste ihn! Ich vermisste ihn mehr, als ich zugeben wollte. Irgendwie war er für mich ja wirklich gestorben, denn ich würde ihn niemals wiedersehen. Meine Augen füllten sich mit Tränen und ich wischte erst sie weg, dann strich ich mir mit dem Handrücken über die schweißnasse Stirn. Meine Zunge fuhr über meine trockenen Lippen. Dann ließ ich mich zurück in mein Kissen fallen und meine Gedanken drifteten zu Dad. Wenigstens wir machten Fortschritte. Denn auch wenn er mich unsagbar verletzt hatte, so hatte ich doch beschlossen, seine Entschuldigung zu akzeptieren, denn er war nicht pietätlos. Und die Gefühle für Mom und seine Ängste hätte er sicher nicht angeführt, wenn sie nicht der Wahrheit entsprächen.

Ich versuchte, wieder einzuschlafen, weil ich noch hundemüde war, musste aber einsehen, dass es mir heute nicht mehr gelingen würde – also konnte ich ebenso gut aufstehen. Der Wecker zeigte fünf Uhr morgens. Ich schlurfte ins Bad. Als mein Blick beim Zähneputzen auf die frei stehende Badewanne fiel, beschloss ich spontan, mir ein Schaumbad einzulassen – schließlich hatte ich Zeit.

Nach dem Bad zog ich mich an. Heute konnte ich das getrost allein tun, denn keine Verabredungen oder Termine erwarteten mich. Ich musste nicht zur Schule, Brian war heute schon ganz früh verabredet und Dad war noch immer für die Nachtschicht eingeteilt. Das war schön, denn so konnte ich den Tag in Ruhe mit Gen im parkähnlichen Garten unseres Anwesens verbringen – das hatten wir uns nämlich für heute vorgenommen. Ich öffnete meine Zimmertür, Gen saß im Vorraum und erwartete mich bereits. Gerade als wir die Treppe hinuntergehen wollten, klingelte es an der Haustür und die Symptome überrollten mich – ohne Vorwarnung oder ersichtlichen Grund.

»Mist!«, murmelte ich, denn ich hatte sie seit der Show nicht mehr gehabt. Aber jetzt waren sie wieder da: unerbittlich und drängend. Hastig lief ich in den Vorraum meines Zimmers zurück.

»Miss Summer!«, stieß Gen aus, die meine gebückte Haltung bemerkt hatte.

»Schhh!«, machte ich.

»Was ist los?«, flüsterte sie, blickte sich unruhig um und führte mich zurück in mein Zimmer, zu dem rosafarbenen Sofa. Ich versuchte, die Symptome mit aller Kraft zu vertreiben. Gen war schon mit einem kalten, nassen Tuch zur Stelle und tupfte vorsichtig mein Gesicht ab, dann begann sie, mir mit einer herumliegenden Zeitschrift Luft zuzufächeln. Schließlich wurde es besser.

»Geht es wieder, Miss Summer?«

»Ja. Danke, Gen. Es geht wieder. Es war nur ... Es geht wieder.« Ich blickte sie beschwörend an. »Es ist alles in Ordnung, Gen. Kein Wort, zu niemandem! Nicht einmal zu Abigail oder Mary!«

»Natürlich nicht«, versicherte sie mir. Ich blickte in ihre rotbraunen Augen und hoffte, dass ich mich auf sie verlassen konnte.

»Miss Summer!« Barns klopfte an die Tür.

Gen war schon aufgesprungen, öffnete die Tür einen Spalt und steckte den Kopf hindurch.

»Es ist für Miss Summer«, hörte ich seine Stimme.

»Sie kommt sofort runter«, erklärte Gen.

Ich hatte mich wieder vollends gefangen. Kurz bevor ich aus meinem Zimmer trat, drehte ich mich noch einmal zu ihr. »Danke, Gen.« Sie lächelte milde. Dann gingen wir den Flur entlang, auf die Treppe zu. Bevor ich jedoch die erste Stufe nahm, lotete ich noch einmal aus, ob die Symptome wieder zurückkommen würden. Nein – würden sie nicht. Alles war wieder normal. Als ich schon zwei Drittel der Stufen hinabgegangen war, spürte ich ein Augenpaar auf mir ruhen. Abrupt blieb ich stehen. Es war Gordon. Ich musterte ihn kurz. Er trug ein dunkelblau meliertes Langarmshirt, dessen Ärmel er leicht nach oben gestrichen hatte. Über dem Tattoo trug er noch immer das mehrreihige Armband aus Lederriemen, das mir schon damals in der Schule aufgefallen war. Wir sahen uns direkt an, und mich überkam ein ungutes Gefühl. *Mist! Zum Weglaufen ist es zu spät,* dachte ich, während ich meine Füße die Treppe nun nahezu hinunterzwingen musste.

Aber er hat seine Meinung geändert, lenkte mein Verstand ein. *Dank ihm bin ich hier. Ich sollte wenigstens Danke sagen ... Das ist wohl das mindeste an Anstand.*

Als Gen und ich unten angekommen waren, wandte sich Gordon als Erstes an sie und sagte: »Ich würde gerne unter vier Augen mit Summer sprechen. Geh doch ... wohin auch immer du gerade unterwegs warst.« Er wedelte mit der Hand, als würde er eine Fliege verscheuchen. Meine Augen weiteten sich unwillkürlich. Ich wollte auf gar keinen Fall mit ihm allein sein! Doch ich wollte auch nicht seine Autorität untergraben. Widerworte mochte er nicht, das hatte ich bereits auf der Jacht zu spüren bekommen ... Wenn ich Gen also nicht direkt bitten konnte, zu bleiben, musste ich ihr zumindest ein Zeichen geben und hoffen, sie würde es richtig deuten. Mit zusammengepressten Lippen sah ich sie flehentlich an, Gen jedoch verstand mich falsch, denn sie sagte: »Ich gehe schon mal in den Garten, Miss Summer.« Mit diesen Worten verließ sie die Eingangshalle, und ich war mit Gordon allein. Ich blickte ihr nach, atmete einmal tief durch und wandte mich zu ihm um.

»Hi, Gordon.«

»Hallo, Summer.«

»Wie … ähm … Also … wie kann ich dir behilflich sein?«

»Oh, da wüsste ich so einiges.« Er schmunzelte anzüglich, und mir wurde übel. *Bedank dich! Dann geht er schneller wieder,* beschwor ich mich, denn ein ungutes Kribbeln breitete sich in mir aus.

»Ich muss mich bedanken, Gordon«, sagte ich und blickte in seine pechschwarzen Augen. »Danke, dass du deine Meinung bei der Show doch noch geändert hast.«

Gordon musterte mich, schien irgendetwas abzuwägen, lehnte sich dann aber lässig mit seinem rechten Arm gegen eine der Säulen in unserer Eingangshalle.

»Natürlich … Aber das habe ich nicht für deinen Dad oder für Ryan getan.«

»Brian«, verbesserte ich ihn.

»Wie bitte?«

»Mein Bruder heißt Brian.«

»Ja … dann eben Brian«, verbesserte er sich, aber es klang gleichgültig, so als hätte er gar nicht vor, sich den Namen zu merken. »Ich habe es auf jeden Fall nicht für deinen Bruder oder deinen Dad gemacht, sondern nur für dich, Summer Snow.«

Jetzt lächelte er – dieses Lächeln jagte mir eine Gänsehaut über den Körper. Ich fühlte Furcht! Ganz eindeutig!

»Aber genug geredet! Lass uns los. Du bist doch … fertig?«, fragte er und blickte an mir herab.

»Fertig?«

»Unser Date«, sagte er wie selbstverständlich, als wollte er mich an etwas erinnern, was mir entfallen war, aber schon seit Monaten feststand.

»Was?«, fragte ich stirnrunzelnd.

»Wir haben ein Date, Summer.«

»Wann?«

»Jetzt!«

»Nein ... das haben wir nicht. Oder zumindest erinnere ich mich nicht ... Hattest du mich gefragt?«

»Ähm ...« Er sah mich blasiert an. »Du weißt schon, wer ich bin? Jedes andere Mädchen in der Kolonie wäre glücklich, mit mir ausgehen zu dürfen.«

»Aber ich ... ich kann nicht. Ich ... habe ...«

»Du kommst jetzt mit!«, unterbrach er mich, und seine fordernde Stimme klang mit einem Mal bedrohlich.

»Nein, wirklich nicht, Gordon. Ich ... also ich ...« Mein Unbehagen wuchs, ich brach den Satz ab.

»Du schuldest mir was, und zwar für den Gefallen, den ich dir getan habe! Jetzt wirst du deine Schuld begleichen!«

»Aber die Regeln«, fiel mir als raffinierte Lösung ein – so raffiniert aber dann doch nicht ...

»Als würden mich Regeln interessieren! Regeln sind dazu da, um gebrochen zu werden!«

»Aber ... na ja ... wegen Clay wird das wohl nicht möglich sein«, versuchte ich es erneut.

»Aber ihr seid doch *nur* Freunde«, erinnerte er mich mit boshaftem Ton in der Stimme.

Ich presste meine Zähne hart aufeinander und wog für einen kurzen Moment ab, ob es mir wohl gelingen würde, nach oben zu laufen und mich in meinem Zimmer einzuschließen, ehe er mich zu fassen bekäme ... da öffnete sich die Haustür und Dad kam nach Hause. Erleichtert atmete ich aus und hoffte, er würde den strengen Vater spielen und mir verbieten, mit Gordon zu gehen.

»Was ist hier los!?«, wollte er wissen, und seinem Ton nach zu urteilen, würde er mich nicht enttäuschen. »Also?«, beharrte Dad, als niemand antwortete.

»Ich wollte gerade gehen«, knurrte Gordon mit einem wütenden Funkeln in den Augen. Doch als er schon fast aus der Tür war, rief Dad ihn zurück.

»Mr Wilder!« Gordon drehte sich noch einmal um. »Ich weiß, wer Sie sind. Aber Sie sollten auch wissen, wer ich bin: Ich bin Summers Vater. Und ich möchte nicht, dass sich meine Tochter mit Jungs trifft. Dafür ist sie zu jung. Vor allem sollte sie nicht mit einem Jungen allein sein. Sie müssten die Regeln doch kennen, Mr Wilder.«

»Natürlich, Dr. Snow«, sagte Gordon höflich, aber man konnte den grimmigen Unterton nicht überhören. Er mochte es einfach nicht, in die Schranken gewiesen zu werden – und irgendetwas sagte mir, dass dies auch nicht allzu oft passierte. Dann rauschte er durch die Tür und mit quietschenden Reifen davon. Selbst das klang bedrohlich.

»Rein!«, befahl Dad und deutete auf das Wohnzimmer.

Ich ging hinein, und er schloss die Tür.

»Summer! Ich sage das jetzt ein Mal, und ich sage es deutlich: Ich möchte nicht, dass du mit diesem Jungen Kontakt hast!«

»Gut. Ich auch nicht.«

Erstaunt sah Dad mich an. »Wirklich?«, fragte er, und ich nickte.

»Er macht mir irgendwie Angst.«

»Ja. Das sollte er auch «, murmelte Dad gedankenversunken.

»Wie meinst du das?«

»Ich sage nur, du sollst aufpassen. Ich hab bei ihm einfach kein gutes Gefühl. Diese Art Jungs macht nur Ärger.«

»Ja, da hast du vermutlich recht.«

Wir blickten uns an.

»Was hast du heute noch vor, Summer? Weil … mir wäre es ganz lieb, wenn du hierbleiben würdest.«

»Das werde ich. Ich wollte den Tag mit Gen im Garten verbringen.«

»Das klingt doch gut«, sagte er zufrieden.

»Und wie geht es dir eigentlich? Gefällt es dir hier in der Elite?«, wollte ich wissen.

Er runzelte die Stirn und schien die Antwort abzuwägen. »Nein, es gefällt mir hier nicht, Summer.« Offenbar hatte er sich für die Wahrheit entschieden.

»Nicht?« Ich war beinahe entsetzt über so viel Ehrlichkeit.

»Nein. Wir können es jetzt nicht mehr ändern, aber es ist nicht das, was ich für euch wollte.«

»Dad ... Wenn es noch immer die Erinnerung an Mom ist, die dir Sorge macht, dann kann ich dir versichern, dass wir sie niemals vergessen werden! Das ist vollkommen ausgeschlossen! Die Erinnerung an sie ist nicht an ein Haus oder an gepflanztes Efeu geknüpft. Sie lebt in uns, in unseren Herzen – und sie wird niemals vergessen sein.« Ich legte meine Hand auf seine. Er lächelte ergriffen. »Und du musst doch zugeben, dass hier alles wirklich toll ist – na ja, zumindest fast alles ... Ich meine, das mit Reigna war ein Unfall, dafür kann niemand was, aber davon abgesehen, ist es doch wirklich perfekt hier.«

Er schwieg einen kurzen Augenblick. Dann sagte er: »Alles hat einen Preis. Immer.«

»Was meinst du damit?«

Er blickte mir in die Augen, winkte dann aber ab. »Ich rede dummes Zeug ... Geh zu Gen. Sie wartet sicher schon.«

Ich verharrte jedoch, weil mir jetzt ein anderer Gedanke gekommen war: »Dad, hast du was von Reigna gehört?«

»Nein.«

Stille.

Er riss mich aus meinen Gedanken: »Ach, und Summer ... ich bin gleich noch mal unterwegs. Ich werde Barns anweisen, Gordon nicht mehr reinzulassen. Einverstanden?«

Ich nickte. Wir verabschiedeten uns, dann ging ich in den Garten. Über den weitläufigen Rasen schlenderte ich hinunter zum See, der an unser Grundstück grenzte. Ich sah Gen schon von Weitem. Sie erwartete mich bei den prächtigen Rosenbüschen, die in der Nähe des Sees wuchsen, und saß auf einer ausgebreiteten weißen Decke. Als sie mich bemerkte, strahlte sie mir entgegen. Doch ich setzte mich nicht zu ihr, stattdessen machte ich mich daran, die Rosen zu schneiden.

»Was wollte Gordon Wilder von Ihnen, Miss Summer?«, fragte Gen neugierig.

»Ach ... er wollte mich nur willkommen heißen«, log ich.

Sie schien mir zu glauben, denn sie begann laut aus einem Liebesroman vorzulesen, um mich während des Rosenschneidens zu unterhalten. Und so verging die Zeit wie im Flug. Plötzlich brach sie mitten im Satz ab. Verwundert drehte ich mich zu ihr um.

»Was ist, Gen?«, fragte ich und sah in ihr erstauntes Gesicht. Sie sagte keinen Ton. Ich folgte ihrem Blick.

»Clay!«, stieß ich ungläubig aus. Er stand einfach nur da und beobachtete uns. Keine Ahnung, wie lange schon. Neben ihm erkannte ich Tristan. Red und Blue waren wohl nicht mitgekommen.

»Hallo, Summer«, sagte er. Beim Klang seiner Stimme wurden meine Knie weich, ob ich wollte oder nicht. »Hallo, Gen«, grüßte er auch sie. »Barns meinte, ihr seid hier unten.«

Ich entgegnete nichts.

»Ich …« Er brach ab. »Du bist letzte Woche im Krankenhaus einfach verschwunden.«

Noch immer schwieg ich.

Gen jedoch erhob sich und sagte: »Hey, Tristan, soll ich dir mal den Bootssteg zeigen?«

»Sehr gerne«, meinte er, und sie schlenderten zum Steg. Ich blieb mit Clay allein zurück.

»Entschuldige, dass ich hier einfach so herkomme, aber ich musste dich wiedersehen. Ich habe mir in der letzten Woche echt Sorgen um dich gemacht, nach der Sache mit Reigna. Leider warst du ja schon weg, und wir konnten gar nicht reden … aber dein Dad meinte, du wärst okay. Ich wollte schon viel früher kommen, aber ich hatte so viel um die Ohren … leider … Weil … ich hab dich vermisst.«

Stille.

»Geht es dir denn gut?«

Ich nickte kurz und mit kritischem Gesichtsausdruck.

»Du schneidest Rosen?«, fragte er, vermutlich, um das Gespräch in Gang zu bringen.

Wieder ein Nicken.

»Und … wie … gefällt es dir hier?«

Wollte er jetzt von einer unbedeutenden Konversation zur nächsten wechseln? Ich wurde ärgerlich.

»Gut!«, sagte ich schnippisch. Clay wich einen Schritt zurück. Offenbar hatte er keine Ahnung, warum ich einen so scharfen Ton anschlug.

»Ist alles in Ordnung zwischen uns? Oder habe ich etwas Blödes getan?«

Ich zog meine Stirn kraus und knallte es ihm schonungslos vor den Latz: »Du hast so viele Geheimnisse, Clay. So viele! Ich weiß gar nicht, wer du bist. Ich weiß nichts von dir!« Meine Enttäuschung spiegelte sich jetzt in meiner zittrigen Stimme: »Du lässt es nicht zu, dass dich jemand kennenlernt – oder liebt.«

»Ich glaube, ich verstehe nicht …«

»Magst du mich, Clay?« Ich legte meinen Kopf provokativ zur Seite und stützte meine Hände in die Taille.

»Ich liebe dich sogar!«

»Dann verstehe ich deine Art von Liebe nicht.«

»Meine Art von Liebe?«

»Du wurdest in der Neuen Welt geboren, Clay. Wolltest du mir das auch irgendwann mal erzählen?«

Sein Gesichtsausdruck verfinsterte sich. »Ja, ich wurde in der Neuen Welt geboren. Ich habe es dir nicht erzählt, weil ich es nicht als wichtig empfunden habe.«

»Du fandest es nicht wichtig!? Das ist doch wirklich unglaublich!«, wetterte ich. »In einer Beziehung entscheidet man gemeinsam, was wichtig ist! Falls man das zwischen uns überhaupt Beziehung nennen kann.«

Er nestelte am Kragen seines Hemdes und schwieg.

»Und jetzt hast du nichts zu sagen?« Ich schüttelte verächtlich den Kopf. »Zählen wir doch mal alles auf, was du mir verschweigst.« Ich nahm meine Finger und legte los: »Erst willst du mir nicht sagen, woher du Will kennst; dann bist du Juror bei der Auswahl und erwähnst das mit keinem Ton; dann das mit Gordon und dass er angeblich *gefährlich* ist – auch dazu keine Erklärungen. Und jetzt die Sache mit der Neuen Welt … Wirst du mir auch nur irgendetwas davon erklären?«

»Nein. Das kann ich nicht«, sagte Clay bitter.

»*Kannst* du nicht oder *willst* du nicht?«

Er schwieg und sah mich unverhohlen an.

»Na toll.« Ich lachte abfällig. »Du willst also nicht. Und ich vermute, so wird es immer zwischen uns sein. Du weichst meinen Fragen aus oder schweigst oder behauptest, dass du es nicht sagen kannst. Niemals erhalte ich Antworten von dir, immer nur noch mehr Geheimnisse und Fragen.«

Er nickte beschämt. »Ich weiß, aber ich kann es dir nicht erklären, Summer. Noch nicht.« Er umfasste meine Schultern, doch ich entwand mich seinem Griff und drehte mich zum See. Ich lief zwei Schritte und ließ einige Sekunden verstreichen. Doch ob ich wollte oder nicht – allein seine kurze Berührung hatte schon ausgereicht, um meinen Zorn verpuffen zu lassen. Ich drehte mich wieder zu ihm um und fragte in ruhigerem Ton: »Wie viele Geheimnisse hast du noch?«

»Einige.«

»Einige?«, wiederholte ich und ließ meine Wimpern flattern.

»Und jedes einzelne davon wirst du erfahren. Ich werde sie dir erzählen, aber nicht heute. Es geht nicht. Ich kann es jetzt noch nicht.« Er sah mich eindringlich an. »Ich bitte dich, mir die Zeit zu geben, die ich noch brauche.«

»Die Zeit, die du noch brauchst …«, sinnierte ich. »Na schön«, seufzte ich schließlich. »Aber du solltest dir überlegen, was schlimmer ist: jemandem, den du angeblich liebst, etwas zu sagen, was du besser nicht sagen solltest – oder dem Menschen, den du angeblich liebst, nichts zu sagen, obwohl du es besser tun solltest.«

Noch immer halb wütend und mit verschränkten Armen ließ ich mich auf die weiße Decke plumpsen, auf der Gen eben noch gelesen hatte. Clay nahm neben mir Platz.

»Nicht angeblich«, flüsterte er verführerisch.

Wir sahen uns an, und sosehr ich mich auch dagegen wehrte, die Schmetterlinge waren nach nur einem Blick in seine braunen Augen wieder zurück. Mein Herz flehte mich an, ihm zu verzeihen.

»Es interessiert mich ehrlich, wie es dir hier gefällt. Behandelt man dich gut?«

»Ja, sehr gut«, sagte ich, schon wieder etwas freundlicher.

»Und sonst?«

»Na ja. Es ist doch anders, als ich erwartet hatte.«

»Inwiefern?«

»Es ist wirklich perfekt.« Ich hielt meine Hände entschuldigend in die Luft. »Ich meine, wir wohnen in einem Traumhaus, treffen die nettesten Menschen, essen das leckerste Essen, fahren mit den tollsten Autos und tragen die schönste Kleidung. Wir müssen uns wirklich um nichts sorgen … nur …«

»Nur?«

»Keine Ahnung.« Ich kratzte mich am Kopf. »Ich hatte es mir anders vorgestellt. Es ist alles ein bisschen *zu* perfekt.«

»Mhm.« Er nickte wissend, und ich erinnerte mich an seine Worte damals unter dem Baum, als er gesagt hatte, dass Perfektion überbewertet sei und man Vergnügen auch schnell satthätte. Er hatte recht – aber vermutlich war das etwas, was jeder selbst herausfinden musste.

»Aber sosehr ich auch aus dem Gildenteil der Kolonie wegwollte – und so dankbar ich bin, hier zu sein –, so sehr denke ich jetzt, dass dieses Leben auch nicht das Richtige für mich ist.«

»Mhm«, machte er wieder.

»Es ist nur eine andere Art von Gefängnis. Zugegeben, ein wirklich wunderschönes – aber ein Gefängnis bleibt ein Gefängnis.«

Seine Finger spielten mit einem Grashalm und wir schwiegen.

»Die nettesten Menschen«, griff er nach einer Weile meine Worte auf. »Wen hast du kennengelernt?«

»Na ja ... also Morgan, Fi und Gen sind wirklich toll. Und ...« Ich stockte, denn urplötzlich fiel mir Reigna wieder ein.

Clay schien zu verstehen, denn er sagte: »Hey, Summer, das, was du für Reigna getan hast, war wirklich heldenhaft. Du hast alles richtig gemacht und kannst stolz auf dich sein!«

Unsere Blicke trafen sich.

»Danke.«

»Das meine ich ernst.«

Ich lächelte schwach und schaute zum See.

»Und sonst? Ich meine ... wen hast du noch kennengelernt?«, fragte er, vermutlich, um meine Gedanken an Reigna zu vertreiben.

»Ähm ... Sparkle-Diamond. Komischer Name, findest du nicht?«

»Ja, Summer Snow, wirklich komisch.« Er grinste.

»Ach ja, und Millie und ... Penny-Rose habe ich noch vergessen. Die habe ich auch kennengelernt ... wie du ja weißt.« Ich wartete auf seine Reaktion. Als keine kam, fragte ich enttäuscht: »Noch so ein Geheimnis, Clay?«

»Nein. Ganz und gar nicht«, entgegnete er ernst, beinahe entsetzt.

»Natürlich nicht ...«

»Nein, ehrlich!«

»Ach ja?«, blaffte ich und hoffte, dass er Gens Erzählung bekräftigen würde, glaubte aber nicht daran, weil Clay eben Clay war.

»Was hat sie denn erzählt?«, fragte er entrüstet.

Meine Schultern zuckten. »Du warst sofort bei ihr im Krankenhaus. Was soll ich da denken?«

»Ja, ich war da. Aber das war reine Höflichkeit, nichts weiter! Und ich sollte richtigstellen, dass wir nicht zusammen sind … oder waren … oder jemals sein werden. Und wenn Gordon mich nicht gedrängt hätte, wäre ich vor ein paar Monaten noch nicht mal mit ihr ausgegangen. Sie ist ganz und gar nicht mein Typ.«

»Ach nein?«

»Nein!«

»Du stehst also nicht auf große, charmante, nette Blondinen mit einem gazellenähnlichen Körperbau und einer Haut wie Alabaster?«

»Ich stehe nur auf eine einzige Frau«, sagte er ernst.

Als ich nicht reagierte, schmunzelte er. »Nur auf dich.« Er stieß mich mit seiner Schulter an. Erst jetzt wurde mir bewusst, wie nah er saß. Wir blickten uns an. Ich betrachtete seine funkelnden braunen Augen. Und als mein Blick auf seine verführerisch geschwungenen Lippen fiel, konnte ich nicht länger widerstehen. Ich gab dem Flehen meines Herzens nach, schloss meine Augen und küsste ihn langsam auf seinen warmen, weichen Mund. Er schien nur darauf gewartet zu haben, denn er erwiderte meinen Kuss voller Leidenschaft. Eine ganze Weile saßen wir noch eng umschlungen da und schauten auf den See. Ich lehnte mit dem Rücken an seiner Brust, seine Arme umschlossen mich und seine Wange ruhte an meinem Kopf. Ich hielt meine Augen geschlossen und die Sonnenstrahlen wärmten mich.

»Hast du dich mit deinem Dad wieder vertragen?«, raunte er in mein Ohr.

»Vermutlich kann man das so sagen.«

»Vermutlich?«

»Er hat sich entschuldigt – nur habe ich ihm das am Anfang nicht so wirklich abgenommen.«

»Na ja … zumindest hat er seinen guten Willen gezeigt. Das ist mehr, als ich vom Großteil meiner Familie jemals erwarten könnte.« Er seufzte schwer.

Ich reagierte nicht darauf, blieb eng an ihn gekuschelt sitzen, denn ich vermutete, dass er mehr preisgeben würde, wenn ich ihn nicht direkt ansah ... und ich sollte recht behalten.

»In meiner Familie werden Probleme einfach totgeschwiegen. Alles wird unter den Teppich gekehrt, bis es sich in Luft auflöst – nur, dass es das eben nicht tut.«

Ich schwieg und ließ ihn reden.

»Wir haben in unserer Eingangshalle einen Teppich. Er ist alt und handgeknüpft. Du weißt schon, so ein antikes Teil: rund und größtenteils rot«, flüsterte er. »Und manchmal denke ich, dass jeder, der einen Fuß über unsere Schwelle setzt, eigentlich über diesen Teppich stolpern müsste ... bei all dem, was jemals daruntergekehrt wurde.«

Seine Stimme war immer leiser geworden, und ich konnte ihn nur verstehen, weil er so nah an meinem Ohr gesprochen hatte.

»Das tut mir leid, Clay.«

Er schien mit den Schultern zu zucken.

»Vielleicht kam dir die Entschuldigung von deinem Dad einfach nur halbherzig vor.«

»Ja. Ich glaube mittlerweile auch, dass er es ehrlich meint und dass er alles nur zu meinem Besten tut. Manchmal ist er eben einfach ... viel zu übervorsichtig. Wobei ...« Ich tippte mir mit dem Zeigefinger an mein Kinn. »... eben hat sich gezeigt, dass es ab und an auch gut sein kann, wenn man einen Dad hat, der gerne den beschützenden Vater mimt.«

»Warum das?«

»Gordon war hier.«

Ich spürte, wie Clay bei diesen Worten zusammenzuckte. Er setzte sich auf und nahm seine Hand von mir, rückte ein Stück weg, damit er mich besser ansehen konnte.

»Was wollte er?«

»Ein Date.«

»Ein Date?« Er riss die Augen auf. »Was hast du zu ihm gesagt?«

»Natürlich Nein! Aber er scheint mit diesem Wort nicht allzu häufig konfrontiert zu sein.«

»Das ist allerdings richtig.« Clay nickte mit bitterem Gesichtsausdruck.

»Aber dann kam Dad und hat ihm erklärt, dass er nicht möchte, dass seine Tochter mit Jungs rumhängt.«

Jetzt schmunzelte Clay kurz, wurde aber schlagartig wieder ernst.

»Ich weiß, ich sollte Gordon dankbar sein«, räumte ich ein.

Clay machte ein verständnisloses Gesicht.

»Weil er seine Meinung bei der Show geändert hat«, erklärte ich. »Und ich so doch noch hierherkommen konnte ... Aber trotzdem: Er ist irgendwie ... keine Ahnung ... bedrohlich. Er macht mir Angst.«

»Dann hör auf deine Instinkte und mach einen Bogen um ihn«, schlug Clay vor.

Ich nickte, und wir blickten uns an.

»Wo sind Tristan und Gen?«, fragte ich, um vom Thema abzulenken.

»Lass uns nachsehen.« Er stand auf und zog mich mit einem kräftigen Ruck zu sich hoch, dann spazierten wir Hand in Hand durchs Gras, bis wir die beiden auf dem Steg sitzen sahen. Gens Beine baumelten ins Wasser, sie lachte gerade auf.

»Hey, ihr zwei«, sagte ich vorsichtig, weil ich diese traute Zweisamkeit eigentlich gar nicht stören wollte.

»Hi«, sagten sie wie aus einem Mund.

»Worüber lacht ihr?«, wollte Clay wissen und ließ sich neben Tristan nieder, ich setzte mich neben Clay.

»Ich habe Gen gerade erzählt, wie ich das erste Mal mit dir auf dem Meer gesegelt bin. Ich wollte unbedingt angeln lernen, weißt du noch?«

»Klar, wie könnte ich das vergessen?« Clay lachte. »Und das Anfängerglück hat dich auch nicht im Stich gelassen.«

»Nein, nein! Das war kein Anfängerglück, das war Talent.« Tristan drehte den Kopf zu Gen und untermauerte seine Worte mit einem ernsthaften Nicken. »Ich zog einen Blauen Marlin raus, der größer war als ich selbst«, erklärte er stolz. »Allein seine Kiemen waren so lang wie mein Arm.« Tristan streckte seinen Arm aus, damit er noch länger wirkte.

»Und du wolltest ihn ganz allein raufziehen. Hast dir nicht helfen lassen – du sturer, kleiner Mann.« Clay grinste und Tristan schnaubte.

»Ehrensache – Helden brauche keine Hilfe.« Er zwinkerte Gen zu. »Natürlich habe ich es allein geschafft.«

Sie kicherte entzückt.

»Ja«, ergänzte Clay. »Er ist stärker, als er aussieht.«

»Das glaube ich.« Gen lächelte Tristan schüchtern an. Erst jetzt bemerkte ich, wie sehr sich die beiden zu mögen schienen. War das neu oder war es mir bisher einfach nur nicht aufgefallen? Ich warf Clay einen Seitenblick zu. Er verstand und nickte kurz.

»Summer«, sagte er. »Gehen wir noch eine Runde am Ufer spazieren?«

»Wollen Sie, dass ich Sie begleite, Miss Summer?«, fragte Gen.

»Nein, nicht nötig, Gen.«

Ich hakte mich bei Clay unter und wir entfernten uns wieder. Noch einige Male sah ich mich zu ihnen um, bis ihr Lachen vom Flüstern der Bäume übertönt wurde.

»Ihr wart also schon auf dem Meer? Ich meine … auf dem *echten* Meer?«

»Ja.«

»Wie ist das so?«, fragte ich, ließ seinen Unterarm los und zog meine Schuhe aus, um das Wasser und den feinen Sand zwischen meinen Zehen zu spüren.

»Für mich gibt es nichts Schöneres als das Meer … außer dich natürlich.« Clay schmunzelte und sprach weiter: »Zu segeln ist immer wieder ein Abenteuer. Die Unendlichkeit und die Einsamkeit sind das Beste, was man sich nur vorstellen kann. Ich liebe den Geruch der salzigen Luft und …«

»Nimmst du mich mal mit?«, unterbrach ich ihn.

Abrupt blieb er stehen und blickte mich an. »Ja«, sagte er ernst. »Ich werde dich mitnehmen. Wir werden mit meiner Jacht über den Ozean segeln – das verspreche ich dir.« Und wie um sein Versprechen zu besiegeln, nahm er mein Kinn zwischen seine Finger und zog mich sanft an sich. Ich schloss meine Augen und seine Lippen berührten die meinen. Dann setzten wir uns auf den sandigen Boden am Ufer, ich legte meinen Kopf an seine Brust und er umarmte mich.

»Wie ist es in der Neuen Welt?«, fragte ich.

Er schwieg.

»Clay?«

»Summer …« Er seufzte schwer.

»Du willst nicht darüber sprechen, stimmt's?«

»Nein, das will ich nicht.«

Dann waren wir wieder still – eine ganze Weile sogar.

»Was denkst du gerade?«, wollte er irgendwann wissen und küsste mich auf die Schläfe.

Mein verträumter Blick war auf den See gerichtet, und wie aus der Pistole geschossen – und leider mal wieder ohne nachzudenken – sagte ich: »Ich denke an Will.« Noch während ich die Worte aussprach, wusste ich, dass das jetzt sicher nicht so gut ankam. Entschuldigend hob ich den Kopf. Ich konnte seinen entgeisterten Blick und das Zucken um seine Mundwinkel sehen.

»Nein … Ich meine nicht, dass … Ich vermisse ihn eben«, versuchte ich zu erklären.

Er schwieg noch immer.

»Es ist nur … dass ich ihn mochte und jetzt werde ich ihn nie mehr wiedersehen. Ich konnte mich nicht einmal richtig von ihm verabschieden.«

Clay hatte sich wieder gefangen. Er blickte mich an, und ich sah es in seinem Kopf arbeiten.

Schließlich seufzte er und sagte: »Wo du ihn gerade erwähnst – du *wirst* ihn wiedersehen, weil … er wird in ein paar Wochen hier sein.«

»Was!? Wie meinst du das?«

»Er ist bald mit seiner Ausbildung fertig.«

»Welche Ausbildung? Was meinst …« Ich musste den Satz nicht beenden, denn es klickte. Elisabeth hatte ja gesagt, dass Max nur für kurze Zeit mein Bodyguard sein würde.

»Er wird mein Bodyguard?«, folgerte ich.

Er nickte – ich strahlte.

Clay allerdings schien nicht gerade erfreut über meine Begeisterung. Seine Lippen bildeten eine harte Linie.

Ich lächelte weiter – bis mir plötzlich Gedanken wie Kugeln in den Kopf schossen. »Aber das kann doch gar nicht sein! Ich meine … Warum wurde Will nun doch in die Elite gelassen? Ihr zwei kennt euch … Hast du ihm irgendwie dabei geholfen? Oder Gordon? Und warum? Ich meine … Ihr scheint euch nicht gerade zu mögen. Oder irre ich mich?«

Clay wich meinem Blick aus. »Was meinst du, Summer?«

»Ich weiß das mit seinem Rücken. Und du warst Juror … Also wirst du es auch wissen. Er hätte es gar nicht schaffen können. Außerdem wurde er in die Gilde der Stadtoberhäupter berufen – und doch ist er anscheinend hier.«

Clay öffnete den Mund, dann schloss er ihn wieder und schaute mich aus runden Augen an. »Woher ... also ... woher weißt du das mit seinem Rücken?«

»Ich habe ihn gesehen.«

»Warum hast du seinen nackten Rücken gesehen, Summer?« Er neigte seinen Kopf verständnislos zur Seite.

»Er hat ihn mir mal gezeigt«, erklärte ich beiläufig.

»Er hat dir seinen Rücken gezeigt? Seinen *nackten* Rücken?«, fragte Clay, um sicherzugehen, dass er mich richtig verstanden hatte.

Ich nickte.

»Was hat er dir denn noch gezeigt!?«

»Nichts, Clay.«

»Und wann war das?«, fragte er trocken.

Jetzt hielt ich kurz inne, denn seine Fragen wurden langsam unangenehm. Aber ich verlangte Ehrlichkeit von ihm – also musste ich ebenso ehrlich sein.

»Während der Exkursion.«

»Er lässt wirklich keine Gelegenheit aus«, schnaubte er verächtlich und sein Gesicht verhärtete sich.

»Clay, es war nichts«, entgegnete ich beschwichtigend »Er hat mir nur seinen Rücken gezeigt, damit ich verstehe, warum er nicht in die Elite gewählt werden kann, das war alles. Jedenfalls – mit diesem Rücken hätte er es niemals schaffen können, nicht einmal zum Bediensteten. Also: Warum ist Will trotzdem hier?«

»Ich habe nachgeholfen.«

Stille. Jetzt stand mein Mund offen. Das war ehrlich – ungewöhnlich ehrlich für Clay.

»Okay ... Und warum?«

»Summer ...«, seufzte er, und ich verstand. Ich schaute auf den See, denn er würde mir keine weiteren Informationen geben – zumindest nicht heute. Ich musste es einfach akzeptieren. Clay zog mich zu sich, legte seinen Arm wieder um meine Schultern, und ich war glücklich. Ich würde Will wiedersehen. Gemeinsam sahen wir der Sonne zu, wie sie als glühend roter Feuerball am weiten Horizont verschwand.

»Hier steckt ihr«, drang urplötzlich Gens Stimme an mein Ohr. Ich drehte mich zu ihr um. »Kommt ihr mit rein? Es ist kalt geworden.«

Erst als sich Clay zu den beiden drehte und seinen Arm von mir nahm, bemerkte ich, dass sie recht hatte. Clay strahlte so viel Wärme aus, dass die Kälte nicht zu mir durchgedrungen war. Fröstelnd stand ich auf. Er nahm meine Hand, und mir wurde sofort wieder wärmer. Als wir ein paar Meter gelaufen waren, murmelte ich: »Warum bist du so warm?« Noch während ich das sagte, befühlte ich rasch mit meiner kalten Hand seine heiße Stirn.

»Hast du Fieber?«, fragte ich besorgt. »Du glühst ja.«

»Das täuscht«, erklärte er etwas zu stoisch und trat einen Schritt von mir weg. »Dir ist einfach nur zu kalt.«

»Nein«, murmelte ich kopfschüttelnd. »Bei mir ist alles normal – bei dir stimmt was nicht …«

Prüfend blickte ich ihn an, legte meinen Kopf schief und wollte seine Brust gerade mit meiner flachen Hand berühren, als er sie mitten in der Bewegung abfing.

»Summer!«, sagte er mahnend und hielt meine Hand fest.

»Clay?« Ich sah ihn aus verengten Augen an.

»Hey, ihr zwei … kommt schon«, rief Tristan. Er und Gen waren uns bereits weit voraus.

»Nach dir«, meinte Clay und deutete mir, vorzugehen.

Mir dämmerte, dass ich gerade einen Hinweis auf die Wahrheit entlarvt hatte, was auch immer das für eine Wahrheit sein sollte. Steif ging Clay jetzt neben mir, darauf bedacht, mich nicht mehr zu berühren. Im Haus angekommen, verabschiedeten sich die beiden recht schnell von uns, versprachen aber, wiederzukommen.

Die nächsten drei Wochen vergingen wie im Flug, und ich hätte mich eigentlich an die Abläufe und den Luxus, der mich umgab, gewöhnen müssen – tat ich aber nicht. Und das nicht etwa, weil es mir nicht gefiel. Ich mochte mein neues Leben in gewisser Weise sogar. Vor allem die Menschen, die so viel netter und aufgeschlossener waren als in meinem alten Teil der Kolonie. Ich hatte in Gen, Morgan, Fi und den anderen Mädchen Freundinnen gefunden. Und ich war mir sicher, dass ich Reigna ganz bestimmt auch hätte dazuzählen können, allerdings war sie noch immer im Zentrum und Besuche waren nicht gestattet. Ansonsten schien alles perfekt. Ich mochte das Essen, die Autos, und unser Haus war ein Traum. Aber auch wenn es nichts gab, was man nicht kaufen konnte, und auch wenn einem kein einziger Wunsch verwehrt blieb – dieses Leben wurde doch schnell eintönig, und ich fühlte mich noch immer eingesperrt. Und schließlich gab es etwas, was ich mir selbst in diesem perfekten Leben nicht durch ein Fingerschnippen herbeizaubern konnte: Clay und Will. Seit Clay mich an diesem einen Tag am See besucht hatte, hatten wir uns nicht wiedergesehen ... zumindest nicht allein. In der Schule sah ich ihn zweimal, aber er war jedes Mal so in Eile und umringt von Menschen, dass wir nicht mal ein Wort wechseln konnten. *Wird es jetzt immer so sein? Werden wir uns gar nicht mehr sehen können? Oder nur noch kurz und knapp und umgeben von Menschen?* Natürlich enttäuschte es mich und machte mich ernsthaft traurig, wenn ich daran dachte, dass ihn so viele Geheimnisse umgaben, die er nicht mit mir teilen wollte. Und dann war da noch Will. Wann genau ich Will nun endlich wiedersehen würde, stand noch immer in den Sternen.

Ich saß auf dem rosafarbenen Sofa in meinem Zimmer und las ein Buch, als es klopfte.

»Herein!«, rief ich, und Gen trat ein.

»Miss Summer, ich habe hier Besuch für Sie. Es ist Clay Reed. Darf er reinkommen?«

Mein Herz begann freudig zu hüpfen, und Gen konnte die Antwort bereits an meinen strahlenden Gesichtszügen ablesen. Sie ließ Clay ein, schloss die Tür von außen und wir waren allein.

»Hey«, sagte er ein bisschen unsicher.

»Hey«, erwiderte ich ebenso unsicher und stand auf.

»Das ist also dein neues Zimmer?«

Mein Blick folgte ihm, als er durch den Raum streifte, genau wie er es in meinem alten Zuhause gemacht hatte. Ich nahm wieder Platz.

»Einiges erkenne ich aus deinem alten Zimmer wieder«, bemerkte er, als er vor den Fotos stehen blieb.

»Weißt du was? Ich war noch nie in deinem Zimmer«, stellte ich fest. Er kam auf mich zu.

»Bei mir gibt es nicht viel zu sehen.«

»Diese Entscheidung kannst du ruhig mir überlassen.«

»Willst du damit sagen, dass du mein Zimmer sehen möchtest?«, fragte er.

»Ja.«

Er grinste in sich hinein und setzte sich neben mich auf die Couch. Dann wurde er wieder ernst.

»Es tut mir leid, dass wir uns schon wieder so lange nicht gesehen haben. Es war echt stressig.«

Ich nickte mit zusammengepressten Lippen.

»Und … leider bin ich hier, um dir zu sagen, dass wir uns auch in der nächsten Zeit nicht sehen können.« Er nahm meine Hand und legte sie in seine.

»Was meinst du?«, wollte ich wissen und konnte meine Enttäuschung nicht ganz verbergen.

»Es ist nicht für lange. Ich muss in die Neue Welt«, erklärte Clay, und in seiner Stimme schwang ebenso viel Enttäuschung wie gerade in meiner.

»Oh … für wie lange denn?«

»Mindestens eine Woche. Ich versuche, so schnell wie möglich wieder bei dir zu sein.« Dabei blickte er mich eindringlich an. »Du bist so zart«, hauchte er. Mit fester Stimme fuhr er fort: »Aber ich werde dich nicht schutzlos hier zurücklassen.«

»Schutzlos? Was meinst du?«

»Tristan und Red werden bei dir bleiben. Sie werden rund um die Uhr ein Auge auf dich haben.«

»Warum?« Ich war irritiert.

»Ich will, dass du sicher bist.«

Unwillkürlich verzog ich mein Gesicht. »Ich dachte, dafür hätte ich Max. Und wir befinden uns noch immer in der Kolonie – dem vermutlich sichersten Platz auf Erden.«

»Mhm …« Er schien irgendwie unzufrieden über meine Worte, nahm meine Hand, küsste sie zärtlich und flüsterte eindringlich: »Es ist eine gefährliche Welt. Egal wo du bist, du bist niemals sicher. Sicherheit wird immer teuer bezahlt und ist doch nichts anderes als eine Illusion. Du musst wachsam sein. Jetzt und bis zu deinem letzten Atemzug.«

»Bis zu meinem letzten Atemzug? Ist das nicht ein bisschen melodramatisch?«, fragte ich trocken, doch er erwiderte nichts, zog mich zärtlich an sich und küsste mich. Nach einer Weile entließ er mich aus seinem Griff, was mir gar nicht gefiel.

»Wann wirst du gehen, Clay?« Ich schlug meine Augen nieder. Sein dünner Pullover war an den Armen etwas nach oben gerutscht. Mein Blick verharrte auf seinen trainierten Unterarmen, und ich biss mir unwillkürlich auf die Unterlippe.

»Vermutlich in fünf Tagen.«

»Oh ...«, stieß ich enttäuscht aus.

»Aber morgen werde ich ja auf jeden Fall noch hier sein ... Du weißt schon ... der 6. August ... Das Feuerwerk im Vergnügungspark«, erinnerte er mich und fragte: »Da fällt mir ein – gehen wir zusammen? Ein Date?«

Ich war so leicht zu beeinflussen – direkt schossen meine Mundwinkel wieder nach oben.

»Ich hatte schon Angst, du fragst nicht«, sagte ich scheu.

Er lächelte und blickte auf seine Uhr.

»Musst du schon wieder los?«, fragte ich. In diesem Moment drang das Läuten der Türklingel an mein Ohr.

»Deine Überraschung ist da.«

»Meine Überraschung?«

»Komm!« Er nahm meine Hand und führte mich nach unten.

Clay steuerte das Wohnzimmer an. Als er mir die Tür aufhielt und ich eintrat, konnte ich nicht glauben, wer da vor mir stand.

»Will!« Riesige Freude stieg in mir hoch, als ich ihn erblickte. Ich begann zu strahlen, lief auf ihn zu und fiel ihm um den Hals. Er erwiderte meine Umarmung.

»Wo warst du nur so lange?«, wollte ich wissen und merkte erst jetzt, dass ich ihn noch mehr vermisst hatte als gedacht. Es tat so gut, ihn wieder zu spüren. Er ließ mich los, suchte nach meinen Händen und umfasste sie zärtlich.

»Ich bin dein neuer Leibwächter.«

»Ich weiß. Ich hab es schon gehört.« Ich grinste bis über beide Ohren.

Will lachte, vermutlich über meine Begeisterung. Dann aber glitt sein Blick an mir vorbei. Ich folgte seinen blauen Augen und sah Max neben Clay stehen.

»Oh …«, hauchte ich, und das Strahlen war so schnell aus meinem Gesicht verschwunden, wie es gekommen war. »Max.«

Max winkte ab. »Kein Problem, Miss Summer. Ich bin nur noch einmal gekommen, um mich zu verabschieden.«

Will ließ meine Hände los, und ich ging auf Max zu. »Danke für alles.«

»Ich wünsche Ihnen viel Glück, Miss Summer.«

»Dir auch«, sagte ich und begleitete ihn bis zur Haustür.

»Wo wirst du jetzt hingehen?«, wollte ich wissen.

»Es gibt da eine Neugeborene. Ihr Name ist Miss Mary-Lou. Ich werde ihr Leibwächter sein. Es war ja von Anfang an klar, dass das hier nur ein kurzes Gastspiel sein würde.«

Ich nickte und wir umarmten uns zum Abschied.

»Es war schön mit Ihnen, Miss Summer. Ich werde wohl niemals vergessen, wie Sie die Situation mit Reigna gemeistert haben.«

»Danke, Max.« Ich errötete leicht und fügte hinzu: »Ich meine: für alles!«

»Gern. Und noch mal alles Gute, Miss Summer.«

Dann trat er mit federndem Gang nach draußen. Ich schloss die Tür hinter ihm, drehte mich um und sah Will an der Türzarge des Esszimmers lehnen. Er hatte sich kaum verändert, sah höchstens noch ein kleines bisschen drahtiger aus. Aber sonst war er noch immer der gleiche Will, den ich vor einem Monat das letzte Mal gesehen hatte.

»Wie ist es dir ergangen, Summer?«, wollte er wissen und lächelte schief.

»Na ja …«, ich blickte mich demonstrativ um, »es ging mir schon mal schlechter.«

Er nickte.

»Aber du musst mir ganz genau erzählen, wo du so lange gewesen bist. Ich dachte schon, ich sehe dich niemals wieder.« Ich war richtig aufgeregt.

»Summer.« Clays drängende Stimme schreckte mich auf. »Ich muss los«, sagte er mit einem Seitenblick auf Will. »Wir treffen uns morgen – nicht vergessen!« Er umarmte mich, küsste mich auf den Kopf und ging.

»Miss Summer?«

»Ja, Barns?« Ich drehte mich zu ihm um.

»Das Feuer im Wohnzimmer brennt jetzt. Und ich habe mir erlaubt, Ihnen Getränke zu servieren. Darf ich sonst noch etwas für Sie tun?«

»Nein.« Ich winkte ab. »Sie können für heute gerne Feierabend machen.«

»Wie Sie wünschen«, sagte er und entfernte sich so leise, wie er gekommen war.

Wortlos begleitete mich Will in das geräumige Wohnzimmer. Von den roten Zungen, die an der Glasscheibe des Kamins leckten, ging eine so angenehme Wärme aus, dass ich wie eine Motte auf das Licht der Flammen zusteuerte und ihnen meine kalten Hände bereitwillig entgegenstreckte. Meine Gedanken verloren sich im lodernden Feuer, bis Will sich in mein Blickfeld drängte. Ich nahm das Glas mit Wasser an mich, das er mir hinhielt. Dann löste ich mich von der Feuerstelle und nahm auf der blauen Couch Platz, die in der Mitte des Zimmers stand. Will sah mich an – vermutlich schon die ganze Zeit. Ich klopfte neben mich auf die Couch, so wie ich es damals mit dem grauen Stein gemacht hatte, und er schien sich ebenfalls an den Nachmittag im Wald zu erinnern, denn ein wehmütiger Zug schlich sich auf sein Gesicht, als er auf mich zutrat und sich setzte. Will lehnte sich zurück und musterte mich aufmerksam.

»Was ist?«, wollte ich wissen.

»Du bist noch genauso schön wie immer«, raunte er.

»Danke.« Ich lächelte verlegen. »Du auch.«

Jetzt musste er schmunzeln.

»Und? Bist du traurig, Will?«

Er zog seine Stirn kraus.

»Na ja … weil du jetzt nicht Bürgermeister werden wirst?«

Er lachte laut auf. »Warum sollte ich darüber traurig sein?«

»Weil … ich dachte, du wärst glücklich in den Gilden gewesen – und du hättest eine Machtposition bekleiden können. Hier bist du nur mein Leibwächter.«

Wieder lachte er auf. »Ich werde drüber wegkommen.«

»Will?«, fragte ich und fummelte unsicher an dem Kissen, das ich mir auf den Schoß gezogen hatte.

»Summer?«

»Also … ich habe mich gefragt, wie …« Ich brach ab und setzte von Neuem an: »Ich bin überglücklich, dass du jetzt da bist!« Er nickte wissend. »Also … Clay hat angedeutet, dass er nachgeholfen hat, damit du herkommen konntest. Da habe ich mich natürlich gefragt, warum …«

»Da musst du ihn fragen«, antwortete er gleichmütig.

»Das hab ich ja.«

»Na dann? Was erwartest du dann noch von mir?«

»Die Wahrheit!«

Er kratzte sich an der Stirn.

»Will?«

»Nein, Summer!«

Das war deutlich. Auch von ihm, das war jetzt klar, würde ich nichts erfahren. Also schob ich meine Unterlippe vor und schmollte.

Irgendwann tippte er mit seinem Zeigefinger gegen meinen Oberarm, so wie Brian es immer tat, wenn ich mal wieder wegen irgendetwas wütend auf ihn war und er wollte, dass ich ihm verzieh.

»Willst du denn gar nicht wissen wie meine letzten Wochen waren?«, fragte Will, wohl wissend, dass es mich brennend interessierte. Ich sah auf und seine strahlend blauen Augen funkelten mir entgegen.

Dann begann Will zu erzählen – von dem Bootcamp, das er durchlaufen musste, um Leibwächter zu werden, von den täglichen Herausforderungen. Er erzählte von den Freunden, die er gefunden hatte und vom Abschlusstest, den er mit Bravour gemeistert hatte. Ich konnte es mir lebhaft vorstellen.

Irgendwann gesellten sich Brian, Mason und Gen zu uns, und wir redeten und lachten bis tief in die Nacht hinein. Als ich merkte, dass meine Augenlider immer schwerer wurden, verabschiedete ich mich und ging die marmornen Treppenstufen hinauf in mein Zimmer. Gen folgte mir.

»Summer«, hörte ich Brians Stimme hinter mir. Ich drehte mich zu ihm um.

»Mhm?«

»Ich …«, setzte er an. »Ach … ist schon gut.« Er winkte ab. »Wir reden morgen.«

Ich wurde hellhörig und schlagartig war ich wieder wach.

»Geh doch schon mal nach oben, Gen«, forderte ich sie auf.

Als sie weg war, wandte ich mich wieder an Brian. »Jetzt sag schon! Was ist los?« Ich sah ihm deutlich an, dass ihm etwas auf dem Herzen lag.

»Ja … also …«

Ich ging ein paar Treppenstufen hinab, bis ich direkt auf seiner Höhe stand.

»Es geht um gar nichts Spezielles ... Ich dachte nur, ich frag dich mal, wie du Morgan so findest ...«

»Wie ich ... Oh!« Jetzt musste ich schmunzeln.

Er schaute verlegen zu Boden, und ich zwang mich, ernst zu bleiben, denn das hier fiel ihm ganz eindeutig nicht leicht.

»Morgan ist ein ganz toller Mensch. Sie ist lieb und unglaublich freundlich, und dann ist sie auch noch lustig – okay, zugegeben, manchmal unfreiwillig, aber lustig auf jeden Fall. Und außerdem ist sie wirklich schön. Und wenn sie neben dir steht, dann denke ich mir immer, was für ein hübsches Paar ihr doch wärt, wenn nur endlich einer von euch beiden den ersten Schritt wagen würde.« Ich nickte ernst, um das Gesagte zu untermauern.

»Du meinst, dass sie mich auch mag? Hat sie mal was gesagt?«

Ich überlegte. »Ich erinnere mich nicht.« Doch bevor er die Hoffnung verlieren konnte, warf ich schnell ein: »Aber ich bin mir ganz sicher, dass sie dich gernhat – so wie du sie!«

»Wirklich?« Seine Augen wurden groß. »Aber ... wäre das nicht irgendwie komisch?«

»Warum?«

»Na, weil sie deine beste Freundin ist.«

»Meinen Segen hast du, Brian.« Ich grinste – und seine Augen begannen zu leuchten.

»Dann ... hast du also nichts dagegen, wenn ich sie frage, ob wir morgen gemeinsam zum Vergnügungspark gehen ... so als Date?«

»Nein. Was sollte ich denn dagegen haben? Wie gesagt: Ihr wärt ein sehr hübsches Paar.«

Jetzt strahlte er übers ganze Gesicht und sah regelrecht erleichtert aus. Schmunzelnd drehte ich mich um und ging hinauf in mein Zimmer.

KAPITEL 19

Fun-Land

Cowgirl-Look! Das war das Ziel des Schmink- und Ankleidemarathons für den heutigen Abend. Gen und Fi flatterten um Morgan und mich herum, und mir wurde wieder einmal klar, warum sie Schmetterlinge genannt wurden. Gen steckte mein Haar zu einer kunstvollen Frisur zusammen und zupfte gekonnt vereinzelte Strähnen heraus, als hätten sie sich von selbst gelöst.

»Das passt am allerbesten zu Ihrem Outfit, Miss Summer.« Der unverkennbar stolze Unterton in Gens Stimme war nicht zu überhören. Und stolz konnte sie sein, denn selbst ich gefiel mir. Nicht aufgebrezelt und ganz einfach und natürlich – so, wie ich es mochte. Bei Morgan sah die Sache allerdings anders aus. Ihr wurden dramatisch rote Lippen geschminkt und die langen Korkenzieherlocken fasste Fi in einem hohen Pferdeschwanz zusammen. Dazu trug Morgan eine helle Jeans, ein blaues Flanellhemd, das sie an der Hüfte zusammengeknotet hatte, und braune Stiefel, die ihr bis zur Wade reichten. Für mich hatte Gen ein weißes Kleidchen mit rotem Gürtel, der meine Taille betonte, und rote Cowgirlstiefel herausgesucht. Als wir fertig waren und uns vor dem Spiegel drehten, konnten wir beide sehr zufrieden sein – unsere Schmetterlinge hatten mal wieder wundervolle Arbeit geleistet.

»Meint ihr, Brian wird es gefallen?«, rutschte es Morgan heraus, als sie ihre Bluse noch einmal zurechtzupfte. Erst als die Schmetterlinge zu kichern begannen, merkte sie, was sie da gerade gesagt hatte.

»Aha …«, machte ich unschuldig und musste grinsen.

Jetzt stieg ihr die Röte ins Gesicht.

»Habe ich das gerade laut gefragt?«, vergewisserte sie sich und hielt sich die Hände vor den Mund.

»Ja, Miss Morgan – laut und deutlich«, kicherte Fi.

Noch immer verlegen, setzte sie sich auf den mit rosa Seide bezogenen Stuhl, der vor ihr stand.

»Worauf wartet ihr zwei? Macht euch fertig«, sagte ich zu Gen.

»Was?«, fragte Gen und ihre Augen wurden groß, wie bei einem Kind, das gerade die Geschenke unter dem Weihnachtsbaum erblickt.

»Wir kommen heute auch mit?«

»Klar«, gab ich zurück. »Warum denn auch nicht? Nehmt euch was zum Anziehen aus meinem Ankleidezimmer.«

Gen und Fi sahen sich kurz an und begannen aufgeregt zu kichern. Dann liefen sie ins Bad und schlossen die Tür. Morgan und ich blieben allein zurück. Eine Zeit lang war es still, bis Morgan sagte: »Tut mir leid, dass ich es dir nicht früher gesagt habe, Summer. Ich wollte kein Geheimnis vor dir haben … Ich dachte nur … Er ist dein Bruder, und wir beide sind beste Freundinnen. Er hat mich auch erst heute Morgen gefragt, ob wir heute Abend zusammen ins Fun-Land gehen … und … ich habe Ja gesagt.«

Ich kniete mich vor sie und legte meine Hände auf ihre Knie.

»Aber du hast es mir doch schon lange erzählt.«

Morgan schaute mich verwirrt an.

»Du hast es nicht ausgesprochen«, erklärte ich ihr. »Aber du hast es dennoch deutlich gezeigt – so was fällt einem als beste Freundin einfach auf.«

»Aber wie?«

»Ach … Ich hatte *so* viele Spione. Deine Mimik, deine Gestik, dein Verhalten, dein Lächeln – und du hast meinen Segen.« Ich zwinkerte ihr zu. »Ich denke, er mag dich auch sehr.«

»Wirklich?« Ihr Gesicht hellte sich auf. »Und ist das echt in Ordnung für dich, dass ich … na ja …«

»Dass du meinen Bruder süß findest?«, vervollständigte ich ihren Satz, weil sie nicht weitersprach.

»Ja«, gab sie kleinlaut zurück.

»Klar. Du bist meine beste Freundin, Morgan, und mein Bruder ist ein wirklich lieber Kerl. Ihr wärt ein tolles Paar. Und jetzt müssen wir los, er wartet sicher schon auf dich.«

Vergnügt quietschte Morgan auf und umarmte mich. Wir betrachteten uns noch einmal im Spiegel und liefen dann ausgelassen die Marmortreppe hinunter.

»Hey, ihr zwei«, rief Brian uns nach. Er war gerade aus seinem Zimmer gekommen und ging schnellen Schrittes hinter uns her.

»Gut siehst du aus, Morgan«, sagte er, nachdem er zu ihr aufgeschlossen hatte. »Du natürlich auch, Summer«, erklärte er, ohne allerdings den Blick von Morgan zu lösen. Er trug eine Jeans, ein blaukariertes Hemd und Cowboystiefel. CJ, Stone, Mason und Will warteten bereits draußen auf uns. Alle hatten sich dem Wildwestthema entsprechend gekleidet, und es stand jedem richtig gut – aber Will sah am besten aus … wie ein waschechter Cowboy. Auch er trug eine Jeans, dazu ein rotkariertes Hemd. Die Ärmel hatte er etwas hochgekrempelt, sodass man seine definierten Unterarme und das Tattoo sah. Ich konnte meinen Blick kaum von ihm abwenden. Barns reichte uns vor der Abfahrt noch eine kühle Erfrischung auf einem Silbertablett. Meine Finger griffen geistesabwesend nach dem Glas. Will hatte eine Augenbraue nach oben gezogen, denn ihm war meine Aufmerksamkeit nicht entgangen. Während ich an dem Strohhalm in meinem kalten Getränk sog, kam er auf mich zu und flüsterte im Vorbeigehen: »Na, gefällt Ihnen, was Sie sehen, Miss Snow?« Ich verschluckte mich und musste heftig husten.

»Alles in Ordnung, Miss Summer?« Gen, die gerade mit Fi aus dem Haus kam, war sofort zur Stelle.

»Ja, geht schon«, hustete ich noch immer und warf Will einen bösen Blick zu. Er grinste spitzbübisch. Kurz darauf stiegen Brian, Morgan, Gen, Will und ich in den ersten Wagen und die restlichen Bediensteten in den Wagen hinter uns. Der kleine Tross setzte sich in Bewegung, und ich freute mich auf den Abend – und auf Clay. Unvermittelt drängte sich Reigna in meine Gedanken. *Schade, dass sie immer noch nicht aus dem Zentrum zurückgekehrt ist – sie hat sich so auf den heutigen Abend gefreut,* dachte ich, während die Welt draußen an mir vorbeihuschte. Ich nahm mir fest vor, Dad morgen noch mal nach ihr zu fragen. Allerdings war Reigna nur so lange in meinen Gedanken, bis der Vergnügungspark meine Aufmerksamkeit einforderte. Das Auto hielt an, wir stiegen aus und liefen zusammen durch das Eingangstor – und da war es: Fun-Land. Ich staunte nicht schlecht, als ich in das Gewusel eintauchte. Links und rechts säumten Buden und

Attraktionen die Straße. Ein Mann neben mir jonglierte mit farbenfrohen Bällen, Musik drang an mein Ohr und es lag der Geruch von gebrannten Mandeln und Zuckerwatte in der Luft.

»Beeindruckend, nicht wahr?«, fragte Will, der jetzt neben mir stand.

»Ja«, sagte ich, noch immer den Blick auf das bunte Treiben gerichtet.

»Ist dir eigentlich etwas aufgefallen?«

»Was meinst du?«

Er zeigte auf sein rotes Hemd und dann auf meine roten Stiefel und meinen roten Gürtel.

»Ich habe mir gedacht, ich ziehe mich passend an, damit wir …«

Doch er konnte seinen Satz nicht zu Ende sprechen, denn mir wurde plötzlich rosa Zuckerwatte vors Gesicht gehalten.

»Clay!«, stieß ich überrascht aus. »Du bist da!«

Er grinste, und ich nahm die Zuckerwatte entgegen. Im Augenwinkel sah ich Will einige Schritte zurücktreten und ein mürrisches Gesicht ziehen. Clay sah unwiderstehlich gut aus. Genau wie Will war er ein leibhaftiger Cowboy. Sein Hemd war offen, darunter trug er ein dunkles T-Shirt, und ich glaube, es war das erste Mal, dass ich ihn in heller Jeans sah.

Mit Zeigefinger und Daumen zupfte ich ein Stück klebrige Süße aus der flauschigen rosa Wolke und ließ sie genüsslich auf meiner Zunge zergehen.

»Wollen wir?«, fragte Clay. Er hielt mir seinen Arm hin, den ich nur zu gerne ergriff.

Ich blickte mich nach Gen um. Sie hatte sich Tristan, Blue und Red angeschlossen. Auch Blue und Red hatten sich passend gekleidet. Tristan jedoch stahl allen die Show: Er trug sogar einen Gürtel mit zwei Colts und zudem noch einen wirklich coolen Hut. Red hatte ebenfalls Zuckerwatte gekauft und reichte sie gerade Gen. *Ob das etwas zu bedeuten hat?*, fragte ich mich unwillkürlich, bevor meine Aufmerksamkeit auf einen Zauberer fiel, der auf einer kleinen Bretterbühne ein weißes Kaninchen aus seinem Zylinder zog. Bei einem anderen Trick ließ er eine Rose einfach in seiner Hand verpuffen – nur wabernder Rauch blieb zurück. Clay hatte seinen Arm um meine Taille gelegt. Es gefiel mir, dass wir so ungezwungen miteinander umgingen. Suchend blickte ich mich in der Menschenmenge um.

»Wo sind Brian und Morgan?«

»Wir werden sie schon nicht verlieren, keine Angst«, sagte Clay, und ich drehte mich wieder zu dem Magier, der sich gerade von seiner Assistentin fesseln ließ, nur um sich wie von Zauberhand wieder zu befreien. Jemand stupste mich an.

»Und? Habe ich zu viel versprochen?«, fragte Morgan.

»Nein, das hast du nicht.« Ich lachte. »Wo warst du?«

»Brian hat mir das hier geschenkt«, sagte sie und hob das Lebkuchenherz an, das sie um den Hals trug.

»Dem süßesten Mädchen«, stand darauf, und ich grinste, während Morgan schmachtend auf das Lebkuchenherz schaute. Clay stieß mich unauffällig an und grinste ebenfalls.

»Sollen wir weiter?«, fragte Brian.

»Ja«, riefen Morgan und ich wie aus einem Mund.

Wir schlenderten von einem Stand zum nächsten. Es gab allerhand zu sehen und zu essen. Mit einer Tüte gebrannter Mandeln in der Hand ging es weiter, bis wir vor einem Schießstand zum Stehen kamen. Mir war sofort klar, dass Brian und Clay ihr Glück versuchen würden. Zwischendurch blickte ich mich gelegentlich zu Gen um. Sie stand noch immer zwischen Tristan und Red, lachte laut und fühlte sich sichtlich wohl.

»So, Summer, ich werde dich jetzt beeindrucken«, kündigte Clay grinsend an.

»Ich bitte darum.«

Der hagere Mann hinter dem Schießstand händigte ihm das Gewehr aus.

»Was willst du denn haben?«, fragte Clay, den Kopf halb zu mir gedreht.

»Wie gut bist du denn?«

»Kommt darauf an, was du haben willst.«

»Na schön …« Ich blickte mich um. »Das da!« Dabei zeigte ich auf eine riesige Giraffe, die als Hauptgewinn vor dem Stand positioniert war. »Ich will es dir ja nicht zu leicht machen«, fügte ich herausfordernd hinzu.

»Kein Problem, dein Wunsch ist mir Befehl.« Er zwinkerte mir zu.

Ich trat einen Schritt zurück, als er das Gewehr ansetzte und einen Treffer nach dem anderen landete. Die fliegenden Ziele hatten keine Chance.

»Wow.« Ich war ehrlich beeindruckt.

Auch der hagere Mann reckte den Daumen in die Luft. »Nicht ein Mal danebengeschossen«, staunte er. »Das gibt den Hauptgewinn.« Dabei zeigte er auf das plüschige Ungetüm. Ich stellte mich neben die Giraffe. Sie war größer als ich, und ich überlegte schon, wie ich sie hier wegbekommen sollte.

Clay stützte sich amüsiert am Tresen des Schießstandes ab. »Habe ich mir doch gedacht, dass die Augen mal wieder größer waren als die Händchen«, gluckste er. »Na, schauen wir mal, wie wir das exotische Stofftier zu dir nach Hause bekommen.«

Mit diesen Worten wandte sich Clay an den hageren Mann, ließ sich Stift und Papier reichen und schrieb meine Adresse auf. »Die Giraffe soll hierhin geliefert werden – noch heute Abend.«

Der Mann nahm den Zettel entgegen und nickte ehrerbietig.

»Die wird sich wirklich gut in meinem Zimmer machen«, sagte ich, als ich ihr noch einmal über den langen Hals streichelte. Als Nächstes war Brian an der Reihe. Er warf Clay einen vorwurfsvollen Blick zu.

»Super, Clay …« Er klang entmutigt. »Dagegen kann man ja nur als Loser dastehen. Vielen Dank!«

Clay konnte sich ein freches Schulterzucken nicht verkneifen. Brian nahm das Gewehr entgegen und begann zu schießen. Er war konzentriert, das konnte man sehen. Der erste Schuss – daneben. Auch der zweite und dritte Schuss – keine Treffer. Insgesamt traf Brian viermal, was zumindest für ein kleines Stofftier reichte. Morgans Wahl fiel auf einen kleinen Plüschkoala.

»Danke, der ist perfekt«, sagte sie und legte ihre Hand auf Brians.

»Klar …« Eifersüchtig starrte Brian auf die Giraffe neben mir.

»Möchte einer von euch auch mal schießen?«, wandte sich Clay an unser Gefolge.

Alle nickten. Das hatte ich auch nicht anders erwartet. Und ebenso klar war, dass alle Bodyguards keinen einzigen Fehler machten – war wohl Ehrensache. Tristan überraschte mich allerdings. Er schoss wirklich gut. Er stand auf einem Stuhl, traf Ziel um Ziel und konnte locker mithalten.

»Gen«, sagte er, nachdem er alle Ziele getroffen hatte.

Sie kam zu ihm.

»Was möchtest du?«, fragte er, und sie entschied sich für ein weißes Plüscheinhorn.

Fröhlich plappernd verließen wir den Schießstand und schlenderten weiter. Inzwischen hatte sich die Dunkelheit über den Jahrmarkt gelegt, und die bunte Budenbeleuchtung samt Lichterketten war angesprungen. Gen kam mit einem roten Poncho auf mich zu.

»Den sollten Sie sich umlegen, sonst werden Sie krank, Miss Summer.« Ich nahm den Poncho und zog ihn über.

»Sollen wir uns jetzt ein bisschen gruseln?«, fragte Clay und legte einen Arm um meine Schulter.

»Summer!« Beim Klang meines Namens flog mein Kopf herum. Penny-Rose und Sparkle-Diamond kamen lachend auf uns zu.

»Hey, ihr zwei«, rief ich aus.

»Oh …«, stieß Penny-Rose ein wenig überrascht und enttäuscht zugleich aus, als sie Clay an meiner Seite erblickte – und seinen Arm auf meiner Schulter.

»Hi, Clay«, sagte sie und zupfte an ihrem Kleidchen.

»Hi, Penny-Rose«, sagte er so verführerisch, dass ich mir nur vorstellen konnte, wie ihre Knie schlottern mussten.

»Schade, dass Reigna nicht dabei sein kann«, bemerkte ich.

»Ja«, gab Diamond zurück.

»Habt ihr vielleicht Neuigkeiten?«, wollte ich wissen, weil mein Dad bisher keine hatte.

»Nein! … Und besuchen dürfen wir sie auch noch immer nicht.« Diamond wirkte besorgt, und ich nickte wissend.

»Wir wollten gerade weiter«, ging Clay dazwischen. »Kommt ihr mit?«

»Ja, klar. Wir müssen nur … nur noch auf Eric, Millie und … Greg … warten. Sie … wollten … also sie wollten … uns … also hier treffen«, stotterte Penny-Rose. Ihre Augen waren Clays Arm gefolgt, der gerade von meiner Schulter geglitten war und jetzt meine Taille umschlang.

»Sie müssen jeden Moment hier sein«, fügte Diamond ungerührt hinzu. Es dauerte keine fünf Minuten, dann hatten uns die anderen gefunden.

Brian trat grinsend und gut gelaunt an uns heran. »Auf ins Horrorhaus.« Als wir vor dem Gruselkabinett standen, hätte ich es mir am liebsten anders überlegt, denn man konnte schon von außen sehen: Es würde mich nicht nur einmal zum Schreien bringen. Das Haus war ein richtiges Haus, nicht bloß eine Attrappe aus Sperrholz und Pappmaschee. Es war grau, fast schwarz, und die Klappläden hingen schief. Aus einem der geöffneten Fenster wehte ein Stück eines zerrissenen Vorhangs, und hier und da vernahm ich einen spitzen Schrei. Aber das Innere des Hauses übertraf meine schlimmsten Erwartungen. Echte Menschen liefen hinter uns her und grapschten nach uns, als wir von Zimmer zu Zimmer liefen. Vom Dachgeschoss bis hinunter in den Keller wurden wir verfolgt, und ich kann sagen, dass ich mich noch nie so sehr gegruselt hatte wie in den fünfzehn Minuten in diesem schrecklichen Haus. Ich ließ Clays Hand kein einziges Mal los.

Als wir das Haus des Horrors schließlich verließen, fiel mein Blick auf Will, der auf einer Bank davor saß. Ich hatte gar nicht bemerkt, dass er nicht mit reingekommen war. Er hatte die Ellbogen auf seine Knie gestützt und erinnerte mich an den Will, mit dem ich damals auf der Exkursion gewesen war. Clay sprach gerade mit Brian und Tristan, also entfernte ich mich und setzte mich neben ihn auf die Bank.

»Mir ist es direkt aufgefallen«, sagte ich und stupste ihn leicht gegen den Arm.

»Was denn?«

»Dass du meine Farben aufgegriffen hast. Ich finde das süß.«

Will fuhr sich durch die dunklen Haare, lächelte müde, und wir blickten uns etwas zu lange in die Augen.

»Gleich ist es so weit«, fuhr Tristan dazwischen und setzte sich neben mich. Ich schrak leicht auf.

»Tristan.« Will nickte sichtbar genervt in seine Richtung.

»Du wirst das Feuerwerk lieben, Summer. Abgesehen von dem gigantischen Feuerwerk bei der Entscheidung im Regierungspalast, ist das hier das größte und schönste.«

»Ich bin gespannt«, sagte ich lächelnd, und mein Blick huschte wieder zu Will.

»Sollen wir, Summer?«, fragte Tristan und stand auf.

»Klar. Los, komm, Will. Das wird toll!« Ich packte ihn an der Hand, und er ließ es zu, dass ich ihn mit mir zog. Wir gingen mit den anderen zu einem »hervorragenden Spot, um das Feuerwerk zu bestaunen« – so zumindest hatte es Morgan genannt.

Als die ersten Feuerwerkskörper den schwarzen Himmel bunt färbten, fühlte ich mich plötzlich beobachtet. Vorsichtig schaute ich mich um. Clay und Will sahen in den leuchtenden Himmel, und auch alle anderen waren in das knallbunte Schauspiel vertieft. Suchend ließ ich den Blick schweifen – bis ich endlich das Augenpaar hinter mir erspähte. Unsere Blicke trafen sich. Es war Reigna. Sie stand abseits, im fahlen Licht einer Losbude, und sah mich mit versteinerter Miene an. Aber das war nicht wirklich die Reigna, die ich kannte … Ihre Kleidung schien wahllos zusammengesucht und schlackerte um ihren ausgezehrten Körper, ihre Haare waren ungekämmt. Wie hypnotisiert ging ich auf sie zu. Vorsichtig, langsam, um sie nicht zu verschrecken. Je näher ich kam, desto ungesünder sahen ihre Züge aus. Sie war nur noch ein Schatten ihrer selbst. *Schatten* … Sollte ich Angst haben? *Ist sie … Ich wagte es kaum zu denken. Kann sie infiziert sein? Sie sollte doch im Zentrum sein. Das hat Dad mir erzählt. Hat er wieder gelogen? Haben sie Reigna doch entlassen? Ist sie wieder gesund? Oder … ist sie geflohen?* Als hätte sie die Gedanken in meinem Gesicht gelesen, wich sie wie ertappt einen Schritt zurück in die Dunkelheit und verschwand hinter der Bude.

Ich hielt kurz inne. Sollte ich ihr folgen? Es wäre nicht klug. Ich blickte mich zu meiner Gruppe um. *Ja, ich sollte zurück zu Will und Clay gehen. Ich sollte wirklich …* Doch meine Neugier war stärker. Ich folgte Reigna in die Dunkelheit. Als ich um die Ecke bog, sah ich gerade noch, wie sie im Spiegelkabinett verschwand. Ich hastete ihr nach. Der Türsteher sah sich wohl auch gerade das Feuerwerk an, denn es war niemand da, der mich vor dem Eingang abpasste. Ich stürmte hinein, konnte Reigna aber nirgendwo sehen und lief wild drauflos: links, rechts, rechts, geradeaus …

Es dauerte nicht lange, bis ich mich hoffnungslos verlaufen hatte. *Wo ist sie?* Die hektische Beleuchtung und die laute Musik machten es mir nicht einfacher. Ich lief nach rechts und knallte gegen einen Spiegel, drehte mich nach links – und prallte wieder gegen eine kalte Glasscheibe.

Weiter!, trieb ich mich an. Ich wandte mich um, lief geradeaus, mit ausgestreckten Händen. Und als ich mir wild tastend und völlig orientierungslos den Weg bahnte, beschlich mich plötzlich ein ungutes Gefühl: Wäre Reigna tatsächlich infiziert und würde sie mich finden … dann wäre das mein Ende. Ich rannte weiter, rechts, links, geradeaus, links … *Ich will noch nicht sterben! Wie konnte ich nur so dumm sein?* Das Licht zuckte an der Decke, ich konnte kaum etwas erkennen. Angst packte mich und schnürte mir die Luft ab. Mein Brustkorb hob und senkte sich unregelmäßig. Ich lief weiter, wollte nur noch raus hier. Plötzlich tauchte vor mir ein Augenpaar auf … Rote Adern zogen sich durch das Weiß ihrer Augen. Dann trat der Rest des ausgemergelten Körpers aus dem Schatten heraus.

Sie ist wirklich infiziert!, schoss es mir durch den Kopf. Ich blieb abrupt stehen, regte mich nicht. Nur meine Lippen formten ihren Namen: Rei-gna. Sie kam langsam auf mich zu. Ich trat zurück – bis mein Rücken gegen einen Spiegel stieß. Weder rechts noch links gab es eine Möglichkeit zur Flucht. Ich befand mich in einer Sackgasse, der einzige Weg hinaus war geradeaus – an Reigna vorbei. Hatte sie mich bewusst in die Enge getrieben? Ich begann zu zittern und dachte an Clay und Will, an Brian und CJ, Stone und Red und Blue, die nur wenige Meter entfernt standen und von alldem hier nichts mitbekamen. Ich war hier – allein – mit einer Infizierten. Sie schritt immer weiter auf mich zu, bis sie mich erreicht hatte, und ich hoffte, dass es schnell gehen würde. Sie legte ihre Arme um meine Taille und ihr Mund näherte sich meinem Hals. Ich war zu keiner Bewegung fähig. Starr vor Angst erwartete ich den stumpfen Schmerz, den ihre Zähne meinem zarten Fleisch zufügen würden … Doch nichts passierte. Reigna legte nur ihre Wange an meine, und ich vernahm ein leises, flehentliches Wimmern, das mich schaudern ließ: »Ich weiß es … Ich habe es gesehen! Ich kenne die Wahrheit …« Das Reden fiel ihr schwer. Sie keuchte heftig. *Sie kann noch sprechen … ich glaube, sie ist nicht infiziert. Sie ist nur … ja, was?* Ich erwiderte zaghaft ihre Umarmung. Tränen liefen über mein Gesicht, als der erste Schreck von mir abfiel. Dann sanken wir gemeinsam auf die Knie.

»Summer …«

»Was ist passiert?«, wollte ich wissen und strich ihr eine schweißnasse rote Haarsträhne aus dem Gesicht.

»Ich weiß alles, Summer …«

»Alles? Was meinst du Reigna?«

»Ich kenne die Wahrheit …«

Ihre Stirn war heiß, ihre Augen weit aufgerissen. Sie klang wie im Fieber.

»Welche Wahrheit, Reigna?«

»Nichts ist, wie es scheint«, raunte sie bedeutungsvoll. »Wir werden bezahlen!« Anscheinend hatte sie tagelang nicht geschlafen, denn ihre Augen fielen immer wieder zu. »Ich will euch warnen!«

»Wovor, Reigna? Wovor willst du uns warnen – und was müssen wir bezahlen?«

»Vertrau niemandem …«, hauchte sie noch, bevor sie ohnmächtig wurde.

»Reigna?« Ich schüttelte sie. »Reigna!« Ich fühlte ihren Puls – ihr Herz schlug noch. »Ich hole Hilfe!«, schrie ich und legte ihren Kopf sanft auf dem Boden ab. Dann rannte ich los – links, rechts, panisch und mit weit ausgestreckten Armen durch das Labyrinth der Täuschungen.

»Autsch!«, stieß ich aus, als ich gegen etwas Warmes prallte. Es war Clay!

»Schnell! Reigna liegt da hinten!« Ich fuchtelte aufgeregt mit den Händen. »Sie ist ohnmächtig! Wir müssen ihr helfen!«

»Komm«, sagte Clay, als hätte er mir nicht zugehört. »Hier lang.« Keine Widerworte duldend, packte er meine Hand und riss mich mit sich. Als wir das zweite Mal rechts abgebogen waren, presste er mich an sich und ging hinter der nächstbesten Spiegelwand in Deckung. Seine Hand legte sich fest auf meinen Mund, sodass ich keinen Mucks von mir geben konnte. Durchdringend sah er mich an. Wieder begann mein Herz schneller zu schlagen.

»Schhh …«, flüsterte er und schüttelte den Kopf.

Konnte er tatsächlich etwas hören? Erst jetzt dämmerte mir, dass wir in Gefahr schwebten. Aber was war hier los? Plötzlich erblickte ich schwarz gekleidete Gestalten, die das Labyrinth stürmten. Ich zählte sechs Personen, die an uns vorbeiliefen. Clay legte einen Zeigefinger vor seinen Mund. Ich nickte und schwieg. Vorsichtig lugte er hinter unserem Spiegelversteck hervor. Die Luft schien rein zu sein, denn er deutete mir, ihm zu folgen. Wir gingen schnell, rannten fast, und als wir endlich den rettenden Ausgang erreicht hatten, bemerkte ich, dass wir nicht dort herauskamen, wo ich hineingegangen war. Es war einer der Notausgänge, der uns den Weg in die Freiheit gewährte. Im gleichen Moment kam Will um das Gebäude gelaufen.

»Hier seid ihr. Alles in Ordnung, Summer?«, wollte er völlig außer Atem wissen.

»Herrje, Price! Wenn du einfach mal deinen Job machen würdest, müsste Summer nicht gerettet werden!«, zischte Clay wütend.

»Versuch du doch mal, auf sie aufzupassen. Es ist leichter, einen Sack Flöhe zu hüten als dieses Mädchen.«

»Ich bin hier und kann euch hören«, protestierte ich und wedelte mit der Hand, doch keiner der beiden schien das zu interessieren.

»Blödsinn!« Clay rümpfte die Nase. »Selbst eine Schnecke im Käfig wäre eine Herausforderung für dich.«

»Mach es doch erst mal besser, Reed.«

»Habe ich doch«, sagte Clay entnervt und zeigte auf mich.

»Was ist hier eigentlich los? Und warum muss ich gerettet werden?«

Jetzt waren beide still.

»Na los, wir müssen hier schleunigst weg«, sagte Clay und Will nickte knapp.

»Was ist da drin passiert?«, wollte er wissen, als wir uns vom Spiegelkabinett entfernten.

»Ich habe Reigna gesehen.«

»Reigna? Hier?« Will klang verwundert.

»Sie sah nicht gesund aus. Erst dachte ich, sie sei infiziert, und da bin ich ihr gefolgt.«

Will blieb stehen und blickte erst mich, dann Clay an. »Super Einfall, Summer. Das ist ja auch genau das, was man macht, wenn man einen potenziell Infizierten sieht. Man folgt ihm – am besten noch in die Dunkelheit.« Seine Worte strotzten vor Sarkasmus.

»Ich hatte keine Angst. Zumindest nicht, bis sie sich auf mich stürzte«, gab ich zu.

»Sie hat dir aber nichts getan?«, wollte Will nun besorgt wissen und schaute mich von oben bis unten an.

»Nein. Aber sie ist verletzt oder … keine Ahnung … Sie braucht Hilfe!«

»Die wird sie jetzt bekommen«, murmelte Clay mit verstohlenem Blick auf das Kabinett.

Ich dachte an die schwarz gekleideten Männer und fragte: »Was ist hier los? Was hat das alles zu bedeuten?«

»Wir müssen weg«, erklärte Clay noch einmal. »Sie könnten denken, du seist nun auch infiziert, Summer.«

»Aber sie war es gar nicht«, sagte ich mit fester Stimme.

»Wie bitte?«, fragte Clay.

»Reigna. Sie war nicht infiziert«, erklärte ich.

»Woher willst du das wissen?«, fragte Will.

»Ich weiß es eben.« Als ich es aussprach, merkte ich, wie die beiden klammheimlich Blicke austauschten.

»Und? Hat sie mit dir gesprochen?«

»Ja. Sie sagte, dass sie es gesehen hat und alles weiß.«

»Und hat sie auch gesagt, *was* sie gesehen hat und *was* sie weiß?«, fragte Clay. Es sollte wohl ganz beiläufig klingen, doch seine Stimme verriet Nervosität.

»Nein. Sie sagte: ›Ich weiß alles. Ich kenne die Wahrheit. Wir müssen bezahlen. Nichts ist, wie es scheint.‹ Das war alles.«

Den Teil mit dem Vertrauen erwähnte ich vorsichtshalber nicht – ich hatte mich noch nicht entschieden, ob ich danach verfahren sollte. Wieder tauschten Will und Clay bedeutungsvolle Blicke.

»Wisst ihr, was das bedeuten könnte?«, fragte ich hoffnungsvoll.

»Nein«, sagten Clay und Will wie aus einem Mund.

»Aber es klingt, als sei sie infiziert«, ergänzte Will.

»Ja«, stimmte Clay zu.

»Nein …« Ich verschränkte meine Arme vor der Brust. »Das denke ich nicht«, murmelte ich noch, als Clay und Will mich flankierten und nach Hause brachten.

Ich kann mich nicht bewegen, meine Arme sind gefesselt – meine Beine auch. Ich baumle inmitten der Halle, mit dem Kopf nach unten. Meine Haare hängen offen hinab. Nur ein paar einzelne Strähnen kleben in meinem Nacken. Es ist heiß. Ich glühe! Mein Körper windet sich, pendelt. Ich versuche meine Fesseln zu lösen, doch es will mir nicht gelingen. Wie ein Fisch an Land zapple ich hin und her. Das vertraute klirrende Geräusch klingt in meinen Ohren und lässt mich zusammenfahren. Dann stößt etwas Warmes gegen mich. Ich drehe meinen Kopf zur Seite.

Ich erwarte Will, doch das schummrige Licht der Notbeleuchtung gibt den Blick auf eine völlig andere Person frei. »Reigna!«, keuche ich. Sie baumelt, genau wie ich, kopfüber an den Kettenzügen.

Ich ziehe scharf die Luft ein. Blut läuft über ihr Gesicht. Es quillt aus ihrem Hals, rinnt über das Kinn, die Wangen, die Augen, die Stirn, windet sich durch ihre roten Haare und tropft geräuschvoll zu Boden.

Ich reiße angstvoll meine Augen auf, als ich realisiere, dass sie nicht mehr atmet. Sie ist tot! Mein Herz zieht sich zusammen. Schweiß und Tränen laufen mir über die Stirn und sickern in mein offenes Haar. Das Gefühl, dass ich mich gleich übergeben muss, regt sich in mir, und ich weiß, wenn das passiert, werde ich ersticken.

Das ist eine Panikattacke! Beruhige dich!, denke ich wieder und wieder, während mein Mund nicht anders kann, als zu schreien. Und schließlich gelingt es mir: Ich stoppe das Geschrei und zwinge mich, regelmäßig zu atmen. Nur die Tränen sind geblieben. Wie durch einen Schleier sehe ich Reigna. Ihre Augen sind geschlossen. Doch urplötzlich, ohne jegliche Vorwarnung, reißt sie die Augen auf!

Ich erschrecke bis ins Mark! Ihre stechend grünen Augen durchbohren mich und ihre Stimme dringt an mein Ohr: »Du kennst die Wahrheit! Mach die Augen auf!«

KAPITEL 20

Abschied

»Und du musst wirklich morgen schon abreisen?« Ich konnte meine Traurigkeit nicht verbergen.

Er stand ganz nah und nickte gedankenversunken.

»Wenn du gehst, dann verpasst du unsere Einweihungsparty.« Ich wusste, dass dieses Argument nicht ziehen würde, denn eine Party wäre auch für mich kein Grund zum Bleiben gewesen – egal wohin ich müsste. Und schon gar keine Einweihungsparty, zu der mich Morgan, Gen und Fi gedrängt hatten, weil Brian und ich jetzt schon lange genug in der Elite waren ... Ich ärgerte mich noch immer, dass ich eingeknickt war.

»Ich kann wirklich nicht bleiben, Summer. So gerne ich auch möchte.«

Missmutig sah ich in sein engelsgleiches Gesicht. »Warum musst du denn in die Neue Welt gehen?«, fragte ich und spielte mit dem Saum meiner Bluse.

»Es gibt da etwas, was nicht länger aufgeschoben werden kann«, erklärte er vielsagend und küsste meine Stirn.

Dann schoss mir ein Gedanke durch den Kopf. Ich zögerte, den Vorschlag zu machen, traute mich dann aber doch: »Bleib doch ... heute Abend ... na ja ... hier.«

»Bitte?«, fragte er entgeistert, als hätte er etwas falsch verstanden.

»Ich meine nicht, dass wir miteinander ... Ich meine nur, dass du heute Abend hier sein könntest, damit ... weil ...« Ich brach den Satz ab, weil ich gar nicht wusste, was genau ich eigentlich meinte.

Er runzelte die Stirn und fuhr sich durchs Haar. »Das, ähm ... Nein. So gerne ich auch möchte ...«

Ich sog die Luft durch meine Nase ein. Er hatte mir gerade einen Korb gegeben. Regeln hin, Regeln her, es war trotzdem ein Korb.

»Ich verstehe.« Meine Stimme klang so gekränkt, wie ich war. Ich merkte, wie mir das Blut in den Kopf stieg und drehte mich verschämt von ihm weg.

»Versteh mich nicht falsch. Ich würde sehr gerne heute Nacht hierbleiben … aber ich habe noch Vorkehrungen zu treffen … für die Reise«, stammelte er etwas zu verkrampft.

»Ich verstehe«, wiederholte ich und sah ihn noch immer nicht an.

Das Schweigen, das folgte, war unangenehm, fast schon peinlich. Doch ich war entschlossen, es nicht zu brechen.

»Du verstehst das wirklich falsch. Ich …«, begann er, doch das Klopfen an der Wohnzimmertür ließ ihn mitten im Satz abbrechen. Will steckte seinen Kopf durch den Türspalt.

»Die fünf Minuten sind um!«, sagte er, weil er Clay und mir lediglich fünf Minuten gegeben hatte, damit wir uns ungestört verabschieden konnten. Clay verdrehte die Augen.

»Mein Gott! Jetzt sei doch nicht so ein Pedant, Price!«

»Wir haben fünf Minuten gesagt! Oder soll ich noch mal im Regelwerk der Elite nachschlagen, Mr Reed?«

Clay schnaubte. Im Augenwinkel konnte ich sehen, dass er mich ansah. Ich blickte nicht zurück, denn ich war noch immer angefressen. Clay und Will gingen in die Eingangshalle, ich folgte ihnen kurz darauf.

»Eine Minute«, sagte Clay, hielt seinen Zeigefinger nach oben und blickte zu Will. Der überlegte kurz, rollte mit den Augen und zog sich tatsächlich ins Wohnzimmer zurück. Clay schloss die Tür hinter ihm. Jetzt standen wir allein in der großen Halle und blickten uns an. Mit einem Mal krampfte sich mein Magen zusammen. Der Abschied stand bevor. Flink ergriff Clay meine Hand und zog mich mit einer stürmischen Bewegung hinter eine der breiten Säulen.

»Ich kann heute Nacht nicht hierbleiben«, griff er noch einmal das Gespräch von eben auf. »Aber ich liebe dich! Das weißt du!«

Ich sah ihn an und nickte.

»Ich werde mindestens eine Woche weg sein, und ich will nicht mit dem Gedanken abreisen, dass du wütend auf mich bist.«

Ich sah ihm in die Augen und meine Lippen verzogen sich unwillkürlich zu einem Lächeln. Er lächelte zurück, strich mir mit seinen Fingern sanft über die linke Wange. Dann drückte Clay mich gegen seinen Körper und legte seinen warmen Mund auf meinen. Ich erwiderte seine Umarmung – und seinen leidenschaftlichen Kuss.

»Damit du mich nicht vergisst, während ich weg bin«, flüsterte er.

»Das werde ich nicht«, hauchte ich. »Und du? Wirst du mich vergessen?«

»Niemals!«, beteuerte er und küsste mich wieder.

»Red und Tristan werden morgen früh herkommen. Nicht vergessen!« Er lächelte halbherzig und fuhr mit seinem Zeigefinger über meine Nase. Nur widerwillig lösten wir uns voneinander, traten hinter der Säule hervor und gingen Hand in Hand zur Eingangstür. Ein letzter flüchtiger Kuss auf die Wange war alles, was mir von ihm blieb, als er mit seinem Auto im aufziehenden Nebel verschwand. Ich stand noch eine ganze Weile an der geöffneten Tür, als vertraute Hände meine Schultern umfassten und ich die Tür ins Schloss fallen ließ.

»Alles okay?«, wollte Will wissen.

Ich wischte mir eine Träne aus dem Augenwinkel.

»Es ist alles kompliziert, Will«, sagte ich. Dabei war es das eigentlich nicht. Es war sogar ganz einfach: Ich liebte Clay, und er liebte mich.

»Er kommt ja wieder.« Die Enttäuschung in seiner Stimme war unüberhörbar.

Am nächsten Morgen, als Gen mich gerade angekleidet hatte, klopfte es an meiner Zimmertür. Gen öffnete für mich und Will trat ein.

»Guten Morgen, Will.« Ich strahlte ihn an.

»Guten Morgen, Miss Summer«, neckte er.

Ich legte meinen Kopf schief. »Nur Summer!«

»Na schön, nur Summer. Was liegt heute an?«

Ich seufzte, nicht mehr ganz so strahlend: »Wir müssen die Vorbereitungen treffen.«

»Für die Party?«

Ich nickte.

»Dass du mal eine Party gibst, Summer Snow, das hätte ich mir vor ein paar Wochen auch noch nicht vorstellen können«, zog er mich auf. Ich seufzte abermals, als würde ich die ganze Last der Welt schultern.

»Habt ihr das Motto schon festgelegt?«, wollte er wissen.

»Das war Gens Idee«, nickte ich in ihre Richtung.

»Maskenball«, erklärte sie kurz und mit unverkennbarer Aufregung in ihrer klaren Stimme.

»Schönes Motto«, lobte Will, und Gen grinste stolz bis über beide Ohren.

»Habt ihr schon die Neuigkeiten gehört?« Ohne anzuklopfen, stolperte Mary plötzlich zur Tür herein.

»Was ist los?«, fragte ich erschrocken und drehte mich zu ihr um.

»Es geht um Miss Reigna. Ich habe es gerade gehört.«

»Was ist mit ihr? Geht es ihr gut?«, wollte ich aufgeregt wissen.

»Nein. Sie … sie ist infiziert!«, keuchte Mary.

»Das kann nicht sein …«, hauchte ich entsetzt. Ich konnte es einfach nicht glauben, hin- und hergerissen zwischen dem, was Mary sagte, und dem, was ich selbst gesehen hatte. Vielleicht war sie infiziert und ich hatte es nur nicht erkannt? – Nein! Nein, ich wusste es besser. Sie war nicht infiziert. Übermüdet und unterernährt, ja – aber infiziert? Auf gar keinen Fall!

»Das ist nicht wahr.« Noch einmal schüttelte ich den Kopf und suchte Wills Blick. Der starrte angestrengt zu Boden.

»Doch. Es ist wahr. Sie wurde weggebracht.«

Mit einem Schlag war auch der letzte Rest meiner guten Laune verflogen. Benommen benetzte ich meine trockenen Lippen: »Bitte lasst mich doch für einen Moment allein.« Ich blinzelte, um die aufsteigenden Tränen zu vertreiben. Will, Mary und Gen zogen sich wortlos zurück. Ich wusste, dass Reigna nicht infiziert war. Sie war es einfach nicht. Ich hatte doch noch mit ihr gesprochen. Mir brummte der Schädel … Für den Rest des Tages grübelte ich still vor mich hin.

Die darauffolgenden beiden Tage gab es nur ein Thema: die Einweihungsparty. Sogar Dad ließ Ideen einfließen und hatte sich obendrein an diesem Abend für die Nachtschicht eintragen lassen, damit wir sturmfreie Bude hatten. Er vertraute uns, so wie er es damals im Einführungsgespräch mit Elisabeth gesagt hatte. Mason, Gen, Mary und Abigail übertrafen sich selbst: Sie trommelten ein paar befreundete Bodyguards aus anderen Häusern zusammen und ließen von ihnen die Möbel umstellen. Außerdem wurden eine Bar und eine Tanzfläche im Garten aufgebaut. Sie dekorierten innen und außen, ließen Lampions aufstellen, Pflanzen liefern und überall

Lichterketten anbringen. Lampions mit Kerzen sollten auch auf dem See hinter dem Haus schwimmen – am Ende war unser Zuhause nicht wiederzuerkennen. Und als wäre das alles nicht schon zauberhaft genug, präsentierten mir meine Schmetterlinge ein trägerloses Kleid, das sie für mich gefertigt hatten. Es war pechschwarz und übersät mit funkelnden dunklen Kristallen. Das Oberteil war eine Korsage, die am Rücken verschnürt wurde, und von meiner Hüfte abwärts wallten unzählige Stoffschichten an mir hinab. Die Maske – kaum mehr als ein schmales schwarzes Seidenband – legten sie über meine im »Smokey-Eyes-Stil« geschminkten Augen und arbeiteten sie in die Hochsteckfrisur ein, damit sie sich nicht lösen konnte. Den letzten Schliff gaben die feinen schwarzen Seidenhandschuhe, die mir bis über die Ellbogen reichten. Kurz: Sie hatten sich mal wieder selbst übertroffen. Meine Schmetterlinge trugen alle drei die gleichen weißen Kleider, die aber lange nicht so üppig ausgestellt und verziert waren wie das Kleid für die »Königin der Nacht«. Als Mary mir die Zimmertür öffnete, erblickte ich Tristan und Red. *Natürlich,* dachte ich und rollte mit den Augen.

»Hübsch, ihr zwei.« Ich lächelte, weil sie das vorgegebene Motto ernst genommen hatten.

»Danke. Gleichfalls sehr hübsch, Summer«, lobte mich Tristan, und von Red kam immerhin eine wohlwollende Kopfbewegung. Als ich die Treppe hinabschritt, erwarteten mich Brian und Will bereits im prächtig geschmückten Eingangsbereich. Von überallher funkelten mir die Lichterketten wie Sterne entgegen. Sowohl mein Bruder als auch mein Leibwächter hatten sich herausgeputzt. Mit ihren Anzügen und den Masken erinnerten mich die beiden irgendwie an Zorro.

»Summer!«, stieß Will aus, als er mich erblickte. »Du bist ... also du siehst ... wirklich ... Wow!«

Brian legte seinen Zeigefinger unter Wills Kinn und schloss den heruntergeklappten Unterkiefer mit einem belustigten Grinsen.

»Hey!« Will stieß ihn an und lachte auf – zumindest bis Red an ihn herantrat und ihm etwas ins Ohr flüsterte. Danach sah er alles andere als glücklich aus und trat einen Schritt zurück.

»Brian!« Ich winkte ihn kurzerhand zu mir. Er war sofort an meiner Seite, ich hakte mich bei ihm unter und zog ihn aus Reds und Tristans Hörweite.

»Was hat er ihm gesagt?«, flüsterte ich in Brians Ohr.

»Wer hat wem was gesagt?«, flüsterte er zurück.

»Red – was hat er zu Will gesagt?«

»Ach so ... Frucht des verbotenen Baumes.«

Ich riss meine Augen auf.

»Ernsthaft?«

Brian nickte mit heruntergezogenen Mundwinkeln.

Jetzt wurde mir langsam klar, warum Clay Red und Tristan hier haben wollte ... und es gefiel mir gar nicht.

Es dauerte nicht lange, ehe die Ersten eintrafen. Brian und ich begrüßten jeden einzelnen Gast an der Tür und hatten damit alle Hände voll zu tun. Schon bald waren es so viele, dass das Erdgeschoss nicht mehr ausreichte und es nur noch die Möglichkeit gab, in den Garten auszuweichen. Jetzt verstand ich, warum Gen und die anderen den zusätzlichen Platz mit Bar und Tanzfläche geschaffen hatten.

Morgan war noch nicht eingetroffen, was nicht nur mir auffiel. Brian wippte unruhig auf seinen Füßen hin und her. Gerade als wir schon dachten, dass wir die letzten Gäste begrüßt hätten, und die Tür schließen wollten, hörte ich ihre glockenklare Stimme: »Summer!« Unverkennbar – das war Morgan.

Ich hatte die Schweißperlen auf Brians Stirn schon nicht mehr zählen können. Erleichtert atmete er aus und strahlte ihr entgegen.

»Es tut mir so leid, dass ich mich verspätet habe.«

»Hauptsache, du bist jetzt hier.«

»Hey, Morgan.« Brian trat an sie heran. »Du siehst toll aus. Willst du etwas trinken?«

»Gerne.«

»Und bevor es jemand anders macht«, sagte er eilig, »darf ich um den ersten Tanz bitten?«

»Sehr gerne.« Sie lächelte und schaute noch einmal zu mir, als würde sie auf eine Erlaubnis warten.

»Geh nur«, ermunterte ich sie. »Ich bin ja nicht allein.« Dabei wies ich auf meine Entourage. Sechs Menschen standen hinter mir – und langsam, aber sicher begann es lästig zu werden. Gewiss waren sie mir nicht alle ein

Dorn im Auge, eigentlich gingen mir nur zwei von ihnen gehörig auf die Nerven: meine beiden von Clay geschickten Schatten, wie ich sie abschätzig nannte. Freiraum war für sie ein Fremdwort. Wenn ich in der Schule oder in der Mall auf die Toilette ging, warteten sie anfangs sogar direkt vor der Toilettentür. Und zwar nicht vor der Tür zu den Damentoiletten – nein: *vor* der Kabinentür, die kaum mehr als ein bloßer Sichtschutz war. Diese Marotte hatte ich ihnen zwar schnell ausgetrieben, aber glücklich waren sie über den Widerstand, den ich ihrer Beschützerrolle entgegenbrachte, definitiv nicht. Doch gerade war mir eine wirklich gute Idee gekommen …

»Ich mache euch einen Vorschlag: Ihr geht jetzt tanzen, und zwar alle! Los, Gen«, forderte ich sie auf. »Schnapp dir Tristan und Red und geht auf die Tanzfläche. Habt heute Abend einfach mal Spaß – ihr habt es euch verdient.«

Gen quietschte voller Vorfreude, und auch Mary und Abigail stimmten freudig ein. Nur Tristan verzog sein Gesicht.

»Das wird nicht gehen«, erklärte er.

Gen sah ihn enttäuscht an, ihre Schultern senkten sich und ihre strahlenden großen Augen verloren den Glanz, der gerade noch in ihnen aufgestiegen war. »Oh …«, hauchte sie so traurig, dass kein Mann, der bei Sinnen war, sie so hätte stehen lassen können.

»Na schön, ein Tanz wird wohl in Ordnung sein«, erklärte Tristan daraufhin mit einem Blick auf Red.

»Warum nicht«, murmelte Red. Er beobachtete Gen und wandte sich zu Will: »Du bleibst bei ihr.« Mit schroffer Stimme fügte er noch hinzu: »Und vergiss nicht, was ich dir eben gesagt habe!« Will verschränkte wortlos seine Arme vor der Brust. Schließlich trabte Red den anderen hinterher, die sich bereits kichernd einige Schritte entfernt hatten. Ich betrachtete mein Werk und war in höchstem Maße zufrieden.

»Willst *du* gar nicht tanzen, Summer?«, wollte Will wissen, als ich eine Weile einfach nur dastand und die kostümierte Menge beobachtete.

»Ist das eine Aufforderung?«

»Ich glaube nicht, dass ich mit dir tanzen darf.«

»Ich sage es niemandem, wenn du es niemandem sagst. Es ist schließlich ein Maskenball«, erinnerte ich ihn und zwinkerte ihm zu, woraufhin er kurz überlegte.

»Na schön – wagen wir es.«

»Wagen wir es«, wiederholte ich. »Ich gehe nur noch mal kurz zur Toilette. Könntest du mir in der Zwischenzeit etwas zu trinken holen?«

»Gerne. In zwei Minuten wieder hier?«

»In zwei Minuten.«

Ich lief zu der Toilette im Erdgeschoss und drückte den Türgriff hinunter. Besetzt. *Mist … das werden mindestens drei Minuten.* Ruhelos wippte ich vor der verschlossenen Tür auf und ab, meine Fingerspitzen trommelten nervös auf die alte Truhe, die zu Dekozwecken in dem schmalen Flur ihren Platz gefunden hatte. Doch die Tür blieb zu – da half kein Trommeln und kein Wippen. Mir drängte sich unwillkürlich die Frage auf, was die Person darin wohl gerade veranstaltete. Weil ich aber nicht länger warten wollte – und konnte –, beschloss ich kurzerhand, die Toilette in meinem Zimmer aufzusuchen. Ich eilte schnellen Schrittes an meinen Gästen vorbei und die Marmortreppe hinauf. Oben angekommen, durchquerte ich mein Schlafzimmer und verschwand im angrenzenden Bad. Als ich auf mein Kleid hinabblickte, wurde mir mit einem Schlag klar, warum die Toilette im Erdgeschoss so lange besetzt blieb – vermutlich ein Mädchen, deren Kleid ebenso wallend und unzähmbar war wie meines. Doch ich gewann den Kampf gegen den Stoff schließlich doch. Als ich am Waschbecken stand und meine Hände wusch, überkamen mich – unerwartet und mit voller Wucht – die Symptome. *Warum denn gerade jetzt!?,* überlegte ich noch, und mein Blick huschte panisch auf den Spiegel.

Da war niemand.

Ich zwang mich zur Ruhe, doch diesmal konnte ich die Symptome nicht so wirklich abschütteln. Ich tupfte mir mit einem kleinen Handtuch den kalten Schweiß von der Stirn. Als ich mich wieder so weit beruhigt hatte, dass es auszuhalten war, löschte ich das Licht im Bad und stieß die Tür zu meinem Schlafzimmer auf. Es dauerte ein paar Sekunden, ehe sich meine Augen an das schummrige Halbdunkel gewöhnt hatten. Das Licht einzuschalten war aber nicht nötig, denn die helle Außenbeleuchtung der Lichterketten und Lampions genügte, um alle Umrisse zu erkennen … auch die der schwarzen Gestalt, die auf meinem Bett saß.

»Will!«, rief ich empört. »Bist du verrückt? Du hast mich erschreckt!«

Der Schatten auf meinem Bett regte sich nicht.

Das ist nicht Will, schoss es mir durch den Kopf, als sich plötzlich feine Härchen in meinem Nacken aufstellten. Mein Atem ging ganz flach.

»Hallo, Summer«, sagte eine düstere Stimme.

Jetzt wusste ich, wer es war.

»Hallo, Gordon.« Meine Augen fixierten ihn angestrengt.

Fast anmutig erhob er sich und kam geschmeidig wie eine Raubkatze auf mich zu. Er war groß. So groß hatte ich ihn nicht in Erinnerung. Wenn ich aufblickte, konnte ich nur seine breiten Schultern sehen. Und in diesem kurzen Augenblick war seine körperliche Überlegenheit nur allzu deutlich erkennbar. Ich war in Gefahr, so viel wusste ich. Verstohlen blickte ich zur Tür und wog ab. *Soll ich rennen? Kann ich es zur Tür schaffen? ... Oder wird er mich vorher erwischen?*

»Summer Snow, endlich treffe ich dich mal alleine an. Das ist gar nicht so leicht – ständig bist du von so vielen Menschen umgeben.« Er war kurz vor mir zum Stehen gekommen.

Nein, ich werde es nicht schnell genug bis zur Tür schaffen. Was sollte ich also tun? *Spiel mit!*, schrie mich eine Stimme in meinem Inneren an.

»Will wird mich sicher schon suchen«, krächzte ich.

»Mhm ...«, machte er und legte seinen Kopf schief. Er trat einen weiteren gezielten Schritt auf mich zu, stand jetzt so nah, dass ich seinen Atem auf meinen Lippen spüren konnte.

Ich schluckte – zu laut.

»Ich will unser Date nachholen, Summer Snow. Und ich weiß, dass du das auch willst. Seit unserer ersten Begegnung weiß ich es. Du und ich – wir könnten viel Spaß zusammen haben, meinst du nicht?« Es klang boshaft, als er das sagte.

Wie kam er darauf, dass ich ihn wollte? Das wollte ich definitiv nicht. Und ich hatte ihm niemals einen Grund für diese Annahme gegeben, niemals! Da war ich mir sicher.

»Oh ... ich ... ähm ... Ich weißt nicht«, piepste ich und es war fast unmöglich, dem Fluchtinstinkt zu widerstehen.

»Ehrlich gesagt muss ich jetzt wieder runtergehen, um ...«, Gordon unterbrach meinen Satz, indem er mich packte und an sich drückte.

»Um was zu tun!?« Seine Augen fixierten mich, das konnte ich deutlich spüren.

Ich presste meine Hände fest gegen seine Brust, um ihn irgendwie auf Abstand zu halten. Er fühlte sich so warm an wie Clay. Warum war er so warm?

»Lass mich los, Gordon!«, forderte ich.

»Ich soll dich loslassen?« Er lachte höhnisch auf. »Aber Clay hält dich doch auch ständig im Arm. Ich habe noch nie gehört, dass du dich darüber beschwert hättest. Ist das nicht merkwürdig? Ich meine, wenn man bedenkt, dass ihr beide *nur* Freunde seid. Erinnerst du dich?«

Ich schauderte. Sein Atem roch eigenartig. Er roch nach … Ich konnte nicht sagen, wonach genau, aber als ich ihn zwangsläufig einsog, überkam mich eine so drängende Welle von Übelkeit, dass ich dachte, mein Mageninhalt würde sich jeden Moment über Gordon entleeren. Kurz schloss ich meine Augen. Alles drehte sich und mein Herz pumpte so heftig, dass ich nur noch das rhythmische Schlagen in meiner Kehle und an meinem Ohr wahrnahm.

»Lass mich los, Gordon … bitte!«, flehte ich panisch und stieß ihn mit aller Kraft von mir weg.

»Du zierst dich? Wirklich?« Er lachte amüsiert auf und ließ mich zu meiner Verwunderung los. Unbeholfen taumelte ich einige Schritte zurück, bis ich mit dem Rücken gegen die Wand stieß. Da wurde mir klar, dass er niemals die Absicht gehabt hatte, von mir abzulassen – denn er kam Schritt um Schritt auf mich zu, immer näher und näher. Er spielte mit mir … wie eine gelangweilte Katze mit einer Maus. *Was soll ich jetzt tun?* Und noch während ich nachdachte, hatte er mich erreicht und presste mich abermals an sich – noch fester als vorhin. Sein Griff schnürte mir die Luft ab. Ich japste kurz auf.

»Vor mir weicht kein Mädchen zurück. Niemals. Hörst du?« Er klang bedrohlich und presste seine Nase gegen meinen Hals. Ein eiskalter Schauer rieselte meinen Rücken hinunter, als er einen tiefen Atemzug von meinem Hals nahm. Ich spürte nackte Angst. Sie war langsam in mir angestiegen, wie Wasser in einem geschlossenen Raum, und ich drohte darin zu ertrinken.

»Lass das, Gordon!«, versuchte ich es abermals.

»Ich sagte es schon: Niemand sagt Nein zu mir, Summer.«

»Clay wird ausrasten, wenn ich ihm hiervon erzähle«, drohte ich.

»Ehrlich, Summer? Clay? Du hängst noch immer an ihm? Obwohl er dir *das* angetan hat?«, zischte er.

»Was denn?« Ich rang nach Luft.

»Du hängst am falschen Jungen. Er ist nicht der Richtige.«

»Nicht?«, stieß ich panisch aus, als seine Finger sich wie Krallen in meine Arme bohrten.

»Hast du dir schon mal überlegt, wer dich bei der Auswahl rausgewählt hat und wer dich *wirklich* in der Elite haben wollte? Frag das doch einmal deinen *Freund* Clay. Ich bin es, dem du das alles hier zu verdanken hast!«

Ich hielt die Luft an. Mein Herz hämmerte schmerzhaft gegen meine Brust, als Gordons Lippen von meinem Hals zu meinem Ohr wanderten. Sein Atem umhüllte mich wie eine schwere Wolke aus Parfüm. Ich schauderte, als ich den Geruch endlich erkannte – und spürte, wie erneut das Gefühl von Übelkeit in mir hochstieg. Ich presste meine Finger gegen meine Lippen und versuchte mit aller Macht, dagegen anzukämpfen. Denn der kupferige Geruch seines Atems war jetzt unverkennbar: Er roch nach Blut.

»Ich kann dein Herz schlagen hören«, raunte er, und ich zuckte unter seinen Worten zusammen.

Plötzlich ging die Tür auf. Das Licht des Vorraums strahlte in mein Zimmer.

»Summer!«, rief eine vertraute Stimme.

»Will!«, stieß ich angstverzerrt aus.

Das war meine Chance. Ich entriss mich Gordons festem Griff, und er ließ es widerwillig zu, warf mir aber noch einen erbarmungslosen Blick hinterher, der mir sagte, dass unsere »Unterhaltung« noch nicht zu Ende war. Atemlos und mit klopfendem Herzen, als hätte ich soeben einen Hundert-Meter-Lauf hinter mich gebracht, stürzte ich Wills rettendem Arm entgegen. Ich umschlang ihn, so fest ich konnte. Und solange Gordon im Raum war, so viel war klar, würde ich Will nicht wieder loslassen – egal, was passierte.

»Ist hier alles in Ordnung?« Will trug seine Maske nicht mehr. Er blickte mit zusammengekniffenen Augen zuerst auf mich, dann auf Gordon.

»Natürlich ist alles in Ordnung«, sagte Gordon mit aufgesetztem Lachen. »Summer und ich hatten nur eine kleine … Unterhaltung. Ist es nicht so, Summer Snow?«

Ich antwortete nicht, nickte nur, um meine Panik zu vertuschen. Allerdings machte mein angstverzerrtes Gesicht den Bluff zunichte. Gordon hatte keine Eile. Fast lethargisch schritt er auf uns zu. Und je näher er kam, desto fester grub ich meine Finger in Wills Fleisch, doch er verzog keine Miene. Ein flüchtiger Blick in Gordons pechschwarze Augen, als er gelassen an uns vorbeischlenderte, ließ mich erschaudern. Ich sog die Luft durch meine Nase ein, meine Lippen presste ich fest aufeinander, meine Finger gruben sich tiefer und tiefer in Wills drangsalierten Arm.

Und als Will seinen Blick auf mich richtete, zwinkerte Gordon mir noch einmal verschwörerisch zu und leckte sich fast genüsslich über die Lippen. Entsetzt sah ich ihm nach, bis er das Zimmer endlich verlassen hatte.

Ich rührte mich nicht von der Stelle, lauschte, um sicher zu sein, dass er wirklich nicht zurückkehrte. Als die Sekunden verstrichen und nur die Musik von unten heraufdrang, riss ich mir mit einem Ruck die Seidenmaske vom Gesicht, zerstörte meine Frisur dabei und atmete geräuschvoll aus. Ich hielt meine Finger gegen die Korsage gepresst, als wäre sie es gewesen, die mir die Luft abgeschnürt hatte. Die Übelkeit war noch nicht verflogen. Ich schloss meine Augen, als sich alles zu drehen begann, und musste meine ganze Kraft und Konzentration aufbringen, um nicht gleich an Ort und Stelle zusammenzubrechen.

Wills Stimme hallte in meinen Ohren: »Summer, was war hier los? Summer!«

Ich brachte keinen Ton heraus. Meine Gedanken kreisten um Gordon. Was hätte er getan, wenn Will nicht rechtzeitig gekommen wäre?

»Entschuldige mich.« Ich presste meine Finger abermals gegen meine Lippen und rannte ins Bad. Der Geruch des Blutes, der mir noch immer in der Nase klebte, und das Gefühl von wahrhaftiger Angst ließen mich gerade noch rechtzeitig den Toilettendeckel hochklappen. Nachdem ich meinen kompletten Mageninhalt in die Toilette entleert hatte, hielt ich den Kopf noch einen Moment erschöpft über die Toilettenschüssel gebeugt. Ich spürte die Schweißperlen, die über meine Stirn liefen. Wie Tränen rannen sie über meine erhitzte Haut. Ich keuchte, als ich mich aufrichtete, und wankte unbeholfen zum Waschbecken. Meine Hände umklammerten das kühle Porzellan. Dann tasteten meine Finger nach dem Wasserhahn. Ich wusch mir den Mund aus, um den sauren Geschmack zu vertreiben, anschließend spritzte ich mir das eisige Wasser in mein schweißnasses Gesicht.

»Summer?« Nach einer Weile klopfte es an der Badezimmertür. Noch bevor ich antworten konnte, hörte ich, wie die Tür geöffnet wurde.

»Geh weg!«, schrie ich hysterisch und machte eine abwehrende Handbewegung.

Unbeirrt trat Will an mich heran und strich mir über den Rücken. Seine Berührung ließ mich zusammenzucken.

»Geh weg«, flehte ich noch einmal – jetzt tonlos.

»Was ist passiert, Summer?« Seine Stimme war ruhig, doch obwohl er sich bemühte, konnte ich die Verzweiflung deutlich heraushören. Ich kannte ihn einfach zu gut.

»Nichts«, log ich. »Mir war nur schlecht«.

»Mhm …«, machte er und nahm seine Hand von meinem Rücken.

Ich trocknete mein nasses Gesicht mit einem Handtuch. Mit einem flüchtigen Blick in den Spiegel konnte ich die verlaufene dunkle Schminke um meine Augen sehen. Es war mir egal – sollte sie bleiben, wo sie war.

Ohne ihn anzusehen, ging ich an Will vorbei.

»Bitte.« Ich drehte ihm meinen Rücken zu und wies auf die Ösen meiner Korsage. »Nimm sie weg … nimm sie bitte weg.« Ich wedelte unbeholfen mit den Händen, und er öffnete die Schnürung mit geschickten Fingern. Das wallende schwarze Kleid fiel von mir ab wie eine reife Frucht von einem Baum. Ich entstieg den Stofflagen. Darunter trug ich nur ein trägerloses, knielanges schwarzes Seidenkleid. Ich schlüpfte in mein Bett, drehte mich auf die Seite und wandte Will meinen Rücken zu. Aber ich konnte seinen Schatten sehen, den das Licht des Badezimmers an die Wand vor mir warf. Will stand eine Weile einfach nur da, bewegte sich keinen Zentimeter. Vermutlich beobachtete er mich und überlegte, was er jetzt tun sollte. Dann löste sich sein Schatten aus dem Türrahmen und trat auf mich zu. Er setzte sich neben mich auf die Bettkante, bedacht darauf, mich nicht zu berühren.

»Was hat er getan?«, raunte er.

»Nichts«, entgegnete ich, schloss meine Augen und drückte meinen Kopf noch fester ins Kissen.

»Das hier sieht nicht aus wie nichts.«

»Ich kann jetzt nicht ... darüber sprechen«, stammelte ich und schlug meine Augen wieder auf.

»Okay. Das ist in Ordnung. Aber ich muss wissen, ob er dich verletzt hat, Summer.«

Ich antwortete nicht.

»Summer!«, forderte er.

»Nein«, hauchte ich. »Das hat er nicht.« Sofort schossen mir Tränen in die Augen.

»Und das ist die Wahrheit?«, vergewisserte er sich.

»Ja.« Ich schluchzte und konnte hören, wie er erleichtert ausatmete. Dann stand er auf und beugte sich über mich. Ich atmete seinen vertrauten Duft tief ein, wollte den fiesen Geruch von Kupfer aus meiner Erinnerung verdrängen.

»Es tut mir so leid, Summer. Es ist meine Schuld. Ich hätte dich nicht allein lassen dürfen«, flüsterte er in mein Ohr, küsste mich auf die Stirn, und ich wusste, dass er mein Zimmer verlassen wollte, um im Vorraum zu warten. Panisch schreckte ich hoch, setzte mich kerzengerade auf und haschte nach seiner Hand.

»Will – bleib«, hauchte ich.

Eine Träne kullerte über meine Wange. Bedacht darauf, keine ruckartige Bewegung zu machen, die mich verschrecken könnte, setzte er sich wieder neben mich aufs Bett.

»Lass mich nie wieder mit ihm allein«, keuchte ich und fiel ihm weinend in die Arme.

»Werde ich nicht«, flüsterte er, und ich hatte den Eindruck, dass er mich niemals wieder loslassen wollte. Zärtlich, nur mit seinen Fingerspitzen, strich er mir über den Rücken, dass ich den Eindruck hatte, es wären die zarten Flügelschläge eines Schmetterlings. Er hörte nicht damit auf – selbst dann nicht, als ich ruhig und gleichmäßig zu atmen begonnen hatte und er annehmen musste, dass ich schlief.

Plötzlich wurde die Tür zu meinem Zimmer aufgestoßen, und ich erzitterte am ganzen Körper. Für einige Sekunden hielt ich den Atem an. *Ist er zurück?*, durchfuhr es mich und meine Finger schlangen sich fester um Will.

»Ich hatte es doch unmissverständlich klargemacht! Und jetzt liegst du mit ihr im Bett? Ist das dein Ernst?« Es war Red. Seine Stimme klang zwar extrem wütend, doch ich wurde augenblicklich ruhiger. Es war nicht Gordon – alles andere war mir egal.

»Was ist passiert?« Diese Stimme konnte ich eindeutig Tristan zuordnen.

»Was passiert ist? Gordon Wilder ist passiert! Und keiner von uns war bei ihr!«

»Ist sie verletzt?«, fragte Tristan besorgt.

»Nein. Ich war gerade noch rechtzeitig hier!«

»Gott sei Dank«, seufzte Tristan erleichtert.

»Du hättest sie gar nicht aus den Augen lassen sollen!«, kläffte Red.

»Ich habe mich nicht auf der Tanzfläche vergnügt«, erinnerte Will, und Red sagte nichts mehr.

»Ihr beiden werdet jetzt nachsehen, ob der Mistkerl wirklich verschwunden ist!«, forderte Will Red und Tristan auf. »Summer schläft und ich werde ihr die ganze Nacht nicht von der Seite weichen.« Das hörte ich noch, dann schlief ich mit dem guten Gefühl ein, in Wills Armen sicher zu sein.

KAPITEL 21

Sklaven-Auktion

»Eine Sklaven-Auktion? Was soll das sein?«, fragte ich Morgan, und in meiner Stimme schwang Besorgnis mit.

»Das ist das aufregendste Ereignis im ganzen Jahr«, erklärte sie.

»Wirklich? Hört sich aber nicht so toll an.«

»Ist es aber!«

»Und was genau passiert bei dieser Sklaven-Auktion?«, fragte ich mit gerümpfter Nase, fest davon überzeugt, dass mir nichts mit einem solchen Namen gefallen könnte.

»Es ist super.« Morgan strahlte mit wachen Augen. »Der Jahrgang, der in die Gesellschaft eingeführt wird und vor der Entscheidung steht, in die Neue Welt zu gehen, darf mitmachen – und dieses Jahr sind wir das, Summer.«

»Aha ...«, machte ich nur. »Und ... was genau ist das jetzt?«

»Die Jungs ersteigern Kleider.«

»Kleider?«

»Na ja, eher die Mädchen in den Kleidern ... also uns.« Entzückt deutete sie mit ihrer rechten Hand auf sich selbst und mit ihrer linken auf mich.

»Das Startgebot liegt bei 200 E-Dollar.« Jetzt machte sie eine Pause und fuhr sich durch ihre langen Haare.

»Und warum wird das gemacht?«

»Erstens, weil es Spaß macht, und zweitens natürlich auch für einen guten Zweck: für die Bediensteten in der Neuen Welt. Man könnte sagen, dass wir Geschenke an diejenigen schicken, die uns dort versorgen werden. Quasi ein vorauseilendes Dankeschön. Ist das nicht nett?«, wollte sie nicht ohne Stolz wissen.

»Sehr nett«, sagte ich und versuchte dem Drang zu widerstehen, die

Augen zu verdrehen. Gen, die das Gespräch mithörte, kicherte, als sie mich ansah. Doch Morgan schien es nicht zu bemerken.

»Und jedes Mädchen wird ersteigert, ja?«, fragte ich unsicher, weil mir die Sorge in den Kopf kam, ohne ein Gebot zurückzubleiben. *Wie peinlich wäre das denn!?*

»Natürlich. Was denkst du denn?«, erklärte sie fast entrüstet, fügte aber hinzu: »Na ja, manchmal müssen die Aufsichtspersonen bieten, wenn wirklich gar kein Gebot abgegeben wird. So geschehen, letztes Jahr mit Alma Herriet.« Sie beugte sich zu mir herüber und sprach mit gedämpfter Stimme weiter, geradeso, als ob Alma zwei Stühle weiter sitzen würde: »Niemand wird diesen desaströsen Auftritt jemals vergessen.«

»Was? Das ist ja furchtbar.«

»Aber das kommt wirklich selten vor«, versuchte Morgan mich zu beruhigen. »Höchstens … na ja … vielleicht ein- oder zweimal im Jahrgang.«

»Ein- oder zweimal im Jahrgang?« Ich blinzelte verzweifelt, doch sofort kam mir Will in den Sinn.

»Können auch unsere Bediensteten bieten?«

»Wo denkst du hin, Summer!? Das würde ja bedeuten, du müsstest ein Date mit deinem Bediensteten haben. Nein, das geht nicht.«

»Ein Date?«, fragte ich unwirsch.

»Klar. Du musst dem Jungen, der dich ersteigert, natürlich etwas bieten. Du denkst dir etwas für ein Date aus – Tag und Abend –, und das macht ihr dann zusammen. Aber eigentlich machen beim Traumdate immer alle das Gleiche. Darum musst du, so gesehen, gar nichts tun. Selbst das Kleid wird vor Ort gestellt.«

»Also ich fasse mal zusammen«, begann ich. »Ich werde ersteigert – oder auch nicht. Und dann werde ich den ganzen Tag und auch noch den Abend allein mit einem eventuell fremden Jungen verbringen?«

»Nein, Summer. Also wirklich«, sagte sie ernst und ich atmete erleichtert auf. Sonst hätte es nämlich tatsächlich nichts mit dem von Morgan angekündigten Erlebnis des Jahres zu tun gehabt.

»Natürlich nicht allein«, präzisierte Morgan zu meinem Entsetzen. »Will und Gen – und bei dir eben auch Red und Tristan – werden dabei sein. Und natürlich die Entourage des Jungen, der für dich geboten hat. Allein … dass ich nicht lache«, murmelte sie augenrollend.

»Das macht es doch nur noch schlimmer, Morgan.« Ich hielt mir die Hände vors Gesicht. »Das klingt ganz grauenvoll.« Das bedeutete nämlich, dass Will mich bei meinem Date beobachten würde – und zwar die ganze Zeit.

»Aber nein. Es ist toll! Ich überlege schon seit Wochen, wer mich wohl ersteigern wird und ob ich das normale Date mache oder mir etwas Besonderes überlege.«

»Und wann ist die Sklaven-Auktion?«

»Am Samstag«, antwortete sie.

»Samstag?« Ich starrte sie ungläubig an. »*Diesen* Samstag?«

»Ja.«

»Dir ist klar, dass heute Donnerstag ist?«

»Ja, aber doch erst Donnerstagmorgen. Keine Sorge.« Sie winkte ab.

»Warum hast du es mir nicht schon früher gesagt?« Ich klang verzweifelt.

»Ich dachte, du wüsstest es.«

»Woher denn, bitte? Du bist meine Patin.«

»Stimmt«, räumte sie ein und blickte mich entschuldigend an.

Es sah nicht rosig aus – so viel stand fest. Clay hätte sicher auf mich geboten, aber er war nicht da – und Will durfte nicht. Das bedeutete im schlimmsten Fall, dass ich lange Zeit dem Gespött ausgeliefert wäre, sollte tatsächlich niemand für mich bieten.

»Ach herrje!«, stieß Morgan aus. »Du machst dir echt Sorgen, stimmt's?« Ich nickte.

»Vielleicht ersteigert dich ja Gordon«, gab sie mit einem flüchtigen Schulterzucken zu bedenken.

»Gordon!?« Meine Stimme wurde panisch.

»Ja, Gordon wäre der Glücksgriff schlechthin.«

»Wenn du meinst«, murmelte ich, und mein Magen zog sich allein bei dem Gedanken an ihn zusammen.

»Aber …« Ich brach ab, überlegte, ob ich ehrlich sein konnte, und entschied mich für: »Ich fühle mich in seiner Gegenwart nicht besonders wohl. Er ist irgendwie merkwürdig.«

»Na ja, wenn er für dich bietet, wirst du das Date mit ihm haben *müssen*.«

»Warum denn das? Der Sinn einer Ersteigerung ist doch, sich gegenseitig zu überbieten.«

»Er ist ein Prinz der Neuen Welt – der künftige König.«

»Ja, das weiß ich.«

»Ich habe mir sagen lassen, dass es ein ungeschriebenes Gesetz ist, dass Gordon nicht überboten werden darf. Niemals.«

»Du meinst, egal was oder für wen er bietet?«

»Sag ich doch.« Morgan nickte beiläufig, als sie sich im Spiegel von links nach rechts drehte, um die Schuhe zu betrachten, in die sie gerade geschlüpft war.

»Selbst wenn er statt der E-Dollar einen alten Strumpf bieten würde?«, vergewisserte ich mich.

»Selbst wenn er einen alten, ungewaschenen, löchrigen Strumpf bieten würde«, sagte sie und legte sich dabei einen grünen Schal um den Hals.

Beunruhigt stand ich auf und ging im Zimmer auf und ab. Mir wurde übel und ich hielt meine Hände gegen den Magen gepresst. Dann setzte ich mich auf den Stuhl, der vor dem hölzernen Sekretär stand. War ich noch in seinem Fadenkreuz? Seit jener Nacht hatte ich ihn nicht mehr gesehen. Vielleicht hatte er mich vergessen?

Nein, das hat er nicht!, hörte ich die Stimme in meinem Kopf. Und ich wusste, dass sie recht hatte.

»Mach dir keine Sorgen, Summer. Das macht nur Falten. Komm, wir gehen shoppen.«

»Heute nicht, Morgan«, wehrte ich ab.

»Na schön. Ich bin dann mal weg. Ich brauche noch ein neues Outfit für morgen.« Sie grinste und lief zur Tür.

»Morgen? Was ist morgen?«, fragte ich panisch. Hatte ich schon wieder irgendein Event vergessen? Hier in der Elite, das stellte ich schnell fest, gab es mehr Events als Sand in der Wüste.

»Morgen ist Schule«, gab sie zurück und sah mich an, als wüsste ich gar nichts. »Wir sehen uns doch?«

»Klar.«

»Gut. Bis morgen«, rief sie, winkte und war mit Fi durch die Tür verschwunden.

»Gen«, sagte ich mahnend. »Du hättest es mir sagen müssen.«

»Es tut mir ehrlich leid, Miss Summer.« Sie sah betroffen zu Boden. »Ich dachte, Sie wüssten es.«

Ich winkte ab und erklärte ihr, dass ich allein sein wollte. Als sie gegangen war, vergrub ich mein Gesicht in den Händen. Es klopfte an der Tür, und ich hob den Kopf.

»Herein.«

»Hey, Summer«

»Hey, Will.«

»Hast du heute noch etwas vor?«

»Oh ... ähm ... nein. Du kannst dir ruhig freinehmen«, sagte ich, weil ich dachte, dass er heute keine Lust mehr hatte, vor meiner Tür Wache zu stehen – was ich durchaus verstehen konnte. Und da Tristan und Red meine ständigen Begleiter waren, sollte es mir recht sein.

»Nein, nein, das wollte ich gar nicht.« Entschuldigend hielt er seine Hände in die Höhe. »Ich wollte einfach nur wissen, ob du heute noch irgendetwas vorhast.«

»Keine Ahnung. Ich habe gerade erfahren, dass man hier Sklaven-Auktionen veranstaltet – das ist einfach nur furchtbar. Jetzt muss ich ein Date organisieren.«

»Davon habe ich auch schon gehört.«

»Toll – und du hattest auch nicht vor, mir davon zu erzählen?«

Er antwortete nicht.

»Wie auch immer.« Ich winkte frustriert ab. »Jedenfalls muss ich mir jetzt ganz genau überlegen, wohin das Date gehen soll. Und dafür habe ich nur noch zwei ... nein, stimmt nicht ... eineinhalb Tage.«

»Dir wird sicher etwas einfallen.«

»Sicher«, seufzte ich. Meine Finger trappelten unruhig auf das blasse Holz des Sekretärs. Mit einem plötzlichen Ruck und der Hoffnung, dass Clay vielleicht doch rechtzeitig zurückkommen würde, stand ich auf. »Ich weiß, was ich mache.«

»Wohin, Miss Summer?«, wollte Simon, der Fahrer, wissen, als ich samt Anhang in der überlangen Limousine saß.

»Zum Aquarium.«

»Sehr wohl, Miss Summer«, sagte er und ließ die Trennwand wieder nach oben.

»Was machen wir da, Miss Summer?«, fragte Gen.

»Wir werden ein Date organisieren.«

»Ein Date?« Tristan wurde hellhörig. Sogar der sonst so schweigsame Red fragte: »Mit wem wirst du denn ein Date haben?«

Ich musste unwillkürlich Will ansehen und verdrehte die Augen. Er schmunzelte und kratzte sich an der Schläfe.

»Es ist für die Sklaven-Auktion. Ich bereite es nur vor.«

»Sie meinen das Traumdate?«, fragte Gen.

»Genau.«

»Ein Traumdate im Aquarium?« Sie rümpfte die Nase.

»Ein Traumdate im Aquarium!«, bestätigte ich.

»Miss Summer, ich sollte Ihnen vielleicht sagen, was sonst bei den Dates passiert, damit Sie keine falsche Entscheidung treffen. Also, eigentlich findet jedes Date mehr oder weniger im Einkaufszentrum statt – Eis essen gehen und anschließend ins Kino. Da kommt kein Aquarium vor.« Vehement schüttelte sie den Kopf.

»Aber das hört sich so an wie jeder andere Tag in meinem Leben. Sollte man sich nicht etwas Besonderes einfallen lassen für ein Traumdate?«

»Nein, Miss Summer!«

Ich rollte mit den Augen. »Tja, es ist aber mein Traumdate – ich entscheide.«

Mein Blick huschte zu Will, als würde ich eine Bestätigung benötigen, und er gab sie mir.

»Ich würde es mögen«, flüsterte er und zwinkerte mir zu.

Der Leiter des Aquariums und ich waren uns schnell einig. Anschließend ließ ich mich zum Bootsverleih bringen, und auch hier klappte alles wie von mir gewünscht. Der nächste Halt war das Pyramid Einkaufszentrum. Die Mall hatte diesen Namen, weil ihre Form tatsächlich so aussah wie eine Pyramide, die man aus Geschichtsbüchern kannte. Zwei riesige Sphinxe wiesen den Eingang, und im Inneren befand sich eine gigantische Shoppingmeile. Die Kuppel der Pyramide war aus Glas und so konstruiert, dass das Tageslicht in allen Regenbogenfarben auf den goldenen Mosaikfußboden gestreut wurde. Zielstrebig ging ich in einen der Delikatessenläden und legte den Inhalt von einem Picknickkorb fest, der für den Morgen der Sklaven-Auktion vorbereitet werden sollte. Ich hinterlegte meine Adresse, um eine pünktliche

Lieferung zu gewährleisten. Alles klappte reibungslos, und ich war sehr zufrieden mit mir. Anschließend schlenderten wir noch durch das Einkaufszentrum, um einen Laden zu finden, der Decken führte. Ich machte ein gut sortiertes Einrichtungsgeschäft ausfindig und ging hinein. Freudig überging ich die Einwände von Gen, die immer wieder ihre Besorgnis zum Ausdruck brachte, als ich mich für zwei weiche beige Decken entschied.

»So … fertig«, sagte ich zufrieden, als die Verkäuferin Will die Tragetasche mit den Wolldecken reichte. Ich hielt noch schnell meinen Finger zur Bezahlung auf den Scanner, dann verließen wir das Geschäft.

Als ich beschwingt aus der Tür trat, hätte ich fast jemanden über den Haufen gerannt.

»Gordon!«, stieß ich entsetzt aus.

»Vorsicht«, sagte er und lächelte mich an.

Die Symptome überkamen mich wie Warnsignale. Hastig drehte ich mich von ihm weg und atmete tief ein und aus.

»Alles in Ordnung?«, fragte er scheinheilig.

»Ich habe etwas im Laden vergessen«, rief ich und war schnellen Schrittes wieder verschwunden. Ich verbarg mich hinter einem Regal, das weit genug vom Eingang entfernt war, bis ich ruhiger wurde. Als sich mein Herzschlag wieder einpendelte, griff ich nach dem erstbesten Gegenstand und brachte ihn zur Kasse.

»Das hier habe ich noch vergessen«, erklärte ich, und die Verkäuferin packte es ein.

»Sehr gute Wahl. Das ist eine unserer besten Seifen.« Sie lächelte freundlich und wickelte das weiße Stück Seife in Seidenpapier ein. Dann verließ ich den Laden.

»Hey«, sagte ich so unbefangen wie möglich, während ich Gordon samt einer Gruppe von Leuten, die ich noch nie gesehen hatte, entgegentrat.

»Was war es denn?«, wollte er wissen. Er tat so, als hätte dieser grausame Abend niemals stattgefunden. Aber wir wussten es beide besser.

»Was meinst du?«

»Was hast du vergessen?«

»Das darf ich nicht verraten. Ist für die Sklaven-Auktion am Samstag«, rettete ich mich.

»Na, dann freue ich mich, es herauszufinden«, seine Stimme klang schneidend und mir lief es kalt den Rücken hinunter. Will stand stocksteif da, Tristan und Red verzogen ihre Gesichter. Nur Gen kicherte.

Ich sagte keinen weiteren Ton, denn ich hatte verstanden: Er würde für mich bieten. Erschrocken machte ich mir bewusst, dass ich, selbst wenn Clay rechtzeitig zurückkommen würde, einen ganzen Tag mit Gordon verbringen musste ...

»Wir sehen uns am Samstag«, flötete er, zwinkerte mir zu und ging weiter.

Ich blieb schlotternd zurück und schaute Will verzweifelt an.

»Ist das nicht super?« Gen war völlig aus dem Häuschen. »Er wird Sie ersteigern! Gordon Wilder wird Sie ersteigern, Miss Summer! Das ist doch was. Ich hoffe allerdings, er hat nur Augen für Sie und nicht für das grauenvolle Date, das ihn erwartet.«

Missmutig stiefelte ich zum Wagen und ließ mich nach Hause fahren. Während der ganzen Fahrt gab es für Gen kein anderes Thema. Mit Engelszungen redete sie auf mich ein, meine ungewöhnlichen Pläne noch einmal zu überdenken, freute sich dann wieder über die Andeutung von Gordon Wilder und schlug abermals vor, das Date ins Einkaufszentrum zu verlegen. Ich jedoch blieb stumm, zitterte kaum merklich und starrte ins Leere. Zu Hause angekommen zog ich mich sofort in mein Zimmer zurück und blieb dort für den Rest des Tages. Ich konnte nicht aufhören zu grübeln, erinnerte mich an meine Angst, an den Geruch von Blut in seinem Atem. Gordon war gefährlich, das war mir klar, und der einzige Trost war, dass Will und Gen ständig um mich herum sein würden ... und Red und Tristan. Jetzt war ich nicht mehr so unglücklich, sie bei mir zu haben.

Als ich am nächsten Morgen zum Frühstück kam, saß Brian wie so oft mit Morgan zusammen.

»Guten Morgen, verbotenes Früchtchen«, grinste Brian. Seit er den Gesprächsfetzen von Red auf der Party aufgeschnappt hatte, ärgerte er mich immer wieder damit. Ich ignorierte es gelassen.

»Ich habe es schon gehört«, flötete Morgan.

»Was denn?«, wollte ich wissen, als Barns meinen Stuhl geraderückte.

»Wer dich ersteigern wird«, sang sie.

Mit Gen ein Hühnchen rupfen, vermerkte ich in meinem Kopf.

»Summer, das ist großartig.«

»Wirklich?«, fragte ich trocken.

»Warum so mürrisch?«

Ich entgegnete nichts.

»Worum geht es?«, mischte sich Brian ein.

»Oh … Es ist unglaublich«, rief Morgan und berührte Brian flüchtig an der Hand.

»Deine Schwester wird von unserem beliebtesten Junggesellen ersteigert.«

»Ich ersteigere auf gar keinen Fall meine eigene Schwester!«, stieß Brian aus und verschränkte seine Arme gespielt beleidigt vor der Brust.

»Stimmt, das hoffe ich wirklich nicht.« Morgan sah Brian mit vielsagendem Augenaufschlag an. Er lächelte. Ich biss derweil in mein Croissant. Als die beiden ihre Blicke endlich wieder voneinander lösen konnten, fragte er: »Also … wer ist der beliebteste Junggeselle?«

»Ich will es mal anders formulieren«, flötete Morgan. »Es gibt drei beliebteste Junggesellen, aber es gibt nur zwei, die für Summer infrage kommen.« Wieder ein verführerischer Augenaufschlag in seine Richtung, wieder biss ich ein Stück Croissant ab.

»Und einer davon ist abgereist – also bleibt nur noch: Gordon Wilder.«

»Gordon und Clay sind zwei der drei beliebtesten Junggesellen? Ehrlich?«

Morgan nickte. »Ja, so ist es.«

Mein Appetit war mir mit einem Mal vergangen, und ich schob den Teller zurück.

»Und wer ist der dritte?«, fragte Brian mit einem Schmunzeln.

»Tja«, machte sie und kicherte.

»Was habt ihr zwei denn Schönes vorbereitet?«, fragte Brian, als er merkte, dass er keine Antwort bekommen würde.

»Das dürfen wir nicht verraten. Da musst du dich noch einen Tag gedulden«, erklärte Morgan.

»Ich denke, ich werde es herausfinden«, flüsterte Brian, und weil mir das Geturtel jetzt doch zu viel wurde, stand ich auf und machte mich auf den Weg zur Schule.

Der Rest des Tages verging wie immer. Beim Abendessen erzählte Dad von seiner Arbeit. Er hatte sich noch immer nicht mit unserem neuen Leben abgefunden – man konnte es deutlich heraushören. Brian erzählte, dass er mit seiner Basketballmannschaft, in die er sofort aufgenommen worden war, gegen eine andere Schule der Elite haushoch gewonnen hatte. Ich hörte nur mit einem Ohr hin, als er haarklein erklärte, wie genau es zum Sieg gekommen war und wer welche Treffer gelandet hatte. Zeitig verließ ich die beiden, kleidete mich um, schlüpfte ins Bett und schlief ein.

Am nächsten Morgen wurde ich von Gen unsanft geweckt.

»Miss Summer, Miss Summer«, sang sie aufgeregt und schüttelte mich heftig.

»Geh weg«, raunte ich und zog mir das Kissen über den Kopf.

»Miss Summer, ich muss darauf bestehen, dass Sie aufstehen. Heute ist die Sklaven-Auktion. Der Korb wurde bereits geliefert, und ich habe schon alles für Ihr Date im Auto verstauen lassen.«

Mit diesen Worten riss sie die Vorhänge auf und ließ die hellen Strahlen der Sonne herein. Wenn sie dachte, der Gedanke an die Sklaven-Auktion würde mich enthusiastisch aus dem Bett hüpfen lassen, hatte sie sich getäuscht. Ich wollte nicht von Gordon ersteigert werden – auf gar keinen Fall! Dann sollte doch lieber niemand für mich bieten.

Warum ich am Ende doch aufstand? Weil ich mir ihr Gerede über Gordon nicht mehr geben konnte. Sie redete und redete und redete, und ich dachte mir, dass ein Wasserfall nichts gegen meine liebe Gen war.

Also raffte ich mich auf, duschte unendlich lange, putzte mir die Zähne noch etwas gründlicher als sonst und dachte nach. Plötzlich kam mir eine Idee: Gordon wusste doch gar nicht, was ich bereits organisiert hatte. Ich würde es einfach nicht durchziehen und stattdessen auf das langweilige Kaufhausdate mit anschließendem Eis essen und Kino zurückgreifen. Das war ein guter Plan – und sicherer für mich. Denn so wären wir in der Mall, die ganze Zeit unter Menschen, und Gen würde annehmen, dass ich doch noch zur Besinnung gekommen war. Außerdem könnte ich irgendwie versuchen, im Kino nicht den Platz neben Gordon zu erwischen. Vielleicht konnte Will zwischen uns sitzen. Ja! So sollte es sein! Und grundsätzlich würde ich mich den ganzen Tag über nicht weiter als maximal zehn Zentimeter von Will entfernen.

Brian kam mir gelassen entgegen, als ich aus meinem Zimmer trat.

»Und? Wirst du für die steigern, die mir vorschwebt?«, fragte ich, als wir zusammen die Treppe hinunterschlenderten.

»Das werde ich.«

»Ich drücke dir die Daumen, dass du sie auch bekommst.«

»Ich bin vorbereitet«, erklärte er gelassen. »Ich habe hohe Einsätze dabei.«

»Und, ihr zwei? Schon aufgeregt wegen dieser Sklaven-Auktion?«, wollte Dad wissen, der uns in der Eingangshalle abpasste.

»Nein«, sagte Brian gelassen.

»Ich schon«, gab ich zu.

»Na ja. Zuallererst soll es vermutlich Spaß machen.« Dads Lachen klang gequält.

»Stimmt. So, ich muss jetzt los«, gab Brian mit Blick auf die Uhr zurück. »Ich treffe mich noch mit Eric und Greg, bevor es losgeht. Die Mädchen fahren früher hin, oder?«, fragte er in meine Richtung.

»Ja. Die Mädchen werden angekleidet und machen vorher noch einen Probedurchlauf«, antwortete Gen für mich.

»Na dann – viel Spaß«, sagte Brian mit einem Lachen.

»Macht keine Dummheiten! Und passt auf euch auf!« Dad wirkte missmutig.

Brian nickte und stieg in das schnelle Auto, das vor der Tür parkte. Er hatte sich heute für das Cabrio entschieden. Nachdem er davongebraust war, fuhr meine Limousine vor. Will hielt mir die Autotür auf, wartete, bis Gen, Red und Tristan eingestiegen waren, und setzte sich mir gegenüber. Je näher wir der Lokalität kamen, umso schlechter ging es mir. Als wir schließlich ausstiegen, begrüßte man mich überschwänglich, und ich wurde in ein kleines Separee geführt. Hier ging es so temporeich und hektisch zu, dass ich nicht einmal protestieren konnte, als ich den Albtraum in Pink ausmachte, der an einem Kleiderbügel baumelte. Ehe ich klagen konnte, war ich gestylt, umgezogen, die Haare waren toupiert, die Nägel lackiert, die falschen Wimpern angeklebt und der rosa Lippenstift aufgetragen. Als ich mich betrachtete, gestikulierte ich wild, nur um sicherzugehen, dass es wirklich ein Spiegel war, vor dem ich stand. Ich erkannte mich nicht wieder. Ich sah aus wie eine menschgewordene Puppe, die vorhatte, auf einen Ball zu gehen. So verkleidet verließ ich das Separee.

»So, meine Lieben. Jetzt proben wir den Lauf!« Eine Dame, die ich gleich wiedererkannte, klatschte motivierend in die Hände: Elisabeth. Ich hatte sie schon lange nicht mehr gesehen. Alle Mädchen, die an der Sklaven-Auktion teilnahmen, versammelten sich um sie, und als Ruhe eingekehrt war, las sie uns die Aufstellung vor. Wir stellten uns in alphabetischer Reihenfolge auf – ich stand vor Morgan. Ein Mädchen nach dem anderen lief über den Catwalk, und ich war schon ein wenig erleichtert, als ich sah, dass sie alle wie Puppen herausgeputzt waren.

Dann war ich an der Reihe: Ich lief vor und zurück und wieder vor.

»An dieser Stelle, Miss Summer, wird der Moderator einige Worte sagen, und die Auktion geht los«, rief Elisabeth mir zu, als ich vorne angekommen war.

»Muss ich auch etwas sagen?«

»Nein. Ihre Aufgabe ist es, dazustehen und gut auszusehen. Das ist alles, meine Liebe.«

Als jede von uns einmal gelaufen war, hieß es warten. Man reichte uns im Aufenthaltsraum Tee und Gebäck. Morgan saß neben mir und wir kicherten über dies und das. Die Zeit verflog schnell, bis Elisabeth schließlich wieder auftauchte. »Meine Damen, es geht in zehn Minuten los. Darf ich Sie bitten, aufzustehen und mir zu folgen?« Wir reihten uns auf und hörten den Moderator, der bereits auf der Bühne stand und zum Publikum sprach. Ich erkannte auch ihn wieder, er hatte schon damals die Show moderiert – Jerry, wenn ich mich recht erinnerte.

»Und hier kommt die bezaubernde Miss Ally Aston!« Elisabeth nickte dem Mädchen zu, damit es die Bühne betrat. Für Ally boten ziemlich viele Jungs. Irgendwann war Sparkle-Diamond an der Reihe, und wie zu erwarten, lieferte sich Eric eine kurze Bieterschlacht mit einigen anderen Jungs. Die Zahl der vor mir stehenden Mädchen dezimierte sich zusehends. Gleich würde ich an der Reihe sein …

Bitte nicht Gordon! Bitte nicht Gordon! Ich schickte Stoßgebete zum Himmel. Als sich meine Nackenhaare aufstellten, änderten sich meine Gebete schlagartig in: *Bitte nicht jetzt! Bitte nicht jetzt!* Doch niemand erhörte mein Flehen; Herzrasen folgte und die Stimme in meinem Kopf tauchte auf: *Geh nicht auf die Bühne – Lauf! Lauf weg!*

Ich musste meine Beine zwingen, stehen zu bleiben, musste meinen

Kopf nötigen, klar und logisch zu denken. Natürlich konnte ich nicht einfach davonlaufen. So etwas Lächerliches! Ich tupfte mir den Schweiß von der Stirn, so gut es ging.

»Miss Summer Snow!«, hörte ich meinen Namen, und Elisabeth signalisierte mir mit einem freundlichen Lächeln, die Bühne zu betreten. Die Musik spielte, ich lief den langen Catwalk entlang: vor und zurück und wieder vor.

Erleichterung durchfuhr mich, als ich mich endlich wieder einigermaßen beruhigt hatte. Ich stand jetzt neben dem Moderator. Die Musik verklang und er richtete seine Worte an das Publikum: »Sie ist erst vor wenigen Wochen von der anderen Seite der Kolonie zu uns gekommen. Wer bietet für dieses unwahrscheinlich hübsche Mädchen?«

Ich atmete gleichmäßig und für einen Augenblick war alles still – niemand bot. Unwillkürlich hielt ich meinen Atem an. Ob sich jemand erbarmen würde? Aber wenn es so wäre, bitte nicht Gordon Wilder ... Ich sah, wie der erste Junge seine Hand hob. Erleichtert atmete ich aus. Die Scheinwerfer, die auf mich gerichtet waren, blendeten zwar etwas, aber ich konnte dennoch gut erkennen, was vor mir passierte. Ich hatte den Jungen, der gerade geboten hatte, schon einmal in der Schule gesehen, aber mir war nicht klar gewesen, dass er Interesse an mir hatte. Und dann bot Greg – Brians Greg. Auch das war mir neu. Er hatte niemals etwas gesagt oder angedeutet – oder vielleicht hatte ich es auch einfach nicht bemerkt. Den nächsten Jungen, der seine Bieterkarte hob, kannte ich wieder nur vom Sehen.

»350 E-Dollar wurden soeben geboten. 350 zum Ersten, 350 zum Zweiten ... und 400 E-Dollar sind geboten!« Jerry deutete abermals auf den ersten Jungen, der nicht lockerließ. Doch auch Greg trieb das Gebot in die Höhe.

»450 E-Dollar sind geboten. Wer bietet mehr für dieses bildschöne Mädchen?«

Es war unbegreiflich, aber die Gebote gingen weiter. Sie waren jetzt schon bei 750 E-Dollar angekommen – und kein Gordon Wilder in Sicht. Fast schon erleichtert atmete ich aus und die Anspannung fiel von mir ab. Plötzlich ging alles ganz schnell. Ich kam kaum mit, aber irgendwann, Greg war Höchstbietender, rief Jerry: »2.500 E-Dollar sind geboten.«

»2.500 zum Ersten, 2.500 zum Zweiten und 2.500 zum ...«

»3.000 E-Dollar«, sagte eine allzu bekannte Stimme, jedoch ohne die Bieterkarte zu heben. Beim Klang dieser Stimme wurde mir übel, und der Geruch von Kupfer stieg mir wieder in die Nase. Die Erinnerungen ließen mich erschaudern.

»Mr Wilder bietet 3.000 E-Dollar für ein Date mit dieser zauberhaften jungen Dame.«

Er hatte geboten und jetzt war es aus – ich würde einen ganzen Tag mit ihm verbringen müssen. Und tatsächlich: Keiner der anderen Jungen bot weiter.

»Da haben wir wohl einen Sieger«, erklärte Jerry.

Ich blickte Greg fast flehentlich an. Er wollte, das konnte ich deutlich ausmachen, denn seine Hand zuckte – doch er tat es nicht.

»Kommen wir zum Ende«, erklärte der Moderator. Ich schloss meine Augen und hoffte inständig, dass doch noch irgendjemand bieten würde.

»3.000 zum Ersten, 3.000 zum Zweiten und 3.000 zum …«

»50.000 E-Dollar!«, rief eine Stimme wie aus dem Nichts durch den Raum.

Jetzt ging ein lautes Raunen durch die Menge. Ich öffnete meine Augen wieder, obwohl ich seine Stimme auch mit geschlossenen Augen erkannt hätte.

»Das ist unglaublich!«, stieß Jerry aus. »Soeben hat Clay Reed 50.000 E-Dollar geboten!« Verunsichert drehte sich der Moderator um. Vermutlich vergewisserte er sich, ob diese horrende Summe sowie das Überbieten von Gordon Wilder überhaupt gestattet waren. Es schien so. »Ruhe bitte! Ruhe!«, ermahnte er die murmelnde Menge. »Also, wir fahren fort: 50.000 zum Ersten …«

»60.000!«, rief Gordon und funkelte Clay wütend an.

»100.000!«, rief Clay, und man konnte Gordon nach Luft schnappen sehen.

»110.000!«, rief Gordon.

»150.000!«

Clay ging auf Gordon zu und flüsterte ihm etwas ins Ohr. Es schien Gordon nicht zu gefallen, denn seine Gesichtszüge entglitten ihm. Doch dann hielt er kurz inne, feixte teuflisch und rief wie aus Protest: »300.000 E-Dollar!«

»350.000!« Clay winkte mit der Bieterkarte.

»400.000!«, warf Gordon ein.

»500.000 E-Dollar!«, rief Clay.

Der Moderator schnappte nach Luft. Jetzt trat Gordon an Clay heran und flüsterte ihm ebenfalls etwas ins Ohr – und nun entglitten Clay die Gesichtszüge. Aber ohne lange nachzudenken, nickte er bitter.

»500.000 E-Dollar sind geboten! Das gab es noch nie!« Der Moderator schien aufgeregter zu sein als ich. »Nun denn – 500.000 E-Dollar zum Ersten, zum Zweiten und ... zum Dritten – versteigert an Clay Reed!«, gluckste der Moderator, und mir entfuhr ein Seufzen der Erleichterung.

Dann lief ich hinter die Bühne, und da ging es erst richtig los: Alle klatschten und jubelten, und Morgan rief: »Ich bin so stolz auf dich, Summer! Damit gehst du in die Geschichte ein!«

Noch während sie mich bejubelte, wurde ihr Name aufgerufen. Sie betrat die Bühne, die anderen feierten mich weiter. Die ehrliche Bewunderung, die sie mir für das entgegenbrachten, was gerade passiert war, trieb mir die Schamesröte ins Gesicht. Ich versuchte aus dem Gewirr der Mädchen einen Blick auf die Bühne zu erhaschen, doch es gelang mir nicht.

»Dürfte ich mein Date abholen?«, fragte Clay in den Raum und augenblicklich kehrte Ruhe ein. Die Mädchen bildeten eine Gasse, damit er mich erreichen konnte.

»Miss Snow?«, grinste Clay und reichte mir seine Hand.

»Mister Reed?« Ich lächelte und ergriff sie.

Dann führte er mich aus der gaffenden Menge.

»Einen Moment«, bat ich ihn. Ich wollte noch einen kurzen Blick auf die Bühne werfen. Clay blieb stehen, hielt meine Hand umschlossen und ließ mich nach Morgan sehen. Ich schmunzelte zufrieden, als Brian den Zuschlag für sie bekam – zwar hörte ich nicht, was geboten wurde, aber Morgans überglückliches Strahlen konnte man nicht falsch deuten. Ich blickte zu Clay, und er nickte. Mit dem Gedanken an die unglaubliche Summe, für die er mich soeben ersteigert hatte, sagte ich: »Du wirst es nicht bereuen.«

»Das tue ich schon jetzt nicht.«

»Na komm.«

Wir verließen die Auktion.

»Nicht so schnell!«, hörte ich Will hinter uns.

»Price«, seufzte Clay genervt und drehte sich in die Richtung, aus der die Stimme kam. »Wie ich gerade gesehen habe, hattest du alles im Griff.«

»Wo sind die anderen? Oder wolltest du mit ihr allein gehen?«, überging Will den spitzen Kommentar.

»Natürlich nicht, wo denkst du hin? Ich habe mich schon die ganze Zeit gefreut, ein Date zu sechst zu haben. Vor allem dich habe ich vermisst, Price.«

»Zu siebt«, verbesserte Will, als Gen sich neben ihm aufgestellt hatte.

»Na dann …« Clay seufzte, ergriff meine Hand und stieg mit mir in den Zweisitzer, der vor dem Gebäude parkte und mit dem er wohl auch gekommen war.

»Ihr könnt ja die Limo nehmen. Hier ist leider kein Platz mehr«, erklärte er selbstgefällig, trat das Gaspedal durch und wir brausten davon.

»Wohin eigentlich?«, fragte Clay.

»Zum Aquarium.«

»Zum Aquarium?«

»Nicht lachen«, ermahnte ich ihn.

»Mach ich nicht.«

Wir schlenderten bereits durch das menschenleere Aquarium, als unsere Bediensteten zu uns stießen. Clay verzog sein Gesicht, und auch ich war nicht gerade begeistert, sie alle zu sehen.

»Was machen wir hier?«, fragte Clay schließlich, als ich vor dem größten Wassertank stehen blieb.

»Tauchen.« In diesem Moment sah ich den Tauchlehrer heraneilen.

»Ernsthaft?«

»Ja. Ich habe zwar nicht das offene Meer zur Verfügung, aber ich dachte, es würde trotzdem Spaß machen.«

Clay lächelte. »Das wird es.«

Wir gingen in getrennte Umkleidekabinen, um die Neoprenanzüge anzuziehen, die uns der Tauchlehrer gereicht hatte. Gen folgte mir, befreite mich zunächst von dem rosa Albtraum, den ich trug, und half mir anschließend in den Neoprenanzug. Als ich wieder hinaustrat, unterhielt sich Clay gerade mit dem Tauchlehrer und ich ging zu den beiden hinüber.

Vor dem Becken legte mir der Tauchlehrer fachkundig die Tauchausrüstung an. Clay hantierte selbst, und es sah aus, als hätte er das schon einmal gemacht. Anschließend setzten wir uns auf den Rand des Beckens und der Tauchlehrer wies uns ein. Wir ließen uns nach hinten ins Wasser plumpsen und fielen in die Schwerelosigkeit. Ich hatte nicht mehr das Gefühl, dass wir in einer zehn Meter breiten und genauso hohen Röhre tauchten, sondern stellte mir vor, wir befänden uns im offenen Meer. Ich erkannte leuchtende Korallen und den silbern schimmernden Sand auf dem Grund. Farbenfrohe Fische wuselten in Schwärmen um uns herum. Eines wurde mir schnell klar: Clay war definitiv schon mehr als einmal getaucht, denn er war routinierter als der Tauchlehrer selbst. Er glitt durch das Wasser, als sei es sein natürlicher Lebensraum. Nach etlichen Runden schwamm Clay auf mich zu und ergriff meine Hand. Ich ließ es zu, dass er mich führte – langsam hinunter und wieder hinauf. Gemeinsam erkundeten wir die Unterwasserwelt mit all ihren Farben und unbekannten Formen. Dabei schienen sich die quietschfidelen Fische überhaupt nicht an uns zu stören. Um Haaresbreite wäre ich mit einem der etwas größeren Fische kollidiert, doch er drehte gerade noch rechtzeitig ab.

Wir lachten uns an, als wir auftauchten, Clay half mir aus dem Becken und ich ging klitschnass und tropfend in die Umkleidekabine.

»Hat es dir gefallen?«, wollte ich wissen, als ich in Jeans und Pulli wieder aus der Umkleidekabine trat.

Er grinste mich an. »Bestes Date überhaupt.«

»Na dann warte ab, was ich noch geplant habe.«

»Ja?«, fragte er neugierig. »Was denn?«

»Ich dachte, wir holen jetzt unsere ersten beiden Dates nach. Zuerst machen wir ein Picknick und anschließend fahren wir mit einer Segeljacht raus auf den See.«

»Das hört sich ja fast so an, als hättest du alles nur für mich vorbereitet.«

»Das habe ich«, gab ich ehrlich zu und sah ihm in die braunen Augen.

»Aber du konntest doch gar nicht wissen, dass ich dich ersteigern würde.«

»Aber ich habe es gehofft. Und hätte es heute mit uns beiden nicht geklappt, hatte ich mir auch einen Plan B für jemand anderen überlegt«, erklärte ich. Clay grinste und verschränkte seine Finger mit meinen. Hand in Hand schlenderten wir durch das Aquarium zurück zum Ausgang. Unsere Begleiter erwarteten uns bereits.

»Ich habe gesehen, wie toll Sie getaucht sind. Das hat sicher Spaß gemacht«, plapperte Gen aufgeregt.

»Und wie«, schwärmte ich. »Es war unglaublich.«

Ich bemerkte, dass Will mich fixierte. Unsicher strich ich mir eine Haarsträhne aus dem Gesicht. Ich wusste, dass es gemein war. Noch vor zwei Stunden war ich froh gewesen, ihn in meiner Nähe zu wissen, falls Gordon mich ersteigert hätte, und jetzt folterte ich ihn mit romantischen Erlebnissen, die wir niemals teilen würden.

Als wir das Aquarium verlassen hatten, fragte Clay: »Also zum See?«

Ich nickte, und wir düsten mit Clays Zweisitzer davon. Dort angekommen, stiegen wir aus, gingen lachend dem Ufer entgegen und genossen die Zeit ohne unsere Entourage, die natürlich sehr bald nachkam. Sie brachten den Korb mit und Gen und Will breiteten die Decken aus.

»Na? Was magst du am liebsten?« Ich sah Clay glücklich an und deutete auf den Korb voller Essen.

»Oh … Ich habe schon gegessen.«

»Wirklich? Aber … isst du nicht mehrmals am Tag?« Ich zwinkerte ihm zu, nahm einen der Teller und streckte ihn Clay entgegen.

»Ja, Clay … Was isst du eigentlich am liebsten? Und isst du nicht mehrmals am Tag?«, fragte Will provozierend und erntete wütende Blicke der Clay-Fraktion.

»Also, ich nehme was«, warf Tristan schnell ein und nahm den Teller an sich. Als er sich verschiedene Leckereien ausgesucht hatte, nahm er neben Gen Platz. Ich setzte mich mit Clay, Red und Blue zusammen. Will dagegen zog es vor, allein zu sitzen. Zwar hielt er Abstand zu uns, aber ich war mir sicher, dass er jedes Wort verstand. Ich versuchte, nicht darüber nachzudenken, und hatte wirklich Spaß. Den ganzen Nachmittag lachten wir, redeten und spielten *Wer bin ich*. Clay war so ausgelassen – ich hatte ihn noch nie so gut gelaunt erlebt. Anscheinend war sein Besuch in der Neuen Welt erfolgreich verlaufen.

Schließlich rückte ich noch etwas näher an Clay heran. »Und gleich werden wir mit einer Segeljacht rausfahren«, flüsterte ich ihm ins Ohr und sah das Leuchten in seinen Augen.

»Wo ist die Jacht?«, wollte er wissen.

»Da drüben.« Ich wies auf das Bootshaus.

»Moment noch«, bat Clay und räusperte sich kurz, aber vernehmlich.

Red, Blue und Tristan sahen auf, Clay nickte kaum wahrnehmbar mit dem Kopf.

»Ähm … sollen wir?«, wollte ich wissen, doch da stand Red plötzlich auf und schrie: »Hey, Blue! Noch einmal und es setzt was!«

»Was willst du eigentlich, Red? Du hast doch keine Chance gegen mich! Die hattest du nie!« Jetzt sprang auch Blue auf und stieß Red vor die Brust.

»Ganz schön große Klappe für eine halbe Portion wie dich!«

»Ich geb dir gleich eine halbe Portion!«

Sie gingen aufeinander los, und Gen schrie auf.

»Hört auf!«, mischte sich Tristan jetzt ein. »Will, hilf mir mal!« Zusammen mit Will versuchte er, die beiden auseinanderzubringen. *Warum streiten sie? Was ist passiert?*

»Komm«, flüsterte Clay und nahm meine Hand. Entgeistert schaute ich ihm in die Augen, und er zwinkerte. Da klickte es in meinem Kopf. Schnell und leise folgte ich ihm, und wir rannten kichernd über die Wiese, dem Bootshaus entgegen. Da Clay alles über das Segeln wusste, ging die Übergabe der Jacht schnell vonstatten, und wir hatten abgelegt, noch bevor Will begreifen konnte, dass er einem Schauspiel zum Opfer gefallen war.

»Summer!«, brüllte er über den See, doch da waren wir schon so weit hinausgesegelt, dass er mich nicht mehr erreichen konnte.

»Das war fies«, sagte ich, als ich Will mit über dem Kopf verschränkten Armen am Ufer stehen sah. »Vielleicht«, gab Clay zu. »Aber ich wollte noch ein bisschen mit dir allein sein.«

»Teuer genug war ich ja.« Ich lachte unsicher auf und kratzte mich verlegen am Kopf. Er reagierte nicht.

»Was hast du Gordon eigentlich gesagt?«, wollte ich jetzt wissen.

»Ich sagte ihm, dass ich mein Geld weggebe – er hingegen das seines Volkes. Und ich habe ihn gefragt, was wohl sein Vater, der König, dazu sagen würde. Ich sagte, ich würde ihn jedes Mal überbieten.«

»Oh …«

»Ja …« Er richtete seinen Blick in die Ferne. »Der letzte Satz war keine gute Idee, denn er hatte verstanden, dass wir ewig so weiterbieten würden. Da hat er mir dann ... seinen Preis genannt, um die Auktion um dich ... zu beenden ...« Clay brach ab.

»Aha ... Und was wollte er?«

»Na ja. Meine Jacht.«

»Deine Jacht? Er hat deine Jacht verlangt? Und du hast sie ihm gegeben?«

»Natürlich«, sagte er entgeistert. »Was denkst du denn?«

»Für wie lange wird er sie denn haben?«

»Für immer.« Er zuckte mit den Schultern, während ich ihn entsetzt anstarrte.

»Für immer? Aber ... aber warum tust du so etwas Dummes? Das hier ist doch nur ein Tag, aber deine Jacht ist jetzt *für immer* weg!« Meine Stimme war vorwurfsvoll und viel zu hoch. Er antwortete nicht. »Aber ... Also, ich hoffe, dass du jetzt keinen Ärger bekommst, wegen dem Geld meine ich ... und wegen der Jacht?«

»Alles gut.«

Wir schwiegen einen Moment.

»Ich habe dich noch gar nicht gefragt, wie dein Ausflug in die Neue Welt war«, stellte ich fest.

»Stimmt.« Dann war es wieder still und ich seufzte hörbar.

»Und? Wie ist der Ausflug gelaufen?«

»Sehr gut. Ich konnte alles klären, was ich wollte.« Er grinste mich fröhlich an.

»Das habe ich gemerkt. Du bist wirklich sehr gut gelaunt.«

»Hey«, sagte Clay nach einer Weile. »Hast du was dagegen, wenn *ich* ab jetzt bestimme, wo es hingeht?«

»Nein«, murmelte ich, und er steuerte einen Anlegeplatz des riesigen Sees an. Wir gingen von Bord, liefen über einen Holzsteg und ich erblickte vor mir ein Haus, das man mit dem, in dem ich wohnte, absolut nicht vergleichen konnte. Es war gut dreimal so groß und herrschaftlicher als jedes andere Haus, das ich bisher gesehen hatte. Auf dem Weg dorthin passierten wir ein ellenlanges Wasserspiel und einen meterlangen Pool.

»Hier wohnst du also?«, mutmaßte ich.

»Hier wohnt meine Familie, wenn wir hier sind.«

»Ist … ist deine Familie denn gerade hier?« Ängstlich zupfte ich an meinem Pulli.

»Nein.«

Erleichtert atmete ich aus. Hand in Hand spazierten wir durch den Garten auf den hinteren Bereich der Villa zu, der komplett verglast war. Als Clay eine der hohen Glastüren mit seinem Fingerabdruck öffnete, lachte er gequält und sagte: »Herzlich willkommen bei den Reeds.«

Ich trat ein und stand direkt in einer Art Lounge. Eine riesige Couch, auf der locker zwanzig Menschen Platz gefunden hätten, stand mitten im Raum. Das Sofa war niedrig, fast bodentief, und mit unzähligen Kissen bestückt. Links und rechts standen Palmen, die dafür umso höher waren. Sie reichten fast bis zur Decke des Raums, der gut und gerne einer Höhe von drei Etagen entsprach. Ich staunte nicht schlecht. Der gesamte Boden bestand aus einem Mosaik, die Wände aus grauem Marmor. Riesige Ölgemälde, noch viel größere als in unserem Haus, hingen an Seilen von den Wänden. Mehrere Kronleuchter funkelten übergroß von der Decke. Hier war alles überdimensioniert.

Wir liefen quer durch die Eingangshalle, und ich erinnerte mich, dass er mal einen roten Teppich erwähnt hatte, unter den sie all ihre Probleme kehrten – hier lag er jedenfalls nicht. Vermutlich hatte er von seinem Zuhause in der Neuen Welt gesprochen. Clay öffnete eine Tür, die in ein überraschenderweise richtig gemütliches Wohnzimmer führte. Auf dem Boden lagen Perserteppiche, vor den Fenstern hingen schwere grüne Vorhänge. Zwischen zwei grünen Sofas stand ein viereckiger Glastisch, auf dem rote Blumen arrangiert waren.

»Schönes Zimmer«, sagte ich, als ich mich umsah.

Clay ging zu dem Kamin.

»Ja. Hier bin ich am liebsten«, erklärte er, während er mit geschickten Fingern ein Feuer entfachte. Erst jetzt bemerkte ich, wie kalt mir war. Ich hatte meine Arme fest um meinen Körper geschlungen. Clay ging zu einer großen Truhe und entnahm ihr eine Felldecke und eine flauschige Wolldecke. Er breitete das Fell vor dem Kamin aus, setzte sich darauf und deutete mir, neben ihm Platz zu nehmen. Ich ließ mich nieder und streckte meine kalten Finger den warmen Flammen entgegen. Augenblicklich begannen sie aufzutauen, was sich in einem belebenden Prickeln bemerkbar machte.

Verstohlen blickte ich zu Clay und sah die Flammen in seinen goldgefleckten braunen Augen tanzen. Ich überlegte, wie überglücklich ich war, dass er mich heute gerettet hatte – und so war es wirklich: Er hatte mich gerettet. Übermütig strahlte ich ihn an, und auch er lächelte. Sein Blick glitt von meinen Augen zu meinen Lippen und verharrte dort eine verräterische Sekunde zu lang. Ich rückte näher, und meine Lippen suchten seine. Er ließ es zu, dass ich ihn wieder und wieder sanft küsste. Es waren spielerische Küsse – nach fast jedem musste ich entzückt kichern. Doch irgendwann wurden sie eindringlicher. Er lehnte sich mit dem Rücken gegen den schweren Sessel, der hinter ihm stand, und ich setzte mich auf seinen Schoß, schlang meine Beine um ihn. Von einem tiefen Verlangen getrieben, begann ich an den Knöpfen seines Hemds zu fingern, während wir uns weiter unaufhörlich küssten. Einen Knopf nach dem anderen drängte ich aus dem engen Stoffloch. Er ließ es zu und half mir sogar, soweit es ihm möglich war, ohne mich loszulassen. Seine Hand glitt unter den Saum meines Pullovers – ich hielt ihn nicht auf. Zärtlich bewegten sich seine Finger meinen Rücken hinauf und wieder hinunter. Ich genoss jede seiner Berührungen. Dann wurden seine Lippen fordernder und es lag eine ungekannte Leidenschaft in seinen Küssen, die ich nur zu gerne erwiderte.

Ich streifte ihm das geöffnete Hemd ab und betrachtete den vor mir liegenden perfekten Körper, der aussah wie aus Marmor gemeißelt. Meine Fingerspitzen streichelten über seine muskulöse Brust, folgten den zarten Rillen seines festen Bauches bis hinunter zu seinem Bauchnabel. Dann schlang ich die Arme wieder um seinen Hals und küsste ihn abermals so heftig, dass mir ganz schwindelig wurde. Clay nahm den Saum meines Pullis, und ich hielt meine Arme nach oben, als er ihn über meinen Kopf streifte. Nur in Hose und BH saß ich jetzt vor ihm – aber ich fühlte mich nicht schutzlos und schämte mich auch nicht. Nein, ich *wollte* sogar, dass er mich ansah. Alles fühlte sich genau richtig an. Er zog mich so nah an sich, dass meine Haut die seine berührte. Seine Wärme erhitzte meinen Körper weiter, und ohne unseren Kuss zu unterbrechen, hob er mich hoch und legte mich behutsam und mit starkem Griff rücklings auf das vom Kamin erwärmte Fell. Er beugte sich über mich. Wir blickten uns in die Augen. Noch einmal küsste er mich auf den Mund, bevor seine Lippen meinen Hals hinab bis zu meinem Schlüsselbein glitten. Als er den Weg zurück zu meinen Lippen fand, blickte er mir tief in die Augen und hielt abrupt inne. Sofort wusste ich, dass es an dieser Stelle vorbei war – er würde ab hier nicht weitermachen.

»Wir sollten jetzt aufhören«, raunte er. *Überraschung.* Ich erwiderte nichts. Alles, was mir einfiel, warum er das hier unterbrechen würde, war diese blöde Regel Nummer eins. Sie geisterte wie ein Gespenst durch meinen Kopf, und ich verdrängte sie in die hinterste Ecke meiner Gedanken. Stattdessen wollte ich sein Gesicht wieder an meines ziehen, aber diesmal ließ er es nicht zu. Geschickt entwand er sich meinem Griff.

»Wir müssen aufhören«, flüsterte er, und ich meinte, Bedauern in seiner Stimme zu hören. Er reichte mir meinen Pulli, aber ich zog ihn noch nicht wieder an, sondern presste den Stoff nur gegen meinen Oberkörper.

»Wir müssen?«, fragte ich missmutig und setzte mich auf.

»Na schön: Ich *will* noch nicht«, erklärte er.

Gekränkt riss ich meine Augen auf.

»Du ... *willst* nicht!?«, fragte ich tonlos und meine Gesichtszüge entglitten mir.

»Ich will *noch* nicht. Aber nicht, weil ich dich nicht will«, erklärte er und schaute kurz an mir herab. »Ich möchte es wirklich ... du bist unglaublich.« Er blickte mich wieder ernst an – ganz so, wie ich ihn kannte. »Aber ich bin umgeben von Geheimnissen ... und das weißt du.«

Ich blieb stumm.

»Erst wenn du sie alle kennst, sollst du entscheiden, ob du das hier mit mir tun möchtest«, sagte er und streichelte mir so zart von den Schulterblättern bis zu meinem Handgelenk, dass ich erschauderte.

»Dann erzähl mir deine Geheimnisse. Jetzt!«, forderte ich mit einem flüchtigen Blick auf seinen Oberkörper und biss mir kaum merklich auf die Unterlippe. Er schmunzelte.

»Ich kann nicht. Noch nicht.« Er griff hinter sich nach der Wolldecke und legte sie mir um die Schultern.

Ich wusste, dass ihn Geheimnisse umgaben, und sicher nicht wenige. Die Geheimnisse umschlossen ihn wie Spinnweben ... oder vielleicht sogar Drähte ...

Er hatte sich wieder gegen den schweren Sessel gelehnt, und ich rutschte neben ihn, dachte daran, wie süß er heute gewesen war und wie viel Spaß wir gehabt hatten. Wie selbstverständlich legte er seinen Arm um meine Schultern.

»Wir haben so viel Zeit«, erklärte er. »Wir können für immer zusammen sein, du und ich. Wir haben alle Zeit der Welt.« Er küsste mich auf die Stirn, und ich legte meinen Kopf an seine nackte Brust – und so saßen wir da, blickten in das lodernde Feuer, bis uns ein lautes Hämmern aufschreckte.

»Price«, murmelte er.

»Will?«, fragte ich verwundert. »Woher weißt du …«

Doch da war Clay schon aufgesprungen und hatte sich sein Hemd übergezogen.

»Schnell, zieh deinen Pulli wieder an! Sonst schreit er Zeter und Mordio«, seufzte Clay genervt. Er verschwand durch die Tür in die große Eingangshalle.

»Lass nur, Blaire«, hörte ich ihn und vermutete, dass er mit dem Butler sprach.

Ein Schlüssel wurde mehrmals umgedreht.

»Wo ist sie!?«, drang Wills wütende Stimme an mein Ohr.

Hastig zog ich meinen Pulli über, stand auf und ging zur Tür.

»Hey, Will«, sagte ich unschuldig. Er stürzte auf mich zu.

»Hat er dich verletzt?«, stellte er seine Standardfrage und nahm mich ganz genau in Augenschein.

»Könntest du ein für alle Mal damit aufhören?«, fragte Clay genervt.

»Nein.« Will würdigte ihn keines Blickes.

Ich versuchte ihn zu beruhigen. »Alles gut, Will.«

»Ich nehme sie jetzt mit«, erklärte er, und dann fiel sein Blick doch noch auf Clay – und das Hemd, das er noch nicht wieder zugeknöpft hatte. Ich konnte das Entsetzen in Wills Gesicht lesen, denn seine Augen weiteten sich und sein Mund klappte auf. Er schaute mich an, blickte dann zu Clay und wieder zu mir. Jetzt wurden seine Augen schmal und das Entsetzen war purer Wut gewichen. Er packte mein Handgelenk so fest, dass es sicher morgen blau sein würde, und zog mich grob über die Schwelle der Haustür.

»Autsch, Will, du tust mir weh!«, protestierte ich.

»Hey!«, hörte ich Clay rufen, der urplötzlich vor Will stand und ihm den Weg versperrte.

»*Du* bist der, der sie verletzt, Price. Lass sie los – sofort!« Clay knurrte fast. Er klang bedrohlich, und ich spürte, wie sich meine Nackenhaare aufstellten.

Will ließ mich los und zischte: »Nein, Reed! Ich verletze sie nicht, und das weißt du genau! Ich rette sie vor dir!«

»Genug jetzt!«, schrie ich. »Hört auf!«

Betretenes Schweigen.

Wütend funkelte ich die beiden an, fuhr herum und kletterte auf den Beifahrersitz des Autos, mit dem Will gekommen war. Kurz darauf stieg Will auf der Fahrerseite dazu. Er saß für wenige Sekunden reglos da und umklammerte das Lenkrad. Ich erwartete eine Predigt.

»Ich hoffe, dein Pulli ist alles, was du ausgezogen hast«, sagte er in die eiskalte Stille hinein. Mit weit aufgerissenen Augen blickte ich ihn an. Woher wusste er es?

»Dein Schildchen.«

Ertappt fasste ich mir an den Kragen und ertastete den verräterischen Pflegehinweis.

»Ich bin ehrlich enttäuscht von dir, Summer.« Das war alles, was er noch zu sagen hatte – und es war schlimmer als jede Moralpredigt.

Zu Hause angekommen, ging ich schnurstracks auf mein Zimmer. Heute wollte ich niemanden mehr sehen, nicht einmal Gen. Ich kleidete mich selbst um. Als ich in meinem weichen Bett lag, fiel ich mit einer Mischung aus schlechtem Gewissen und Glückseligkeit in einen traumlosen Schlaf.

KAPITEL 22

Versöhnung und Verrat

»Bowling war gestern Abend lustig«, sagte ich und nahm einen Bissen von dem Fisch.

»Finde ich auch«, gab Morgan zurück und richtete ihre große schwarze Sonnenbrille mit Zeigefinger und Daumen. »Wunderschönes Wetter heute«, sagte sie.

»Mhm. Und tolle Aussicht.« Ich blickte auf den glitzernden See hinaus, den wir von unserem Platz auf der Sonnenterrasse überblicken konnten.

»Gehen wir gleich noch shoppen?«

»Wofür?«, fragte ich. Wahrscheinlich hatte ich schon wieder ein Event vergessen.

»Morgen ist Schule.« Sie kratzte sich am Kopf. Ich war mir sicher: Diese Geste sollte das Augenrollen untermauern, das ich durch ihre Sonnenbrille nur erahnen konnte.

»Och, ich weiß nicht. Ich habe genug ... Ich ziehe etwas an, was ich schon habe«, erklärte ich und stocherte lustlos mit dem Strohhalm in meinem Getränk.

»Nicht schon wieder, Summer. Schluss mit der Genügsamkeit!«, murrte Morgan und klatschte ihre Handflächen genervt gegeneinander.

»Ja bitte, Madam?«, fragte der aufmerksame Kellner, der augenblicklich neben uns auftauchte.

»Nein, ich meinte nicht Sie. Aber danke.« Morgan lächelte ihn freundlich an.

Der weiß gekleidete Kellner nickte ehrerbietig und zog sich wieder zurück. Wir kicherten leise.

»Also?«, drängte sie, als er außer Hörweite war.

»Na schön«, willigte ich seufzend ein. »Dann gehen wir eben shoppen.«

»Super.« Morgan klatschte vergnügt in die Hände, diesmal aber lautlos und eng an ihrem Körper, um den Kellner nicht zu verwirren. Nachdem wir zu Ende gegessen hatten, winkte sie ihn herbei: »Zahlen, bitte!« Er zog den Fingerprintscanner aus seiner Hosentasche und wir legten unsere Zeigefinger auf die schwarze Glasscheibe.

»Vielen Dank und noch einen wunderschönen Tag, die Damen«, sagte der Kellner höflich. Wir nickten, und noch bevor wir uns erheben konnten, waren CJ und Will, die etwas abseits standen, an unserer Seite. Will und ich griffen im selben Augenblick nach meiner Tasche.

»Ich nehme sie«, sagte er kurz. Seit dem Abend der Sklaven-Auktion sprach er noch immer nur das Allernötigste mit mir.

»Will!«, protestierte ich und ließ den Träger der Tasche nicht los.

»Summer«, insistierte er mit ernstem Blick.

»Lass ihn doch, Summer«, sagte Morgan und lächelte in Wills Richtung.

Bitte schön, soll er doch mit einer Handtasche durch die Straßen laufen und sich zum Affen machen, dachte ich und überließ sie ihm gönnerhaft.

Wir verließen das Restaurant und Will folgte – mit meiner Tasche in der Hand.

»Irgendwie ist Will in letzter Zeit komisch«, bemerkte Morgan.

»Ach, Quatsch. Nein. Alles okay«, log ich.

»Wenn du meinst.«

Wir schlenderten von Shop zu Shop. Morgan fand bereits im dritten Laden ein Kleid, das ihr gut stand, dazu kombinierte sie eine karierte Jacke und schwarze Ballerinas.

»Zu viel für die Schule?«, fragte sie, als sie aus der Kabine heraustrat.

Noch bevor ich antworten konnte, hörte ich Brians Stimme.

»Nein. Es ist perfekt.« Er lächelte ihr zu.

»Brian!«, stieß Morgan überrascht aus und fuhr sich hektisch durch ihr zerzaustes Haar. »Was machst du denn hier?«

»Shoppen.« Er deutete auf die Einkaufstaschen, die Mason in den Händen hielt. Brian und Morgan blickten sich in die Augen, und ich musste schmunzeln. Mein Blick streifte Will. Zu meiner Verwunderung schmunzelte auch er. Ich überließ Brian und Morgan sich selbst und schlenderte allein durch den großen Laden. Na ja, nicht ganz allein – Will folgte mir.

»Schon etwas gefunden?«, fragte er mich, während ich einen Kleiderbügel nach dem anderen zur Seite schob und die Kleider betrachtete.

»Du sprichst wieder mit mir?«, fragte ich trocken, ohne den Blick von den Kleidern abzuwenden.

»Ja«, sagte er mürrisch. »Aber ich finde noch immer …«

»Ich habe verstanden«, unterbrach ich ihn.

Und schließlich fragte er etwas, was ihm offenbar schon die ganze Zeit auf der Seele gebrannt hatte: »Habt ihr zwei … miteinander …«

»Nein!«, rief ich so laut, dass eine Verkäuferin aufsah. »Nein«, wiederholte ich leiser. »Kannst du es nicht endlich gut sein lassen?«

Pause.

»Niemand hat mich verletzt, und du hast mich in dem gleichen unberührten Zustand vorgefunden, in dem ich dich verlassen habe. Du verstehst?«, fragte ich und meine linke Augenbraue huschte nach oben.

»Okay.« Er nickte und kratzte sich verlegen im Nacken.

»Ich sehe das so«, sagte ich, ließ von den Kleidern ab, drehte mich zu ihm und tippte ihm mit dem Zeigefinger gegen die Brust. »Entweder sagst du mir die volle Wahrheit – und es gibt eine volle Wahrheit, zum Beispiel woher du Clay kennst, warum du ihn nicht magst, was er getan hat, um dein Misstrauen zu verdienen, warum er dich in die Elite gebracht hat –, oder du hast kein Recht, dich aufzuregen und von mir zu verlangen, ihm fernzubleiben.« Ich sah ihn unverhohlen an. Er nickte verlegen, wich aber meinem Blick aus.

»Du hast dich also einmal mehr für das Schweigen entschieden«, folgerte ich. »Ja, das ist vermutlich leichter«, fügte ich mit spöttischem Unterton hinzu.

»Es ist nicht nur *meine* Entscheidung!«, wehrte er sich.

»Natürlich nicht«, sagte ich und widmete mich den Kleidern noch halbherziger als zuvor, bis ich plötzlich ausstieß: »Ich finde das hier echt so was von lächerlich!«

»Lächerlich?« Will wirkte irritiert.

»Den ganzen Tag nichts anderes tun als shoppen und sich amüsieren. Ist ja mal ganz nett, aber ich glaube, ich bin einfach zu genügsam für ein solches Leben.«

Will lachte auf, vermutlich froh, dass ich das andere Thema fallen ließ.

»Das ist ein sorgenfreies und perfektes Leben. Genau das hast du dir gewünscht.«

»Habe ich das? Wirklich? Ich weiß nur, dass ich frei sein wollte. Und das bin ich hier auch nicht«, murmelte ich.

»Das hier würde dir stehen.« Will hielt mir ein grünes Kleidchen hin, das er von einer Kleiderstange gefischt hatte. Mit einem Blick auf das Etikett sagte ich verwundert: »Sogar die richtige Größe.«

»Natürlich«, antwortete er mit einem Unterton der Entrüstung – wie konnte ich auch annehmen, dass er meine Kleidergröße nicht kannte …

Ich nahm es an mich, suchte mir passende Schuhe und ging in die Umkleidekabine. Morgan und Brian waren noch immer so sehr mit sich selbst beschäftigt, dass sie gar nichts mitbekamen. Als ich mich umgezogen hatte, trat ich aus der Kabine, die fast so groß war wie mein früheres Zimmer – und so luxuriös wie mein jetziges.

»Wie ich es mir dachte.« Will grinste zufrieden. »Es ist perfekt.«

»Ja. Perfekt«, rief Morgan, als sie ihren Blick doch noch von Brian loseisen konnte. Sie hakte sich bei mir unter und zog mich vor den deckenhohen Spiegel.

»Perfekt«, sagten Brian und Will mit verträumtem Blick.

Augenrollend verschwand ich hinter dem dicken Vorhang und zog mich wieder um. Dann verabschiedete ich mich schnell von Brian und Morgan, die den Rest des Tages zusammen verbringen wollten. Das fünfte Rad am Wagen wollte ich nun wirklich nicht sein. Erleichtert darüber, den heutigen Shoppingmarathon hinter mir zu haben, verließ ich das Geschäft, nachdem ich via Fingerabdruck bezahlt hatte.

Die Limousine parkte nicht weit entfernt. Will und ich stiegen ein und fuhren nach Hause. Ich war glücklich, denn Will sprach endlich wieder mit mir – das war alles, worauf es mir ankam.

Gen wartete bereits im Vorraum zu meinem Zimmer auf mich.

»Ich ziehe mich heute allein um.«

Sie wollte protestieren, doch ich hielt meinen Zeigefinger nach oben und sprach weiter: »Du solltest schlafen gehen, Gen.«

Sie nickte und verließ den Vorraum, während ich mein Zimmer betrat und die Tür hinter mir schloss. Als ich das Licht anknipste, fuhr ich zusammen – an die riesige Giraffe hatte ich mich noch immer nicht ganz gewöhnt. Ich schlenderte in die Ankleide, stieg aus den Schuhen, und meine Zehen versanken in dem flauschigen Teppich. Dann zog ich mir ein Nachthemd über und schlüpfte in den seidenen Bademantel. Abschminken ging heute ganz leicht, denn ich trug fast kein Make-up. Als ich mir gründlich die Zähne geputzt und meine Haare gekämmt hatte, ging ich zurück ins Schlafzimmer. Es klopfte.

»Gen, ich sagte doch …«, die Worte blieben mir im Hals stecken, als ich die Tür aufriss. »Clay?«

»Darf ich reinkommen?«

»Ähm … klar …« Ich blickte mich im Vorzimmer um. Niemand da. »Wo ist Will?«

»Der wird gerade abgelenkt.« Clay grinste, als er das sagte.

»Schon wieder?«, fragte ich und verzog mein Gesicht.

»Also … wenn du nicht willst, dass ich hier bin …«

»Doch, klar! Komm rein.« Leise schloss ich die Tür hinter uns.

»Eigentlich wollte ich nur nachsehen, wie es der Giraffe geht.«

»Ach, wirklich?« Ich deutete mit meiner rechten Hand auf das Stoffungetüm. »Bitte schr.«

»Gut, gut … sie scheint bei dir ja in artgerechter Haltung zu leben«, sagte er und streichelte über den langen plüschigen Hals.

Ich kletterte auf mein Bett, rutschte zum Kopfteil und lehnte mich dagegen.

»Geht es dir gut, Summer?« Er kam auf mich zu.

»Ja«, sagte ich, als er sich neben mich setzte und seine Arme um mich schlang. Automatisch legte ich meinen Kopf auf seiner Brust ab. Ich hörte seinen regelmäßigen Herzschlag und er küsste mich auf den Scheitel.

»Tut mir echt leid, wie das gelaufen ist.«

Ich hatte gewusst, dass er noch einmal auf das jähe Ende unseres Dates anspielen würde.

»Ich habe dich vermisst«, flüsterte er, drehte meinen Kopf am Kinn zu sich und küsste mich zärtlich.

Eine ganze Weile lagen wir eng umschlungen da und ich lauschte seinem gleichmäßigen Herzschlag.

»Bist du eingeschlafen?«, fragte ich irgendwann in die Stille.

»Nein.«

340

Ich atmete tief ein und setzte mich auf, denn es gab etwas, was ich schon zu lange mit mir herumgetragen hatte.

»Ich muss mit dir reden.«

»Ich bin ganz Ohr.«

Verlegen strich ich mir eine Haarsträhne aus der Stirn.

»Also es ist so ... Als du weg warst, ich meine, vor der Sklaven-Auktion ... in der Neuen Welt ...«

»Ja?«

»Du weißt doch, dass Brian und ich eine Einweihungsparty gegeben haben.«

»Mhm.«

Ich befeuchtete mit der Zunge leicht meine Lippen. »Also, auf dem Maskenball, da ...« Ich brach ab. »Vielleicht hat Will etwas gesagt ...«

»Ich weiß es.« Clay ließ mich den Satz nicht beenden. »Und es tut mir leid. Ich hätte dich nicht allein lassen dürfen.« Als er das sagte, schwang deutlich das schlechte Gewissen in seiner Stimme mit. »Gordon ist ein ...« Clay schnaubte, hob seinen Blick und seine wütenden Augen wurden milder. »Wie gesagt, es tut mir leid«, flüsterte er.

Ich nickte mit zusammengepressten Lippen. Wir schwiegen kurz, bis ich abermals das Wort ergriff, weil ich den Faden nicht verlieren wollte: »Aber eigentlich ist das auch gar nicht das Thema.«

Clay hatte einen verbitterten Gesichtsausdruck angenommen und war ein klein wenig blasser als gewöhnlich. Offensichtlich war er mit den Gedanken immer noch bei Gordon.

»Clay?«

»Mhm?«

»Das ist aber nicht das, worüber ich mit dir sprechen wollte«, wiederholte ich.

»Du meinst ... da war noch mehr?«, fragte er und schüttelte wütend den Kopf. »Price!«, hörte ich ihn aus zusammengepressten Zähnen zischen.

»Nein! Das weiß auch Will nicht.«

»Na schön. Was ist es?« Ich hatte seine volle Aufmerksamkeit und konnte sehen, wie er sich verspannte.

»Okay ...« Nervös verknotete ich meine Hände. »Findest du mich ... na ja ... schön?«, wollte ich wissen.

Clay zog, eindeutig verwundert über die Frage, seine Stirn kraus.

»Ähm … ja? Ich finde dich sogar *sehr* schön.«

»Okay. Aber … findest du mich auch attraktiv?«

Jetzt verzog er seine Lippen zu einem schiefen Lächeln. »Auch das, Summer Snow, auch das«, sagte er anzüglich.

Ich atmete durch die Nase ein und verkniff mir ein Lächeln. Dann schlug ich meine Augen nieder, als ich fragte: »Und … findest du mich auch … perfekt … und makellos?« Jetzt sah ich ihn direkt an und wartete auf seine Reaktion.

»Ja.«

»Und das findest du … schon immer? Also von … von … Anfang an?«

»Ja, von Anfang an. Worauf willst du hinaus?«

Meine Finger griffen nach dem Saum der Bettdecke und zupften daran. »Na ja, Gordon hat an dem Abend der Einweihungsparty so eine komische Andeutung gemacht.«

»Was hat er gesagt?«

»Er meinte, ich solle dich fragen, wer mich bei der Auswahl weitergelassen hat. Du sagtest damals, dass es zwei zu eins gegen mich ausgegangen ist … Und ich bin immer davon ausgegangen, dass *du* mir diese eine Stimme gegeben hast. Aber du hast es niemals ausgesprochen. Also will ich jetzt von dir wissen, wie du gestimmt hast.«

Clay schwieg, aber das Entsetzen stand ihm ins Gesicht geschrieben.

»Clay?«

Noch immer schwieg er.

»Clay!«

»Summer, ich … ich …«

Meine Augen weiteten sich. Mein Atem stockte. *Nein, das kann doch nicht wirklich sein!?* Keine Antwort. Aber ich musste es von ihm hören. Ich wollte, dass er es aussprach.

»Hast du mich in die Elite gewählt?«, fragte ich jetzt direkt.

»Das … Es ist nicht so einfach, Summer«, begann er.

»Es ist sogar sehr einfach: Hast du mich in die Elite gewählt – ja oder nein?« Mir war eiskalt.

»Nein, habe ich nicht.«

Für einen kurzen Moment schloss ich meine Augen.

»Das hast du nicht«, flüsterte ich, als ich sie wieder öffnete.

Für ein paar Sekunden war ich wie erstarrt. Dann wollte ich nur noch weinen. Ich wollte auf der Stelle losheulen und niemals wieder aufhören – aber es ging nicht. *Verrat!*, schoss es mir durch den Kopf, und ich musste unwillkürlich an Dad denken. Am liebsten wäre ich aufgesprungen, hätte die blöde Giraffe aus dem Fenster gekickt und Clay gleich mit. Wie gerne hätte ich ihn angeschrien – aber stattdessen saß ich einfach nur da. Ich konnte weder weinen noch streiten. Fassungslos blickte ich ihn an.

»Geh!«, war alles, was ich über die Lippen bekam.

»Ich … ich …«

»Geh!« Ich sackte auf dem Bett in mich zusammen, wie eine vom Regen erdrückte Blüte.

Er stand auf, zögerte aber immer noch.

»Verschwinde, Clay, sonst schreie ich so laut, dass in zwei Minuten jeder, der in diesem Haus ist, vor meiner Tür steht!«, fauchte ich. Ich wollte ihn nicht mehr sehen, niemals wieder! Ich drückte mein Gesicht in die Kissen, und dann kamen sie doch: die Tränen.

KAPITEL 23

Entscheidung

»Gen, du hast dich selbst übertroffen!« So ein schönes Kleid hatte ich noch nie zuvor gesehen, geschweige denn getragen. Wir kicherten, als ich übermütig nach ihren Händen griff und wir uns drehten und drehten und drehten. Heute war der Abend, an dem die Entscheidung schlechthin getroffen wurde: Neue Welt oder Verbleib in der Elite. Aber mit diesem Kleid, da war ich mir sicher, würde mir die Neue Welt zu Füßen liegen. Unerschütterliche Hoffnung durchströmte meinen Körper wie Adrenalin. Irgendwann ließen wir uns los und ich plumpste auf die weichen Kissen der rosa Couch. Gen ließ sich auf einen Sessel fallen.

»Wie lange hast du daran gearbeitet?«, fragte ich, noch immer außer Atem, und betrachtete die feinen glitzernden Perlenstickereien, die sich über das gesamte Kleid ergossen.

»Einige Wochen.«

»Einige Wochen!?«, stieß ich aus und blickte bewundernd auf. »Das hättest du nicht tun müssen, Gen … aber … es ist unbeschreiblich schön«, schwärmte ich, erhob mich und betrachtete mich noch einmal von allen Seiten im Spiegel. Das schulterfreie goldene Ballkleid schmiegte sich eng an meine Taille. An der Hüfte war es ausgestellt, und der Stoff fiel leicht und wallend an mir herab. Es schleifte etwas über den Boden, doch das Problem würde sich durch die hohen Schuhe von selbst lösen. Meine Haare waren meisterhaft hochgesteckt und mit den gleichen goldenen Perlen geschmückt, die auf dem ausladenden Kleid zu finden waren. Als Gen mir jetzt noch die mit Kristallen besetzten Pumps präsentierte, ich hineinschlüpfte und das gesamte Kunstwerk betrachtete, stiegen mir unwillkürlich Tränen in die Augen. Ich sah aus wie eine Prinzessin – nur das Krönchen fehlte.

»Oh nein, Miss Summer. Sie dürfen nicht weinen. Die Schminke! Und die falschen Wimpern sind noch nicht ganz trocken!«

»Aber ich bin wunderschön. Das Kleid bringt mich zum Strahlen. Genau das wollte ich für heute Abend«, erklärte ich leise – aus Angst, eine Träne könnte durch zu lautes Sprechen herauskullern.

»Nein, Miss Summer. Das ist nicht das Kleid. *Sie* sind es. Sie sind perfekt. Sie bringen das Kleid zum Strahlen.«

Jetzt konnte ich sie nicht mehr halten. Sie kullerten über meine Wange zum Kinn hinab. Gen war sofort zur Stelle und tupfte meine rosige Haut. Mein Blick fiel abermals in den Spiegel.

Ich bin perfekt, dachte ich und konnte wahrhaftig keinen Makel an mir finden. Heute Abend war ich perfekt und heute Abend würde ich ausgewählt werden, um in die Neue Welt zu gehen. Ich würde Clay zeigen, dass er einen Fehler gemacht hatte.

Ich hatte ihn seit dem Vorfall in meinem Schlafzimmer nicht mehr gesehen. Vier Tage waren bereits vergangen. Auch wenn er mich verletzt hatte, und auch wenn ich die Stoffgiraffe zur Verwunderung aller gleich am nächsten Morgen aus meinem Zimmer entfernen ließ, und auch wenn ich ihn hassen wollte ... Ich konnte es nicht. Ich vermisste ihn.

Als ich die Marmortreppe hinunterging, wartete Will bereits ungeduldig vor der Haustür. Seine Augen weiteten sich bei meinem Anblick.

»Summer«, hauchte er fast ehrfürchtig, als ich auf ihn zutrat. »Du bist so schön, Summer. Immer, wenn ich denke, dass du nicht noch schöner werden kannst, strafst du mich Lügen.«

»Danke, Will. Du siehst auch sehr gut aus«, sagte ich mit einem Blick auf seinen schwarzen Smoking und die Fliege.

»Aber du ... also du siehst atemberaubend aus«, flüsterte er abermals, als hätte ich es beim ersten Mal nicht richtig verstanden.

»Danke, Will.« Ich lächelte schüchtern, denn obwohl ich genau diese Reaktion hervorrufen wollte, war es mir doch irgendwie unangenehm, und ich spürte sanfte Röte in meinem Gesicht aufsteigen.

»Wo ist Brian?«, fragte ich und sah mich um.

»Er ist schon gefahren. Du hast ihm zu lange gebraucht. Aber ... jede Minute davon hat sich gelohnt.«

Wieder überging ich das Kompliment.

»Und Dad?«

»Ich bin hier, Summer«, hörte ich seine Stimme hinter mir.

Ich blickte mich um und er musterte mich von oben bis unten. Seine Reaktion war ganz und gar nicht so, wie ich sie erwartet hatte: Er zog die Mundwinkel missbilligend nach unten und verengte die Augen zu Schlitzen.

»Summer ... du bist schön«, stieß er aus. Es klang fast wie ein Vorwurf. Sein Blick huschte zu Will.

»Danke, Dad ... falls das ... ein ... Kompliment sein sollte?«, fragte ich trocken.

»Ähm, ja ... ja, das sollte es. Brian ist schon vorgefahren. Ich wollte nicht, dass meine *beiden* Kinder zu spät kommen«, wechselte er schnell das Thema.

Ich nickte nur, wider Willen ein bisschen enttäuscht. Wir verließen das Haus und stiegen in die Limousine, die bereits auf uns wartete.

Der Regierungspalast war hell erleuchtet und funkelte wie ein Diamant in der Dunkelheit. Unsere Limousine hielt vor dem roten Teppich. Ich stieg aus, raffte geschickt mein Kleid und ging die Stufen hinauf. Oben erreichten wir ein großes gusseisernes Tor und traten fast ehrfürchtig hindurch.

»Sie sind schon alle drin, Miss Summer. Genau wie ich es sagte, wir sind zu spät«, wisperte Gen nervös und legte den Handrücken gegen die Stirn, als würde sie jeden Moment in Ohnmacht fallen. Als wir durch den mit Wachen gespickten langen Korridor liefen und so dem Ballsaal immer näher kamen, klopfte mir das Herz bis zum Hals – aber es waren nicht die Symptome, die konnte ich mittlerweile identifizieren. Das hier war Aufregung. Die hohe goldene Tür zum Ballsaal wurde geräuschvoll und knarzend von einem vornehm aussehenden Mann im roten Frack geöffnet. Bevor wir eintraten, nahm Gen die goldene Stola von meinen Schultern, die sie mir zum Schutz gegen die Kälte umgelegt hatte. Durch das unüberhörbare Ächzen der Tür blickten sich die Menschen zu uns um. Langsam schritt ich voran, als die Menge eine Gasse für mich bildete. *Vielleicht ist das Kleid doch etwas zu dick aufgetragen?*

Dad, Will und Gen drängten mich weiter, und ich staunte nicht schlecht, als ich mich in dem prächtig geschmückten Saal umblickte. Dieser Ballsaal war unübertrefflich schön. Über unseren Köpfen erhob sich eine gigantische Glaskuppel, von der riesige Kristalllüster herabhingen, blitzten, blinkten und um die Wette strahlten. Übergroße Farne und andere Pflanzen standen an den Seiten des Saals in goldenen Töpfen. Es war kein Stück Gemäuer zu sehen – der Ballsaal bestand nur aus Glas und Stahl. Glastür um Glastür reihte sich aneinander, wie bei einem riesigen Wintergarten, und jede der Türen schien auf eine weitläufige Terrasse zu führen. Auf einer Empore thronte ein Orchester, und der Dirigent bewegte seine Hände im Takt der Musik. Die Klänge erfüllten den ganzen Saal. Ohne Eile erkundete ich den prächtigen Raum und blieb unwillkürlich stehen, als eine beachtliche Eislaufbahn vor meinen Augen auftauchte.

»Summer«, vernahm ich meinen Namen aus der Menge. Mein Blick suchte die Person zu der Stimme und fand Morgan. In ihrem auffallenden silbernen Kleid stürzte sie auf mich zu und umarmte mich.

»Wow, du bist so schön, Summer. Und wie lustig das ist – Gold und Silber.« Begeistert deutete sie zuerst auf mein Kleid, dann auf ihren Traum in Silber. Direkt hinter Morgan folgte Brian.

»Na, auch schon da, verbotenes Früchtchen?« Er grinste und umarmte mich. »Du siehst toll aus, Summer.« Dann begrüßte er Will und Dad, die hinter mir standen. Unzählige Kellner liefen durch die Menge und boten Häppchen und Getränke an. Jeder von uns griff nach einem Champagnerglas, mit dem wir uns zuprosteten, bevor wir an dem köstlichen, kühlen Trunk nippten.

»Summer«, hörte ich die unverkennbare, verführerische Stimme hinter mir. Morgan hatte ihn bereits über meine Schultern hinweg erspäht und lächelte ihm höflich zu, nur um mir anschließend einen vielsagenden Blick zuzuwerfen. Dann wandte sie sich ab und griff nach Brians Arm.

Zögerlich drehte ich mich um und blickte in seine wunderschönen Augen.

Könnte er denn heute nicht einfach mal mies aussehen?, fragte ich mich, als ich ihn still musterte. *Ein, zwei Pickel, vielleicht um Jahre gealtert oder eine Warze auf der Nase?*

Aber nein, das war mir nicht vergönnt. Er sah perfekt aus, wie immer. Und so flatterten die Schmetterlinge wild in meinem Bauch, ob ich wollte oder nicht.

»Wow«, war alles, was er herausbrachte. »Du bist ... wunderschön, Summer.«

Das ging runter wie Öl.

»Hach ...«, seufzte ich, vielleicht etwas zu theatralisch. »Hätte ich dieses Kleid doch nur schon bei der Auswahl getragen.«

Clay verzog missmutig das Gesicht. »Summer, es ist nicht, wie du denkst«, begann er.

»Dann klär mich auf«, forderte ich. »Wie ist es dann?«

»Nicht hier.« Verstohlen schaute er in die Menge.

»Natürlich nicht«, zeterte ich.

Noch bevor er etwas erwidern konnte, kam ein Kellner mit einem Tablett auf uns zu und bot auch Clay einen Champagner an. Ich trank das Glas in meiner Hand mit einem Schluck aus und griff nach einem neuen. Clay sah mich kurz verwirrt an und nahm sich dann ebenfalls einen Champagner.

»Du solltest vorsichtig mit Alkohol sein, sonst bist du betrunken, ehe die Entscheidung getroffen wurde.«

Ich überhörte ihn, prostete ihm übermütig zu und kippte auch das zweite Glas in einem Zug hinunter. Als in diesem Moment erneut ein Tablett vor mir auftauchte, stellte ich mein leeres Glas ab und wollte schon nach einem weiteren greifen, doch Clay haschte nach meinen Fingern und schüttelte den Kopf. Der verständige Kellner tauchte mit seinem Tablett im Getümmel unter.

»Wow ... Danke, *Dad*.« Ich machte eine geringschätzige Geste mit der Hand. Natürlich hätte ich dieses letzte Glas nur in die Hand genommen, um Clay zu ärgern, denn auch mir war klar, dass ich bei der finalen Entscheidung auf gar keinen Fall betrunken sein durfte. Ich musste alle Sinne beisammenhaben, um zu überzeugen. Und um Clay zu beweisen, dass ich es schaffen konnte.

Clay winkte unterdessen die Bedienung mit den Häppchen heran. Auffordernd reichte er mir ein kleines Canapé. Ich nahm es widerstrebend an, biss hinein und drehte mich zum Gehen. Sofort ergriff Clay meinen Oberarm. Ich schaute auf seine Finger an meiner nackten Haut und blickte ihm wütend in die Augen.

»Fass. Mich. Nicht. An«, fauchte ich. Er ließ mich los, und sein Blick huschte über die Schar von Menschen, die um uns herumstanden – ich hatte wohl etwas zu laut gesprochen.

Ohne es zu wollen, fiel mir sein perfekt sitzender Smoking mit den Manschettenknöpfen aus Perlmutt und der schwarzen Fliege auf. Er sah so gut darin aus – so männlich und anmutig, dass ich unwillkürlich an den Abend vor dem Kamin denken musste. Ich dachte an seine Berührungen auf meinem Körper, an seine warmen, weichen Lippen, an seinen Atem an meinem Hals, an seine feste, breite Brust ...

Standhaft, Summer! Ich schüttelte den Kopf, um die Erinnerung zu vertreiben, und schob mir den Rest des Häppchens in den Mund.

Entschlossen ergriff Clay erneut meinen Arm, ohne Widerspruch zu dulden, und zog mich an den Rand des Ballsaals, zu einer der unzähligen Glastüren. Die helle Beleuchtung machte es unmöglich, in der vorherrschenden Dunkelheit draußen etwas zu erkennen. Clay zog mich hinter einen der riesigen Pflanzenkübel, wo wir vor den Blicken der umstehenden Gäste geschützt waren.

»Was gibt es denn noch? Denn egal, was es ist, Clay, ich will es gar nicht wissen«, motzte ich und nahm ihm das Glas Champagner aus der Hand, um daran zu nippen. Schweigend nahm er das Glas wieder an sich.

»Gib es doch zu!«, schnaubte ich.

»Was soll ich zugeben?«

»Dass du mich nicht schön genug findest, um hier zu sein oder in deiner fabelhaften Neuen Welt zu leben.« Meine Stimme krächzte, und sobald ich den Satz aussprach, wurde mir klar, wie sehr ich mich damit selbst verletzte. Ich ballte meine Fäuste und gab mich kämpferisch. »Aber ich habe Neuigkeiten für dich: Ich *bin* schön.« Ich deutete mit dem Zeigefinger auf mich selbst. »Und ich werde es schaffen!«

Entgeistert schüttelte er seinen Kopf. »Du denkst tatsächlich, dass ich dich nicht schön finde?« Er blickte mir in die Augen. »Summer, hast du denn gar nichts verstanden? Ich fand dich vom ersten Moment an begehrenswert.«

»Wirklich?«, fragte ich sarkastisch. »Warum hast du mich dann nicht in die Elite gewählt?«

»Ich wollte dich schützen.«

»Schützen?« Ich lachte bitter auf. »Und wovor, Clay? Vor den weichen

Betten und dem guten Essen? Den netten Menschen oder den Parfüms und der Kleidung? Oder vielleicht vor den luxuriösen Villen und den teuren Autos?«

»Bitte, Summer, vertrau mir. Ich werde es dir erklären, aber nicht hier und nicht jetzt«, sagte er ruhig.

»Immer dasselbe.« Ich biss die Zähne hart aufeinander und wandte mich zum Gehen.

»Erinnerst du dich noch, als wir nach der Show zusammen in meinem Auto saßen?«, begann er, und ich hielt inne. »Als ich dir erklärte, dass Menschen, die lieben, manchmal etwas tun, was man erst beim zweiten Hinsehen versteht?«

Ich nickte einmal.

»So ist das jetzt gerade. Bitte gib mir die Zeit, die ich brauche, bis ich darüber sprechen kann.«

»Und wann wird das sein, Clay?« Ich verschränkte meine Arme vor der Brust.

»Sehr bald.«

Ich schnaubte kurz und überlegte. »Na schön. Ich werde das Thema zurückstellen. Aber ich gebe dir für deine Erklärung nicht ewig Zeit.«

»Das wirst du nicht müssen«, erwiderte er, und ich konnte die Erleichterung in seiner Stimme hören.

»Clay«, begann ich und trat nah an ihn heran. »Wenn du mir irgendwann die Wahrheit sagst …«

»Ja?«

»Wird sie mir eine Erklärung für dein Verhalten liefern? Eine, die Sinn macht?«

»Ja«, sagte er überzeugt.

»Ich glaube, ich bin kein besonders geduldiger Mensch.«

»Ist mir klar.«

»Na schön«, überlegte ich und traf eine Entscheidung. Ich wollte nicht länger hingehalten werden. Genug war genug. Und was dann folgte, war teils den beiden Gläsern Champagner geschuldet, teils meinem unbedingten Willen, die Wahrheit herauszubekommen.

»Ich gebe dir eine Deadline.«

»Eine Deadline?«

»Ja, genau. Und ich lege sie jetzt fest.«

»Okay ...« Er klang verunsichert.

»Ich gebe dir eine Woche. Sieben Tage ab heute. Dann will ich Antworten auf meine Fragen.«

»Und wenn ich sie dir bis dahin nicht geben kann?«

»Wenn du mir innerhalb einer Woche nicht die volle Wahrheit sagst, will ich dich nicht mehr sehen – *nie* mehr.«

Er riss seine Augen auf. »Das ist Erpressung!«

»Ja, und es tut mir leid, aber du zwingst mich dazu. Ich bin nicht länger bereit zu warten. Es ist deine Entscheidung – entweder du willst mich oder eben nicht.« Mit diesen Worten wandte ich mich von ihm ab und ging durch das Menschengewimmel auf die Suche nach vertrauten Gesichtern. Dad war mit einem mir unbekannten Mann offensichtlich in eine interessante Unterhaltung vertieft, denn er gestikulierte wild und lachte immer wieder auf. Will stand mit einer anderen Gruppe zusammen und schien ebenfalls Spaß zu haben. Ich stellte mich zu ihm. Als ich einen Kellner mit Häppchen erblickte, bediente ich mich. Vielleicht war es doch keine so schlechte Idee, etwas im Magen zu haben. Ich nahm den ersten Bissen, während meine Augen unwillkürlich den Saal nach Clay absuchten. Er war mir nicht gefolgt, obwohl ich es vermutet, ja, eigentlich sogar erwartet hatte. Stattdessen erspähte ich ihn abseits, umzingelt von einer Gruppe Mädchen. Unter ihnen Millie und Penny-Rose. Clay lachte sein charismatisches Lachen, bei dem sich seine Augen in Charme sprühende Waffen verwandelten, und ich konnte förmlich sehen, wie jedem der Mädchen die Knie weich wurden. Ich wurde eifersüchtig. Wenn er das wollte – falls er überhaupt so weit gedacht hatte –, hatte er sein Ziel erreicht.

Als ich mich wieder zu Will drehen wollte, hatte bereits ein anderes Mädchen meinen Platz eingenommen. Über ihre Schulter hinweg sah ich Will lachen. Er beachtete mich nicht. Genervt rollte ich mit den Augen und beschloss, in der Menge nach Morgan zu suchen. Ich fand sie bei Brian, Greg, Eric und Diamond. Diamond trug einen Traum in Pink – ihre Lieblingsfarbe –, Eric trug solidarisch eine rosafarbene Fliege und hatte seinen Arm um ihre Taille gelegt. Ich stellte mich zu ihnen. Greg schob sich neben mich.

»Ein Glas Champagner?«, fragte er, als er auf meine leeren Hände blickte.

»Gerne.«

Er winkte einen Kellner heran und wir ließen die Gläser klirren.

»Du siehst heute wirklich atemberaubend aus. Wie immer.«

»Danke. Du siehst auch gut aus«, sagte ich schmunzelnd.

»Willst du tanzen, Summer Snow?«

»Es wäre mir ein großes Vergnügen.« Ich verbeugte mich scherzhaft, und er führte mich auf die Tanzfläche. Eine Melodie nach der anderen wurde gespielt, und Tanz für Tanz hatte ich immer mehr Spaß. Greg war ein ausgezeichneter Tänzer. Als wir völlig außer Atem und kichernd die Tanzfläche verließen, erblickte ich zwei hochrote Gesichter mit mürrischer Miene, die deutlich aus der Menschenmenge hervorstachen. Jetzt war keines der Mädchen mehr zu sehen, die Will und Clay eben noch umzingelt hatten. Eifersüchtig machen konnte ich anscheinend auch – selbst wenn keine Absicht dahintergesteckt hatte. Ich lachte extra laut auf, als Greg mir etwas Unverständliches ins Ohr raunte, während wir an Clay und Will vorbeiliefen.

Plötzlich hallte eine Stimme durch den Saal, und ich hielt mitten in der Bewegung inne. Es war der allseits bekannte Jerry, der auch die Show und die Sklaven-Auktion moderiert hatte – vermutlich eine Art Mädchen für alles, was Veranstaltungen anging.

»Bevor wir mit der Einführung in die Gesellschaft beginnen«, startete er seine kurze Ankündigung von einer Bühne hinter der Eislaufbahn aus, »bitten wir Sie alle geschlossen nach draußen. Das erste Feuerwerk des heutigen Abends beginnt in fünfzehn Minuten. Viel Spaß dabei!«

Augenblicklich, als hätte man einen Schuss in eine Herde Kühe abgefeuert, drängten die Menschen nach draußen. Ich wartete etwas abseits, bis alle durch die Türen geströmt waren. Für einen kurzen Moment schien es, als würde ich allein in dem übergroßen Ballsaal stehen. Plötzlich wurde das Licht gedimmt – vermutlich, damit es den Blick auf das Feuerwerk nicht störte.

»Komm mit«, hörte ich Clay hinter mir. Er fasste meine Hand und zog mich in Richtung Eislaufbahn, weg von den Türen, die nach draußen führten.

»Würdest du mir die Ehre erweisen, eine Runde mit mir zu laufen?«

»Ich bin noch nie Schlittschuh gelaufen«, erklärte ich unsicher, als wir vor der Eislaufbahn zum Stehen kamen.

»Hier sind jetzt nur du und ich. Komm schon. Mach mir die Freude.«
Seine Stimme klang verführerisch.

»Na schön, aber ...«

»Du wirst es erfahren. Ich habe eine Woche«, sagte er, weil er wohl dachte, dass ich schon wieder auf seine Geheimnisse zu sprechen käme. »Aber für jetzt – tu mir diesen Gefallen.« Er ließ die weißen Schlittschuhe vor mir baumeln.

Ich seufzte tief, nahm sie an mich, setzte mich auf einen Stuhl und zog sie an.

Vorsichtig, fast ängstlich, betrat ich das glatte Eis. Er hingegen drehte bereits die erste Runde und streckte mir im Vorbeifahren seine Hand entgegen. Ich ergriff sie.

»Eislaufen kannst du also auch?«

»Es ist nicht meine beste Disziplin, aber ... ja.«

»Natürlich«, murmelte ich mehr zu mir selbst.

Gekonnt drehte er mich vorsichtig einmal um die eigene Achse. Ich lachte und wurde mutiger, ließ aber seine Hand nicht los. Als ich den Dreh einigermaßen heraushatte, liefen wir Händchen haltend Runde um Runde, bis er mich mit einer gewagten Handbewegung zu sich zog.

»Ich habe dich die letzten Tage vermisst«, gestand er.

»Wirklich?«

»Was glaubst du denn?« Er sah verwundert aus. »Denkst du, dass ich jedem Mädchen meine Liebe gestehe, sie küsse und dann einfach darüber hinwegkomme, wenn sie mich nicht mehr sehen will? Meinst du, ich bin aus Stein?«

»Keine Ahnung. Das Einzige, was ich weiß, ist, dass du mich nicht in die Elite gewählt hast, weil du mich ganz offensichtlich nicht perfekt genug findest«, flüsterte ich, aber glaubte es irgendwie selbst nicht.

»Ehrlich? Immer noch das gleiche Thema?«

»Es hat nie geendet«, erklärte ich. »Und das wird es auch nicht – bis zu dem Tag, an dem ich die Wahrheit höre.«

Er schwieg für einen Moment, und gerade als er noch einmal ansetzen wollte, überkamen mich die Symptome. Clay bemerkte es sofort. Er drückte mich fester an sich, als könnte er meinen beschleunigten Herzschlag hören.

»Alles gut, Summer«, raunte er. Ich spürte seine Hände an meiner Schulter, spürte seine Wärme, als ich meinen Kopf gegen seine Brust lehnte. Die aufgestellten Haare in meinem Nacken jagten einen Schauer durch meinen Körper. Ich begriff sehr schnell, dass wir nicht allein waren.

Als ich meine Augen aufschlug, erblickte ich den rundlichen Mann mit dem dichten schwarzen Haar, der einsam vor der Eislaufbahn stand. Clay folgte meinem Blick.

»Eure Majestät.« Er machte eine Verbeugung, und ich knickste unbeholfen.

»Schön siehst du aus, mein Täubchen.« Der Mann blickte mich gierig, fast irre an, ohne auf Clay einzugehen.

»Ist das dein erstes Mal?« Er deutete auf meine Schlittschuhe.

»Ja«, bestätigte ich schüchtern.

Er kam weiter auf uns zu und blieb an der Bande der Eisfläche stehen. Ich drückte Clays Hand und spürte seinen festen Griff in meiner Taille. Der König neigte seinen Kopf langsam von links nach rechts.

»Wenn du alles, was du tust, beim ersten Mal so gut machst, gefällst du mir schon jetzt.« Er leckte sich bedrohlich die Lippen, und ich wich unwillkürlich zurück. Das Eis war glatt und ich zu ungeübt – um Haaresbreite wäre ich gestürzt, doch Clay hielt mich so fest an sich gedrückt, dass mich meine bebenden Beine nicht nach unten reißen konnten.

»Wie ist dein Name, kleines Täubchen?«

»Summer«, sagte ich und war mit dem Namen »Täubchen« gar nicht einverstanden.

»Summer. Und weiter?«

»Snow.«

»Summer Snow?« Er lachte keckernd auf. »Das gefällt mir.«

In diesem Moment gingen die ersten Feuerwerkskörper in die Luft. Ich zuckte zusammen.

»Du solltest dir das Feuerwerk ansehen, kleines Schneetäubchen. Es wird dir gefallen«, sagte er gebieterisch. Mit süffisantem Grinsen drehte er sich um. Ich knickste noch einmal, Clay verbeugte sich, und dann war der König verschwunden.

Ich sah zu Clay auf. Sein Blick wirkte gequält. Behutsam führte er mich von der Eislaufbahn, vergewisserte sich, dass es mir besser ging, und verabschiedete sich überstürzt.

Als ich in meine Schuhe geschlüpft war, strömten die Menschen schon wieder in den großen Ballsaal. Das Feuerwerk war zu Ende – schon das zweite, das ich verpasst hatte.

»Wunderschön, nicht wahr?«, riss Morgan mich aus meinen Gedanken.

»Ja, großartig«, entgegnete ich, als hätte ich das Feuerwerk tatsächlich gesehen.

Elisabeth betrat die Bühne und klatschte in die Hände. Sie hielt ein rotes Tuch in der rechten Hand und streckte ihren Arm in die Höhe. Ich hatte keine Ahnung, was dies zu bedeuten hatte. Mein Blick suchte Gen. Sie stand direkt hinter mir und lächelte wissend.

Gut, dachte ich. *Dann weiß wenigstens eine von uns, was jetzt passieren wird.*

»Folgen Sie mir, Miss Summer. Es geht los. Sie werden jetzt der Königsfamilie vorgestellt«, erklärte Gen zappelig. Wieder teilte sich die Menschenmasse, damit die Anwärter passieren konnten. Als ich mich umdrehte, sah ich Will hinter mir. Er lächelte verkrampft. Clay konnte ich in der Menge nicht mehr ausmachen. Über eine breite Steintreppe wurden wir in einen großen Raum im ersten Obergeschoss geführt. Bevor ich eintrat, hörte ich meinen Namen aus Gens Mund.

Ich drehte mich um.

»Wir dürfen ab jetzt nicht mehr weiter«, sagte sie lächelnd und deutete auf sich und Will.

»Okay.«

Sie drückte noch einmal meine Hand, und ich die ihre.

»Viel Glück, Miss Summer.«

»Viel Glück«, sagte Will und verzog dabei keine Miene.

Dad und Brian tauchten neben mir auf. Gemeinsam betraten wir den Raum. Er war mit dunkler Wandvertäfelung verziert, darüber hingen Ölgemälde. Eines davon zeigte eine Jagdszene. Männer saßen auf Pferden und folgten einer Hundemeute durch einen Wald. An der Seite war ein getroffener Hirsch zu sehen. Er bäumte sich auf, doch das Blut quoll bereits aus der Wunde.

Wir setzten uns auf eine der Bänke, die vor den Wänden standen. Keiner von uns dreien brachte einen Ton heraus. Stumm sahen wir zu, wie einer nach dem anderen aufgerufen wurde und hinter einer Holztür verschwand.

»Brian Snow«, schallte irgendwann sein Name durch den Raum.

»Ich werde jetzt mit Brian gehen«, erklärte Dad. »Ich erwarte dich hinter der Tür.«

»Okay. Viel Glück, Brian«, murmelte ich etwas eingeschüchtert, aber da waren die beiden bereits durch die dunkle Tür verschwunden. Und dann passierte, was passieren musste: Die Symptome überkamen mich – wie immer im unmöglichsten Moment.

Nicht jetzt! Bitte nicht jetzt! Hastig drehte ich mein Gesicht zur Wand und war heilfroh, dass jeder mit sich selbst beschäftigt war. Meine Kehle wurde eng, meine Hände feucht, die feinen Nackenhaare stellten sich auf und es fröstelte mich. Ich hätte Gen besser angewiesen, mir die Stola zu lassen … Das dachte ich aber nur so lange, bis mir siedend heiß wurde … Mein Blick fiel auf die Tür, durch die ich gekommen war.

Lauf!, kommandierte meine innere Stimme – aber natürlich lief ich nicht. Ich konzentrierte mich und brachte meine gesamte Kraft auf, um wieder ruhig zu werden. Es waren vielleicht ein paar Minuten vergangen, bis ich mich wieder so weit gefasst hatte, dass ich auf meinen Namen reagieren konnte, der jetzt durch den Raum schallte. Wie angekündigt, erwartete Dad mich hinter der Holztür. Der Saal, den ich betrat, war lang und an seinem Ende thronten drei Menschen. Der Raum war reich verziert. Goldene Ornamente blitzten in jedem Winkel. Langsamen Schrittes, fast ehrfürchtig, liefen wir auf die Menschenansammlung zu. Ich erkannte den König sofort. Er trug jetzt eine Krone und einen roten Mantel mit Hermelin besetztem Kragen. Neben ihm saß eine Frau mit langen schwarzen Haaren, die ihr offen über die Schultern fielen. Sie war sicher einmal schön gewesen, jetzt aber waren ihre Züge bitter. Verbissen, fast wütend, stierte sie mich an. Neben seinen Eltern saß Gordon. Schnell wandte ich meine Augen von ihm ab und endlich erblickte ich Clay. Er stand rechts neben der Königsfamilie, an der Seite eines schlanken, gut aussehenden Mannes mit strengen Zügen. *Sein Vater,* mutmaßte ich. Clays Mutter, die neben ihm stand, hatte ihre braunen Haare elegant hochgesteckt und trug eine dicke graue Perlenkette. Sie war eine schöne Frau, ihre Augen aber durchbohrten mich regelrecht. Ich kramte in meinen Erinnerungen und war mir sicher, dass er schon einmal erwähnt hatte, zwei Schwestern und einen Bruder zu haben … sie waren offensichtlich nicht mitgekommen.

»Das ist Summer Snow, Eure Majestät«, stellte mich ein Diener vor. Ich knickste.

»Das kleine Schneetäubchen«, sagte der König amüsiert und verzog seinen Mund zu einem breiten Grinsen. »Dein Name – er gefällt mir.« Es klang irgendwie nach einer Drohung, und mit einem Mal fühlte ich erneut Unbehagen in mir hochsteigen. Mein Blick huschte zu Clay. Er nickte mir kaum merklich, aber aufmunternd zu. Mein Gesicht war völlig verkrampft.

»Du bist erst vor einigen Wochen hierher in die Elite gekommen?«

»Das ist richtig«, meine Stimme zitterte hörbar.

»Du interessierst dich für Medizin, wie dein Vater?«

»Ja.«

»Und hat er dir auch schon etwas beibringen können?«

»Ja.«

Den König schienen die einsilbigen Antworten nicht zufriedenzustellen, denn er reckte ungeduldig sein Kinn vor, sodass ich weitersprach.

»Als wir noch in Blackyard gelebt haben, habe ich ihm häufig in der Praxis geholfen.«

»Das ist sehr interessant«, murmelte der König und neigte seinen Kopf von links nach rechts, wie er es schon vorhin getan hatte. »Du kannst dich entfernen.« Er wedelte mit seiner Hand, als wäre ich eine Fliege, die es zu verscheuchen galt. Ich knickste und trat zurück. Dad legte seine Hand an meinen Rücken und geleitete mich nach draußen.

»Das war alles?«

Er nickte. Wir wurden durch eine andere Tür hinausgeführt. Brian erwartete uns vor der Treppe.

»Alles gut gelaufen?«, wollte er wissen.

»Ehrlich gesagt, habe ich keine Ahnung. Ich denke schon, oder?« Ich blickte zu Dad.

»Wir werden sehen«, murmelte er gedankenversunken.

Als wir die Treppe hinab und zurück in den Ballsaal gingen, hatten die ersten Paare bereits wieder zu tanzen begonnen.

»Und? Wie war es?« Will kam zwar auf mich zu, sprach aber meinen Dad an.

»Ich kann es nicht sagen«, erklärte dieser kopfschüttelnd, und ich wunderte mich, wie vertraut sie miteinander sprachen. Bevor ich den Gedanken vertiefen konnte, trat Greg wieder an mich heran. Ich hatte ihn gar nicht kommen sehen.

»Es war so schön, und da dachte ich, wir beide tanzen noch einmal miteinander.«

»Gerne«, sagte ich und wir betraten ausgelassen und fröhlich die Tanzfläche. Ich tanzte noch immer, als die Stimme des Moderators wieder durch den Saal drang und die Musik unterbrach.

»Kommen wir nun zu dem mit Spannung erwarteten Höhepunkt des Abends. Ich werde die Namen der Anwärter verlesen, die in die Neue Welt gehen werden. Die Abreise wird noch heute Nacht erfolgen. Wenn Sie Ihren Namen hören, werden Sie innerhalb von drei Stunden aufbrechen«, frohlockte der Moderator. Plötzlich tauchte Morgan neben mir auf und griff nach meiner Hand. Der Moderator, der auf einer kleinen Bühne stand, zückte eine lange Liste.

»Also noch einmal: Diejenigen, deren Namen ich jetzt in alphabetischer Reihenfolge vorlese, werden in die Neue Welt gehen. Darum geben Sie gut acht, und warten Sie bitte mit dem Jubel, bis ich zu Ende vorgelesen habe.« Dann begann er. Einen Namen nach dem anderen ratterte er herunter. Ich blickte mich um. Wo war Brian? Wo waren Will und Clay? Dann sah ich Clay, Will, Tristan, Red und Blue an der Seite stehen. Sie steckten die Köpfe zusammen. Was war so wichtig, dass es genau jetzt besprochen werden musste?

»Summer Snow«, rief der Moderator, und mein Kopf fuhr herum. Meine Kinnlade klappte nach unten und Morgan drückte meine Hand fester. »Oh Summer, ich freue mich so für dich«, piepste sie leise, weil der Moderator noch am Vorlesen war.

Ich konnte es nicht fassen – ich hatte es geschafft!

Ein Wirbelsturm an Gefühlen überrollte mich. Ich hatte allen Widrigkeiten zum Trotz den Gipfel erstürmt! Von Glückseligkeit erfüllt stand ich da. Als Jerry mit der Liste fertig war, fiel mir Morgan um den Hals. Von allen Seiten wurde ich nun beglückwünscht. Gen riss mich fast um, als sie mich endlich zu fassen bekam.

»Miss Summer, ich wusste es!«, schrie sie ihr Glück heraus.

Natürlich war sie glücklich, denn mein Hauptschmetterling würde mich begleiten. Es dauerte eine Zeit, bis ich wieder klar denken konnte und das erste Adrenalin in meinem Körper abgebaut wurde. Ich würde in die Neue Welt gehen, würde neue, aufregende Dinge sehen. Neue Menschen kennenlernen. Ich würde bei Clay sein. Aber ich würde auch meine Familie und Freunde verlassen müssen. Morgan war nicht aufgerufen worden – auch Brian nicht. Sie würden hier in der Elite verbleiben. Aber ich freute mich für die beiden und war mir sicher, dass sie schon bald einen Antrag für ihre Hochzeit stellen würden. Wie auf Wolken schwebte ich durch den Ballsaal, als mir einer nach dem anderen gratulierte.

KAPITEL 24

Traum oder Wirklichkeit

»Summer, da bist du ja.« Ich musste mich nicht umdrehen, um die betörende Stimme zu erkennen.

»Clay!«, rief ich freudig aus. Und ganz plötzlich waren all der Groll und die Wut über seine Geheimnisse wie weggeblasen. Ich hatte es geschafft. Das war alles, was in diesem Moment für mich zählte. Als ich ihm überschwänglich entgegenrannte, hielt er mich auf Abstand und blickte nervös in die Menge. Er senkte seinen Kopf und flüsterte in mein Ohr: »Nicht hier, lass uns rausgehen.«

Er verschränkte seine Finger mit meinen und zog mich zum Rand des überfüllten Ballsaals. Die Gesichter der Umstehenden nahm ich nicht mehr wahr, ich hatte nur noch Augen für ihn und blickte auf eine Stelle in seinem Nacken, als ich ihm folgte. Vor einer großen Glastür kam er zum Stehen. Er schenkte mir ein so bezauberndes Lächeln, dass meine Knie weich wurden. Clay öffnete die Glastür und wies mir mit einer galanten Handbewegung voranzugehen. Ich trat hinaus auf die weite Terrasse, er zog die Tür hinter sich zu, und mit einem Mal war es still. Die laute Musik klang in meinen Ohren nach. Ich nahm tiefe Atemzüge in der klaren, kühlen Nachtluft und trat an die Balustrade heran. Meine Hände umfassten den kalten, rauen Stein der Brüstung und ich blickte in die sternenklare Nacht. Der Mond stand genau über uns und erhellte die weitläufigen Grünflächen und die Wasserspiele. Der leichte Wind ließ hier und da seine Präsenz in den hohen Bäumen erahnen. Clay trat hinter mich und schlang seine Arme um meinen Oberkörper. Er war so warm, und er roch so gut. Zärtlich küsste er mich im Nacken – einmal, zweimal, dreimal. Seine Lippen auf meinem Hals ließen mich kichern, weil es mich kitzelte und gleichzeitig wohlig erschaudern ließ.

»Komm«, flüsterte er nach einer Weile in mein Ohr.

Hand in Hand schlenderten wir die Stufen der weiten Terrasse hinunter in den Park. Als wir das Ende der Treppe erreicht hatten, blieb er stehen und drehte sich zu mir.

»Ist dir kalt?« Noch bevor ich antworten konnte, nahm er sein Smokingjackett ab und legte es mir um die Schultern. Wieder suchten seine Hände meine, und wir spazierten gemeinsam in die grüne Dunkelheit.

Farne, Bäume und Sträucher reihten sich am Wegesrand, und für einen Augenblick glaubte ich, in einer anderen Welt zu wandeln. Das Plätschern der Wasserspiele, die Musik in der Ferne, der silberne Mond ... Er und ich, Hand in Hand – es war so kitschig und wundervoll. Dieser Augenblick hätte nur noch magischer sein können, wenn ein weißes Einhorn zwischen den Büschen aufgetaucht wäre.

Nach einer Weile kamen wir an eine Weggabelung. Sie war so breit, dass Clay ganz plötzlich fragte: »Darf ich um diesen Tanz bitten, Summer Snow?«

Ich lächelte ihm zu, knickste und sagte: »Sie dürfen, Mister Reed.«

Sanft umfasste er mit seinen Händen meine Hüfte. Ich schlang die Arme um seinen Nacken, und wir wiegten uns im Takt der langsamen Musik. Ich verlor mich in seinen Augen. Nach einer Weile legte ich meinen Kopf an seine Brust – seine wunderbar starke Brust. Ich seufzte tief, fühlte mich so geborgen, so sicher.

»Herzlichen Glückwunsch, Summer«, flüsterte er in mein Ohr.

»Danke«, hauchte ich und lächelte in mich hinein.

Er löste meinen Kopf von seiner Brust und schaute mir tief in die Augen, betrachtete mein Gesicht so eingehend, als wollte er es tief in seine Erinnerungen einprägen. Dann fuhr er die Konturen meiner Wange mit den Fingern nach.

»Du bist wunderschön«, sagte er verträumt und küsste mich erst liebevoll auf die Stirn, dann auf meine Lippen. Es waren flüchtige Küsse – zart, schnell und wie der Flügelschlag eines Schmetterlings. Er sah mir erneut tief in die Augen, dann küsste er mich noch einmal, diesmal leidenschaftlicher. Er schmeckte so gut. Seine Hände umklammerten abermals meine Taille. Dann flüsterte er: »Ich liebe dich, Summer.« Mir stockte der Atem – und ich erwiderte mit einem Blick in seine braunen Augen: »Ich liebe dich auch, Clay.« Meine Stimme zitterte, als ich es sagte. Keine Ahnung, warum, denn ich sagte es gerne. Ich hätte mir nicht vorstellen können, dass jemals jemand glücklicher war als ich in diesem Moment – und wenn doch, dann hätte dieser jemand vor Glück und Liebe zerplatzen müssen, wie ein übervoller Luftballon. Ich zumindest stand kurz davor.

Clay umarmte mich noch einmal – etwas zu fest. Dann griffen unsere Hände ineinander und wir schlenderten Hand in Hand dem Glaspavillon mit den Rosen entgegen. Der betörende Duft der Blumen hieß uns willkommen. Der Pavillon war in ein schummriges, romantisches Licht getaucht. Zwischen gedimmten Kronleuchtern hingen glitzernde, wie Sterne funkelnde Lichterketten – es war wie im Märchen. Clay ließ meine Hand nicht los und steuerte eine unter Rosenranken versteckte Hollywoodschaukel an, auf die wir uns setzten und sachte vor- und zurückschaukelten.

»Bist du aufgeregt?«, durchbrach Clay die Stille.

»Nein.«

»Nein?« Er sah mich ungläubig an.

»Ich bin neugierig und gespannt, und ich bin einfach bereit. Hierauf habe ich mein ganzes Leben gewartet. Endlich werde ich nicht mehr eingesperrt sein.« Ich fühlte mich völlig glückselig.

»Tja …« Er atmete tief ein.

»Alles okay?«, fragte ich, weil es fast wie ein genervtes Seufzen geklungen hatte.

»Natürlich«, gab er trocken zurück.

Jetzt runzelte ich die Stirn. »Clay, was ist los?«

»Wir werden uns nicht mehr sehen können«, knallte er mir vor die Füße.

Verdutzt blickte ich ihn an. »Was soll das heißen?«

»Es heißt, was es heißt.« Er sagte es hart und schnell. *Was ist hier los?* Er war plötzlich so verändert.

»Clay? Ich verstehe nicht, was du meinst.« Meine Stimme zitterte.

Es vergingen einige Sekunden, ehe er antwortete. »Wir werden uns nicht mehr sehen können«, wiederholte er.

»Okay … Und wie lange werden wir uns nicht sehen können?«

Er antwortete nicht, und ich fühlte mich, als wäre ich gerade aus einem Märchen zurück auf den Boden der Tatsachen katapultiert worden.

»Und warum hast du mir nicht früher etwas davon gesagt?«

»Es ist spontan entschieden worden«, antwortete er knapp.

»Aber wir lieben uns … und wahre Liebe findet doch immer einen Weg.«

»Klar.« Er wirkte unnatürlich verkrampft.

»Was ist los?«

»Ich würde sehr gerne für immer mit dir zusammen sein, aber das wird jetzt wohl nicht mehr möglich sein«, sagte er so emotionslos, als würde er mir die Uhrzeit nennen.

»I…ich verstehe nicht?«

»Du wirst es nicht wollen«, sagte er kurz und kryptisch.

»Clay, ich verstehe nicht, was …«

»Das wirst du noch.« Seine Stimme klang leer, und er hatte seinen Blick von mir abgewandt. »Summer«, sagte Clay nach einer Weile gequält, drehte sich zu mir und nahm meine Hände. »Es ist meine Schuld. Es ist alles meine Schuld, weil ich mich nicht von dir fernhalten konnte. Ich habe es versucht, das musst du mir glauben. Ich habe es wirklich versucht, aber es ging einfach nicht.« Er klang jetzt verzweifelt. Ich schüttelte nur verständnislos den Kopf.

»Ich wusste, dass es in einer Tragödie enden könnte. Ich wusste, dass ich dein Leben in Gefahr bringen würde. Es tut mir so leid …«

»Was redest du da!?«, unterbrach ich ihn. »Was für eine Gefahr? Clay, was ist denn auf einmal los?«

»Summer.« Er klang eindringlich und umfasste hart meine Schulter. »Ich liebe dich, aber du wirst mich nicht mehr lieben.«

Ich lachte laut auf. »Ich werde dich nicht mehr lieben? Das wird niemals passieren. Du bist meine erste und einzige große Liebe, Clay. Nichts wird jemals etwas daran ändern.«

Ich lächelte ihn liebevoll an, neigte meinen Kopf etwas zur Seite und legte meine Hand an sein Gesicht. »Ich liebe dich«, flüsterte ich zärtlich.

Er klang bedrohlich und verzweifelt zugleich, als er erwiderte: »Gleich wirst du mich nicht mehr lieben.«

Meine Nackenhaare stellten sich unwillkürlich auf. Clay nahm vorsichtig meine Hand von seinem Gesicht. Er stand auf und ging ein paar Schritte, hielt sich die Stirn, als wollte er sein Gesicht verbergen.

»Clay?« Langsam stand auch ich auf und fasste ihm an die Schulter. Er drehte sich zu mir, und ich blickte in glasige Augen. »Was ist mit dir los?«

Er sagte nichts, umarmte mich nur fest. »Ich liebe dich. Das sollst du wissen.«

Ich nickte, als er seine Lippen noch einmal gegen meine presste. Dann flüsterte er in mein Ohr: »Ich liebe dich, vergiss das niemals. Verrate später gar nicht erst, was passiert ist – es würde dir niemand glauben. Vielleicht wirst du mir irgendwann verzeihen können ... und mich vergessen! Ich muss es tun, aber ich liebe dich, Summer Snow! Ich liebe dich mehr als mich selbst. Es tut mir so leid. Ich wollte es verhindern ... ich habe alles getan, das musst du mir glauben. Aber manchmal ist alles einfach nicht genug. Ich werde dich immer lieben!«

Die hektisch gesprochenen Worte rieselten in meinen Kopf – und noch bevor ich fragen konnte, was das alles zu bedeuten hatte, spürte ich einen beißenden Schmerz in meiner linken Wange. Er war so plötzlich und so heftig, dass ich nicht einmal aufschreien konnte. Ich spürte, wie Clays Jackett von meinen Schultern rutschte, spürte die Kälte, spürte, wie etwas warm an meinem Kinn und dann an meinem Hals entlangrann. Ich tastete danach, und als ich auf meine Finger sah, waren sie rot. Zitternd hielt ich die blutverschmierte Hand von mir weg – als würde sie mir nicht gehören, als wäre es nicht mein Blut, das an ihr klebte. Mit weit aufgerissenen Augen sah ich zu Clay auf. Er hielt ein Messer in der Hand. Von der Klinge tropfte es verräterisch. Frisches Blut sammelte sich auf dem Boden.

»Was tust du?«, flüsterte ich. Abermals ertastete ich die klaffende Wunde in meinem Gesicht. Sie war tief und brannte wie Feuer.

»Clay«, flüsterte ich mit heiserer Stimme. »Was hast du getan?« Mit weit von mir gestreckten Händen fiel ich auf die Knie. Im Augenwinkel konnte ich sehen, wie er eine Glasscheibe des Pavillons mit bloßer Faust zerschlug. *Träume ich?* Jetzt kam er auf mich zu – bedrohlich, langsam. Noch immer auf den Knien, rührte ich mich nicht. Er legte einen Arm um meinen Rücken, den anderen unter meine Knie, dann hob er mich hoch. Seine Berührung war mir mit einem Mal so unangenehm, dass sie Blitze durch meinen Körper jagte, die meine Eingeweide in Brand zu stecken schienen.

»Es tut mir leid. Ich werde dich für immer lieben, Summer.« Benommen vernahm ich seine Worte, und ich spürte, wie sich etwas Warmes und Weiches auf meine Lippen legte.

Clay trug mich ein Stück ... Und dann ließ er mich los – warf mich in die spitzen Scherben. Ich spürte den harten Aufprall, den kalten Steinboden, den brennenden Schmerz auf und unter meiner Haut, als das zersplitterte Glas sie zerschnitt wie ein Skalpell einen reifen Apfel.

Und plötzlich war alles ganz still um mich herum.

Er war weg.

Ich atmete stoßweise, spürte kaltes Glas an meinen Lippen, an meinen Fingerspitzen. Zu schwach, um es abzustreifen, zu verletzt, um aufzustehen, begann ich zu wimmern. Tränen vermischten sich mit Blut. Dann spürte ich mein Herz. Es schmerzte. Erst leicht, dann immer heftiger. Ich krümmte mich. Mein Herz war zersplittert – genau wie das Glas, in dem ich kauerte. Kurz bevor ich mein Bewusstsein verlor, wusste ich: Die Wunden in meinem Herzen waren tiefer als der lange Schnitt, der sich durch mein Gesicht zog.

KAPITEL 25

Traum

Meine Augen sind geschlossen. Ich liege auf einer Wolke. Sie ist warm und weich und fluffig. Ein leichter Windhauch streift durch mein Haar, ich höre das Zwitschern von Vögeln und das leise Summen von Bienen. Es riecht nach frisch gemähtem Gras und nach Blumen. Sonnenstrahlen berühren meine Haut. Als ich die Augen öffne, erkenne ich, dass es keine Wolke ist, auf der ich liege, sondern ein Bett. Ein großes, hohes Bett. Es steht auf einer kunterbunten Blumenwiese, und die Kelche wiegen sich im Takt des Windes und singen leise Lieder. Ich setze mich auf. Das Bett ist so hoch, dass meine Füße über dem Boden baumeln, wenn ich auf der Kante sitze. Ich muss einen kleinen Satz machen, ehe meine nackten Füße das Gras berühren. Ich kichere, denn es kitzelt an meinen Fußsohlen. Nur in ein weißes Nachthemd gekleidet, das einem Sommerkleid gleicht, wandle ich über die Wiese. Mit den Fingerspitzen streife ich über die hohen Gräser und Blüten. Manche sind weich, andere kratzig. Ich lege meinen Kopf in den Nacken, schließe die Augen, breite meine Arme aus und drehe mich – so lange, bis ich vor Schwindel kichernd zu Boden falle und auf dem Rücken liegen bleibe. Ich blinzle und blicke in den blauen Himmel. Vereinzelt ziehen weiße Wolken an mir vorbei. Die Sonne kitzelt meine Nasenspitze. Bunte Schmetterlinge fliegen über mich hinweg. Munter besuchen sie die Blumen, bedacht darauf, keine zu vergessen. Ich erhebe mich wieder und folge einem von ihnen, laufe ihm nach und glucke vor Glück. Ich weiß nicht, wie ich hierhergekommen bin. Ich kenne meinen Namen nicht. Ich erinnere mich nicht – an gar nichts –, aber das ist auch nicht wichtig. Ich bin hier, und hier ist es schön. Hier werde ich bleiben. Ich schlendere immer weiter, bis ich in der Ferne einen Baum erblicke. Er steht allein. Neugierig laufe ich darauf zu. Als ich näher komme, erkenne ich, dass der Baum einen Schatten wirft. Doch der Schatten ist viel zu lang. Ich kneife meine Augen zusammen, bis ich erkenne, dass der Schatten gar kein Schatten ist, sondern Dunkelheit, die sich rasch ausbreitet – und wo immer sie die Blumenwiese berührt, vergehen die Blumen, welken und werden augenblicklich ihres bunten Lebens beraubt. Das Gras verdorrt. Vögel, Schmetterlinge und Bienen fallen tot vom Himmel. Die Dunkelheit nähert sich in rasantem Tempo, und als sie genau vor mir stoppt, erkenne ich einen Jungen darin. Ich kenne ihn – ich habe ihn schon einmal gesehen. Mein Kopf neigt sich von links nach rechts, als ich ihn betrachte. Er hat dunkles Haar und goldgefleckte braune Augen. Er ist schön. Irgendetwas sagt mir, dass sein Name Clay ist. Was für ein schöner Name. Und dann erinnere ich mich auch an meinen Namen: Summer. Das ist auch ein schöner Name. Ich trete einen Schritt auf die Dunkelheit zu – und auf den Jungen, der im Schatten steht. Meine Finger wollen nach ihm greifen, doch sie stoßen gegen eine unsichtbare Wand, und so stehen wir einige Zeit einfach nur da. Ich auf der kunterbunten, sonnigen Blumenwiese – er in der Dunkelheit, auf einem verdorrten Feld. Der Junge, Clay, steht reglos, bis er langsam und bedeutsam seinen Zeigefinger über seine Lippen legt. Ich nicke und tue es ihm gleich, ohne zu verstehen, was das zu bedeuten hat. Dann greift er ohne Mühe durch die Schattenwand. Er hält mir seine ausgestreckte Hand hin. Ich ergreife sie. Schnell und heftig zieht er mich zu sich. Dicht an ihn gepresst, blicke ich hinter mich. Die Blumenwiese ist verschwunden. Die Dunkelheit hat alles verschluckt, ich bin umgeben von Finsternis. Jetzt bin ich Teil seiner Schattenwelt, und es gibt keinen Weg zurück. Plötzlich beginnt es heftig zu regnen. Schnell bin ich bis auf die Haut durchnässt, und da lässt mich der Junge los – und ist verschwunden. Ich blicke mich um: rechts, links, oben, unten – wo ist er?

Ich stehe ganz alleine auf einem toten Feld. Schwarze Baumstümpfe ragen hier und da aus der dürren grauen Erde. Es beginnt zu blitzen. Hektisch schlagen die Blitze neben mir ein. Es ist nur eine Frage der Zeit, bis mich einer von ihnen treffen wird. Ich versuche auszuweichen, doch ich bin nicht schnell genug. Ein Blitz trifft und streckt mich nieder – ein brennender Schmerz durchzuckt meinen Körper, lässt mich grell aufschreien. Ich spüre, dass ich zu bluten beginne. Meine Finger fassen an mein Gesicht und ertasten ein Stück herabhängende Haut. Ich werde panisch und beginne wilde Laute aus meiner Kehle zu pressen – wie ein sterbendes Tier.

Dann steht der Junge mit dem Namen Clay plötzlich wieder neben mir.

Mit aufgerissenen Augen starre ich ihn an. Schon wieder presst er seinen Zeigefinger auf die Lippen. Dann deutet er auf etwas: den alten Baum. Unvermittelt schlägt ein Blitz in den Stamm, und eine zähe rote Masse ergießt sich aus der Rinde. Ein zweiter Blitz trifft den Baum, und diesmal fangen seine Blätter Feuer. Ein Blatt nach dem anderen fällt den Flammen zum Opfer. Der Junge ist wieder verschwunden.

Ich halte meinen Blick weiter auf die in Flammen stehende Baumkrone gerichtet. Mit jedem Blatt, das verbrennt, brennen sich Erinnerungsfetzen zurück in meinen Kopf: sein Geruch, Wasserschierling, Rehe, Picknickkorb, Tätowierung, seine Lippen … Doch mein Kopf will sich nicht ganz erinnern. Irgendetwas in mir wehrt sich mit aller Kraft dagegen. Plötzlich habe ich das Gefühl zu ertrinken, und ich verstehe schnell, warum – weil ich wirklich ertrinke! Panisch rudere ich mit den Armen und schwimme durch die rote Flüssigkeit, die aus dem Baum geschossen ist. Sie steigt und steigt, bis ich in einem roten Ozean schwimme. Immer wieder erwischen mich die tosenden Wellen, die um mich herum wüten. Ich paddle mit den Armen, versuche mich irgendwie über Wasser zu halten. Ich beginne zu schreien, unter Wasser, über Wasser. Ich atme, schlucke und schmecke Blut. Als ich wieder frei atmen kann, packt mich der Ekel. Ich spucke alles aus, doch da schwappt schon neues blutiges Wasser in meinen Mund. Ich kämpfe um mein Leben – doch ich verliere … Ein Sog erfasst mich und zieht mich erbarmungslos in die Tiefe. Ich merke, wie meine Arme schwächer werden, wie ich aufgebe, wie sich meine Lungen mit Blut füllen und ich in die roten Tiefen gleite. Mit offenen Augen lasse ich es zu, für immer zu verschwinden.

In weiter Ferne dringt eine vertraute Stimme an mein Ohr.

»Summer … Summer.« Erst ist es nur ein Flüstern, doch die Stimme wird lauter, eindringlicher.

»Alles ist gut. Ich bin bei dir.« Die Stimme dringt dumpf an mein Ohr, hallt in meinem Kopf nach wie die fernen Klänge einer alten Melodie. Doch der dumpfe Nachhall wirkt wie ein Defibrillator: Die Stimme belebt mich, weckt meine Lebensgeister. Ich bin nicht allein, es gibt Menschen, die sich um mich sorgen. Das kann ich ihnen nicht antun.

Sterben ist keine Option.

Ich will leben!

Meine Beine und Arme setzen sich in Bewegung. Es kostet mich alle Kraft, *die ich besitze, meinen schweren Körper Zug um Zug nach oben zu drücken. Ich sage mir immer wieder, dass ich leben will, dass ich zurück an die Oberfläche will. Ich tauche durch meine Erinnerungen nach oben – und je mehr ich sie zulasse, umso leichter komme ich voran und umso leichter werde ich selbst. Unbarmherzig konfrontiere ich mich mit der Wahrheit und gewinne den Kampf gegen den roten Ozean.*

KAPITEL 26

Wirklichkeit

Und plötzlich war ich wieder wach. Ich wusste nicht, wo ich war, doch ich wusste, dass ich mich in der Wirklichkeit befand. Der Traum war vorbei. Ich schmeckte kein Blut mehr, atmete ruhig und gleichmäßig. Meine Augen hielt ich geschlossen. Langsam zuckten meine Fingerspitzen und ertasteten etwas Weiches – eine Decke. Es war still, bis auf ein monotones Geräusch neben mir. Es klang wie die Wiedergabe von Herztönen. Es roch so steril wie in Dads Behandlungszimmer. *Wo bin ich? In Dads Praxis? Im Zentrum? Im Krankenhaus der Elite?* Ich erinnerte mich an meinen Traum. Es *war* doch ein Traum? Oder war es die Wirklichkeit?

»Summer«, hörte ich eine Stimme neben mir. Es war die vertraute Stimme von Brian, die ich auch im Traum vernommen hatte. Ich hörte seine Verzweiflung, und doch konnte ich ihm keine Erleichterung verschaffen, denn ich wollte meine Augen nicht öffnen. Ich wollte nicht, dass die Erinnerungen zur grausigen Realität wurden.

»Summer.« Diesmal hallte seine Stimme deutlicher in meinem Kopf nach. Mir war klar, dass ich früher oder später keine Wahl hatte.

Früher oder später, dachte ich und begann abermals mit meinen Fingern zu zucken. *Früher oder später.*

Ich war kein Feigling und verstecken konnte ich mich auch nicht. Man konnte sich niemals verstecken – zumindest nicht vor der Wahrheit.

Früher, dachte ich und schlug meine grünen Augen auf.

»Summer!«, rief Brian erleichtert aus und ergriff meine Hand.

Ich starrte an eine weiße Zimmerdecke und merkte, wie steif meine Glieder waren. Ein Ziehen im Nacken ließ darauf schließen, dass ich schon etwas länger hier liegen musste. Ich blickte in Brians blaue Augen, und als ich seinen Namen flüsterte, hellten sich seine Gesichtszüge auf.

»Was ist passiert?« Ich schluckte, mein Mund war ganz ausgetrocknet. Er antwortete nicht, sondern strich mir sanft über Stirn und Wange. Ich spürte seine Berührung auf meiner Stirn, aber nicht auf der Wange. Etwas war um mein Gesicht gewickelt, ich konnte es im Augenwinkel sehen.

»Was ist das?«, fragte ich und hob mit einer langsamen Bewegung meine Hand.

Schnell ergriff er sie und führte sie wieder zurück neben meinen Körper.

»Nicht«, sagte er ruhig. »Ruh dich erst aus, dann werde ich dir alles erklären.«

Er legte seinen Kopf schief. »Ich rufe jetzt die Schwester. Sie wird nach dir sehen. Ist das okay?« Er klang so sanft, wählte jedes Wort mit Bedacht. Noch immer nicht richtig wach, nickte ich und sah, wie er einen roten Knopf an der Seite meines Bettes drückte.

Eilig betrat eine Krankenschwester den Raum.

»Sie ist wach«, sagte Brian erleichtert. Die Frau im weißen Kittel bat ihn, den Raum für einen kurzen Moment zu verlassen. Sie überprüfte meinen Puls, meine Temperatur und testete die Reaktionsfähigkeit meiner Pupillen mit einer kleinen Lampe. Anschließend schloss sie einen Tropf an der Kanüle auf meinem Handrücken an.

Ich musste ängstlich und verwirrt dreinschauen, denn sie sagte: »Das ist eine Infusion, damit Sie uns nicht austrocknen. Ihre Werte sind gut und Ihr Herz schlägt kräftig. Wenn Sie so weitermachen, werden Sie in sieben Wochen das Krankenhaus verlassen können. Sie haben eine tolle Familie und so viele Freunde … Ihr Bruder wacht hier schon seit Ihrer Einweisung. So ein lieber und höflicher Junge. Und Ihre Freunde warten draußen. Ihnen ist der Zutritt leider nicht gestattet – nur die Familie, Sie verstehen?«

Ich verharrte angespannt und ließ sie weiterreden. »Ach, und Ihr Vater natürlich! Wie gut, dass Sie hier im Krankenhaus liegen, so ist er auch ständig für Sie da. Sie haben großen Rückhalt, kleine Lady.« Sie lächelte mir zu.

Bevor ich auch nur eine einzige Frage stellen konnte, hatte sie mich schon wieder verlassen. Aber das Sprechen wäre mir ohnehin schwergefallen – ich musste mich wohl oder übel gedulden und auf Brians Rückkehr warten. Als er durch die Tür lugte, lächelte ich ihn an, doch etwas in meinem Gesicht hinderte mich am Grinsen. Wieder wollte ich danach tasten, doch noch bevor ich das tun konnte, hatte Brian meine Hand abermals ergriffen und führte sie zurück auf die weiche Decke.

»Nein«, hauchte ich und versuchte, meine Hand aus seiner zu lösen, um endlich zu begreifen, was passiert war und warum ich hier noch ganze sieben Wochen bleiben musste.

»Nicht«, sagte Brian, und ich ließ mich kurzzeitig von meinem Vorhaben abbringen.

»Ich erkläre dir alles, wenn du bereit bist.«

»Ich bin bereit«, krächzte ich.

Er schüttelte den Kopf.

Ich nickte und forderte heiser: »Sag es mir, Brian.«

Er hielt kurz inne, zog den Stuhl näher an mein Krankenbett und setzte sich. Er schien abzuwägen. Ich lag still, in Erwartung der grausigen Erzählung, die bestimmt gleich folgen würde.

»Sag es mir«, flehte ich noch einmal.

»Ich weiß nicht, wie ich es dir beibringen soll. Seit du hier bist, überlege ich schon, aber ich … ich weiß es einfach nicht.«

»Brian«, flüsterte ich und schloss kurz meine Augen.

Er holte tief Luft, sagte aber kein Wort.

»Ich werde es sowieso erfahren – und lieber von dir als von Fremden.« Noch immer klang meine Stimme nicht nach mir, aber es schien, als hätte ich ihn überzeugt, denn er begann zu erzählen: »Du bist gestürzt. In diesem Pavillon im Garten … durch die Scheibe … und du hast dich … verletzt.«

Er hielt inne und sein Blick erforschte mein Gesicht, aber ich reagierte nicht. Das kostete mich nicht einmal besondere Mühe, denn es war, als würde er von jemand anderem sprechen.

»Wir wissen nicht, wie das passieren konnte. Die Kamera, die es hätte aufzeichnen sollen, war ausgefallen. Irgendwie hast du es geschafft, durch das Glas im Pavillon zu stürzen … Erinnerst du dich?«

Es war also kein Traum, dachte ich voller Panik. *Es war real!* Mein Herz schlug augenblicklich schneller, als vor meinem geistigen Auge ein Bild erschien: braune Augen – Blut, das von einem Messer tropft – meine eigene Hand, ebenso blutig. Das Gerät neben mir piepste schneller und unregelmäßiger.

»Beruhige dich, Summer. Wenn du dich nicht erinnern kannst, ist das völlig okay.«

Ich nickte und verdrängte die Bilder in die hinterste Ecke meines Kopfes, denn es konnte nicht sein, was nicht sein durfte! Ich musste mich irren, das war klar. Mein Herz beruhigte sich langsam, und das Gerät neben mir piepste wieder regelmäßig.

»Alles in Ordnung?« Die Schwester war hereingekommen und trat eilig an mich heran. »Ihre Herztöne waren unregelmäßig, kleine Lady.« Prüfend schaute sie auf das Gerät.

»Alles okay«, sagte Brian, als sie mit den Fingern und einer Uhr meinen Puls maß.

»Mhm. Scheint so«, sagte sie zufrieden und verließ den Raum.

Brian stand auf.

»Brian«, sagte ich und umfasste seine Hand.

Er schüttelte den Kopf und blickte auf den Monitor neben mir.

»Ich muss es wissen!«, wisperte ich flehentlich.

Er schaute mich lange an, setzte sich wieder und seufzte resigniert. »Okay ...«, fuhr er fort. »Du bist ... schwer verletzt, Summer ... Es tut mir ehrlich leid.«

Seine Worte kamen bei mir an, nicht aber ihre Bedeutung. Schwer verletzt? Was meinte er damit? Wieder hob ich meine Hand und ertastete vorsichtig mein Gesicht. Brian ließ es diesmal zu. Ich spürte einen Verband, der sich wie bei einer Mumie über mein Gesicht zog.

»Brian, was ist das?«, fragte ich, als meine Finger zu zittern begannen. Ich spürte Panik und nackte Angst. Es war die Wirklichkeit – seine braunen Augen, das Messer, das Blut ...

Brian sprach weiter: »Du hast dir mehrere Knochen gebrochen – dein linkes Bein und einige Rippen –, aber das wird wieder. Allerdings war dein Körper über und über mit Scherben gespickt. Die Ärzte haben ihr Bestes gegeben, und auf deiner Haut werden wohl fast keine Narben zurückbleiben ... nur ...« Er brach ab, blickte mich an, und ich sah Tränen in seinen Augen aufblitzen. »Du hast ... eine Wunde. Sie ist ... lang. Die Ärzte konnten ...« Brian brach abermals ab und seufzte schwer. »Sie konnten nichts tun. Der Schnitt über deine linke Gesichtshälfte ... er war einfach zu tief.« Er schwieg einen kurzen Moment, um durchzuatmen, dann fügte er hastig hinzu: »Aber wir schaffen das zusammen. Ich bin für dich da und Dad auch – und deine Freunde. Das wird wieder. Es wird nur eine Narbe sein, Summer.«

Die Worte klangen weit weg. Ich fiel wie in einen Brunnen – tiefer und tiefer. Die Worte blieben an der Oberfläche zurück, ich jedoch fiel und fiel und fiel und fiel …

Träne um Träne kullerte über meine bandagierte Wange und versickerte im Mull. Das laute, unregelmäßige Schlagen meines Herzens drang an mein Ohr. Ein Schluchzen schüttelte meinen Körper und ich begann zu wimmern, erst leise, dann verwandelte sich das Wimmern in ein tiefes, kehliges Krächzen. Irgendwann schrie ich – und hörte nicht mehr auf. Ich schrie so laut und heftig, dass mein Körper bebte und ich mir, wie von einem wilden Schlachtruf angestachelt, die Kanüle aus dem Handrücken riss. Ich schlug hysterisch um mich, um die hässlichen Erinnerungen zu vertreiben, die wie eine schwere Wolke über mir hingen … aber ich wurde sie nicht los.

Urplötzlich drückten mich Hände zurück auf das Krankenbett. Ich sah nur verschwommene Schemen. Meine Hände und Beine wurden fixiert, ich konnte mich nicht mehr bewegen. Ich spürte den Schmerz, als mir jemand die Kanüle zurück in den Handrücken rammte, spürte die kalte Flüssigkeit, die sich in meinem verkrampften Körper verteilte – und ganz plötzlich wurde ich ruhiger. Meine Augenlider wurden schwer. Ich konnte nicht gegen die Müdigkeit ankämpfen, und ich wollte es auch nicht. Dann schlief ich ein.

Als ich meine Augen wieder öffnete, blickte ich in Brians Gesicht. Er sah besorgt aus und strich mir mit seiner Hand über die schweißnasse Stirn. Ich erinnerte mich an alles. Ich hatte nicht vergessen, was Brian mir gesagt hatte, dachte an das blutige Messer und fragte mich, warum *er* – ich konnte seinen Namen nicht einmal in Gedanken aussprechen – mir das angetan hatte.

Was spielt es für eine Rolle, warum er es getan hat?, fragte ich mich. *Als würde irgendeine Begründung es besser machen.*

Beschämt, wütend und hilflos drehte ich meinen Kopf von Brian weg, mehr ging nicht, denn meine Hand- und Fußgelenke waren noch immer fixiert. Es war mir egal. Ich schloss meine Augen und schlief vor Traurigkeit und Erschöpfung sofort wieder ein.

Die Tage vergingen, ohne dass ich ein Wort sagte. Ich lag einfach nur da. Zwar merkte ich, wenn eine Schwester oder der Arzt nach mir sahen, reagierte aber kaum auf sie. Ich erkannte Dad und Brian, doch auch mit ihnen sprach ich nicht – weil ich nicht wollte, weil ich nicht konnte, weil mir alles egal war.

Ich hatte starke Schmerzen, vor allem in der Nacht. Aber ich behielt es für mich, denn kein Arzt hätte mir helfen können. Gegen diese Art von Schmerzen gab es kein Mittel. Wunden, die ins Herz geschlagen wurden, konnten nicht durch irgendein Kraut oder Medikament geheilt werden – und genauso wenig die Albträume.

Sie ließen mir die Zeit, die ich brauchte – Brian, Dad, die Ärzte und Schwestern. Niemand drängte mich. Und irgendwann, es musste mehr als eine Woche vergangen sein, blickte ich Brian an. Er saß noch immer an meinem Bett und las eine Zeitschrift, so wie jeden Tag. Mein treuer großer Bruder. Er würde mich niemals im Stich lassen. Ich sah ihn an und wartete, bis er meinen Blick erwiderte.

Dann formten meine Lippen lautlos zwei Worte: Neue Welt.

Er schloss seine Augen, sah zu Boden und schüttelte den Kopf. »Du bist noch nicht bereit. Wir warten«, flüsterte er.

Ich schüttelte den Kopf.

»Summer, ich kann nicht verantworten, dass du wieder schreist und ruhiggestellt werden musst. Sie haben mir gesagt, dass ich nicht mehr herkommen darf, wenn das noch einmal passiert«, erklärte er mit heiserer Stimme.

»Werde ich nicht«, versprach ich krächzend.

Er blickte mich eindringlich an. »Na schön«, gab er sich mit einem tiefen Seufzen geschlagen. »Sie …«, er zögerte. »Sie … wollen dich nicht mehr. Du bist nicht mehr … makellos. Wir drei werden wieder zurück in unser altes Haus nach Blackyard ziehen.«

Stille.

Ich dachte über das, was er da gerade gesagt hatte, nach. Wir würden zurück nach Blackyard ziehen? Zurück in unser altes Leben?

»Es tut mir leid. Es tut mir so schrecklich leid«, wisperte ich.

»Das ist okay, Summer. Wirklich okay. Ich hätte sowieso nicht mitkommen dürfen in die Neue Welt ... Und außerdem ...« Er brach ab.

»Und außerdem?«

»Und es ist mir nur recht. Morgan ... Sie ist an deiner Stelle nachgerückt. Sie ist weg und jetzt in der Neuen Welt. Was soll ich also noch in der Elite? Morgan war alles für mich.« Er schluchzte trocken und seine Augen wurden feucht. Hastig rieb er sich eine Träne aus dem Augenwinkel.

»Es tut mir so leid«, hauchte ich.

Brian legte seine Hand auf meine. Ich wollte sie ergreifen, aber ich war noch immer angeschnallt.

»Du kannst sie jetzt lösen. Ich werde nicht mehr schreien«, versicherte ich Brian.

Er schüttelte den Kopf. »Sorry, Summer, aber das ist nicht drin.« Und jetzt klang er wieder genau nach dem Brian, den ich so gut kannte. »Und du kannst wirklich nichts dafür, Summer. Du bist gestürzt. Alles ist okay. Ich werde zurück nach Blackyard gehen, und ich werde Marshall werden. Morgan ist weg – und eine andere werde ich niemals wollen. Du und Dad, ihr seid alles, was mir geblieben ist.« Abermals überkam es mich und Tränen kullerten mir über die Wangen. Morgan war für mich nachgerückt. Sie wurde ihm weggenommen, und wir mussten wieder zurück. Und das alles nur wegen *ihm*.

»Nicht weinen, Schwesterchen«, tröstete er mich und wischte mir die Tränen mit einem Taschentuch aus dem Gesicht.

»Ach übrigens, du hast Besuch«, sagte Brian dann mit gespielt fröhlichem Tonfall, und es war klar, dass er mich ablenken wollte. »Er wartet schon seit deiner Einlieferung. Er hat quasi ein Lager aufgeschlagen und kampiert auf den Stühlen vor dem Zimmer. Er hat seinen Posten nie verlassen.«

»Er soll weggehen!«, quietschte ich kläglich, und neben mir fing es abermals an, unregelmäßig zu piepen. Mit einem mahnenden Blick auf das Gerät bedeutete Brian mir, ruhig zu werden. Einatmen und aus, ein und aus. Ich nahm tiefe Atemzüge.

»Bevor ich ihn wegschicke ... willst du nicht wissen, wer es überhaupt ist?«

»Wer?«, hauchte ich ängstlich. Ich wollte *ihn* jetzt nicht sehen, das stand fest. Genauer gesagt, wollte ich ihn nie wieder sehen – niemals!

»Tristan«, antwortete Brian zu meiner Überraschung.

»Wirklich?«

»Soll ich ihn reinholen?«

»Nein!«

»Okay, okay«, sagte Brian mit einer beruhigenden Handbewegung. »Vielleicht morgen.«

»Schick ihn weg.«

»Ich werde es ihm sagen. Wenn du noch nicht bereit bist, muss er sich eben noch etwas gedulden.«

»Er soll gehen. Für immer.«

Brian kniff die Augen zusammen.

»Er. Soll. Weggehen«, betonte ich jedes Wort, um der Eindringlichkeit meiner Bitte noch mehr Bedeutung zu verleihen.

»Okay.« Brian klang verunsichert. Doch er stand auf und ging vor die Tür. Nach einer Weile kam er zurück und verkündete: »Er geht.«

»Sofort?«

»Ja.«

Er stellte sich wieder vor mein Bett. »Dad wird heute Abend vorbeikommen. Ist … ist das in Ordnung?«

»Nur Dad. Sonst niemand! Und jetzt mach mich los«, forderte ich.

»Das kann ich leider nicht.«

»Dann eben nicht«, motzte ich und hätte mich am liebsten mit meinem ganzen Körper von ihm weggedreht – was aber nicht möglich war. Ich kam mir erbärmlich vor.

Brian setzte sich wieder auf den Stuhl neben dem Bett und nahm sich seine Zeitschrift.

»Willst du auch eine?«, fragte er und konnte sich ein Zwinkern nicht verkneifen.

»Sehr witzig, Brian.«

Jetzt lag ich einfach nur da, starrte an die Decke und hörte das gelegentliche Rascheln, wenn Brian eine Seite umblätterte. Ich kann nicht sagen, wie viel Zeit vergangen war, jedoch stand die Sonne bereits sehr tief, als es plötzlich an der Tür klopfte.

»Brian, nein!«, stieß ich aus und er hastete zur Tür. Nachdem er sie einen Spalt geöffnet hatte, hörte ich Dads Stimme und atmete erleichtert aus.

»Wie geht es ihr? Ich hatte heute einen Patienten nach dem anderen, ich konnte nicht früher kommen.«

»Sie ist ansprechbar«, sagte Brian.

Dad stürzte herein und umarmte mich. »Summer. Wie geht's dir heute?«, fragte er.

»Den Umständen entsprechend.«

Er betrachtete argwöhnisch die Schnallen um Handgelenke und Knöchel. »Warum trägt sie die noch immer?«, wollte er wissen.

»Zu ihrem eigenen Besten«, antwortete Brian.

»Braucht sie die wirklich?« Dad richtete seine Frage an Brian.

»Nein!«, machte ich mich bemerkbar.

Dad sah mich an. »Na schön, wenn du jetzt ruhig bleibst, werde ich dir die Schnallen abnehmen.«

Ich nickte und verdrehte die Augen. Dad löste die Riemen und ich rieb mir meine Handgelenke.

»Schön war das nicht«, klagte ich und richtete mich im Krankenbett auf.

»Schön war das alles nicht«, sagte Dad ernst und strich mir über den Verband.

Wir blickten uns kurz an.

»Sie sagen, ich darf erst in fünf bis sechs Wochen hier raus.« In meiner Aussage schwang die Hoffnung mit, dass Dad mir vielleicht ermöglichte, das Krankenhaus früher zu verlassen.

»Ich werde gleich mal mit dem Chefarzt sprechen.«

»Danke.«

»Aber bevor ich das tue, möchte ich mit dir reden, Summer«, sagte Dad mit besorgter Stimme. »Als ich ankam, war Tristan weg. Er gehörte irgendwie schon zum Inventar. Hast du schon mit ihm gesprochen?«

»Nein, ich habe ihn weggeschickt«, sagte ich trocken und gleichgültig.

»Warum? Er meint es gut, war in echter Sorge.«

»Klar«, gab ich zurück und zog ein verächtliches Gesicht. »Wir werden umziehen?«, wechselte ich dann das Thema.

»Ja.«

»Wann?«

»Wenn du hier entlassen wirst, dürfen wir noch für ein bis zwei Wochen

in der Villa wohnen, um uns in Ruhe von allen zu verabschieden. Anschließend geht es zurück nach Blackyard.«

»Also in weniger als zwei Monaten«, sinnierte ich.

»Alles wird wieder so sein, wie es einmal war«, sagte Dad und tätschelte
meine Hand.

»Na ja. Nicht ganz.« Ich schluchzte in mich hinein. »Nicht ganz ...«

Zuerst dachte ich nur an die Narbe, die mein Gesicht entstellte, aber
dann fiel mir die andere Sache ein, die ebenfalls nicht mehr so sein würde
wie früher: Will. Er würde nicht mehr da sein. Und bei dem Gedanken
spürte ich ein Stechen im Herzen. Am Ende hatte ich tatsächlich *alles* verloren. Meine Augen füllten sich mit verzweifelten Tränen.

»Alles wird wieder gut«, tröstete mich Dad und reichte mir ein Taschentuch. Ich putzte meine Nase.

»Kann ich es sehen?«

»Was meinst du?«

Ich fasste mir wortlos an meine verbundene linke Wange.

»Das ist zu früh«, sagte Dad, nahm meine Hand und legte sie sanft
zurück aufs Bett.

»Aber ich muss es sehen«, insistierte ich.

»Noch nicht. Warten wir noch, bis es einigermaßen verheilt ist. Vertrau
mir da, Summer.« Sein Blick war durchdringend.

Ich dachte kurz nach und sah es ein. »Okay.«

»Gut, mein Schatz.« Er streichelte mir über den Kopf und gab mir einen
Kuss auf die Stirn.

»Ich werde jetzt mit dem Chefarzt sprechen. Bin gleich wieder da.«
Dann verließ er den Raum.

»Brian«, sagte ich, als die Tür hinter Dad ins Schloss gefallen war. »Sag
mal ... War Will mal hier?«

»Ja«, gab Brian erfreut zurück. »Er kommt jeden Abend. Er wird gerade
kräftig von der Elite eingespannt, aber er verbringt jede Nacht vor deiner
Tür – falls du aufwachst und ihn sehen willst.«

»Weiß er von ... dem hier?«, fragte ich und zeigte auf die Bandage.
Brian nickte.

»Woher?«, fragte ich mit tränenerstickter Stimme. »Hast du es ihm erzählt?«

Brian schüttelte den Kopf. »Er hat dich gefunden.«

»Was!? Er hat mich gefunden? Du meinst, er hat es gesehen? Alles? Das hier?« Meine Stimme war viel zu schrill und ich hielt mir beide Hände vor den Mund.

»Ruhig, Summer.« Brian erhob sich von seinem Stuhl, als das Piepsen des Apparats neben mir anschwoll. Einatmen und aus, ein und aus.

»Bist du ruhig?«, fragte er fast drohend.

»Natürlich!«, blaffte ich ihn an, und im gleichen Augenblick überkam mich eine so große Traurigkeit, dass ich glaubte, mein Herz würde jeden Augenblick darin ertrinken. »Ich bin nur … nur … nur unendlich traurig und verletzt. Ich meine«, ich deutete mit der Hand auf mein Gesicht, »er hat es gesehen … Er hat das hier gesehen.« Dann schwieg ich.

»Summer, das ist okay. Er liebt dich jetzt nicht weniger«, sagte er sanft. Vorsichtig umschloss er mit seiner Hand die meine.

»Er *liebt* mich doch nicht!«, empörte ich mich. »Und selbst, wenn er es getan hat … jetzt sicher nicht mehr!« Wieder brachte ich die Worte nur unter Tränen heraus.

Brian blickte mich kritisch an und schürzte dann die Lippen. »Das sieht doch ein Blinder, Summer. Ich habe es immer gesehen: Er liebt dich.« Er lächelte milde und fuhr fort: »Er hat dich gefunden und hat Erste Hilfe geleistet. Er rief den Notarzt und ist dir nicht von der Seite gewichen. Er ist im Krankenwagen mitgefahren und wollte dich nicht einmal unbeaufsichtigt hier im Krankenzimmer liegen lassen. Aber da hatte er keine Wahl – nur die Familie …«

»Oh …«, sagte ich tonlos und merkte, wie mir die Röte ins Gesicht stieg.

»Wirklich, Summer, er ist damit unglaublich gut umgegangen.« Er machte eine Pause, und auch ich schwieg und dachte darüber nach. Brian setzte sich wieder und sagte nach einer Weile: »Trotzdem würde ich gerne wissen, wie das passieren konnte. Ich meine, wie stürzt man denn so heftig in die Glaswand eines Pavillons? Ich kann mir nur schwer vorstellen, dass du alleine warst. Du musst es mir nicht jetzt sagen, aber ich denke, dass es noch eine andere Version gibt, deine Version – und ich will sie hören, wann immer du bereit dazu bist.«

Ich sagte nichts, verzog keine Miene.

»Willst du nicht wissen, ob Clay hier war?«, fragte Brian vorsichtig und schaute mich an. Als ich seinen Namen hörte und daran dachte, was er getan hatte, wurde mir schwindelig. Ich ließ mich zurück in die Kissen sinken und mein Herz begann unregelmäßig und schnell zu schlagen. Der Monitor zeigte es sofort an und Brian zog eine Augenbraue hoch.

»Summer!«, ermahnte er mich, und ich konzentrierte mich wieder auf meine Atmung.

»Wie gesagt …« Er klang verschwörerisch und musterte mich mit strengem Blick. »Wann immer du so weit bist.«

»War er hier?«, fragte ich nach einer kurzen Weile, ohne auf seine Bemerkung einzugehen.

»Nein.«

Ich nickte mit zusammengepressten Lippen. Dann klopfte es wieder an der Tür.

»Brian!«, stieß ich aus, und er sprang eilig auf. Aber noch bevor er die Tür erreicht hatte, öffnete sie sich und Dad trat ein.

»Ich habe gerade mit dem Chefarzt der Abteilung gesprochen«, erzählte er und lächelte mir zu.

»Fünf Wochen wirst du noch mindestens hier liegen. Aber die Brüche verheilen sehr gut. Sie haben dir ein Mittel verabreicht, das die Wund- und Knochenheilung beschleunigt.«

Mit einem Blick auf die Uhr sagte Dad: »Es tut mir leid, ich muss wieder runter. Meine Schicht geht weiter. Kann ich dich mit Brian allein lassen?« Ich nickte. Dad küsste mich liebevoll auf die Stirn und verließ das Zimmer.

Die nächsten Wochen vergingen wie im Flug, und ich begann mich an die Abläufe im Krankenhaus zu gewöhnen. Die Ärzte bei den Visiten nahmen sich Zeit, die Schwestern waren nett, das Essen war lecker. Brian war fast immer da, und häufig übernachtete er sogar auf dem Sofa in meinem Krankenzimmer. Eigentlich hatte ich alles, was ich brauchte, und mir wäre es nur recht gewesen, wenn ich dieses Zimmer niemals wieder hätte verlassen müssen. Gepaart mit den Medikamenten leistete mein Körper bei der Wundheilung wirklich gute Arbeit. Die Wunden verheilten etwas schneller, als es nach der optimistischen Einschätzung des Chefarztes hätte der Fall sein dürfen – so auch die Wunde in meinem Gesicht.

Langsam setzte der Arzt die Dosis der Medikamente Tag für Tag herab, und während der häufigen Verbandswechsel waren die Schwestern immer sehr darauf bedacht, dass sich mein Gesicht nirgendwo spiegelte. Und ehrlich gesagt wollte ich es auch gar nicht mehr sehen. Ich wusste aber, dass es irgendwann sein musste, ob ich wollte oder nicht, und aufgrund der schnellen Heilung würde dieser Tag wohl eher früher kommen als später.

»Summer«, sagte Brian eines Abends, als er vom Kaffeeholen zurückkam.

Ich saß aufrecht im Krankenbett und machte nur: »Mhm?«, ohne von dem Buch aufzublicken, das ich in den Händen hielt.

»Will ist draußen«, informierte er mich wie beiläufig.

»Nein«, murmelte ich und blickte immer noch nicht von meinem Buch auf.

»Okay … Ich sag es ja nur. Du kannst dich nicht ewig verstecken.«

»Aber so lange wie möglich.«

»Irgendwann wird er nicht mehr kommen. Irgendwann wird *niemand* mehr kommen. Gen, Mary, Abigail, Tristan, Max …«

»Tristan?«, unterbrach ich ihn. »Ich hatte Tristan doch weggeschickt.«

»Er ist wie ein Bumerang, er kommt immer wieder. Ich schicke ihn weg, aber am nächsten Tag ist er wieder da.«

»War ja klar«, murmelte ich wütend vor mich hin.

»Also, wo war ich?«, überlegte Brian und fuhr fort: »Sparkle-Diamond, Penny-Rose, Eric …«

»Genug, Brian!«, unterbrach ich ihn. »Ich habe verstanden. Sie werden nicht mehr kommen, wenn ich sie nicht empfange.«

Brian nickte und blickte mich mit großen Augen an.

»Na, das klingt doch super. Ich wäre froh, sie würden alle weggehen und keiner von ihnen würde mich je wieder belästigen.« Demonstrativ blätterte ich eine Seite in meinem Buch um, obwohl ich sie noch gar nicht zu Ende gelesen hatte.

Er musterte mich aus zusammengekniffenen Augen.

»Ich weiß, dass du das nicht so meinst, Summer. Wir können es wenigstens versuchen. Lass mich Will hereinholen.«

»Er wird mich nicht mehr mögen. Nicht mehr auf die gleiche Art und Weise.« Ich blickte Brian an und legte mein Buch zur Seite.

»Wer? Will?«, fragte Brian fast entgeistert.

Ich nickte.

»Blödsinn!« Brian lachte. »So ein riesiger Blödsinn. Will ist nicht so oberflächlich. Eine kleine Narbe im Gesicht – was ist das schon? Ich hole ihn jetzt rein, ob du willst oder nicht.«

»Nein!«

»Summer, du vertraust mir jetzt!«

»Brian, nein!«

Aber da war er bereits aus dem Zimmer verschwunden. Ich hielt den Atem an, saß kerzengerade und richtete meine weit aufgerissenen Augen auf die Tür.

Nach wenigen Sekunden – es könnten auch Minuten gewesen sein –, kam Will herein. Ich musterte ihn: die dunklen Haare, das Lächeln, die strahlend blauen Augen … Er sah so gut aus wie immer. Sofort schnellte meine Hand beschämt an die weiße Bandage.

Er sagte kein Wort, als er sich neben mein Krankenbett stellte und meine Hand vom Verband nahm. Er machte es mit einer solchen Sanftheit, dass ich mich nicht wehrte. Noch immer sprach er nicht. Will setzte sich lässig an das Fußende meines Bettes und musterte mich vorsichtig.

»Und, wie ist das Essen hier?«, wollte er wissen.

»Gut?«, sagte ich misstrauisch.

»Ein Glück, sonst hätte ich dir ab sofort etwas reinschmuggeln müssen. Wann kannst du hier raus?«

»Vielleicht … in einer Woche«, sagte ich und kniff meine Augen zusammen.

»Klingt gut, das ist ja nicht mehr lange.« Er deutete auf den Tisch, der vor Geschenken bereits überquoll. »Mochtest du meine Geschenke?«

»Ich habe mir, ehrlich gesagt, noch nichts davon angeschaut.«

»Na, dann ist es ja gut, dass ich jetzt hier bin und dich mit der Nase darauf stoßen kann.« Er grinste. »Siehst du die Wildblumen in den Vasen?«

Ich nickte.

»Ich habe dir jeden Tag, bevor ich herkam, welche gepflückt. Schade, dass du sie dir niemals angesehen hast. Es waren nämlich viel mehr und manche waren wirklich besonders schön – aber die Schwester musste die verwelkten halt immer wieder gegen die frischen tauschen.«

Erst jetzt sah ich den Strauß, den er wohl auch heute gepflückt hatte. Er lag neben ihm auf dem Bett, und ich schmunzelte über diese süße Geste. Er überreichte ihn mir mit einem breiten Grinsen.

»Sie sind wunderschön, Will.«

»Ich weiß ja: Wildblumen magst du am liebsten.«

Wir schwiegen einen Augenblick.

»Hey, du bekommst hier drin sicher nichts mit. Also, pass auf, hier kommen die neuesten Klatsch-und-Tratsch-Geschichten: Eric hat Sparkle-Diamond einen Antrag gemacht.«

»Ich wusste es!«, stieß ich aus und musste lachen.

»Ja, du hast es schon immer gesagt.« Will lachte ebenfalls.

»Wann hat er sie gefragt?«

»Ich glaube, vor eineinhalb Wochen – und nur wenige Tage später haben sie die Zusage vom Zentrum erhalten.«

»Wann ist die Hochzeit?«, wollte ich wissen.

»Ich kenne das Datum nicht, aber ich glaube, es wird nicht mehr lange dauern. Aber wann auch immer die Hochzeit ist, ich vermute, sie wird pink.« Will erzählte eine Geschichte nach der anderen. Wir lachten, und es war, als wäre das alles nie passiert. Er war er und ich war ich. Zum ersten Mal, seit diese Sache passiert war, fühlte ich mich wieder unbeschwert. Ich vergaß alles um mich herum: die Zeit, das Krankenhaus, meine Verletzungen. Irgendwann kam die Schwester herein und servierte das Abendessen.

»Miss Summer, ich sehe Sie gerade zum ersten Mal lachen, seit Sie hier sind«, sagte sie und stellte das Tablett vor mir ab. »Das steht Ihnen.« Sie zwinkerte mir zu. »Das haben Sie wohl diesem netten jungen Mann zu verdanken.« Sie zwinkerte auch Will zu.

Ich schaute verlegen zu Boden und merkte, wie ich rot wurde.

»Darf ich diese wunderschönen Blumen in eine Vase stellen?«

Ich nickte verlegen und sie nahm den Strauß Wildblumen, ging zu dem vollen Geschenketisch, dem ich bisher nicht ein Mindestmaß an Zuwendung entgegengebracht hatte, teilte den Strauß auf und steckte die Blumen zu den anderen in die Vasen.

»Guten Appetit«, wünschte sie dann noch und zog die Tür wieder hinter sich zu. Will erhob sich vom Fußende und setzte sich auf den Stuhl neben dem Bett. »Lass es dir schmecken.«

»Ich bin nicht hungrig«, gab ich zurück und schob das Tablett von mir weg.

»Dann eben später«, sagte er. In diesem Moment trafen sich unsere Blicke.

»Ich ... ähm ...« Verlegen schlug ich die Augen nieder und fuhr mir unsicher durch die Haare.

»Also ... also du hast es gesehen?«, sprach ich endlich den riesigen Elefanten an, der hier unbeachtet im Raum stand, und zupfte verlegen an meinen Fingernägeln.

»Ja.«

Beschämt senkte ich meinen Kopf und schloss die Augen.

»Summer.«

Beim Klang meines Namens schrak ich auf.

»Ich finde dich noch immer genauso schön wie vor dem Unfall.«

Zu meiner Verwunderung klang er ehrlich.

»Für mich«, er hob meinen Kopf sanft mit seinem Zeigefinger an, »bist du immer noch die schönste Frau der Welt.«

Abermals blickten wir uns tief in die Augen.

»Du kennst meinen Rücken, das da ist nichts gegen den«, sagte er, rückte näher an mich heran und strich mir über die verbundene Wange. »Mochtest du mich weniger, als du meine Narben gesehen hattest?«, fragte er, und ich schüttelte heftig den Kopf – hätte ich gesprochen, wären Tränen gekullert.

»Na siehst du. Bei mir ist es genauso.« Liebevoll strich er mir übers Haar. Dann nahm er den Joghurt vom Tablett, zog den Verschluss ab und nahm den Löffel in die Hand.

»Entweder du isst jetzt was, oder ich füttere dich. Deine Entscheidung.«

Ich nahm Joghurt und Löffel an mich und bot ihm die Hälfte an, aber er lehnte ab und ließ mich essen. Währenddessen blätterte er in einer der Zeitschriften, die Brian immer las.

»Will«, sagte ich nach einer Weile und schob das Tablett endgültig zur Seite.

»Mhm?« Er sah von der Zeitschrift auf. Als ich nicht antwortete, fragte er noch einmal: »Ja?«

Unsicher nestelte ich an meinem Nachthemd. »Wenn ... also ...« Ich brach den Satz ab.

Im Augenwinkel bemerkte ich, dass er die Zeitschrift zur Seite legte und sich im Stuhl zurücklehnte. Ich sah ihn nicht an, weil ich Angst vor der Antwort hatte.

»Wenn ich wieder zurück nach Blackyard muss, dann werden wir beide uns nicht mehr wiedersehen. Ist es nicht so?«

»Darüber machst du dir Sorgen?«

Als ich eindringlich nickte, lachte er auf.

»Warum lachst du mich aus?«, wollte ich entsetzt wissen.

»Ich lache dich nicht aus.« Er grinste und nahm meine Hand. »Ich hätte nur niemals gedacht, dich das sagen zu hören ... Also ... du weißt schon ... dass du dich sorgst, weil wir beide uns nicht mehr sehen könnten. Mach dir darum keine Gedanken – es wird Wege geben«, sagte er zuversichtlich.

»Wege?«

»Das besprechen wir ein anderes Mal«, flüsterte er, als es an der Tür klopfte und Brian den Raum betrat. Den Rest des Abends saßen wir drei zusammen, spielten Karten und hatten Spaß. Irgendwann – es war schon spät – kam die Schwester und bat Will, sich für heute zu verabschieden.

»Morgen kann ich den ganzen Tag hier sein«, sagte er und streichelte zärtlich meinen Handrücken.

Ich lächelte ihn an. »Das wäre schön.«

Er konnte sich ein glückliches Lächeln nicht verkneifen, als er sich noch einmal zu mir umdrehte und das Krankenzimmer verließ.

In dieser Nacht schlief ich zum ersten Mal ruhig durch, bis mich die ersten Sonnenstrahlen wachküssten. Allerdings war meine gute Laune vom Vortag wie weggefegt, als der Chefarzt mir bei der morgendlichen Visite mitteilte, dass er den Verband heute abnehmen wolle. Er erklärte noch einmal ausführlich, was mich erwartete – er war schonungslos ehrlich. Eine Schwester reichte mir einen Handspiegel. Ich hielt ihn nicht hoch, als der Arzt langsam und vorsichtig den Verband abrollte. Stattdessen legte ich ihn auf meinem Nachttisch ab. Dann war der Verband fort. Ich spürte, dass sich meine Haut anders anfühlte; verletzt und zusammengezogen – vernarbte Haut.

»Die Wunde ist gut verheilt«, sagte er zufrieden und drückte mit seinen Fingern gegen meine Wange.

»Sollen wir gemeinsam in den Spiegel schauen?«, fragte er mich und deutete auf den Nachttisch.

»Nein. Ich bin noch nicht bereit.«

»Sollten Sie es sich anders überlegen, drücken Sie einfach den roten Knopf. Dann schauen wir uns das gemeinsam an.« Kurz darauf waren er und die Schwester wieder verschwunden. Der Spiegel und ich waren allein.

Brian war am vorigen Abend nach Hause gefahren, um sich endlich mal wieder richtig auszuschlafen und zu duschen – das hatte ich ihm befohlen, denn er konnte nicht für immer neben mir Wache halten. Als ich noch mit mir haderte, mein entstelltes Gesicht zu betrachten, klopfte es fast lautlos an der Tür. Und noch bevor ich antworten konnte, stand Will mit einem weiteren prächtigen Strauß Wildblumen im Türrahmen.

»Ich habe gehört, du bist von deinem Verband befreit worden.«

Reflexartig hielt ich meine Hand vor die vernarbte Gesichtshälfte. Er schloss die Tür, legte den Strauß auf meinem Bett ab und trat an mich heran.

»Das hatten wir doch gestern schon«, sagte er ruhig und wollte meine Hand wieder von meinem Gesicht nehmen. Aber heute ließ ich ihn nicht.

»Nein!«, stieß ich mit tränenerstickter Stimme aus.

»Na schön, warten wir.« Mit diesen Worten setzte er sich auf den Stuhl neben meinem Bett.

»Wenn du bereit bist, schauen wir es uns zusammen an.«

»Ich werde niemals bereit sein«, flüsterte ich und schloss meine Augen, wodurch die Tränen kullerten.

»Doch, du bist es.«

Mir war klar, dass ich mich nicht für immer würde verstecken können. Mein Leben musste weitergehen, ich konnte mich schließlich nicht in einer Höhle verkriechen und nie wieder herauskommen. Trotzdem – die Finger von der Wunde zu nehmen, kam nicht infrage. Die Scham war zu groß. Ich suchte Wills Blick. Vor mir saß ein süßer, gut aussehender Junge, der nichts weiter wollte als mein Vertrauen. Und weil ich endlich einsah, dass ich früher oder später keine Wahl haben würde, überwand ich das Schamgefühl und ließ zögerlich meine Hand sinken. Stückchen für Stückchen legte ich meine Gesichtshälfte frei und versuchte, nicht zu blinzeln, um seine Mimik zu analysieren. Als meine Hand endgültig auf die flauschige Bettdecke gesunken war, konnte ich noch immer keine Regung bei ihm ausmachen.

»Es ist nicht so schlimm, wie du vielleicht denkst«, sagte er leichthin und nahm den Spiegel zur Hand. »Willst du es sehen?«

Ich schüttelte den Kopf.

»Ich bin bei dir.«

Ich schloss kurz meine Augen. Als ich sie wieder öffnete, nickte ich ihm zu. Langsam schob er den Spiegel in mein Sichtfeld ... und was ich da sah, übertraf meine schlimmsten Erwartungen: Die Narbe auf meiner linken Wange war lang, breit und tief. Meine zittrigen Finger tasteten danach und die pochenden Fingerkuppen spürten die Verdickung, die aus der glatten Haut hervortrat. Ich fuhr die wulstige Narbe entlang, folgte ihr über meine gesamte Wange. Ich empfand Abscheu für dieses deformierte Etwas, das mich frech aus dem Spiegel angaffte. Ich war das nicht! Nein! Das da im Spiegel war nicht Summer Snow! Es war zu fremd – und zu hässlich, als dass ich es hätte sein können. Das da im Spiegel war ein Monster!

Aber das heftige Ziehen und Spannen machte mir klar: Es war real. *Er* hatte ganze Arbeit geleistet. Mir wurde schlecht. Ich sog die Luft scharf ein. Ein Schauer lief so heftig über meinen Rücken, dass ich mich schüttelte. Als wären es leise Hilferufe, rann mir eine Träne nach der anderen über die zerstörte Haut.

»Summer«, sagte Will. Ich hatte alles ausgeblendet, auch ihn. Der Klang meines Namens aus seinem Mund ließ mich zusammenfahren.

»Es ist sogar noch schlimmer, als ich dachte«, schluchzte ich und bemerkte, dass die Übelkeit immer drängender wurde. Ich riss die Decke beiseite und verschwand im Bad, um meinen Mageninhalt in die Toilette zu entleeren.

Es waren Stunden vergangen, ehe ich mich wieder beruhigt hatte – ehe das Schluchzen und Wimmern abebbte. Will hatte sich zu mir aufs Krankenbett gelegt. Ich lag in seinen Armen, presste mich fest an ihn.

»Alles wird wieder gut, Summer«, sagte er immer wieder und strich mit seinen Fingerkuppen zärtlich über meinen Rücken. »Schlaf ein bisschen. Ich bin hier, wenn du wieder aufwachst«, raunte er.

»Ich kann nicht«, wimmerte ich. »Ich habe Angst zu schlafen – und ich habe Angst, wach zu sein. Beides ist ein Albtraum.«

»Ich bin hier und beschütze dich – vor den Monstern im Traum und vor denen in der Wirklichkeit.«

Mit seinen Worten im Ohr schlief ich schließlich doch ein.

»So, junge Dame. Heute ist Ihr Glückstag«, erklärte der Chefarzt am nächsten Morgen. »Dr. Snow und ich sind uns einig: Sie werden noch heute entlassen. Ihre Selbstheilungskräfte in Kombination mit den Heilungsmitteln sind bemerkenswert.«

»Gut«, sagte ich, aber offensichtlich nicht so froh, wie er es sich gewünscht hätte.

»Freuen Sie sich nicht, Miss Summer?«

»Doch, schon.«

»Kopf hoch. Sie werden das schon schaffen.« Er nickte mir aufmunternd zu und unterzeichnete ein Dokument auf seinem Klemmbrett. Als die Visite beendet war, stand ich auf, zog mich um und begann meinen Koffer zu packen.

»Guten Morgen, Summer«, begrüßte mich Brian, der gerade das Zimmer betrat. »Ich habe es gehört. Super! Freust du dich schon auf zu Hause?«

»Zu Hause auf Zeit«, murmelte ich spöttisch.

»Ach, komm schon, Summer. Alles wird wieder gut, du wirst schon sehen.«

»Wenn du meinst.«

»Hey, ihr zwei.« In diesem Moment steckte Will den Kopf zur Tür herein.

»Summer darf heute auschecken«, jubelte Brian.

»Super!«

Ich erwiderte nichts, denn ich konnte der blendenden Laune der beiden nichts abgewinnen.

»Ich verlasse das Zimmer nur, wenn ihr dafür sorgt, dass mich draußen niemand sieht.«

»Wir könnten das gesamte Krankenhaus evakuieren – oder besser noch: die ganze Kolonie! Was meinst du, Will?«

»Brian, du weißt ganz genau, was ich meine!«

»Ich werde mich darum kümmern«, mischte sich Will ein und verschwand wieder – und tatsächlich begegnete ich niemandem, als ich das Krankenhaus verließ. In strömendem Regen gingen wir zum Wagen. Die beiden hatten dafür gesorgt, dass kein Fahrer dabei war, der mich anstieren konnte. Brian fuhr und Will setzte sich zu mir nach hinten.

»Bist du froh, da raus zu sein?«, wollte Will wissen.

Ich antwortete nicht.

»Summer?« Er stupste mich an.

»Ähm … keine Ahnung.«

»Hey, Schwesterherz. Wir zwei machen uns heute einen richtig schönen Abend. Nur du und ich. Was hältst du davon?«

Ich zuckte mutlos mit den Schultern. »Und wo sind Dad und Gen und Barns und die anderen?«

»Dad ist heute Abend nicht zu Hause«, erklärte Brian. »Nachtschicht. Und allen anderen habe ich freigegeben. Ich dachte mir, dass du in den ersten Tagen niemanden sehen willst. Also nur du und ich. Ist doch toll, oder?«

»Ja, klar. Super«, war alles, was ich herausbrachte. Die Aufmunterungsversuche der beiden funktionierten nicht – zumindest nicht bei mir. Als wir auf das Anwesen einbogen, sah es noch prächtiger aus, als ich es in Erinnerung hatte – und das trotz des Regens, der sich weigerte, weiterzuziehen. Wehmütig stieg ich aus dem Auto und betrat die prachtvolle Eingangshalle. Wir gingen in die Küche und Brian machte mir einen Tee. Nur gut, dass Barns nicht hier war. Hätte er uns in der Küche gesehen, wäre er vermutlich in Ohnmacht gefallen. Will leistete uns noch etwas Gesellschaft, dann verabschiedete er sich und Brian und ich blieben allein in dem großen Haus zurück.

»So, jetzt gehen wir beide in das Kaminzimmer im ersten Stock. Ich schmeiße den Kamin an, und wir machen es uns gemütlich.«

Ich folgte Brian nach oben, ging aber zuerst in mein Zimmer, wusch mich, putzte mir die Zähne und zog mir mein Nachthemd über.

Zurück im Kaminzimmer, hatte Brian das Feuer bereits entfacht und in einem der beiden grünen Ohrensessel vor dem Kamin Platz genommen. Ich setzte mich zu ihm. Wir sagten lange Zeit nichts, schauten nur in die lodernden Flammen, bis ich das Schweigen durchbrach: »Danke, Brian – für alles.«

»Bitte, bitte«, sagte er mit einem Lächeln und ohne den Blick von den rotgelben Zungen zu wenden.

»Wie geht es *dir* eigentlich?«, fragte ich vorsichtig. Alles hatte sich die letzten Wochen immer nur um mich gedreht. Ich konnte nur erahnen, was er durchmachte. Morgan war an meiner Stelle nachgerückt. Sie war weg, doch Liebe konnte man nicht einfach abstellen.

»Es geht.«

»Du vermisst sie?«

Er nickte, und ich hatte das Gefühl, dass er nicht sprach, weil er sonst zu weinen begonnen hätte.

»Kannst du sie wiedersehen?«

Er schüttelte den Kopf.

»Nie wieder?«

Einen Moment schwieg er, dann sagte er schließlich erstickt: »Sie hat mir versprochen, dass wir uns wiedersehen. Sie sagte, dass sie alles dafür tun würde. Aber bis jetzt habe ich keine Nachricht von ihr erhalten.« Er wischte sich mit dem Rücken des Zeigefingers über die Augen.

»Das tut mir leid.«

»Du kannst ja nichts dafür.« Er schniefte leise, und wir schwiegen wieder. Jeder in seine eigenen Gedanken vertieft. Als die trockene heiße Asche nur noch kraftlos spuckte, begann es draußen zu blitzen. Ich stand auf und ging zum Fenster. Zunächst sah ich nur mein Spiegelbild – bis ich beim nächsten Blitz einen Schemen in der Ferne bemerkte. Ungläubig riss ich meine Augen auf.

»Brian«, flüsterte ich.

»Mhm?« Er drehte sich zu mir.

»Lösch das Licht! Schnell!«

Er folgte meiner Aufforderung und stellte sich neben mich ans Fenster – und dann sah er es auch.

KAPITEL 27

Roter Regen

Seite an Seite verharrten wir in stummem Entsetzen, fixierten mit weit aufgerissenen Augen die Dunkelheit. Begierig warteten wir auf den nächsten Blitz. Er würde uns für wenige Sekunden einen Blick auf den schwarzen Schatten gewähren, der sich unaufhaltsam auf unser Haus zubewegte. Die Sicht wurde durch die langen, dichten Tropfen erschwert. Prasselnd wie Peitschenhiebe schlugen sie gegen die hohe Fensterscheibe. Wollte uns der Regen warnen? Wollte er uns vom Fenster vertreiben, damit wir im Inneren des Hauses Schutz suchten? Schutz – bei diesem Wort schnürte sich meine Kehle zu. Hatte ich mich jemals sicher fühlen können? Oder war das alles hier nichts weiter als ein Kartenhaus, das irgendwann zusammenbrechen musste? Unweigerlich drängte sich mir die Frage auf, wie lange wir in der Kolonie sicher sein konnten – und ob wir es überhaupt jemals gewesen waren!

»Es ist eine gefährliche Welt. Egal wo du bist, du bist niemals sicher. Sicherheit wird immer teuer bezahlt und ist doch nichts anderes als eine Illusion. Du musst wachsam sein. Jetzt und bis zu deinem letzten Atemzug.« Bei dem Gedanken an ... an ... – ich konnte seinen Namen noch immer nicht denken – ... an *ihn*, den Jungen, den ich einmal geliebt hatte, jagte mir eine Gänsehaut über den Körper, und ich spürte den kalten Stich in meinem Herzen. Seine Worte geisterten ganz plötzlich durch meinen Kopf – und gerade in diesem Augenblick machten sie mehr Sinn als jemals zuvor. Ich hatte seine Bedenken immer als übertriebene Vorsicht abgetan und das, was außerhalb der Mauer auf uns lauerte, verdrängt. Ich hatte nur ein perfektes und glückliches Leben vor mir gesehen. Laut grollend riss mich der Donner aus meinen Gedanken. Meine Wimpern flatterten und meine verkrampften Schultern zogen sich noch ein bisschen höher. Ich bemerkte, dass mein Mund offen stand, und presste die Lippen aufeinander.

»Brian«, hauchte ich und ergriff seinen Unterarm. Mehr als seinen Namen brachte ich nicht heraus.

»Schhh!«, flüsterte er mit erhobenem Zeigefinger und zog seine Lider zu schmalen Schlitzen zusammen. Auch er war noch nicht bereit zu sprechen. Dann der nächste helle Blitz. Fieberhaft ließ ich meinen Blick schweifen. Der schwarze Schemen war noch immer da. Behäbig, aber beharrlich näherte er sich Schritt für Schritt unserem Haus. Die Auffahrt war zwar lang, aber sie war nicht unendlich und würde irgendwann vor unserer Haustür enden. Abermals legte die Panik ihre kalten Finger um meinen Hals und drückte zu. Mein Atem ging stoßweise, als mir klar wurde, dass ich es die ganze Zeit schon wusste. Ich wusste, *was* es war – und Brian auch. Und doch hofften wir inständig, dass wir falschlagen. Aber schon das nächste grelle Zucken ließ keinen Irrtum mehr zu. Das Grauen vor der Tür wurde mit einem Wimpernschlag zur unerbittlichen Wahrheit. Mir wurde schlecht. Meine Finger tasteten nach der Wand neben dem Fenster. Alles war so unwirklich. Die letzten Wochen hatten mich gezeichnet, aber das hier setzte allem die Krone auf. Es war der verräterische Gang, der die schwarze Silhouette entlarvte. Müde Arme pendelten kraftlos von links nach rechts. Sie schienen nicht zu gehorchen, folgten vielmehr dem tosenden Unwetter als einem erkennbaren Willen. Ein gesenkter Kopf. Hier watete eindeutig ein Infizierter durch den Sturzregen auf uns zu.

»Brian«, versuchte ich es erneut mit brüchiger Stimme.

Er wandte sich zu mir und packte meine Schultern fest mit beiden Händen. »Summer, wir müssen gehen. Wir müssen sofort gehen. Wir verschanzen uns im Panikraum. Von dort holen wir Hilfe. Das Ding da draußen wird es vermutlich nicht einmal in unser Haus schaffen.« Sein Blick huschte verstohlen in die Nacht, dann zurück zu mir. »Es ist nur einer – nur ein Einziger. Alles wird gut. Morgen werden wir darüber lachen.« Brian war offenbar schon einen Schritt weiter, denn an den Panikraum hatte ich noch gar nicht gedacht. Leichthin fügte er hinzu: »Und ich bin im Training, könnte uns zur Not auch selbst verteidigen.« Die Andeutung eines Lächelns huschte über meine Lippen. Mein großer Bruder; selbstbewusst und ohne Angst – das absolute Gegenteil von mir. Unwillkürlich stiegen mir Tränen in die Augen. Zwanghaft versuchte ich, nicht zu blinzeln, doch eine dicke Träne war mir schon entwichen und bahnte sich ihren Weg über meine Wange.

»Es ist nur …«, schluchzte ich, ohne den Satz zu beenden.

Tröstend wischte mir Brian mit seinem Finger die Träne aus dem Gesicht und sagte: »Ich weiß. Na komm. Alles wird gut.« Ein kurzes Kopfnicken war meine Antwort. Ich hatte mich schon halb zum Gehen gewandt, warf aber noch einen letzten Blick über meine Schulter nach draußen. Ich konnte nicht anders. Irgendetwas in mir wollte es noch einmal sehen. Die Gestalt hatte jetzt den beleuchteten Pflasterbereich unserer Einfahrt passiert. Im grellen Schein der Außenbeleuchtung wurde das ganze Ausmaß der Grausamkeit sichtbar. Mit jedem weiteren Schritt, den das Wesen auf uns zukam, blieb eine schmierige Spur hinter ihm zurück. Ein dunkelroter Schimmer blitzte verräterisch auf. War das Blut oder ging meine Fantasie jetzt vollends mit mir durch? Angestrengt starrte ich nach draußen. Der Regen, der in die Spur hinter dem Wesen klatschte, verfärbte sich augenblicklich rot! Es sah aus, als nährte er die purpurne Wasserstraße. Wie Blitze schlugen die Gedanken in meinen Kopf ein: War das Ding selbst der Ursprung? Oder folgte ihm der Fluss? Vielleicht war es eine Fährte, die andere von ihnen zu uns führen würde …

Stopp!, ermahnte ich mich. *Stopp, Summer!*

Ich atmete tief ein und aus, und ehe ich meine Horrorfantasie weiterspinnen konnte, schloss ich kurz meine Augen. Dann sah ich zu Brian auf. Er stierte nach draußen. Sein Kopf war halb zu mir gedreht, doch seine blauen Augen verharrten auf dem Wesen vor dem Haus. Etwas stimmte nicht. Leblos klebte Brians Blick auf der wankenden Gestalt im Regen. Er war erstarrt, seine Hände hatte er zu Fäusten geballt und die Knöchel traten weiß hervor. Ich hörte seinen keuchenden Atem, nahm das unregelmäßige Auf und Ab seines Brustkorbes wahr. Jetzt wich das Blut aus seinem Gesicht – selbst bei diesen schlechten Lichtverhältnissen war es deutlich zu erkennen. *Vor Angst versteinert!*

Vielleicht war er doch nicht so selbstbewusst, wie er es gerne gewesen wäre. Ich legte meine Hand auf seinen Unterarm und sagte hastig: »Na los, wir gehen.«

Doch er bewegte sich nicht. Ich ließ seinen Unterarm los.

»Brian«, flötete ich nervös.

Abermals hob ich meine Hand, doch noch bevor ich nach seinem Arm haschen konnte, umschlang er mit seinen Fingern mechanisch mein schmales Handgelenk.

»Summer«, sagte er, den Blick weiter nach draußen gerichtet. Seine Stimme klang monoton und seltsam leer. »Du gehst allein in den Panikraum. Du wirst dich dort einschließen. Lass niemanden rein – auch nicht mich. Auch nicht, wenn ich vor der Tür stehe und darum bitte. Alles wird gut. Dir wird nichts geschehen.« Er ließ mein Handgelenk los. Ungläubig starrte ich ihn an. Was sagte er da? Was war in den letzten zwanzig Sekunden passiert? Was hatte er gesehen? Ich folgte seinem Blick, drehte meinen Kopf noch einmal zum Fenster, um zu sehen, was er sah. Und dann konnte ich das Klicken in meinem Kopf förmlich hören. Ich erkannte, wen er erkannt hatte. War es wirklich sie? Wie konnte das möglich sein? Meine Augen weiteten sich und ich hielt den Atem an.

Ja – sie war es.

Wie tausend kleine Spinnenbeine krabbelte der Schauer meinen Rücken hinab. Ich schüttelte mich, begann am ganzen Körper zu zittern. Eine Welle von Übelkeit überrollte mich und meine Finger pressten sich gegen meine Lippen. Ich blinzelte mehrfach, um ganz sicherzugehen, beobachtete unablässig ihren kraftlosen, leeren Gang und den prasselnden Regen, der sich mit ihrem Blut vermischte – ja, es war real. Ungeschickt stieß ich mit meiner Stirn an die Fensterscheibe. Ich wandte mich hastig zu meinem großen Bruder, denn ich wusste, dass er gleich eine unglaubliche Dummheit begehen würde.

»Nein, Brian! Nicht!«, stieß ich aus und packte ihn am Unterarm. Mühelos entriss er sich meinem Griff und hatte die breite Treppe ins Erdgeschoss erreicht, noch bevor ich reagieren konnte. Ich rannte hinter ihm her, stolperte, fast wäre ich hingefallen, doch erwischte noch im letzten Moment die kalte marmorne Balustrade. Noch nie war mir die Treppe so lang vorgekommen. Mein weißes Nachthemd konnte meinen Schritten nicht so schnell folgen und flatterte hinter mir her.

Brian stand jetzt an der Haustür, bereit, sie zu öffnen. Ich hatte ihn fast erreicht, als sie von draußen wild gegen das schwere Holz zu hämmern begann. Ich stockte in der Bewegung und wich zurück.

Sie ist hier ... Sie ist hier, dachte ich, und im selben Augenblick begann sie zu schreien: »Brian! Brian!« Heiser drang ihre Stimme durch die Eichentür und begleitete das hämmernde Klopfen. Sie schrie, nein, sie verlangte nach ihm. Ich stand stocksteif da. Schweißperlen liefen mir über das Gesicht – oder waren es Tränen?

Brian drehte sich zu mir um. Langsam schüttelte ich den Kopf. »Tu das nicht. Sie ist infiziert. Sie wird uns töten«, flehte ich.

Unerwartet ruhig erwiderte er: »Geh. Rette dich. Du wirst es schaffen.« Dann lächelte er.

Er lächelt!? Wie absurd.

Ich schüttelte den Kopf nur noch heftiger.

Ungerührt fuhr er fort: »Ich werde die Tür jetzt öffnen – das weißt du«, sein Lächeln wurde breiter. »Du hast die Wahl: geh oder bleib. Mein Entschluss steht fest. Entscheide dich!«

Reglos und mit weit aufgerissenen Augen starrte ich ihn an. Er erwiderte meinen Blick. Ich war wie das Reh, das seinem Jäger noch einmal tief in die Augen schaut – in der Millisekunde, in der sich der Schuss bereits gelöst hat, aber noch nicht angekommen ist.

Ich wusste es, da hatte er recht. Ich wusste, er würde die Tür öffnen. Er war verloren. Und wenn ich nicht ginge, würde ich es auch sein. Bei diesem Gedanken begann mein Herz zu rasen und mir liefen nass und salzig Tränen über die Wangen. Ja – ich sollte rennen. So schnell ich konnte, sollte ich mich in Sicherheit bringen. Mein Kopf gab meinem Körper den Befehl – doch mein Körper gehorchte nicht. Ich war unfähig mich zu bewegen.

Er nickte und deutete mein Verharren: »Also bleiben.«

Kopfschüttelnd drehte er sich zur schweren Eichentür und hielt inne.

Kurz keimte die Hoffnung in mir auf, dass er seine Entscheidung noch einmal überdenken würde, dass er doch noch zur Besinnung käme. Aber dann zuckte er mit den Schultern und steckte den Schlüssel in das Schlüsselloch. Sie schrie weiter nach ihm, hämmerte mit aller Kraft gegen das schwere Holz. Es klang fordernd – und tödlich. Brian drehte den Schlüssel. Einmal. Zweimal. Dann legte er die Hand auf den Türgriff. Er blickte sich nicht mehr zu mir um, drückte die Klinke hinunter … und ließ den roten Regen ein.

KAPITEL 28

Neue Weltsicht

Warme Hände griffen nach meinen Schultern und zogen mich zur Seite.

»Keine Angst«, raunte eine wohlbekannte Stimme in mein Ohr. Ich zuckte zusammen, wirbelte herum – und erblickte *ihn*.

»Nein!«, stieß ich angsterfüllt aus. »Nicht du ... *Du* nicht!« Ungelenk entriss ich mich seinem festen Griff und stürzte zu Boden. Er stand reglos da, starrte mich aus geweiteten Augen an und sein Gesicht zog sich vor Traurigkeit zusammen, als ich rückwärts von ihm wegkroch.

»Geh weg!«, schrie ich und war mir nicht sicher, von wem die größere Gefahr ausging: von der infizierten Morgan – oder von Clay, der direkt vor mir stand. Mein Kopf entschied ohne langes Abwägen, dass es Clay war. Meine Augen fixierten ihn, ließen nicht von ihm ab, aus Angst, er könnte näher kommen. Doch er blieb stehen. Ich nahm nichts um mich herum mehr wahr – nur Clays Augen.

»Summer!« Der Ruf meines Namens wirkte wie das erlösende Fingerschnippen eines Hypnotiseurs. Ich blinzelte und wandte mich hastig in die Richtung, aus der die Stimme gekommen war.

»Will!«, keuchte ich und sah, wie er an Brian und Morgan vorbeistürzte. Ich sprang auf und fiel Will in die Arme. Zitternd krallte ich mich an ihm fest und ging hinter ihm in Deckung. Clay stand wie eingefroren da. Bestürzt und mit leerem Blick sah er mich an.

Ein leises Wimmern drang an mein Ohr, und erst jetzt glitt die Umgebung wieder in mein Bewusstsein. Ich starrte auf den am Boden sitzenden Brian hinter mir. Morgan lag in seinen Armen. Ihre Augen waren geöffnet und blickten ihn an. Und das Blut ... so viel Blut. Ich konnte nicht sagen, ob sie ihn schon angefallen hatte.

»Will ...«, schluchzte ich verwirrt, als mein Blick zwischen Morgan,

Brian und Clay hin- und herging. Will umschloss meine Schultern mit seinen Händen. Mit eindringlichem Blick fragte er mich: »Summer, vertraust du mir?«

»Ja«, hauchte ich atemlos, ohne auch nur eine Sekunde zu überlegen.

»Es gibt da ein paar Dinge, die du wissen solltest.«

Ich sah im Augenwinkel, dass Clay an uns herantrat.

»Nein!«, schrie ich und schlug meine Nägel abermals in Wills Arme.

»Reed.« Will warf ihm einen flüchtigen, mahnenden Blick zu: »Nicht.«

Clay machte mit geballten Fäusten und versteinerter Miene einen großen Schritt zurück.

»Na komm, Summer. Wir beide gehen mal nach oben.«

»Brian«, war alles, was ich krächzend herausbrachte, um meine Sorge um ihn deutlich zu machen.

Will verstand. »Clay wird sich um ihn und Morgan kümmern.«

Mein tränenersticktes »Nein« klang jämmerlich.

»Er weiß, was er tut«, versicherte mir Will. »Und wenn du ihm schon nicht vertraust, vertraust du aber doch mir.«

Ich nickte.

»Brian wird nichts passieren, versprochen.«

Wie in Trance ließ ich mich von Will die Treppen hinauf und in mein Zimmer führen. Dort angekommen, setzte er mich auf das Bett, rannte in meine Ankleide und riss gehetzt die Schränke auf.

»Wir haben nicht viel Zeit«, erklärte er, als er zurückkam, und drückte mir eine schwarze Jeans, ein schwarzes T-Shirt und einen ebenfalls schwarzen Pullover in die Hand. »Zieh dich um. Dein Dad ist gleich hier.«

»Mein … Dad?« Verwirrt hielt ich die Kleidungsstücke in den Händen.

»Okay, Summer.« Will ging vor mir in die Hocke, legte seine Hände auf meine und schaute zu mir auf.

»Es ist wichtig, dass du jetzt genau zuhörst: Die Zeit drängt. Wir müssen hier weg, und zwar schnell.« Er fuhr sich leicht mit der Zunge über die Lippen, hielt inne und atmete einmal tief durch.

»Was ich dir jetzt sage, wird deine gesamte Welt ins Wanken bringen«, begann er.

Ich saß kerzengerade und merkte, dass meine Unterlippe zu zittern begann.

»Hier, wo du lebst ... wo du gelebt hast ... diese Kolonie ... sie ist ein Schwindel. Ich wusste es schon immer – genauso wie Clay und Tristan, Red, Blue und dein Dad.«

Ich schüttelte verständnislos den Kopf, doch Will sprach unbeirrt weiter: »Die Kolonie ist eine Zuchtstation. Hier geht niemand in irgendeine neue Welt, Summer. Man geht in den Tod – und häufig ist das kein schneller Tod. Sie züchten uns, um uns meistbietend zu verkaufen und ... zu verspeisen.« Angeekelt verzog er sein Gesicht.

Meine bebende Unterlippe klappte nach unten, dann entspannten sich meine Gesichtszüge. »Ich bitte dich. Das ist doch nicht wahr. Das hast du erfunden«, sagte ich und legte die Kleidung, die er mir gerade in die Hand gedrückt hatte, kopfschüttelnd neben mich aufs Bett.

»Doch, es *ist* wahr.« Er sah mich ernst an und legte die Kleidung wieder auf meinen Schoß. »Dein Dad wusste es, seit er nach dem Tod deiner Mutter im Zentrum war. Er geisterte nachts durch die Flure, wollte eigentlich raus an die frische Luft – aber was er fand, war die ganze Wahrheit. Und seitdem wollte er nichts anderes, als Brian und dich zu schützen. Er hat bestochen, geplant und alle Hebel in Bewegung gesetzt, die ihm zur Verfügung standen. Genau wie Clay und ich.«

Ich musterte ihn. Er schien tatsächlich nicht zu scherzen.

»Dein Dad wird die Menschen anführen, die es nun wissen und die fliehen wollen ... oder besser: dringend sollten, so wie du.« Er machte eine Pause, die ich bitter nötig hatte, um zu verarbeiten, was er gerade gesagt hatte.

»Mein Dad?«, fragte ich dann verwirrt. »Fliehen? Wohin?«

Er neigte den Kopf. »Ich weiß, es ist schwer zu verstehen, aber ich werde trotzdem weitererzählen.« Es klang mehr nach einer Frage, deshalb nickte ich angespannt.

»Clay wurde von seinem Vater hergeschickt, um zu lernen, wie man ... züchtet. Ihm gehört diese Farm, neben vielen anderen.«

»Diese Farm ... neben vielen anderen?«, wiederholte ich mit leerem Blick und emotionsloser Stimme.

»Seine Familie besitzt sehr viele.«

»Farmen?«

Will nickte.

»Die Kolonie ist eine Menschenfarm?«, fragte ich. Hatte ich das wirklich richtig verstanden? »Wir werden … gegessen? Wie die Kühe … und Schweine?«

»Ja.«

»Und Clay gehört diese Farm?«

»Er ist der Sohn des Besitzers und soll die Farm später übernehmen.« Will nickte. »Sie sind eine der reichsten Familien da draußen und haben sich auf luxuriöses Gourmetfleisch spezialisiert. Unser Fleisch ist für sie so ähnlich wie früher das des Kobe-Rinds für uns Menschen. Wir sind teuer, Summer. Wir bekommen das hier alles, weil sie uns dann besser verkaufen können. Die Massagen, das gute Essen, der Spaß, das perfekte Leben – all das bekommen wir nicht aus purer Freundlichkeit. Sie erhalten für unser Fleisch horrende Summen von den reichen Kunden und Restaurants. Nichts ist jemals umsonst. Der Preis, den wir für die Annehmlichkeiten eines perfekten Lebens zahlen, ist unser Leben.«

Entsetzt starrte ich in seine Augen. »Kannibalismus?«, flüsterte ich.

Will neigte seinen Kopf von links nach rechts. »Nicht direkt Kannibalismus. Clay und alle anderen außerhalb der Kolonien sind nicht … menschlich.«

Jetzt entgleisten meine Gesichtszüge völlig. Clay war nicht menschlich? Was sollte das bedeuten? Ich presste meine Finger fest gegen meine Lippen.

»Wir alle – dein Dad, Clay und ich – haben wirklich alles getan, damit du nicht in die Elite kommst, weil wir dich schützen wollten. Aber es kam anders … und als du hier warst, haben wir alles getan, damit du nicht in die Neue Welt gewählt wirst – *wirklich* alles.«

Jetzt lösten sich meine Finger von den Lippen und tasteten nach der Narbe.

»Ja«, sagte Will, ohne dass ich fragen musste. »Hätte er es nicht getan, hätte ich es gemacht.«

Er sagte es so entschieden, dass ich zusammenzuckte.

»Es ist nur eine Narbe. Sieh dir Morgan unten an – das wärst eigentlich du gewesen.« Er erhob sich, um sich neben mich zu setzen. Kaltes Grauen packte mich bei dem Gedanken an Morgans leblosen Körper.

»Los, komm, Summer – alles Weitere später. Wir müssen wirklich gehen. Wenn sie uns hier mit der toten Morgan finden, sind wir alle dran, denn dann müssen sie uns alle verschwinden lassen, um ihre Lügenfassade aufrechtzuerhalten. Beim kleinsten Verdacht wird man entfernt.«

»Reigna«, stieß ich aus und Will nickte. Er blickte mich entschieden an.

»Hast du verstanden, was ich gerade gesagt habe?«

Ich nickte, war aber zu erstarrt, um zu sprechen.

»Du glaubst mir?«, fragte er ernst, aber ich reagierte nicht. »Du hast eben gesagt, dass du mir vertraust«, setzte Will erneut an. »Du ziehst dich jetzt um, und wir gehen nach unten. Ist das in Ordnung?«

Ich nickte zaghaft und verschwand im Bad. Geschwind schlüpfte ich in die schwarze Jeans und zog den warmen Pullover über. Mein Blick fiel in den Spiegel. Ich war totenbleich! Ich stellte das Wasser an und spritzte es mir ins Gesicht. Anschließend führte ich meine Handgelenke unter den klaren Strahl. Und während es über meine Pulsschlagader plätscherte, ergriff der schiere Horror Besitz von mir. Dicke Tränen kullerten über meine Wangen. Ich schnappte nach Luft. Den Wasserhahn konnte ich abdrehen, die Tränen nicht. Mit verschwommenem Blick und nicht minder schwammigen Gedanken, patschte ich mit der Hand nach einem weichen Frotteehandtuch und vergrub mein Gesicht darin. Keine Ahnung, wie lange ich so dastand, aber irgendwann hörte ich Wills drängende Stimme durch die Tür: »Summer!«

Ich atmete einmal tief durch und verließ das Bad.

Als ich wieder zurück in meinem Zimmer war, stand Will mit einer warmen Jacke und einem Paar Laufschuhe bereit und hielt sie mir entgegen.

»Ich weiß nicht genau, was du noch brauchst … Wir werden nie wieder herkommen, also steck einfach das Nötigste in den Rucksack, aber beeil dich diesmal.«

»Nie wieder?«, flüsterte ich.

»Niemals wieder!«

Ich hielt mitten in der Bewegung inne und blieb einfach stehen. Ich konnte mich nicht rühren. Ich wusste, dass es Tage gab, die alles veränderten, nach denen nichts jemals wieder so sein würde wie zuvor. Und das hier – so viel war mir klar – war so ein Tag.

»Summer.« Will streichelte mir zärtlich mit beiden Händen über die Arme.

Ich blickte auf, schüttelte den Kopf. »Was meinst du damit: Clay ist nicht menschlich? Was ist er dann?«, fragte ich tonlos, mit angstgeweiteten Augen.

»Um das zu beantworten, reicht die Zeit gerade wirklich nicht aus. Ich werde es dir erklären. Später. Jetzt musst du machen, was ich dir sage. Wir müssen wirklich los!« Will klang flehentlich. Wir blickten uns einen Moment in die Augen und meine Gedanken schlugen Haken. So bizarr diese Wende auch war, plötzlich machte alles einen kranken Sinn: Dad und der Verrat, Clay und die Verletzung, all die Geheimnisse … Ich kam wieder zur Besinnung, als Will mir sanft über den Kopf strich und seine Hand zärtlich gegen mein Ohr presste.

»Ich werde auf dich aufpassen«, versprach er. »Und jetzt geh und pack ein, was immer du noch brauchst.«

Ich zwang mich zu handeln, griff nach dem Rucksack, den er mir entgegenstreckte, und lief los. Wahllos fingerten meine Hände in den Schubladen und Schränken und stopften alles in den Rucksack, wovon ich dachte, dass ich es irgendwie gebrauchen könnte. Als ich fertig war, streckte Will mir seine Hand entgegen. Ich ergriff sie, ohne zu zögern, und wir liefen zum letzten Mal die marmorne Treppe hinab. Durch die große Eingangshalle hechteten wir ins Wohnzimmer.

Das Bild, das sich mir bot, war so entsetzlich, dass ich für einen Moment dachte, ich könnte es nicht ertragen. Morgan, meine beste Freundin, lag auf der blauen Couch, die jetzt völlig blutverschmiert war. Sie war zugerichtet, als wäre sie von einem Rudel Wölfe gerissen worden. Halb nackt lag sie da. Haut und Kleiderfetzen hingen von ihrem Körper herab. Ihr Kopf hatte unzählige Platzwunden, genau wie ihr Gesicht. Ihr rechter Arm baumelte zu Boden und eines ihrer Beine lag unnatürlich verdreht auf dem Polster. Unzählige grüne und dunkelblaue Flecken an den Innenseiten ihrer Oberschenkel ließen mich so heftig erschaudern, dass Will mich stützen musste, damit ich nicht zusammenbrach. Brian hatte sich über sie gebeugt und weinte bitterlich. Ich tat drei tiefe Atemzüge und löste mich vorsichtig aus Wills Griff. Langsam ging ich auf Brian zu und strich ihm zärtlich über den Rücken. Er drehte sich zu mir um.

»Nur wegen dir! Das hier hättest du sein sollen!«, brüllte er mit so hasserfülltem Blick, dass ich die Luft scharf einsog und erschrocken zusammenfuhr. Sofort war Clay zur Stelle und drängte sich zwischen uns.

»Sie kann nichts dafür, und wir konnten nichts mehr tun. Wir wussten nicht, dass ausgerechnet Morgan nachrücken würde – dass überhaupt jemand nachrückt.«

»Du hast ihm alles erzählt?«, wollte Will jetzt wissen. Clay nickte, den Blick weiter auf Brian gerichtet.

»Brian, ich habe es auch gerade erst erfahren …«, versuchte ich mich zu erklären und trat hinter Clay hervor.

»Lass. Mich. In. Ruhe. Summer!«, zischte er mit feuchten Augen. »Der König hat sie an deiner Stelle genommen – an *deiner* Stelle.« Dann richtete Brian seinen Blick abrupt auf Will und Clay und brüllte: »Und ihr habt entschieden! Ihr beide! Ihr beide wusstet es und habt entschieden, wer leben darf und wer sterben soll!«

Seine Verzweiflung trieb mir die Tränen in die Augen. Mein Blick huschte wieder zu Morgan.

»Wie lange hat sie gelitten? Wie lange habt ihr das hier geduldet, ohne etwas zu unternehmen?«, schrie Brian.

»Brian, wir wussten nicht, wo sie war. Wir hätten wirklich alles getan, aber es …«, begann Will, doch Brian fiel ihm ins Wort. »Wie lange!?«, schrie er fordernd. »Während ich bei ihr am Krankenbett saß«, er deutete mit hochrotem Kopf auf mich, »quälten sie die Liebe meines Lebens zu Tode!« Jetzt legte sich eine tiefe Trauer über sein Gesicht. Er drehte sich wieder zu Morgan, betrachtete sie und brach weinend über ihr zusammen. Mir war schwindelig, alles begann sich zu drehen. Ich tastete ins Leere und fand Halt in den Armen von Will.

»Ich bin hier, Summer«, flüsterte er.

Abermals presste ich mich an ihn, vergrub mein Gesicht an seiner Brust. Clay blickte zu mir herüber. Fast schon scheu schlug ich meine Augen auf und erwiderte seinen Blick. Mit zusammengekniffenen Lippen stand er da und betrachtete mich schuldbewusst.

»Summer! Brian!«, hallte eine Stimme durch die Eingangshalle, und mein Kopf fuhr herum.

»Dad!«, rief ich aus und rannte ihm entgegen. Ich fiel ihm in die Arme und wollte nie wieder losgelassen werden.

»Tristan hat mich informiert. Danke, Will. Danke, Clay«, sagte er. Die beiden waren mir in die Eingangshalle gefolgt.

403

»Was ist hier los? Wo stehen wir?«, wollte Dad wissen und hielt mich weiter mit seinen Armen umschlungen. Er tätschelte meinen Kopf und meinen Rücken – und auch, wenn ich das sonst keinesfalls zugelassen hätte, weil ich schließlich keine sieben mehr war, so wollte ich in diesem Augenblick, dass er niemals wieder damit aufhörte.

»Es ist so weit«, erklärte Clay vielsagend.

»Sie wissen es?«, vergewisserte sich mein Dad. Clay und Will nickten.

»Mein Gott – Morgan!«, stieß Dad aus, als er seinen Blick ins Wohnzimmer schweifen ließ. Vorsichtig löste er sich aus meinem Griff und rannte auf sie zu.

»Dad!« Brian umarmte ihn heftig. »Hilf ihr«, flehte er.

Als Dad ihr zertrümmertes Handgelenk nahm, um ihren Puls zu fühlen, hielt ich den Blick gesenkt, meine Lippen aufeinandergepresst. Ich lehnte mich an Will und schaute auf den Boden, sah die herumliegenden Gegenstände, mit denen bis vorhin noch der Couchtisch dekoriert gewesen war. Die polierten Kerzenleuchter glänzten noch immer, ungerührt von den Ereignissen, auf dem Boden vor sich hin. Ich blickte auf eine der roséfarbenen Kerzen, an deren Bruchstelle der helle Docht aufblitzte, ich sah die umgekippte Obstschale, einen Apfel, die kleinen Litschis und eine Mandarine, die zertreten war und ihren klebrigen Saft auf dem Boden verteilte. Und obwohl ich mich konzentrierte, nicht hinzusehen, bemerkte ich doch im Augenwinkel, wie Dad den Kopf schüttelte. Ich schloss die Augen und hörte, wie sich Brians leises Wimmern zu einem hässlichen, schrillen Schrei wandelte: »Nein! Nein! Nein!«, brüllte er mit weit aufgerissenem Mund und verzerrter Stimme. Seine gequälten Schreie gingen mir durch Mark und Bein. Ich glaubte, mein Herz würde in zwei Hälften zerspringen. Will presste mich fester an sich.

»Dr. Snow«, sagte Clay. Seine Stimme klang drängend. »Unser Plan«, erinnerte er Dad. »Wir müssen los. Haben Sie alles hier?«

Dad nickte, entfernte sich aus dem Zimmer und kam nach wenigen Minuten mit zwei Taschen zurück.

»Deine, Summer«, sagte er und drückte mir eine der beiden Taschen in die Hand. Ich nahm sie an mich, ohne genau zu wissen, was ich damit sollte. Die zweite Tasche stellte er neben sich ab.

»Was ist das?«, wollte ich wissen.

»Euer Blut. Das von Brian und dir. Das, was ich nicht für eure Sicherheit an Huxley zahlen musste.«

Es schüttelte mich.

»Was soll ich damit?«, fragte ich tonlos.

»Wir werden fliehen«, erklärte Will. »Und das Blut werden wir später verteilen. Es sind vier Liter, und wenn sie es finden, werden sie glauben, dass ihr tot seid. Wenn jemand vier Liter Blut verliert, ist er definitiv tot – so könnt ihr neu anfangen.«

»Ihr? Was meinst du? Wo ist deins?« In meiner Stimme schwang Panik. Würde er uns nicht begleiten?

»Werden wir gleich holen«, sagte er, und ich nickte erleichtert – aber dann traf es mich! Dad! Das Gespräch mit Dr. Huxley! Die Bestechung! Jetzt war alles klar! Es fühlte sich an, als würde ich zum allerersten Mal meine Augen öffnen.

»Dad«, flüsterte ich wissend, und wir sahen uns an. Er presste seine Lippen aufeinander, dann nickte er, um meinen unausgesprochenen Gedanken zu bestätigen. Verständnislosigkeit lag in meinem Blick. In meinem Kopf ratterte es, allerdings nur so lange, bis Brians Stimme wieder an mein Ohr drang.

»Du wusstest es also, Dad? Du wusstest es und hast nichts getan?«

»Es ging alles so schnell, Brian. Wir hatten keine Möglichkeit mehr zu reagieren.«

»Aber bei *ihr* hattet ihr sie! Bei *ihr* gab es Möglichkeiten!« Er stand auf und kam mir bedrohlich nah. Wütend funkelte er mich an. Ich erkannte ihn nicht wieder.

»Geht!« Dad drehte sich zu Will, Clay und mir.

»Nicht ohne euch!«, rief ich aus.

»Ich bleibe bei Brian. Die Flucht wird beschwerlich. Geh und rette dich! Und vergiss niemals, dass ich dich lieb hab.« Er gab mir einen Kuss auf die Stirn und wir umarmten uns.

»Es tut mir so leid, Dad … Wenn ich es nur gewusst hätte«, wisperte ich.

»Alles gut, Summer. Halte dich an Will und Clay. Sie haben mir versprochen, dich zu beschützen.«

»Wann werden wir uns wiedersehen?«, fragte ich, noch immer in seiner schützenden Umarmung.

Aber er gab keine Antwort, drückte mich nur etwas fester und sagte: »Na los, ihr drei, bringt euch in Sicherheit.«

Als ich mich löste, sah ich ihn noch einmal an. Er lächelte und sofort fielen mir die Fältchen um seine Augen auf. Bei diesem Anblick konnte ich nicht anders, als zu weinen. War es Liebe, Bedauern, Traurigkeit, Verwirrung? Ich wusste es nicht. Aber ich wusste, dass er mich liebte, und ich liebte ihn. Er war immer ein guter Dad – ich war nur zu blind gewesen, es zu sehen. Der Verrat, den Dad damals in meinen Augen begangen hatte, war in Wirklichkeit ein Akt bedingungsloser Liebe gewesen! Er hatte Huxley gedroht, wäre lieber gestorben, als unser Blut komplett an ihn auszuhändigen. Und dann hatte er sich entschieden, ihm sein eigenes Blut zu geben, damit wir verschont blieben. Meine Gedanken schlugen Haken, und dann öffneten sich meine Augen ein zweites Mal an diesem Abend. »Der Albtraum! Oh mein Gott ...« Ich drückte mir die flache Hand gegen den Magen.

Dad sah mich mit geweiteten Augen an.

»Dad? Das war kein Traum, ist es nicht so?«

»Nein«, gab er schließlich zu. »Es war kein Traum. Du hast alles gesehen. Alles! Du warst erst sechs, als deine Mom starb und wir im Zentrum übernachteten. Du bist mir in jener Nacht gefolgt. Ich wollte eigentlich nur frische Luft schnappen, doch ...« Dad vervollständigte den Satz nicht. Stattdessen fuhr er fort: »Du hast es verdrängt – und ich war nicht traurig darüber, so viel kann ich sagen. Aber ja: Du weißt es. Es ist nur eine Frage der Zeit, ehe du dich richtig daran erinnern wirst.«

»Oh mein Gott ...«, sagte ich noch einmal und drückte die Hand fester gegen meinen Magen. Vermutlich konnte er an meinem Gesicht ablesen, dass ich mich zu erinnern versuchte – und das tat ich tatsächlich: Ich wollte mich erinnern!

»Summer, du musst dich nicht jetzt damit konfrontieren. Zwing dich nicht dazu. Es ist besser, wenn du es nicht vor Augen hast, zumindest für den Augenblick. Du wirst dich erinnern, wenn du bereit bist.« Wir blickten uns an und mir lief eine Träne über die Wange.

»Ich hab dich lieb, Dad«, flüsterte ich.

»Ich hab dich auch lieb, Summer.« Er umarmte mich ein letztes Mal fest.

»Na komm, Summer«, forderte Will ungeduldig.

»Aber …« Ich wollte protestieren, doch Dad nickte mir aufmunternd zu, nahm meine Hand und tätschelte sie.

»Ich werde auf mich aufpassen – und auf Brian. Und Will und Clay werden dich beschützen. Wir werden uns wiedersehen, Summer, ganz bestimmt.« Er lächelte wieder, aber diesmal erreichte das Lächeln seine Augen nicht. Das Talent zum Lügen hatte ich ganz offensichtlich nicht von ihm. Dad nahm meine Hand und legte sie in die von Will – übergab mich gewissermaßen Wills Obhut.

»Brian«, setzte ich an, um mich auch von ihm zu verabschieden. Aber er drehte sich demonstrativ von mir weg, beugte sich wieder über Morgan und streichelte ihren Kopf.

»Es hat nichts mit dir zu tun, Summer. Er ist nur …« Dad brach den Satz ab. Ich nickte und Tränen kullerten über meine Wange.

»Na los«, forderte Dad uns auf und nickte zufrieden, als wir uns endlich umdrehten und auf die Tür zugingen. Ich wusste, wenn wir das Haus verlassen hatten, gab es keinen Weg mehr zurück. Ich blickte mich nicht mehr um, als Will mich über die Schwelle drängte.

Der Wind zog und zerrte an mir, als wollte er mir die neue Realität um die Ohren schlagen. Clay lief mit etwas Abstand neben uns. Er befürchtete wohl, dass ich noch einmal schreien würde, wenn er mir zu nahe käme. Ich erblickte den schwarzen Geländewagen. Clay öffnete mir die Autotür – und obwohl mein Verstand wusste, dass keine Gefahr von ihm ausging, blieb ich abrupt stehen. Das blutige, tropfende Messer drängte sich in meine Erinnerung. Clays Blick wurde so herzzerreißend, dass er mir augenblicklich leidtat. Vermutlich schmerzte es ihn, und vermutlich hatte er das alles nur getan, um mich vor Schlimmerem zu bewahren – und doch fühlte ich mich nicht sicher mit ihm.

»Ich bin bei dir. Ich beschütze dich«, sagte Will fürsorglich.

»Ich beschütze sie auch!«, zischte Clay wütend.

Will warf ihm einen bedeutsamen Blick zu. Clay schwieg, ging mit verkniffenem Gesichtsausdruck um das Auto und nahm auf dem Fahrersitz Platz. Zögerlich und ohne Wills Hand loszulassen, kletterte ich in das Auto. Will setzte sich neben mich auf die Rückbank und legte mir seinen Arm um die Schultern. Als Clay den Motor startete und das Auto losfuhr, drehte ich mich noch einmal um und sah durch die Heckscheibe, wie das Haus, das meine Heimat geworden war, in immer weitere Ferne rückte.

»Hasst er mich?«, fragte ich Will leise, als ich mich wieder nach vorne drehte.

»Nein. Brian ist nur wütend. Er hat jemanden verloren, den er sehr geliebt hat. Ich wüsste nicht, wie ich in seiner Situation reagieren würde. Er hasst dich nicht. Er hat dich sehr lieb.«

Wir schwiegen eine Weile, und nur das monotone Brummen des Motors und das Gleiten der Scheibenwischer war zu hören.

»Wo fahren wir hin?«

»Zu Clays Haus. Dort treffen wir die anderen und dann …«

»Und dann?«

»Werden wir die Kolonie verlassen.«

»Wann?« Ich schluckte meine Angst hinunter.

»Heute Abend.«

»Heute Abend noch?«

Will nickte.

»Aber die Monster … die Infizierten?«

»Es gibt keine Infizierten, Summer. Es gibt Monster, aber das sind nicht die, von denen man uns erzählt hat.«

Das ging mir alles zu schnell. Ich hatte gerade erst erfahren, dass es nicht darum ging, eine neue Welt aufzubauen, sondern darum, als Delikatesse verspeist zu werden. Der Gedanke ekelte mich an, und ich biss mir auf die Lippe, in der Hoffnung, dass ich vielleicht doch träumte – aber ich war definitiv wach. Unweigerlich drängten sich mir Unmengen von Fragen auf. So viele Dinge, die ich nicht verstand – und jetzt sollte ich schon weiter? Noch ehe meine Fragen beantwortet wurden?

Als könnte Will Gedanken lesen, sagte er: »Ich weiß, es geht alles sehr schnell, und ich weiß, dass es viel verlangt ist, aber ich bitte dich, für heute Abend einfach nur zu tun, was ich sage. Deine Fragen klären wir morgen. Okay?«

Ich nickte und unsere Blicke trafen sich. Wir waren uns ganz nah, wir waren in dieser unmöglichen Situation, in dieser gefährlichen Welt – und in meinem Magen begannen plötzlich Schmetterlinge zu flattern! Ich konnte es nicht fassen. Vielleicht war es nur der Situation geschuldet, vielleicht war es nur die Aufregung … aber vielleicht war es auch mehr als das. Will schaute unvermittelt in den Rückspiegel. Ich folgte seinem Blick bis hin zu Clays Augenpaar, das auf uns ruhte. Sie nickten sich zu. War wohl ein geheimer Code. Vermutlich, dass ich keine Probleme machen würde, und das hatte ich auch nicht vor. Ich vertraute meinem Dad, ich vertraute Will und ich glaubte zumindest an Clays gute Absichten.

Schon von Weitem öffnete Clay das übergroße Garagentor seines Anwesens. Als der Porsche geparkt war, sah ich, dass die Garage eine Unmenge von Autos beherbergte, eine regelrechte Parade von Prunkstücken. Wir stiegen aus und ich folgte Will und Clay in die Eingangshalle. Es hatte sich seit meinem letzten Besuch hier nichts verändert.

»Sie sind im Wohnzimmer. Vielleicht sollten wir Summer zunächst in mein Zimmer bringen, bevor wir sie den anderen aussetzen?«, schlug Clay vor.

Will nickte zustimmend.

»Erste Etage, zweite Tür links«, erklärte Clay.

»Komm«, sagte Will und begleitete mich ins obere Stockwerk. Clay folgte uns nicht. Als Will die Tür zum Zimmer aufstieß, fragte er mit unverkennbar eifersüchtigem Unterton: »Warst du hier auch schon?«

»Nein.« Dachte er tatsächlich, dass man gewisse Dinge nur im Schlafzimmer tun konnte?

»Warum sind wir hier, in seinem Haus, Will?«

»Er ist auf unserer Seite, und er ist eine wichtige Persönlichkeit. Niemals würde hier eine Razzia stattfinden. Hier sind wir sicher.«

»Ich verstehe«, murmelte ich.

»Summer, ich muss jetzt nach unten gehen. Aber ich verspreche dir, dass du hier sicher bist. Ich komme später wieder, um dich zu holen. Okay?«

Ich schüttelte den Kopf. »Vielleicht komme ich doch lieber mit«, sagte ich, als ich mich unsicher, fast schon ängstlich in Clays Zimmer umsah.

»Nein. Ich brauche die Aufmerksamkeit der anderen für den Fluchtplan – und *nur* für den Fluchtplan. Durch die heutigen Ereignisse müssen wir viel früher aufbrechen, als wir ursprünglich geplant hatten. Wenn du runterkommst, bevor der Plan steht, würde zu viel Zeit für Erklärungen und Umarmungen draufgehen. Das können wir uns nicht leisten. Keiner würde mehr zuhören, niemand sich konzentrieren. Ich hole dich später.

Außerdem könnte ich mir vorstellen, dass das alles ein bisschen viel Information für einen Tag war. Die Flucht wird anstrengend, also ruh dich noch ein bisschen aus.«

»Sollte ich den Plan nicht auch kennen?«

»Du hältst dich an mich. Ich bringe uns hier raus.«

Noch bevor ich etwas erwidern konnte, küsste er mich auf die Stirn. Ich schloss meine Augen, als er das tat, um ihn besser fühlen zu können.

»Du bist hier sicher«, sagte er noch einmal und verließ den Raum. Unsicher schaute ich mich um. Ich stand vor einem übergroßen Bett. Das Zimmer war riesig – aber vollkommen kahl. Keine Bilder an den Wänden, keine persönlichen Gegenstände. Das Bett war mindestens doppelt so groß wie meines, und ich fragte mich unwillkürlich, warum.

Vielleicht schläft er hier nicht allein, dachte ich mit einem Anflug von Eifersucht.

Auf jeder Seite des Bettes stand ein Nachttisch. Neugierig zog ich die Schubladen des ersten auf. Leer.

Na klar. Und da ich nun bereits den Schritt über die Grenze seiner Privatsphäre getan hatte, konnte ich auch noch einen klitzekleinen Schritt weitergehen und in den anderen Nachttisch spähen. Ich ging um das Bett und öffnete vorsichtig die Schublade des zweiten Nachttischs. Diese war zu meiner Überraschung gefüllt: ein Buch, einige CDs, ein gerahmtes Foto. Ich nahm das Foto heraus. Es zeigte das Boot, das er damals zu mir bringen ließ – das Boot, das er für mich an Gordon abgetreten hatte. Auf dem Deck stand Clay. Er war jünger als heute. Ein älterer Mann mit weißen Haaren legte ihm den Arm um die Schultern – sein Großvater? Beide strahlten in die Kamera.

»Summer«, drang jetzt eine Stimme an mein Ohr, die ich nur zu gut kannte. Erschrocken blickte ich auf.

»Oh … es … es tut mir leid«, stotterte ich ertappt.

»Schon okay«, sagte er mit ruhiger Stimme. Clay blieb am anderen Ende des Raums stehen.

»Dein Boot.« Ich hielt das gerahmte Foto in die Luft. Mein Blick streifte ihn nur kurz, ehe ich wieder zu Boden blickte, doch das Kribbeln in meinem Bauch war schlagartig zurück.

»Jacht«, verbesserte er mich.

Ich nickte schwach.

»Du mochtest die Jacht wohl wirklich sehr gerne«, stellte ich fest, als ich das Foto wieder in der Schublade verstaute. Clay nickte. »Was ist daran so anders als an anderen Jachten?«

»Diese da hat einen emotionalen Wert.« Er klang traurig, als er es sagte.

»Einen emotionalen Wert?«

»Mein Großvater hat sie mir vermacht. Ich bin jedes Jahr für einige Wochen mit ihm rausgefahren – meine schönsten Erinnerungen hängen an dieser Jacht.«

Der Mann auf dem Bild war also tatsächlich sein Großvater. So etwas Wertvolles hatte er weggegeben ... für einen einzigen Tag mit mir. Und jetzt behandelte ich ihn wie einen Axtmörder? Die ersten Tränen rannen lautlos über meine Wange. Weil ich mich schämte – für meine Blindheit und Dummheit und dafür, dass ich es nicht früher verstanden hatte. Dafür, dass ich die Hinweise und Worte nicht richtig zu deuten gewusst hatte.

»Es tut mir leid«, flüsterte ich mit tränenerstickter Stimme, obwohl das nicht annähernd ausdrückte, was ich fühlte.

»Mir nicht.«

Verständnislos blickte ich ihn an und wischte mir flüchtig die Tränen vom Gesicht.

»Du bist mir mehr wert als jede Jacht, mehr wert als alles, was ich besitze. Und an dem Abend, an dem ich dich ganz für mich hatte, habe ich mir neue Erinnerungen geschaffen, die mir noch wertvoller sind.«

Ich wollte losrennen, ihn umarmen, ihn spüren, ihn küssen – aber etwas hielt mich auf.

»Summer, ich will es dir gerne erklären ... ich meine ... alles. Die ganze Wahrheit, sobald du bereit bist.«

Ich entgegnete nichts, starrte zu Boden.

»Meinst du, du könntest mir irgendwann wieder vertrauen? Oder zumindest nicht zurückzucken und schreien, wenn ich näher als einen Meter neben dir stehe?«

Ich hörte die Traurigkeit in seiner Stimme. Wieder sah ich zu ihm auf, und mein Blick fiel auf seine schmerzerfüllten Augen – und in diesem Moment betrachtete ich ihn seit unserem Wiedersehen zum ersten Mal wirklich. Er sah verändert aus, war nur noch ein Schatten seiner selbst. Die

Augen waren gerötet und dunkle Ringe lagen darunter – geradeso, als hätte er seit Ewigkeiten nicht mehr geschlafen. Sein Gesicht wirkte eingefallen und fahl. Unwillkürlich drängte sich mir der Gedanke auf, dass er sich mit dem Schnitt durch mein Gesicht vielleicht ebenso stark verletzt hatte.

»Ich … ich kann es versuchen«, stotterte ich.

Er schwieg, stand noch immer am anderen Ende seines Zimmers.

»Hast du … hast du eine Frage? Ich meine … vorab? Gibt es etwas, was du unbedingt wissen willst?«

Nur eine Frage?, dachte ich spöttisch. Ich hatte tausende. Frage um Frage schoss mir in den Kopf.

»Isst du Menschen?«

»Das ist deine erste Frage?«, vergewisserte er sich mit leicht zitternder Stimme.

Ich nickte und blickte ihn mit zusammengebissenen Zähnen an.

Er atmete aus und sagte entschieden: »Ja.«

Ich rührte mich nicht, riss meine Augen auf. Mein Herz begann schneller zu schlagen, meine Nackenhärchen stellten sich auf und meine Beine wollten nichts anderes tun als wegrennen.

Besorgt sagte Clay: »Aber dich nicht, Summer. Alles ist gut. Beruhige dich.«

»Du … kannst es hören?«

»Ja.«

»Was ist es? Was sind das für Symptome?«

»Wir wissen es nicht, vermuten aber, dass es Instinkte sind. Als hättest du etwas entwickelt, was dich schützt … eine Art Sensor für Gefahr. Ein Detektor, der dir sagt, wenn wir kommen, damit du uns erkennen und dich in Sicherheit bringen kannst.«

»Instinkte?«, wiederholte ich fragend.

»Ja. Sehr gut funktionierende sogar. Das Problem ist nur, dass du sie nicht kontrollieren kannst. Sie sind für andere sichtbar. Ich vermute, du müsstest sie trainieren und lernen, sie zu verbergen oder so was in der Art. Aber momentan sind die Symptome noch ein Nachteil für dich, denn unsere Sinne funktionieren besser als die der Menschen. Wir bemerken deine Angst. Die Symptome wecken eher unsere Neugier, als von dir abzulenken.«

»Aber sie gehen wieder weg – auch wenn du da bist. Sie haben sich nicht immer gezeigt.«

»Ja«, flüsterte er. »Immer wenn du mir vertraut hast, immer wenn ich dir sagte, dass alles gut ist, dass ich für dich da bin, dich beschütze – dann haben die Symptome aufgehört. Erinnere dich an den Schulparkplatz oder als wir uns in Richmond begegneten.«

Ich dachte nach. Er hatte recht. Clay kam damals zu mir, um mich zu beruhigen. Er hielt mich fest oder erklärte mir, dass ich keine Angst haben musste.

»Ja. Ich vertraute dir«, sagte ich und hielt mir unwillkürlich meine Wange.

»Du kannst mir noch immer vertrauen«, beharrte er mit trauriger Stimme. »Ich werde dich immer beschützen. Aber ich musste es tun. In dem Moment gab es keine andere Möglichkeit, um dich ...«

»Was ist mit meiner Mom und mit meiner Schwester Elisa?«, unterbrach ich ihn.

»Was mit deiner Mom ist? Und deiner ...« Er brach ab, denn er schien zu verstehen.

»Hast du sie getötet?«, fuhr ich ungerührt fort.

Clay wurde bleich und meine Finger krallten sich in die Bettdecke.

»Ich weiß nicht, was ich dazu sagen soll, Summer.«

»Die Wahrheit wäre zur Abwechslung schön.«

Er fuhr sich mit der Hand durchs Gesicht, dann durch die Haare und sagte schließlich kleinlaut: »Sie wurden getötet. Sie wurden beide getötet. Ich habe es sofort überprüft, als ich bei der Auswahl davon erfahren hatte.«

»Und?«, fragte ich wütend und angewidert. Eine Gänsehaut jagte über meinen ganzen Körper. Clays Lippen formten eine harte Linie. Als er nicht antwortete, fragte ich deutlicher: »Habt ihr sie ... gegessen?« Ich verzog angeekelt meinen Mund und atmete flach.

»Sie wurden an einen Kunden verkauft. Ja.« Clays Stimme klang leer, als er das sagte. »Aber sie ... haben nicht ... sie haben nicht gelitten«, stotterte er. »Sie wurde sofort ... sofort ... narkotisiert«, fügte er noch hektisch hinzu und fuhr sich beschämt durch die Haare. Wenn er allerdings annahm, dass diese Information es besser machte, dann irrte er sich gewaltig!

»Mein Gott«, war alles, was ich herausbrachte. Mein Magen drehte sich um und ein saurer Geschmack drängte in meinen Mund. Den Tränen nah und gegen das Erbrechen kämpfend, schwieg ich eine Weile, bis er die Stille und damit mein Kopfkino unterbrach: »Wie wäre es, wenn ich dich jetzt nach unten begleite?«

Ich nickte heftig und erleichtert, denn ich wollte und konnte nicht länger mit ihm allein sein. Ich wollte zu Will.

»Aber bevor wir nach unten gehen: Es wird sicher nicht leicht. Die anderen wissen zwar, wie du jetzt aussiehst, aber …« Er sprach nicht weiter, blickte mich vorsichtig an. »Denkst du, dass du es ertragen kannst?«

Noch immer vom Ekel geschüttelt, den ich in diesem Moment für ihn empfand, gab ich mich kämpferisch und richtete mich demonstrativ auf. »Ich denke, das muss ich.«

Clay durchschaute mich. »Es ist okay, wenn du noch nicht bereit bist, Summer.«

»Richtig, ich bin es nicht – und werde es vermutlich auch nie sein. Aber da muss ich jetzt eben durch.« Meine Stimme klang beißend. Ich schloss meine Augen, versuchte Mom und Elisa aus dem Kopf zu bekommen und mich innerlich auf die Blicke und Fragen einzustellen, die gleich wie ein Hagelschauer auf mich niedergehen würden.

»Sollen wir?«, wollte er wissen.

Einen kleinen Moment blieb ich noch neben dem großen Bett stehen, bis ich mich vorsichtig in Bewegung setzte. Langsam und mit Bedacht ging ich in seine Richtung – wie jemand, der einen zugefrorenen See überquerte. Jeder Schritt eine neue Probe meines Mutes. Er ließ mich vorbei. Wir berührten uns nicht. Die Treppe lief ich mit einem mulmigen Gefühl hinunter, und wir betraten in dem Moment das Wohnzimmer, als Will gerade zum Ende gekommen war.

»Sobald wir den Hauptfluchtpunkt, nämlich die Jacht, erreicht haben, sind wir sicher – oder zumindest so sicher, wie wir es in dieser Welt sein können. Und ich wiederhole noch einmal: Sollte es jemand nicht bis zur Jacht schaffen, egal aus welchen Gründen, dann steuert ihr eines der anderen Boote an. An sie ist schwieriger heranzukommen, aber es ist nicht unmöglich«, erklärte Will ernst. »So, jeder weiß nun, was zu tun ist. Wenn ihr Fragen habt, stellt sie jetzt, denn sobald wir auf dem Weg sind, werdet ihr keine Gelegenheit mehr dazu haben.«

Wie er so dasteht … ein geborener Anführer, überlegte ich, als Gen mich entdeckte und aufsprang: »Miss Summer!«, rief sie erleichtert und fiel mir um den Hals. »Ich wusste von alldem nichts. Tristan hat es mir gerade eben erst erklärt. Oh, Miss Summer. Es ist grauenvoll. Es ist so grauenvoll.« Sie drückte mich und hielt mich eine ganze Weile fest umschlungen. Während ich sie umarmte, wanderte mein Blick durch das Wohnzimmer. Alle Augen waren auf mich gerichtet. Einige Gesichter waren mir bekannt, andere fremd. Grob geschätzt waren es dreißig Menschen, die mich im Visier hatten, und mir fiel auf, dass sie alle schwarze Kleidung trugen. Gen entließ mich aus ihren Armen und erkundete mein Gesicht.

»Oh Gott, Miss Summer.« Sie schaute mich traurig an und trat einen kleinen Schritt zurück. »Es tut mir so leid«, murmelte sie, ihren Blick unablässig auf meine Wange gerichtet. Alle waren mucksmäuschenstill. Man hätte eine Feder fliegen hören können. Die mitleidigen Blicke, das Bedauern, damit hatte ich gerechnet – doch es war schwerer zu ertragen, als ich gedacht hatte. Unwillkürlich schossen mir Tränen in die Augen.

»Es ist jetzt genug!«, hörte ich Clays strenge Stimme hinter mir. »Glotzt sie nicht an, als wäre sie eine andere. Sie ist noch immer Summer. Sie hat überlebt, das ist alles, was zählt.« Jetzt stand er neben mir, und diesmal wich ich nicht vor ihm zurück.

»Natürlich.« Gen streichelte mir verlegen übers Gesicht. »Sie sind immer noch Miss Summer.«

»Hallo, Summer«, hörte ich eine wohlbekannte Stimme, die ich eindeutig Tristan zuordnen konnte. »Schön, dich putzmunter wiederzusehen. Jetzt geht's in die Freiheit.« Er zwinkerte mir zu.

Doch ich konnte seine nette Geste nicht erwidern und blickte stattdessen verlegen zu Boden.

»Also, noch einmal«, sagte Will, während Gen meine Hand ergriff. »Ist alles klar? Hat einer von euch noch Fragen?«

»Ich«, rief ein Mädchen, das ich noch nie zuvor gesehen hatte. Ihr langes dunkles Haar war zu einem Knoten hochgesteckt. »Also, nehmen wir mal an, sie spüren uns auf. Sollen wir uns wirklich in kleine Gruppen aufteilen? Sind wir in der großen Gruppe nicht viel stärker?«

»Natürlich«, ergriff Clay das Wort. »Aber wenn sie euch erst einmal umzingelt haben, hat keiner von euch mehr eine Chance. Wenn ihr euch aufteilt, müssen sie sich auch aufteilen und ihr könnt es schaffen.«

Sie murmelte: »Das hört sich so an, als würde es definitiv Tote geben ...«

»Das wissen wir nicht«, gab Clay zurück. Sein Blick huschte sorgenvoll zu mir.

»Der ganze Plan ist doch Wahnsinn«, sagte das Mädchen.

»Du kannst auch hierbleiben. Wir zwingen niemanden, mit uns zu kommen. Ihr habt die freie Wahl«, erwiderte Will barsch. Das Mädchen biss sich auf die Lippen und schwieg.

»Und warum kommt Clay nicht mit?«, wollte ein Junge wissen. »Ich weiß, wir hatten das besprochen, aber mal ehrlich: Diese Situation ist völlig neu. Wir müssen unvorbereitet handeln und schon heute los anstatt zwei Monate nach der Ernte, wenn die wenigsten Wachen aufgestellt sind.« Er kratzte sich am Kopf. Ernte – das musste die Auswahl in die Neue Welt sein. Mir schauderte.

»Clay könnte uns wirklich helfen. Ich meine, er könnte tatsächlich gegen sie kämpfen und wäre stark genug, uns zu schützen. Wir allein«, er machte eine wegwerfende Handbewegung, »haben doch keine Chance.«

»Das stimmt doch nicht!«, fuhr Will ihn an. »Wir können es. Wir sind sehr wohl dazu imstande, es hier rauszuschaffen. Zugegeben, es sind zwar nicht so wenige Wachposten wie zwei Monate nach der Ernte, aber auch jetzt sind die meisten schon wieder weg. Wir schaffen es auch ohne ...«

»Ich werde so schnell ich kann nachkommen«, fiel Clay ihm ins Wort. »Ich werde tun, was ich kann, aber jetzt würde man mich vermissen. Und wenn das geschieht, würde man nach mir suchen – mit einer *Armee* von Wachen.« Red, Blue und Tristan nickten zustimmend. Keiner erwiderte etwas, aber ich konnte in den Gesichtern lesen, dass sie Angst hatten – allesamt, wie sie dasaßen.

»Ich kann zwar selbst nicht mitkommen«, sprach Clay weiter, »aber ich werde euch Red und Blue mitschicken. Und Tristan.« Die Gesichter hellten sich auf.

Jetzt ergriff Will wieder das Wort: »Wir dürfen keine Angst haben. Wir sind gut genug vorbereitet. Ich weiß, was wir können. Ich glaube an uns – und ihr müsst es auch tun! Wir werden hier wegkommen!«

Ein geborener Anführer, dachte ich wieder.

»Also, jeder von euch hat seine Tasche mit dem Blut?«, fragte Will.

»Ja«, raunte die Gruppe leise.

»Und seid ihr bereit, euch in Sicherheit zu bringen?«

»Ja«, rief ein Mädchen.

»Ja«, rief ein Junge.

»Ja«, sagte Gen und lächelte mir zu.

»Ja!«, riefen alle wie aus einem Mund, und mich überlief am ganzen Körper eine Gänsehaut.

Will griff nach meiner Hand, als Clay ihn am Ärmel festhielt.

»Wehe, du bringst sie nicht sicher hier raus!«, raunte Clay ihm zu. Will riss sich los, funkelte Clay an und schnaubte verächtlich. Dann folgten wir den anderen in die Garage.

KAPITEL 29

Flucht

Clay lief auf das Fahrzeug zu. *Ein Militärfahrzeug*, kam mir als Erstes in den Sinn, als ich dieses Ungetüm – eine Kombination aus LKW und Transporter – vor mir stehen sah. Hinter der separaten Fahrerkabine erstreckte sich der stählerne Laderaum, dessen Hintertür Clay jetzt öffnete. Einer nach dem anderen stieg ein. Als ich an der Reihe war, hielt Clay mir seine Hand hin, wie er es auch bei den anderen getan hatte. Einen Wimpernschlag lang zögerte ich, griff dann aber zu und unsere Blicke streiften sich, während ich einstieg. Will war direkt hinter mir. Er war der Letzte und saß an der Tür. Wie Hühner auf der Stange drängten wir uns aneinander. Es war eng und stickig. Ich blickte mich um. Der Wagen war mit irgendeinem Gemisch aus Stahl, Wolle, Schaumstoff und Gummi ausgekleidet. Ich berührte es – kalt und hart.

»Damit sie unsere Herzschläge nicht hören, wenn wir an der Mauer sind«, erklärte Will. Ich nickte schwach und spürte die aufkeimende Angst und die Ungewissheit, die jede meiner Zellen durchdrang.

»Nicht, Summer. Du musst absolut ruhig sein.« Clay blickte mich mahnend an und schaute dann zu Will. »Pass auf, dass sie ruhig bleibt, denn das hier ist zu laut, selbst mit der Dämmung.«

»Verstanden«, sagte Will.

Clay verschloss die Tür des Transporters. Jetzt war es stockdunkel. Unsicher fingerte ich an meinen Haaren.

»Hey«, raunte Will. Trotz der Dunkelheit fand er meine Hand sofort. »Vertrau mir. Wir werden dich hier rausbringen. Dir wird nichts geschehen. Atme jetzt ganz ruhig«, flüsterte er. Ich drückte seine Hand fester, schloss meine Augen und bemühte mich, gleichmäßig zu atmen. Ich hörte, wie das Garagentor geöffnet wurde. Clay legte den Rückwärtsgang ein, wendete den Wagen und fuhr langsam an. Er gab sich wirklich Mühe, vorsichtig zu fahren, aber dieses Fahrzeug war lange nicht so gut gefedert wie der Porsche, man merkte jede Bodenwelle.

Als wir schon eine gefühlte Ewigkeit gefahren waren, wurde ich unruhig. Die Symptome begannen, mich durchzuschütteln. Der Wagen hielt abrupt an. Ich hörte das Scheppern der Fahrertür und dann tat sich die Tür vor uns auf.

»Price, ich kann ihr Herz bis in die Fahrerkabine hören. Ich konnte sie doch auch immer be...«

»Ach komm schon«, fiel Will ihm ins Wort. »Du bist doch erst der Auslöser!«

Clay überging seine Bemerkung und wandte sich zu mir: »Summer, wir werden jeden Moment an die Mauer kommen. Da darf man dich nicht hören. Du bist zu laut – und das wird auffallen. Meinst du, dass du es schaffen kannst?«

»Ja«, murmelte ich verlegen und spürte, auch ohne aufzusehen, die bösen Blicke aus etwa dreißig Augenpaaren. Clay lächelte mir zu. Ich konzentrierte mich und gab mir alle Mühe, leise zu sein.

»Also schön«, sagte er. »So ist es viel besser.«

»Es wird so bleiben«, versicherte ich ihm. Er nickte und ließ die Tür einrasten. Kurz darauf fuhr er wieder sachte an.

Nach einer Weile wurde das Auto plötzlich langsamer und ein dumpfes Klopfen dröhnte durch das Metall. Ich schrak auf.

»Shhh«, flüsterte Will. »Das war nur Clay. Wir sind an der Mauer.« Nach wenigen Metern kam der Wagen vollends zum Stehen.

»'n Abend«, hörte ich es von draußen.

»Guten Abend«, sagte Clay.

»Öffnen Sie den Wagen, Sir.«

»Nein, ich habe es eilig. Öffnen Sie das Tor.«

»Das kann ich nicht machen. Anweisung von ganz oben.«

»Ich *bin* ganz oben. Mr ...?«

»Erhardt.«

»Mr Erhardt, Sie lassen mich jetzt passieren.«

»Das kann ich nicht tun. Wie gesagt, Anweisung von ganz oben. Öffnen Sie den Wagen.«

»Schicken Sie mir Ihren Vorgesetzten«, forderte Clay gelassen.

Der laute Regen setzte abermals ein. Fast bedrohlich trommelten die Tropfen auf das Blech des Autos.

Nach einigen Minuten drang eine neue Stimme an mein Ohr: »Wo ist das Problem?«

»Ich will raus.«

»Oh … ähm … Mister Reed …« Eine Pause. »Es tut mir sehr leid. Ich entschuldige mich für meinen Kollegen. Selbstverständlich können Sie passieren, Mr Reed.«

Clay ließ den Motor an und es ging weiter. Die Straße wurde holpriger, und obwohl er bedächtig und sehr vorsichtig fuhr, wurde ich mächtig durchgeschüttelt. Als wir anhielten, klatschte der Regen noch immer auf das Dach. Wieder hörte man die Autotür.

»Es ging wohl kaum ruppiger«, stöhnte Will, als Clay die Tür öffnete.

»Entschuldige, dass ich die Straßen nicht vorher für dich habe teeren lassen, Price.«

»Entschuldigung angenommen.« Will sprang leichthin aus dem Wagen und reichte mir seine Hand. Beim Aussteigen überreichte Clay jedem von uns einen Regenponcho. Er war grau, sofern ich das in der Dunkelheit erkennen konnte. Ich faltete ihn auf und warf ihn über.

»Sexy«, scherzte Clay.

Ich zog einen Mundwinkel nach oben. »Was ist mit dir?«

»Was soll mit mir sein?«

»Du wirst noch krank«, gab ich zurück, als ich sah, wie der Regen ihn durchnässte.

»Clay wird niemals krank«, hörte ich eine Stimme.

»Wird er nicht?«, fragte ich Tristan, der jetzt neben mir stand.

»Nein, wird er nicht«, antwortete Clay für ihn, und trotz der Dunkelheit konnte ich seine strahlend weißen Zähne aufblitzen sehen. Die Kälte kroch in meinen Nacken, und ich blickte mich um.

Das hier ist also hinter der Mauer – einfach nur ein Wald, dachte ich, als ich das Tannengrün roch. Der Regen wurde heftiger, und ich war froh, dass ich den Poncho hatte. Hinter uns ragte die Mauer auf. Sie war genauso hoch wie immer – allerdings hatte sie von außen ein anderes Gesicht. War sie von innen aus Stein, so war sie von außen mit Stahlplatten ummantelt.

Das ließ sie bedrohlich aussehen. Mir wurde mulmig. Jemand griff nach meiner Hand. Ich erschrak und fuhr herum: Es war nur Gen. Erleichtert lächelte ich sie an.

»Ich bin es nur, Miss Summer.« Sie lächelte zurück.

»Gen«, murmelte ich. »Du musst nicht mehr *Miss* Summer zu mir sagen. Einfach nur Summer reicht.« Missmutig verzog sie ihr Gesicht, als hätte ich von ihr verlangt, in einen faulen Apfel zu beißen.

»Ich denke nicht, dass ich das kann, Miss Summer.« Sie schüttelte vehement den Kopf.

In diesem Moment begann Will zu sprechen: »Wir laufen jetzt los und treffen Clay in ein bis zwei Tagen wieder, je nachdem, wie wir vorankommen. Und wir werden alle gesund und munter das Meer erreichen.« Will fuhr sich mit den Fingern durch die nassen Haare. »Wir haben einen Vorsprung von einigen Stunden, bis sie unsere Abwesenheit bemerken – diese Zeit müssen wir nutzen.«

»Will!« Clay winkte ihn zu sich. Die beiden sprachen kurz miteinander, und es schien, als seien sie sich über etwas einig. Will setzte sich wieder an die Spitze der Gruppe und ging voran. Alle folgten ihm. Sie blieben nicht auf dem befestigten Weg, sondern begannen, sich durch das dichte Geäst des Waldes zu schlagen. Noch ein letztes Mal blieb ich stehen, blickte mich zu Clay um. Er schaute mich an und sah aus, als wäre er mir am liebsten hinterhergelaufen, um mich noch einmal zu umarmen – und ich konnte nicht abstreiten, dass ich es für eine Millisekunde nicht auch in Erwägung gezogen hatte. Denn so wie er dastand, angeleuchtet vom Mond und durchnässt vom Regen, konnte ich kaum widerstehen.

»Na komm, Summer«, hörte ich Tristan vor mir.

»Ja«, flüsterte ich so leise, dass ich mir sicher war, niemand außer mir konnte es hören. Kurz darauf waren wir hinter dem nächsten hohen Farngewächs verschwunden und wurden vom tiefen Wald verschlungen.

Der Regen hielt an, als wir den dichten Tannenwald in rasantem Tempo durchquerten. Die Gruppe preschte so schnell voran, dass ich Angst hatte, nicht mitzukommen. Will dachte gar nicht daran, seinen Laufschritt zu drosseln. Ich rannte fast unaufhörlich, um Schritt zu halten.

Die düsteren Tannen standen dicht an dicht. Ich rutschte einige Male auf dem Nadelboden aus. Zu Anfang halfen mir Tristan, Blue oder Red immer wieder auf, aber nach dem gefühlten zwanzigsten Mal, maß niemand meinen kleinen Stürzen noch Bedeutung bei und ich rappelte mich immer wieder allein auf.

Bei Gen, die gemeinsam mit mir das Schlusslicht bildete, war es ganz ähnlich.

Wir mussten bereits seit Stunden unterwegs sein, denn ich merkte, wie meine Kräfte schwanden. Ich wurde langsamer und konnte meine Beine und Füße nicht mehr dazu bringen, weiterzugehen. Sie streikten einfach. Keuchend ging ich in die Knie. Zu meinem Glück hielt Will in diesem Moment an. Er bewegte sich durch die Gruppe und schaute prüfend in die Gesichter.

»Wir machen eine kurze Pause«, rief er zu meiner Erleichterung.

Der Regen ließ nach und Gen, noch immer ganz mein Schmetterling, strich mir durchs Haar und versuchte es auszuwringen. Ein hoffnungsloses Unterfangen, von dem sie sich allerdings nicht abbringen ließ.

Schließlich kam Will bei uns an. »Du hast gut mitgehalten, Summer. Du auch, Gen. Ist alles okay? Könnt ihr gleich weiter?«

»Ja«, antwortete Gen.

Als ich nichts sagte, fragte er: »Summer?«

»Was? ... Ja, klar«, log ich – und das nicht einmal gut.

»Ich weiß, dass es anstrengend ist, aber wenn wir morgen am Ziel ankommen und endlich auf der Jacht sind, werden wir uns ausruhen können. Jetzt müssen wir weiter. Meinst du, du kannst das schaffen?«

»Ich ... ja, ich denke schon. Muss ich ja.«

»Gut«, sagte er und drehte sich wieder zu den anderen.

Jetzt trat Tristan an Gen und mich heran.

»Hey«, sagte er.

»Hey«, erwiderte Gen sanft, und ich entfernte mich unauffällig.

Ich setzte mich abseits der Gruppe auf einen Baumstamm und massierte meine schmerzenden Beine. Die Knochen meines linken Beines waren erst vor wenigen Tagen wieder komplett zusammengewachsen und mussten jetzt Höchstleistungen vollbringen. Red kam zu mir und hielt mir eine Wasserflasche hin.

»Danke.« Ich ergriff sie und leerte sie mit hastigen Schlucken fast vollständig.

»Du solltest häufiger und dafür weniger trinken, sonst bekommst du Seitenstechen und kannst nicht weiterlaufen. Hast du keine Halterung an deinem Gürtel?«

»Nein«, gab ich zurück und wusste gar nicht, was er meinte. Er öffnete seinen Gürtel, zog ihn unter dem Poncho hervor und hielt ihn mir hin.

»Und du?«

»Ich komme klar.«

Ich schlang den Gürtel um meine Hüfte und zog ihn zu, dann befestigte ich die Trinkflasche daran und wir saßen eine Weile schweigend nebeneinander.

»Red«, traute ich mich nach einer Weile. »Was ... was bist du? Bist du wie Clay?«

»Was meinst du?«

»Mensch oder ... Monster?«

»Monster«, gab er gelassen und ohne mit der Wimper zu zucken zurück. »Aber keine Angst, dir tu ich nichts«, fügte er noch schnell hinzu.

»Nicht?«

»Nein! Clay würde mich umbringen ... und Gen erst ...« Er schaute zu ihr und Tristan, und seine Stimme klang versonnen.

»Sehr beruhigend«, sagte ich mit ironischem Unterton. »Du mochtest mich von Anfang an nicht, oder?«

»Du meinst unsere erste Begegnung im Klassenraum?«

»Ja, als du mein Mäppchen durchsucht hast, als hätte ich Sprengstoff darin versteckt.«

»Ich habe eben gleich gewusst, dass du Ärger machen würdest.« Er lachte laut auf. »Und ich hatte recht.« Er sah mich triumphierend an.

Ich erwiderte nichts.

»Hey, Summer, wenn du noch eine Frage hast – frag mich einfach. Ich meine, die unangenehmen Sachen. Ich will nicht, dass Clay das übernehmen muss. Ich glaub nicht, dass er sich damit wohlfühlt.«

Ich dachte kurz nach. Vermutlich hatte er recht – also traute ich mich direkt.

»Also, ihr esst Menschenfleisch?«

»Ja.«

»Und könntet ihr darauf auch verzichten?«

»Nein. Der menschliche Magen kann so etwas. Ihr könnt tierisches Fleisch verzehren, aber ihr könnt auch auf Fleisch verzichten und stattdessen Gemüse, Obst oder Brot essen. Wir können das nicht. Wir brauchen das Fleisch der Menschen ... und ihr Blut. Wir müssen es essen, sonst werden wir schwach und kalt. Und du musst bedenken, dass Clays Familie die Menschenfarmen mit dem hochwertigsten und teuersten Fleisch gehören – da wird Fleischkonsum erwartet. Aber so oder so ... wir haben keine Wahl.«

»Und ... würdest du uns Menschen hier am liebsten jetzt gleich verspeisen? Ich meine, wenn Clay nicht wäre ... oder Gen?«

Wieder lachte er laut auf. »Nein, würde ich nicht. Du willst doch auch kein Rind essen, nur weil du es auf der Weide stehen siehst, oder?«

»Das stimmt«, gab ich gedankenversunken zurück. »Und wie ... also *wie* ... esst ihr?«

»Die Zubereitung?«, fragte er. Ich nickte und verzog dabei angeekelt mein Gesicht. Er holte etwas aus, als er meine Frage beantwortete: »Bei uns ist es so, wie es die Menschen früher mit Schwein, Rind und Geflügel handhabten – wir haben Fleisch aus der Massenzucht und das *wirklich* gute Fleisch, nämlich ... na ja ... euch. Ein paar Zuchtstationen liegen noch dazwischen, allerdings ist das meiste wirklich die Massenzucht. Viele essen einfach, ohne zu wissen, wo das Menschenfleisch herkommt. Es ist ihnen schlichtweg egal. Sie wollen es im Laden für sehr wenig Geld kaufen. *Mensch ist Mensch,* sagen sie sich. Aber die haben unrecht, Summer. Mensch ist eben nicht gleich Mensch. Das Fleisch wird besser, je zufriedener ein Mensch gelebt hat«, erklärte er sachlich.

Ich schwieg geschockt.

»Und zum Glück gibt es die besseren Restaurants und die bessere Kundschaft, die das verstanden haben. In wirklich guten Restaurants kann man das beste Fleisch bestellen, das es auf dem Markt gibt – und das kommt eben aus den Kolonien der Familie Reed. Aber um auf die Zubereitung zurückzukommen: Wir essen es gebraten, mariniert oder gekocht. Manche mögen es blutig, andere durch, das kommt ganz darauf an. Einige bevorzugen es sogar roh – der König, zum Beispiel, liebt rohes Fleisch. Ich mag es am liebsten auf den Punkt gegart, also innen noch rosa bis rot – medium rare.«

»Red!«, rief Will von vorne und winkte ihn zu sich.

»Wir reden später weiter«, sagte er so selbstverständlich, als hätten wir gerade eine Unterhaltung über das Wetter der letzten Tage geführt. Mit weit aufgerissenen Augen saß ich da und mir lief ein Schauer den Rücken hinunter. Ich war froh, dass Red sich entfernte. Während er mit Will sprach, wandte ich meinen Blick ab und hoffte inständig, dass es kein Später geben würde.

Als wir uns wieder aufmachten, liefen wir glücklicherweise nicht mehr ganz so gehetzt wie zuvor.

Erst als ich über einen am Boden liegenden Ast stolperte, bemerkte ich, dass Will nicht mehr an der Spitze, sondern direkt neben mir war – er fing mich auf.

»Weißt du, was eine solche Wanderung angenehmer macht?«, wollte er wissen.

»Was denn?«

»Reden.«

»Kann sein.«

»Worüber willst du reden?«

»Du meinst, ob ich Fragen habe? Zu diesem verrückten Tag?«

»Genau das.«

»Viele.«

»Na dann – schieß los.«

»Du sagtest, Clay wäre nicht menschlich. Aber was sind Clay und Red dann?«

»Und Blue«, fügte Will statt einer Antwort hinzu.

»Tristan?«

»Nein. Tristan ist ein Mensch.«

Wir schwiegen eine Weile.

»Und was sind sie?«

Weil seine Antwort auf sich warten ließ, schlug ich vor: »Vampire, Zombies, Monster, Geister? Wurden sie von irgendwelchen Tieren gebissen oder gestochen?«

»Nichts von alldem.«

»Aber was sind sie denn?«

»Mutanten trifft es wohl am ehesten.«

»Mutanten?«, wiederholte ich stirnrunzelnd. »Aber wie geht das?«

»Keine Ahnung ... eine Laune der Natur oder eine Notwendigkeit – das kann niemand genau sagen.«

»Was meinst du damit? Eine Notwendigkeit?«

»Na ja, früher, ich meine vor wirklich vielen Jahren, gab es Milliarden von Menschen auf der Erde. Es waren so viele, dass es irgendwann eng wurde. Sie achteten nicht auf die Welt, auf der sie ja immer nur ein paar Jahrzehnte zu Gast waren, breiteten sich aus wie ein Krebsgeschwür und wüteten ähnlich wie eines. Die Menschen bekamen eine Krankheit nach der anderen – und sie spritzten Impfstoff um Impfstoff in ihre Körper. Die Welt wurde schlechter, dunkler. Sie töteten im Namen der Religion und hassten sich gegenseitig. Falsche Menschen waren an der Macht und trafen falsche Entscheidungen. Wie Heuschreckenplagen fielen Menschen in Länder anderer Menschen ein und meuchelten, mordeten, vergewaltigten wahllos.«

Ich konnte im Augenwinkel sehen, dass er mich ansah.

»Weiter«, ermutigte ich ihn.

»Die Menschen richteten die Erde zugrunde. Die Weltmeere wurden leer gefischt und verschmutzt. Ein Öltanker nach dem anderen färbte das Wasser schwarz und hinterließ Tod und Verderben. Vögel, die nicht mehr fliegen konnten, Fische, die mit dem Bauch nach oben schwammen. Tiere wurden für ihren Pelz getötet, ganze Tierarten starben aus, die Ozonschicht wurde immer dünner und ein Atomkraftwerk nach dem anderen ließ Radioaktivität in den Boden sickern. Die Menschen wurden zur Gefahr für ihre eigene Spezies, für andere Spezies, für die Natur und überhaupt den gesamten Planeten.«

Wir schwiegen einen Augenblick, bis er fortfuhr: »In dieser Welt entwickelten sich die Mutationen. Wie sie zu Mutanten wurden, weiß man nicht, aber sie wurden es – und sie waren gefährlicher als jedes Raubtier. Sie brauchten Menschenfleisch, dürsteten nach menschlichem Blut. Die Natur hat das schon clever eingerichtet.« Will schob einen Ast auf meinem Weg zur Seite. »Die Mutanten sind die Jäger schlechthin. Es gab und gibt nichts Vergleichbares. Perfekte Jäger jagten ganz passable Jäger unter dem Deckmantel der Gleichstämmigkeit, aber es war wie mit allem – und es kam, was kommen musste. Wenn man eine Plage bekämpfen möchte, in dem Fall die Menschen, muss man eine neue Plage erschaffen – die Mutanten.« Will

426

machte eine gewichtige Pause. »Am Anfang agierten die Mutanten noch im Untergrund. Von Zeit zu Zeit ließen sie Menschen verschwinden, denn sie müssen sich von uns ernähren. Wenn sie es nicht tun, sterben sie. Und als sie merkten, dass die Menschheit nichts Besseres zu tun hatte, als sich selbst zu bekriegen und zu vernichten, sich mit Impfstoffen und Drogen vollpumpte und ständig krank wurde, da mussten sie einschreiten, um ihr eigenes Überleben zu sichern. Es stand kurz vor dem Vierten Weltkrieg, als die Menschen ihre Atombomben benutzen wollten. Die Mutanten hatten aus ihrer Sicht keine andere Wahl, als einzugreifen. Das Überleben des Stärkeren. Das Buffet war sozusagen eröffnet. Die Menschen, die nicht gefressen oder gefangen genommen wurden, nahmen sich das Leben oder versteckten sich gut. Die Gefangenen wurden in Zuchtstationen zusammengepfercht. Die Familie Reed hatte die Idee, Menschen artgerecht zu züchten, ein autarkes System zu schaffen, Standards einzuhalten und das Fleisch anschließend meistbietend zu verkaufen – als ganz natürliches, ursprüngliches Fleisch – und das Konzept ging auf.« Er schüttelte verächtlich den Kopf, dann sprach er weiter: »Und so entstanden die Kolonien. Sogar die Königsfamilie kommt zur jährlichen Ernte. Das adelt die Familie Reed – und es ist das Privileg des Königs, als Erster aus dem neuen Jahrgang wählen zu dürfen. So haben alle was davon.« Will zischte den letzten Teil seines Satzes.

»Aber die ersten Menschen in der Kolonie kannten doch die Wahrheit. Haben sie ihr Wissen nicht an ihre Kinder weitergegeben?«

»Die Reeds«, sagte er herablassend, »nahmen bei der ersten Generation Eingriffe am Gehirn vor. Sie haben die Langzeiterinnerungen gelöscht, und so konnten sie jede Geschichte erzählen, die sie wollten. Die Menschen haben sie geglaubt und leben seither im vermeintlichen Schutz ihrer jeweiligen Kolonie.«

»Das ist grauenvoll«, sagte ich und bemerkte, dass es wieder zu nieseln begonnen hatte.

»Ja, das ist es.«

»Aber was machen wir jetzt? Ich meine … wo wollen wir hin, wenn die ganze Welt aus diesen Mutanten besteht?«

»Wir werden zunächst einen sicheren Zufluchtsort ansteuern. Von da aus geht es weiter.«

Das Nieseln wurde zu einem erneuten Regenguss und machte eine Unterhaltung unmöglich. Wir brachen unser Gespräch ab, Will fiel etwas zurück. Ich konnte nicht sagen, wie lange wir gelaufen waren, bis wir die quadratische Lichtung erreichten. Tannen fassten sie von allen vier Seiten ein, als würden sie sich nicht trauen, näher an das alte, zerfallene Gemäuer heranzuwachsen, das in der Mitte der Lichtung stand.

»Was ist das?«, wollte ich wissen, als wir anhielten.

»Das sind Ruinen. Ruinen aus der alten Zeit«, erklärte Will.

So plötzlich, wie er gekommen war, hörte der Regen wieder auf. Ich blickte mich um. Jeder war beschäftigt, schien sofort zu wissen, was zu tun war – außer Gen und mir. Wir beide waren die Einzigen, die nutzlos in der Gegend herumstanden. Ich schaute zu, wie einige die Schlafsäcke für die Nacht ausbreiteten, andere sammelten Feuerholz und wieder ein anderer füllte Sand und Erde in einen Eimer und stellten ihn neben die Feuerstelle, die ihren Platz unter einem überdachten Teil der Ruine gefunden hatte, und an der Will zugange war. Es dauerte ein Weilchen, bis er das Feuer in Gang gebracht hatte und das noch feuchte Holz qualmte. Um die Feuerstelle herum platzierten einige Jungs Baumstämme, die sie am Rande der Lichtung ausfindig gemacht hatten, um darauf zu sitzen. Es hatte schon etwas von Lagerfeuerromantik.

Jetzt nahm einer der Jungen einen übergroßen Rucksack zur Hand. Er kramte darin und zog ein Gestänge heraus. Nach wenigen Handgriffen war ein klapprig aussehendes Dreibeingestell mit Haken über der Feuerstelle aufgebaut, an dem ein Lagertopf mit Henkel baumelte. Der Junge schüttete Wasser hinein, dann Pulver und begann, eine Fuhre Suppe nach der anderen zu kochen. Nachdem wir alle einen Teller voll gegessen hatten, legte sich die Hälfte der Leute sofort in die Schlafsäcke. Die andere Hälfte, darunter auch ich, saß noch eine Weile am Feuer – doch es war klar, dass keiner von uns besonders lange durchhalten würde.

»Bist du noch fit, Summer?« Red und Blue traten an mich heran.

»Klar.«

»Dann hast du auch eine Aufgabe«, erklärte Red.

»Was kann ich tun?«

»Wir drei sind die Einzigen, die sie bemerken, ehe sie uns überraschen können. Blue und ich würden uns aber jetzt gerne aufs Ohr hauen. Natürlich nur, wenn du noch wach genug bist. Und du sagst uns, wenn deine Symptome auftreten, und zwar so schnell wie möglich, damit wir sofort von hier wegkommen.«

»Geht klar.«

»Und ... du bist sicher, dass du nicht zu müde bist?«

Ich schüttelte den Kopf, wohl wissend, dass die Verantwortung nun auf meinen Schultern ruhen würde. Und ich war tatsächlich nicht müde. Zwar war mein Körper völlig erschöpft und meine Muskeln brannten, aber ich war viel zu aufgeregt, als dass ich hätte schlafen können. Außerdem hatte ich jetzt eine Aufgabe, und da ich sonst schon nicht helfen konnte, wollte ich wenigstens das gut machen.

»Okay. Wir lösen dich dann in ein paar Stunden ab.«

»Und du bist sicher, wir können dich hier allein lassen?«, vergewisserte sich jetzt Will, der das Gespräch mitangehört hatte.

»Ich bin ja nicht allein.« Damit deutete ich auf Tristan und Gen.

»Nein, Miss Summer – mit mir können Sie nicht mehr rechnen«, gähnte Gen. »Ich bin auch zu müde.«

»Dann bin ich eben ›nicht allein‹ mit Tristan. Schon okay.« Will lächelte Tristan zu. Dann ging er mit Gen, Blue und Red zu den Schlafsäcken hinüber. Ich blieb neben Tristan sitzen und wir schauten schweigend in das lodernde Feuer.

KAPITEL 30

Wahrheit

»Ich will mit dir über Clay sprechen«, flüsterte Tristan nach einer Weile. Er rückte auf dem Baumstamm näher an mich heran. Seine kleinen Finger legte er auf seine Knie. Reflexartig senkten sich meine Lider und ich hielt mir eine Hand an die Wange, auf der die knotige, lange Narbe prangte.

»Nicht«, sagte Tristan mit traurigen Augen und zog vorsichtig meine Hand weg. Ich ließ es zu.

Wir schwiegen wieder. Der Wald war ganz still, nur das Knistern des Feuers drang an mein Ohr. Schließlich durchbrach Tristan die Stille erneut: »Du kannst es nicht wissen, aber diese Narbe an deiner Wange ist ein Zeichen von bedingungsloser und wahrer Liebe. Bist du bereit, die Wahrheit zu hören, Summer?« Seine Stimme war sanft.

Ich konnte mich nicht rühren. Ob ich bereit war, die Wahrheit zu hören? Ich wusste es nicht. Konnte ich noch mehr Trauer und Schmerz ertragen? Meine Gedanken schlugen Haken. Ich dachte an die letzten Stunden, an das, was ich alles gehört und gesehen hatte. Ich dachte an Reigna, Morgan und Brian, an Dad, an Will und an Clay, und ich konnte mir nicht erklären, wie mir alles so hatte entgleiten können. Wie konnte ich hier enden? Wie konnte ich das alles nicht sehen? Hätte ich es kommen sehen, wenn ich einfach nur besser hingeschaut hätte? Wenn ich nicht so verbohrt gewesen wäre und nicht bloß meine eigenen Ziele und Träume im Sinn gehabt hätte? Ich wusste es nicht. Ebenso wenig wusste ich, ob ich für noch mehr Wahrheiten bereit war. Auf der anderen Seite würde eine Wahrheit mehr oder weniger wohl kaum noch einen Unterschied machen. Vielleicht würde sich nie wieder so eine Gelegenheit bieten. Tristan und ich konnten reden – allein und ungestört.

»Okay«, sagte ich nach einem Moment des Abwägens.

»Okay.« Seine Stimme klang behutsam, als er einen tiefen Atemzug tat und mich anwies: »Du musst bereit sein und ohne Vorurteile zuhören. Erst am Ende darfst du urteilen. Kannst du das schaffen?«

»Ja«, sagte ich mit fester Stimme und hob meinen Kopf.

Er nickte ernst. Mit gedämpfter Stimme begann er zu erzählen: »Am besten fange ich ganz am Anfang an – mit meiner eigenen Geschichte. Ich war schon immer, wie ich eben bin.« Er deutete an sich hinunter. »Manche sagen Zwerg, andere Missgeburt, aber Fakt ist, ich war nicht erwünscht. Ich komme aus einer anderen Art von Zucht, Summer. Das, was du hier hattest, ist wirklich außergewöhnlich. Ich komme aus einer Massenzucht, in der die Frauen als Gebärmaschinen gehalten werden. Die Menschen drängen sich dort in Käfigen dicht an dicht. Toiletten gibt es genauso wenig wie Hygiene oder Privatsphäre. Es sind auch heute noch Zustände, die du dir in deinen kühnsten Träumen nicht vorstellen kannst. Eine Schwangerschaft von neun Monaten gibt es dort schon lange nicht mehr. Die Frauen werden mit Hormonen vollgepumpt, damit sie den Nachwuchs schneller zur Welt bringen, und die Neugeborenen werden vollgepumpt, damit sie schneller wachsen. Zeit ist Geld. Einige Frauen sterben bei der Geburt, einige Babys auch. Sie bleiben manchmal noch tagelang in den Käfigen liegen. Die Einzigen, die helfen, sind die Frauen, die auch gefangen sind. Nur die Männer werden abtransportiert und geschlachtet – bis auf die wenigen Zuchtmänner natürlich. Die Frauen behält man, denn sie gebären den Nachwuchs. Meine Mutter brachte an jenem Tag zwei Kinder zur Welt – mein Bruder und ich waren Zwillinge. Er war normal groß, und ich war, was ich bin. Meine Mutter und die anderen Frauen versteckten mich geschickt vor den Wärtern. Das war eine Glanzleistung, ehrlich. Sie gaben nur meinen Bruder ab, denn sie wussten, würden die Wärter mich entdecken, würden sie mich an Ort und Stelle töten. Sie zogen mich gemeinsam auf und ich blieb versteckt zwischen ihnen – und das ganze fünf Jahre … bis ich schließlich doch von einem Wärter gesehen wurde. Damit war mein Schicksal besiegelt.«

Er machte eine Pause und atmete einmal tief durch, dann sprach er weiter: »Und genau in diesem Moment betrat Clay Reed die Szene. Es ist nicht übertrieben, wenn ich es ein Wunder nenne – es war eines. Er war noch jung, gerade mal ein Jahr älter als ich. Er ging mit seinem Vater durch die Fabrik und bekam mit, was gerade vor sich ging. Wir blickten uns an, und da wusste ich, dass er mein bester Freund werden würde, mein Bruder – und er wusste es auch. Clay bettelte so lange, bis sein Vater mich für ihn kaufte. Ich konnte die Massenzucht verlassen und wurde zu ihm nach Hause gebracht. Er ließ mich neu einkleiden und an seinem privaten Unterricht teilnehmen. Vor seiner Familie mussten wir so tun, als sei ich nur zu seiner Belustigung da – eine Art Haustier. Aber das störte ihn mehr als mich, denn ich hatte zum ersten Mal in meinem Leben anständiges Essen, ein Bett und vor allem eine Familie. Clay hat ein gutes Herz – das hatte er schon immer.«

Tristan blickte mich aus dem Augenwinkel an.

Ich rührte mich nicht.

»Aber das nur als kleine Vorgeschichte, damit dein Bild zu einem großen Ganzen wachsen kann«, erklärte er, bevor er fortfuhr. »Die Kolonie ist schon recht clever aufgebaut. Sie ist fast komplett autark, sie kann sich selbst versorgen. Das ist bemerkenswert. Der Gildenteil der Kolonie ist glücklich. Es gibt keine Gewalt. Es gibt Bildung, Nahrung und ein stabiles Wertesystem. Jeder ist wichtig und keiner wird vergessen. Jeder hat ein Dach über dem Kopf, keiner verdient unendlich viel mehr Geld als der andere und große Entscheidungen werden abgenommen. Dazu lässt die geschürte Angst vor den Infizierten, die angeblich vor den Toren lauern, die Menschen dankbar und genügsam sein. Die Gilden treffen niemals auf die Elite – das ist besonders wichtig, damit kein Neid entsteht. Die Elite wiederum ist glücklich, weil sie sich privilegiert fühlt und es tatsächlich auch ist – und solange auch die Dienstboten bei Laune gehalten werden und ihren Platz kennen und akzeptieren, ist dies ein perfektes Gesellschaftsmodell. Natürlich werden Querulanten und Freidenker direkt aussortiert – zum Wohl des großen Ganzen.«

»Aber Brian, Dad und ich waren in der Elite und wären wieder zurück nach Blackyard gegangen«, unterbrach ich Tristan.

»Nein … das wärt ihr nicht«, sagte er ernst.

»Aber … doch, natürlich. Sie haben es gesagt. Warum hätten sie mich sonst heilen sollen?«

»Sie hätten euch verkauft. Ihr wärt nie wieder nach Blackyard gekommen. Sie haben diesen Aufwand nur betrieben, damit alle anderen – wie

Will, Gen, Sparkle-Diamond, Eric und wie sie alle heißen – glauben, dass du gesund gepflegt wurdest und ihr anschließend wieder nach Blackyard zurückgebracht wurdet. Es gibt keine Kommunikation zwischen den Bereichen. Niemand hätte euch drei vermisst. Weder die eine noch die andere Seite. So wäre die Fassade für beide Seiten aufrechterhalten worden. Das Risiko, euch zurückzuschicken und damit vielleicht Neid und Missgunst der Kleinstädter gegen die Elite zu wecken, wären sie niemals eingegangen. Außerdem konnten sie dich nur in zusammengeflicktem Zustand verkaufen. Das, was Clay getan hat, war, Zeit zu schinden, bis ihr hättet flüchten können.«

»Oh ...«, war alles, was ich herausbrachte.

»Aber ... vielleicht sollte ich dir jetzt erzählen, warum Clay den Pflanzen- und Heilkundeunterricht besuchte?«

Ich nickte.

»Clays Familie ist eine der reichsten Familien in der Welt da draußen. Sie sind mit Fleisch in Premiumqualität reich geworden. Sie sind seit Generationen Züchter. Clays Ururgroßvater ermöglichte den Menschen durch die Kolonien ein menschenwürdiges Leben. Clay selbst wollte den Job des Züchters zwar eigentlich nicht übernehmen, aber es wurde von ihm erwartet. Er und sein Vater sind unterschiedlicher Ansicht, wenn es um das Thema Mitgefühl geht. Das soll nicht heißen, dass sein Vater schlecht oder gar böse ist, aber für ihn steht immer der betriebswirtschaftliche Aspekt im Mittelpunkt: Vermögen vermehren. Clay ist clever und sein Vater will, dass er lernt, wie man züchtet, und will außerdem eine Steigerung des Profits erreichen. Clay hatte einen Deal mit seinem Vater: Er wollte sich das Ganze ein Jahr lang ansehen und dann entscheiden, ob er als Züchter arbeiten will oder nicht. Clay nahm das sehr ernst. Er wollte sich einen Eindruck von der gesamten Kolonie verschaffen – nicht nur von der Elite. Darum ging er in den Pflanzen- und Heilkundeunterricht, mit dem Vorwand, diesen Lehrstoff auch bei der Elite einzuführen. So konnte er sich unter den Gildenteil der Kolonie mischen und Einblicke gewinnen. Er wollte sehen, wie die Stimmung ist, um auszuloten, wie glücklich die Menschen tatsächlich sind. Vielleicht hätte ja etwas verändert werden müssen.«

»Aber das verstehe ich nicht. Ich wäre nicht zurück nach Blackyard gekommen, aber Clay wandert hin und her?«

»Dr. Huxley tut das ja auch. Ihr seht ihn jedes Jahr im Fernsehen, und man lernt ihn bei den Tests für die Auswahl kennen, weil er die persönlichen Gespräche führt. Das Zentrum ist nun einmal die Transitstation von einem Bereich zum anderen. Außerdem hättet ihr Clay spätestens bei der Auswahl und der Show als Juror kennengelernt. Und das Wichtigste: Clay hat keinen ausschweifenden Lebensstil vorgelebt. Wärst du allerdings von der Elite zurück zu den Gilden gegangen, hättest du zwangsläufig alles erzählt, was du erlebt hast. Würde den Gilden der Lebensstil der Elite so jeden Tag vor Augen geführt, würde das System nicht lange halten. Wenn Menschen mehr sehen, wollen sie auch mehr haben – und das muss verhindert werden.«

Tristan schwieg einen Augenblick und erzählte weiter: »Clay hatte natürlich nicht vor, sich in der Kolonie zu verlieben, das kannst du mir glauben, aber als er dich im Klassenraum das erste Mal sah, war es um ihn geschehen … Zugegeben: Ich war dagegen und wollte es verhindern. Ich unterbrach euch am Auto absichtlich, redete danach die gesamte Fahrt auf ihn ein, und auch in den darauffolgenden Stunden ließ ich nicht von ihm ab. Ich erklärte ihm, dass es nicht gut gehen kann, weil du bist, was du bist – und weil er ist, was er ist. Er war so wütend auf mich. Das war unser erster richtiger Streit. Aber es wirkte. Er sprach mit dem Rektor, ließ sich umsetzen und würdigte dich keines Blickes. Es war aber naiv von mir, zu glauben, dass man Liebende voneinander fernhalten kann … Er veränderte sich zusehends, war gereizt und wollte ständig allein sein. Und an jenem regnerischen Tag fuhr er wieder einmal allein fort, ohne Red, Blue oder mich. Als er wiederkam und erzählte, dass er in Richmond gewesen sei …« Tristan brach seufzend ab. »Mit einem Blick in seine Augen wusste ich, dass er dich getroffen hatte und dass nichts auf der Welt ihn davon abbringen konnte, dich wiederzusehen. Seine Zuneigung zu dir steigerte sich jeden Tag, und ich glaube, ich hatte ihn vorher noch nie so glücklich gesehen. Aber er ist auch nicht dumm. Er ist Realist und ihm war klar, dass es kein gutes Ende nehmen konnte. Du wolltest in die Elite, aber er konnte dich bei der Auswahl nicht weiterlassen – nicht, wenn er dich liebte … Denn wie du jetzt weißt, wählen sie aus den Besten der Elite ihre Nahrung aus. Dieses Risiko konnte er nicht eingehen. Er hätte dich einfach in Ruhe lassen sollen. Er hätte einfach aus deinem Leben verschwinden sollen, konnte es aber nicht. Und dann war da Gordon. Er war zwar in der Schule auf dich aufmerksam geworden, aber hätte Clay es einfach gut sein lassen, wäre alles gut gegangen. Dann entdeckte Gordon euch auf der Jacht ... und setzte daraufhin alles daran, dich in die Elite zu bringen. Als Clay dir nach der Show folgte, ergriff Gordon die Gelegenheit und verkündete vor laufenden Kameras, dass Brian und du nun doch in die Elite gehen würdet. Clay war nicht da, um es zu verhindern, und Dr. Huxley hätte den Teufel getan, Gordon zu widersprechen ... Hätte Clay dich also einfach vergessen und niemals wiedergesehen, wärst du heute noch in Blackyard – unversehrt.«

»Warum war Gordon in der Elite?«, fragte ich dazwischen.

»Die Familien kennen sich, wie sich eben alle aus der besseren Gesellschaft kennen. Der König bat Clays Vater, Gordon ein paar Monate in das Leben einer der besten Zuchtstationen hineinschnuppern zu lassen. Als angehender König gehört es einfach dazu, dass man die Geschäftsfelder der Unternehmer seines Landes kennenlernt.«

Ich nickte und Tristan überlegte kurz, wo er vor meiner Frage mit seiner Erzählung stehen geblieben war. »Gordon brachte dich also in die Elite«, nahm er den Faden wieder auf. »Und Clay traf sich anschließend mit Will. Will war extrem wütend – du hast ja keine Vorstellung, *wie* wütend er war. Aber schließlich einigten sie sich darauf, dass es das Beste wäre, wenn auch Will in die Elite gehen würde, um ein Auge auf dich zu haben. Clay nutzte seinen Einfluss, damit Will trotz seines Rückens dein Bodyguard werden konnte.« Tristan rieb seine Handflächen gegeneinander, atmete durch und sprach weiter: »Erinnerst du dich, wie du Clay im Krankenhaus begegnet bist? An deinem ersten Schultag? Die Sache mit Reigna?«

Ich nickte. *Wie könnte ich das vergessen?*

»Er hat mir abends davon erzählt. Du warst einfach weg, und er hatte den Eindruck, dass du dachtest, er und Penny-Rose seien ein Paar.«

»Das dachte ich auch«, flüsterte ich.

Tristan schmunzelte. »Das war aber nicht so, Summer! Niemals! Er war nur da, weil er umgehend über den Unfall informiert wurde. Natürlich musste er sofort zu den Verletzten, um sich einen Überblick zu verschaffen und den Schaden einzuschätzen. Clay musste wissen, was mit der ...« Tristan brach ab.

Ich blickte auf.

»Mit der ...?«, fragte ich neugierig.

»Was mit der … Ware los ist … und ob sie noch … zu gebrauchen war«, vervollständigte er seinen Satz kleinlaut. Ich nickte mit verspanntem Kiefer und unterdrückte den Drang, mich zu übergeben.

»Er musste wissen, wie dieser Unfall passieren konnte, wie man so etwas in Zukunft verhindern kann, und sein Vater erwartete auch einen detaillierten Bericht über die Geschehnisse.« Tristan lehnte sich zurück und streckte seine kurzen Beine aus. »Und dann, ein paar Tage nach dem 6. August, machte Clay die Reise, während deiner Einweihungsparty. Du erinnerst dich?« Versonnen schaute Tristan in die Flammen des knisternden Feuers.

»Ja. Ich erinnere mich«, sagte ich und machte mir den Berg an Lügen bewusst. Die ganze Zeit hatten mich alle belogen – Dad, Will und Clay. Warum hatten sie es mir nicht gesagt? Dachten sie, dass ich die Wahrheit nicht ertragen könnte? Viel hätte verhindert werden können, hätten sie mich einfach eingeweiht.

Tristan unterbrach meine Gedanken: »Clay ging für dich einen Pakt mit dem Teufel ein. Er fuhr zu seinem Vater, bat um Audienz und teilte ihm mit, dass er dich besitzen wolle. Er musste handeln, denn er konnte das Risiko nicht eingehen, dass du die Elite verlassen und abtransportiert werden würdest. Er hatte Angst, dass du dem Tod geweiht wärst, wenn er nichts unternahm – weil du perfekt warst.«

»Ja, warst«, wiederholte ich spöttisch und drehte meinen Kopf weg.

»Summer, wir haben darüber gesprochen, ohne Vorurteile zuzuhören … und erst am Ende zu urteilen.«

Ich nickte widerwillig.

»Er verhandelte mit seinem Vater, bot ihm im Tausch gegen dich an, auf der Farm weiterzuarbeiten und den besten Job zu machen, den sein Vater jemals gesehen hatte. Und sein Vater gab ihm sein Wort. Als Clay in die Elite zurückkam, war er glücklich. Er hatte dich gerettet, und was er dafür aufgegeben hatte, war für ihn zweitrangig. Er war sich sicher, dass ihr beide jetzt für immer zusammen sein würdet.« Wieder machte Tristan eine Pause, diesmal um seine Ohren in Richtung Wald zu drehen. »Hast du auch was gehört?«, fragte er und blickte auf die schlafende Gen, die ein paar Meter vor der Feuerstelle lag.

»Nein, ich würde es wissen«, schmunzelte ich und bat ihn, weiterzuerzählen.

»Richtig«, lächelte er und fuhr sich mit den Händen durch das schwarze Haar. »Wo war ich?«

»Clay kam von den Verhandlungen mit seinem Vater zurück«, half ich ihm auf die Sprünge.

»Ja, genau. Am Tag der Sklaven-Auktion. Er überbot Gordon und verlor seine Jacht – auch das war ihm egal. Aber dann kam der Abend des Balls, und da änderte sich einfach alles.«

Tristan atmete tief aus und begann, die Ereignisse des Balls zu schildern: »Du wurdest in die Gesellschaft eingeführt«, er malte mit den Fingern Anführungszeichen in die Luft, »und somit dem König vorgestellt.«

»Ich erinnere mich«, sagte ich mit leerem Blick.

»Der König war auf dich aufmerksam geworden, und er wollte dich so sehr, dass er bereit war, so ziemlich jeden Preis zu zahlen, was Clays Vater wiederum gierig werden ließ. Versprechen hin oder her – ein gutes Geschäft würde er sich nicht entgehen lassen. Du solltest noch am selben Abend weggebracht werden. Sein Vater teilte Clay die Nachricht mit und versicherte ihm, dass er sich dafür drei andere Mädchen aussuchen dürfte, aber natürlich war Clay daran nicht interessiert. Allerdings wusste er auch, dass mit seinem Vater nicht zu diskutieren war, wenn es um Geld ging. Er versuchte es zwar, aber seine Worte liefen ins Leere. Der König und sein Vater bekommen immer ihren Willen, daran gibt es nichts zu rütteln. Clay war verzweifelt, wusste nicht, was er tun sollte, und rief Will, Red, Blue und mich zu sich. Und jetzt sag ich dir etwas, was ich schon lange loswerden wollte …«

Eine gewichtige Pause erregte meine Neugier und ließ mich aufschauen.

»Ich hatte die Idee mit der Narbe, Summer. Ich hatte sie und sprach sie aus.« Er wich meinem Blick aus, als er das sagte.

Ich rührte mich nicht.

»Es tut mir so leid, Summer.«

»Weiter«, stieß ich bestimmt zwischen zusammengebissenen Zähnen hervor. Tristan fuhr mit gesenktem Blick fort: »Clay lehnte die Idee kategorisch ab und wollte dich entführen. Er sah nur das als ultimative Lösung an. Doch wie weit wärt ihr wohl gekommen? Zur Zeit der Ernte sind zum Schutz der Familie Reed und der Königsfamilie die meisten Wachposten anwesend … Wie weit hättet ihr fliehen können, bevor sie euch aufgegriffen hätten? Und was wäre dann los gewesen? Je länger wir über die verschiedenen Möglichkeiten deiner Rettung diskutierten, umso mehr wurde klar, dass nur eine übrig blieb, um den König langfristig von dir fernzuhalten. Denn würdest du weggebracht, hätten wir dich nicht mehr retten können. Clay nahm sich Zeit … nicht viel, denn viel Zeit hatten wir nicht … doch er wusste, dass dies die wirksamste aller Möglichkeiten war …«

»Und die drastischste«, unterbrach ich ihn mürrisch.

»Sicher«, gab Tristan zurück. »Aber du sitzt neben mir und lebst. Du liegst nicht tot und bis aufs Blut gequält auf eurer Wohnzimmercouch. Drastische Probleme fordern drastische Maßnahmen.«

Ich rührte mich nicht, wusste nicht so recht, was ich denken sollte.

Tristan redete weiter: »Du lebst, und nur darum ging es. Das Wie steht auf einem anderen Blatt. Will, Red und Blue boten sich an, wenn Clay es nicht übers Herz gebracht hätte. Aber Clay wollte es keinem anderen zumuten. Obwohl er wusste, dass er sich dafür hassen würde und du ihn auch, nahm er das Messer und tat, was getan werden musste. Die unschönen Details würde ich dir gerne ersparen, aber ich denke, du solltest wissen, wovor Clay dich gerettet hat. Du solltest wissen, was der König mit dir gemacht hätte. Du musst den Ernst der Lage verstehen. Also … ich weiß, dass der König einen Käfig besitzt, einen goldenen Käfig. Er sperrt sie dort ein.«

»Sie?«, flüsterte ich und musste unwillkürlich an Morgan denken.

»Diejenigen, die er sich aussucht. Jedes Jahr eine andere Erwählte. Sie werden dann weggebracht, aber niemand weiß, wohin.« Tristan verzog angewidert das Gesicht. »Er sperrt sie in den Käfig … und dann kommt er zu ihnen und …« Tristan stockte und blickte mich an. Ich deutete ihm, fortzufahren.

»Er macht schlimme Dinge mit ihnen, Summer. So schlimm, dass sie sich, wenn er fertig ist, wünschen, sie wären tot. Er nimmt ihnen immer wieder Blut ab – nie so viel, dass sie sterben, aber genug, damit sie zu schwach sind, um aufrecht zu stehen.« Jetzt fuhr er sich mit seiner Hand über das Gesicht. »Der König ist … er ist für seine Brutalität bekannt. Er liebt ihre Schreie … und sie schreien viel.«

Ich biss mir auf die Lippe, um nicht zu weinen, als ich immer wieder Morgan vor mir sah.

»Er peitscht sie bis auf die Knochen aus, verbrennt ihre Haut und er … also er … Wenn sie noch leben und bei vollem Bewusstsein sind, dann …«

»Genug!«, schrie ich ihn an und hielt mir die Ohren zu. »Genug«, flüsterte ich mit tränenerstickter Stimme und ließ meine Hände wieder sinken. Meine Unterlippe bebte, mein Körper zitterte und mein Magen verkrampfte sich.

»Summer, es tut mir leid«, flüsterte Tristan.

»Dir muss gar nichts leidtun. Mir tut es leid ... es tut mir so leid«, schluchzte ich. Tränen liefen über meine Wangen. »Ich wusste es nicht. Ich wusste das alles nicht«, brach es aus mir hervor.

»Ich weiß«, seufzte er und strich mir mit seinen kleinen Fingern liebevoll über den Rücken. Ich schluchzte immer weiter, und er ließ mich eine Weile einfach nur weinen.

Als ich mich beruhigt hatte, fuhr er leise fort: »Clay hat dich in deinen Augen vielleicht entstellt, aber versetz dich in seine Lage und überleg, was du getan hättest ... Summer, du bist noch immer wunderschön. Denk an all die offensichtlich schönen Menschen. Wie war es, als du sie das erste Mal kennengelernt hast? Ihren Charakter erkannt hast? Nur zu oft merkt man, dass sie eigentlich uninteressant, teils sogar böse, berechnend oder habgierig sind, und sie verlieren an Attraktivität – in deinen Augen werden sie für immer hässlich sein. Aber umgekehrt ist es ebenso. Jemand, der auf den ersten Blick nicht gerade eine Schönheit ist, kann in deiner Gunst ungemein steigen, wenn der Charakter offen, ehrlich, mutig und gut ist. Je sympathischer dir jemand wird, desto attraktiver wird er in deinen Augen sein. Nur wenn du in deinem Inneren schön bist, bist du *wirklich* schön. Das hier ist nur eine Narbe, die dich zeichnet, aber sie macht nicht deine Schönheit aus. Sie bedeutet nichts für die, die wirklich zählen.« Die letzten Worte flüsterte er fast ehrfurchtsvoll.

Jetzt war er still, und nur noch das sporadische Knacken der Glut war in der Nacht zu hören.

»Aus Liebe hat er das getan?«, fragte ich mehr zu mir selbst.

»Aus Liebe«, bestätigte Tristan.

»Und Will?«, wollte ich wissen. »Er war also auch dafür?«

Tristan nickte. »Will wollte es tun, wenn Clay es nicht gekonnt hätte. Er weiß, was los ist und was mit denen passiert, die abtransportiert werden.«

Ich nickte nachdenklich. »Auch aus Liebe?«, flüsterte ich.

Tristan zögerte. »Weißt du, Summer ... Ich spiele im Team Clay, darum ...« er sprach nicht weiter und schüttelte den Kopf.

»Aber als mein Freund kannst du es mir doch sagen.«

Er seufzte. »Als dein Freund sage ich dir«, er erwiderte meinen Blick, »ja, auch Will hätte es aus Liebe getan.«

Jetzt schwiegen wir, und ich schaute auf den schlafenden Will. Dann wanderte mein Blick zu Gen, die mit etwas Abstand neben ihm ihr Nachtlager aufgeschlagen hatte.

»Und was ist mit dir, Tristan?«

»Was soll mit mir sein?«

Ich wusste, dass ihm klar war, worauf ich anspielte.

»Du und Gen?«

Er blickte in ihre Richtung. »Summer, das ist etwas ganz anderes als das mit dir und Clay. Ihr beide habt euch vom ersten Moment an geliebt. Ihr beide seid füreinander geschaffen. Niemals würde Gen mich lieben können. Ich bin anders entstellt als du. Ich bin ...«, er sprach nicht weiter.

»Es bedeutet nichts für die, die wirklich zählen.« Ich imitierte seine Stimme, und es gelang mir ganz gut.

Er nickte mit zusammengepressten Lippen. »Netter Versuch, Summer. Aber ich bin anders als du. Du bist wunderschön und hast lediglich eine Narbe im Gesicht. Ich hingegen bin ein Zwerg, eine Missgeburt. Das ist was anderes. Außerdem hat Red Interesse an ihr. Stell ihn neben mich und ...«

Ich musste ihn unterbrechen: »Wenn du glaubst, dass du nicht schön bist, hast du niemals richtig hingesehen. Und wenn du glaubst, dass Gen so oberflächlich ist, nur auf das vorgegebene Schönheitsideal zu achten, ist das schade. Das ist sie nämlich nicht. Sie ist ein guter Mensch – sie ist eine von denen, die zählen, weißt du?«

»Red ist auch gut«, machte er meine Worte zunichte.

»Ja«, sagte ich versonnen. »Das ist er. Aber du bist besonders.«

»So kann man das auch nennen.« Sein Sarkasmus war unüberhörbar.

»Ich sage nur, dass du um sie kämpfen solltest.«

»Gegen Red?« Er lachte spöttisch auf.

»Nein, nicht gegen Red – für dich und um sie. Ihr könntet ein tolles Paar sein und glücklich werden.«

»Warum sollte sie das wollen?«

»Was ist das denn für eine komische Frage? Du bist ein Gentleman, lustig, ehrlich und du bist unheimlich klug. So etwas reizt Frauen.«

Jetzt schaute er mit erhobener Augenbraue unter seinen schwarzen Haaren hervor und verzog traurig den Mund. Ich stupste ihn mit der Schulter an, lächelte und schaute so verschwörerisch, wie ich konnte. Er lachte und strich sich mit der Hand verlegen übers Haar.

»Summer?«, fragte er ernst und mit einem Gesichtsausdruck, der sorgenvoll und ängstlich zugleich war.

»Tristan?«, entgegnete ich ebenfalls ernst.

»Könntest du ganz ehrlich zu mir sein?« Er blickte mir direkt in die Augen.

»Ganz ehrlich«, sagte ich und nickte ihm aufmunternd zu, gespannt, was er wissen wollte.

»Was … also was genau hast du gedacht, als du mich das erste Mal gesehen hast? Damals im Klassenraum?«

»Mal sehen, ob ich mich erinnere«, überlegte ich laut und kniff meine Augen zusammen.

»Wenn nicht, dann … also wenn du dich nicht erinnerst, dann sag es, aber … aber bitte lüg mich nicht an.«

»Werde ich nicht.«

»Und? Was hast du nun gedacht?«, fragte er ungeduldig.

»Du must mir schon Gelegenheit zum Nachdenken geben.« Ich musste grinsen.

Er schwieg und ich überlegte. Es kam mir vor, als würde ich nach Erinnerungen aus einem anderen Leben kramen, nach Erinnerungen eines anderen Menschen. Es war so viel passiert seit jenem Tag. Ich erinnerte mich, dass ich die Symptome zum ersten Mal hatte – im Klassenraum. Ich sah auf und erblickte zuerst Tristan.

Was dachte ich? Ich dachte, dass er nicht Mr-Ebsteen-klein sei, sondern winzig … ein Zwerg. Und dass er bei den Mädchen sicherlich beliebt gewesen wäre, wäre er kein Zwerg … Und genau das war es, was Tristan meinte. Das war die Wahrheit, vor der er sich fürchtete. Ja, das hatte ich damals gedacht, aber es war so falsch gewesen. Denn jetzt, wo ich ihn kannte, waren mir seine Vorzüge durchaus bewusst. Er hatte so viel Gutes an sich. Dennoch … mein erster Gedanke war gewesen, dass er klein war und darum auch keine Chancen bei Frauen hatte. Verstohlen und reumütig blickte ich zu ihm hinüber. Er sah mich nicht an, hatte seinen verträumten Blick auf Gen gerichtet. Ich konnte nicht ehrlich sein, das würde ihn zerstören, würde ihm den letzten Rest Würde nehmen.

»Tut mir leid, Tristan«, sagte ich und fasste mir mit dem Zeigefinger an meine Wangenknochen. »Ich erinnere mich nicht.«

»Ja, genau ...« Er nickte vielsagend.

»Nein, ehrlich, Tristan – wenn ich es dir doch sage. Ich erinnere mich nicht daran, was ich über dich gedacht habe. Ich weiß noch, dass du und Red vor Clay im Raum wart. Was genau ich aber gedacht habe, kann ich dir beim besten Willen nicht mehr sagen. Ich erinnere mich nur noch an Clay und daran, wie schön und vollkommen er war ... und wie sehr ich ihn vom ersten Augenblick an liebte.«

Tristan lachte auf. »Genau wie er dich.«

Ich lächelte in mich hinein und sagte: »Aber was auch immer ich dachte, Tristan«, ich machte eine Pause und legte meine Hand auf seine, »es ist nicht wichtig. Wichtig ist nur, was ich jetzt denke: Kämpfe um sie. Du kannst gewinnen.« Und das glaubte ich wirklich: Er konnte nur gewinnen.

Wir schwiegen. Jeder von uns hing seinen eigenen Gedanken nach, umgeben von seiner eigenen sorgenvollen Welt. Plötzlich wurde es kälter. Die spuckende Glut war nur noch ein Glühen. Der Wind hatte sich entschlossen, unbarmherziger zu wehen, und ich spürte, wie mir die Kälte über den Nacken kroch.

Jetzt hob Will seinen Kopf, er schaute zu Tristan und mir herüber. Geschickt entwand er sich seinem Schlafsack und zog die Decke, die ihn eben noch umhüllt hatte, heraus.

Er schulterte sie, kam auf uns zu und flüsterte: »Geht schlafen, ihr zwei. Ich löse euch ab.«

Tristan gähnte und protestierte nicht. »Komm, Summer. Morgen wird ein anstrengender Tag«, sagte er beim Aufstehen, doch ich schüttelte den Kopf.

»Ich bin nicht müde. Und ich muss wach sein, sonst bekomme ich nicht mit, wenn sie kommen.«

»Aber du kannst doch nicht für immer wach sein«, gab er zu bedenken.

»Das stimmt. Wenn ich müde werde, komme ich nach.«

»Na schön«, sagte Tristan etwas widerwillig und hielt kurz inne. Will legte wortlos die Decke um meinen durchgefrorenen Körper.

»Ich hol Feuerholz«, flüsterte er und verschwand hinter mir in der Dunkelheit. Ich hörte nur noch das Knacken der Äste unter seinen Füßen, als sich seine Schritte langsam von der Feuerstelle entfernten. Tristans Blick folgte Will in die schwarze Nacht.

»Irgendwann wirst du dich entscheiden müssen, Summer. Du kannst nicht beide haben«, sagte er und wandte sich ab, ohne meine Reaktion abzuwarten. Erschrocken über seine Worte sah ich ihm hinterher. Natürlich war mir klar, dass er recht hatte. Aber es laut zu hören, war doch noch mal etwas anderes. Im Schein des Mondes sah ich Tristans Silhouette. Er rollte den Schlafsack auf und kuschelte sich hinein. Kurz darauf musste er auch schon eingeschlafen sein, denn er regte sich nicht mehr. Eine Weile saß ich allein da. Die Ruhe tat mir gut. Der kalte Wind biss wieder in meinen Nacken, sodass ich die Decke fester um meine Schultern zog. Sie roch nach Will. Will roch anders als Clay – nicht nach Sommertag und Holz, sondern vertrauter, vielleicht einfach menschlich. Ein Knacken hinter mir riss mich aus meinen Gedanken. Will kam mit Feuerholz zurück und legte einige Stücke in die Glut. Er beugte sich vor und brachte das Feuer innerhalb weniger Sekunden wieder zum Lodern. Er schwieg, als er sich mit etwas Abstand neben mich setzte.

»Ist dir nicht kalt?«, fragte ich, als er seine Arme eng an seinen Oberkörper presste.

»Geht schon«, sagte er bibbernd.

Ich öffnete die Decke mit meinem linken Arm. »Da ist genug Platz für zwei.«

Ohne lange zu überlegen, rutschte er dicht an mich heran und legte sich das Ende der Decke um die linke Schulter. »Ist dir denn noch warm genug?«, wollte er wissen.

»Ja«, hauchte ich. »Und dir jetzt auch?«

Er nickte. Aneinandergedrückt saßen wir auf dem Baumstamm, und es dauerte nicht lange, bis er seinen Arm um meine Taille legte.

»So wird es wärmer«, erklärte er, nicht ohne ein verschmitztes Lächeln. Unsere Blicke trafen sich und zum Wegschauen war es zu spät. Das flackernde Feuer malte Schatten auf sein ebenmäßiges Gesicht. Seine blauen Augen leuchteten trotz der Dunkelheit. Wir waren uns ganz nah, und mein Blick fiel unwillkürlich auf seine Lippen. Geschwungen und zärtlich anmutend lagen sie direkt vor mir, waren bereit, geküsst zu werden. Die Andeutung eines Lächelns umspielte seine Züge. Aber noch bevor sich unsere Lippen berühren konnten, geisterte jemand anderes durch meinen Kopf. *Clay …* Hastig wandte ich mich von Will ab und starrte wieder ins Feuer.

»Noch immer nicht bereit?« Will seufzte enttäuscht.

»Das ist es nicht … ich …«

»Schon okay. Du musst es nicht erklären«, flüsterte er.

Irgendwann wirst du dich entscheiden müssen. Tristans Worte hallten in meinem Kopf nach.

»Na komm«, sagte Will und zog mich noch näher an sich. Wie selbstverständlich legte ich meinen Kopf auf seine Schulter. Liebevoll küsste er mich auf den Scheitel.

»Weißt du«, begann er leise und mehr zu sich selbst, »Liebe kann wachsen, da bin ich sicher. Es muss nicht immer Liebe auf den ersten Blick sein. Liebe wächst und ist, wenn sie erblüht, nicht weniger stark als die, die mit einem Knall sofort da war.«

Dann schwiegen wir eine Zeit lang.

»Summer?«

»Mhm?«, gab ich müde und mit geschlossenen Augen zurück.

»Wenn wir das hier geschafft haben …« Stocken.

Ich dachte, es würde ein Gespräch über unsere Beziehung folgen – über meine Beziehung zu ihm, über meine Beziehung zu Clay und darüber, dass ich mich entscheiden müsste. Aber zu meiner Verwunderung sagte er: »Wenn wir das hier geschafft haben, musst du lernen, wie man sich verteidigt.«

Verwirrt hob ich den Kopf. »Was meinst du?«

»Das, was ich sage. Du musst lernen, dich selbst zu verteidigen«, wiederholte er.

»Mit Waffen und Kämpfen und so? Gegen diese Mutanten? Die, die uns fressen wollen? Die perfekten Jäger?«

Will nickte streng.

»Nein, ich denke nicht.« Ich lachte auf.

»Ich denke aber schon.« Er sah mich weiter mit ernster Miene an.

444

»Aber Will, das ist nicht möglich. Ich kann das nicht und kann es auch sicher nicht lernen.«

»Du wirst es müssen«, sagte er trocken.

Entsetzt rückte ich ein Stück von ihm weg und spürte den eisigen Wind, der sich jetzt zwischen uns drängte.

»Wie stellst du dir das vor? Meinst du, dass ich tatsächlich eine Waffe in die Hand nehmen und jemanden töten könnte?« Ich klang unwirsch, denn ich konnte es mir wirklich nicht vorstellen.

»Du wirst es müssen«, wiederholte er seine Worte.

Ich schwieg einen Moment, kratzte mich fassungslos am Kopf und fragte: »Und woher bekomme ich bitte schön die Waffen? Gibst etwa du sie mir?«

»Wenn du nach einer Waffe fragen musst, haben wir schon das erste Problem. Du brauchst definitiv mehr Fantasie. Regel Nummer eins: Alles – aber wirklich *alles* – ist eine Waffe.«

»Will, was redest du? Ich hätte niemals die Kraft dazu. Es ist schlicht unmöglich. Ich friere vor Angst ein und kann mich nicht mehr bewegen, wenn es brenzlig wird. Denk nur an die Begegnung mit Reigna oder die Situation mit Gordon – er hätte mich fast …«

»Ich werde dir das Kämpfen beibringen«, unterbrach er mich. »Regel Nummer zwei: Niemals zögern und schon gar nicht vor Angst stehen bleiben. Hör auf zu denken! Einfach machen!«

Wieder schüttelte ich heftig den Kopf.

»Summer«, sagte er ruhig und rieb sich die Schläfe. »Du musst lernen, dich zu verteidigen. Ich kann nicht immer da sein – und Clay, Red, Blue, dein Dad oder Brian auch nicht. Ich muss sicher sein, dass du weißt, was zu tun ist, solltest du in Gefahr geraten. Denn wenn wir das hier schaffen«, er atmete hörbar aus, »wirst du früher oder später in einer anderen gefährlichen Situation stecken.«

Schockiert saß ich da. Er hatte recht. Ich konnte nicht 24 Stunden am Tag, sieben Tage die Woche beschützt werden. Das wäre schier unmöglich. Irgendwann würde ich nur auf mich selbst gestellt sein. Wir schwiegen und blickten ins Feuer. Und ich spürte, wie eine nie gekannte Panik von mir Besitz ergriff.

KAPITEL 31

Katz und Maus

Ich erkannte es nicht sofort. Zuerst war es nur eine heiße Welle, die mich durchströmte, und ich dachte, es wäre Wills Nähe, die mich zum Schwitzen brachte. Als aber mein Herz wild zu pochen begann und sich die feinen Härchen in meinem Nacken aufstellten, wusste ich es besser.

»Will!«, stieß ich aus.

Mit großen Augen sah er mich an.

»Sie kommen!«, keuchte ich.

Ohne zu zögern, nahm er den Sandeimer und löschte das Feuer.

»Warte hier«, formten seine Lippen.

Im hellen Licht des Vollmonds rannte er in gebückter Haltung zu den Schlafsäcken. Noch bevor er sie erreichen konnte, schreckten Red und Blue auf – auch sie mussten die Nähe des Feindes gespürt haben. Flink stießen die drei einen nach dem anderen an und gaben Handzeichen, welche die anderen sofort begriffen. Sie wussten, was sie taten, so viel stand fest – ich hingegen wusste nur, dass mich der Fluchttrieb überkam. Mit weit aufgerissenen Augen spähte ich in die Dunkelheit, versuchte, etwas im Wald zu erkennen – aber der Schein des Mondes durchdrang die dichten Tannenkronen nicht. Ich sah, wie Will eilig nach den beiden Taschen griff, die neben seinem Schlafsack standen. Die zweite Tasche war meine.

»Von wo kommen sie?«, wollte er wissen, als er wieder auf mich zukam.

»Das weiß ich nicht«, krächzte ich panisch.

»Ganz ruhig, Summer. Fühl nach! Wohin willst du fliehen?«

Ich horchte in mich hinein.

»Da lang!« Ich deutete mit dem Zeigefinger in eine bestimmte Richtung. Will verschränkte seine Finger mit meinen, drückte fest meine Hand und zog mich von der Feuerstelle weg zu den anderen.

»Diese Richtung!«, rief Will. Die Gruppe teilte sich auf.

Gen klammerte sich an mich. »Ich habe solche Angst!«, keuchte sie.

»Ich weiß, aber alles wird gut«, versuchte ich sie zu beruhigen, obwohl ich selbst nicht daran glaubte.

Ich bemerkte, wie die ersten Grüppchen zwischen den Bäumen verschwanden. Tristan und Red kamen zu uns. Blue lief mit einer anderen Gruppe. Will hielt noch immer meine Hand und flüsterte beschwörend in die Runde: »Wie besprochen: Wir rennen. Wenn wir uns verlieren, läuft jeder für sich allein, bis er das Meer erreicht. Dort wartet Clay mit der Jacht. Wenn wir es bis dahin schaffen, werden wir überleben. Klar?«

Gen stand jetzt zwischen Red und Tristan. Wie selbstverständlich ergriff sie Tristans Hand, und trotz meiner Furcht und dem Grauen um mich herum musste ich schmunzeln. Ich suchte Tristans Blick und nickte ihm mit einem breiten Lächeln auf den Lippen zu. Das konnte ich mir einfach nicht verkneifen. Selig lächelte er zurück.

»Dann los!«, drang Wills Stimme an mein Ohr.

Wir rannten los und wurden im nächsten Moment von der Dunkelheit des Waldes verschluckt. Bereits nach den ersten Schritten hatte ich die Orientierung verloren – und ich hatte keinen blassen Schimmer, wie ich von hier aus zu einem Boot gelangen sollte. Mir war klar, dass ich meine Gruppe nicht aus den Augen verlieren durfte. Denn wenn das geschah, hatte ich keinerlei Überlebenschance. Es war schwer, im Dunkeln nicht zu fallen. Ich entging einem Sturz nur, weil Will mich mit seinem starken, festen Griff immer wieder hochzog. Die Angst saß mir im Nacken und doch hatte ich Vertrauen, wenn ich ihn ansah, wenn er mich abfing, wie er so kühn und tapfer voranging. Er war entschlossen zu leben, entschlossen zu kämpfen.

Wir rannten durch den Wald, bis wir einen schrägen Abhang erreichten.

»Hier runter«, flüsterte Will und alle folgten.

Der Abhang war nicht allzu steil, aber sehr lang. Hier und da wurde er von Wurzeln durchzogen, die sich als Kletterhilfe erwiesen. Es dauerte eine ganze Weile, bis wir die Talsohle erreicht hatten, und als es vollbracht war, drehte Will sich zu mir: »Und? Folgt uns jemand?«

»Nein, ich denke nicht.«

Will wies uns an, eine kleine Pause zu machen. Vollkommen außer Atem nahm ich einige kräftige Schlucke aus meiner Wasserflasche. Gen tat es mir gleich und stellte sich zu mir, während die Jungs in unserer Nähe zusammenstanden. Die drei flüsterten so leise, dass ich nichts verstehen konnte.

»Miss Summer, meinen Sie, wir schaffen es?«, fragte Gen, während sie den Verschluss ihrer Wasserflasche zuschraubte. Sie konnte es einfach nicht lassen, mich »Miss Summer« zu nennen – aber das würde ich ihr ein anderes Mal austreiben müssen.

»Natürlich, Gen, sei unbesorgt«, antwortete ich so glaubwürdig, wie ich konnte.

»Vor allem, weil du gut behütet und von zwei Männern eskortiert wirst.« Ich zwinkerte ihr zu, und Gen lächelte in sich hinein.

»Und? Wer wird das Rennen machen?«, fragte ich teils aus Neugier, teils, um ihre Gedanken von der Flucht abzulenken – und meine dazu.

»Was meinen Sie, Miss Summer?«, fragte sie, obwohl sie offensichtlich genau wusste, was ich meinte. Tadelnd blickte ich sie an und sie murmelte ertappt: »Ich weiß es nicht.«

Als eindeutiges Team-Tristan-Mitglied sagte ich: »Tristan ist superlieb und mag dich sehr.«

Gen blickte versonnen in seine Richtung.

»Und bei Ihnen und Will?«, wollte sie wissen.

»Keine Ahnung«, seufzte ich, was der Wahrheit entsprach. Dann schwiegen wir, weil der Rest der Gruppe zu uns kam.

»Seid ihr okay?« Will legte jeder von uns eine Hand auf die Schulter.

»Hast du irgendwelche Symptome?«, fragte mich Red.

»Nein.«

»Gut. Also können wir weiter?«, kam von Tristan.

»Ja«, gab ich entschlossen zurück und nickte. Gen tat es mir gleich. Will griff abermals nach meiner Hand. Jetzt, wo wir die Talsohle erreicht hatten, vermutete ich, dass der Marsch leichter werden würde – aber weit gefehlt. Es wurde nur noch anstrengender, vielleicht aber auch, weil meine Kräfte schwanden. Mehr und mehr überkam mich die Erschöpfung, immer deutlicher spürte ich meine Beine, doch es half nichts, wir mussten weiter. In weiter Ferne hörte ich den Ruf eines Vogels, und immer häufiger spürte ich, wie Farne und Äste meinen Körper streiften – der Wald wurde immer dichter. Will und ich blieben abrupt stehen, als hinter uns ein leises »Psssst« die dumpfen Tritte unserer Füße übertönte.

»Was ist los?«, fragte Will, ließ meine Hand los und ging zu Gen, Red und Tristan hinüber.

»Sie kann nicht mehr«, flüsterte Tristan und deutete mit sorgenvollem Blick auf Gen.

Gen stand keuchend nach vorne gebeugt da und stützte sich mit durchgedrückten Armen auf den Oberschenkeln ab.

»Ich kann einfach nicht mehr«, keuchte sie und machte eine wegwerfende Handbewegung. »Lauft weiter, lasst mich zurück.«

Ich sah sie an und legte ihr meine Hand an die Stirn – sie glühte. »Hier, trink was.«

Sie griff nach der Flasche, nahm hastig mehrere Schluck Wasser und reichte sie mir zurück.

»So kann sie nicht weiter, Will«, meinte Tristan eindringlich.

»Ja, ich sehe es.« Will blickte zu Red. »Sie zu tragen, macht uns zu langsam.« Besorgt wanderte sein Blick zu mir. »Wir sollten eine kurze Pause machen.«

Gerade als wir uns gesetzt hatten, erfassten mich die Symptome wieder mit voller Kraft.

»Will«, flüsterte ich mit weit aufgerissenen Augen, und er sprang auf. In der Ferne hörten wir verräterisches Rascheln.

»Sie kommen«, sagte Red und wandte sich zu Gen. »Gen, wir müssen weiter!«

Gen gehorchte, klappte aber im selben Augenblick wieder zusammen.

»Los, trag sie«, forderte Will Red auf.

Der nickte, und ich sah Tristans bestürztes Gesicht. Er war zu klein und nicht stark genug, um sie zu tragen oder sie zu beschützen, wenn es darauf ankam.

»Ich kümmere mich um sie«, sagte Red und fügte mit Blick auf Will und mich hinzu: »Ihr beide rennt.«

»Was!?«, stieß ich panisch aus.

»Wir bleiben zusammen, Summer.« Will nickte mir mit einem aufmunternden Lächeln zu. »Die drei kommen klar.«

Entsetzt wanderte mein Blick von einem Gesicht zum nächsten: Gen, Red, Tristan. Sie nickten.

»Wir sehen uns gleich wieder«, versuchte Tristan mich zu beruhigen.

Und bevor ich Zeit hatte, auch nur einen von ihnen zum Abschied zu umarmen, zerrte mich Will bereits am Arm fort. Ich blickte mich nicht noch einmal um, und diesmal fassten wir uns auch nicht an den Händen. Jeder rannte für sich allein, denn so waren wir deutlich schneller. Er preschte so schnell voran, dass ich Angst hatte, ihn zu verlieren. Dennoch war ich sicher, dass er langsamer lief, als er konnte, damit ich nicht zurückfiel.

Und plötzlich ging alles ganz schnell. Es kam wie aus dem Nichts. Wir waren erst wenige Minuten unterwegs, als von hinten Geräusche an mein Ohr drangen. Noch ehe ich mich umdrehen konnte, wurde ich zu Boden gerissen. Ich fing mich mit den Händen ab, jemand drehte mich brutal auf den Rücken. Mein Kopf schlug hart auf – doch das Adrenalin in meinem Körper ließ mich keinen Schmerz spüren. Bedrohlich beugte sich eine schwarz gekleidete Gestalt über mich. In der Dunkelheit konnte ich nur eine Reihe blitzend weißer Zähne direkt über meinem Gesicht ausmachen. Doch sie wurden in der nächsten Sekunde abrupt über mir weggerissen. Der Schreck saß tief, ich konnte mich nicht bewegen, nahm meine Umwelt nicht mehr wahr, spürte nur ein Pochen am Hinterkopf. Ich fasste an die Stelle und ertastete etwas Feuchtes, spürte die ölige Konsistenz zwischen meinen Fingern.

»Summer! Lauf!« Dumpf hallte Wills keuchende Stimme an mein Ohr. »Lauf, verdammt!«

Erst jetzt bemerkte ich, dass ich noch immer auf dem Waldboden lag, und drehte mich zur Seite. Er war in einen Kampf verwickelt – der Angreifer riss ihn mit sich zu Boden, und Will versuchte ihn mit seinem Messer zu erwischen. Während er den Angreifer abwehrte, schrie er noch einmal eindringlich: »Lauf!« Ich rappelte mich auf und überlegte kurz, ob ich Will irgendwie helfen könnte. Aber ich konnte nichts tun, wäre nur eine Sorge mehr für ihn.

»Lauf endlich!«, schrie er. Diesmal reagierte ich. Ich griff nach meiner Tasche und rannte. Ich rannte so schnell wie noch niemals zuvor. Meine Müdigkeit, meine Erschöpfung, mein pochender Kopf – alles unbedeutend. Ich hetzte durch den Wald. Das Gestrüpp wurde noch dichter, immer undurchdringlicher, und in mir regte sich das Gefühl, dass ich mich auf dem falschen Weg befand. Ich überlegte, umzukehren und einen anderen Weg einzuschlagen, aber welchen? Zurück zu Will? Bei dem Gedanken an ihn zog sich mein Hals zusammen, und mein Herz begann wild zu pochen. Mein Atem ging schnell, die zarten Härchen im Nacken stellten sich auf – nein, das war nicht wegen Will ... Jemand verfolgte mich! Ich hastete weiter, schaute mich nicht um, preschte voran und rutschte aus. Vor lauter Panik kam ich nicht mehr auf die Füße, kroch stattdessen in das nächstliegende Dickicht. Mein Haar verfing sich im wilden Gestrüpp. Ich musste mein Haargummi schon vor einiger Zeit verloren haben. Hektisch fingerte ich die wirren Strähnen frei, ein Stück Geäst blieb darin hängen – egal. In gebückter Haltung reckte ich meinen Kopf aus dem Gestrüpp und ließ meinen Blick von links nach rechts wandern. Alles ruhig, alles dunkel. So kauerte ich einige Minuten, starr vor Angst. Konnte ich es wagen, mein Versteck wieder zu verlassen? Welche Richtung sollte ich einschlagen? Ich hatte keine Ahnung. Die Panik legte ihre kühlen Hände um meinen Hals und ließ die Verzweiflung an mir nagen, denn mir wurde schmerzlich bewusst, in welcher Lage ich mich befand: Ich hatte mich hoffnungslos verlaufen, war ohne Nahrung, ohne Hilfe, außerhalb der Mauer – und ich war ganz allein.

Nein, du bist nicht allein, erinnerte mich die Stimme in meinem Kopf. Und als sich die Symptome zurückmeldeten, wusste ich, dass die Stimme recht und ich meinen Verfolger nicht abgeschüttelt hatte. Mein beschleunigter Herzschlag und der Schauer, der meinen Rücken hinabbrann, ließen keinen Zweifel zu. Ich musste weiter, musste meinen Verfolger loswerden. *Es muss mir irgendwie gelingen!* Mit diesem Gedanken preschte ich aus dem Gebüsch. Ich rannte, so schnell mich meine Beine trugen. Meine Lungen brannten, und ich spürte die Kälte im Gesicht. Ich hörte das Rauschen der Tannen über mir und das verräterische Knacken im Unterholz. Der unbedingte Wille, meinen Verfolger abzuschütteln, ließ mich den stechenden Schmerz in meiner Seite vergessen. Ich wollte einfach nur überleben. Ich war nicht bereit für den Tod – und schon gar nicht für den langsamen, qualvollen Tod, der mich erwartete, wenn sie mich in die Finger bekämen. Die Angst im Nacken trieb mich an. Äste peitschten gegen meine zarte Haut. Das Adrenalin jagte wie ein fortwährend zuckender Stromschlag durch meinen Körper. Ich hetzte weiter, immer weiter, meine Tasche fest gegen die Brust gedrückt. Plötzlich hörte ich hinter mir ein leises Knurren. Ich ging hinter einer großen Tanne in Deckung, kniete mich hin, versuchte, nicht zu atmen, machte mich so klein wie möglich. Leise keuchend blickte ich hinter dem kratzigen Baumstamm hervor, in die Richtung, aus der ich gekommen war. Ich konnte nichts erkennen, es war einfach zu dunkel. Alles war still. Ich dachte an Will und mir kamen die Tränen. Ich hätte ihn küssen sollen – vielleicht würde ich jetzt niemals wieder die Gelegenheit dazu haben. Unwillkürlich musste ich an alle denken, die da draußen waren. Waren sie in Sicherheit? Ich schreckte auf, denn da war es wieder – das leise Knurren war zurück. Es klang nah. Oder doch fern? Ich konnte es nicht sicher sagen. Langsam sah ich mich um. Wieder umgab mich nur undurchlässige Finsternis. Der Wind ließ die Tannen leise flüstern. Ich drehte meinen Kopf in alle Richtungen, und als ich nach links sah, erkannte ich in weiter Ferne ein Licht – den Mond. Ich konnte eine Lichtung ausmachen ... oder war es das Ende des Waldes? Hatte ich es geschafft? Ich musste dorthin, musste mein Versteck hinter diesem Baum aufgeben und bis zum Waldrand vordringen. Meine Finger umschlossen den Griff der Tasche fester. Ein Windhauch blies mir eine blonde Strähne über die Augen, doch mein Blick fokussierte nur den Schimmer in der Ferne. Wenn das der Treffpunkt war ... dann würde dort auch Clay sein. Mit einem Satz sprang ich hinter dem Baum hervor und hastete los. Die Wurzeln schienen nach meinen Füße zu greifen, wollten mich zum Stolpern bringen – aber ich konnte mich gerade noch fangen.

Der Tannenwald lichtete sich. Mehr und mehr Mondstrahlen fielen auf den feuchten Waldboden vor mir.

Ich rannte, achtete, soweit es mir möglich war, auf meine Tritte, bis ich mein Ziel völlig außer Atem erreichte ... Und dann war sie wieder da: die Verzweiflung und mit ihr die Gewissheit, dass ich verloren war. Hier war kein Meer, kein Boot, kein Clay. Es war nichts als eine weitere Lichtung inmitten des finsteren Waldes.

Weiter!, ermahnte mich mein Instinkt. Ich setzte mich wieder in Bewegung, hörte das Rascheln hinter mir so deutlich, dass ich mich umdrehte ...

Der Aufprall war hart.

Verloren, dachte ich noch, als ich zu Boden fiel und nach oben schaute. Eine Kapuze über den Kopf gezogen und breitbeinig stand das Monster vor mir. Es wiegte seinen Kopf gelassen von links nach rechts. Langsam zog es die Kapuze nach hinten und wurde in den Schein des Mondes getaucht.

»Gordon!«, stieß ich überrascht aus und kam sofort wieder auf die Beine. Mein Herz schlug so schnell, dass ich mir die Brust halten musste.

»Hast du dich verletzt?«, wollte er wissen. Er klang sachlich, ohne den geringsten Hauch von Besorgnis.

»Nein, geht schon.«

»Wir haben uns Sorgen um dich gemacht.« Seine Stimme klang bedrohlich.

Verloren, schoss es mir durch den Kopf.

»W...wir? Wen meinst du?«, stotterte ich und wollte einen Schritt zurück machen, aber sein Blick huschte zu meinen Füßen, geradeso, als würde er meine nächste Bewegung vorausahnen. Ich blieb stehen und hielt die Luft an. Mein Herz pochte. Es war mir noch nie so schwergefallen, dem unbändigen Fluchtinstinkt zu widerstehen.

»Wir alle, Summer«, antwortete er ruhig. »Mein Vater, deine Freunde ... ich.« Sein Blick war durchdringend, seine Stimme die eines Raubtiers, das sich sicher war, die Beute ohne Mühe erlegen zu können.

»Was machst du nur hier draußen, Summer? So ganz allein.«

Ich antwortete nicht.

»Mhm«, knurrte er. »Es scheint mir, du hast bereits von Clays Familiengeheimnissen gehört?« Damit legte er seinen Kopf zur Seite, trat einen Schritt auf mich zu und musterte mein Gesicht. Ich sagte nichts, aber er schien meine Gedanken zu lesen.

»Ah.« Er nickte. »Na, dann können wir diese Scharade ja getrost beenden.«

Wieder blieb ich stumm.

»Dir ist also bekannt, dass du hier draußen nicht sicher bist? So viele, die nach dir und deinen Freunden suchen. Du bist so wertvoll – und ich habe dich gefunden.«

Ein kalter Schauer lief über meinen Rücken.

»Weißt du, was das Schöne daran ist, dass gerade ich dich gefunden habe?«, wollte er wissen und trat so nah an mich heran, dass er nur noch eine Armlänge entfernt stand.

Als ich nicht antwortete, flüsterte er: »Jetzt kann ich dich für mich selbst behalten – und davon haben wir beide etwas.« Er grinste ein teuflisches Lächeln und kam noch weiter auf mich zu.

»Wir beide?«, fragte ich unwirsch und versuchte, ihn mit erhobenem Arm auf Abstand zu halten. Doch das hielt ihn natürlich nicht zurück.

»Ja. Ich bin viel zärtlicher, als es mein Vater jemals gewesen wäre. Das kommt dir zugute – zumindest teilweise.« Er lachte auf und entblößte eine Reihe blendend weißer Zähne.

»I…i…ich weiß nicht, was du meinst«, stammelte ich.

»Ich sage dir gerne, was ich meine, Summer Snow.« Als er meinen Namen aussprach, fuhr er sich mit der Zunge genüsslich über die Lippen. Mich überkam Ekel, und ich musste ein Würgen unterdrücken, als ich mir seinen blutigen Atem ins Gedächtnis rief und nun auch die Bedeutung verstand.

»Ich wollte dich nicht von Beginn an besitzen, aber nach und nach wurde mein Hunger nach dir wach. Mein Vater, der König, kauft jedes Jahr Mädchen. Und dieses Mal wollte er dich. Ich wollte dich auch – allerdings ist er der König und ich bin nur der Prinz. König schlägt Prinz. Du verstehst?« Gordon machte eine weit ausholende Handbewegung. »Aber nun hast du großes Glück, Summer Snow. Aufgrund deiner Verletzung will er dich nicht mehr. Aber ich bin da nicht so kleinlich. Deshalb werde ich dich für mich behalten. Ich werde sagen, dass du entkommen bist … unauffindbar.« Er musterte mein Gesicht. Ich verzog keine Miene.

»Und keine Angst – ich bin lange nicht so brutal wie mein Vater. Aber du solltest wissen, dass auch ich es mag, wenn man die Angst im Fleisch schmecken kann.«

Mir wurde schwindelig. Ich spürte förmlich, wie das Blut meinen Kopf verließ, als wollte es sich zurückziehen, verstecken vor dem, was mich erwartete. Bleich wie der silberne Mond stand ich vor dem Jäger.

Verloren, dachte ich wieder und hielt meinen Atem an.

In diesem Moment wurde mir klar: Mein Schicksal wurde gerade besiegelt. Hier würde es enden, auf dieser Lichtung. Er würde mich an einen Ort verschleppen, an dem mich niemals jemand finden würde – nicht einmal Clay oder Will.

Will, zuckte es in meinem Kopf. Er hatte gesagt, dass ich lernen müsste zu kämpfen und dass alles – wirklich alles – eine Waffe war. Unvermittelt überkam mich ein neues Gefühl, eines, das ich bisher noch nicht kannte. Aber ich konnte es benennen, als meine Finger nach der harten Wasserflasche an meinem Gürtel tasteten: Kampfgeist.

Wenn er mich haben wollte und mein Schicksal bereits besiegelt war, konnte ich es ihm auch so schwer wie möglich machen. Ohnehin konnte ich dem Fluchtinstinkt nicht länger widerstehen. Mit einem Mut, den ich nicht von mir kannte, packte meine Hand die harte Wasserflasche, und ich schlug sie ihm so fest ich konnte gegen den Kopf. Ohne seine Reaktion abzuwarten, drehte ich mich um und rannte in die Richtung, aus der ich gekommen war, hechtete über die Lichtung – hinein in das dichte Unterholz.

»Summer!«, hörte ich seine beängstigend melodische Stimme neben mir. Er war so unglaublich schnell! Jetzt stand er vor mir. Ich hatte keine andere Wahl, als stehen zu bleiben.

»Du wirst mir nicht entkommen.« Er lächelte und ich erschauderte. Der Schlag an den Kopf schien ihn nicht im Entferntesten beeindruckt zu haben, und doch konnte ich ein kurzes Aufblitzen in seinen Augen sehen. Er hatte nicht mit Gegenwehr gerechnet.

»Du brauchst es gar nicht erst zu versuchen«, sagte er mit knurrender Stimme, als mein Blick in den Wald hinter ihm fiel.

»Ich werde auch ganz sanft sein, Summer Snow.« Er kam näher, drückte mich fest an sich und presste mir ohne Ankündigung seine Lippen auf den Mund.

»Nein!«, stieß ich aus und drückte ihn mit aller Kraft von mir weg. Ich riss mich los und versuchte, an ihm vorbeizulaufen. Doch mit einem Ruck riss er mich zurück und schleifte mich an meiner Jacke über den harten Waldboden zur Lichtung.

»Gib doch endlich auf. Du hast sowieso keine Chance«, raunte er, als ich zu schreien begann. Aber ich gab nicht auf. Ich schrie, trat um mich und traf ihn sogar ab und an.

»Stell dich nicht so an!« Er wurde wütender. Seine Stimme war beißend.

Gut so, werde wütend, dachte ich und trat schreiend nur noch heftiger um mich.

Er ließ mich los. Ich rollte nach vorne und kam auf die Knie.

»Ich werde beißen und schlagen und kratzen und treten! Du wirst es nicht leicht mit mir haben!«, keifte ich und stürzte mich wie ein tollwütiges Tier auf ihn – doch er wehrte mich ab und packte mich am Hals.

»Dann beende ich es eben gleich hier, du wehrhaftes kleines Miststück!«, brüllte er.

Gordon drückte mich zu Boden und beugte sich über mich. Seine Hände hielten meinen Hals umschlungen. Er drückte so fest zu, dass ich zu ersticken drohte. In seinen Augen flackerte der Wahnsinn. Ich bekam keine Luft, japste und keuchte. Verzweifelt versuchte ich seinen Griff zu lösen, doch es gelang mir nicht. Er war einfach viel zu stark. In meiner Verzweiflung suchten meine Finger den Boden ab, um einen Stein oder irgendetwas anderes zu greifen, was ich ihm gegen den Kopf schleudern konnte – doch da war nichts. Ich spürte, wie mich das Leben verließ. Ich begann zu schweben, konnte mich selbst sehen, konnte sehen, wie ich vergeblich um mein Leben kämpfte. Kurz bevor ich das Bewusstsein zu verlieren drohte und sich meine Seele gänzlich von meinem Körper lösen konnte, wurde Gordon mit einem plötzlichen Ruck von mir heruntergerissen, so heftig, als hätte ihn ein riesiges, wildes Tier gepackt.

Luft!, schoss es mir durch den Kopf, und ich versuchte mich daran zu erinnern, wie man atmete. Ich nahm unregelmäßige, keuchende Atemzüge und merkte, wie sich meine Lungen langsam wieder mit Luft füllten. Ich hustete mehrmals, versuchte nur einzuatmen und auszuatmen – ein und aus – ein und aus … Japsend kauerte ich am Boden. Vorsichtig drehte ich mich zur Seite und presste meine Hände gegen den gefolterten Hals. Ich blickte auf. Es bot sich ein ähnliches Bild wie vorhin, als Will mit dem Angreifer kämpfte. Aber das da war nicht Will. Diese Bewegungen waren präziser, schneller und gezielter. Trotz des Mondscheins konnte ich nicht erkennen, um wen es sich handelte. Aber egal wer es war: Jetzt war ein guter Zeitpunkt, um zu fliehen. Das war vielleicht meine einzige Chance – und ich musste sie nutzen. Ich rappelte mich auf, schnappte geistesabwesend meine Tasche und rannte los … es war eher ein Wegtaumeln, da ich meine Atmung noch nicht wieder ganz im Griff hatte. Ich kam nicht weit. Noch bevor ich die Lichtung verlassen konnte, wurde ich von hinten gepackt und eine warme Hand presste sich auf meinen Mund.

»Nicht schreien«, raunte eine Männerstimme in mein Ohr. Hätte ich seine melodische Stimme nicht erkannt, hätte ihn sein Geruch verraten.

»Clay«, stieß ich erleichtert aus, drehte mich um und fiel ihm um den Hals. Er erwiderte meine Umarmung und drückte mich so fest an sich, dass es mir vorkam, als wolle er mich nie wieder loslassen – und ich wollte das auch nicht.

In diesem Moment fiel dieser ganze grauenhafte Tag von mir ab. Ich dachte nur an ihn und an mich und daran, dass er mir gerade das Leben gerettet hatte – und nicht zum ersten Mal. Ich dachte nicht an die Wunde, die er in mein Fleisch und Herz geschnitten hatte. Wichtig war nur, dass er jetzt hier war. Widerwillig löste er sich aus meinen Armen. Er nahm mein Gesicht zwischen seine Hände und küsste mich auf die Stirn.

»Tut mir leid, dass ich nicht früher da war«, sagte er entschuldigend. »Bist du okay?«

»Ich denke schon.« Meine Stimme bebte. Dann fiel mir Gordon wieder ein. »Wo ist er?« Panisch blickte ich mich um, überzeugt, dass er jeden Moment auftauchen würde.

Ich merkte, wie sich Clays Muskeln anspannten. »Geflüchtet. Aber keine Sorge, Summer. Er wird heute sicher nicht mehr zurückkommen.« Ein Lächeln umspielte seine Züge.

»Nicht?«, versicherte ich mich.

»Nein.«

Mein Blick suchte seinen.

»Aber nicht nur er ist hinter dir her. Wir müssen schleunigst hier weg.«

Mir war das nur recht, und ich nickte zustimmend. Er nahm meine Hand, wie Will sie genommen hatte.

»Hast du Will gefunden?«, fragte ich besorgt.

»Nein, hab ich nicht.«

Die vier Worte prallten mir gegen Kopf und Brust wie Schläge. Das konnte nichts Gutes verheißen. Es war durchaus möglich, dass es Gordon gewesen war, der Will und mich vorhin verfolgt und aufgespürt hatte. Und da Gordon es geschafft hatte, mich einzuholen, und zwar unversehrt … Ich stoppte meine Gedanken, wollte mir nicht ausmalen, wie es ausgegangen sein könnte. Mein Herz schmerzte. Ich fasste mir an die Brust.

»Ist wirklich alles okay?«, fragte Clay und blickte mich besorgt an.

Ich nickte und versuchte den Gedanken auszublenden. Zumindest im Moment durfte ich nur an die Flucht denken.

»Na komm«, sagte er aufmunternd. Mit schnellen Schritten liefen wir über die Lichtung und waren kurz darauf im Tannenwald verschwunden.

KAPITEL 32

Boot in Sicht

So, wie sich auch die Blätter im Herbst nicht plötzlich bunt färbten, sondern langsam den Prozess von Grün zu Gelb, zu Rot und Braun durchliefen, bevor sie schließlich zu Boden segelten, hatte sich auch die Landschaft nicht schlagartig verändert. Allerdings war ich zu sehr darauf fokussiert gewesen, Schritt zu halten, zu sehr damit beschäftigt, nicht zu fallen, dass ich der schleichenden Veränderung keine Beachtung geschenkt hatte. Erst als mir auffiel, dass sich der Wald langsam lichtete, blickte ich mich um. Die Tannen standen nicht mehr in erdrückender Überzahl um mich herum, sondern ragten stattdessen nur noch vereinzelt aus dem Boden. Wie Mahnmale an die Geschehnisse der letzten Stunden. Kahle Laubbäume begannen den düsteren Tannenwald zu ersetzen. Das Geäst reckte seine knochigen Finger dem Mond entgegen, warf geisterhafte Schatten auf den Boden.

Immer weiter! Niemals stehen bleiben, nicht umsehen, ermahnte mich die Stimme in meinem Kopf. Meter um Meter rannten wir wie von Peitschen getrieben durch die Dunkelheit. Aber dieses Tempo würde ich nicht mehr lange halten können. Meine Beine schrien ihren Protest immer lauter hinaus. Ich überging das anfängliche Kribbeln und das Ziehen in meinen müden Muskeln, bis wir durch die entlaubten Bäume hinaus auf eine weite Wiese liefen.

»Clay«, keuchte ich und hielt an. Ich drückte meine Hand in die Seite, wo mich heftiges Seitenstechen plagte. Jetzt, wo ich zum Stehen gekommen war, spürte ich, wie sehr meine Füße schmerzten. Und als meine Beine wie wild zu prickeln begannen, wollte ich nichts lieber tun, als mich gleich hier auf den Boden zu schmeißen und niemals wieder aufzustehen.

»Was ist los?«, rief er und war sofort zur Stelle. Er stützte mich gerade noch rechtzeitig, bevor meine Knie unter mir nachgaben.

»Ich kann nicht mehr«, ächzte ich.

»Wir müssen weiter. Kannst du wenigstens langsam gehen?«

Ich antwortete nicht.

»Gehen ist besser als stehen bleiben. Es tut mir so leid, Summer, aber wir müssen weiter.« Besorgt streichelte er mir über den Rücken.

»Summer?«, fragte er wieder, als ich ihm keine Antwort gab.

Noch immer schwer atmend, nickte ich schwach.

»Es ist nicht mehr weit«, versprach er. Er griff nach meiner Hand und verschränkte seine Finger mit meinen. »Na komm, wir lassen es langsam angehen.«

Wieder ein schwaches Nicken. Hand in Hand gingen wir über die vor uns liegende, schier endlose Wiese. Die Morgenröte setzte ein. Und das war tröstlich, denn ich würde den neuen Tag erleben.

Als wir den nächsten Grashügel überwunden und ich meine Stimme wiedergefunden hatte, fragte ich:

»Wie hast du mich eigentlich gefunden?«

»Ich habe mich zur Suche einteilen lassen, wie man sieht.« Er deutete auf seine schwarze Kleidung. »Um keinen Verdacht zu erregen, startete ich mit den anderen. Ich bin den Weg abgelaufen, den ich mit Will festgelegt hatte, aber als ich an der Ruine ankam, war deutlich zu sehen, dass ihr überstürzt aufbrechen musstet. Da wusste ich, dass sie euch vor mir gefunden hatten – und dann irrte ich nur noch umher, bis ich deine Schreie hörte.« Er verzog das Gesicht, als hätte er gerade in eine Zitrone gebissen.

»Danke … für die Rettung«, hauchte ich.

»Immer«, sagte er und lächelte schief.

Schweigend gingen wir weiter, bis ich irgendwann in der Ferne ein leises Rauschen vernahm.

»Was ist das?« Ich blieb abrupt stehen.

»Das«, sagte er und blickte mich bedeutungsvoll an, »ist das Meer.«

»Das Meer?« Ich ließ mir das Wort auf der Zunge zergehen. »Ich habe das Meer noch nie gesehen«, flüsterte ich ehrfurchtsvoll und Vorfreude stieg in mir auf.

»Na dann – bitte«, schmunzelte er und ließ mich vorgehen.

Wie hypnotisiert folgte ich dem Rauschen, bis Clay mein Handgelenk umfasste und mich leicht zurückzog.

»Vorsicht«, sagte er ruhig und deutete auf die fünf Meter vor mir liegende Steilküste. Er ließ mein Handgelenk nicht los, als wir gemeinsam auf die Klippe zusteuerten. Und was ich dann sah, konnte ich kaum glauben. Da lag es vor mir! Ich brachte kein Wort heraus. Mein Blick durchstreifte unweigerlich die blaue Endlosigkeit. Ich suchte die Mauer, suchte das Ende der Unendlichkeit. Aber diesmal gab es keins! Vor mir lag nichts als die unentdeckte Weite.

Die ersten Sonnenstrahlen blitzten am Horizont. Eine leichte Brise wehte in meine Richtung und ich konnte das Salz des Meeres auf meinen Lippen schmecken. Ich sog die frische Luft durch meine Nase. Sie roch nach ungezähmter Freiheit. Diesen Geruch würde ich ganz tief in mir verschließen. Meine Augenlider senkten sich und ich tat tiefe, feste Atemzüge. Egal, was auch passierte – ob sie mich doch noch gefangen nehmen oder wegsperren würden –, es spielte keine Rolle, denn ich hatte das Meer gesehen.

Als ich wieder aufsah, blickte ich in seine Augen.

»Es ist wunderschön.«

»Ja. Das ist es.«

»Ist es noch weit bis zur Jacht?«

»Nein, da liegt sie. Siehst du sie?« Er zeigte die Klippe hinunter. Mein Blick folgte seinem Finger die Steilküste hinab. Die Gischt schlug an einigen Stellen gegen die Felsen. Am Strand jedoch schwappte das Meer schon versöhnlicher und schäumte das Wasser wie Eischnee auf. Mein Blick wanderte weiter – und da sah ich sie: die Jacht.

»Aber wie kommen wir dahin?«, wollte ich verwundert wissen. Vor uns fielen die Felsen steil gut einhundert Meter in die Tiefe hinab.

»Ich zeige es dir.« Er ging voran und wir kamen an eine Art Treppenabstieg. Es gab kein Geländer und einige Steine waren lose – ein falscher Tritt und ich würde in die Tiefe stürzen. Vorsichtig folgte ich Clay Stufe um Stufe nach unten. Dabei presste ich mich so eng wie möglich gegen die schroffe Felswand ... und nach einer gefühlt unendlichen Kletterpartie berührten meine Füße endlich den sandigen Boden.

»Gut gemacht«, lobte Clay.

Ich verlor keine Zeit, zog meine Schuhe aus und spürte, wie ich in dem feinkörnigen Untergrund versank. Der Sand war kälter als angenommen – belebend. Kichernd vergrub ich meine Zehen darin.

Unterdessen stellte Clay die Tasche, die er die ganze Zeit getragen hatte, neben sich ab und öffnete den Reißverschluss. Er nahm Beutel um Beutel heraus, öffnete sie und begann, den Inhalt auf den Felsen und dem Sand zu verteilen.

»Hier bin ich also gestorben«, sagte ich, als er fertig war.

»Hier bist du gestorben, und hier bist du neugeboren.« Er lächelte mir zu.

»Neugeboren«, wiederholte ich und dachte darüber nach, was es wohl für mich bedeutete.

»Na komm«, forderte er mich auf, als er sich zur Jacht drehte, die viele Meter vor uns an einem Steg vertäut war.

»Es tut mir ehrlich leid, dass du deine Jacht nicht mehr hast. Ich meine, die von deinem Großvater«, murmelte ich verlegen, als wir den Steg entlanggingen.

»Noch einmal fürs Protokoll: Ich würde es immer wieder so machen.«

Ich zupfte an meinen Fingern und folgte ihm auf die Jacht.

Dort angekommen, betrachtete ich den Sonnenaufgang. Die goldene Kugel, der man am Horizont beim Aufsteigen zusehen konnte, tauchte alles in ein rötlichgoldenes Licht und spiegelte sich im schimmernden Meer.

»Ruh dich ein wenig aus, Summer. Wir haben es jetzt geschafft.« Er lachte erleichtert. Ich setzte mich, blickte noch einmal auf die aufsteigende Sonne und sah dann Clay zu. Er begann, die Leinen zu lösen … Hastig erhob ich mich.

»Was machst du?«

»Wir segeln los.« Er sagte es so langsam, als würde er mit einer geistig Verwirrten sprechen.

»Und die anderen?«

»Wenn sie bis jetzt nicht hier sind, werden sie vermutlich gar nicht mehr kommen.«

»Ist das dein Ernst!?«

»Es geht um dein Leben, Summer.«

»Aber auch um das Leben der anderen!«

Clay schaute unruhig die Klippen hinauf, dann huschte sein Blick wieder zu mir.

»Na schön«, willigte er zähneknirschend ein. »Wir warten noch eine Stunde. Aber keine Sekunde länger!«

Geschockt über sein herzloses Verhalten platzierte ich mich so auf der Jacht, dass ich die Klippen im Blick behalten konnte. Jemand musste es doch geschafft haben – irgendjemand.

»Darf ich?«, hörte ich nach einer Weile seine verführerische Stimme.

»Ist deine Jacht«, entgegnete ich, ohne mich zu regen.

Clay setzte sich neben mich.

»Summer, wir konnten noch nicht über alles sprechen«, sagte er so leise, dass ich ihn kaum verstehen konnte. »Darf ich es erklären?«

»Will, Red und Tristan haben das bereits übernommen.«

Unbeirrt fixierten meine Augen die Klippen.

»Und ... verstehst du es?«

»Ich verstehe es ... aber ich weiß nicht, ob ich es *nachvollziehen kann*«, sagte ich bedeutungsvoll und drehte mich zu ihm. Seine Augen sahen aus, als würde seine Seele das ganze Leid der Welt schultern.

»Wenn du noch weitere Erklärungen benötigst, lass es mich wissen.«

»Warum?« Nur dieses eine Wort purzelte aus meinem Mund.

Er schaute mich fragend an.

»Warum habt ihr es mir nicht schon früher gesagt? Das alles hätte verhindert werden können, wenn ihr es mir nur früher gesagt hättet.« Ich deutete auf die Jacht, die Klippen – meine Narbe.

»Wir wollten dich so lange wie möglich schützen.«

»Schützen? Was für eine miese Ausrede!«

Er überging meine abschätzige Bemerkung und setzte noch einmal an: »Wir wollten dich so lange wie möglich unschuldig halten. Dein Dad, Will, ich ... Dein Dad hatte Dr. Huxley bestochen, und das war eigentlich die perfekte Lösung: Du und Brian wärt gar nicht erst in die Elite gewählt worden und somit gäbe es auch keinen Grund, auf eine andere Art und Weise in das Geschehen einzugreifen. Außerdem hättet ihr die Wahrheit nicht erfahren müssen. Und wäre ich nicht in dein Leben getreten, hätte der Plan auch funktioniert. Ich bin mir sicher, euer Dad hätte es dir und Brian irgendwann gesagt. Und ich ... ich hatte Angst davor, dass du mich als Monster sehen könntest und nicht mehr als ... *mich*. Das Schützenswerteste auf dieser Welt ist die Unschuld. Ich kann nur für mich sprechen, aber ich wollte, dass du so rein und gut bleibst, wie du es vor unserer ersten Begegnung warst. Ich wollte nicht, dass dich die Wahrheit verdirbt. Ich wollte einfach nicht der Grund sein, aus dem du in eine Welt voller Leid und Schmerz gezogen wirst.«

»Das hat aber nicht so gut geklappt«, entgegnete ich trocken.

»Nein, hat es nicht. Und rückblickend stimme ich dir zu: Es war ein großer Fehler, es dir nicht früher zu sagen. *Ich* hätte es dir früher sagen sollen. Ich hatte so viele Möglichkeiten und habe sie alle ungenutzt verstreichen lassen – das tut mir leid. Es tut mir ehrlich leid.« Er sagte es mit so viel Traurigkeit in der Stimme, dass ich ihm in die Augen sehen musste. Die Schmetterlinge waren schlagartig zurück. Schnell drehte ich mich weg und widmete meine Aufmerksamkeit wieder den Klippen. Ich war noch nicht bereit für Vergebung. Ich wusste von Tristan, dass er das alles nur für mich getan hatte. Er war mit seinem Vater einen Deal eingegangen, dem Prinzen und dem König hatte er sich widersetzt, und er wollte ein Mädchen, das seine Familie zwar zum Abendessen einladen würde, jedoch nicht als Gast am gedeckten Tisch, sondern auf der Speisekarte. Es war absurd. Mir fiel auf, dass ich die ganze Zeit nur an mich selbst gedacht hatte, an meine Narbe im Gesicht und an meine Trauer, meine Gefühle und das Mitleid, das ich für mich selbst und die Menschen um mich herum empfand – ich empfand eigentlich für jeden Mitleid außer für Clay.

»Aber ich kenne dich gar nicht«, sagte ich nach einer Weile fast schon verzweifelt und blickte in sein schmerzerfülltes Gesicht.

»Du kennst mich, Summer.«

»Ich … ich weiß es nicht. Wie viele Geheimnisse hast du noch? Wie oft wirst du mich noch enttäuschen?«

»Ich werde dich gar nicht mehr enttäuschen«, sagte er ruhig.

»Und was ist das hier?« Ich krempelte den rechten Ärmel meines Pullis nach oben und hielt ihm das Tattoo entgegen. Clay schwieg eine Weile, bis er kurz und beschämt sagte: »Wenn du genau hinsiehst, erkennst du, dass es ein Buchstabe ist … im Inneren des Kreises.«

Ich betrachtete das Symbol genauer. »Ein R … aha.« Ich nickte bitter. »Das heißt, ich bin dein Eigentum … Mr Reed?« Die Worte kamen schärfer heraus als beabsichtigt.

»Nein. Das bist du nicht. Kein Mensch sollte das Eigentum von irgendjemandem sein«, stieß er gepresst hervor. »Wir machen hier einen Fehler. Wir sind mittlerweile nicht mehr besser als die Menschen, die die Welt früher bevölkerten.«

»Aber ich bin keiner von den früheren Menschen. Ich habe niemandem etwas getan oder etwas zerstört oder jemanden getötet – genauso wenig wie meine Mom, meine Schwester, Morgan oder Reigna ... keine von uns. Und doch mussten sie ... müssen *wir* für deren Fehler büßen.«

»Ich weiß«, sagte er kurz.

Dann schwiegen wir, bis ich ihn ansah und fragte: »Und was ist mit deiner Tätowierung? Ist sie überhaupt echt?«

Er schob den Ärmel des Pullis hoch und ich sah die verwischte schwarze Farbe. Darunter: makellose, unverletzte Haut – natürlich.

Mit einem Mal blies der Wind heftiger als vorhin.

»Wir müssen los«, sagte Clay plötzlich und stand abrupt auf.

»Nein!«, protestierte ich. Er überging meinen Einwand und begann, das Boot zur Abfahrt bereit zu machen.

»Wir müssen warten!«, forderte ich.

Ungerührt machte er mit den Vorbereitungen weiter.

»Clay, wir müssen warten!«

Noch immer reagierte er nicht.

»Es geht auch um Tristan – deinen Bruder im Herzen«, versuchte ich, ihn aus der Reserve zu locken. »Und um Gen, meine Gen ... und ... und Red«, zählte ich weiter auf. »Und Blue.«

»Die kommen schon klar«, erklärte er trocken.

»Was stimmt nicht mit dir, Clay?«

Wütend funkelte er mich an. Ich funkelte zurück.

»Wir müssen warten! Nur noch eine Stunde. Ich bitte dich! Sie werden kommen«, flehte ich, bis er plötzlich explodierte.

»Komm schon, Summer! Machen wir uns nichts vor! Sprich einfach aus, um wen es dir hier wirklich geht! Sag geradeheraus, auf wen wir hier schon die ganze Zeit warten!«

Mein Gesicht wechselte die Farbe, das konnte ich deutlich spüren: rote Wut. Aber noch bevor ich zurückschreien konnte, erspähte ich am Horizont eine Gestalt, die über die Klippen kam. Fieberhaft versuchte ich zu erkennen, um wen es sich handelte: Freund oder Feind ... Freund oder Feind ...

»Will!«, stieß ich voller Freude aus, als ich ihn an seinem Gang erkannte. »Es ist Will!«, lachte ich, konnte aber in Clays Blick nicht die gleiche Fröhlichkeit und Erleichterung lesen.

»Na, da haben wir es ja«, sagte er mit unüberhörbarem Sarkasmus.

Mich hielt nichts mehr auf der Jacht. Mit einem ungeduldigen Sprung hüpfte ich zurück auf den Steg und lief Will entgegen.

»Summer!«, hörte ich Clays wütende Stimme. Ich ignorierte ihn und fiel Will in die Arme.

»Summer – Gott sei Dank!« Er erwiderte meine Umarmung keuchend. »Ich hatte solche Angst.« Er presste mich fester an sich. »Ich dachte schon, du hättest es nicht geschafft.«

Jetzt blickten wir uns an, und ich konnte eine Träne in seinem Augenwinkel aufblitzen sehen.

»Es geht mir gut, Will.« Meine Finger fuhren zärtlich durch seine Haare.

»Bist du verletzt?«, wollte ich wissen und ließ meine Finger an seinen muskulösen Armen entlanggleiten. Seine Kleidung war zerrissen.

»Alles gut«, entgegnete er keuchend.

»Kommt … kommt noch jemand?«, fragte ich ängstlich und hoffnungsvoll zugleich. Ich spähte an ihm vorbei, die Klippen hinauf. Will schüttelte mit zerknirschtem Gesichtsausdruck den Kopf.

»Na komm«, sagte ich mit erstickter Stimme und hielt ihm meine Hand hin.

Clay erwartete uns bereits mit vor der Brust verschränkten Armen.

»Wenn ihr fertig seid«, zischte er, »könnte ich hier Hilfe gebrauchen!«

»Gut, dass ich jetzt da bin, Reed«, scherzte Will in selbstgefälligem Ton und betrat die Jacht.

Es war nur ein flüchtiger Blick, als ich an Clay vorbeiging, aber er reichte, um die kalte Distanziertheit zwischen uns zu spüren.

»Na los, Price. Mach die Leinen los, falls du weißt, wie das geht!«

Will löste die Knoten ohne Probleme, was Clay nur noch wütender machte. Als das Segelboot ablegte, stand ich an der Reling. Ich blickte zu den Klippen, die immer kleiner wurden. Wir entfernten uns zügig, und die Weite des Meeres hieß uns willkommen. Als ich meine Arme vor der Brust verschränkte, spürte ich plötzlich eine kühle Feuchte auf meiner Kleidung. *Was ist das denn?* Ich betrachtete meine Finger und sah, dass sie rot waren.

Dann klickte es in meinem Kopf: *Will*. Suchend drehte ich mich um. Er kauerte in einer Ecke.

»Will«, rief ich und rannte auf ihn zu.

»Es ist nichts«, wehrte er keuchend ab. Doch als ich seine Hand von der Stelle nahm, auf die er seine Finger presste, sah ich das Blut ...

»Clay!«, schrie ich. Augenblicklich stand er hinter mir und verstand sofort.

»Wir müssen ihn nach unten bringen.«

Wir stützten Will von beiden Seiten und holperten mit ihm die Holzstufen hinunter, unter Deck.

»Rechts«, sagte Clay, und ich stieß die Tür zu einer Schlafkajüte auf. Vorsichtig hoben wir Will auf das Bett.

»Ich brauche eine Schere und Verbandszeug, Alkohol – oder irgendetwas, um die Wunde zu desinfizieren. Bring mir alles, was nützlich sein könnte!«, forderte ich hektisch. Ich rief mir ins Gedächtnis, was Dad mir beigebracht hatte. Seine Regel Nummer eins: Ruhe bewahren! Ich atmete tief ein und aus.

»Will«, sagte ich ruhig. »Du musst mir jetzt vertrauen.«

Er blickte mich an und nickte. Ich legte meine Hand auf seine, die er noch immer auf die Wunde presste. Er ließ zu, dass ich sie wegnahm. In dem Moment trat Clay wieder zu uns und legte alles, was er gefunden hatte, auf den kleinen Nachttisch. Sofort fiel mir die Schere ins Auge. Ich schnitt Wills zerfetzten Pullover auf. Sein verschwitzter, schmutziger Körper krümmte sich vor Schmerzen. Reflexartig presste er seine Hand wieder fest gegen die Wunde an der Brust. Vorsichtig zog ich sie fort und er stöhnte vor Schmerzen auf. Ich begutachtete die Verletzung.

»Okay«, sagte ich. »Ich werde dich nicht anlügen: Die Wunde ist tief, und ich muss sie nähen.«

Hastig suchte ich in den Utensilien auf dem Nachttisch und fand verpackte Tücher.

Ich öffnete den Verschluss der Alkoholflasche und sagte: »Aber zuerst werde ich die Wunde desinfizieren.«

Er nickte.

»Das wird wehtun.«

Er nickte wieder.

»Willst du vielleicht vorher einen Schluck nehmen?«, fragte ich, weil das

466

die Schmerzen erträglicher machen konnte. Wieder nickte er, setzte die Flasche an und nahm mehrere kräftige Schlucke.

»Okay«, sagte er und gab sie mir zurück.

Ich schaute mich um. Clay stand hinter mir und nickte mir aufmunternd zu. Will saß gegen das Kopfteil gelehnt im Bett. Ich setzte mich dicht neben ihn. Wir waren uns ganz nah. Ich konnte seinen Atem spüren, als ich die Wunde an der Brust inspizierte. Ich hob meinen Blick und wir sahen uns in die Augen.

»Bereit?«, fragte ich und hielt die Flasche mit dem Alkohol hoch.

»Bereit«, flüsterte er.

Ich schüttete die desinfizierende Flüssigkeit auf seine blutende Wunde.

»Mmmh!«, machte er und verzog schmerzerfüllt das Gesicht. Er schrie nicht auf, ballte nur seine Fäuste und presste die Lippen fest aufeinander.

»Da ist wirklich viel Schmutz drin. Der muss raus«, erklärte ich mit zitternder Stimme und schluckte.

Meine Hände zitterten nicht weniger, als ich jetzt das mit Alkohol getränkte Tuch gegen seine Brust pressen wollte. Mit seiner linken Hand hielt er mein Handgelenk fest.

»Ich vertraue dir. Du musst nicht zittern. Ich halte das aus. Ich habe schon schlimmere Schmerzen ertragen.«

Falls mir das Mut machen sollte, hatte es genau den gegenteiligen Effekt. Ich wollte ihm nicht wehtun, wollte alles richtig machen und nicht, dass er etwas *ertragen* musste.

Ich atmete einmal tief durch, nahm all meinen Mut zusammen und begann seine Wunde zu reinigen.

Es mussten ungeheure Schmerzen sein, aber Will schrie nicht – selbst dann nicht, als ihm der Schmerz die Tränen in die Augen trieb.

»Du machst das gut, Will«, lobte ich ihn, als ich die desinfizierte Pinzette wieder und wieder ansetzte. Mir entwich eine Träne, die heimlich über meine Wange kullerte – aber er sah sie und wischte sie mit seinem Finger zärtlich weg. Selbst jetzt sorgte er sich mehr um mich als um sich selbst. Ich machte mit dem Säubern weiter, und als ich fertig war, wischte ich mir mit dem Ärmel meines Pullis den Schweiß von der Stirn.

»Das war der leichte Teil«, durchbrach ich die Stille, um ihn auf das vorzubereiten, was jetzt folgen würde.

»An der Motivation musst du aber noch arbeiten«, scherzte er mit vor Schmerz verzerrtem Gesicht.

Ich begann die Nadel vorzubereiten, um die Wunde zu nähen.

»Okay«, sagte ich und hielt die Nadel hoch. »Clay, du hältst ihn fest.« Ich wandte den Kopf, um sicherzugehen, dass er sich noch im Raum befand. Er stand mit verschränkten Armen gegen die Wand gelehnt da und schaute uns zu.

»Geht schon«, murmelte Will.

»Du darfst dich wirklich nicht bewegen, wenn ich das mache. Er muss dich festhalten.«

Will widersprach nicht mehr.

»Kannst du etwas runterrutschen? Im Liegen geht es leichter.«

Vorsichtig änderte er die Position, Clay war zur Stelle und half ihm.

Als er auf dem Rücken lag, sagte Will: »Bereit«, und schloss die Augen.

Bevor ich mit dem Nähen begann, legte Clay mir beruhigend seine Hand auf die Schulter.

»Ich fange jetzt an«, sagte ich und machte den ersten Stich durch das weiche Fleisch.

»Die Herausforderung wird sein, dass sich die Wunde nicht entzündet«, erklärte ich, als die Verletzung genäht und verbunden war.

»Ich freue mich, dich als Krankenschwester zu haben.« Will grinste schon wieder, und Clay verdrehte die Augen. »Wirklich, du hast das gut gemacht«, sagte Will, wieder ernst. »Danke, Summer.«

Ich hoffte nur, dass es wirklich gut genug war.

»Ich muss nach oben«, sagte Clay.

»Ja, gut«, erwiderte ich und hatte mich schon wieder zu Will gedreht.

»Kommst du?«, fragte Clay.

»Ich bleibe bei Will.« Es war klar, dass Clay mich nur ungern mit ihm allein ließ, aber das war mir egal.

Als er gegangen war, blickte ich mich im Raum um und entdeckte eine Tür. Sie führte in ein kleines Bad. Ich griff nach den erstbesten Handtüchern und machte sie nass, dann rieb ich sie etwas mit Seife ein. Als ich mit den feuchten Handtüchern in den Raum zurückkehrte, hatte sich Will wieder mit dem Rücken gegen das Kopfteil gelehnt.

»Du sollst doch liegen bleiben!«, schimpfte ich.

»Geht schon.«

»Es darf wirklich kein Schmutz in die Wunde kommen«, sagte ich und deutete auf seinen verschmutzten Oberkörper.

»Die Stelle um die Wunde ist sauber, aber der Rest muss auch noch gereinigt werden.«

Ich setzte mich so nah zu ihm, dass ich seine Wärme spüren konnte.

»Erst der Rücken«, sagte ich, und er verzog sein Gesicht.

»Es muss sein. Du darfst mit deiner Wunde nicht duschen – außerdem ist da nichts, was ich nicht schon gesehen habe.«

Zögerlich richtete sich Will noch etwas gerader auf.

»Ich will nicht, dass ...« Er brach den Satz ab.

Meine Aufmerksamkeit ruhte auf ihm. Ich ließ ihm Zeit.

»Ich will nicht ... dass du dich ekelst.«

»Wovor?«, wollte ich stirnrunzelnd wissen.

»Vor meinem Rücken. Du musst ihn nicht ... berühren.«

»Warum sollte ich mich ekeln?«, fragte ich mit ehrlicher Empörung in der Stimme.

»Na ja ... weil ...«

»Ach! Dreh dich um, Will!«, fiel ich ihm scharf ins Wort.

Er atmete noch einmal durch, blickte mir in die Augen, als wollte er irgendetwas darin lesen, und drehte mir schließlich seinen Rücken zu. Ein Schauder durchlief meinen Körper. Ich war erleichtert, dass Will meine Reaktion nicht sehen konnte, denn er hätte sie falsch gedeutet. Es war kein Ekel – ekeln würde ich mich niemals vor ihm. Es war ein tiefer, mitfühlender Schmerz, der mich frösteln ließ.

Ich hatte es so nicht in Erinnerung – nicht *so* schlimm. Ich hatte nicht in Erinnerung, dass die langen Narben so unfassbar tief waren. Seine Worte aus dem Krankenhaus schossen mir wieder durch den Kopf, und mir wurde schmerzlich bewusst, dass er recht hatte: Meine Narbe war wirklich nichts im Vergleich zu seinem Rücken. Ich nahm das feuchte Handtuch und begann zaghaft über die geschundene Haut zu wischen. Als er keine Widerworte gab, erhöhte ich den Druck, um den dunklen Schmutz vollständig zu lösen. Ich ließ mir Zeit, weil ich ihm nicht wehtun wollte, denn Schmerzen hatte er für ein Leben wohl schon genug ertragen.

»Fertig«, sagte ich nach einer Weile. Langsam drehte er sich wieder zu mir und lehnte seinen vernarbten Rücken beschämt gegen das Kopfteil des Bettes.

»Danke«, sagte er zwar, aber ich konnte in seinen Augen sehen, dass jede einzelne meiner Berührungen für ihn ein inneres Ringen gewesen war.

»Das habe ich gern gemacht.«

Nachdem ich die Handtücher gründlich in dem kleinen Bad ausgewaschen hatte, setzte ich mich wieder neben ihn aufs Bett. Jetzt war die Vorderseite seines Oberkörpers dran. Ich wusch zuerst seinen Unterbauch. Zärtlich und bewundernd fuhr ich die wie gemeißelten Rillen entlang. *Wie kann man nur so gut in Form sein!?*

Als ich mit dem Handtuch über seine Schulter strich, war ich so nah an ihn herangerückt, dass mein Blick unwillkürlich auf seine geschwungenen Lippen fiel. Ich hielt in der Bewegung inne. Meine linke Hand ruhte auf seiner gesunden Brustseite – Haut an Haut. Mit der rechten Hand hielt ich das feuchte Handtuch, gegen seine breite Schulter gepresst. Behutsam hob er den Arm und legte die Hand zärtlich auf meinen Rücken. Wir blickten uns in die Augen, als er mich vorsichtig, aber bestimmt noch näher an sich zog. Ich ließ es zu. Er war so nah. Ich atmete seinen Geruch ein – er roch gut. Will roch nach Vertrautheit, nach frischer Seife, nach dem Spaziergang im Mohnblumenfeld, nach den Wildblumen, die er mir gepflückt hatte, und nach Geborgenheit. Er war so nah, dass ich seinen Atem auf meinen Lippen spürte. Aber er küsste mich nicht. Er überließ mir die Entscheidung. Er verharrte, wartete, hoffte. Das Handtuch glitt aus meiner Hand und ich umfasste seinen Nacken, schloss meine Augen und kam ihm die letzten Zentimeter entgegen. Hitze stieg in mein Gesicht, als meine Lippen seine berührten. Mit der Hand, die auf meinem Rücken lag, drückte er mich fester an sich, dann bewegten sich seine Finger meine Wirbelsäule entlang, hoch bis zu meinem Nacken und vergruben sich in meinem Haar. Sein Kuss war leidenschaftlich und so viel zärtlicher, als ich es mir vorgestellt hatte. Die ersten Schmetterlinge breiteten ihre Flügel aus. Ich war nicht bereit, aufzuhören … doch er wich zurück, um mich anzusehen. Unsere Blicke verschmolzen miteinander. Ich erkundete das tiefe Blau und hörte unseren gleichmäßigen, schweren Atem. Wieder suchten sich unsere Lippen und wurden fordernder. Mit gespreizten Fingerspitzen erkundete ich zärtlich seinen Oberkörper – er fühlte sich so stark an …

»Summer!«, erklang es hinter mir empört.

Ich brach den Kuss ab und entwand mich Wills Armen.

»Clay!«, stieß ich aus und blickte in seine entsetzten Augen. Ich stand auf und hatte das Gefühl, mein Gesicht würde in Flammen stehen. Mein Blick huschte beschämt von Will zu Clay und wieder zurück. Beide waren still. Ich nahm Clays geballte Fäuste wahr und Wills angespannte Haltung. Das Knarzen der Schiffsdielen drang an mein Ohr, und es schien, als würden sie mir Tristans Worte entgegenschreien: »*Irgendwann wirst du dich entscheiden müssen. Du kannst nicht beide haben.*«

Ich merkte, wie schließlich alles Blut aus meinem Kopf entwich. Ich biss die Zähne zusammen und stürzte mit einer Mischung aus Reue, Schamgefühl und absoluter Verwirrung an Clay vorbei. Polternd stolperte ich die Stufen hinauf an Deck und atmete die salzige Luft ein, die mir der Fahrtwind ins Gesicht blies.

KAPITEL 33

Winter

Ich stand am Bug der Jacht und schaute hinaus aufs offene Meer. Die Sonne, die mir heute Morgen noch einen perfekten Tag zugesichert hatte, konnte ihr Versprechen nicht halten. Große Wolken hatten sich im Laufe des Tages davorgeschoben und sie für heute von der Bildfläche verdrängt. Der Ozean war ruhig – irgendwie beruhigend. Langsam schwankte das Schiff auf dem Wasser auf und ab. Der Wind blies salzig in mein Gesicht. Einzelne Haarsträhnen umspielten meine Wangen, einige kitzelten an meiner Lippe. Leichthin strich ich mir die widerspenstigen Strähnen mit den Fingerspitzen hinters Ohr. Dabei berührte ich unwillkürlich die vernarbte Haut. Es schlug noch immer ein Blitz durch mein Herz, wenn mir die neue Realität klar wurde, in der ich von nun an zu leben hatte.

Für immer. Diese Worte hingen wie schwere Gewichte an mir.

Für immer … Clay? Will? Ein Geheimnis war geblieben: Woher kannten sich die beiden? Warum mochten sie sich nicht? Wann würden sie endlich darüber sprechen?

Und wenn ich mich für Clay entschied – würde ich Will dann für immer verlieren?

Und wenn ich mich für Will entschied – würde ich Clay dann für immer verlieren?

Für immer. Ich musste unwillkürlich an die Menschen denken, die ich zurückgelassen hatte.

Würde ich sie jemals wiedersehen oder war es ein Abschied für immer gewesen?

Ein Gesicht nach dem anderen tauchte vor meinem geistigen Auge auf. Mir entfuhr ein leises Schluchzen. Dad, Tristan, Gen, Red, Fi, Greg, Max, Blue, Penny-Rose, Sparkle-Diamond, Reigna … Brian und Morgan … Brian und Morgan ... Brian und Morgan. Meine Gedanken klebten an den beiden wie eine Eintagsfliege in einem Spinnennetz. Der Hass, den ich in Brians Augen gesehen hatte. Morgan, wie sie in Brians Armen ihr Ende fand. Und dann das Blut, das viele Blut. Eine Gänsehaut kroch über meine Arme, meine Nackenhaare sträubten sich. Stille Tränen kullerten über meine Wangen ... aber ich wollte nicht mehr leise sein, ich wollte schreien. Ich wollte all meine Wut und Verzweiflung hinausbrüllen – doch ich konnte nicht. Alles, was ich herausbrachte, war ein jämmerliches Krächzen. Ich japste wie ein Fisch an Land und wusste, dass mich Morgans Anblick nie wieder loslassen würde. Ihr toter, misshandelter Körper hatte sich mir eingebrannt – in meinen Kopf, in meine Seele, in mein Herz. Ihr Anblick würde mich für immer verfolgen – am Tag und in der Nacht ... bis in meine Albträume.

Für immer. Da war es wieder.

Und Dad. Die Gewissensbisse nagten an mir, als ich mir bewusst machte, dass wir uns nicht aussprechen konnten. Ich konnte ihm nicht sagen, wie leid es mir wirklich tat. Die ganze Zeit hatte er mich nur schützen wollen, und die ganze Zeit hatte ich mich mit Händen und Füßen dagegen gewehrt. Ob Dad es mit Brian rausgeschafft hatte, bevor man sie gefangen nehmen konnte? Meine Kehle schnürte sich zu. Ich versuchte ruhig zu atmen, doch meine Hilflosigkeit erstickte mich fast. Hatte ich durch meine Flucht den Hass auf meine Familie gelenkt? War die Idee mit den vier Litern Blut wirklich so sicher oder würden sie mich doch noch suchen? Und was, wenn sie mich fanden? Wo waren Gen, Red, Blue und Tristan? Hatten sie es geschafft? Das Gespräch mit Tristan am Lagerfeuer lag so weit hinter mir, und doch war es erst einige Stunden her. Ob Gen wohl in diesem Augenblick den gleichen Himmel ansah wie ich? Würde ich sie je wiedersehen? Tristan, Blue und Red waren kluge Jungs, und ich rechnete ihnen Chancen aus – sie würden Gen beschützen, und ich wollte daran glauben, dass sie sicher war.

Sicher, dachte ich, und mit einem Mal kreisten meine Gedanken um Blackyard, um Mr Ebsteen, Mrs Rosenberg und die bebrillte Dame an der Rezeption des Rektors. Ich dachte an die zickige Claire, an Amber und Andrea. Ich empfand Mitleid mit ihnen ... nein, es war kein Mitleid. Es war Neid. Ich war neidisch auf ihre unschuldige Ahnungslosigkeit. Sie wussten von alldem hier nichts. Sie lebten weiter in der vermeintlichen Sicherheit ihrer von Mauern umgebenen Welt. Vielleicht wäre es besser gewesen, auch ich hätte diese Mauern um mich herum und in meinem Kopf behalten. Noch vor einigen Monaten hätte ich alles gegeben, um wegzukommen, doch jetzt gab es kein Zurück mehr, und ich wünschte mir mein altes, vertrautes Leben zurück. Ich dachte wehmütig an das alte Haus mit der knarzenden Treppe und an den Garten.

Aber wäre es richtig gewesen, in einer Illusion zu leben? Darf man seine Augen vor der Wahrheit verschließen, nur weil sie grausam ist? Diese Fragen waren nun unbedeutend für mich, denn die Wahrheit hatte sich mir ohne jegliche Rücksicht offenbart – sie hatte mir gar keine Wahl gelassen. Wie ein hungriges Tier war sie in mein Leben getreten, hatte mich angefallen, fest zugebissen und Narben hinterlassen. Jeder von uns war Teil dieser grausamen Welt, und ob sie nun innerlich oder äußerlich geschlagen wurden: Narben trug jeder davon. Keiner von uns, davon war ich jetzt überzeugt, würde sie ohne mindestens eine Narbe verlassen – niemand in der Kolonie, niemand auf dieser Erde.

Plötzlich spürte ich die Anwesenheit von jemandem, aber es war mir egal. Ich wollte einfach nur dastehen, in die Unendlichkeit schauen und nachdenken – alleine. Ich hatte keine Lust auf eine Moralpredigt, die konnte ich mir schon selbst halten. Ich merkte, dass mir eine Decke um die Schultern gelegt wurde. Als ich meinen Kopf etwas zur Seite drehte, waren seine Finger ganz nah – so nah, dass ich ihn riechen konnte: Sommertag und Holz.

»Ich verstehe es«, sagte Clay ruhig und blieb neben mir stehen. Ich wusste, er würde erst gehen, wenn ich es auch tat. Also schaute ich ihn an und er erwiderte meinen Blick.

»Ich weiß nicht, was los war«, versuchte ich den Kuss mit Will zu erklären und schloss beschämt die Augen.

»Ich schon. Will war immer für dich da, wenn du jemanden gebraucht hast. Ich konnte das nicht. Er ist dir näher, als ich es bin, und er hat dich noch nie im Stich gelassen oder enttäuscht … ganz einfach, weil er es nie musste.«

»Stimmt, das hat er nicht«, flüsterte ich und merkte, wie mir wieder Tränen in die Augen stiegen. Ich blinzelte sie weg. Lange schwiegen wir, bis Clay zögerlich fragte: »War das … war das euer erster Kuss?«

Ich nickte schwach, und er blieb einen Moment still.

»Ich liebe dich, Summer. Dieser Kuss ändert nichts daran. Nur eines muss ich wissen.« Er machte eine kurze, fast ängstliche Pause, bevor er sich traute. »Liebst du ihn?«

»Ja«, hauchte ich ehrlich, und nun liefen mir die Tränen doch über die Wangen.

Er schloss gequält seine Augen und fragte: »Und … liebst du mich?«

»Ja«, flüsterte ich wieder ehrlich, aber beschämt, denn ich wusste auch nicht, wie das sein konnte, dass ich zwei unterschiedliche Jungs auf die gleiche Weise liebte. Für einen Moment war er wieder still.

»Du wirst mich mehr lieben als ihn«, sagte er schließlich siegessicher und hielt seinen Blick in die Unendlichkeit des Ozeans gerichtet. »Jetzt, wo du die Wahrheit kennst und keine Lügen mehr zwischen uns stehen, wirst du mich mehr lieben.« Das Boot glitt durch das spiegelglatte Meer. Gemeinsam schauten wir in die Ferne.

»Riechst du den Winter?«, fragte er fast flüsternd und fügte nach einer kurzen Pause hinzu: »Es wird Schnee geben.«

Ich hielt meine Nase in den Fahrtwind, schloss die Augen und nahm tiefe Atemzüge. Riechen konnte ich nichts. Sehen dafür schon, denn als ich die Augen wieder öffnete, erblickte ich meinen kondensierten Atem in der kalten Luft. Wieder spürte ich seinen Blick auf mir ruhen und schüttelte sachte den Kopf. »Wie riecht der Winter?«, fragte ich neugierig und blickte ihm in die goldgefleckten braunen Augen.

Clay atmete tief ein. Er überlegte kurz und sagte dann: »Klar und frei … ehrlich.«

Ich schloss die Augen und sog erneut die kalte Luft durch meine Nase ein. Als ich meine Augenlider wieder aufschlug, erblickte ich direkt vor mir ein winziges weißes Etwas. Es war eine Schneeflocke. Frei wie ein Vogel flog die kleine Flocke durch die Luft und ließ sich auf den Flügeln des Windes tragen. Und mit einem Mal war sie nicht mehr allein – und obwohl ich den Winter nicht riechen konnte, spürte ich unvermittelt seine eisige Kälte auf meinen rosigen Wangen.

»Es ist kalt«, sagte ich bibbernd und schlang die Decke enger um mich.

»Ja«, erwiderte Clay ernst. »Ab jetzt wird es kälter.«

EPILOG

Ich schlage meine Augen auf. Wieder und wieder lasse ich meine Wimpern flattern. Jedes Blinzeln fördert die stillen Tränen aus dem Verborgenen. Ich bin dankbar, denn die Nässe, die ich auf meiner Haut spüre, bedeutet, dass ich noch lebe ... *Ich lebe noch!* ... Meine Finger zittern, als ich vorsichtig meinen Kopf betaste. Er ist nass, ölig. Tränen benetzen meine Wangen und perlen lautlos an den Seiten meiner Oberlippe hinab. Ich rege mich nicht ... Und obwohl ich es nicht einmal wage, tief zu atmen, spüre ich die brennenden Schmerzen meines gepeinigten Körpers. Ich kauere in einer Ecke des Käfigs. Ich mache mich ganz klein. *Vielleicht sieht er mich nicht, wenn er wiederkommt,* denke ich und weiß genau, wie absurd dieser Gedanke ist. Natürlich wird er mich sehen, denn ich sitze allein in diesem Käfig, der inmitten eines steinernen, kahlen Gemäuers steht. Jetzt gerade ist es dunkel. Das Licht ist immer aus, wenn ich alleine bin. Ich kann die goldenen Stäbe um mich herum nur erahnen. Meine Gedanken kreisen um Brian ... immer wieder nur um Brian. Ich denke an seine starken, sanften Hände, an seine blauen Augen, erinnere mich an seinen Geruch, seine Lippen. Bei dem Gedanken, ihn niemals wiederzusehen, schüttelt ein kehliges Schluchzen meinen Körper. Ein unaussprechlicher Schmerz durchfährt mich. Ich brenne. Ich schreie kurz auf. Unwillkürlich sehe ich das Gesicht meines Peinigers vor meinem geistigen Auge. *Meinen Körper kann er haben, aber meine Seele gehört nur mir – mir ganz allein,* denke ich trotzig, vergrabe mein Gesicht aber trotzdem beschämt zwischen meinen Händen. Ich schäme mich für das, was mir der König antut, für das, was noch kommen wird ... bis ich sterbe. Und ich *will* sterben! Ich will nichts mehr empfinden. Ich will nicht mehr da sein. Aber ich kann noch nicht sterben, *darf* noch nicht! Nicht, ohne Brian noch einmal zu sehen.

Ein Geräusch dringt an mein Ohr. Schritte! Ich verharre, höre, wie die Tür des Verlieses rasselnd aufgeschlossen wird. Mein Magen, mein Verstand, meine brennenden Wunden – alles zieht sich zusammen. Kalter Schweiß rinnt meinen Rücken hinab. Mein Atem geht stoßweise. Das Licht geht an, brennt in meinen nassen Augen. Ich kneife sie zusammen, senke meinen Blick. Als ich die blutigen Bisswunden in meinem Fleisch sehe, setzt mein Herz einen Schlag aus … einfach so, denn Stücke von mir fehlen – ganze Stücke meiner Haut fehlen! Ich beginne zu zittern, und ein saurer Geschmack drängt in meinen Mund. Ich übergebe mich … wieder und wieder. Das angestrengte Röcheln fördert ungekannte Schmerzen zutage. Ich schmecke Blut und sehe es auch in der Lache vor mir. Ich keuche und wische mir schließlich mit dem Handrücken über den Mund.

Der König … Ist er noch da?, schießt es mir durch den Kopf. Ich blicke auf. Mein Peiniger steht noch immer an der Tür, breitbeinig und amüsiert. Mir tritt kalter Schweiß auf die Stirn. Der König kommt auf mich zu, Schritt um Schritt. Es fühlt sich an, als würde mein Herz abermals aussetzen – länger diesmal: ein Schlag, zwei Schläge, drei Schläge … plötzlich wird es ganz schnell, pumpt heftig Blut durch meinen Körper, um das Defizit aufzuholen. Tränen laufen über meine heißen Wangen wie bei einer sprudelnden Quelle, die niemals versiegt. Jetzt schließt er den Käfig auf, und ich weiß, was er tun wird. Ich weiß, dass mich die Schmerzen an den Rand der Ohnmacht treiben werden … Werde ich noch so eine Tortur überleben?

Er kommt näher und näher. Jetzt beugt er sich über mich. Für einen Augenblick ist es ganz still … und dann beginnen die Schmerzen …

Ich wache auf und schwimme in einem Meer aus Flammen. Ich fühle mich, als würde ich bei lebendigem Leib verbrennen. Mein Wimmern gleicht einem Winseln. Wie eine Kellerassel will ich mich auf dem kalten Boden zusammenrollen – aber ich wage es nicht, aus Angst, diese Bewegung könnte noch schlimmere Schmerzen verursachen … Ich schlucke und schmecke Blut. Das Wimmern wird zu einem kehligen Schluchzen. Ich höre, wie ein Tuch ausgewrungen wird. Wasser plätschert in einen Eimer. Ich weiß, ohne hinzusehen, wer da ist. Er kommt jedes Mal, wenn der König mit mir fertig ist. Der Junge, der meine Wunden versorgt, ist höchstens neun Jahre alt. Ich blicke ihn an, nur ganz kurz, aber das reicht aus, um Mitleid und

Schmerz in seinen mandelförmigen, glasigen braunen Augen zu erkennen. Er will meine Stirn mit dem kalten Tuch abtupfen. Schmerz schießt durch meinen Körper, als ich vor seiner Berührung zurückweiche. Ich ächze. Der Junge versteht, legt mir das Tuch in die Hand und hält seine Hände entschuldigend vor seine schmale Brust.

»Kommt er heute noch mal wieder?«, flüstere ich panisch und mit wirrem Blick auf die Tür. Ich halte den Atem an. Wir haben noch nie miteinander gesprochen, und ich kann sehen, wie der Junge unter meinen Worten zusammenzuckt. Verängstigt blickt er sich zur Tür um und zieht dabei scharf die Luft ein. Dann dreht er sich wieder zu mir, wir sehen uns an. Der Junge blinzelt, überlegt und schüttelt schließlich seinen Kopf. Ich schließe erleichtert meine Augen und atme aus. Dann frage ich flüsternd und mit bebender Unterlippe: »Wo ist Fi? Wie geht es ihr?« Der Junge legt fragend den Kopf zur Seite.

»Das Mädchen, das mit mir zusammen hergebracht wurde? Sie sieht aus wie eine kleine Elfe«, erkläre ich mit tränenerstickter Stimme. Jetzt scheint er zu verstehen. Er blickt zu Boden und schüttelt langsam seinen Kopf, eine Träne kullert ihm über die Wange. Ich begreife. Fi ist tot. Mein Atem wird immer schneller ... ich schluchze, der Schweiß und die heißen Tränen laufen über mein Gesicht. Ich schreie. Vielleicht sind es stumme Schreie, vielleicht aber auch nicht – ich kann es nicht sagen. Der Junge presst mir seine Hand auf den Mund. Sie riecht nach Seife. Er legt den Zeigefinger auf seine Lippen. Ich zwinge mich zu schweigen, presse meine Lippen fest aufeinander. Sie beben, wollen nicht gehorchen – immer wieder entfährt mir ein Schluchzen. Als ich mich nach einer Weile beruhigt habe, erhebt sich der Junge und will gehen.

»Nein, warte! Bleib!«, brülle ich trotz der Schmerzen. Aber er schüttelt hastig den Kopf.

»Bitte!«, flehe ich. »Rede mit mir. Ich weiß, dass ich sterben werde. Aber ich will noch einmal mit einem Menschen reden. Ich will nicht, dass das Letzte, was ich höre, die Stimme des Königs ist. Ich will nicht mit dem Gefühl von dieser Welt gehen, wertlos zu sein. Ich bin nicht wertlos. Bitte, rede mit mir!« Die heißen Tränen benetzen meine glühenden Wangen. Auch der Junge wischt sich weitere Tränen aus den Augenwinkeln und kommt mit kummervollem Blick auf mich zu. Er mustert mich.

»Bitte, rede mit mir!«, flehe ich wieder.

Er kniet sich vor mich und legt seine Hand behutsam auf meine. Diesmal lasse ich es zu, weiche nicht vor seiner Berührung zurück. Er schüttelt seinen Kopf und blickt mich mit großen Augen an. Dann öffnet er seinen Mund und ich sehe, warum er nicht spricht: Er hat keine Zunge mehr.

Als er den Mund wieder geschlossen hat, blicken wir uns an, verbunden durch die Qualen, die wir erleiden. Wir beide teilen den Peiniger und ein grausames Schicksal – allerdings würde ich das Glück haben, früher zu sterben als dieser kleine, mandeläugige Junge.

»Bitte, hilf mir hier raus«, flüstere ich röchelnd.

Seine Augen weiten sich und er schüttelt mit kleinen, ruckartigen Bewegungen den Kopf.

»Bitte! Ich habe jemandem ein Versprechen gegeben«, erkläre ich, als er aufsteht und gehen will. »Ich liebe ihn und muss ihn wiedersehen. Ich darf jetzt noch nicht sterben! Ich muss seine Stimme noch einmal hören, seine Wärme und Liebe spüren. Ich muss leben, nur so lange, bis ich mein Versprechen eingelöst habe.«

Der Junge steht jetzt an der Tür des Käfigs. Er umfasst eine goldene Stange mit seinen kleinen Fingern. Den Kopf hält er gesenkt. Schließlich dreht er sich zu mir und seine Augen fixieren mich. Dann deutet er mit seinem Kinn auf mich, so als wolle er mich auffordern, weiterzusprechen.

»Sein Name ist Brian. Brian Snow. Wir wollten heiraten. Aber ich bin anstelle seiner Schwester, Summer Snow, in der Auswahl für die Neue Welt nachgerückt. Alles ging so schnell an diesem Abend. Summer war verletzt und wurde ins Krankenhaus gebracht.« Ich ächze kurz vor Schmerzen und spreche mit gedämpfter Stimme weiter: »Elisabeth rief mich zu sich und sagte mir, dass ich sofort nachrücken würde – auf der Stelle. Sie brachte Fi und mich weg, ohne dass ich mich von irgendjemandem verabschieden konnte … nicht einmal von meinen Eltern. Aber Brian holte uns ein, bevor sie mich in ein bereitstehendes Auto drängen konnte. Die Zeit reichte gerade aus, um ihm mein Versprechen ins Ohr zu flüstern. Ich versprach ihm, dass wir uns wiedersehen würden. Dafür werde ich alles tun! Ich halte meine Versprechen – immer! Wie ist es mit dir? Bist du auch ein Ehrenmann? Tust du das Richtige, wenn es darauf ankommt?«, frage ich den Jungen und eine ganze Weile mustert er mich. Doch dann dreht er sich um, anscheinend ungerührt von meinen Worten, und verschließt den Käfig wieder.

»Warte!«, rufe ich noch panisch, aber da schaltet meine letzte Chance auf eine Flucht bereits das Licht aus und verschließt die Tür zu meinem Verlies.

Jemand stupst sachte gegen meine Schulter. Ich reiße meine Augen auf, weiche zurück. Das tut so weh, dass ich aufstöhne. Der Schmerz, der sich durch meinen Körper zieht, ist unaussprechlich. Mein Kopf pocht. Als ich das Gesicht des kleinen Jungen erkenne, halte ich inne, und ein Seufzer der Erleichterung verlässt meine bebenden Lippen. Der Junge zieht ein Blatt Papier aus seiner Hosentasche und reicht es mir. Ich erkenne den Anflug eines Lächelns auf seinen Lippen. Ich falte das Blatt auf und blicke auf eine Karte.

»Das ist der Teil der Kolonie, in dem ich gelebt habe – die Elite«, sage ich.

Der Junge nickt eifrig und deutet mit ernstem Ausdruck erst auf mich, dann auf einen Punkt auf der Karte.

»Ich bin hier?«

Er nickt wieder. Dann folge ich seinem Finger. Er gleitet über die Karte und verweilt an einer markierten Stelle. »Familie Snow« steht in kratziger Schreibschrift neben dem eingekreisten Haus – ich bin sicher, der Junge hat es geschrieben. Unter Schmerzen lache ich auf.

»Ich bin noch immer in der Elite?«, stoße ich erstaunt und mehr zu mir selber hervor, aber er nickt.

Und plötzlich verstehe ich: Ich werde flüchten … und der Junge wird mir dabei helfen. Ich werde Brian sehen. Er nickt wieder, als könne er meine Gedanken lesen. Der Junge erhebt sich und winkt mir auffordernd zu. Ich versuche mich aufzurichten, doch augenblicklich sacke ich vor Schmerzen wieder zusammen. Ich sammle meine Kräfte, beiße die Zähne zusammen, versuche erneut, auf die Beine zu kommen – und fühle mich wie ein kleines Kind, das gerade erst laufen lernt. Erst komme ich auf die Knie, dann hieve ich meinen Oberkörper mithilfe meines linken Arms nach oben. Meinen rechten Arm kann ich gar nicht mehr bewegen, ohne vor Schmerzen in Ohnmacht zu fallen. Der Junge stützt mich. Doch jetzt, da ich stehe, schießen spitze, brennende Stiche durch meine Beine, die ich zuvor nicht wahrgenommen habe. Sofort sacke ich wieder zusammen.

»Ich werde es nicht schaffen«, flüstere ich, halb der Ohnmacht nahe bei dem Gedanken, dass Brian mich niemals wieder in seine Arme schließen wird. Der Junge hingegen greift in seine Tasche und drückt mir eine grüne Tablette in die Hand.

»Was ist das?«, frage ich keuchend, als ich die Tablette zwischen Daumen und Zeigefinger nehme und eingehend betrachte. Er deutet auf meinen Kopf, meine Beine, meine Bisswunden. Ich verstehe.

»Gegen die Schmerzen?«

Er nickt, und ich schlucke die Tablette. Egal, was es ist, wenn es mich nur so lange am Leben hält, bis ich Brian wiedersehe. Brian wiedersehen – das ist alles, was ich noch will. Der Junge drängt mich, aufzustehen. Er zieht an meinem rechten Arm. Ich rapple mich erneut auf und bleibe diesmal stehen. Die Wirkung der Pille ist enorm – ich spüre die Verletzungen gar nicht mehr. Sie sind noch da, sie sind noch immer tödlich, aber ich spüre sie nicht mehr! Ich rufe mir wieder und wieder Brian ins Gedächtnis, als ich dem Jungen aus dem Verlies folge. Ich gehe Schritt für Schritt, schneller und schneller. Ich denke nur an die Flucht, laufe durch die kühlen Gewölbe, haste durch enge, lange Korridore. Wir treffen auf niemanden und bleiben nicht stehen, laufen weiter und weiter, bis mir schließlich Regen ins Gesicht schlägt … und ich glaube, ich war noch nie so froh, den Regen auf meiner Haut zu spüren. Hastig deutet der Junge in die Richtung, in die ich gehen soll.

»Komm mit mir«, sage ich und greife nach seiner Hand. Er schüttelt den Kopf und ich lasse sie wieder los. Er lächelt milde, wedelt mit seinen Händen. Das soll wohl bedeuten, dass ich weiterlaufen soll – ohne ihn. Ich will, dass er mit mir kommt, will ihn wirklich überzeugen, doch ich habe nicht die Kraft – und auch nicht die Zeit. Ich weiß nicht, wie lange ich noch leben werde.

»Danke«, formen meine Lippen, was nicht annähernd ausdrückt, wie dankbar ich ihm tatsächlich bin. Sein mildes Lächeln wird zu einem seligen Grinsen. Und dann taumle ich durch die Nacht davon, durch den strömenden Regen, sehe die Blitze kaum und höre den Donner nur wie durch dichten Nebel. Ich laufe und laufe und laufe, bis ich es kaum noch kann.

Meine Kräfte schwinden mit jedem Schritt. Aber ich habe es fast geschafft: Vor mir liegt Brians Haus. Gleich werde ich ihn wiedersehen, gleich werde ich ihn wieder spüren. Noch ein letztes Mal werden seine Lippen die meinen berühren – das ist alles, was ich noch will.

Ich schlurfe auf das Haus zu, langsam ... ganz langsam. Die Wirkung der grünen Tablette lässt mehr und mehr nach. Meine Beine pochen und brennen wieder, besonders das rechte. Ich ziehe es nutzlos hinter mir her. Meine Arme baumeln kraftlos an meinen Seiten, der Wind bläst sie von links nach rechts, wie bei einer Marionette. Ich schlurfe weiter auf das Haus zu. Plötzlich bemerke ich, dass ich Blut verliere – mehr und mehr fließt aus meinen Wunden, rinnt über meinen Kopf. *Vielleicht ist das der Regen? – Aber Regen ist nicht so warm, oder?* Mir ist schwindelig, und ich muss mehrmals blinzeln, damit sich mein Blick wieder klärt. Endlich erreiche ich die gepflasterte Auffahrt. Ich bin froh, dass die Beleuchtung an ist. Vielleicht hat er mich schon gesehen? Vielleicht empfängt Brian mich mit offenen Armen? Doch als ich an der Eichentür stehe, ist sie verschlossen. Ich nehme meine letzte Kraft zusammen und beginne, mit Fäusten gegen die Tür zu trommeln. Ich hämmere mit meiner allerletzten Kraft und schreie seinen Namen. Er muss mich hören.

»Brian! Brian!«, brülle ich und trommele weiter, immer weiter. Und dann höre ich das erlösende Drehen des Schlüssels, sehe, wie die Tür geöffnet wird, und falle in seine Arme.

»Brian«, hauche ich und lächele. Ich sehe sein Gesicht. Zu meiner Verwunderung sieht er entsetzt aus ... und traurig ... und verzweifelt – alles gleichzeitig. Erkennt er mich nicht? Hat er mich schon vergessen? Warum verzieht er sein Gesicht?

Und dann verstehe ich: Es ist mein Anblick. *Ich* bin es, die ihm die Tränen in die Augen treibt. Er drückt mich an sich, hält mich fest umschlungen, dann löst er seinen Griff, um mich anzuschauen. Seine zärtlichen Küsse liebkosen jetzt meine Wange, meine Stirn und immer wieder meine Lippen – das ist alles, was ich noch will. Und während wir uns küssen, sacke ich in seinen Armen zusammen. Aber ich stürze nicht zu Boden, denn sein starker Griff hält mich. Brian geht in die Knie, lässt mich nicht los. Er sitzt jetzt am Boden und ich liege in seinen Armen. Er streichelt behutsam meinen Kopf, wiegt mich sanft vor und zurück. Unsere Blicke verschmelzen.

Plötzlich stürzt jemand schnell wie ein Schatten an Brian und mir vorbei. Ich will gar nicht wissen, wer das ist. Ich will nur auf Brian sehen. Er soll der letzte Anblick sein, bevor ich sterbe. Meine Lippen lächeln – mein Herz auch. Meine Finger tasten nach seinem Gesicht, streicheln sanft über seine Wangen, fahren seine geschwungenen Lippen nach.

Dann stürzt noch jemand an uns vorbei – egal.

Ich höre eine Stimme. Ich kenne sie. Es ist die Stimme von Summer, meiner besten Freundin.

Geht es ihr wieder gut?, frage ich mich, aber ich drehe mich nicht zu ihr um. Ich will Brian ansehen, nur ihn. Ich bin bereit, im Blau seiner Augen zu ertrinken.

Plötzlich werde ich hochgehoben und Brian verschwindet aus meinem Sichtfeld. Es sind warme Hände, die mich tragen. Eine hält meinen Rücken, die andere greift unter meine Knie. Die Berührung lässt mich erschaudern, denn die Hände, die mich tragen, sind genauso unnatürlich warm wie die des Königs. Ich zittere am ganzen Körper, spüre einen kühlen Luftzug an meinen Beinen. Ich schluchze verzweifelt. *Habe ich das alles nur geträumt? Bin ich doch noch im Käfig? Im Verlies? Wo ist Brian? Wo ist er?*

»Brian!«, kreische ich panisch.

»Ich bin hier, Morgan. Ich bin hier«, höre ich seine krächzende Stimme neben mir.

Ein lautes Scheppern und Klirren lässt mich zusammenfahren – nur ganz kurz … nur, bis ich realisiere, dass irgendetwas zu Boden gefallen ist. Dann legen mich die warmen Hände behutsam auf etwas Gepolstertes. Sie sind so zärtlich und vorsichtig, dass sie nicht dem König gehören können. Das ist nicht der König, der mich berührt, und ich bin nicht mehr im Käfig. *Ich bin irgendwo anders, aber wo? Ich erinnere mich nicht. Wo bin ich? Und wie bin ich hergekommen?* Mein Blickfeld verengt sich und wird zu einem langen Tunnel. Ich suche Brians Gesicht.

»Brian!«, stoße ich erleichtert aus, als ich ihn am Ende des Tunnels erblicke. Ich sehe ihn an. Er greift meine Hand und verschränkt seine Finger mit meinen. Die Fingerspitzen seiner anderen Hand streichen behutsam eine Haarsträhne aus meinem Gesicht. Diese Berührung … seine Berührung … ist alles, was ich noch will. Der Tunnel wird immer enger, und um Brian herum sehe ich ein helles Licht aufblitzen. Mein Atem geht schwer. Es geht zu Ende. Ich weiß, dass ich jeden Moment sterben werde ... und zu meiner Verwunderung klammere ich mich nicht verzweifelt an mein Leben. Ich bin gelöst, erleichtert, bereit. Bereit, weil ich Brian ansehen kann, während ich gehe, und weil ich weiß, dass meine Schmerzen bald enden werden ... bald ... Eine ungekannte Ruhe durchströmt mich, breitet sich in meinem Inneren aus. Es fühlt sich an, als würde eine Sonne in mir aufgehen, als würde ihr Licht jeden Millimeter in mir berühren. Ich sehe Brian weinen. *Warum weint er?*

»Es ist okay«, sage ich sanft lächelnd und umschließe seine Wange mit meiner Hand. »Ich habe dir doch versprochen, dass wir uns wiedersehen«, wispere ich und merke, dass meine Lippen plötzlich zu zittern beginnen. »Mir ist kalt«, bibbere ich und meine eisigen Finger greifen nach seinem Nacken. Brian ist mir jetzt ganz nah. Ich spüre seinen Atem auf meinen Lippen, als ich in seine blauen Augen blicke ... seine wunderschönen blauen Augen ... Und dann ist es so weit: Ich spüre es deutlich – das Licht wird heller, die Kälte stärker ...

»Ich liebe dich«, wispere ich.

»Ich liebe dich auch«, haucht Brian.

Dann legen sich seine Lippen auf meine – und das war alles, was ich noch wollte.

DANKSAGUNG

Ohne die Hilfe anderer hätte es das Buch niemals hinaus in die Welt geschafft. Darum möchte ich an dieser Stelle dem gesamten Team danken – alle ausnahmslos mit »Can-do«-Attitüde!
Ich hatte wirklich Glück, dass mich diese Menschen bei der Umsetzung begleitet haben!

Ich danke meinem engsten Kreis an verwandter und nicht verwandter Familie:
Danke, Marion, Malte, Mama, Papa, Oliver und Timo.

Tausend Dank an Herrn Apel, Herrn Balg, Herrn Becker, Frau Borawski, Herrn Erz, Frau Lottes, Herrn Rechtsanwalt Prehm, Frau Steinbrede und Herrn Wehner.

Ich freue mich auf die Zusammenarbeit beim nächsten Buch!

HAFTUNGSAUSSCHLUSS